MICHAEL A. STACKPOLE

DER WEG
DES
RICHTERS

Roman

Deutsche Erstausgabe

WILHELM HEYNE VERLAG
MÜNCHEN

HEYNE SCIENCE FICTION & FANTASY
Band 06/9155

Titel der Originalausgabe
TALION REVENANT
Übersetzung aus dem amerikanischen Englisch von
Reinhold H. Mai
Das Umschlagbild malte Brom

Umwelthinweis:
Dieses Buch wurde auf chlor- und
säurefreiem Papier gedruckt.

Deutsche Erstausgabe 11/2001
Redaktion: Joern Rauser
Copyright © 1997 by Michael A. Stackpole
Erstausgabe bei Bantam Books, a division of Bantam Doubleday
Dell Publishing Group, Inc., New York
Copyright © 2001 der deutschsprachigen Ausgabe
by Wilhelm Heyne Verlag GmbH & Co. KG, München
http://www.heyne.de
Printed in Germany 2001
Umschlaggestaltung: Nele Schütz Design, München
Technische Betreuung: M. Spinola
Satz: Schaber Satz- und Datentechnik, Wels
Druck und Bindung: Elsnerdruck, Berlin

ISBN 3-453-18826-8

INHALT

Für Hugh B. Cave

*Ein Autor und Mentor, eine Inspiration für gute Erzähler.
Seine freundlichen Ratschläge haben meine
Entwicklung als Schriftsteller um zehn Jahre beschleunigt,
und seine Geschichten packen den Leser in dessen Leben.
Ich kann dir gar nicht genug für deine Hilfe und
die Freude danken, Hugh, die du mir mit deiner
schriftstellerischen Arbeit gemacht hast.*

Der Autor möchte sich bei dieser Gelegenheit bei folgenden Personen für ihre Hilfe bei der Erstellung dieses Buches bedanken:

Bei Liz Danforth und Jennifer Roberson, die nicht nur diese Version des Buches über sich haben ergehen lassen, sondern auch dessen vorherige Fassung (deren einzige Tugend darin bestand, kürzer zu sein und dadurch weniger Bäume für das Manuskript zum Tode verurteilt zu haben). Ohne ihre Unterstützung und Ermunterung würde dieses Buch nicht existieren.

Dennis L. Kiernan, der einige aufschlußreiche Kommentare zu dieser Version beigetragen hat.

L. Ross Babcock III und Janna Silverstein, denen dieses Buch gut genug gefiel, um mir – basierend auf seiner Lektüre – die Gelegenheit zum Schreiben anderer Bücher zu geben. Ohne ihr Zutrauen in meine Fähigkeiten wäre dies nicht nur mein Erstlingsroman geworden, sondern wahrscheinlich mein einziger geblieben.

Anne Lesley Groell und Ricia Mainhardt, die diese Monstrosität schließlich tatsächlich zur Veröffentlichung gebracht haben.

KAPITEL EINS

Tahlion: Hinterhalt

Hätte Morai irgend jemand anderes eingeteilt, hätte ich den Hinterhalt nicht überlebt.

Der Attentäter wartete auf halber Höhe des Hügels an der Nordseite des Lagers. Es war Frühling, und frisches Unterholz bedeckte den steilen Hang. Eine leichte Brise sorgte für gerade genug Unruhe, um kleine Bewegungen und Geräusche zu überdecken, ohne daß irgend etwas den Blick des Attentäters auf das Lager behinderte. Von seinem Standort am Fuß der großen Eiche konnte er alles beobachten, ohne sich große Sorgen darum machen zu müssen, entdeckt zu werden.

Von dort oben konnte er mit seiner Armbrust leicht jedes beliebige Ziel in der Lichtung unter ihm treffen. Morais Männer hatten alles, was an natürlicher Dekkung vorhanden war, abgeholzt oder weggeräumt, so daß ich keine Chance gehabt hätte, mich nach einem fehlgegangenen ersten Schuß zu verstecken. Und selbst wenn ich schnell und aufmerksam genug gewesen wäre zu erkennen, woher der Armbrustbolzen gekommen war, hätte ich meinen Angreifer nur erreichen können, indem ich wie ein Selbstmörder geradewegs auf ihn zugerannt wäre, den Hang hinauf.

Der einzige fragwürdige Aspekt an Morais Planung war, ausgerechnet Fortun die Aufgabe zu übertragen, mich zu töten. Der sechzehnjährige Müllerssohn aus Waldkreuzweg war von zu Hause ausgerissen und hatte sich den Banditen angeschlossen, die kurz zuvor sein Heimatdorf geplündert hatten. Wahrscheinlich hätten die anderen Mitglieder der Bande ihn auf der Stelle getötet. Wenn es nach Chi'gandir gegangen wäre, hätte ihm wahrscheinlich sogar ein noch schlimmeres Schicksal geblüht. Aber indem er den Jungen dazu benutzte, mir eine Falle zu stellen, hatte Morai seine Männer bei Laune gehalten und den Knaben gerettet.

Es war ziemlich offensichtlich, daß es Fortun sterbenslangweilig war, so wie er auf der knorrigen Luftwurzel des Eichenbaums saß. Er mußte schon ausgesprochen lange darauf gewartet haben, daß ich in sein Schußfeld gewandert kam, und nach einem endlosen Morgen voll nervöser, schweißtreibender Erwartung hatte er die Armbrust neben sich gelegt. Nach ungefähr einer Viertelstunde holte er den Gold-Imperial hervor, den Morai ihm für meinen Kopf gezahlt hatte, und nahm ihn näher in Augenschein. Er fuhr mit einem schmutzigen Fingernagel das Profil des Königs von Ell nach. Doch obwohl er gewiß noch nie zuvor in seinem Leben eine Goldmünze in der Hand gehalten hatte, verlor auch das schnell seinen Reiz.

Vielleicht war es das Omen seines Namens, das Fortun dazu trieb. Jedenfalls warf er die Münze in die Luft. Das Gold klirrte bei jedem Schnippen seines Daumens, und das Sonnenlicht blitzte auf dem polierten Metall. Mit jedem Wurf stieg die Münze höher auf, bis sie am Scheitelpunkt ihrer Flugbahn in den unteren Zweigen der Baumkrone verschwand. Jedesmal, wenn sie zurückfiel, fing Fortun sie auf und klatschte sie auf den linken Handrücken. Dann zog er die Hand langsam weg und grinste oder verzog das Gesicht, je nachdem, ob er richtig oder falsch geraten hatte. So oder so nahm er die Münze anschließend wieder mit der Rechten, um sie erneut zu werfen.

Ein letztes Mal verließ die Münze seine Hand, aber diesmal prallte sie von einem Ast ab und flog von dem

Jungen aus nach links davon. Sie landete auf der harten Erde, rollte hinter den Baum und verschwand aus seiner Sicht. Fortun reckte sich, warf einen Blick hinunter auf die Lichtung und erhob sich noch ein wenig, um sie sich zurückzuholen. Er kam um den breiten Eichenstamm und erstarrte.

Seine Münze lag in meiner rechten Hand.

Er sah sich zu seiner Armbrust um. Dann sah er wieder zu mir hoch.

Ich schüttelte langsam dem Kopf, und seine Schultern sackten herab. »Das gehört dir, Fortun, wenn ich mich nicht irre.« Ich streckte ihm die Hand entgegen.

Fortun war ein hübscher junger Bursche mit einem Gesicht, das nicht dafür geschaffen war, einen solchen Ausdruck vollkommenen Entsetzens zu tragen. Die ängstlich aufgeblähten Nüstern ließen seine schmale, edle Nase unansehnlich breit werden. Er riß die braunen Augen so weit auf, daß sie zu platten weißen Kreisen um die dunkle Iris wurden. Das braune Haar klebte ihm, naß von säuerlichem Angstschweiß, auf der Stirn. Seine aufgeklappte Kinnlade zog sein ohnehin schon schmales Gesicht, das sonst gut zu seinem schlanken Körperbau paßte, noch weiter in die Länge und ließ ihn aussehen wie einen Greis.

Ich konnte mein Spiegelbild in seinen Augen erkennen, zugleich aber war mir klar, daß Fortun keinen schlanken, groß gebauten, dunkelhaarigen Mann mit leuchtend grünen Augen sah. In seiner Angst machte meine körperliche Erscheinung keinerlei Eindruck auf ihn. Er sah, was ich war und seit dem Ritual geworden war. Er sah keinen Menschen, er sah einen Tahlion-Rechtsprecher.

Und er hatte Angst, das könnte das letzte sein, was er jemals sah.

Mit zitternden Fingern streckte Fortun die Hand aus und nahm die Münze. Er schaute sie an und lächelte. Dann fiel sein Blick auf meine Hand, und er stürzte auf die Knie. Tränen rannen aus seinen fest zugepreßten Augen.

Unter der Münze, die er aus meiner Hand genommen hatte, war eine Totenkopftätowierung sichtbar geworden, die ihm den Atem geraubt hatte. Die einfache Strichzeichnung bedeckte meine ganze Handfläche und kennzeichnete mich als Rechtenden. Das schlichte Bild, dessen Knochenkinn am Ansatz des Handballens lag, und das sich bis zum Scheitel des Totenschädels am Ansatz des Mittelfingers erstreckte, starrte ihn aus kalten, leeren Augenhöhlen an. Die Erinnerung daran genügte, ihn erzittern zu lassen.

Ich ging an dem schluchzenden Knaben vorbei, ließ ihn allein mit seiner Angst, um ihm die Gelegenheit zu geben, sie zu überwinden. An der Stelle, an der er auf mich gewartet hatte, ging ich in die Hocke und nickte grimmig. Ich nahm die Armbrust und zielte über Kimme und Korn. Das Gebüsch teilte sich unter mir gerade weit genug, daß ich das ganze Banditenlager einsehen konnte. Ich feuerte und versenkte den Bolzen in der Asche des Lagerfeuers. Ein wenig Staub und Rauch stiegen auf, aber davon abgesehen rührte sich dort unten nichts.

Ich zitterte vor Wut und knirschte mit den Zähnen. Morai wußte, daß Fortun von der Romantik des Banditenlebens angelockt worden war. Sein Vater ließ Fortun vermutlich hart schuften, während der Junge seine Zeit viel lieber damit verbracht hätte, den Mädchen nachzustellen oder von den großen Kriegern der Legenden zu träumen. Als die Banditen Waldkreuzweg überfallen hatten, war Fortun ihnen gefolgt, um der Wirklichkeit und Knochenarbeit zu entfliehen und Ruhm und Reichtum zu suchen.

Ganz gewiß wußte Morai, daß Fortun nicht das Zeug hatte, jemals mehr als ein Müllersbursche zu werden. Aber er wußte auch, daß er den Jungen weder wegschicken noch ihm seine Träume vom Leben auf der

Walz ausreden konnte. Hätte er ihn abgewiesen, hätte Fortun sich einfach einer anderen Bande angeschlossen, wenn er nicht vorher in der Wildnis verhungert wäre. Der Banditenführer wußte, daß nur die blanke Angst diesen Knaben vom Leben eines Gesetzlosen abbringen konnte, und dafür war ich der richtige Mann.

Nur gefiel mir diese Aufgabe nicht, und daß er sie mir aufgezwungen hatte, war ein weiterer Minuspunkt auf seinem Konto.

In gewisser Weise war ich stolz darauf, Fortun bei der Rückkehr zu einem Leben helfen zu können, für das er bestimmt war. Indem ich das Bild, das sich der Junge von einem Rechtsprecher gemacht hatte ausnutzte, konnte ich Fortun eine solche Todesangst einjagen, daß weder er noch seine Kinder und Kindeskinder sich jemals an irgend etwas anderes als das Müllerhandwerk wagen und diese Arbeit allzeit ehrlich und gewissenhaft ausüben würden. Das war gut, und im Grunde hätte Morai dafür Dank verdient. Aber es bedeutete zugleich, daß Fortun und sein Dorf die Tahlion für den Rest ihres Lebens fürchten würden. Diese Angst war ohnehin schon viel zu verbreitet, und ich hatte nicht den geringsten Wunsch, noch weiter dazu beizutragen.

Und doch wußte ich letztlich, so sehr mir das auch gegen den Strich ging, daß Fortuns Angst mir das geeignete Mittel an die Hand gab, ihn auf den rechten Weg zurückzuführen. Ich hätte es vorgezogen, ihn zur Rückkehr zu seiner Familie zu überreden, indem ich ihm die harte Wirklichkeit des Vagabundendaseins in Morais Gesellschaft vor Augen führte, aber am Bollwerk der romantischen Verklärung des Banditenlebens in seiner Vorstellung wären alle Vernunftargumente abgeprallt. Irgendein Barde hatte sogar schon ein Lied über Morai geschrieben – ich hatte in Tahlianna erfahren, wie jemand eine Version davon zuschanden geknödelt hatte –, in dem er erheblich edler und galanter dargestellt wurde, als er in Wirklichkeit war.

Um gegen dieses Bild von Morai und die absonderlichen Vorstellungen von Banditen anzukommen, die in der Bevölkerung grassierten, würde ich Fortun eine gehörige Dosis ernüchternde Wirklichkeit verpassen müssen – und das auf eine Weise, die keinen Raum für Fehldeutungen ließ.

Ich ging zu dem immer noch am Boden kauernden Burschen zurück und baute mich über ihm auf. Meine linke Hand fiel schwer auf seine Schulter. Er zuckte zusammen, und sein Schluchzen brach ab. »Morai hat darauf verzichtet, dir mitzuteilen, daß ich dich töten würde, oder?«

Er sah zu mir auf. Seine geröteten Augen waren nicht mehr ganz so weit aufgerissen, aber sie schwammen noch immer vor Tränen. Saubere Spuren zogen sich von beiden Augen durch die Schmutzschicht auf seinem Gesicht zu den Mundwinkeln hinab. Er wischte sich mit dem Handrücken die Tränen ab und verwischte den Dreck. »Er nicht.« Er stockte und brachte seinen Atem unter Kontrolle. »Die anderen. Sie haben gesagt, Ihr würdet mir mit dem Totenschädel die Seele aussaugen.«

»Das könnte ich tatsächlich tun.« Ich schürzte die Lippen und drehte mich weg. »Das Recht dazu habe ich. Du wolltest mich umbringen. Die bloße Mordabsicht ist zwar kein Kapitalverbrechen, doch wer weiß, welche Greueltaten du bereits verübt hast?«

»Aber ich habe nichts getan.« Verwirrte Unschuld prägte seine Stimme und verdrängte für einen Augenblick die Angst.

Ich wirbelte herum. »Woher soll ich das wissen? Waldkreuzweg liegt ein Dutzend Meilen zurück. Woher weiß ich, daß du in den zwei Tagen, seit du dein Zuhause verlassen hast, nicht mitgeholfen hast, einen kleinen Händlerzug abzuschlachten? Soll ich etwa glauben, Morai, der Mann, der Wahnsinnige sammelt wie eine Prinzessin Püppchen, würde sich mit einem Kind belasten, das nicht zum Rest seiner Truppe paßt? Ich weiß genug über Morai, um nicht darauf hereinzufallen.« Ich machte eine Pause, dann stieß ich mein wütendes Gesicht in seine Richtung und knurrte: »Also, was hast du verbrochen?«

Fortun stürzte nach hinten und heulte wie eine verdammte Seele. »Ich habe nichts verbrochen. Bringt mich nicht um. Bitte, nicht. Ich bin unschuldig. Bitte, bringt mich nicht um.«

Ich kniete mich vor ihm hin und packte ihn mit der Linken am Kinn. »Hör zu, kleiner Junge: Deine Unschuld hast du in Waldkreuzweg zurückgelassen. Du bist mit einem Rudel Schakale in Menschengestalt herumgezogen. Du hast sie Verbrechen verüben sehen, und weil du bei ihrer Bande warst, kannst auch du für diese Verbrechen zur Rechenschaft gezogen werden.« Ich ließ ihn noch einen Blick auf die Tätowierung auf meiner rechten Handfläche werfen. »Das ist das Zeichen meiner Pflicht, mit Leuten wie dir abzurechnen: Morais Leuten. Und zugleich ist es ein Werkzeug meiner Rechtsprechung. Wenn ich die Hand mit diesem Zeichen auf deine Stirn legen und deiner Seele befehlen würde, sich mir zu ergeben, würde sie das tun. Du würdest als leere Hülle hier zurückbleiben, allein, tot und von allen vergessen.«

Bei dieser Aussicht brach er in Tränen aus und stammelte hilflos, unter Schluchzen und während er die Nase hochzog. Ich ließ ihn los und stand auf. Er sackte nach hinten weg, lag auf dem Waldboden, und seine Brust bebte, als versuche ein in ihrem Innern gefangenes Tier sich den Weg in die Freiheit zu erkämpfen.

Ich drehte um und holte mein Pferd, damit Fortun den Abscheu in meinem Gesicht nicht sah. Er galt nicht ihm, sondern Morai, dafür, daß er mich zu diesem Spektakel gezwungen hatte, und zugleich mir selbst, weil ich mich hatte zwingen lassen. Manche Rechtsprecher genossen es geradezu, einem Verurteilten die Seele aus dem Körper zu reißen, aber ich setzte das Ritual nur ein, wenn mir keine andere Wahl blieb. Dem Knaben damit zu drohen hatte zwar die beabsichtigte Wirkung erzielt, aber es war, als hätte ich einen Speer für eine Arbeit benutzt, für die eine Nadel angebrachter gewesen wäre.

Ich hatte Wolf, mein Pferd, auf der anderen Seite des Hügels gelassen. Der schwarze Hengst drehte die Ohren in meine Richtung, gab aber keinerlei Geräusch von sich. Ich klopfte ihm sanft auf den Hals, löste die Zügel von dem Baumschößling, an dem ich sie befestigt hatte, und führte ihn den Hang hinauf zu Fortun.

Meine Wut auf mich selbst nahm noch zu, als mir klar wurde, daß ich Morai gestattet hatte, aus der Ferne mein Handeln zu diktieren, und das nicht zum ersten Mal. Das versprach nichts Gutes für meine Verfolgungsjagd, auch wenn es sich nahtlos in das Schema unserer früheren Begegnungen einfügte. Wieder einmal plante er, mich seine Männer einzeln abernten zu lassen, während er selbst entkam, und diesmal war Fortun der erste. Ich entschied, dieses Spielchen nicht noch einmal mitzumachen, aber bevor ich Morai weiter nachsetzen konnte, mußte ich erst den Schaden wiedergutmachen, den ich bei Fortun angerichtet hatte.

Fortuns unsichere Annäherung und der Lärm, den er dabei machte, rissen mich aus meinen Gedanken. Er kam mit wackligen Schritten und leichenblaß den Hang heruntergestolpert. Es sah ganz danach aus, als hätte er sich übergeben – und als würde er es womöglich bald wieder tun.

»Tahlion?«

»Ja?«

»Ich kann Euch sagen, wohin sie gezogen sind, wenn Ihr das wollt, und wenn es das gutmacht.« Er bot mir die Mitteilung von sich aus an, nicht um sein Leben zu retten, sondern als Sühne für seine möglichen Vergehen.

Ich schüttelte den Kopf und warf ihm die Feldflasche

zu. »Hier, trink etwas. Es ist nur Wasser, aber es wird helfen.« Der Junge trank vorsichtig und beruhigte sich. »Also, Fortun. Jetzt werde ich dir etwas über die Tahlion erzählen. Vor zweitausend Jahren gründete Kaiser Clekan der Gerechte die Tahlion. Er betrachtete uns als Hüter des Rechts und befahl uns, durch sein Reich zu reisen. Er gewährte uns die Unabhängigkeit von allen Autoritäten mit Ausnahme des Kaisers selbst oder des Hochmeisters der Tahlion. Wir ritten von Tahlianna aus ins Land, um die Gesetze durchzusetzen und Recht zu sprechen.«

Fortun verschloß die Feldflasche und reichte sie mir zurück. Ich lächelte und hängte sie mir über die Schulter. »Nachdem das tausend Jahre alte Kaiserreich von Rebellionen zerrissen worden war, änderte sich die Rolle der Tahlion. Der Meister gründete neue Klassen, und aus den ursprünglichen Tahlion wurden die Rechtsprecher. Obwohl es das Reich nicht mehr gab, kamen die neuen Nationen überein, uns auch weiterhin für Ruhe und Ordnung sorgen zu lassen, da sie sich dieser Aufgabe selbst nicht gewachsen sahen. Die Jagd nach einer Bande wie der, die Morai um sich versammelt hat, einer Räuberbande, die mehrere Nationen unsicher macht, ist ein ausgezeichnetes Beispiel für die Aufgaben, die mein Meister mir auferlegt.« Ich lächelte ihn an. »Junge Ausreißer umzubringen, gehört nicht zu meinen Pflichten.« Ich legte ihm freundschaftlich die Hand auf die Schulter und drückte sie. »Die Verbrechen, die du begangen hast, Fortun, lassen sich wiedergutmachen. Du hast deiner Mutter Angst und Sorgen gemacht. Dein Vater ist wütend auf dich, wie du dir ja wohl denken kannst, aber in seinem Innern wird er von Sorge zerfressen. Deine Brüder und Schwestern wissen nicht, was sie von deinem Benehmen halten sollen, und sämtliche Klatschmäuler in Waldkreuzweg erzählen einander, daß sie schon immer gewußt haben, daß du so enden würdest.«

Fortun nickte. Alles, was ich aufgezählt hatte, sah er deutlich vor sich. »Was soll ich jetzt tun?«

Ich schwang mich in den Sattel. »Geh zurück nach Waldkreuzweg. Du hast Glück, eine Familie zu haben, und noch mehr: eine Familie, die dich liebt und die sich um dich sorgt. Geh nach Hause und nimm die Strafe an, die dein Vater dir auferlegt. Mach, daß die Klatschmäuler an ihren Lügen ersticken.«

Der Junge schluckte schwer, zog die Nase hoch und wischte sich die Tränen ab. »Danke, Tahlion. Hier.« Er hielt mir den Imperial hin. »Nehmt das. Es gehört mir nicht. Ich habe es nicht verdient, und ich will es nicht besitzen.«

Ich schüttelte den Kopf. »Behalt das Gold. Morai würde es als eine notwendige Ausgabe betrachten. Schließlich braucht er ehrbares Volk wie dich, das sich müht, es zu verdienen. Was hätte er sonst zu stehlen?«

Der Bursche grinste, und wir lachten beide. »Und was dein Angebot betrifft, Fortun: Danke, aber ich brauche keine Hilfe, um die anderen zu finden. Während du auf dem Hügel gewartet hast, habe ich das ganze Gebiet erkundet. Zwei von ihnen sind nach Osten zur Breitstromfähre unterwegs. Zwei andere sind nach Westen gezogen, und die restlichen drei, von denen einer wahrscheinlich Morai ist, haben Kurs nach Norden genommen, werden aber mit ziemlicher Sicherheit inzwischen schon nach Westen zu einem der Gebirgspässe abgebogen sein. Ich erwische sie.«

Ich drehte Wolf herum und machte mich auf den Weg zum Breitstromtal. Und ich lachte dabei, denn trotz Wolfs Hufschlag konnte ich Fortun hören, der auf dem Heimweg war, und den Glockenklang des Goldimperials, wie er in die Höhe flog.

Ich trieb Wolf zu einem schnelleren Tempo an, als ich es bei der Verfolgung von Morais Bande bisher getan hatte. Das Breitstromtal lag zwar nur einen lockeren Halbtagesritt vom Banditenlager entfernt, doch ich wollte es so schnell wie möglich erreichen. Die beiden Schurken auf dem Weg zur Fähre wußten, daß sie einen Tag Vorsprung oder mehr herausholen konnten, wenn es ihnen gelang, den Fluß zwischen uns zu bringen. Ich mußte davon ausgehen, daß sie planten, die Fähre nach der Überquerung zu versenken, und die nächste Furt lag einen Tagesritt südlich. Wenn es ihnen gelang, über den Strom zu setzen, würde ich die Verfolgung aufgeben müssen und sie vermutlich nie wieder finden.

Die Banditen benutzten eine ungepflasterte Straße durch die Ells. Sie war breit genug für drei Reiter und wand sich zwischen den Hügeln des Vorgebirges durch den lichten Mischwald. Die Sonne funkelte durch die vom Wind bewegten Blätter der Baumkronen und zeichnete ein sich ständig veränderndes Mosaik aus Licht und Schatten auf die Straße.

Ich hielt an und trank an derselben Stelle aus einem Bach, an der meine Opfer aus dem gleichen Grund Halt gemacht hatten. Das lehmige Bachufer hatte ihre Fußabdrücke festgehalten, und einen der beiden konnte ich daran erkennen. Die Fußstapfen waren tief in den weichen Lehm eingedrückt. Von Morais Männern hatte nur Rolf ra Karesia die Statur und das Gewicht, die nötig waren, um so unübersehbare Abdrücke zu hinterlassen. Die anderen Spuren waren sehr viel gewöhnlicher als die des Hünen und konnten von mindestens drei Mitgliedern der Räubergesellschaft stammen, wenn auch – wie ich aus langer und unerwünschter Erfahrung wußte – nicht von Morai.

Auf gewisse Weise war es eine Erleichterung zu wissen, daß ich Rolf verfolgte. Der Riese war von den Füßen bis zu seinem dichten, wuchernden Vollbart und der struppigen Mähne von rotem Haar bedeckt. Alle, die ihn kannten, beschrieben ihn als einen keineswegs grausamen Menschen. Er hatte nur ein aufbrausendes Temperament, und wenn er in dieser ›Stimmung‹ war, ließ er seine Wut an jedem aus, der ihm einen Anlaß lieferte. Vor fünf Jahren hatte er Karesia verlassen, nachdem er seinen Vater, einen dortigen Baron, fast zu Tode geprügelt hatte. Danach hatte er eine breite Blutspur durch die Städte und Dörfer des zerbrochenen Reiches gezogen, bis er schließlich im schwarzen Herzen Chalas angekommen war, einem Gebiet, das bei allen und jedem nur als die Kloake bekannt war. Morai hatte die Kloake besucht, um neue Leute zu rekrutieren, nachdem ich seine letzte Bande zerschlagen hatte, und Rolf hatte sich ihm bereitwillig angeschlossen.

Es *war* denkbar, daß Rolf mich aus einem Waldhinterhalt überfiel, aber vermutlich würde er warten, bis er das offene Grasland des Breitstromtals erreicht hatte, bevor er mich angriff. Denn dort würden ihn keine Bäume behindern, wenn er seine zweiblättrige Streitaxt schwang, eine Waffe, die er mit tödlicher Wirkung einsetzen konnte. Das war zwar alles andere als ein Kampf, auf den ich mich freute, aber wenigstens hatte ich auf meinem Ritt durch den Wald eine Sorge weniger.

Mich beschäftigte die Frage, wer Rolf wohl begleiten mochte. Nachdem ich Morai ausgeschlossen hatte, blieben noch drei Möglichkeiten, von denen mir keine behagte. Grath, der Giftmischer, würde kaum ein Problem darstellen. Er hatte weder die Ausbildung noch die Statur für einen offenen Kampf. Vareck ra Daar war verrückt, wie alle seine Landsleute, aber er würde sich mir offen zum Kampf stellen und versuchen, sich ehrbar zu schlagen. Beim Gedanken an den dritten Kandidaten, Chi'gandir, fröstelte ich. Ich mag keine Zauberer.

Im selben Augenblick, in dem mir der Gedanke kam, Chi'gandir könnte Rolfs Begleiter sein, überfiel mich jäh die erschreckende Gewißheit, daß genau das der Fall war. Die Götter sind sonderbar und genießen es, mit uns Sterblichen ihre Spiele zu treiben. Chi'gandir war nicht nur das Mitglied der ganzen Räuberbande, das ich am allerwenigsten treffen wollte, er war auch der einzige unter ihnen, der Weylan, dem Fährmann am Breitstrom, auf grausamste Weise mitspielen würde.

Chi'gandir war ein abtrünniger Zauberer von gewaltiger Macht, für die er aber kaum Einsatzmöglichkeiten hatte. Er war ein kleiner Kerl mit Hakennase und Glatze. Niemand hatte auch nur eine entfernte Ahnung davon, wie alt er sein mochte. Aber in den zwanzig Jahren, die er nun schon sein Unwesen trieb, hatte sich sein Aussehen, wenn man den Beschreibungen Glauben schenkte, nicht verändert. Um das linke Auge trug er eine Rautentätowierung, die ihn als Tingisschleicher kennzeichnete. Das erklärte einiges, was seine Überlebenskünste und seine Vorliebe für grausame Machtspektakel betraf.

Ursprünglich war er ein vielversprechender Schüler der mystischen Künste gewesen, doch die Ungeduld, in die Bereiche der Höheren Magie vorzustoßen, hatte Chi'gandir verzehrt. Er hatte seinen Lehrmeister verlassen, war durch die Lande gezogen und hatte die selbstsüchtigen Künste der Schleicher erworben, und er hatte Zauberer zu finden gewußt, die bereit gewesen waren, ihm verantwortungslose und zerstörerische Möglichkeiten zum Einsatz seiner Talente beizubringen. Angeblich hatten sie alle versucht, ihn für ihre eigenen Zwecke zu benutzen, nur um im Gegenzug von ihm vernichtet zu werden. Wie ein Kind, das ein gefährliches neues Spielzeug bekommen hat, ging er daran, mit Dingen, Tieren und Menschen zu spielen.

Chi'gandir trug den Beinamen ›der Verwandler‹, denn er nutzte seine Kräfte, um andere Wesen umzugestalten. Zunächst hatte er es zu seiner Belustigung getan und einem neugeborenen Kalb ein fünftes Bein oder einen zweiten Kopf angezaubert, nur um die entsetzte Reaktion der Bauern zu sehen. Dann hatte er erkannt, daß er auch Menschen verändern konnte und daß diese, wenn sie reich oder mächtig waren, gut dafür bezahlten, seine Zauber aufheben zu lassen.

»Wenn er Weylan etwas angetan hat«, murmelte ich Wolf zu, »wird Chi'gandir mich anbetteln, aufzuheben, was ich ihm antun werde.«

Angst und Wut tobten in meinem Innern. Weylans Leben war auch ohne solche Leute wie Rolf oder Chi'gandir schon tragisch genug. Aber trotz seiner Probleme war er ein guter Mensch und ein noch besserer Freund. Der Ritt durch den Wald schien kein Ende nehmen zu wollen, und je länger er dauerte, desto sicherer wurde ich, daß die beiden ihn gegen mich benutzen würden. Andererseits, wenn ich Glück hatte, oder wenn Weylan Glück hatte, würde er mit seiner Fähre gerade am Westufer sein, und ich würde mich den Banditen ungestört widmen können, bevor der Fährmann mit ihnen aneinandergeriet.

Weylan war das klassische Beispiel des Reichsbürgers, zu dessen Schutz und Rache Clekan die Tahlion gegründet hatte. Seine Familie betrieb die Fähre schon seit Menschengedenken. Durch die Jahrhunderte hatte der älteste Sohn Haus und Grund geerbt, die Fähre übernommen und eine Familie gegründet, die seine Nachfolge sicherte. Und immer hatte der Erbe seine Frau in einer der Händlerfamilien gefunden, die auf ihren Reisen durch das Flußtal kamen.

Bis die Straßenräuber Weylan in die Hände bekamen, war es eine stolze Tradition gewesen, deren Ende nicht absehbar war.

Vor zehn Jahren hatte sich das alles geändert. Zumindest erzählten das die Geschichten, die ich darüber gehört hatte. Weylan sprach nie darüber, was geschehen war, aber die anderen Bewohner des Distrikts brauchte man kaum zu bitten, davon zu erzählen, wenn überhaupt. Weylans ganze Familie hatte ihn verlassen und war mit einem reichen Händler aus Lacia gezogen, um dessen Tochter Elverda als seine Braut abzuholen. Während sie fort war, hatte eine Bande von Räubern, größer als Morais Truppe, aber weniger begabt, die

Fährstation überfallen. Weylan, ein hübscher junger Bursche mit starken Muskeln vom jahrelangen Betrieb der Flußfähre, hatte sein Erbe verteidigt und ein Dutzend von ihnen erschlagen, bevor sie ihn überwältigten. Dann hatten die Banditen ihn sich vorgenommen.

Die Schurken hatten ihn an einen Baum gefesselt und bewußt verstümmelt. Seinen Körper hatten sie unangetastet gelassen, ihm aber die Zähne herausgeschlagen und sein Gesicht verwüstet. Sie hatten sein linkes Auge zermatscht, bis es milchweiß und blind war, und ihm die halbe Kopfhaut abgerissen. Sie hatten seine Nase zertrümmert und plattgequetscht, so daß er nur noch nasal und undeutlich sprechen konnte. Es hieß, sie hätten ihn mehrere Tage so bewacht, bis die Heilung eingesetzt hatte, damit kein Zauberer die Verstümmelungen rückgängig machen konnte. Dann waren sie weitergezogen, nur Stunden, bevor seine Familie kam und ihn fand.

Seine Braut Elverda hatte ihn trotzdem gewollt. Ich weiß nicht warum, aber in dieser einen Tat bewies sie eine edlere Natur, als ich sie jemals im Rest der Welt gefunden habe. Weylan sprach sie von allen Gelübden frei und bat sie zu gehen. Sie weigerte sich, also heiratete er sie und verstieß sie unmittelbar darauf. Er schickte sie und den Rest seiner Familie weg. Wenn die Tavernengeschichten stimmten, kehrte sie in jedem Frühjahr mit den Handelszügen ihres Vaters zurück, um Weylan zu bitten, sie zu nehmen.

Morais Banditen hielten sich an die nach Norden in Richtung der Berge abbiegende Straße. Ich bog auf einen weniger benutzten Seitenpfad ab, den mir Weylan ein paar Jahre zuvor gezeigt hatte, und der auf kürzerem Weg ins Tal und zur Fähre führte. Als ich Wolf von der Straße lenkte, murmelte ich ein Stoßgebet, daß der Pfad mich ins Tal brachte, bevor Rolf und Chi'gandir es erreichten.

Ich sah Weylans Blockhütte und wußte, daß ich das

Rennen verloren hatte. Die Sonne stand noch hoch am Himmel, aber von Weylan selbst war keine Spur zu sehen. Die Fähre trieb neben dem Steg vor der Hütte, und hinter ihr stampften zwei verschreckte, weitäugige Pferde.

Wolf und ich galoppierten hinab, doch der Rappe scheute, als wir bis auf eine gewisse Entfernung heran waren. Ich sprang aus dem Sattel, zog meinen Süntklieber aus der Sattelscheide und ließ ihn frei. Es gab nur zweierlei, wovor Wolf Angst hatte: Schlangen und Zauberei. Chi'gandir hatte magische Energie genug, um jedem Angst einzujagen, und solange Rolf irgendwo in der Nähe lauerte, waren die Schlangen meine geringste Sorge. Ich ließ Wolf davonlaufen, damit Chi'gandir keine Chance hatte, mein Haar oder Blut in die Hände zu bekommen. Ohne einen Teil von mir als Fokus für seine Zauber konnte seine Magie mich nicht treffen.

Den Süntklieber schlagbereit schlich ich mich vorsichtig zur Südwand der Hütte. Ein verblichener grüner Vorhang verhinderte, daß ich durch das Fenster ins Innere sah, doch er konnte das rhythmische Quietschen von Weylans Schaukelstuhl nicht merklich dämpfen. Als ich nichts anderes hörte, hoffte ich einen Augenblick, daß meine schlimmsten Befürchtungen sich nicht bewahrheitet hatten.

Ich entspannte mich nur ein wenig, schlich weiter zur Veranda der Hütte, zog mich hoch und über das Geländer. Ich ließ mich vorsichtig hinunter, damit die Holzbretter unter meinen Füßen nicht knarrten und meine Anwesenheit verrieten. Ich legte die Hand auf die Tür und ein leichter Druck genügte, sie zu bewegen. Also nahm ich den Süntklieber in die Linke. Kampfbereit stieß ich die Tür weit auf.

Im Türrahmen erstarrte ich. Mein Atem stockte. Drei Meter vor mir saß Weylan und schaukelte in seinem Stuhl in meinen Schatten und wieder hinaus.

Strahlend blaue Augen starrten mich aus prachtvollen Zügen an, wie zwei von einem Meisterjuwelier kunstvoll plazierte Saphire von genau der gleichen Größe. Die schmale Nase verlieh dem Gesicht einen Ausdruck hoher Intelligenz. Langes, dichtes schwarzes Haar verdeckte zwei wohlgeformte Ohren. Zwei ebenmäßige Reihen perlweißer Zähne strahlten mich in einem flüchtigen Lächeln an, und das kräftige Kinn verlieh ihm eine Charakterstärke, die seine Entstellungen ihm zuvor vorenthalten hatten.

Chi'gandirs schwarze Künste hatten Weylans Antlitz vollkommen gemacht, vollkommen, bis auf die Tränen, die über die Wangen des Fährmanns kullerten.

Sein edler Kopf saß auf einem verkümmerten, mißgebildeten Körper. Er war auf Kleinkindergröße geschrumpft. Der Zauberer hatte Weylans Knochen verzerrt und verformt wie Treibholz und seine Gelenke aufschwellen und verknoten lassen. Die aschgraue Haut hing dick und lose in breiten Falten an seinem Körper – wie die Kleider eines Vaters am Körper seines kleinen Sohns.

Er versuchte die rechte Hand zu heben, aber das war bereits zu viel für seine verkümmerten Muskeln. »Tahlion, Nolan, mein Freund.« Seine Stimme klang klar und fest. »Töte mich.«

Ich schüttelte wild den Kopf und trat in das dumpfe, abgedunkelte Zimmer. »Chi'gandir. Wo ist er?«

Weylan hörte die Frage nicht. Bei der bloßen Erwähnung des Zauberers verkrampfen sich seine Züge und neue Tränen strömten aus den himmelblauen Augen. »Als ich ihn sah, flehte ich ihn an, mich wieder zu dem zu machen, der ich gewesen war. Sie wird bald wieder kommen, und ich wollte nur, daß sie mich nur einmal so sieht, wie ich früher war.« Seine Lippen zitterten, und er schluckte, um einen neuen Tränenschwall zu unterdrücken. Er versuchte die Hände zu heben, um sich das Gesicht abzuwischen, aber seine Arme schafften es nur bis in Bauchhöhe, bevor sie aufgaben und kraftlos zurückfielen. »Töte mich, oder ich schleppe mich zum Fluß und ertränke mich, bevor sie mich so zu Gesicht bekommt.«

»Nein!« Die Wut stieg in mir hoch, und ich schleuderte die Worte hervor. »Du Narr, du weißt, daß die Werke eines Zauberers nur wirken, solange er lebt. Wo ist Chi'gandir?«

Weylans Blick zuckte über meine Schulter, und seine Lippen öffneten sich zu einer Warnung, aber ich hatte den Schatten auf dem Fußboden schon bemerkt. Mit einem Tritt schubste ich seinen Schaukelstuhl nach rechts um, während ich mich nach vorne warf und nach links drehte. Die groben Fußbodenbretter knirschten unter meinem Gewicht, als ich aufkam … und zerbarsten, als Rolfs Axt sie traf. Ohne mich auch nur zu einem einzigen Blick umzudrehen, rollte ich mich auf die Füße ab, wirbelte herum und sprang durch ein mit einem Vorhang verdecktes Fenster hinaus auf die Veranda.

Rolf ra Karesia drehte sich zu mir um, die Streitaxt liebevoll an die Brust gepreßt, und wieder traf mich die Bösartigkeit Chi'gandirs wie ein Schlag ins Gesicht. Scharlachrote Schlangenhaut bedeckte den Körper des Banditen, und das Sonnenlicht warf goldene Glanzlichter auf ihre Schuppen. Eine gespaltene Zunge zuckte aus dem breiten, lippenlosen Mund seines vorstehenden Schlangengesichts. Die schmal geschlitzten Nasenöffnungen verliefen im rechten Winkel zu den schmalen, rautenförmigen schwarzen Pupillen seiner bernsteingelben Augen. Die Verwandlung hatte seine Ohren in den Schädel zurückweichen lassen, bis nur Löcher zurückgeblieben waren, und seine Beine waren zu einem sich wiegenden Schlangenkörper miteinander verwachsen.

Rolf stieß ein unartikuliertes Zischen aus und wand sich mir entgegen. Ich wich zurück und sprang über das Verandageländer, Sekunden bevor das Holz unter seinem Axthieb zerbarst. Ich wich mehrere Schritte weiter zurück, dann hielt ich an, als er mir folgte.

Rolf glitt von der Veranda, und sein Leib stürzte zu Boden. Sein Oberkörper hing mit Übergewicht mühsam in der Luft, bevor genug von seiner unteren Hälfte den Boden erreicht hatte, um ihn wieder aufzurichten. Ich sprang vor, parierte einen schwachen Axthieb mit dem Süntklieber und versetzte der wankenden Monstrosität einen gestreckten Tritt an den Kopf. Der Schlag schleuderte ihn zurück gegen die Hütte, doch er schlug mit dem Schwanz aus und riß mir die fast die Beine unterm Leib weg. Ich sprang in die Höhe und brachte mich mit einem Radschlag nach rechts aus seiner Reichweite, mußte meinen Süntklieber dabei aber im Staub liegen lassen.

Rolfs Schwanz zuckte und schlug mein Schwert beiseite. Er lachte, auch wenn es sich mehr nach dem erstickten Husten eines Bergarbeiters anhörte denn nach einem ehrlichen Ausdruck von Freude. Er kam langsam näher und nahm sich selbst in dieser Bestiengestalt die Zeit, die Vorstellung zu genießen, der erste Mann seit einem Jahrzehnt zu sein, der einen Rechtsprecher tötete.

Ich lächelte ihn an und konzentrierte mich. Dann beschwor ich meinen Süntklieber, und er nahm in meiner Hand Gestalt an. Ich mußte auflachen, als ich den schweren Griff der Waffe auf der toten kalten Haut der Tätowierung in meiner rechten Handfläche fühlte. Einen Augenblick lang spielte ich mit dem Gedanken, den Rüegær aus seiner Scheide auf meinem Rücken zu ziehen, aber um die dolchähnliche Klinge einzusetzen, hätte ich näher an Rolf herangemußt, als mir lieb war.

Durchscheinende Lider zuckten von unten über Rolfs Augen, dann fielen sie wieder herab. Er stieß vor, und ein Gewitter aus Axthieben regnete auf mich herab. Ich wich den beiden ersten Schlägen aus, duckte mich unter dem dritten weg und sprang vor, als er die Axt zum vierten Mal über den Kopf hob. Mit einem Ausfallschritt stieß ich ihm die Waffe in die Brust, aber der Süntklieber glitt von seinen Schuppen ab, ohne ihn zu verletzen.

Ich war ernstlich außer Balance und sah entsetzt nach oben. Rolf ragte über mir auf, packte die Axt neu und stieß den Griff auf meinen Kopf herab. Ich drehte mich weg, aber der Schlag streifte mich an der linken Schläfe mit genügend Wucht, um mich benommen zu machen. Ich stolperte nach hinten und legte mich lang. Vor meinen Augen tanzten explodierende Sterne, während Rolf, rotgolden glänzend wie ein Sonnenuntergang, die Axt beiseite schleuderte und sich über mich beugte.

Er legte die riesenhaften Hände auf beiden Seiten um meinen Brustkorb. Schmerzen zuckten durch meine Rippen, dann warf er mich in die Luft. Wie ein Vater, der mit seinem Kind spielt, fing der Bandit mich in einer Umarmung um die Taille auf, die meinen linken Arm hilflos an den Körper preßte. Der Süntklieber glitt aus meiner anderen Hand, und die Schmerzen wurden so stark, daß ich mich nicht ausreichend konzentrieren konnte, um ihn ein zweites Mal zu beschwören. Rolf schüttelte mich zweimal, um sicherzugehen, daß ich mich nicht aus seiner Umarmung winden konnte, dann drückte er zu.

Ich trat ihm kraftlos in den Magen und versuchte zu entkommen. Meine linke Hand blieb fest unter seiner rechten Achsel gefangen, konnte aber keinen wirksamen Druck auf die unter Schuppen und Muskeln geschützten Nervenknoten ausüben. Ich schloß die Augen, um gegen die Schmerzen anzukämpfen, und erschauderte, als Rolfs Zunge über meine schweißnasse Kehle zuckte.

Seine Fäuste gruben den Rüegær in mein Rückgrat, wie eine Erinnerung an seine Nähe und schreckliche Unerreichbarkeit. Ich stieß mit dem Kopf vor, um ihm mit der Stirn einen Schlag ins Gesicht zu versetzen, aber dafür hielt er mich zu hoch. Meine rechte Faust hämmerte ohne Wirkung gegen seine Schulter. Ich hatte keine anderen Möglichkeiten mehr. Rolf selbst ließ mir keine Wahl.

Ich starrte auf meine Handfläche hinab, dann schüttelte ich den Kopf, um meinen Geist zu leeren. Ich blickte hinunter in seine Augen, hinter den Wahnsinn und die Wut, und versuchte zu erkennen, was für ein Mensch er gewesen sein mochte. Ich verdrängte meine Schmerzen und das Bedauern, das mich noch an die Begegnung mit Fortun erinnerte.

Dann legte ich die offene Hand auf seine Stirn. Seine Haut war glatt und von einer flüssigen Wärme, als bestünde sie aus lebendigem Kupfer oder Gold. Ich fühlte, wie sie sich unter meiner Berührung bewegte, als versuchte der Teil von ihm, der noch Mensch war, zu verstehen, wie diese Hand so kalt sein konnte, und warum das Tier in ihm instinktiv zurückschreckte.

Ich atmete ein und rief sein Leben ab.

Kurze Szenen zuckten vor meinem inneren Auge vorbei, wie Illustrationen im Manuskript seines Daseins. Ich fühlte sein Triumphgefühl verblassen und durchlebte einen seiner Wutanfälle. Ich sah die Welt durch seine Augen und verstand, wie er unschuldige Handlungen und Gesten als Drohungen hatte auffassen können. Ich teilte seinen Schmerz und die tiefe Angst vor der Welt.

Einen Herzschlag lang kehrte er zur Unschuld seiner Jugend zurück, während alles Böse und aller Zorn ausgesaugt war, ohne das erwachsene Verständnis der Welt zu verlieren. Er las in seiner eigenen Geschichte und verstand das Leid, das er verursacht hatte. In diesem Augenblick wußte er, warum ich sein Leben nehmen mußte, und erkannte, daß er sterben mußte. Seine Seele floh in die Totenschädeltätowierung auf meiner Handfläche.

Ich schälte die Hand von seiner Stirn und entschied mich, eine schwarze Totenkopfmarkierung zu hinterlassen. Sein Körper erschlaffte, sackte zusammen und befreite mich von dem körperlichen Druck. Das Leben strömte zurück in meine Glieder, und das lenkte mich ausreichend ab, um mich mehrere Sekunden nicht bemerken zu lassen, daß ich nicht mit Rolfs Leiche zu Boden gestürzt war. Als ich es schließlich bemerkte und mich nach der Ursache für diese erstaunliche Tatsache umschaute, zog Chi'gandir den Zauber, der mich einschloß, zusammen und hielt mich fester, als es Rolf je geschafft hatte.

Er drehte mich in der Luft, so daß ich ihn sehen konnte. Er kam durch die Tür der Hütte geschlendert und hielt Weylan am Kragen des Hemds in der Luft. Chi'gandir setzte ihn auf die Kante der Veranda, wie ein Kind eine Puppe dort abgelegt hätte. Dann drehte er sich wieder zu mir um und gestikulierte mit meinem Süntklieber, den er in der linken Hand hielt. »Nach allen Geschichten, die ich gehört hatte, bin ich immer davon ausgegangen, daß Rechtsprecher eine Bindung an ihre Schwerter haben, aber ich hätte nie gedacht, daß sie so stark ist.«

Ich nickte langsam. »Ergib dich besser gleich, Chi'gandir. Wenn du mich tötest, werden die anderen Tahlion dir niemals Ruhe gönnen.«

Chi'gandir kicherte mit einem nasal keuchenden Klang. »Drohungen stehen dir nicht, Tahlion. Sie sind wie der Körper des Fährmanns, unpassend und nutzlos.« Wieder kicherte er und strich über die Klinge des Süntkliebers. »Rolfs Verwandlung hat Haar und Blut erfordert. Ich frage mich, was dieses Schwert mich aus dir machen läßt.«

Das Kribbeln, das durch meinen ganzen Körper zog, als Chi'gandirs Finger über den Süntklieber fuhren, erstickte meine Entgegnung. Ich fühlte, wie meine Zehen zusammenwuchsen und ihre Eigenständigkeit verloren. Es begann als dasselbe unangenehme Gefühl, das ich bekomme, wenn etwas zwischen meinen Zehen klemmt. Dann breitete es sich durch die Füße nach oben aus, als auch sie ineinanderflossen, und wurde zu einem fruchtbaren Brutplatz für Angst und Verzweiflung.

Mir war klar, daß ich zurückschlagen mußte, und ich kannte nur eine Möglichkeit, das zu tun. Sofort verlangsamte ich meine Atmung, schloß die Augen und zwang mich, in eine selbsthypnotische Trance zu fallen. Gewöhnlich nutzen Tahlion diese Trance dazu, das Ausmaß und die Schwere erlittener Verletzungen zu ermitteln, und es ist sogar möglich, mit ihr den Blutstrom zu steuern. In diesem Fall jedoch mußte ich die Möglichkeiten, die sie mir bot, noch besser nutzen.

Ich schaute in mein Inneres und zuckte zusammen, als ich die Verwüstung sah, die sein Zauberspruch angerichtet hatte. Chi'gandirs Magie stellte eine weit schlimmere Gefahr dar als der leichte Schaden, den Rolf mir beigebracht hatte, also zwang ich meinen Geist an den Prellungen und Muskelzerrungen vorbei in meine Beine. Ich stellte mit ganzer Kraft mein bewußtes Selbstbild wieder her, bis hin zu den fünf Zehen an jedem Fuß. Ich benutzte die Kraft meines Willens als Meißel und hämmerte die Veränderungen, die sein Zauber bereits durchgeführt hatte, sorgfältig wieder weg. Es erwies sich als einfacher als ich erwartet hatte, seine Macht zu brechen und den Zauber zum Zerplatzen zu bringen.

Chi'gandir zog sich zurück, und ich öffnete die Augen. Der Zauberer wirkte müde, und ich erkannte, daß ich ihn besiegen konnte. Rolfs Verwandlung mußte ihn eine Menge Kraft gekostet haben, ganz zu schweigen davon, was er Weylan angetan hatte. Er mußte dem Umfallen nahe sein, denn eigentlich hätte ich seinen Angriff nicht abblocken können dürfen. Wenn ich ihn heftig genug reizte, bestand die Chance, daß er sich überanstrengte und seine Zauber sich verflüchtigten.

Chi'gandirs linke Augenbraue hob sich und zog die Rautentätowierung um sein Auge in die Länge. Er schob meinen Süntklieber tiefer in den Gürtel. »So so, Tahlion bekämpfen Magie mit Magie?«

Ich knurrte ihn an: »Wir lernen mit Belästigungen jeder Art fertig zu werden.«

Wütend ließ der Zauberer die Hand auf meinen Süntklieber fallen. »Dann laß sehen, wie du mit dem Fluß fertig wirst.«

Ich flog wie ein von der Schleuder abgeschossener Stein auf das Wasser zu, und nach einem laut platschenden Aufschlag versank ich ebenso schnell. Die Kraft des Zaubers hatte zwar merklich nachgelassen, hielt mich aber immer noch gefangen, während das Wasser mich auskühlte und erstickte. In den im Innern meiner Ohren gefangenen Luftblasen hallte jeder Schlag meines immer schneller werdenden Pulses. Wasser stieg in meiner Nase auf und kitzelte die kostbare Luft aus meinen Lungen. Sandkörner brannten in meinen Augen und knirschten zwischen den Zähnen. Ich zog die Wangen zusammen und spie das schmutzige, sandige Wasser aus.

Ich schloß die Augen, gab den Kampf gegen den Fluß auf und zwang mich, nicht auf das wachsende Brennen in den Lungen zu achten. Ich mußte mich sammeln, damit Chi'gandir gezwungen war, sich um etwas anderes zu kümmern als darum, mich hier unten festzuhalten.

Ich beschwor meinen Süntklieber.

Meine Faust schloß sich um Chi'gandirs halberfrorene Hand und quetschte sie gegen den Griff der Waffe, noch bevor ich erkannte, daß er seinen Zauber abgebrochen hatte, um einen zweiten zu wirken. Chi'gandirs Augen weiteten sich vor Entsetzen. Luftblasen blubberten zwischen seinen Lippen hervor, als er versuchte, einen Zauber zu sprechen. Die silbrigweißen Kügelchen stiegen zur Wasseroberfläche empor wie Opferqualm in den Himmel. Die rechte Hand des Zauberers gestikulierte wild, aber seine nasse Robe peitschte mit und verhedderte sich in einer lethargischen Parodie seiner Bewegungen um seinen Arm.

Ich zog den Rüegær und stieß ihn ihm in die Brust. Blut färbte die Bläschen, die aus seinem Mund entflohen. Obwohl meine brennenden Lungen mich drängten, ihn loszulassen und zur Oberfläche zu schwimmen, stieß ich noch zweimal nach und gab ihn erst frei, als ich mir sicher war, ihn getötet zu haben.

Ich zog den Süntklieber aus seinem Gürtel, steckte beide Waffen zurück in ihre Scheiden und trat aus. Meine Lungen loderten vor Verlangen nach Luft, und es kostete mich Mühe, nicht reflexartig einzuatmen, bevor ich die Flußoberfläche erreicht hatte. Ich wußte, daß das Wasser das Brennen in meiner Brust löschen würde, und ich sehnte mich nach einer Erlösung von diesen Qualen. Aber ich versuchte, all das zu vergessen und so schnell wie möglich zurück an die Oberfläche zu kommen.

Chi'gandirs rote Bläschen drifteten langsam an mir vorbei. Die Oberfläche wirkte endlos weit entfernt. Alles wurde dunkler, selbst die Sonnenstrahlen, die durch das braune Wasser herabdrangen. Seltsame Licht- und Farbblitze schimmerten vor meinen Augen, aber sie waren nicht zu greifen. Ich streckte mich nach der Wasseroberfläche, dort oben, Meilen jenseits meiner ausgestreckten Finger, und versuchte sie zu packen. Meine Hände schlossen sich um nichts, und ich wußte, ich hatte verloren.

Ich warf einen letzten Blick hinauf zur Oberfläche. Meine rechte Hand war immer noch ausgestreckt. Das wogende, schimmernde Licht bleichte die Haut aus und erlaubte mir, sie so zu sehen, wie sie aussehen würde, wenn man mich in drei, vier Tagen irgendwo stromabwärts aus dem Wasser fischte.

Wasser füllte meine Kehle, als meine Sicht versagte. Noch während ich den Fluß und der Fluß mich verschlang, stieß ein Strahl von Luftblasen aus der trockenen Welt herab, und in meinem öden, sterbenden Geist zuckte ein Funken Hoffnung auf.

Ich schreckte hoch und wurde von einem Hustenanfall geschüttelt. Ich rollte mich mit einem festen Stoß der rechten Hand gegen die Blockwand nach links und übergab mich in eine Schüssel, die am Rand des Betts auf dem Boden stand. Ich würgte noch zweimal, dann schaffte ich es, meinen Körper mit hilflosem Flehen davon zu überzeugen, daß der leere Magen nichts mehr hergeben konnte. Erschöpft rollte ich zurück, schloß die Augen und lag nur da, während ich mir vorzustellen versuchte, wie ich dem Fluß entkommen sein konnte.

Ich fühlte ein kühles Tuch auf meiner Stirn. »Marana?« Ich öffnete die Augen und sah eine Frau, die ich nicht erkannte, neben meinem Bett sitzen.

Sie lächelte. Sie war hübsch. Ihre Haare waren schwarz wie die Maranas, aber diese Frau trug sie kurz. Ihre dunklen Augen glänzten, und beim Anblick ihres Lächelns verstummte meine Angst. »Ich bin Elverda.« Sie hob das Tuch von meiner Stirn und ersetzte es durch ein anderes aus der Schale auf ihrem Schoß. »Ich bin jetzt Weylans Frau, und das habe ich Euch zu verdanken.«

Ich schloß die Augen. Es war mir unbegreiflich, wie ich für etwas verantwortlich sein sollte, das geschehen war, während ich noch Novize in Tahlianna gewesen war. Es ergab keinen Sinn, aber das machte jetzt nichts aus. Ich öffnete meine Augen wieder, und Elverda und Weylan nahmen langsam Gestalt an.

Ich starrte Weylan an, schüttelte den Kopf, blickte noch schärfer. Sein Körper hatte sich wieder zurückgebildet. Jetzt war er groß und stark. Die Hände, die unfähig gewesen waren, die Tränen aus seinem Gesicht zu wischen, lagen auf Elverdas Schultern und drückten sie mit liebevoller Sanftheit. Das überraschte mich nicht.

Aber was mich vor allem erstaunte, war sein Gesicht. Es sah noch genauso aus wie bei der letzten Gelegenheit, zu der ich es gesehen hatte, aber diesmal wirkte es wirklich vollkommen, denn es war nicht mehr tränenüberströmt. Weylan lächelte mit vollendetem Gebiß und ausgeprägtem Kinn auf mich herab.

Verwirrt runzelte ich die Stirn. »Ich. Weylan. Ich verstehe nicht.«

Der Fährmann setzte sich hinter Elverda und sah mich über deren linke Schulter an. »Chi'gandir, ein Name, den ich bis zu deiner Ankunft hier nicht kannte, Nolan, war der Anführer der Banditen, die mich vor zehn Jahren überfielen. Damals benutzte er seine Zauberkräfte, um mich zu entstellen. Seine Leute hatten mich in die Mangel genommen, aber ich hatte keine Gelegenheit, mein Spiegelbild zu betrachten, bis er sein Werk getan hatte. Ich verstand damals nicht viel von Zauberei. Nicht, daß sich daran viel geändert hat, doch ich glaubte, die Entstellungen für immer ertragen zu müssen. Erst als er zurückkehrte und seinem Begleiter lachend erzählte, was er mir angetan hatte, verstand ich. Er prahlte damit, es rückgängig machen zu können. Ich flehte ihn an, sich zu erbarmen und den Zauber von mir zu nehmen, den er vor Jahren über mich gelegt hatte.« Er stockte und schloß kurz die Augen. »Du erinnerst dich, was er dann tat.«

Ich nickte.

»Als du ihn dann getötet hast, wurde ich erlöst. Ich rannte zum Fluß und sah Luftblasen. Ich sprang ins Wasser und fand dich. Deine Lunge war voll Wasser, aber nach einer schweren Nacht hast du angefangen dich zu erholen. Heute morgen ist Elverdas Handelszug eingetroffen, und von nun an werden wir als Mann und Frau zusammenleben.«

Ich lächelte und legte die Rechte auf ihre ineinander verschränkten Hände. Ich drückte sie beide, dann ließ ich los. Bevor meine Hand wieder an meiner Seite lag, hatte mich der Schlaf erneut umfangen, aber Weylans Glück hatte seine Wirkung auf mich nicht verfehlt. Es gab mir ein gutes Gefühl und schenkte mir einen schönen Traum.

Ich träumte von Tahlianna.

Nolan: Prüfung

Ich entrollte die vergilbte Karte, die Orjan mir in Tashar gegeben hatte und sah aus verkniffenen Augen zu dem riesigen Dolmen hinauf, der den Paß blockierte. Eine riesige, dreiseitige flache Steinplatte ruhte auf drei Findlingen. Ich überprüfte die Karte und grinste. Der Dolmen war der letzte darauf eingezeichnete Markstein. Am Gipfel des Hangs, am Kopf dieses letzten engen Passes durch das Gebirgsmassiv der Tahls, lag Tahlianna. Ich hatte es geschafft.

Ich rollte die Karte wieder ein und schob sie über die Schulter in meinen Rucksack. Dann nahm ich meinen Wanderstock und marschierte über den unebenen, felsigen Boden weiter. Ich war meinem Ziel so nah, daß ich es knapp hinter dem Horizont spüren konnte. Der Paß würde sich vor mir auftun, und dort würde es liegen, Tahlianna, die Heimat derer, die Gerechtigkeit in die Welt brachten.

Ein Lächeln trat auf mein Gesicht. Ich brannte darauf, meine Reise zu beenden. Fünf Monate und tausend Meilen zuvor hatte ich mein Heim verlassen und mich auf den Weg gemacht. Zu Anfang war meine Mission kaum mehr als eine Spinnerei gewesen. Ich war nicht einmal zwölf Sommer alt gewesen, als ich losgegangen war, und von irgendeiner Planung hatte keine Rede sein können. Ich hatte gewußt, daß Tahlianna irgendwo nordwestlich lag, also war ich in die Darkesh aufgebrochen und einfach geradeaus gewandert.

Jetzt, da ich die letzte Meile hochkletterte, kam mir in den Sinn, wie lang, einsam und gefährlich all jene vorhergangenen Meilen mir erschienen waren. Aber trotz allem konnte ich mich, so sehr ich mich auch anstrengte, an keine einzige Meile der Strecke erinnern, auf der ich geglaubt hatte, meine Reise hätte ein vorzeitiges Ende gefunden. Wenn ich auf die Spuren von Gesetzlosen getroffen war, wie in den Wäldern Celas, hatte ich mich versteckt. Wenn ich einen Bauernhof und ein Dorf gefunden hatte, hatte ich für einen Platz am Feuer und soviel Essen gearbeitet, wie ich nur bekommen konnte. Und als ich krank geworden war, hatte ich das Glück gehabt, jemanden wie Orjan zu treffen, der sich um mich gekümmert hatte.

Die letzten hundert Meter der Paßstrecke stiegen steil an, und ich war gezwungen, wie ein Bergsteiger zu klettern. Ich sah mich sehr vor, wohin ich Hände und Füße setzte, denn so kurz vor dem Ziel, das zu erreichen ich mich so abgemüht hatte, wollte ich mich nicht mehr verletzen. Ich mußte bei guter Gesundheit sein, wenn ich ankam, oder die ganze Reise würde vergebens gewesen sein.

Auf halbem Weg den Hang hinauf kam mir der Gedanke, daß der Nolan, der sich auf diesen Weg gemacht hatte, eine Kletterpartie wie diese hier gar nicht erst versucht hätte, und auch nicht in der Lage gewesen wäre, sie zu meistern. Ich hatte unterwegs nicht zugenommen – dafür hatte ich auf meiner Reise nicht genug zu essen gefunden –, aber ich war zäher geworden. Ich hatte den Babyspeck abgearbeitet und war vier bis fünf Zentimeter gewachsen. Wenn ich so weiterwuchs, würde ich meine beiden älteren Brüder und vielleicht sogar meinen Vater übertreffen.

Ich erreichte den Gipfel, bevor ich weiter an meine Familie denken konnte. Ich zog mich auf die Bergkuppe hoch und sackte zusammen. Mein Brustkorb pumpte heftig, um genug dünne Bergluft in die Lungen zu ziehen und die Bedürfnisse meines Körpers zu befriedigen. Ein wenig benommen lehnte ich mich zurück und brach, trunken vor Erfolg, in lautes Gelächter aus. Schließlich war ich ausreichend bei Kräften, um mich auf Hände und Knie zu wälzen. Ich hebelte mich hoch, und das Tahltal breitete sich vor mir aus.

Nie zuvor hatte ich soviel Grün gesehen. Tiefdunkles lebendiges Grün bedeckte den Talboden. Vom Flickenteppich der Ackerfelder im Süden und Westen bis zum Wald am Fuß der Berge, auf denen ich stand, war dieses Tal der üppig grüne Schatz, von dem mein Vater mir versprochen hatte, daß unser Hof es eines Tages sein würde.

Aber die natürliche Schönheit des Tales verblaßte im Vergleich mit Tahlianna. Als Stern im Innern eines in einem größeren Fünfeck eingeschlossenen Fünfecks erhob sich Tahlianna als strahlend weiße Stadt voller Macht und Stärke. Gewaltige weiße Marmorblöcke formten sich zu Mauern und Gebäuden. Die äußere Stadtmauer ragte sechs Meter hoch auf, das innere Mauerfünfeck sogar neun Meter.

Der Zentralstern war das prächtigste Gebäude, das ich in meinem ganzen Leben gesehen hatte. Die Wände der einzelnen Zacken waren einwärts geneigt und formten im Zentrum des Sterns eine Pyramide mit einem flachen Dach, auf dessen Mitte eine Fahnenstange aufragte. Ein einfarbig schwarzes Fahnentuch flatterte vom Mast und knallte im Wind. Hier in der Tahlprovinz waren keine Insignien nötig.

Ich stand einfach nur da und zitterte. Ich atmete tief ein und ließ die Luft langsam durch die Nase entweichen. Ich war angekommen, hatte mein Reiseziel erreicht. Jetzt wurde es Zeit, über mein Schicksal zu entscheiden.

Ich öffnete einen Beutel an meinem Gürtel und fischte darin nach einem kleinen, in Leder gewickelten Päckchen. Ich löste die Bänder und holte einen einzelnen goldenen Imperial hervor. Er war der große Schatz meiner Familie gewesen, reserviert für die größten Notfälle. Doch selbst dieses Gold hatte nicht genügt, sie zu retten.

Es war eine alte Münze. So alt, daß ich die Inschrift nicht lesen konnte. Nicht, daß sie vom Zahn der Zeit angenagt gewesen wäre. Der Imperial glitzerte noch so hell und klar wie am Tag seiner Prägung und zeigte keine Spur von Abnutzung. Aber die Schrift auf dem Metall stammte aus einer längst vergangenen Zeit, und obwohl ich lesen konnte, verstand ich sie nicht. Aber ich erkannte das Gesicht auf der Münze. Es war Kaiser Clekan, der erste Kaiser, Clekan der Gerechte.

Ich wog die Münze in meiner Hand. Ich genoß die Kühle des Metalls und freute mich daran, daß sie mir nicht mehr so schwer erschien wie früher. Ich schluckte einmal, dann schnippte ich sie hoch in die Luft. Sie wirbelte und drehte sich und schleuderte helle Reflexionen in alle Richtungen. Als sie zurück zur Erde fiel, fing ich sie in der offenen rechten Hand auf. Clekans Profil leuchtete im Sonnenlicht.

Ich lächelte. »Es ist entschieden. Ich gehöre Euch.«

Ein Schatten schob sich vor die Sonne. Ich drehte mich nach rechts und erhaschte einen kurzen Blick auf etwas Weißbraunes, das aus dem blauen Himmel herabstürzte. Ein schrilles Kreischen gellte in meinen Ohren, und irgend etwas traf mich hart im Rücken. Ich fühlte, wie die Schultergurte meines Rucksacks sich strafften, verdrehten und rissen, als ich zu Boden stürzte.

Ich schlug hart auf, und die Wucht des Aufpralls trieb die Luft aus meinen Lungen. Ich prallte vom Felsboden ab und fiel auf den Rücken. Da lag ich nun, Arme und Beine weit ausgestreckt, und versuchte Atem zu holen und zu schreien. Ich versuchte genug Luft in die Lungen zu saugen, um gegen das erstickende Gefühl in meiner Brust anzukämpfen – aber mein Körper verweigerte mir den Dienst. Zusätzlich zu meiner Atemlosigkeit beschwerte er sich spürbar über die Härte des Aufschlags und die spitzen Steine, die sich mir in den Rücken gruben.

Ich fühlte, wie jemand mich an den Schultern packte und von den Steinen hob. »Versuche nicht, dich zu bewegen. Hast du dir etwas gebrochen?« Die Stimme klang jung, fast in meinem Alter, und ebenso besorgt und ängstlich, wie ich mich fühlte.

Ich schüttelte den Kopf und öffnete die Augen. Über mir stand ein blonder, braunäugiger Knabe in einem braunen Wams, auf dessen linker Brust ein weißer Falke im Flug abgebildet war. Meine Antwort auf seine Frage beruhigte ihn augenblicklich, und das hatte eine ebenso entspannende Wirkung auf mich.

»Ich bin ein Elit-Novize.« Er streckte den Arm aus und packte meinen Gürtel. Er zog ihn nach oben, so daß ich ein Hohlkreuz bekam, und zwang dadurch Luft in meine Lungen. Ich atmete nicht viel ein, aber es half, das Brennen in meiner Brust zu lindern. Er ließ mich wieder herunter, dann hob er mich noch einmal an.

Die Taubheit in meiner Brust verschwand. Ich nickte ihm zu und tippte zweimal an seinen Arm. Er ließ mich herab und ging neben mir in die Hocke. »Kannst du deine Beine und Zehen spüren?«

Ich atmete tief ein und langsam aus. Die Schmerzen in meinen geprellten Rippen zwangen mich, die Augen zuzukneifen. Dann zog ich die Knie an und bewegte die Zehen. »Ja, kann ich.«

Der Tahlion-Novize verlagerte das Gewicht auf die Fersen und grinste. »Tut mir leid, daß das passiert ist. Ich habe heute meine Prüfung abgelegt und Vrumec hier herausgebracht, damit er sich mal wieder ausfliegen kann. Er hat etwas gesehen und zugeschlagen. Ich habe dich überhaupt erst im letzten Augenblick bemerkt. Während der Feier hat hier oben in den Bergen eigentlich niemand etwas verloren.«

Ich zog die Beine unter den Leib und richtete mich zu

einer sitzenden Haltung auf. Die Schärfe der Schmerzen in meinem Rücken ließ nach, auch wenn er sich immer noch recht malträtiert anfühlte. In diesem Augenblick sah ich Vrumec zum ersten Mal … der kurze, verwaschene Farbblitz, bevor er mich traf, zählte nicht … und wurde bleich.

Mein Gegenüber bemerkte es und lächelte. »Du brauchst keine Angst vor ihm zu haben. Er ist noch nicht einmal ausgewachsen.«

Vrumec war ein Kaiserfalke. Seine weiße Brust war mit dunkelbraunen Flecken gesprenkelt, während Flügel und Rücken hellbraun waren. Er stand mit Haube und Fußriemen gebändigt etwa sechs Meter entfernt und war damit beschäftigt, meinen Rucksack zu zerfetzen. Von den Krallen bis zur Krone seines Kopfes war er fast zwei Meter groß. Voll ausgewachsen würde er Rinder mit derselben Leichtigkeit schlagen können, mit der ein Turmfalke Nager tötete.

Mein Mund war plötzlich staubtrocken. »Das, äh, der hat mich getroffen?«

Der Elit nickte. Er hielt meine Münze hoch und drehte sie, so daß das Sonnenlicht zurückgeworfen wurde. »Er wird den Lichtblitz gesehen haben und hat zugeschlagen. Du dürftest gar nicht hier oben sein. Wie bist du an den Streifen vorbeigekommen, die das Feierpublikum aus diesem Gebiet fernhalten?« Er reichte mir die Münze, und ich steckte sie zurück in meinen Beutel.

»Ich bin von Norden gekommen. Ich will ein Tahlion werden. Mein Name ist Nolan, Nolan ra Sinjaria.«

Der Tahlion kniff die Augen zusammen und stand auf. »Ich bin Erlan ra Leth, obwohl ich schon fast seit meiner Geburt in Tahlianna bin. Komm.« Er streckte die Hand aus und half mir hoch. »Du mußt dich heute noch einschreiben, wenn du dieser Feier beitreten willst.«

Ich sah hinunter ins Tal. »Die Kletterpartie schaffe ich nie bis heute Abend.«

Erlan grinste. »Ich weiß. Ich fliege dich runter.«

Ich weiß nicht, ob Vrumec einfach nur mein Gewicht auf seinem Rücken nicht behagte oder ob er meine Angst roch. Jedenfalls machte er meinen ersten Flug äußerst unangenehm. Mein Herz pochte die ganze Zeit bis zum Hals, und ich war wirklich froh, unterwegs keine Essenspause eingelegt zu haben. Mir war schon unbehaglich zumute, als Vrumec die Schwingen öffnete, und als wir hinab ins Tal fielen, blieb mein Magen auf dem Berg.

Ich klammerte mich am Sattelzeug fest und zog den Kopf ein, um mich so klein und kompakt wie möglich zu machen. Erlan fluchte mehrmals über den Vogel, aber er behielt die Kontrolle über ihn und brachte uns sicher vom Berg.

Erlan zog Vrumec in einen langen spiralförmigen Sinkflug und tippte mir auf die Schulter. Als ich zu ihm aufsah, deutete er nach unten. Ich sah das Lächeln auf seinem Gesicht breiter werden, als ich meinen Blick über Vrumecs Schwingen hob. Er wußte, was ich da zum ersten Mal erblickte, und er teilte meine Erregung und mein Staunen.

Südwestlich von Tahlianna erhob sich ein Dorf aus Zelten und Pavillons. Die bunten Dächer drängten sich wie Pilze, und auf den Dächern der größten Pavillons wehten die Fahnen der verschiedenen Nationen des Zerbrochenen Reiches. Ringsum scharten sich die kleineren Tuchbauten der Kaufleute und niederen Würdenträger, die hierher gereist waren, um die Feier zu genießen.

Ich sah Erlan an. »Die Menschen sehen aus wie Ameisen«, brüllte ich, damit er mich trotz des Fahrtwinds hören konnte. »Alles ist so klein.«

Er nickte lachend. »Ich werde Vrumec bei den Mauserkäfigen landen, dann gehen wir runter und kümmern uns um deine Anmeldung.« Er deutete zuerst auf ein langes, rechteckiges Gebäude nordwestlich der Stadtmauer und danach auf einen schwarzen Pavillon zwischen den Feierzelten und Tahlianna.

Erlan klopfte Vrumec mit einer Peitsche auf den Kopf, und wir sanken schnell tiefer. Der Wind peitschte durch mein Haar und trieb mir die Tränen in die Augen, aber die schiere Erregung der Geschwindigkeit sorgte dafür, daß ich das Erlebnis genoß. Bei diesem Sturzflug verlor ich alle Angst vor dem Falken. Wie hätte ich etwas fürchten können, das mir erlaubte zu fliegen?

Vrumec breitete die Flügel wieder aus, spreizte die Schwungfedern und schlug mehrmals kräftig mit seinen Schwingen, um abzubremsen. Knapp einen Meter über dem Boden kamen wir zum Stehen, dann sanken wir zu einer sanften Landung hinab. Vrumec schrie triumphierend, und Erlan kraulte ihm den Hals, bevor er dem Falken die Haube überzog.

Erlan warf die Zügel einem anderen Elit-Novizen zu und nahm Kurs auf den schwarzen Pavillon südwestlich der Käfige. Sein jäher Aufbruch überraschte mich, und er war mir mehrere Schritte voraus – aber ich beeilte mich, ihn einzuholen. Er konnte nicht älter sein als ich auch, aber er bewegte sich mit einer selbstsicheren Leichtigkeit, wie ich sie zuvor noch bei keinem Knaben gesehen hatte. Es war kein arrogantes Stolzieren, wie man es von einem Schläger erwartet hätte, der sich einbildete, der härteste Brocken der Gegend zu sein. Er ging erhobenen Kopfes über das Gelände, in einer keineswegs drohenden, aber auch nicht zaghaften oder unterwürfigen Haltung.

Erlan deutete auf einen Mann von leicht rundlicher Statur in schwarzer Hose und einem Wams derselben Farbe. »Geh rüber zu dem Tisch dort, Nolan, und sprich mit dem Schreiber.« Auf der linken Brust seines Wamses trug der Schreiber das Zeichen der Tahlion-Dienstleisterklasse, Hammer und Schreibfeder über Kreuz. »Ich hol dich ab, wenn du fertig bist.«

Dann verließ er mich und ging zu zwei älteren Tahlion hinüber. Er verbeugte sich respektvoll und unterhielt sich mit ihnen. Ich ging, wie er mir aufgetragen hatte, hinüber zu dem Schreiber. »Verzeihung?«

Der Mann sah von seinem ordentlich aufgeräumten Tisch auf. Sein Doppelkinn wackelte gerade genug, um jede Wirkung zu zerstören, die sein ernster Blick auf mich hätte haben können. »Ja, was ist, Junge?« fragte er in ungeduldigem Ton.

Ich zwang mich, das Zittern in meiner Stimme zu unterdrücken. »Ich möchte ein Tahlion werden.«

Er musterte mich einmal kurz, dann senkte er wieder den Kopf auf seine Unterlagen. »Sag deinen Eltern, du bist schon zu alt.«

Ich schluckte den Kloß hinunter, der mir den Hals zuschnürte. »Sie sind tot.«

Er sah wieder zu mir hoch und runzelte die Stirn. Suchte er nach Tränen? Seine Miene ließ keinen Zweifel daran, daß meine Hartnäckigkeit ihn ärgerte. »Haben dich deine Verwandten geschickt?«

Ich schüttelte den Kopf. Im Grunde war das wohl eine berechtigte Frage. Jede Familie, die einen Tahlion in ihren Reihen hat, erhält Geldzahlungen für dessen Dienste, solange er Tahlion bleibt. Daher kommt es gar nicht selten vor, daß ein unerwünschtes Kind zu den Tahlion geschickt wird. »Ich habe niemanden«, antwortete ich langsam. »Ich bin der letzte meiner Familie.«

Der Dienstleister nickte und zog ein Blatt Pergament aus dem Stapel neben seiner Linken. Er tauchte die Schreibfeder in das Tintenfaß und lächelte mich selbstgefällig an. »Du kommst aus den Westlichen Seestaaten, richtig?«

Ich lächelte zurück. Er hatte richtig geraten. »Ich heiße Nolan.«

Er schrieb etwas auf das braune Blatt und reichte es mir. »Bring das morgen früh wieder mit, dann bereiten die anderen dich auf die Prüfung vor.«

Ich drehte das Blatt und las. »Das stimmt nicht.« Ich reichte es ihm zurück.

»Was redest du da?« Er starrte mich an, als sei ich nicht recht bei Trost.

Ich deutete auf den Fehler. »Da steht Nolan ra Hamis. Ich bin Nolan ra Sinjaria.«

Er lachte. Sein Lachen breitete sich über seine Wangen und das Doppelkinn bis zu seinem Bauch aus. Wut stieg in mir auf, und ich biß die Zähne zusammen. Ich wußte genau, was er als nächstes sagen würde, und am liebsten hätte ich ihm meine Faust in den Mund gerammt, um die Worte aufzuhalten. »Sinjaria wurde erobert. Seit diesem Frühjahr ist es ein Herzogtum König Tirrells von Hamis. Du bist Nolan ra Hamis.«

»Nein!« Ich zerknüllte das Papier und schleuderte es auf den Tisch. Es prallte ab und traf ihn an der großen Nase. »Mich hat niemand erobert! Ich schulde weder ihm Gefolgschaft noch seiner Marionette, Herzog Vidor.«

Der Schreiber sprang auf. Die Wut trieb ihm das Blut ins Gesicht, und die Adern an seinem Hals wurden sichtbar. Meine Augen verwandelten sich in Schlitze, und ich bereitete mich auf ein Wortgefecht oder auch auf Handgreiflichkeiten vor, falls er mich schlagen sollte. Dann zog er sich wortlos zurück und nahm wieder Platz.

Sie standen um mich herum, Erlan zu meiner Rechten, die beiden anderen Tahlion, mit denen er gesprochen hatte, zu meiner Linken. Der kleinere der beiden reichte mir nur bis an den Hals. Sein faltiges Gesicht und die ledrige Haut erweckten den Eindruck von Alter, aber das tiefschwarze Haar und die lebhaften braunen Augen straften sie Lügen. Er trug braunes Lederzeug und auf der linken Wamsbrust prangte dasselbe Elit-Falkenabzeichen wie bei Erlan.

Der andere Mann ragte einen guten Kopf hoch über mir auf, was ihn zu einem echten Riesen machte. Er war ebenso hager wie sein kleinerer Begleiter, mit kahlrasiertem Kopf und durchdringenden, braunen Augen. Seine Gesichtszüge wirkten ausgesprochen kantig, und hätte in seinem Blick nicht ein unübersehbares Feuer gelodert, hätte er gefühllos erscheinen können. Er trug einen schwarzen Mantel, der um seine schmale Hüfte lose von einer geknoteten Schnur zusammengehalten wurde. Auf der linken Brust seines Mantels saß ein weißes Totenkopfemblem. Ein Schaudern lief durch meinen Körper, als ich es sah. Er war ein Rechtsprecher!

Der große Mann fragte mit leiser und sanfter, aber fester Stimme: »Gibt es hier ein Problem?«

Der Schreiber raschelte mit seinen Papieren. »Nein, Edler Hansur, es gibt kein Problem. Der Knabe hatte Schwierigkeiten mit der Geographie.« Er griff nach dem zerknüllten Pergament auf seinem Tisch und strich es glatt.

»Ich habe überhaupt keine Schwierigkeiten mit der Geographie!« protestierte ich und deutete auf das Pergament. »Ich bin Nolan ra Sinjaria, und er hat ›ra Hamis‹ geschrieben.«

Der Edle Hansur nahm das Blatt vom Tisch und las es. Seine Finger waren erstaunlich lang und wiesen deutliche Schwielen auf. Er gab das Pergament dem Novizen neben ihm und starrte auf den Schreiber hinab. »Das Formular ist falsch. Und es ist unvollständig. Hast du vergessen, welche Einzelheiten wir benötigen?«

Der Mann wurde bleich und schluckte. »Nein, Edler Herr.«

Edler Hansur sah mich an. »Du bist Nolan ra Sinjaria?«

Ich nickte. »Ja.«

»Familie?«

»Keine. Ich bin Waise.« Während ich die Fragen des Hohen Hansur beantwortete, hielt der Schreiber meine Antworten auf einem frischen Blatt Pergament fest.

Edler Hansur stockte eine Sekunde. »Das tut mir leid. Wieviele Sommer hast du erlebt?«

Ich zögerte. »Zwölf, aber …«

Der Schreiber hätte zwölf eingetragen, aber Edler Hansur zuckte mit der linken Hand und stoppte ihn. »Kennst du dein eigenes Alter nicht?«

Ich lächelte unruhig und blickte kurz zu Boden. »Ich wurde zu Herbstanfang geboren, im Übergang vom Sommer. Ich habe meinen ersten Sommer nicht erlebt, aber ich habe ihn auch nicht um viel verpaßt.«

Wieder stockte Edler Hansur. Er kniff kurz die Augen zusammen und verschränkte die Arme, so daß die Hände in den Ärmeln des schwarzen Wollmantels verschwanden. »Damit du den Sinn der Frage verstehst, Nolan: Das Alter der Anwärter dient uns dazu, die Schwierigkeit der Prüfung festzulegen. Die Prüfung für einen zwölfjährigen Novizen fällt leichter aus als die für einen Dreizehnjährigen. Du kannst versuchen, dich als Dreizehner zu bewähren, aber das ist deine Entscheidung.«

Ich biß mir auf die Unterlippe und dachte nach. Schließlich schüttelte ich den Kopf. »Es wäre nicht gerecht, so zu tun, als wäre ich erst elf.«

Der Edle Hansur nickte und sah zu dem Schreiber hin. »Schön. Führe ihn als angehenden Dreizehner auf.«

Ich sah dem Schreiber zu, wie er die Notiz eintrug, und lächelte. Ich wollte unbedingt ein Tahlion werden, aber nicht durch Betrug.

»Du mußt noch eine letzte Frage beantworten, Nolan«, begann Edler Hansur, nachdem der Dienstleister fertig war. »In welche Klasse willst du eintreten?«

Der Pulsschlag donnerte in meinen Ohren, und die Angst schnürte mir die Kehle zu. Es gab sieben verschiedene Klassen, unter denen ich meine Wahl treffen konnte, aber zwei von ihnen schloß ich sofort aus. Ich konnte kein Elit werden, weil ich keinen Falken fliegen konnte, und ich kannte keine Magie, also kamen auch die Magicker nicht in Frage. Meine beste Chance hatte ich als Krieger oder Lanzer. Möglicherweise konnte ich es als Schütze schaffen, und die Tatsache, daß ich zu lesen und schreiben verstand, würde mir einen Vorteil den anderen Kandidaten gegenüber verschaffen. Aber keine dieser Klassen interessierte mich wirklich.

Ich fuhr mit der Zunge über meine trockenen Lippen. »Ich will Rechtsprecher werden.«

Der Schreiber beherrschte sich eine ganze Sekunde steinernen Schweigens, dann brach gröhlendes Gelächter sich Bahn. Er kippte auf seinem Stuhl nach hinten, verlor das Gleichgewicht und stürzte zu Boden. Dort hielt er sich den Bauch und lachte weiter.

Edler Hansur bellte ein einziges Wort, das dem Gelächter augenblicklich ein Ende machte. Dann sagte der Rechtsprecher einen kurzen Satz in einer Sprache, die ich nie zuvor gehört hatte. Doch der Ton seiner Stimme war scharf wie ein Rasiermesser.

Der Dienstleister stellte seinen Stuhl wieder auf, verbeugte sich und suchte das Weite. Edler Hansur persönlich trat hinter den Tisch und schrieb *Rechtsprecher* auf das Pergament. Er schob es mir herüber. »Jetzt unterschreib.«

Ich nahm die Feder und setzte meinen Namen so sauber und gleichmäßig unter das Formular, wie ich konnte. Der Strich wurde etwas ungleichmäßig, weil meine Hand vor Beunruhigung zitterte, aber davon abgesehen konnte ich auf die Unterschrift stolz sein. Ich legte die Feder beiseite.

Edler Hansur preßte die rechte Hand auf das Pergament. Als er sie wieder wegzog, sah ich die Totenkopftätowierung auf seiner Handfläche und eine genaue Kopie davon an der Unterkante des Blattes. Meine Kinnlade sank herab, und als ich den Mund wieder schloß, tat ich es mit einem hörbaren Klacken.

Der Edle Hansur war so höflich, meinen Schock zu übersehen. »Dieses Pergament ist für dich. Erlan bringt dich zum Zelt Devon ra Yastans. Devon wird sich um dich kümmern. Er wird dir etwas zu essen und einen Schlafplatz für die Nacht geben. Morgen früh wird dich jemand zum Prüfungsplatz abholen.«

Das Pergament flatterte in meinen zitternden Händen wie ein gefangener Vogel. Ich verbeugte mich vor dem Hohen Hansur und dem Elit, dann folgte ich Erlan aus dem Zelt.

»Also, Nolan, du hast dich ja gehörig angestrengt, um den Hohen Hansur zu beeindrucken.« Erlan grinste breit.

Ich runzelte die Stirn. »Wie meinst du das?«

»Das mit deinem Alter und die Geschichte vom Waisenjungen.« Erlan lachte und schüttelte den Kopf.

Ich packte den Elit-Novizen an der Schulter und riß ihn herum. »Das war die Wahrheit. Meine Familie ist tot. Alle!«

Sein Grinsen verblaßte, dann riß er sich aus meinem Griff los und sah mich mißtrauisch an. »Wie bist du dann hierher gekommen, wenn das stimmt?«

Ich zuckte die Schultern. »Zu Fuß.«

Meine Antwort überraschte ihn. »Aus Sinjaria? Allein?«

Ich nickte ernst. »Es hat fünf Monate gedauert. In Tashar bin ich krank geworden.«

Erlan runzelte die Stirn. »Das kannst du unmöglich allein geschafft haben.«

Ich hob wieder die Schultern. »Du hast mich in den Bergen gesehen. War irgend jemand bei mir?«

»Nein, nein, da war niemand.« Sein Lächeln kehrte zurück. »Tut mir leid. Es ist bloß so, daß während der Feier jeder, der ein Tahlion werden will, irgendeinen Grund oder eine Geschichte zu haben scheint, mit der er versucht, den Hochwalter der Klasse, in die er aufgenommen werden will, zu beeindrucken.«

Ich blieb stehen und starrte ihn entsetzt an. »Soll das heißen, Edler Hansur ist ein Rechtsprecher-Hochwalter?«

Erlan sah mein ungläubiges Gesicht und stürzte sich darauf wie eine Katze auf eine Maus. »*Ein* Hochwalter? Er ist der *einzige* Hochwalter der Rechtsprecher. Wenn du Erfolg hast, wirst du ihm Rechenschaft ablegen müssen.« Ich muß ausgesehen haben, als würde ich mich im nächsten Augenblick übergeben, denn er setzte noch einen drauf. »Und der andere Mann war Isas ra Amasia, Hochwalter der Eliten. Und beide waren schon beeindruckt von deiner Fähigkeit, einem herabstoßenden Falken auszuweichen!«

Auf dem restlichen Weg zu Devons Pavillon sagte ich kein Wort. Devon war ein dunkelhäutiger, korpulenter Yastani, der mich mit einem dröhnenden Lachen empfing, das mir bei aller Unruhe das Gefühl gab, hier zu Hause zu sein. Er reichte mich sofort an seine Diener weiter, die mich mit einer Mahlzeit versorgten, Wasser für ein Bad erhitzten und mir eine Matte, ein Kissen und eine Decke gaben, damit ich mich schlafen legen konnte. Das Essen war ausgezeichnet und erinnerte mich an die Mahlzeiten, die ich unterwegs mit einer Bauernfamilie in Yastan geteilt hatte. Im Bad holte mich die Anstrengung der Reise dann ein, und nachdem ich mich abgetrocknet hatte, zog ich mir die Decke über die Schultern und fiel sofort in einen tiefen Schlaf.

Meine Erschöpfung half. Ich schlief tief und fest, ohne von dem Alptraum geplagt zu werden, der mich über den halben Kontinent verfolgt hatte.

Devon weckte mich vor Morgengrauen. Er schüttelte mich sanft an der Schulter. Ich setzte mich auf und rieb mir den Schlaf aus den Augen. Ich war immer noch etwas steif und hatte leichte Muskelschmerzen, aber die Nachtruhe hatte meinem Rücken äußerst gutgetan.

»Zieh dich an, Nolan. Wir haben dir ein Frühstück gemacht, damit du etwas in den Magen bekommst, bevor sie dich abholen.«

Ich streifte mir schnell die Sachen über und setzte mich an den Tisch in der Zeltmitte. Devon saß mir gegenüber und aß einen Apfel. Bevor ich selbst etwas aß, lächelte ich ihn an. »Ich möchte mich ehrlich bei dir dafür bedanken, daß du mich hier aufgenommen hast. Ich habe etwas Geld, und ich werde dir das Essen und den Schlafplatz bezahlen.«

Devon schüttelte den Kopf, deutete auf meine Schüssel und lachte. »Ach was, vergiß es, Junge. Du bist hier, weil Hansur dich geschickt hast. Außerdem war es mir eine Ehre, Nolan ra Sinjaria zu beherbergen. Nur sehr wenige Helden versuchen, Tahlion zu werden.«

Der Löffel mit dampfendem Eintopf hielt auf halber Strecke zu meinem Mund an. »Helden? Das verstehe ich nicht.«

Wieder lachte mein Gegenüber. »Nein, wahrscheinlich tust du das wirklich nicht. Deine Geschichte hat hier letzte Nacht schnell die Runde gemacht. Der Schreiber war aus Hamis, und die rimahastischen und janischen Edlen hier haben deinen Patriotismus sehr begrüßt. Außerdem hat die ganze Feier erfahren, daß du ganz allein fast vierhundert Meilen marschiert bist, um hierher zu kommen.«

Ich schnaubte. »Eher dreihundert.«

Devon zuckte die Achseln. »Sagen wir dreihundertfünfzig, von mir aus, aber es bleibt eine beachtliche Strecke für jemanden deines Alters. Und als würde das noch nicht reichen, hast du nach dieser langen Reise noch die Kraft und Schnelligkeit, einem herabstoßenden Falken auszuweichen!« Auf Devons Gesicht trat ein Ausdruck übertriebener Ehrfurcht. Er hielt ihn aufrecht, bis ich lachend losprustete, dann stimmte er mit ein.

Ich versuchte heldenhaft auszusehen und versagte dabei durchaus absichtlich. »Wenn ich es nicht zum Tahlion schaffe, sollte es doch möglich sein, mich bei einem der Königshäuser als General oder so etwas zu bewerben, wenn man sich solche Geschichten über mich erzählt, oder?«

»Ich an deiner Stelle würde unter den Kriegsfürsten gar nicht erst anfangen.« Devon beruhigte sich. »Wenn du es nicht schaffen solltest … obwohl ich vollstes Vertrauen in dich habe …, komm zuerst zu mir.«

Ich beendete mein Frühstück, als ein Diener auftauchte und mit Devon sprach.

»Wisch dir den Mund ab, Nolan. Edler Hansur hat jemanden geschickt, der dich abholen soll.«

Ich hatte gehofft, Erlan würde mein Begleiter werden, aber dem war nicht so. An seiner Stelle erwartete mich ein Rechtsprecher-Novize. Er war so groß wie ich und hatte so blondes Haar, daß es fast weiß schien. Seine Augen waren von einem tiefen, dunklen Blau. Als er mich zurück zu dem großen schwarzen Pavillon führte, stellte ich fest, daß sein Gang etwas hochmütiger wirkte als der Erlans.

Aus dem Inneren des Pavillons war die gesamte Einrichtung entfernt worden, und in der Mitte des Zeltraums erhob sich eine hohe Empore. Sieben Banner, eines für jede Klasse der Tahlion, waren um den Außenrand des Zelts aufgestellt, und neben ihnen saß jeweils ein Schreiber an einem Tisch. Den Hamisen vom Vortag konnte ich nirgends entdecken.

Mein Begleiter führte mich in die Nähe des Totenkopfbanners. »Warte hier, bis Edler Hansur seine Ansprache beendet hat. Dann geh zum Banner. Ich werde dich dort erwarten.«

Ich nickte, und er ließ mich allein.

Im Verlauf der nächsten Viertelstunde füllte sich das Zelt mit Menschen. Tahlion-Novizen führten sie herein und zu den Bannern der Klassen, denen sie beitreten wollten. Alle wirkten müde, und immer wieder ging ein Gähnen wellenartig durch die ganze Menge, aber ich fühlte trotzdem die Erregung, die uns allen gemeinsam war. Es lag eine nervöse Energie von solcher Stärke in der Luft, daß man es fast knistern spürte.

Das allgemeine Raunen verstummte, als der Edle Hansur auf die Empore trat. Er ragte hoch auf, und ein schwarzer Umhang hüllte seinen schlanken Körper in Schatten. Er warf ihn über die linke Schulter zurück und hob die Hand. Sein schwarzes Lederwams wurde von der aufgehenden Sonne in rotem Licht gebadet,

53

und der kalte, abschreckende Totenkopf auf der linken Brustpartie erstrahlte hell in den ersten Sonnenstrahlen. Ohne jede Spur von Humor starrte er uns arme Narren, die wir es wagten, Tahlion werden zu wollen, grinsend an.

»Dies sind eure letzten Anweisungen vor der Prüfung. Ihr sollt wissen, daß ihr bis zu ihrem Beginn noch die Möglichkeit habt zurückzutreten. Versagt ihr bei eurer Prüfung, dürft ihr euch nie wieder als Tahlion bewerben.« Hochwalter Hansurs Stimme drang uns allen bis ins Mark und löste ein unruhiges Flimmern in meiner Brust aus. Irgendwie wollte ich plötzlich davonlaufen und den Fluchtweg ergreifen, der mir angeboten wurde, aber ich zwang mich, diesem Drang zu widerstehen. Ich schluckte und blieb, wo ich war, während andere, von kräftigen Söldnern bis zu geduckten Schreibern, sich verneigten und das Zelt verließen.

Edler Hansur wartete, bis sie alle fort waren, bevor er weitersprach. »Es sind sieben Banner errichtet, eines für jede Klasse der Tahlion. Wenn ich euch dazu auffordere, werdet ihr das Formular, das ihr erhalten habt, dem Tahlion an dem entsprechenden Banner aushändigen. Er wird euch mitteilen, wann eure Prüfung stattfindet. Es wird von euch erwartet, daß ihr eine Viertelstunde vor diesem Zeitpunkt eintrefft. Dann wird man euch zum Schauplatz der Prüfung bringen.«

Der Rechtsprecher-Hochwalter machte eine weitere Pause, um allen Gelegenheit zu geben, sich umzusehen und das Banner der Klasse zu finden, bei der sie sich beworben hatten. Ein Teil drängte sich millimeterweise in deren Richtung. Wir anderen warteten.

Der Rechtsprecher nickte beruhigend, als wolle er einem Kind die Angst vor der Dunkelheit nehmen. »Ihr seid alle nervös. Das ist verständlich, deshalb werde ich euch etwas darüber erzählen, was euch heute und morgen erwartet. Ihr werdet auf die Fähigkeiten geprüft, die für die Klasse vonnöten sind, der ihr beitreten wollt.

Die Prüfungen sind schwer, aber sie führen nur in Ausnahmefällen zu Verletzungen, und Todesfälle unter den Bewerbern sind äußerst selten. Sinn der Prüfung ist allein die Feststellung, ob ihr genug wißt und über ausreichend Ausdauer verfügt, um es zum Tahlion zu schaffen. Ihr könnt nur euer Bestes geben … Und ein Fehlschlag ist in diesem Falle keine Schande.«

Bei seinen letzten Worten wurde mir reichlich flau im Magen, und meine Oberlippe wurde feucht von Schweiß. Für mich war ein Fehlschlag unmöglich zu ertragen. Ein Soldat, dem die Aufnahme in die Tahlion-Krieger verweigert wurde, fand andere Arbeit, und ein Schreiber konnte jederzeit einen fetten Kaufmann finden, der weder lesen noch schreiben konnte. Aber selbst mit Devons Angebot für den Fall meiner Ablehnung konnte ich das Gefühl nicht abschütteln, daß ich nichts weiter sein würde als ein Kind ohne Ziel oder Sinn in seinem Leben. Natürlich dachte ich zu jenem Zeitpunkt nicht in diesen Begriffen. Was ich vor mir sah in jenem Zelt, als die Worte des Hohen Hansur die Flamme meiner Selbstzweifel entzündeten, war gähnende Leere, die mich ebenso zu verschlingen drohte, wie sie schon meine restliche Familie gefordert hatte. Für mich wäre ein Fehlschlag schlimmer als der Tod gewesen, weil ich mit der Erinnerung daran, versagt zu haben, hätte weiterleben müssen.

Die abschließenden Worte des Hohen Hansur holten mich in die Gegenwart zurück und deuteten an, was ich würde leisten müssen, um Erfolg zu haben. »Ich werde euch kein Glück wünschen, denn ein Tahlion verläßt sich nicht auf sein Glück. Habt Mut und vertraut euch selbst.« Er verbeugte sich vor uns. Wir erwiderten die Geste, dann stürmten wir zu unseren Bannern.

Ich erreichte das Rechtsprecherbanner vor irgendeinem anderen. Der weiße Totenschädel auf dem Fahnentuch war so groß wie mein Brustkorb. Ich riß meinen Blick von den leeren Augenhöhlen und reichte dem

Dienstleister mein Pergament. Er las es, schaute auf einer Liste nach und trug ein paar Zahlen am unteren Rand ein. »Nolan ra Ha … Sinjaria?«

Ich nickte.

»Es wird dich sofort jemand abholen.« Er reichte mir das Blatt zurück und lächelte. »Nach dem, was ich gehört habe, brauche ich dir wohl weder Glück noch Mut zu wünschen.«

Ich wurde rot und senkte den Blick. »Ich nehme beides, wenn ich es bekommen kann.«

Der Schreiber schüttelte den Kopf und sah sich im Zelt um. »Du bist allen anderen hier einen Schritt voraus. Du bist zu jung für die Verzweiflung der älteren Bewerber.« Er deutete auf eine Reihe weißhaariger, altersgebeugter Bewerber um die Aufnahme in die Dienstleisterklasse. »Sie haben Angst vor dem Tod. Sie haben ihr ganzes Leben hart gearbeitet und nichts, wofür es sich lohnen würde, einfach nur zu leben. Für sie sind die Tahlion die letzte Hoffnung, und sie leben nur für die eine Möglichkeit, von uns aufgenommen zu werden. Diejenigen, die es nicht schaffen, werden wahrscheinlich sterben, bevor sie wieder zu Hause sind. Und die anderen, die Soldaten«, fuhr er fort. »Man sollte meinen, sie wären schlau genug zu wissen, daß sie nicht hierher gehören. Manche von ihnen wurden von Tahlion ausgebildet, die in anderen Ländern stationiert sind, und glauben, sie wären genauso gut wie der Lanzer oder Krieger, der versucht hat, ihnen genug beizubringen, damit sie nicht bei der ersten Berührung mit dem Feind abgeschlachtet werden. Wenn sie tatsächlich so gut wären, hätten sie längst Offiziersrang oder würden einen Söldnertrupp kommandieren. Sie sind nur hier, weil ihr Stolz ihnen sagt, sie hätten das Zeug zum Tahlion.« Er lachte ohne jeden Anflug von Humor. »Der Stolz ist ein Lügner.«

Mein Begleiter mit den schneeweißen Haaren kam rechtzeitig genug, um den zweiten Teil des Vortrags des

Schreibers über die Rekruten mitzuhören. Er schleuderte dem Mann einen scharfen Kommentar ins Gesicht. Die Sprache, die er dabei benutzte, war mir fremd, aber sein Tonfall drückte tiefe Verachtung für die Ansichten des Dienstleisters aus. Der Schreiber wirbelte mit geballten Fäusten herum, dann entkrampften seine Hände sich, und seine Antwort hatte einen um Entschuldigung heischenden Klang. Mein Begleiter sagte noch etwas, und der Dienstleister verschwand.

Der Rechtsprecher-Novize hob das Totenkopfbanner und bat mich durch die entstandene Öffnung. Ich ging ein, zwei Stufen hoch, dann wartete ich auf ihn. »Wer wird sich jetzt um die anderen kümmern, die Rechtsprecher werden wollen?«

Er schüttelte den Kopf, dann strich er sich mit der Linken die weißen Haarsträhnen aus dem Gesicht. »Es gibt keine anderen, Nolan ra Sinjaria. Du bist der einzige Rechtsprecher-Rekrut.«

Er führte mich schweigend zu einem kleineren schwarzen Zelt, auf dessen Eingang ein weißer Totenkopf prangte. Der Rechtsprecher hielt den Eingang für mich auf, und ich trat ein. Es dauerte etwas, bis meine Augen sich an die Dunkelheit gewöhnt hatten. Als das Innere des Raums erkennbar wurde, sah ich einen Klappstuhl, eine Truhe und auf der Truhe ein paar Kleidungsstücke. Auf dem Stuhl saß eine Rechtsprecherin. Sie entließ meinen Begleiter mit einer knappen Bewegung der rechten Hand, bei der ich einen flüchtigen Blick auf die Totenkopftätowierung erhaschte.

Ich reichte ihr mein Pergament. Sie überflog es, dann sah sie zu mir hoch. »Hier sind deine Anweisungen. Leg deine Kleidung ab und zieh diesen Lendenschurz und die Sandalen an. Sie sind die einzige Kleidung, die dir für die Prüfung gestattet ist. Wenn du dich umgezogen hast, wirst du dieses Zelt verlassen und dem Weg folgen, der mit blauen Wimpeln markiert ist. Du mußt auf dem Weg verschiedene Hindernisse überwinden und so viele dieser roten Tuchstreifen sammeln wie möglich. Am Ende deiner Prüfung wird man dich erwarten und Rechenschaft von dir verlangen. Hast du diese Anweisungen verstanden?«

Ich sah auf den Tuchstreifen in ihrer Hand und nickte. Er war so lang wie mein Unterarm und zwei Finger breit. Sofern er nicht vergraben oder sonstwie versteckt war, sollte ich keine Schwierigkeiten haben, etwas so leuchtend Rotes zu finden.

Sie stand auf und ließ mich in dem Zelt allein. Ich streifte hastig meine Kleider vom Leib und schnürte den weißen Lendenschurz um. Er hing vorne und hinten bis zu meinen Knien herab. Die Riemen der weichen braunen Ledersandalen reichten ebenso hoch, als ich sie fertig gebunden hatte. Ich bewegte die Zehen in den fest geschnürten Sandalen. Trotz der frostigen Morgenluft fühlte ich mich wohl. Ich murmelte ein schnelles Gebet an Shudath, dann trat ich durch den Hinterausgang des Zelts ins Freie.

Helles Sonnenlicht schlug über mir zusammen, und ein Trompetenstoß schallte in meinen Ohren. Ich zuckte vor Überraschung und rannte den Weg hinab, der sich vor mir über eine mit goldenen Blüten bedeckte Wiese erstreckte. Er führte einen Hügel hinauf und in den Wald, der die Nordseite des Tahltals bedeckte. Auf dem abschüssigen Teil des Wegs lief ich unter der Wirkung des nervösen Energieschubs, den das Trompetensignal ausgelöst hatte, recht schnell, aber als der Weg sich hob, wurde ich langsamer. Wenn diese Prüfung ihren Namen verdiente, würde ich eine ganze Weile unterwegs sein.

Allmählich erkannte ich, daß etwas an dem Trompetensignal vertraut gewesen war. Als meine erste Panik verklungen war, suchte ich in meiner Erinnerung und versuchte mich zu entsinnen, woher ich diese Melodie kannte. Kaum hatte ich mich darauf konzentriert, wußte ich auch schon die Antwort. Da ich in Tashar endlich wieder gesund genug gewesen war, um weiterzureisen, hatte Orjan, der Gastwirt, dieselbe Folge von Noten gespielt, als ich seine Herberge verließ. Er hatte mich während meiner Genesung mit Kriegsabenteuern unterhalten, und ich wußte, daß er im Tashariheer Trompeter gewesen war. Er hatte mir erklärt, wie er und seine Kameraden mit Hilfe der Melodien Worte und Befehle weitergaben, und diese Noten ergaben meinen Namen.

Ich wurde schneller. Man erwartete mich. Diese Aussicht machte mir gleichzeitig Angst und Mut. Ich wußte nicht, was mir in dieser Prüfung bevorstand, aber ich war entschlossen, mehr als nur mein Bestes zu geben.

Trockenes, staubiges Grasland machte den nebligen, dunklen Pfaden eines Waldwegs Platz. Rostfarbene Nadeln bedeckten den Boden, und hellgrüne Farne säumten den Weg. Der Wald roch nach Kiefer und reicher, lehmiger Erde. Das Sonnenlicht versuchte das dichte Blätterdach zu durchdringen und schaffte es auch hier und da, konnte das schweigende Herz des Waldes aber nicht erwärmen.

Ich rannte den Weg entlang, ohne irgend etwas zu sehen, bis eine dünne Schweißschicht meinen Körper bedeckte und die schwarzen Locken auf meiner Stirn klebten. Dann kam ich an eine Wand aus Baumstämmen, die meinen Weg blockierte. Die Rinde der Stämme war grob abgeschält, sie waren jedoch nicht fertig behauen und voller Splitter. Die Wand reichte mir fast bis zum Scheitel, und die beiden rechts neben dem Weg liegenden Stämme ließen mich vermuten, daß ihre Höhe mit der Körpergröße des geprüften Rekruten in Zusammenhang stand.

Ich beschleunigte und griff nach dem obersten Stamm. Meine Hände faßten zu und ich schwang mich hoch und hinüber. Meine linke Hüfte streifte gerade die Oberkante der Holzwand. Ich wollte schon loslassen, um aus der Landung heraus weiterzulaufen, als ich nach unten sah.

Unter mir gähnte eine drei Meter tiefe Grube und wartete darauf, mich zu verschlingen.

Meine linke Hand verkrampfte sich, und ich grub die Finger in den obersten Stamm. Meine linke Schulter knirschte und knackte, als mein Leib herabschwang und gegen die Wand schlug. Beim Aufprall schlugen meine Zähne aufeinander. Vor meinen Augen explodierten Sterne, und ich prellte mir die Rippen auf der linken Seite. Eine Sekunde lang hing ich nur da und mein Körper pendelte wie eine Leiche am Galgen, während irgend etwas in meinen linken Arm stach.

Ich griff mit dem rechten Arm hinter mir hoch und bekam den Baumstamm gut genug zu fassen, um den Zug auf meinem linken Arm zu lockern. Schmerzen schossen den verletzten Arm hinauf und hinab. Ein langer Holzsplitter, so dick wie ein Pfeil, hatte sich knapp unter der Achsel in den linken Oberarm gebohrt, und eine dünne Blutspur lief daran entlang und tropfte auf meine Seite. Ich drückte die Wunde an die Brust, tastete mit den Füßen nach einem Halt und fand ihn mit dem rechten Fuß. Ich klemmte den Fuß in die Wand, dann stieß ich mich ab und sprang über die Grube.

Als ich mich wieder auf festem Boden befand, fiel ich auf die Knie und schaute mir den linken Arm genauer an. Der Splitter war nicht sehr tief eingedrungen, daher biß ich die Zähne zusammen und zog ihn heraus. Danach riß ich einen Tuchstreifen von meinem Lendenschurz und verband die Wunde. Ich drehte meinen Arm mehrmals langsam durch einen Vollkreis und stellte zu meiner Beruhigung fest, daß ich nicht ernsthaft verletzt war, auch wenn der Arm schmerzte und wahrscheinlich eine Wiederholung dieser Belastung nicht durchgestanden hätte.

Beinahe hätte ich vergessen, mich nach einem der roten Tuchstreifen umzusehen, die ich sammeln sollte. Zu meiner Linken bemerkte ich einen kleinen, an einen Baum genagelten Holzkasten. Im Innern konnte ich einen Wimpel sehen, aber bevor ich wieder auf den Beinen war und hinübergehen konnte, schnappte eine Klappe von oben herab und versperrte mir den Zugriff. Ich hatte meine erste Fahne verloren!

Ich untersuchte die Hartholzkiste hastig und fand einen einfachen Zeituhrmechanismus aus Sand mit ein paar kleinen Gegengewichten. Der Sand lief aus einem kleinen Behälter aus, und sobald eine bestimmte Menge abgelaufen war, zogen die Gewichte die Klappe zu. Die benutzten Gewichte hingen vermutlich mit dem Alter oder der erwarteten Geschwindigkeit des Rekruten zusammen. Das Trompetensignal am Beginn meiner Prüfung war wohl das Zeichen für die Tahlion gewesen, den Mechanismus in Gang zu setzen.

Ich setzte mich wieder in Bewegung, diesmal schneller, um etwas von der verlorenen Zeit gutzumachen. Daß ich meine erste Fahne verloren hatte, machte mir zu schaffen, denn es konnte bedeuten, daß ich schon am ersten Hindernis durch die ganze Prüfung gefallen war. Das wäre zwar nicht gerecht gewesen, aber ich hatte keinerlei Garantie, daß Gerechtigkeit bei dieser Prüfung irgendeine Rolle spielte. Ich konnte nur hoffen, daß ein einzelner Fehler erlaubt war.

Ich rannte um einen Hügel und in eine enge Schlucht hinab. Der Pfad endete an einem eisigen Bergbach. Etwa sechs Meter bachaufwärts setzte er sich am anderen Ufer fort, und die blauen Wimpel säumten den Wasserlauf. Dort, wo der Pfad wieder ans Ufer trat, sah ich eine der Fahnenkisten, deren Klappe halb geschlossen war.

Ich unterdrückte ein Grinsen. In Sinjaria hatte ich dicht am Darkesh gelebt, so daß Bergbäche für mich nichts Neues waren und auch keinerlei Angstgefühle auslösten. Meine Brüder und ich hatten in ihnen gebadet, wenn Vater uns nicht brauchte, und wir waren alle gute Schwimmer. Ohne zu zögern sprang ich ins Wasser und schwamm los.

Das kalte Wasser betäubte die Schmerzen in meiner Schulter, und ich schnitt durch die Strömung wie ein Kriegsschiff hart am Wind. Triefnaß aber begeistert stieg ich an meinem Ziel an Land und holte mir meine Fahne. Ich zog den Tuchstreifen durch den Gürtel meines Lendenschurzes und lief weiter.

Hätte ich mir am ersten Hindernis nicht die Schulter verletzt, hätte die nächste Aufgabe mich zu Fall gebracht. Eine halbe Meile hinter dem Fluß, an einem Pfad, der über eine Serie von Bodenwellen führte, die dem Waldboden das Erscheinungsbild einer übergroßen faltigen Decke verliehen, blockierte eine lange, tiefe Grube meinen Weg. Von einem Baumstamm, der an beiden Enden auf Dreibeinen aus grob geschältem Holz lag, hing eine Serie von Seilen über der Grube. Die offensichtliche und einfachste Methode, sie zu überqueren, bestand darin, sich von einem Seil zum nächsten zu schwingen, aber durch die Verletzung war für mich daran gar nicht erst zu denken.

Also kletterte ich an einem der Pfosten auf meiner Seite hoch und kroch über den Baumstamm, von dem die Seile hingen. Auf halbem Weg sah ich, daß der Haken, an dem eines dieser Seile hing, angesägt war und mit Sicherheit abgebrochen wäre, sobald jemand versucht hätte, sich daran weiterzuschwingen. Plötzlich war das Loch in meinem Arm gar keine so große Belastung mehr für mich, denn es hatte mich vor dieser Falle gerettet.

Ich fand die Kiste, holte mir meine zweite Fahne und grinste, denn diesmal war die Klappe nicht so kurz davor zuzuklappen wie noch am Bach. Ich hatte Zeit aufgeholt. Das machte mir Mut. Ich füllte meine Lungen mit frischer, lebendiger Bergluft, hakte meine Trophäe in den Gürtel und lief weiter.

Die nächste Fahne hätte ich fast übersehen. Wahrscheinlich sollte sie als Test meiner Aufmerksamkeit dienen. Ich war mehr als eine halbe Meile gelaufen, eine

Leistung, die weit über meine Kräfte gegangen wäre, hätte die Reise nach Tahlianna mich nicht darauf vorbereitet, und fühlte mich ausgesprochen müde. Ich war schweißnaß, und meine Wunde brannte. Der eingedrungene Schweiß stach so heftig, als wäre noch ein Teil des Holzsplitters in meinem Arm geblieben. Ich wußte, ich mußte weiterlaufen, um die Zeituhren zu schlagen, aber ich war gezwungen anzuhalten, um die Wunde neu zu verbinden und mir einen Augenblick Ruhe zu gönnen.

Ein Blitzschlag schien durch meinen Arm zu schlagen, als ich das blutgetränkte Tuch festzog. Ich nahm ein Ende in den Mund und schmeckte das süßsalzige Blut, als ich den Knoten festzog. Ich atmete durch, und als ich den Kopf wieder hob, um weiterzulaufen, sah ich aus dem Augenwinkel etwas rot aufblitzen. Sofort verließ ich den Weg.

Tatsächlich, da war eine Kiste mit meiner nächsten Fahne in Sichthöhe, aber halb hinter dem dicken Stamm einer Eiche verborgen. Die Klappe stand fast so weit auf wie die vorherige, woraus ich schloß, daß meine Geschwindigkeit mir gut zupaß kam, solange es mir gelang, sie beizubehalten. Ich holte mir den Tuchstreifen, hängte ihn zu den anderen an meinen Gürtel und rannte weiter.

Die nächste und letzte Aufgabe erwartete mich in einer kleinen, staubigen Senke, die wie eine flache Schale zwischen mehreren Hügeln lag. Ich kam um einen der Hügel und betrat diese natürliche Arena aus einer Richtung, aus der mir die Morgensonne voll in die Augen schien. Auf dem Hügel vor mir zeichneten sich die Silhouetten mehrerer Erwachsener ab. Ich konnte ihre Gesichter nicht erkennen, vermutete aber in dem hochgewachsenen Mann in der Mitte Hochwalter Hansur.

Mir gegenüber auf der anderen Seite der Senke hing die letzte Fahne in einer hoch an einem Föhrenstamm befestigten Kiste. Aus dem Gebüsch rechts von mir trat ein Tahlion und warf mir einen Kampfstab zu. Ein anderer Tahlion, ein Novize meines Alters mit dem weißen Schwertzeichen der Krieger auf der linken Brust seines Wamses, verstellte mir den Weg zu meiner Trophäe.

Mich verließ der Mut. Sie erwarteten von mir, gegen einen ausgebildeten Kämpfer mit dem Stab anzutreten. Mein ›Kampfstab‹-Training bestand aus dem Prügeln von Ochsen, die keine Lust hatten, gerade Furchen zu pflügen, und meine einzige Kampferfahrung aus den Prügeleien mit meinen Brüdern. Vielleicht hatte ich die Prüfung noch nicht bei der ersten Aufgabe verloren, aber jetzt war klar, daß ich keine Chance hatte, sie zu gewinnen.

Wut und Verzweiflung erfaßten mich. Die schiere Enttäuschung darüber, es bis hierher geschafft zu haben, um dann so kurz vor meinem Ziel zu scheitern, schnürte mir die Kehle zu. Ich stieß ein gutturales Kampfgebrüll aus, packte den Stab und stürmte geradewegs auf meinen wartenden Gegner zu. Ich besaß zwar keine Übung, meine Wut reichte aber sicher aus, ihn zu überwältigen. Wenigstens konnte ich mich daran erfreuen und in meiner großen Niederlage noch einen winzigen Sieg erringen.

Dann, als der Krieger sich in Stellung brachte, um mich abzufangen, erinnerte ich mich, daß es um die Fahne ging. Meine Aufgabe bestand nicht darin, ihm den Kopf zu spalten, sondern das Stück Tuch aus der Kiste zu holen, die hinter ihm an den Baum genagelt war. Worum ich in Wahrheit kämpfte, war Zeit und eine Möglichkeit, an die Fahne zu kommen. Und diesen Kampf konnte ich gewinnen.

Ich faßte den Stab wie einen Speer, zog den rechten Arm zurück und schleuderte ihn mit ganzer Kraft. Der Kampfstab drehte sich wie eine Garnspindel und flog geradewegs auf das Gesicht des Kriegers zu. Mit einem Ausdruck der Verachtung parierte er den Wurf. Der Stab prallte mit einem Knall von seiner Waffe ab und fiel in den Staub. Ich lief auf ihn zu, und der Krieger folgte mir, um mich abzublocken.

Sobald er sich in Bewegung setzte, brach ich in Richtung auf die Fahnenkiste aus und rannte, was meine Beine hergaben. Ich hörte ihn fluchen, als er meine Finte erkannte und mir nachsetzte. Ich hörte seine Schritte unmittelbar hinter mir, glaubte seinen Atem im Nacken zu spüren. Meine Seiten stachen vor Erschöpfung, aber ich verdrängte die Schmerzen und spurtete weiter, obwohl mir klar war, daß er mit jedem Schritt aufholte.

Ich fühlte ihn knapp hinter mir, wagte aber nicht, mich umzusehen. Ich wußte, gleich würde er mir den Stab zwischen die immer schwächer werdenden Beine schlagen und mich zu Boden werfen. Er würde über mir stehen und mich umwerfen, sobald ich versuchte, mich vom staubigen Arenaboden zu erheben. Die Fahne war so nah und doch so weit entfernt. In Gedanken hatte ich bereits verloren.

»Nein!« schrie ich. Noch hatte ich nicht verloren. Ich durfte mich nicht selbst besiegen.

Ich pflanzte das linke Bein auf, blieb plötzlich stehen und trat mit dem rechten Bein nach hinten aus. Der Krieger rannte in meine Ferse und klappte um mein Bein zusammen wie ein gegen den Mast schlagendes Segel. Die Luft wurde mit einem lauten *Uff* aus seinen Lungen getrieben, und der Kampfstab fiel ihm aus den erschlaffenden Händen.

Mich warf der heftige Aufprall nach vorne aufs Gesicht. Der Sand scheuerte über mein Kinn und meine Brust, knirschte zwischen meinen Zähnen und machte mich niesen. Eine dicke Sandschicht blieb von Kopf bis Fuß an mir kleben, und bei meiner Erschöpfung schien jedes winzige Körnchen ein Pfund zu wiegen.

Langsam zwang ich mich wieder auf die Beine. Ich bewegte mich so schnell ich dazu in der Lage war, aber meine Gedanken kreischten mich an, schneller zu werden. Im Innersten wußte ich, daß der Krieger mich mit seinem Stöhnen einlullen wollte. Ich sollte glauben, ich hätte alle Zeit der Welt, mir die letzte Fahne zu holen. Ich stolperte einmal und trieb mir dabei noch mehr Sand in die aufgescheuerten Knie, dann stand ich wieder auf und humpelte zum Fahnenkasten.

Mit dreck- und blutverschmierter Hand griff ich nach dem letzten Tuchstreifen, faßte ihn mit stahlharter Faust. Meine Lungen brannten und mein ganzer Körper schmerzte, aber ich hatte gewonnen. Ich hatte mir meine verdammten Fahnen geholt – nein, ich hatte sie mir verdient. Ich hatte mein Bestes gegeben und noch mehr. *Aber war es gut genug?*

Ich beugte mich nach vorne, stützte die Hände auf die Knie und saugte Luft in meine Lungen, so viel ich konnte. Über mir fiel die Kiste zu. Ich schloß die Augen und schüttelte den Kopf, um die Schweißtropfen abzuschütteln, die mir übers Gesicht rannen. Der Pulsschlag dröhnte in meinen Ohren, und mein Kopf fühlte sich an, als sei er auf gewaltige Ausmaße angeschwollen. Mir wurde schwindlig, und beinahe wäre ich umgefallen. Dann hörte ich das Knirschen von Schritten im Sand vor mir und richtete mich auf.

Edler Hansur ragte wie der Schatten des Todes vor mir auf. Hinter ihm blieb nur eine einzelne Gestalt auf dem Hügel zurück, ein schwarzer Schatten vor der Sonnenscheibe. Edler Hansur streckte die linke Hand mit ihren langen Fingern aus. »Die Fahnen.«

Ich zog die drei anderen Tuchstreifen aus meinem Gürtel und reichte ihm alle vier. Er ließ sie nacheinander in den Sand fallen, während er sie zählte. Links von uns konnte ich den Krieger sehen, der noch immer eingerollt am Boden lag. Zwei andere Tahlion hockten bei ihm, um ihm zu helfen, aber sie beobachteten das Zählen der Fahnen ebenso gebannt wie ich. Die Tuchstreifen flatterten lautlos in den Staub der Senke, doch ich hörte ihren Aufprall wie einen Donnerschlag mit der Endgültigkeit des Henkerbeils.

Der Hochwalter der Rechtsprecher sah mich an. »Ich zähle nur vier Fahnen. Um als Dreizehner aufgenommen zu werden, brauchst du fünf.«

Ich brach innerlich zusammen, bekam keine Luft mehr. Das Schwindelgefühl kehrte zurück, und ich glaubte zu ertrinken. Meine Glieder zitterten, als die Spannung, die mich aufrechtgehalten hatte, zusammen mit meinen Träumen und Hoffnungen verflog. Es war vorbei. Es war alles vergebens. Ich hatte getan, was von mir verlangt wurde, und war abgelehnt worden. Ich war erledigt.

Bevor ich meine Gedanken weit genug wieder im Griff hatte, um mich daran zu erinnern, daß ich immer noch meinen anderen Plan hatte, sprach der Mann auf dem Hügel. Seine Stimme klang weder sonor noch gebieterisch, aber alle Tahlion lauschten ihr sofort. Er benutzte die den Tahlion eigene Sprache. Seine kurze Bemerkung war, soweit sich das aus der Betonung schließen ließ, eine Frage.

Edler Hansur, der sich nicht bewegt hatte, nickte. »Ich wurde aufgefordert, um die fünfte Fahne zu bitten. Die Fahne, mit der du deinen Arm bandagiert hast.«

Der Kloß in meiner Kehle hinderte mich daran, ihm zu widersprechen. Die Finger meiner Rechten zitterten, als ich den Knoten löste und den blutgetränkten Fetzen von meinem Arm zog. Der an den Stellen, wo das Blut eingetrocknet war, inzwischen dunkelbraune Stoffstreifen ähnelte den anderen Fahnen nicht einmal entfernt. Zögernd, ängstlich, streckte ich die Hand aus. Die Täuschung war nicht von mir ausgegangen, aber trotzdem hatte ich fürchterliche Angst vor der Strafe, die mir dafür bevorstand, darauf eingegangen zu sein.

Der Edle Hansur nahm den zerfransten Fetzen und betrachtete ihn so eingehend wie die anderen. Seine Länge und die grobgefaserten Ränder spotteten den auf dem Boden liegenden Fahnen. Es war unübersehbar, daß dieser Tuchstreifen von meinem Lendenschurz stammte. Seine fleckige Färbung und das grobe Gewebe machten den Betrug mehr als deutlich. Steif und verdreht hing er leblos in der Hand des Hochwalters. Ich hätte keine schlechtere Fälschung herstellen können, wenn ich es darauf angelegt hätte.

Edler Hansur drehte den Streifen noch einmal um, nickte und warf ihn zu den anderen. Dann sah er zu mir herab und lächelte. »Willkommen in Tahlianna, Novize Nolan ra Sinjaria.«

KAPITEL DREI

TAHLION: KIEFERQUELL

Als ich am nächsten Morgen in Weylans Hütte erwachte, wollte ich mich so schnell wie möglich wieder auf den Weg machen, aber Elverda protestierte heftig und erklärte mir, ich sei noch viel zu schwach, um gleich weiterzureiten. Ihre Überredungskünste hatten zwei fähige Verbündete in Form der krampfartigen Hustenanfälle, die meinen Körper in unregelmäßigen Abständen durchschüttelten ... meistens unmittelbar, nachdem ich lauthals meine völlige Genesung erklärt hatte ... und ihrer Kochkünste. Ich ließ mich breitschlagen, noch einen Tag zu bleiben, und betete, daß das trockene Wetter anhielt und genug von Morais Spuren sichtbar blieben, um mir die weitere Verfolgung zu gestatten.

Den Morgen verbrachte ich damit, einen Bericht meiner Handlungen in mein Tagebuch einzutragen. Alle Tahlion führen ein solches Buch, auch wenn nur die Bücher der Rechtsprecher und Eliten regelmäßig von deren Hochwaltern geprüft werden. Ich ließ auch Weylans Version der Ereignisse am Fährhaus festhalten. Weylan selbst war Analphabet, wie die meisten, also schrieb Elverda seinen Bericht auf eine Seite meines Buches, und danach zeichneten beide es ab.

Am Nachmittag ging ich hinaus in die wärmende Sonne und hackte etwas Holz. Zunächst fühlte ich mich noch recht schwach, aber während der Arbeit brannte die Sonne den Rest der Krankheit aus meinem Körper.

Ich genoß das Holzhacken ungemein. Nach dem Zwei-kampf mit einem Zauberer und der Erfahrung, dem Tod noch einmal um Haaresbreite entronnen zu sein, hatte dieser körperliche Vorgang, der genau so ablief, wie ich es erwartete, etwas ungeheuer Beruhigendes. Die scharfe Axt teilte das Holz mit einem lauten Knall, und die Scheite taumelten links und rechts zu Boden.

Meine Entscheidung, einen zusätzlichen Tag zu blei-ben, lieferte mir einen Vorteil, der die Verzögerung mehr als aufwog. Am Nachmittag kamen zwei Kessel-flicker an die Station, und ich half Weylan, ihren Karren für die Überfahrt auf der Fähre zu vertäuen. Die aus Kas stammenden Kesselflicker überließen die Arbeit nur zu gerne uns und erzählten dabei von ihren Reisen und den seltsamen Dingen, denen sie unterwegs begeg-net waren, ohne zu wissen, daß ich mehr als Weylans Helfer war.

»Wir haben sogar einen Daari gesehen, als wir aus Kieferquell aufbrachen!« bemerkte der ältere und rund-lichere der beiden Männer. »Das war vielleicht ein Schreck! Ich glaubte für einen Augenblick, ich wäre wieder am Anfang unserer Reise.«

Ich hob den Kopf. Vareck, einer von Morais Leuten, war ein Daari. Die Beobachtung des Kesselflickers gab mir einen Anhaltspunkt für die Suche nach ihm. Wenn ich mich schnurstracks auf den Weg nach Kieferquell machte, konnte ich mir einen Reisetag für den Weg zu-rück zum Banditenlager ersparen.

Als Weylan und ich von der Überfahrt mit den Kes-selflickern zurückkamen, ging die Sonne bereits unter. Wir vertäuten die Fähre am Steg, wuschen uns im Fluß und gingen ins Haus. Drinnen rührte Elverda einen großen Kessel Eintopf, der auf dem Feuer köchelte, und auf dem Tisch dampfte ein frischer Laib Brot. Sie schöpfte uns je eine Schüssel voll der heißen, dickflüssi-gen Mahlzeit aus dem Topf.

Über dem Essen erzählte Weylan ihr von den Kesselflickern und der Neuigkeit, die sie mir unwissentlich geliefert hatten. »Nolan denkt, daß er ihre Spur dort wiederaufnehmen kann, bevor sie weiter nördlich nach Memkar ziehen.«

Elverda nickte und lächelte, aber ich erkannte in der steifen Förmlichkeit ihrer Reaktion Unbehagen beim Gedanken an meine Abreise. In gewisser Weise verstand ich das auch, denn sie und ich waren Weylans einzigen echten Freunde. Aber ich für meinen Teil hatte keinen Zweifel, daß Weylan meine Abreise gut verkraften würde.

Elverda stand auf und schenkte Weylan nach. »Diese Daari, die sind doch gefährlich, oder?«

Ich zögerte, legte in Gedanken den Geist meines Bruders Arik erneut zur Ruhe, dann gab ich ihr Antwort. »Ja, das sind sie. Die Daari sind ein äußerst wildes und abergläubisches Volk. Sie sehen die Welt als einen Ort, der von bösen Geistern verseucht ist, und sich selbst als die einzigen Menschen, die diese Dämonen vernichten können.«

Weylan runzelte die Stirn. »Ich glaube, ich habe einmal einen gesehen, als ich noch klein war. Sein Gesicht war furchtbar vernarbt.« Er schauderte, und Elverda lehnte sich über den Tisch und drückte seine Hand.

Ich brach etwas Brot von der Scheibe in meiner Linken ab und tunkte es in den Eintopf. »Die Daari glauben, daß die Dämonen nachts die Sonne verschlingen und dann über die Welt stolzieren und Übles tun. Alle Daari werden bei der Geburt über die ganze linke Hälfte des Körpers mit Narben bedeckt. Jeden Abend bei Sonnenuntergang richtet sich die gesamte Bevölkerung nach Norden aus. Sie schlafen so, daß ihre linke, vernarbte Körperhälfte sichtbar ist, und die Narbenzeichnung soll so erschreckend sein, daß sie die Dämonen verjagt. In ihrer Hast, vor diesem wilden Volk zu fliehen, verzichten sie darauf, die Welt zu verschlingen. Die Daari beerdigen sogar ihre Toten auf nach Norden liegenden Berghängen, damit sie im Tod noch ihren Dienst an der Welt ausüben.«

Elverda reichte mir einen Krug Bier. »Die Daari verlassen ihr Land nicht allzu oft, was?«

Ich schüttelte den Kopf. »Nicht mehr seit den Dämonenkreuzzügen, als zweitausend Daari sich entschlossen, die Welt von den Tahlion zu befreien.« Ich zeigte den beiden meine rechte Handfläche. »Die Daari halten uns Tahlion wegen dieses Zeichens für von Dämonen besessen. Unsere Lanzer schlachteten ihre Kreuzritter ab und nahmen den Prinzen, der die Truppe anführte, gefangen. Seitdem hat das Königreich jede offene Machtkonzentration vermieden. Die einzigen Daari, die sich zur Zeit außerhalb seiner Grenzen aufhalten, sind Botschafter, vereinzelte Söldner und ein oder zwei Vogelfreie wie Vareck.«

»Was hat er verbrochen?« Elverda runzelte die Stirn. »Daar zu verlassen kann doch nicht Grund genug gewesen sein, einen Tahlion auf ihn anzusetzen.«

Ich goß mir etwas Bier in den Becher und reichte den Krug an Weylan weiter. »Die Daari-Ältesten haben Vareck aus dem Land gehetzt, weil er bei seiner Jagd auf Dämonen etwas übereifrig war. Jeder Daari-Krieger lernt, wie man aus einem Eibenast eine Geisterlanze schnitzt. Die Lanze wird auf ihrer ganzen Länge mit Symbolen bedeckt, die ihr die Macht geben sollen, alle Dämonen zu vernichten, die von dem Besitz ergriffen haben, den sie trifft. Das Problem dabei ist, daß der Speer auch die betreffende Person umbringt. Vareck behauptete, seine Frau und Kinder wären ›besessen‹. Er hat sie umgebracht, und weil er behauptete, sie wären besessen gewesen, konnten die Ältesten ihn nicht wegen Mordes belangen. Also war die härteste Strafe, die sie über ihn verhängen konnten, das Exil. Seitdem hat er noch andere getötet, und deswegen gehört er jetzt mir.« Ich zuckte die Achseln. »Gewöhnlich kümmern sich die örtlichen Behörden um jemanden wie ihn, aber seit er sich Morai angeschlossen hat, ist er ständig in Bewegung und kann sich seinen Verfolgern immer wieder entziehen.«

Weylan verzog das Gesicht. »Wie kommt Morai an jemanden wie den? Nach den Geschichten, die ich über ihn gehört habe, hätte ich Morai für klüger gehalten.«

Ich nickte. »Mir geht es genauso, aber Morai war schon immer für Überraschungen gut. Diesmal hat er sich eine wirklich abscheuliche Bande von Halsabschneidern zusammengestellt, auf deren sämtliche Köpfe eine fette Belohnung ausgesetzt ist. Ich habe beinahe den Verdacht, er hat sich dafür bezahlen lassen, sie aus ihren Verstecken zu locken, damit man sie zur Strecke bringen kann.«

»Damit du sie erledigst und ihm seine Bezahlung verschaffst?«

»Könnte sein, Elverda.« Ich zögerte. Diesmal war ich wegen politischer Unruhen in Memkar auf Morai und seine Leute angesetzt worden. Die dort tätigen Tahlion hatten ein Gerücht gemeldet, demzufolge Morai angeheuert worden sei, um verschiedene Familien des Edelsteinkartells zu bedrohen und zu schwächen. Die Leute, die er sich in Chala besorgt hatte, waren dazu ganz sicher in der Lage, und das hätte die Regierung ernsthaft genug schwächen können, um ehrgeizige Adlige zu Rebellionen anzustacheln, unter denen das Land zerbräche, und die Memkars Nachbarn zu Invasionen veranlaßten, um die Ordnung wiederherzustellen.

Und Ordnung ist etwas, das dem Meister aller Tahlion heilig ist.

Ich lächelte sie an. »Was auch immer Morai tut, ich bin sicher, er hat mehr als ein Ziel und mehr als einen Weg, um jedes davon zu erreichen. Bei Morai sind die Dinge nie ganz so, wie sie scheinen.«

Danach entfernte sich das Gespräch von derlei grausamen Gegenständen, und ich war herzlich froh darüber. Weylan räumte den Tisch ab, und wir versammelten uns mit unseren Stühlen um den Kamin. Mein Freund holte seine Laute hervor und strich mit den Fingern über die Saiten. Elverda und er beherrschten das Instrument beide, und wir sangen bis tief in die Nacht. Der Abend verstrich schnell und angenehm. Es war ein schönes Gefühl, und ich konnte nur hoffen, daß mein Leben ebenso gut hätte werden können, wäre ich kein Tahlion geworden.

Am nächsten Tag brach der Morgen etwas sehr früh an, aber abgesehen von einer gewissen, vom Abend zurückgebliebenen Lethargie fühlte ich mich ausgezeichnet und bereit zum Aufbruch. Elverda packte mir etwas Brot und Käse ein, während ich Wolf sattelte. Ich umarmte Weylan und Elverda zum Abschied und versprach ihnen, sie besuchen zu kommen, sobald ich die Zeit dafür fand. Dann stieg ich unter ihren guten Wünschen in Wolfs Sattel und machte mich auf den Weg.

Kieferquell lag nur zwei Tagesritte von der Breitstromfähre entfernt. Die Stadt in den Ausläufern der Ells war die erste Siedlung südlich des Gebirgspasses nach Memkar. Der Handelsverkehr von Chala nach Norden und zurück ließ Kieferquell blühen und gedeihen, aber der bescheidene Wohlstand sorgte auch dafür, daß der Ort nicht allzu groß wurde.

In der ersten Nacht verließ ich die Straße an einem Punkt jenseits der Stelle, wo der Weg von Morais Lager einmündete, um mein Lager aufzuschlagen. Ich suchte mir einen Ort, an dem ich ein Feuer machen konnte, ohne Gefahr zu laufen, von späten Reisenden oder Banditen gesehen zu werden. Der Platz war erst vor kurzem in Gebrauch gewesen, und zu meiner Überraschung fand ich zwei Eibenäste und einen Haufen Späne in der Nähe der Feuerstelle. Vareck oder ein anderer Daari hatte hier kampiert.

Ich sah mich nach anderen Hinweisen um und fand schnell eine zweite Fußspur. Deren Verursacher hatte in der Umgebung verschiedene Pflanzen gesammelt. Viel ließ er nicht zurück, aber mir war klar, daß er fast ausschließlich Giftpflanzen geerntet hatte. Damit war klar, daß Varecks Begleiter Grath ra Memkar war.

Memkar ist eine seltsame Nation. Dem ausländischen Beobachter erscheint sie nicht absonderlich, wenn auch etwas überbevölkert. Viele der Familien sind recht groß, und die Memkaren werden beneidenswert alt. Aber das Zusammentreffen dieser beiden Umstände erschwert es ehrgeizigen jüngeren Mitgliedern einer Familie, sich einen Namen zu machen. Einem Verwandten auf der Reise ins Jenseits ein wenig unter die Arme zu greifen, ist eine allgemein anerkannte Methode, Karriere zu machen, wenn ein Patriarch zögert, seine Macht und seinen Wohlstand mit dem Rest der Familie zu teilen. In den meisten Fällen genügt eine durch wohldosierte Giftstoffe ausgelöste leichte Erkrankung völlig, um einem Verwandten einen Teil seiner Macht abzutrotzen. Aber die ganze Nation stellt ein so komplexes Netz aus Intrigen und Gegenintrigen dar, daß nur der Giftmischer selbst sich sicher sein kann, wer wem was zugefügt hat.

Grath ra Memkar war ein Giftmischer. Das Geheimnis seines Berufsstandes war es, sich nicht erwischen zu lassen, denn auch in Memkar blieb ein Mord ein Mord. Ein professioneller Giftmischer muß vorsichtig sein, und dieses Wort war eine sehr treffende Beschreibung für Grath.

Er wurde offen als einer der Besten seines Gewerbes anerkannt, und wenn sich sein letzter Auftrag nicht so unglücklich entwickelt hätte, wäre Grath wahrscheinlich heute noch in seiner Heimat beschäftigt. Sein Auftraggeber hatte den Tod des Oberhaupts und ältesten Sohnes einer Adelsfamilie bestellt. Grath hatte versehentlich die ganze Familie ausgelöscht, und daraufhin hatte sein Auftraggeber, ein anderer Adliger, der plante, in die Familie einzuheiraten und sich deren Reichtümer anzueignen, sich geweigert, ihn zu bezahlen. Grath hatte sich auf seine ganz besondere Art gerächt.

Dieser übereilte Giftmord hatte andere mögliche Auftraggeber abgeschreckt und Grath gezwungen, Memkar den Rücken zu kehren. Er war nach Chala gezogen, wo er Diebe vergiftete und für das Gegenmittel Geld von ihnen erpreßte. Vermutlich wäre er auch dort geblieben, hätte Morai ihn nicht rekrutiert. Grath blieb in Übung, indem er einen Tag vor dem Rest der Bande einen Ausflug in die als Ziel geplante Ortschaft machte. Wie zu erwarten, pflegten die dortigen Wachen von mysteriösen Krankheiten befallen zu werden, die es ihnen unmöglich erscheinen ließen, den Banditen Schwierigkeiten zu machen.

In jener Nacht bereitete ich meine Mahlzeit mit besonderer Sorgfalt zu. Und obwohl ich mich nicht nach Norden ausrichtete, als die Sonne unterging, störten keine bösen Geister meinen Schlaf.

Ich erreichte Kieferquell am späten Nachmittag. Mein schwarzes Lederzeug hatte ich abgelegt und reiste in traditionellerer Kleidung. Ich trug ein dunkelblaues Leinenwams, eine braune Hose und eine braune Weste aus ungefärbter Wolle. Ich war mir nicht sicher, ob Vareck und Grath sich noch in Kieferquell versteckt hielten, aber es schien mir durchaus wahrscheinlich zu sein. So klein die Stadt auch war, sie verfügte über ein ganzes Viertel von Tavernen und Herbergen, die ausschließlich den Händlerverkehr betreuten. Dort konnten die beiden zumindest eine Weile unerkannt bleiben, und ich hielt es für besser, meinen eigenen Namen ebenfalls geheimzuhalten, bis ich wußte, wo meine Opfer sich versteckt hielten.

Die Stadtwachen hatten nicht einmal einen gelangweilten Blick für mich übrig, als ich durch das Tor ritt. Ich folgte einem Handelszug aus Chala in den Ostteil der Stadt. Die Händler durchquerten das Ausländerviertel in Richtung der Mietstallungen, ich aber hielt an der ersten Taverne an. Ich legte den Schwertgürtel um, zahlte einem der Straßenkinder einen silbernen Provinzial, damit es Wolf zum nächsten Stall brachte, und versprach ihm einen zweiten, wenn es zurückkam und mir sagte, wo mein Pferd untergebracht war.

Die grobbehauene Tür in der Mitte der Südwand der Taverne öffnete sich in einen düsteren, überfüllten Schankraum. Die Theke nahm die ganze Westwand ein und endete einen knappen Meter vor der Treppe zum ersten Stock. Eine kleine Bühne beanspruchte die hintere Hälfte der Nordwand, und darüber befand sich der Balkon, von dem aus man die Zimmer im ersten Stock erreichen konnte. Diese konnten Gäste für die Nacht oder auch nur für eine Stunde mit einer der zahlreichen Gespielinnen anmieten, die in der Menge die Runde machten. Mehrere Nischen in der Ostwand bereiteten mir ein gewisses Unbehagen, weil ich nicht durch die dicken Vorhänge sehen konnte, die sie vom Schankraum abteilten. Der war vollgestellt mit Tischen und Stühlen, und zusätzlich von dichtem Schweißdunst, dem lauten Rumoren der Gespräche und grölenden Händlern erfüllt.

Ich ging zur Theke und winkte dem Barmann. Er war ein gewaltiger Brocken, dem drei Finger der rechten Hand fehlten, aber ohne Zweifel ein Kerl von beachtlicher Stärke, trotz eines Ansatzes zum Bierbauch. »Ein Helles.« Ich legte eine Silbermünze auf die Theke. Eine zweite behielt ich in der Linken. »Irgendwelche Daari hier?«

Er stellte den hölzernen Bierkrug vor mir ab. Der Schaum schwappte über den Rand, doch er machte keinen Versuch, die Pfütze aufzuwischen. »Frau?« Er schüttelte den Kopf. »Keine Nachfrage.« Er griff nach der Münze, aber ich warf sie in die Rechte, bevor seine Finger sich um das Metall schließen konnten. Dann hob ich den linken Zeigefinger an die Lippen und öffnete die rechte Hand.

Seine Augen weiteten sich dermaßen, daß ich Angst bekam, die blutunterlaufenen Augäpfel würden ihm herausfallen. Er verstand das Zeichen zu schweigen, überlegte kurz, dann nickte er. Er deutete auf die dunkle Nische in der äußersten Nordostecke des Raums. Ich schnippte ihm die Münze zu und lächelte grimmig. Er nickte nervös. Der Gedanke, sich mit einem Rechtsprecher zu verschwören, behagte ihm offensichtlich gar nicht.

Ich drehte mich um und stützte den Rücken an die Theke, während ich mein Bier trank, um nicht aufzufallen. Der etwas holzige Biß dieser Marke gefiel mir. Während ich mir das Bier schmecken ließ, ent- und verwarf ich verschiedene Vorgehensweisen. Ich wollte Vareck schnell und, soweit das möglich war, ohne großes Aufsehen erledigen. Tavernen wie diese hatten alle Arten unruhiger Kundschaft, die genug Gründe hatten, auf ihre Anwesenheit hier oder in der Stadt keine unerwünschte Aufmerksamkeit ziehen zu wollen. Vorsicht war geboten. Die kleinste Auffälligkeit konnte die ganze Menge auseinanderscheuchen wie eine Herde Gazellen.

Bevor ich mich für einen Plan entschied, wurde es still im Raum. Eine Musikantin kam aus einer zentraler als Varecks gelegenen Nische und stieg die wenigen Stufen zur Bühne hoch. Sie nahm auf einem hohen Hocker Platz und studierte ein, zwei Sekunden andächtig ihre Laute, bevor sie den Blick zu ihrem Publikum hob. Sie strahlte uns mit einem warmen Lächeln an, das alle Aufmerksamkeit auf sie zog.

Sie hatte langes blondes Haar, auf dem selbst im schummrigen Licht der Taverne goldene Glanzlichter schimmerten. Eine schmale Nase, hohe Wangenknochen und leuchtende blaue Augen machten sie äußerst attraktiv, und das Lächeln steigerte ihre Schönheit noch.

Jemand rechts von der Bühne rief den Titel eines

Liedes. Sie lachte und schüttelte den Kopf. Ihr Haar fiel nach hinten und gab ihre bloßen Schultern frei.

Sie trug eine weiße, kurzärmelige, schulterfreie Bluse. Ein königsblaues Band, passend zur Farbe ihrer Augen, säumte ihren Busen und die Ärmel. Ein breiter brauner Gürtel raffte die Bluse an ihrer schlanken Taille, und darunter fiel ein brauner Lederrock aus quadratischem Flickwerk bis zu den Knien. Ein Paar glänzender Reitstiefel vervollständigte das Ensemble.

Sie strich mit schlanken Fingern über die Saiten der Laute, und eine vertraute Melodie klang durch den Raum. »Ich bin Selia ra Jania und freue mich, heute hier für euch spielen zu dürfen. Wenn niemand etwas dagegen hat, würde ich als erstes Lied gerne ›Der Bäurin Rache‹ spielen«, kündigte sie mit seidiger Stimme an.

Sie hatte eine gute Wahl getroffen. Das Lied war in ganz Ell und dem Zerbrochenen Reich bekannt und beliebt. Niemand widersprach. Rauhe, abgehärtete Kerle schlossen die Augen und erinnerten sich daran, wie sie dieses Lied daheim in der Familie und unter Freunden gehört hatten.

Tiefschwarze Erde,
Schuften wie Pferde,
das ist des Bauern Los.
Doch spielt sein Knabe
mit Kriegers Gabe,
wird als Soldat er groß.

Sie sang das Lied gekonnt in der Stimme der Mutter. Sie füllte den Text mit Leidenschaft und Zorn über die Zwangsrekrutierung des Jungen durch kaiserliche Werber. Ihre Stimme sang mit dem Stolz der Mutter, als ihr Sohn die Militärdenker seiner Zeit überlistete und sich einen Titel verdiente, indem er eine hoffnungslose Schlacht gewann. Und im letzten Vers floß gerade genug Verachtung für den Adel in ihre Worte ein:

Reinseidenes Bett,
Teppich und Parkett,
plant noch im Schloß voll Mut.
Hat noch zu siegen,
Felder zu pflügen,
neue Ernten von Blut.

Donnernder Applaus quittierte das Ende des Liedes, und sie nahm ihn gnädig entgegen. Auch ich hatte den Vortrag genossen. Es war das Lieblingslied meiner Großmutter gewesen … und sie hatte es nie gesungen, ohne danach die wirkliche Geschichte, die hinter dem Lied stand zu erzählen.

Einen Augenblick lang gelang es mir zu vergessen, wer ich war und warum ich mich hier in der Taverne befand. Ich entspannte mich und applaudierte ebenso heftig wie alle anderen.

Dieses erste Lied war nicht allzu schwierig gewesen, aber es deutete ihre Fähigkeiten und Möglichkeiten an. Ich fragte mich, ob sie nur alte Favoriten vortragen oder sich auch an ein paar neueren Melodien versuchen würde. Ihre über die silbrigen Saiten laufenden Finger gaben mir wenig Gelegenheit, mir über diese Frage Gedanken zu machen. Die Melodie überraschte mich, obwohl ich wußte, daß ich sie schon einmal irgendwo gehört hatte, und als ich mich erinnerte, wo das gewesen war, zuckte ich zusammen.

Selia lächelte ihrem Publikum zu. »Jetzt ein Lied, das manche unter euch vielleicht schon gehört haben und auf das ich stolz bin, weil ich es selbst geschrieben habe. Der Titel ist ›Morais Lied‹.«

Ein paar der Kunden, die das Lied schon kannten, juchzten, und ich sackte gegen die Theke. Jevin hatte es auf einer Reise gehört, mir die Melodie einmal in Tahlianna vorgesungen und lachend den Text rezitiert, um mich zu ärgern. Ich setzte ein gezwungenes Lächeln auf und zwang mich, den Vortrag zu erdulden.

Schnell, Tahlion, schnell,
doch bevor du bist zur Stell'
Töt' erst noch diesen tapf'ren Mann
und kannst du noch, dann faß mich dann.

Morais Mann war dunkel und groß,
dem Vater gab er den Todesstoß.
›Der Tahlion ist mein, und wie im Traum
werd' ich ihn nageln hier an den Baum!‹
Und er wartete wohl im grünen Tal,
›Komm, Tahlion, komm, zum letzten Fall.‹
Gefordert zog drauf der Tahlion blank
und Morais Mann tot zu Boden sank.

Schnell, Tahlion, schnell,
doch bevor du bist zur Stell'
Töt' erst noch meinen Helden bald
dann faß mich schnell, eh ich werd' zu alt.

Cull war schnell und voller Glut,
die Mörderkünst beherrscht er gut.
›Schwert oder Pfeil, Leiche ist Leich',
den Tahlion erwartet das Totenreich!‹
In dunkler Gasse lag Cull auf der Wacht,
hat den Tahlion mit Drohungen zu sich gebracht.
Doch ging sein Dolch beim Wurf weit daneben,
und der alte Cull, ach, er schied aus dem Leben.

Schnell, Tahlion, schnell,
doch bevor du bist zur Stell,
Töt' erst noch diesen edlen Recken,
dann faß mich, der Winter pfeift schon um die Ecken.

Eric der Prinz, ein Bastard und Narr,
auch nur ein Werkzeug Morais war.
Des Tahlions Kopf zu liefern er schwor,
seine Leber zu essen nahm Eric sich vor.

Dem Rechtsprecher trat er furchtlos entgegen
und grinste noch bei dessen tödlichem Segen.
All diese Trottel, sie fanden nichts als den Tod,
nur Morai reitet weiter, ganz ohne Not.

Schnell, Tahlion, schnell.
doch bevor du bist zur Stell',
hol' ich neue Leute, deinen Weg zu stören,
und du faßt mich nie, solange die Narr'n auf mich hören.

Ich stimmte mechanisch in den enthusiastischen Beifall ein, nur, damit niemand Grund hatte, in meine Richtung zu sehen. Mein Gesicht brannte vor Verlegenheit, und ich war überrascht, daß es nicht den ganzen hinteren Schankraum in rotes Licht tauchte. Ich nahm einen Schluck Bier, um den pelzigen Geschmack aus meinem Mund zu spülen und entschied, zu warten und mir Vareck zu holen, wenn er die Taverne verließ. Nach diesem Lied verspürte ich nicht das geringste Verlangen, die Menge wissen zu lassen, daß ein Tahlion unter ihnen war.

Aber Vareck gestattete mir nicht, unerkannt zu bleiben. Er stürmte hinter dem schwarzen Vorhang hervor, der seine Nische vom Hauptraum abtrennte, die Geisterlanze fest in der rechten Hand, so fest, daß deren Knöchel weiß vortraten. Er starrte die Sängerin an und stieß die Stahlspitze des Speers in ihre Richtung. Er stand so, daß er der Menge, die schockiert verstummt war, sein linkes Profil in ganzer Pracht zeigte. Greuliche, verdrehte Narben und ins Fleisch geritzte mystische Symbole bedeckten die Haut seines linken Arms und Gesichts und gaben ihm eher die Erscheinung eines Monsters denn eines Menschen.

»Du lügst! So ist Morai nicht!« Geifer trat auf seine Lippen, als er sie anschrie. Er stieß sich den Daumen auf die Brust. »Ich weiß es!«

Angst vertrieb die Farbe aus Selias Gesicht, als sie ihn

anstarrte. Sie stockte, als müsse sie sich darüber klarwerden, ob er nur ein wütender Säufer oder eine echte Bedrohung war. Und bis dahin wollte sie zumindest nichts sagen, was ihn noch zusätzlich hätte aufbringen können. Keiner der Zuschauer unternahm irgendeinen Versuch, den Daari aufzuhalten, und er pirschte auf sie zu, den Speer fest in der linken Hand.

Ich löste mich von der Theke. »Leg den Stock hin, Daari, und laß sie in Frieden. Sie hat es nicht bös gemeint.« Meine Stimme war ruhig, mein Tonfall abwiegelnd. Ich verhielt mich wie jemand, der versuchte, die Lage zu entspannen. »Komm«, lächelte ich freundlich. »Ich geb dir einen aus.«

Vareck wirbelte herum und knurrte mich an. »Bleib zurück. Ich bin böse. Ich gehöre zu Morai.«

Die in der Nähe des Daari sitzenden Gäste gingen langsam auf Abstand, und er fletschte knurrend die Zähne in ihre Richtung. Keiner bewegte auch nur andeutungsweise die Hand zur Waffe, und wäre Vareck irgendein anderer gewesen statt ausgerechnet ein Daari, hätte sich die Lage beruhigt und alles wäre schnell vergessen gewesen. Aber für einen Daari war jede Beleidigung, gleichgültig, ob tatsächlich oder eingebildet, Dämonenwerk, und dagegen gab es nur ein Mittel.

Ich schluckte. Vareck war entschlossen, das Mädchen umzubringen, und ihn von seinem Ziel abzubringen würde verflucht schwierig werden. Sie hatte sich selbst zu seinem Opfer gemacht, wenn auch ohne es zu wissen, und in seiner verzerrten Weltsicht brachte ihn der Mord an ihr eine Stufe näher ans Paradies. Nichts konnte ihn davon abbringen.

Nichts als ein Ziel, das ihn noch näher brachte.

Ich trat einen Schritt auf ihn zu. »Ich fürchte, Vareck ra Daar, du bist nicht böse genug.« Ich hob die rechte Hand und zeigte allen meine Tätowierung. »Ich jage Morai.«

Die Gäste in meiner Nähe rückten weg, so daß wir

beide einen weiten Bereich des Schankraums für uns hatten. Varecks dunkle Augen wurden glasig. Er packte den Speer um und strich mit der Leidenschaft eines Liebenden über den von Zeichen bedeckten Schaft der Waffe. Die beiden blauen Federn, die an einer Lederschnur vom hinteren Ende der Geisterlanze baumelten, zuckten im Rhythmus seines Herzschlags. »Ich muß dich töten, Dämonenfreund.«

Ich schüttelte den Kopf. »Warum? Du hast das Lied gehört. Morai hat dich benutzt. Beweise uns, daß du mehr bist als sein Werkzeug.«

Ein fröhliches Lächeln glitt über Varecks Gesicht, aber sein narbenbedecktes linkes Profil fraß sich wie ein Geschwür hinein. »Bin ich ein Werkzeug, Tahlion? Du kennst sicher die Redewendung ›Ein Werkzeug ist kein Werkzeug, wenn es die Arbeit von sich aus tut‹.« Er packte die Geisterlanze fester und richtete sie auf mein Herz. »Ich werde die Arbeit tun, und dann wirst du deinen Beweis haben.«

Er sank in die Hocke, und ich beschwor meinen Süntklieber. Vareck schob sich seitlich vorwärts, immer darauf bedacht, sich mit seinen Entstellungen vor meinem Dämonenblick zu schützen. Seine Geisterlanze zuckte vor wie die Zunge einer Schlange. Die stählerne Spitze, eine Handspanne lang und am unteren Ende ein Drittel so breit, hatte nur zwei Schneiden, aber beide glänzten im schummrigen Licht rasiermesserscharf.

Die Tavernengäste drehten die grobgehauenen Tische auf die Seite und überschütteten uns aus dem Schutz der Holzwände der improvisierten Arena mit Ermutigungen und Beschimpfungen. Eine Bierlache kennzeichnete die ungefähre Mitte unseres Kampfplatzes, lief aber durch das abgenutzte Fußbodenbrett ab, bevor sie für einen von uns zur Gefahr werden konnte.

Die Buchmacher in der Menge legten augenblicklich die Quoten fest und nahmen Wetten auf den Ausgang des Kampfes an. Zu Beginn gaben sie mir den Vorteil –

wer konnte schon im Kampf gegen einen Tahlion bestehen? –, aber meine Unterstützung verfiel zusehends. Einer der Wettenden stellte fest, daß Vareck einer von Morais Männern war und seine Waffe länger als mein Süntkliever. Ein anderer wies darauf hin, daß der Speer mit Zaubern belegt war, die Tahlion-Magie abwehren konnten, und innerhalb von Sekunden entschieden die Buchmacher, daß ein silberner Provinzial auf Vareck bei dessen Sieg nur noch das Anderthalbfache brachte.

Ich stand Vareck gegenüber, beide Hände um den Griff des Süntklievers gelegt, und stählte mich. Ich hielt die Klinge vor meinem Leib, so daß sie mich vom Kopf bis zum Beinansatz beschützte, und schob den rechten Fuß knapp vor den linken. Ich unternahm keinen Versuch, auf Varecks Fintenstöße zu reagieren, bis er beinahe dicht genug heran war, um mich tatsächlich zu treffen. Er schob sich näher und näher, und mit jedem schlurfenden Schritt nach vorne wurde der Druck auf mich größer.

Vareck kam in Reichweite und zögerte eine Sekunde. Mit einem Stoß konnte er meine Brust erreichen und mit der Geisterlanze durchbohren. Eine kleine Drehung im letzten Augenblick, und er konnte den Speer statt dessen unter der Parade hindurch und durch meinen rechten Oberschenkel stoßen. Wenn er flink genug war, hatte er sogar eine Chance, meinen Fuß am Boden festzunageln und mich mit einem Tisch oder Stuhl zu erschlagen. Eine Vielzahl von Möglichkeiten bot sich ihm an, und er versuchte die schrecklichste auszuwählen, denn in seinen Augen hatte ein Tahlion unter Qualen zu sterben.

Er traf seine Wahl und griff an. Dann schauderte er, sah mich an und erkannte seinen Fehler in meinen Augen, im selben Augenblick, da ich ihn im entsetzten Zucken seines Blickes sah. Noch während sein Speer auf meine Brust zuflog, wußte er, daß er nichts als ein Werkzeug war.

Ich verlagerte das Gewicht auf den linken Fuß und drehte mich aus der Bahn des auf meine Brust gerichteten Lanzenstoßes. Der Speer zuckte zwischen meinem rechten Arm und Körper hindurch und wieder zurück, ohne mich zu berühren. Vareck riß die Geisterlanze hoch und versuchte, meinen Schwerthieb zu parieren, aber das runenverzierte Holz brach splitternd entzwei. Mein Süntklieber schnitt ebenso unbeeindruckt durch den Holzschaft wie durch Varecks Schlüsselbein und in seine Brust.

Der Daari lebte noch ein, zwei Sekunden, nachdem er zu Boden stürzte. Seine Lippen formten einen Fluch, aber das in seine Lungen strömende Blut erstickte die Worte. Seine Finger verkrampften sich um die Bruchstücke seiner Geisterlanze, dann erschlafften sie, und die zerbrochene Waffe fiel klappernd neben seiner Leiche zu Boden.

Ich ließ mich auf ein Knie hinab und schloß Varecks Augen. Dann richtete ich mich wieder auf, nahm das fleckige graue Tuch, das mir der Barmann reichte, und wischte das Blut von der Klinge des Süntkliebers. Zwei Männer packten Varecks Beine und zerrten ihn nach draußen, während ein dritter ihnen mit einem Eimer voll Sägemehl folgte, das er auf den Boden streute, um die Blutspur aufzusaugen, die der tote Bandit hinter sich herzog.

Um mich herum kehrte wieder das übliche Tavernenleben ein. Gespräche wurden wieder aufgenommen, Tische aufgestellt, und Schankboten eilten durch den Raum, um neue Bestellungen aufzunehmen und Bierkrüge zu füllen. Die Gäste unterhielten sich leiser, als sie es getan hatten, bevor ich mich zu erkennen gegeben hatte, und ein Teil von ihnen zog sich tiefer in die Schatten des Schankraums zurück. Aber weitere Auswirkungen hatte der Kampf nur auf Vareck und mich gehabt. Und auf die Sängerin.

Ich sah hoch und versuchte ihren Blick zu erhaschen,

aber sie starrte nur auf die Stelle, an der Vareck gestorben war. Ihre Unterlippe zitterte, und ihr mondbleiches Gesicht schien alles Leben und Gefühl verloren zu haben. Ich packte eine Schankmagd an der bloßen Schulter. »Habt ihr starken Wein oder Branntwein?«

Sie erschauerte und entzog ihre Schulter meinem Griff. »Ja, Meister Tahlion.« Ihre dunklen Augen sahen mich verängstigt an, und ihre Lippen bebten.

»Zwei Kelche. Bring sie in ihre Nische.« Die Magd rannte zur Theke, während ich zur Bühne ging, hinaufsprang und mich unmittelbar vor der Sängerin aufstellte. Sie zuckte zusammen und sah zu mir hoch wie zu einem Gespenst. Sie öffnete den Mund, als wolle sie etwas sagen, aber kein Laut kam aus ihrer Kehle.

Ich streckte die linke Hand aus und lächelte so beruhigend, wie ich nur konnte. »Setzen wir uns an deinen Tisch.«

Das Mädchen stand auf, ohne meine Hand zu nehmen. Ich ließ sie sinken und folgte Selia von der Bühne. Sie bewegte sich steif, aber trotz ihres Zustands war noch eine Andeutung katzenhafter Geschmeidigkeit zu erkennen. Unterwegs hielt sie ihre Laute liebevoll an die Brust gepreßt, und als wir ihre Nische erreicht hatten und sie den schweren, dunklen Wollvorhang zurückgeschlagen hatte, legte sie das Instrument sanft in einen Koffer aus weichem Leder. Sie schob ihn neben sich auf die Bank, und ich setzte mich ihr gegenüber.

Die Schankmagd brachte zwei Krüge mit Branntwein, und ich zahlte. Danach zog ich den Vorhang zu und schloß die Nische damit vom Schankraum ab. Der wollene Vorhang dämpfte dessen Geräuschkulisse auf ein unbestimmbares Raunen herab und machte die dicke gelbe Kerze in der Mitte des runden Tisches zur einzigen Beleuchtung.

Ich schob der Sängerin sanft den Branntweinkrug zu. »Er hätte dich nicht umgebracht.«

Sie fixierte mich mit einem eisigblauen Blick. »Ich

habe sein Gesicht gesehen, habe in seinen Augen gelesen. Er war wahnsinnig!«

Ich schüttelte langsam den Kopf. »Er war ein Daari. Die Schlußfolgerung deines Liedes über Morais Männer hat ihn weniger gestört als die Erinnerung daran, daß ein Tahlion ihm auf den Fersen war. Trink etwas Branntwein. Er wird deine Nerven beruhigen.« Ich nippte an meinem Steingutkrug und erstickte fast. Ich würgte den Branntwein nach unten und hustete, eine Hand an der Kehle, die andere krampfhaft auf die Tischplatte schlagend: »Andererseits könnte er sie allerdings auch ernsthaft beschädigen.«

Es war zwar gänzlich unbeabsichtigt, aber mein Keuchen riß sie aus dem Bann, in den sie der Blick in Varecks Augen geschlagen hatte. Sie lächelte kurz, dann hob sie ihren Krug und schnupperte an der dunklen Flüssigkeit. Sie rümpfte die Nase. »Einem Tahlion verkaufen sie den billigen Fusel? Der ist mit Rianwein verschnitten.« Sie schüttelte den Kopf und zog den Vorhang beiseite, um einer Bedienung zu winken.

Sie sprach kurz mit einer Silhouette, dann drehte sie sich wieder um. »Wenn man lange genug in Kneipen wie der hier spielt, lernt man, welche guten Weine und Schnäpse die Wirte in den verstaubten Flaschen unter der Theke verstecken.« Sie zögerte, und ich fürchtete schon, die Erinnerung an den Kampf hätte sie wieder gepackt, aber sie entschied sich dagegen, sich erneut einfangen zu lassen. »Ich muß mich entschuldigen. Ich bin Selia, und Ihr habt mir wohl das Leben gerettet. Danke.«

Ich nickte und lächelte. »Es war mir ein Vergnügen.« Ich verzichtete darauf, mich ihr ebenfalls vorzustellen, denn Tahlion werden üblicherweise als Tahlion oder mit Titel oder militärischem Rang angesprochen. Die meisten Leute nehmen an, daß dies mit der magischen Kraft des Namens zu tun hat, und gewiß spielt das bei dieser Politik auch eine Rolle. Aber ein wichtigerer

Aspekt ist der Wunsch, uns Tahlion abzugrenzen und zu einem Symbol der Dienste zu machen, die wir leisten. Es spielte keine Rolle, welcher Tahlion Vareck getötet hatte, worauf es ankam, war nur, daß ein Tahlion ihm die gerechte Strafe hatte zukommen lassen. Manche Tahlion teilen ihren wahren Namen niemandem außerhalb Tahliannas mit. Andere, darunter ich, verraten ihn ihren engen Freunden.

Die Bedienung, eine Schankmagd mit feuerroter Haarpracht, brachte uns zwei Pokale und eine uralte Flasche. Die Krüge nahm sie mit, und Selia zerrte den Korken aus dem Flaschenhals. Sie schenkte ein, und das Kerzenlicht tanzte in der süßen, bernsteinfarbenen Flüssigkeit, die in die Pokale lief. Als sie fertig war, verkorkte sie die Flasche wieder und hob ihr Glas. »Auf eine neue Strophe meines Liedes.«

Ich zögerte etwas, bevor ich mit ihr anstieß. »Und auf Morais Gefangennahme.«

Die blauen Augen halbgeschlossen, trank sie und studierte mich dabei über den Rand des Pokals hinweg. Sie stellte ihn ab und fuhr sich mit der Zunge über die Lippen. »Gefällt Euch mein Lied nicht?«

Ich lächelte und begnügte mich eine Weile damit als Antwort, während ich nachdachte und den Branntwein kostete. Sein Aroma füllte meinen Kopf. Der Wein schmeckte stark und sehr süß, während er sich den Weg meine Kehle hinab brannte. Wärme breitete sich in meinem Leib aus und wusch die Erinnerung an die vorhergegangene Brühe weg.

Ich stellte den Pokal ab. »Dein Lied hat mir ebenso gut gefallen wie dein Geschmack bei Branntwein. Ich bewundere die Genauigkeit des Liedes und wünschte mir wirklich, ich hätte es nicht zuerst von einem meiner Kameraden in Tahlianna gehört.«

Sie kniff die Augen zusammen. »Von einem Tahlion?« Dann kam ihr die Erleuchtung. Ein Lächeln erhellte ihre Miene, und ein schelmisches Funkeln trat in ihren Blick. »Der Fealarien! Er sagte, er kenne den Tahlion aus dem Lied. Er hat sich alle Strophen aufgeschrieben.«

Ich schüttelte ernüchtert den Kopf. »Und vermutlich die Strophe über Eric vorgeschlagen?« Selia nickte als Antwort auf meine Frage, und ich seufzte. »Ja, es war der Fealarien. Und glaube mir, seine Darbietung des Liedes klang nicht annähernd so gut wie deine.« Obwohl ich dagegen ankämpfte, fühlte ich, daß ich wieder rot wurde.

Selia setzte sich gerade hin und kniff die Augen zusammen. Die Kerze flackerte und badete ihr Gesicht in bewegten Schatten und schummrig gelbem Licht. »Ärgert Euch das Lied?«

»Nein, es ärgert mich nicht.«

»Stört es Euch? Mögt Ihr es nicht, weil es sich über einen Tahlion lustig macht?« Sie beäugte mich gerade so, wie ich Vareck beobachtet hatte, bereit, beim geringsten Anzeichen von Verärgerung über oder Mißfallen an ihrem Lied über mich herzufallen.

Ich hob mit der Linken den Pokal und schwenkte den Branntwein im Glas. Gleichzeitig löste ich den Blickkontakt mit ihr und beobachtete die Flüssigkeit, die höher und höher stieg, sich immer weiter dem Rand des Glases näherte. Der Strudel in der Schale des Pokals fand seine Entsprechung in meinen Gedanken. Ihre Fragen wirbelten darin herum und zogen mich zu einer Antwort, die ich nicht wahrhaben mochte, und das überraschte mich. Sie war unterwegs in ein Gebiet, das ich gut zu kennen geglaubt hatte.

Ich sah wieder zu ihr auf und zuckte die Schultern. »Es macht mich etwas verlegen, daß Morai und ich genug Material für ein Lied geliefert haben, aber die Worte stören mich nicht. Wenn es etwas gibt, das mir an deinem Lied mißfällt, ist es die Tatsache, wie es den Eindruck erweckt, Morai und ich würden eine Art Spiel miteinander treiben. Ich habe schon fast ein Dutzend seiner Männer getötet, und keiner von ihnen war eine so leichte Beute wie die beiden Strophen es darstellen. Ich spiele nicht mit Menschenleben.«

Selia lehnte sich zurück und legte die Hände mit den Handflächen aufeinander. Dann hob sie sie vors Gesicht und stützte das Kinn auf die Daumen, während sie in die Kerzenflamme sah. Ein Rinnsal von flüssigem Wachs lief an der Seite der Kerze herab und bildete eine Pfütze auf der Tischplatte. Ihre Oberfläche hatte gerade genug Zeit, abzukühlen und fest zu werden, bevor sie mir antwortete:

»Ich weiß nicht, ob ich Euch das glauben kann.« Sie bemerkte, wie meine Miene sich verdüsterte, und breitete die Hände aus. »Ich erkenne Eure Einwände an, aber Ihr seid ein Tahlion. Ihr seid gewohnt, daß die Menschen bei Eurem Anblick erzittern und die Flucht ergreifen. Wie könntet Ihr ein Lied nicht übelnehmen, das andeutet, Ihr wärt nicht allmächtig?«

»Ich nehme ein Lied nicht übel, das einen Tahlion als fehlbar darstellt, weil ich nicht allmächtig bin. Es gefällt mir ganz und gar nicht, daß alle Welt Angst vor mir hat.«

»Ha!« lachte sie. »Das ist unmöglich.«

Ich schüttelte den Kopf. »Es ist keineswegs unmöglich, und schon die Art, in der du die Frage gestellt hast, hat meine Antwort vorweggenommen. Aber du verlangst einen handfesteren Beweis als meine Worte.« Ich hob die Arme, um meine Bekleidung zu betonen. »Ein allmächtiger Tahlion, der es darauf anlegt, allen, die ihm begegnen, panische Angst einzujagen, würde sich bestimmt nicht so weit herablassen, in dieser Kluft hier aufzutauchen.«

»Der Punkt geht an Euch.« Sie lachte halb. »Als Ihr Euch eingemischt habt, glaubte ich einen Augenblick tatsächlich, Ihr könntet Morai sein. Seid Ihr sicher, daß Ihr ein Tahlion seid?«

Ich lachte und nickte müde. »Ich bin bis zu einem

gewissen Tag außerhalb Tahliannas aufgewachsen. Ich erinnere mich aus der Zeit, bevor ich selber Tahlion wurde, noch gut an die Geschichten und Erzählungen, die mir einen Schauder über den Rücken jagten.« Ich trank noch etwas Branntwein. »Ich erinnere mich, wie ich vor langer Zeit in Sinjaria auf dem Markt stand und meinen ersten Tahlion sah. Heute weiß ich, daß der hagere Geselle wahrscheinlich ein bei den Kriegern eingetretener Söldner war, aber damals hat er mich zu Tode erschreckt. Er ist mir nicht näher gekommen als vielleicht drei Meter und hat nicht einmal in meine Richtung gesehen, aber mein Herz schlug mir bis zum Hals, und mein Atem ging schnell, flach und stoßweise. Hätte er mich angesehen oder womöglich sogar angesprochen, wäre ich sicher in Ohnmacht gefallen. Oder schlimmer noch, blindlings davongerannt, überzeugt, daß ein Nachbar mich und meine Brüder angezeigt hatte, weil wir ihm zwei Sommer zuvor eine Melone geklaut hatten.«

Selia trank, bewegte den Branntwein kurz in ihrem Mund und schluckte dann. »Ich bin nicht überzeugt. Ihr kennt die Angst, die Tahlion in manchen Leuten erwecken, aber könnte dieses Wissen die Macht nicht noch verführerischer machen? Könntet Ihr Euch nicht erst recht von dieser Macht angezogen fühlen, weil Ihr selbst ihr nicht mehr unterliegt?« Ein Lächeln stahl sich auf ihr Gesicht, und ich erkannte, daß sie ihren Spaß daran hatte, sich mit mir zu messen.

Ich lehnte mich zurück und fühlte den kühlen Putz im Nacken. »Was du sagst, stimmt, aber ...« Ich beugte mich plötzlich vor, meine rechte Hand schoß nach vorne und packte ihre Linke. Sie zuckte zusammen und versuchte sich zu befreien, aber ich hielt sie fest. Wut und Angst fluteten durch ihr Gesicht.

Ich gab sie frei, und sie riß die Hand an ihre Brust, um sie mit der anderen zu reiben. »Eure Hand ist so kalt.«

Ich nickte und bedauerte meinen Ausbruch. »Es tut

mir leid. Sie ist kalt wie die Angst, die ich damals in der Magengrube spürte. Ich wußte es so gut wie heute, daß ich alles tun würde, was ein Tahlion von mir verlangt, aber ich würde es widerwillig tun, weil es aus Angst geschah. Ich habe die Angst gespürt, die du gerade gefühlt hast, und ich erlebe sie erneut, wann immer ich das Entsetzen sehe, das ich in anderen auslöse. Ich habe vor langer Zeit schon entschieden, daß ich lieber einen Menschen an meiner Seite habe, dem ich einen Gefallen getan habe und der mich seinen Freund nennt, als hundert, die mir aus Angst helfen. Ein Freund hält zu dir, wo ein verängstigter Sklave dich im Stich läßt.«

Eine Spur des alten Feuers kehrte in ihren Blick zurück. »Soll das heißen, Ihr setzt *niemals* Angst ein?«

Ich grinste. »Wenn ich die Wahl habe, verzichte ich darauf, aber ›Nur ein Narr wirft den Schild weg, bevor er in die Schlacht zieht‹.«

Selia entschuldigte sich, holte ihre Laute vor und kehrte auf die Bühne zurück. Sie lieferte eine erstklassige Vorstellung, und am Ende ihres zweiten Auftritts hatte sie das Publikum völlig in der Hand. Die Zuhörer klatschten ihr laut Beifall, und sie nahm ihnen minutenlang jede Erinnerung daran, daß nur durch einen Vorhang verborgen ein Tahlion mitten unter ihnen lauerte. Ich entschuldigte mich bei ihr für den Fall, daß meine Anwesenheit die Stimmung gedämpft hätte, aber Selia teilte mir mit, daß das Publikum mit Münzen so freigiebig war, daß sie keinen Grund zu Beschwerden sah.

Zwischen ihren Auftritten unterhielten wir uns in ihrer Nische weiter. Wir sprachen über die verschiedenen Orte, die wir besucht, und verglichen die Eindrücke der Wunder, die wir gesehen hatten. Sie erholte sich bestens von der Begegnung mit Vareck, auch wenn ich zwischendurch immer wieder kurz die Angst durch ihre Augen zucken und einen jähen Schauer ihre Schultern zum Erzittern bringen sah.

Als der Abend sich dem Ende zuneigte, kam der Wirt

an unseren Tisch. Er war kleiner und nicht so muskulös gebaut wie der Barmann, ähnelte ihm aber, von den Kampfnarben und der Verletzung abgesehen, genug, um mich eine Verwandtschaft vermuten zu lassen. Er bot mir ein Einzelzimmer an – das einzige, das er verfügbar hatte, sagte er in einem Ton, als sei er darüber erfreut. Doch der schmerzliche Ausdruck auf seinem Gesicht erzählte die wahre Geschichte. Häuser wie dieses waren gewohnt, die verfügbaren Gästezimmer mit so vielen Schlafstellen vollzupacken wie möglich, aber niemand wollte im selben Raum wie ein Tahlion schlafen, und so stand mir wundersamerweise ein ganzes Zimmer für mich allein zur Verfügung. Sein Sohn, der Junge, der ein paar Stunden zuvor Wolf in den Stall gebracht hatte, trug meine Satteltaschen und die Ausrüstung nach oben.

Selia machte Schluß für die Nacht und ging auf ihr Zimmer. Ich verließ den Schankraum kurz nach ihr und suchte mein Zimmer schnell nach irgendwelchen Überraschungen ab, die Grath hätte für mich vorbereitet haben können. Abgesehen von frischem Stroh in der Matratze und sauberen Bettlaken enthielt der Raum keinerlei ungewöhnliche Einrichtung. Ich stellte einen Stuhl vor die Tür und einen anderen ans Fenster, so daß jeder, der versuchte sich hereinzuschleichen, darüber stolpern mußte. Dann warf ich mich ohne große Zeremonie aufs Bett.

Ich war vielleicht nicht gleich schon weggetreten, als mein Kopf das Kissen berührte, aber länger als ein paar Sekunden darüber hinaus war ich sicher nicht wach.

Die Sonne ging etwa eine halbe Stunde vor dem zaghaften Klopfen des Wirts an der Türe auf, und ich öffnete sie hellwach und vollständig angezogen. Der Wirt war mir ganz und gar nicht als jemand erschienen, der aus eigenem Antrieb so früh aufstünde, und die vergessen auf seinem Schädel sitzende wollene Schlafmütze deutete an, daß hier irgend etwas ganz und gar nicht in Ordnung war. Ich lächelte ihm beruhigend zu, aber dann fiel sein Blick auf den Totenkopf auf der linken Brustpartie meines Wamses, und das machte ihm fast so viel Angst wie der Notfall, der ihn zu mir geführt hatte.

»Edler Herr Tahlion«, keuchte er atemlos. »Der Kämmerer des Herrn Bürgermeisters ist unten. Er wünscht Euch zu sprechen.« Er beobachtete meine Miene und bebte, als er mich die Stirne runzeln sah.

Ich winkte ab. »Du hast nichts zu befürchten. Ich kümmere mich um ihn.« Ich hatte keine Ahnung, was der Bürgermeister von mir wollte, aber der Herbergswirt hatte nichts damit zu tun. Ich legte ihm die linke Hand auf die Schulter und drückte sie leicht, um ihn zu beruhigen. Seine Miene verlor etwas von ihrem verkrampft unglückseligen Ausdruck, und er hastete davon, um dem Kämmerer mitzuteilen, daß ich bereit war, mit ihm zu sprechen.

Ich hatte über einem schwarzen Leinenhemd das schwarze Lederwams angelegt, dazu eine schwarze Hose und meine Reitstiefel. Zur Vervollständigung der Uniform fehlte nur noch der Waffengurt, den ich jetzt anlegte, so daß der Süntklieber an meiner linken Hüfte hing, und der Rüegær auf dem Rücken. Leise und vorsichtig verließ ich das Zimmer, um niemanden zu wecken. Ich ging den offenen Balkon entlang und gewann den ersten Eindruck vom Kämmerer Kieferquells, ohne ihn noch ganz angesehen zu haben.

Seine Eskorte aus zwei Stadtwachen stand links und rechts des Armstuhls, in dem er sich niedergelassen hatte, stramm. Alle Gürtelschlösser und Beschläge ihrer Uniformen glänzten. Keiner der beiden jungen Männer machte den Eindruck eines erfahrenen Kämpfers, dafür waren sie allerdings gutaussehend und gekonnt herausgeputzt. Sie waren nicht mehr als eine Ehrengarde, die der Kämmerer offensichtlich dazu benutzte, Eindruck zu schinden und seinem Selbstwertgefühl zu schmeicheln.

Er war ein schlanker, älterer Mann, mit dem die Jahre gnädig gewesen waren. Das hellbraune Haar mit den leicht graumelierten Schläfen vermittelte den Eindruck von Macht und Erfolg. Er lümmelte sich nicht auf dem Stuhl, sondern saß aufrecht und vom Alter ungebeugt. Er trug einen Ring an jeder langfingrigen und sauberen Hand. Durch die geschlitzten Ärmel seiner dunkelblauen Samtjacke glänzte goldfarbener Stoff, der auch den Kragen schmückte.

Er blieb sitzen und zeigte keine Reaktion, als ich die Treppe hinab kam. Ich blieb drei Meter vor der Ehrengarde des Kämmerers stehen und schenkte den beiden ein mitfühlendes Lächeln. Sie sahen von mir zu dem reglosen Würdenträger, als wollten sie fragen, ob er ihre Dienste während unseres Gesprächs benötigte, aber der Kämmerer regte keinen Muskel. Ich sah, wie sie hinüber zur Theke und den wenigen ersten Gästen der Taverne sahen, dann nickte ich und entließ sie für einen Drink.

Die beiden hatten nicht mehr als einen halben Schritt getan, als der Kämmerer die rechte Hand hob. Sie erstarrten in der Bewegung. Dann setzte der Mann des Bürgermeisters die träge Bewegung, mit der er die Hand gehoben hatte, fort und schickte sie mit einer Drehung aus dem Handgelenk weg. Die Wachen wurden rot und zogen sich zurück.

Ich fixierte die braunen Augen des Kämmerers. »Was kann ich für Euch tun?«

»Wir sind im Namen des Hohen Bürgermeisters von Kieferquell hier.« Seine Stimme war ruhig und von angenehmem Timbre, aber sein Tonfall deutete an, daß er sich mir überlegen wähnte. »Wir haben Grath na Memkar. Wir halten ihn in Erwartung seiner Hinrichtung von Eurer Hand fest.«

Ich kniff die Augen zusammen und spürte, wie sich

eine Falle um mich schloß. »Wenn Ihr ihn in Gewahrsam habt, dürft Ihr ihn auch hinrichten. Ihr benötigt weder mich noch meine Genehmigung dazu.« Ich lächelte. »Im Gegenteil, es bedeutet, daß ich mich ohne Umschweife Morai widmen kann.«

Der Kämmerer nickte verstehend. »Wir wünschten, es wäre so einfach, Tahlion, aber wir bedürfen Eurer einzigartigen Methode der Hinrichtung. Grath verfügt über gewisse Kenntnisse, denen wir die Nekromanten nicht auszusetzen wagen. Soweit wir wissen, haben wir das Recht, von Euch seinen Tod einzufordern.«

Ich schloß die Augen und rieb mir mit der Rechten übers Gesicht. Seine Bitte blieb im Rahmen dessen, was ein örtlicher Herrscher von einem Tahlion verlangen konnte. *Gelegentlich* bat ein Fürst einen Tahlion, einem Spion oder einem mit ähnlich gefährlichem Wissen behafteten Individuum die Seele auszusaugen, aber die meisten gingen andere Wege, um sicherzustellen, daß Nekromanten keinen Zugang zu der Leiche fanden. Ich hatte kein Verlangen, Grath auf diese Weise hinzurichten, gleichgültig, was er wußte, aber das würde ich mit dem Bürgermeister selbst besprechen müssen, nicht mit seinem Boten.

Also nickte ich. »Wann und wo?«

»Heute mittag, auf dem Platz vor der Residenz des Herrn Bürgermeisters.« Ein füchsisches Grinsen verdarb dem Kämmerer jeden Versuch, eine Unschuldsmiene aufzusetzen.

Ich bekam Herzstiche. Sie wollten eine öffentliche Hinrichtung, und ich dachte gar nicht daran, ihnen *die* zu liefern. »Ich werde schon vorher da sein, weil ich vor Graths Tod mit dem Bürgermeister reden will.«

Der Kämmerer neigte respektvoll den Kopf, sammelte seine Eskorte ein und zog ab. Sobald er weg war, kam der Barmann herüber und reichte mir ein kleines Glas temurischen Shaisha. Ich kippte das Glas flüssiges Feuer ohne nachzudenken, dann wedelte ich mit beiden

Händen nach etwas, um das Brennen in der Kehle zu löschen.

Der Barmann lachte grölend. »Ich dachte mir, nach diesem selbstherrlichen Dummbeutel werdet Ihr den Shaisha gebrauchen können. Ich hatte gehofft, Euer Grath würde aus Trotz den Kämmerer abmurksen, bevor er erwischt wird.«

Ich trank hastig ein paar Schlucke Bier aus dem Krug, den er mir reichte, hustete und sah ihn stirnrunzelnd an. »Was? Du hast gewußt, daß Grath hier in Kieferquell ist?«

Der Barmann wich einen Schritt zurück, dann entspannte er sich, als er aus meinem Tonfall keine Feindseligkeit, sondern nur Überraschung las. »Klar, hab ich, genau wie ziemlich die ganze Stadt. Er und der Daari sind schon vor einer Weile angekommen, so drei, vier Tage ist es her, und Grath durchschaute die politische Lage hier, wie ich Dhesirispuren lese. Es gibt zwei Fraktionen in der Stadt. Diejenige, die gerade nicht an der Macht ist, steht kurz davor, die andere abzulösen und wird das wahrscheinlich bei der nächsten Vollversammlung der Kaufmannsgilde auch tun. Grath hat dem Kämmerer seine Dienste angeboten. Im Gegenzug für genug Geld, um sich und Vareck sicheres Geleit durch Memkar zu erkaufen, wollte er sich um einen Teil der Opposition kümmern.« Der Barmann zuckte die Schultern. »Jedenfalls hat das der Daari erzählt, als er letztens mal stockbesoffen war.«

Ich nickte und wußte nicht, was ich sagen sollte. Daran, daß Grath ein Gespür für politische Gegebenheiten besaß und wußte, wo Interesse an seinen Diensten bestand, hatte ich keinerlei Zweifel. Wahrscheinlich hatte Morai ihn ebensosehr seines Wissens um die Memkaripolitik wegen angeheuert als wegen seiner Künste als Giftmischer. Und es fiel mir ebenso leicht zu glauben, daß jemand wie der Kämmerer einen Schurken wie Grath einsetzte, um seine Stellung zu festigen, wenn sich die Gelegenheit dazu bot. Doch die Frechheit dieses Kerls, anschließend hierher zu kommen und von mir zu verlangen, daß ich Grath tötete, damit nichts davon durchsickern konnte ... das raubte mir den Atem.

Ich kniff die Augen zusammen, trank mein Bier und versank in Gedanken. Der Bürgermeister wollte Graths Hinrichtung als Spektakel inszenieren und hoffte wahrscheinlich, damit in den Augen der Bürger seinen Machtanspruch zu festigen. Ich nickte langsam, als ein Plan aus den unangenehmeren Bereichen meines Geistes auftauchte. O ja, der Edle Herr Bürgermeister und seine Stadt würden heute etwas darüber lernen, was Macht bedeutete.

Auf meine Bitte hin begleitete Selia mich zu meiner Audienz mit dem Bürgermeister von Kieferquell. Erst dachte ich noch, er wäre vielleicht nicht mehr als die Marionette des Kämmerers, doch ich brauchte nur einen Blick auf ihn zu werfen und war eines Besseren belehrt. Er war ein voller Geselle mit schütterem schwarzem Haar, einem Schnauzbart und greller Kleidung, was alles ihm das Aussehen eines Narren gab. Aber der Ausdruck von animalischer Verschlagenheit in seinen dunklen Augen machte mir sofort klar, wer Kieferquell wirklich kontrollierte.

Der Bürgermeister thronte auf einer Empore in seinen Privatgemächern. Der Kämmerer stand zu seiner Rechten, ein paar andere Ratgeber zu seiner Linken. Durch das Fenster rechts von mir sah ich die Stadtwachen die Menge von einer hastig errichteten Richtplattform zurückdrängen.

Ich verneigte mich vor dem Bürgermeister. »Euer Ehren, gestattet mir, Euch Selia ra Jania vorzustellen. Ich habe sie als meine Zeugin für dieses Gespräch mitgebracht, ihr allerdings einen Eid abgenommen, mit niemandem darüber zu sprechen, was sie hier hört, es sei denn, mein Meister verlangt ihre Aussage.«

Der Bürgermeister musterte sie und tat sie als unwichtig oder leicht zu ermorden ab. Sein Blick kehrte zu mir zurück. »Wir sind erfreut, daß Ihr Euch bereit erklärt habt, den Gefangenen hinzurichten.«

Meine Kaumuskeln spannten sich. »Ich habe mich nicht bereit erklärt, Grath auf die Weise hinzurichten, nach der Euch augenscheinlich der Sinn steht. Ich werde ihn töten, aber ich werde ihm nicht die Seele entreißen.«

Der Bürgermeister spießte den Kämmerer mit einem Blick reinsten Giftes auf, dann beugte er sich vor und stieß den Zeigefinger in meine Richtung. »Ihr werdet Eure Macht bei ihm einsetzen, Tahlion. Ihr habt keine Wahl. Wir werden nicht zulassen, daß irgendein Nekromant ihm die Geheimnisse entreißt, in deren Besitz er gelangt ist – durch Betrug gelangt ist.«

Ich atmete langsam aus, um die in mir aufsteigende Wut zu bezähmen. »Ich verstehe Eure Besorgnis, Herr Bürgermeister, aber Ihr könnt seine Leiche verbrennen oder in kleine Stücke zerhacken oder sein Gehirn zerkochen, und es wird dieselbe Wirkung haben. Ich werde den Vorgang überwachen, gleichgültig, welche Methode Ihr wählt, und dafür sorgen, daß Eure Geheimnisse sicher sind.«

Der Bürgermeister schüttelte entschieden den Kopf. »Eure Zusicherungen genügen mir nicht, Tahlion. Wir wollen jede Möglichkeit einer Rekonstruktion ausschließen. Wer weiß, welche Zauber bereits auf ihm liegen, um einem Zauberer seine Wiedererweckung zu ermöglichen?«

Ich zwang mich zu einem verächtlichen Lachen. »Ihr glaubt also an die Gerüchte von Hexenweibern und Geistergeschichten. Das kann nicht geschehen …«

»Es kann nicht geschehen, wenn Ihr seine Seele aus dem Körper saugt.« Der Bürgermeister wußte, daß er mich in der Falle hatte, denn gleichgültig, ob sein Verlangen berechtigt war oder nicht, schließlich blieb mir keine andere Wahl, als ihm nachzukommen. »Ihr werdet jetzt dort hinuntergehen und ihn hinrichten!«

Ich drehte mich zu Selia um. »Bitte präge dir ein, daß ich Alternativen zu dieser rituellen Hinrichtung angeboten habe und daß der Bürgermeister sie abgelehnt hat.« Ich wirbelte wieder zu ihm herum. »Bestätigt meinem Meister schriftlich, daß Ihr mir keine andere Wahl laßt, als diesem Körper die Seele zu entziehen, und versiegelt das Schreiben.« Ich starrte ihn an. »Ihr widert mich an.«

Der Bürgermeister blieb unbeeindruckt. »Und trotzdem müßt Ihr tun, was wir von Euch verlangen.« Er diktierte die Botschaft einem Sekretär, dann unterzeichnete er sie und versiegelte sie persönlich. Er reichte mir das Schreiben, und ich steckte es in mein Wams.

Zwei Wachen gingen vor uns aus der Kammer des Bürgermeisters und führten uns durch eine Gasse in der Menge zur Richtplattform. Ich wartete, bis Selia auf der Plattform stand, bevor ich die Stufen emporstieg. Hinter mir folgten der Bürgermeister und der Kämmerer. Grath wartete bereits.

Er tat mir leid, als ich ihn dort sah. Grath war ein kleiner Mann, von der richtigen Statur für Hofintrigen und unbemerkte Giftattacken. Jetzt war er in schwere Ketten geschlagen, die seine Bewegungen behinderten und ihn zu Boden drückten. Als er mich sah, erkannte er augenblicklich, warum seine Auftraggeber ihn verraten hatten. Er knurrte sie an und schüttelte den Kopf.

Er warf dem Kämmerer und dem Bürgermeister einen schrägen Blick zu, dann spuckte er aus. Er sah zu mir hoch, und ich nickte fast unmerklich. Er sollte wissen, daß ich ihn ehrenhaft gestellt hätte und ihm einen schnellen Tod verschaffen würde. Und er sollte wissen, daß ich seine Meinung teilte, was seine letzten Kunden betraf. Das ist eine beachtliche Menge an Mitteilungen für eine winzige Bewegung, aber Grath erwiderte die Geste, und ich sah, daß er verstanden hatte.

Ich wartete, bis die Soldaten zwei Lehnstühle für den Bürgermeister und den Kämmerer auf die Plattform gewuchtet hatten, bevor ich mit der Vorstellung begann. Ich trat zum Rand der Planken und starrte hinaus auf das Meer der Köpfe. Obwohl der Himmel sich zugezogen hatte, schwere Wolken Regenschauer versprachen und ein eisiger Wind für Gänsehaut sorgte, drängte sich die Menge auf dem Platz und sogar auf den Dächern der umliegenden Häuser. Ich hob die rechte Hand und wartete, bis das Raunen sich gelegt hatte, bevor ich sprach.

»Ich bin ein Rechtsprecher. Viele von euch werden schon gehört haben, daß ich gestern nacht im Fremdenviertel einen Mann tötete. Es stimmt. Er hat mich angegriffen. Ich tötete den Daari mit meinem Schwert.« Ich drehte mich halb zu Grath um. »Dieser Mann war der Begleiter des Daari, und heute morgen hat der Kämmerer mich von seiner Gefangennahme in Kenntnis gesetzt. Der Bürgermeister hat mir mitgeteilt, daß Grath na Memkar in den Besitz einiger wichtiger Geheimnisse gelangt ist, und läßt mir keine andere Wahl, als den Gefangenen hinzurichten.«

Viele der Zuschauer nickten zustimmend, aber niemand rief einen Kommentar oder zog anderweitig irgendwelche Aufmerksamkeit auf sich. Die Galle stieg mir in die Kehle, und fast hätte ich meinen Plan aufgegeben. Ich wollte die Bürger von Kieferquell nicht so mißbrauchen, aber ich weigerte mich, Grath hinzurichten, nur um die Launen eines Diktators zu befriedigen.

Ich senkte meine Stimme. »Bevor ich tue, wozu euer Bürgermeister mich zwingt, möchte ich mich bei euch entschuldigen.« Meine Worte sorgten dafür, daß die Menge in schockiertem Schweigen zu mir hochstarrte, aber ein Donnerschlag füllte die eingetretene Stille. Ein leichter Nieselregen setzte ein, und ich sprach weiter. »Ich möchte mich jetzt bei euch entschuldigen, denn später werde ich zu beschäftigt sein, um mich bei jedem von euch einzeln zu entschuldigen. Bitte versteht, daß ich dies nicht tun will, sondern dazu gezwungen werde.«

Die Leute auf dem Platz unter mir sahen einander verstört und hilfesuchend an. Sie waren gekommen, um zu sehen, wie ein Tahlion einen Giftmischer hinrichtete, und jetzt entschuldigte der Tahlion sich bei ihnen für seine bevorstehenden Handlungen. Meine Worte verwirrten und beunruhigten sie.

Ich runzelte die Stirn und schaute ungläubig auf sie hinab. »Soll ich glauben, ihr wißt nicht, warum ich mich entschuldige? Wißt ihr nicht, was ich tun muß, nachdem ich seinem Körper die Seele ausgesaugt habe, wie euer Bürgermeister es verlangt?« Ich starrte auf sie hinab, und sie starrten zu mir herauf. Der Regen wurde heftiger und vermischte sich mit den Tränen auf einzelnen Gesichtern. Körperlose Stimmen verlangten eine Erklärung von mir.

Ich nickte ernst. »Wenn ich diesem Körper in gerechter Vergeltung für die Morde, die er begangen hat, die Seele entrissen habe, werde ich alles sehen, was er gesehen hat, und alles wissen, was er weiß.« Ich deutete auf Grath. »Ich werde alle Verbrechen sehen, die er gesehen hat, und danach werde ich deren Täter auf dieselbe Weise hinrichten müssen. Ich werde deren Wissen in mich aufnehmen und danach handeln müssen. Ich werde dies durchführen, bis ich keine Verbrecher mehr finde.« Ich schüttelte traurig den Kopf und zog den Brief des Bürgermeisters aus dem Wams. »Ich persönlich hätte darauf verzichtet, aber euer Bürgermeister läßt mir keine Wahl.«

Wieder krachte der Donner, und die Menge wogte vorwärts und schlug gegen die Stützen der Plattform. Die neigte sich, und Selia und Grath stürzten beide auf die Holzplanken. Der Bürgermeister stand auf, dann stolperte er, aber der Kämmerer schaffte es, sich auf den Beinen zu halten, als er von seinem Platz aufsprang.

Er stieß wütend einen Finger in meine Richtung. »Das könnt Ihr nicht tun!«

»Schweig, Marionette, dein Meister hat mir meine Befehle gegeben. Mir bleibt keine Wahl, als ihm zu gehorchen.« Ich starrte auf den Bürgermeister hinab, der von einem Regenschwall gepeitscht wurde, und ein Blitz beleuchtete die Angst auf seinem Gesicht.

»Nein, Tahlion, Ihr braucht ihn nicht hinzurichten.« Der Bürgermeister hebelte sich auf die Beine. »Ich ziehe meinen Befehl zurück.«

Die Menge hielt einen Augenblick inne, aber ich zerschmetterte ihre Hoffnungen mit einem harten Lachen. »O nein, Edler Herr Bürgermeister, Ihr könnt Euren Befehl nicht zurückziehen. Ich habe Euch vorhin die Gelegenheit dazu gegeben, und Ihr habt sie verworfen. Jetzt muß ich den Verdacht haben, daß Ihr oder Euer Kämmerer Grund habt zu befürchten, daß ich Graths Wissen in mich aufnehme. O nein, ich muß Euren Befehl ausführen, weil seine Erinnerungen …« Ich deutete auf Grath. »… der Schlüssel zum Bösen in dieser Stadt sind!«

Von einem Blitzschlag angefeuert, der in den Turm der Bürgermeisterresidenz einschlug, wälzte sich die Menge wieder vor und brachte die Plattform fast zum Einsturz. Der Kämmerer zog einen Dolch aus dem Ärmel seiner nassen Robe, sprang über den erneut gestürzten Bürgermeister und warf sich mit einem unartikulierten Schrei wild um sich stechend auf mich. Ich wich zurück und drehte mich. Ein Rundumtritt mit dem rechten Fuß traf ihn an der Schläfe und schleuderte ihn in die Menge.

Die Menschen unter dem Kämmerer sprangen hastig beiseite oder krochen unter seiner Leiche vor, so schnell sie konnten. Ich hörte einen Mann rufen: »Sein Genick ist gebrochen!«, und die Nachricht pflanzte sich durch die Menge fort, löste deren Spannung und sorgte für ein kurzes Stocken. Der Tod, den sie alle von meiner Hand fürchteten, hatte mitten unter ihnen greifbare Gestalt angenommen, und für einen Augenblick wurde er zum Brennpunkt ihrer Sorgen.

»Hört mich an, Bürger von Kieferquell!« rief ich. Ich deutete auf die Leiche des Kämmerers. »Dort liegt euer Böses. Ich habe es gefunden und beseitigt, ohne zu den äußersten Maßnahmen greifen zu müssen. Mein Verdacht, der mich daran hinderte, das großzügige Angebot des Bürgermeisters anzunehmen, ist befriedigt. Ihr solltet euch glücklich schätzen, daß eine Stadt dieser Größe ein Übel beherbergt, das so leicht auszuschalten ist.«

Die Menge löste sich unter dem Wolkenbruch mit erstaunlicher Geschwindigkeit auf. Ich stand reglos wie ein Standbild auf der Richtplattform und sah zu, wie sie verschwanden. Dann drehte ich mich um und betrachtete den Bürgermeister. »Wir wissen beide, was der Kämmerer zu verbergen versuchte. Giftmischerei und Verschwörung mit einem Giftmischer sind Kapitalverbrechen in Ell. Keiner meiner Vorgesetzten würde mir einen Vorwurf machen, wenn ich dich hier und jetzt richte, und eine Menge von ihnen werden mich dafür tadeln, wenn ich darauf verzichte. Aber ich glaube, daß du noch eine Chance verdient hast.«

Der Bürgermeister, der nach seinem letzten Sturz noch immer auf den Knien lag, griff nach meinem regennassen Wams, dann ließ er es wieder los. »Verzeihung, ich wollte Euch nicht beleidigen oder respektlos erscheinen. Mein Fehler. Ja, was Ihr wollt. Ich werde tun, was Ihr wollt.«

»Gut.« Ich zeigte auf Grath. »Laßt ihn köpfen, dann löst seine Ketten und begrabt ihn hier auf dem Platz, unter dieser Plattform. Ihr werdet ein Standbild über seinem Grab errichten, das euch daran erinnern wird, daß die größte Macht wertlos ist, wenn sie selbstsüchtig mißbraucht wird.«

»Ja, Tahlion, ja, das werde ich …« Die Worte des Bürgermeisters gingen allmählich im Schluchzen unter. Wind und Regen trieben ihm den letzten Rest von Würde aus. Ich drehte mich um und ging hinunter auf den beinahe leeren Platz.

Eine Straße weiter rief Selia hinter mir her. »Tahlion!«

Ich blieb stehen und wartete auf sie. Sie holte mich ein, und wir gingen schweigend durch die Straßen, bis wir das Fremdenviertel von Kieferquell erreicht hatten. Dann ließ der Regen nach, und ein Sonnenstrahl brach durch die Wolkendecke.

»Tahlion, hättet Ihr getan, womit Ihr drohtet? Wärt Ihr durch die Stadt gezogen und hättet alle getötet?« In ihrer Frage lag Angst, aber sie war ehrlich.

Ich streckte den Arm aus und legte ihr sanft die linke Hand auf die Schulter. »Spielt es eine Rolle, was ich getan hätte? Ich bin nur hier, um Recht zu sprechen. Ich glaube, davon hat Kieferquell heute mit etwas Glück genug für eine ganze Generation bekommen.«

KAPITEL VIER

Novize: Feier

Schweißnaß und blutend stand ich da und sah zur aufgehenden Sonne hoch. Der Mann, dessen Eingreifen mir die Aufnahme in die Tahlion ermöglicht hatte, war verschwunden, und mit ihm die letzten Überreste meiner Angst. Erleichterung erfüllte mich, in meiner Magengrube erwachte ein Kichern – das ich augenblicklich erstickte –, und plötzlich fühlte ich mich erschöpft.

Die beiden Tahlion vor mir hoben den Krieger auf und trugen ihn aus der Staubsenke. Hochwalter Hansur winkte mir, ihnen zu folgen, und ich gehorchte. Wir gingen einen schmalen, gewundenen Pfad entlang einen Hang hinauf, und ich entdeckte eine zweite kleine Staubebene, auf der ein Zelt und ein paar Stühle aufgestellt waren. Der weißblonde Novize, der mich zur Prüfung gebracht hatte, führte mich zu einem der Stühle.

»Ich bin Lothar ra Jania. Ich bin auch ein Dreizehner, so wie du.«

Ich lächelte und nahm dankbar den Pokal mit verdünntem Wein entgegen, den mir ein Dienstleister reichte. Ich trank gierig, und ein Teil des Weins lief mir über Kinn und Brust. Wo er die Hautabschürfungen berührte, brannte er, aber die Abkühlung, die er mir verschaffte, wog es auf.

Ich nickte dem Dienstleister zu. »Danke.« Dann reichte ich Lothar die Hand und wurde mit einem festen Händedruck belohnt. »Ich bin Nolan ra Sinjaria. Aber sollten wir unsere Namen überhaupt benutzen? Ich dachte, alle Tahlion werden mit ihrem Titel angesprochen.«

Lothar grinste und zeigte zwei Reihen gleichmäßiger weißer Zähne. »Das gilt für Außenstehende. Die Edlen werden mit Namen angesprochen, und Tahlion, die an einem fremden Hof dienen, benutzen in der Regel ihren Rang, aber es gibt keine Vorschrift, die uns verbieten würde, anderen unseren Namen zu nennen. Hier unter Tahlion benutzen wir alle unsere wahren Namen. Sonst wäre das Leben reichlich verwirrend.«

Ich mußte ebenfalls lachen, als ich mir das Chaos in einer ganzen Stadt vorstellte, deren Bewohner allesamt nur auf Tahlion reagierten. »Von wo in Jania kommst du, Lothar?«

Der Rechtsprecher-Novize drehte sich um und bellte einem Zauberer im blauen Mantel, der den Krieger untersuchte, den ich getreten hatte, einen Befehl zu. Der Magicker drehte sich weit genug um, daß ich einen Blick auf das Pentagramm auf der linken Brustpartie seines Mantels werfen konnte, und antwortete Lothar in derselben Sprache. Lothar nickte und wandte sich wieder mir zu. »Er kommt gleich herüber und kümmert sich um dich. Was hattest du gefragt? Woher ich komme. Ja, ich komme ursprünglich aus Trisus, der Hauptstadt, aber seit ich sechs Monate alt war, bin ich in Tahlianna.«

»Oh.« Ich rieb mir den linken Arm und sah mir die Wunde an, die der Splitter gerissen hatte. Sie blutete nicht mehr, schmerzte aber noch. »Was hast du zu ihm gesagt?« fragte ich mit einer Kopfbewegung in die Richtung des Magickers.

Lothar zuckte die Schultern. »Ich habe ihm klargemacht, daß du seine Dienste dringender brauchst als der schlafmützige Krieger da. Ein Rechtsprecher wäre auf keine deiner Finten hereingefallen.«

Ich runzelte die Stirn. In Lothars Stimme lag Verachtung für den Krieger, und ich las zugleich auch ein Werturteil über mich aus seinem Kommentar. »Welche Sprache hast du benutzt, und was hat der Mann zum Edlen Hansur gesagt, als der meine Fahnen zählte?«

Lothar winkte dem Dienstleister-Tahlion, mir nachzuschenken. Ich nahm die Erfrischung dankbar an. »Ich habe im Tahldialekt gesprochen. Es heißt, die Sprache sei noch dieselbe wie zu der Zeit, als die Tahlion gegründet wurden. Du wirst sie auch lernen müssen.« Er stockte und sah zur Seite. »Ich weiß nicht, was dem Edlen Hansur gesagt wurde.«

Ich konnte nicht erkennen, ob er log, aber mir war unbehaglich zumute, und wenn ich jetzt denselben Rang hatte wie Lothar, weil wir beide Dreizehner waren, wollte ich auf keinen Fall bei ihm den Eindruck erwecken, der Platz würde mir nicht gebühren. »Nach deiner Bemerkung über den Krieger scheinst du nicht zu glauben, daß ich verdient habe, ein Rechtsprecher zu sein. Findest du, ich habe meine Prüfung nicht bestanden?«

Lothars Miene hellte sich auf, und er lachte. »Nein, nein, so darfst du das nicht verstehen. Daß du es allein von Sinjaria nach Tahlianna geschafft hast, ist für mich Beweis genug, daß du hierher gehörst. Und da ich dich jetzt hier so sehe, erschöpft und durch die Mangel gedreht, weiß ich auch sicher, daß du dir die Fahnen verdient hast. Nein, auf ihn bin ich wütend.« Er zeigte mit dem Finger auf den Krieger, der auf der anderen Seite des Lagers saß. »Du hättest ihn auf jeden Fall besiegt, aber wenn er dich nicht so unterschätzt hätte, hättest du ihn nicht dermaßen beschämen können.«

Ich trank noch etwas Wein und freute mich, daß Lothar mich nicht ablehnte. Der Magicker kam jetzt zu mir herüber. Er untersuchte meinen Arm, ohne sich dabei allzu sanft zu zeigen, dann lächelte er. »Dich brauche ich nicht mit einem Zauber zu heilen. Wasch einfach den Dreck ab und leg einen sauberen Verband an. Die

Wunde wird noch ein paar Tage schmerzen, aber das verheilt.«

Lothar stand auf und führte mich von der Lichtung. Wir überquerten noch zwei Hügel, und ich stellte fest, daß wir gar nicht weit von Tahlianna entfernt waren. Meine Teststrecke hatte mich in einem großen Bogen wieder zurückgeführt. Wir marschierten schnellen Schritts einen Pfad entlang zurück zur Stadt und hielten nur einmal lange genug an, damit ich in einen Bach springen und mich waschen konnte.

Der Weg brachte uns an die Nordseite Tahliannas, zwischen Stadtmauer und Mauserkäfige, und wir betraten die Stadt durch das Tor an der Ostseite von Nordeck. Zwei Krieger hielten Wache, ließen uns aber passieren. Im Innern der Muer hielten wir uns südöstlich, auf das Osttor des zweiten Fünfecks zu.

Die Straße zwischen der Stadtmauer und der Zitadelle ähnelte denen jeder anderen großen Stadt, mit einem entscheidenden Unterschied. »Mann, Lothar, die Straßen hier sind unglaublich sauber.« Ich sah mich ungläubig um. Ich konnte nirgends einen Müllhaufen, einen Tierkadaver oder auch nur einen zerborstenen Pflasterstein finden.

Der Novize lachte. »Das hier ist Tahlstadt. Hier leben die Familien der Tahlion, die Bauern und all die Geschäftsleute, die zu ihrem Unterhalt nötig sind. Der Meister gestattet ihnen nur, hier zu wohnen, solange Tahlstadt der Zitadelle selbst an Ordnung und Sauberkeit in nichts nachsteht.«

»Hmmm. Und hier kann jeder wohnen?«

Lothar dachte kurz nach. »Ja, so ziemlich jeder. Es gibt keine Bettler. Die werden zur Arbeit auf den Bauernhöfen eingeteilt. Einmal kam ein Verbrecher her, den die Rechtsprecher jagten, und hat sich hier versteckt. Es heißt, er habe versucht, selbst Tahlion zu werden, als die nächste Feier anstand, ein Rechtsprecher, um genau zu sein.«

Ich riß die Augen auf. »Was ist passiert?«

»Wo dich ein Krieger erwartet hat, traf er auf den Hochwahrer der Rechtsprecher. Er hat nicht genug Fahnen gesammelt.«

Wir gingen zwischen Gruppen von Händlern und Kunden hindurch. Ich war schon vorher einmal auf einem Markt gewesen, in Sinjaria, deshalb war mir das Getümmel im Grunde vertraut. Aber es hielt sich eine überwältigende Menge von Tahlion in der Menge auf, und daran mußte ich mich erst noch gewöhnen.

Sechs Meter hohe, massive Eichenholztore mit schweren Eisenbeschlägen sicherten das Osttor. Eine kleinere, nur mannshohe Tür am Fuß des linken Torflügels stand auf. Lothar erklärte: »Gewöhnlich steht das Tor offen, aber wenn die Lanzer ihre Prüfung bestehen, haben sie die unangenehme Gewohnheit, durch den Korridor in die Messe zu reiten, um da zu feiern.«

Ich grinste und folgte Lothar durch die Tür. Sie führte uns in einen langen, dunklen Tunnel, der das Fundament des Sterns bildete. Frühes Morgenlicht drang durch die Tür und hellte die Finsternis ausreichend auf, um mich die Mordlöcher über uns erkennen zu lassen. Wer auch immer wahnsinnig genug war, Tahlianna zu belagern – und erfolgreich genug, es bis hierher zu schaffen –, konnte aus dem über uns liegenden Stockwerk mit Pfeilen durchbohrt oder mit siedendem Öl verbrannt werden. Ich hatte in den Geschichten meiner Großmutter von derartigen Dingen gehört, aber als ich sie jetzt tatsächlich sah, lief mir ein kalter Schauer den Rücken hinab. Zum ersten Mal in meinem Leben brachte ich den Schrecken des Todes in Verbindung mit den Geschichten, die mir in meiner Kindheit solches Vergnügen bereitet hatten.

Lothar führte mich weiter den Gang hinab, bis er vor einer Tür in der Südwand anhielt. »Hier besorgen wir dir erstmal deine Ausstattung.«

Ich folgte ihm durch die Tür und erstarrte. Der Raum

111

war erheblich größer als das Haus, in dem ich aufgewachsen war. Regale bedeckten die Wände, füllten den
Innenraum und ragten bis unter die vier Meter hohe
Decke empor. Sauber zusammengelegte Kleidungsstücke in allen Farben des Regenbogens stapelten sich
auf den Brettern. Meine Kinnlade fiel herab, und ich
wanderte auf das nächste Regal zu, ohne Lothar und
den Dienstleister zu beachten, mit dem er sprach.

»Anhalten, Bursche!« Der Befehl des erwachsenen
Tahlion ließ mich erstarren und meine schon ausgestreckte Hand von den Samtmänteln auf dem Regal-
brett vor mir zurückreißen. »Wie soll ich Maß nehmen,
wenn du kreuz und quer herumläufst? Lothar, Regal
Dreizehn Mitte Stapel für die Hose, Vierzehn links fürs
Hemd.« Der Dienstleister, ein älterer Mann, kleiner als
ich, mit braunen Augen und weißem Haar, das sich wie
ein Kranz um seinen Schädel legte, stierte mit zusam-
mengekniffenen Augen auf meine Füße und hielt mir
ein Paar Stiefel hin. »Tja, hier, nimm die mal. Und hol
dir aus Regal Drei ein Paar Strümpfe und Unterwäsche.
Regal Drei. Lesen kannst du ja wohl?«

Ich nahm die Stiefel und drehte mich im Kreis, bis ich
das Regal gefunden hatte, das ich suchte. »Ja, ich kann
lesen.« Ich holte mir ein Paar Strümpfe und etwas Unterwäsche. »Soll ich sie anprobieren?«

Der Dienstleister riß die Augen auf, bis sie fast völlig
weiß waren. Er bellte mich im tahlschen Dialekt an.
Lothar unterdrückte ein Lachen, schlug mir Hemd und
Hose in den Magen und sah zu, daß er mich hinaus in
den Gang bugsierte.

»Was hat er gesagt?«

Lothar gluckste. »Vergiß es, du siehst mir nicht so aus,
als hättest du Ziegen unter deinen Vorfahren.« Er öffnete
eine andere Tür in der Südwand, und wir traten in einen
grasbewachsenen Innenhof hinaus. »Hier findet ein Teil
des Trainings statt. Wir wohnen da drüben, und die Dreizehner haben dieses Jahr Zimmer im Obergeschoß!«

Unser Weg führte uns durch einen Türbogen in der östlichen Zitadellenwand und zwei Treppen hoch. Der Korridor war drei Meter breit und auf der ganzen Länge gekachelt. Auf beiden Seiten befand sich alle viereinhalb Meter eine Tür, jeweils in der Mitte des Zwischenraums der gegenüberliegenden Seite, damit sie sich beim Öffnen nicht behinderten. Außerdem war an beiden Enden des Ganges je eine einzelne Tür in die Stirnwand eingelassen.

Am anderen Ende des Ganges stand ein Dienstleister mit einer Schiefertafel. Als er uns kommen sah, marschierte er den Flur herab auf uns zu. Er sagte etwas zu Lothar, das ich nicht verstand, aber die Verärgerung in seinem Tonfall war deutlich zu hören.

Lothar verzog das Gesicht. »Benutz die Gemeinsprache. Nolan versteht uns nicht.« Lothars Tonfall war scharf, und der Dienstleister zögerte.

»Endlich tauchst du auf, Lothar.« Der Mann zog die Nase hoch und hakte auf seiner Tafel etwas ab. »Die anderen haben ihre Wahl schon getroffen. Du wirst dir das Zimmer mit dem hier teilen müssen, diesem Nolan.« Das Grinsen des Dienstleisters sollte wohl grausam sein, so, als sei es eine furchtbare Strafe für Lothars Verspätung, daß er mit mir in ein Zimmer gesteckt wurde.

Lothar versteifte sich, dann trat er einen Schritt vor. Er war um einiges größer als der Dienstleister, und es gelang ihm, den leicht dreißig Jahre älteren Mann einzuschüchtern. »Es ist dir offensichtlich noch nicht in den Sinn gekommen, daß ich genau das beabsichtigt haben könnte. Hätte Nolan versagt, hätte ich ein Zimmer für mich allein gehabt. Und jetzt, nachdem er Erfolg hatte, habe ich einen interessanten Neuzugang in unserer Gruppe als Zimmergenossen bekommen.«

Der Dienstleister zuckte zurück, dann verkniff er die Augen zu Schlitzen und spie Lothar etwas auf Tahl entgegen. Lothars Antwort kam schnell und scharf. Ich hörte den Namen ›Hansur‹ in seiner Entgegnung, und was immer er auch gesagt hatte, zusammen mit diesem Namen genügte es, sein Gegenüber zu überzeugen. Der Dienstleister deutete auf eine Tür und verschwand. Lothar stampfte den Gang hinab, und ich folgte ihm in eingeschüchtertem Schweigen.

Unser rechteckiges Zimmer war viereinhalb Meter breit und drei Meter lang. Das Fenster öffnete sich auf den Grasplatz, über den wir in das Gebäude gekommen waren. An beiden Seitenwänden standen jeweils ein Bett, eine große Kommode und ein Schrank für Mäntel und Schuhe. Unter dem Fenster befand sich ein Eichentisch mit Stühlen an drei Seiten. Ein vierter Stuhl stand neben der Tür.

Lothar warf sich auf das Bett in der hinteren Ecke, so daß er mit dem Kopf an der Fensterwand lag, und ließ mir das Bett in der gegenüberliegenden Ecke. »Die Dienstleister werden dir noch andere Kleider raufbringen und verstauen. Mäntel und zeremonielle Roben kommen in den Schrank. Stiefel und Sandalen auch, unten. Alles andere kommt in die Kommode. Sie werden auch dein Zeug aus Devons Zelt holen. Wenn du irgendwas davon nicht mehr willst, wird es an die Kinder in Tahlstadt verteilt.«

Ich nickte und setzte mich aufs Bett. Als ich die Sandalen aufschnürte, stand Lothar auf und ging. Die Tür schloß er hinter sich. Ich zog mich schnell um. Alles paßte, die Stiefel ganz besonders gut, hatte aber etwas Spiel, damit ich wachsen konnte, bevor ich mich neu ausstatten mußte. Die Sachen waren alle schwarz und aus einem leichteren, aber ebenso robusten Stoff wie Wolle. Ich kannte mich gut genug aus, um zu wissen, daß es keine Seide war, aber dennoch äußerst bequem. Ich stopfte die Hose in die Stiefel und musterte mich im Spiegel hinter der Tür.

Auf meiner Reise hatte ich mich sichtlich verändert. Ich war hagerer und knochiger geworden und bekam etwas von der Vogelscheuche, der ich mein letztes

Hemd abgenommen hatte. Danach zu urteilen, was Großmutter über Vater erzählt hatte, und danach, wie Hal und Malcolm sich entwickelt hatten, nachdem sie ebenso dürr gewesen waren wie ich, würde ich ein Hüne von einem Kerl werden, wenn ich erst ausgewachsen war. Mein Gesicht hatte dieselben ausgeprägten Züge wie das meines Vaters, aber die grünen Augen, die ich von mütterlicher Seite geerbt hatte, brannten den immergleichen müden Ausdruck weg, an den ich mich auf seinem Gesicht erinnerte.

Aus dem Glas starrte mich nicht nur ein sehr veränderter Nolan an, sondern ein völlig neuer. Ich lächelte, als ich den weißen Totenkopf auf meiner linken Brust sah. In der Tahlion-Uniform kam ich mir größer und stärker vor und gar nicht mehr wie ein Kind. Das Lächeln verblaßte etwas, als mir klar wurde, nur den ersten Schritt meines Plans damit abgeschlossen zu haben, daß ich es zum Tahlion-Novizen gebracht hatte, und daß mir noch harte Arbeit bevorstand, damit ich ein Tahlion bleiben und mein endgültiges Ziel erreichen konnte.

Bevor ich völlig in dem Sumpf schmerzhafter Erinnerungen und himmelstürmerischer Pläne versinken konnte, öffnete sich die Tür. Ich trat zurück, und Lothar grinste. »Gut siehst du aus. Das ist wahrlich Wasser auf die Mühlen.«

»Er muß Allen beleidigt haben, *nachdem* er seine Sachen hatte.« Lothar trat beiseite, als ein Mädchen das Zimmer betrat. Sie war kleiner als wir, aber man hätte sie doch kaum als zierlich oder zerbrechlich beschreiben können. Sie bewegte sich wie eine Katze und nahm mit einem Blick das ganze Zimmer auf. Dann musterte sie mich.

Ihre Augen wurden schmaler, bis nur noch dunkle Flecken mit dünnem weißem Rand davon zu sehen waren. Ihr Haar wirkte äußerst schwarz und durch seine Länge waren an den dunkleren Stellen keine Einzelheiten mehr zu erkennen. Sie war hübsch, aber der raubtierhafte Ausdruck auf ihrem Gesicht bereitete mir ein leises Unbehagen. Schließlich schürzte sie die Lippen, nickte schnell und drehte sich zu Lothar um. »Der hat die Reise tatsächlich gemacht.«

Meine Antwort erstarb, als Lothar zu seinem Bett ging und ein weiterer Novize das Zimmer betrat. Er war riesig, noch größer als Edler Hansur, und von der zu seiner Größe passenden Statur. Und falls das noch nicht gereicht hätte, mich zu bannen – den Knaben, der sich für einen Weltreisenden hielt –, war dieser Novize nicht einmal ein Mensch. Seine graugrüne Haut brachte die weißen Hauer, die einen guten Zentimeter über der Unterlippe vorstanden, bestens zur Geltung. Sein Haar war schwarz und so lang wie mein eigenes, konnte aber nicht verbergen, daß seine Ohren leicht spitz zuliefen.

Seine Stimme war tief und hallend und erinnerte an Donnergrollen. »Natürlich hat er die Reise gemacht, Marana. Die Geschichte ist zu fantastisch, um erlogen zu sein.« Er grinste mich an und bleckte dabei ein Gebiß, wie ich es bis dahin nur in meinen schlimmsten Alpträumen gesehen hatte.

Mir klappte die Kinnlade nach unten, und ich ergriff nur deswegen nicht entsetzt die Flucht, weil der gigantische Dämon die Tür blockierte. Lothar sah das panische Entsetzen in meinem entgeisterten Gesicht und prustete los. Das Mädchen stimmte in sein Gelächter ein, und nachdem ein kurzer Ausdruck der Verwirrung über das Gesicht des Dämons gehuscht war, gröhlte er ebenfalls los.

Sein warmes, herzliches Lachen holte mich zurück in die Wirklichkeit. *Vor jemandem, der so offen lachen kann, brauche ich keine Angst zu haben.* Ich erholte mich von meinem Schock und stimmte selbst in das allgemeine Gelächter mit ein.

Lothar, der auf dem Bett lag und sich den Bauch hielt, rollte sich mühsam in eine sitzende Stellung und deutete mit dem Kopf auf das Mädchen. »Nolan, das ist Marana. Marana, das ist Nolan ra Sinjaria.« Wir verbeugten uns voreinander, und Lothar setzte die Vorstellung fort. »Nolan ra Sinjaria, darf ich dir Jevin den Fealarien vorstellen.«

Das Wort *Fealarien* explodierte in meinen Gedanken wie ein auf dem Steinboden zerplatzender Tonkrug und erklärte das Ausmaß der Angst, die mich gepackt hatte, als ich Jevin zum ersten Mal zu Gesicht bekommen hatte. Wie jedes Kind der Seestaaten wußte ich, daß auf der anderen Seite des Runtmeers die Geborgten Lande und die Fealarien-Klüfte lagen. Die Fealarien waren wilde Bergriesen, die in und auf den Bergen lebten, ihre Dämonenschafherden weideten und eine Unzahl anderer Dinge taten, über die man von den Geschichtenerzählern nur unbestimmte Andeutungen hörte. Alle fünfundzwanzig Jahre trafen der Anführer der Menschen in den Geborgten Landen und der Häuptling der Fealarien sich zu einem Zweikampf – einem rituellen Zweikampf, den die Tahlion eingeführt hatten und bis heute regelten und durchführten – um die Herrschaft über die Geborgten Lande bis zum nächsten Duell. Die Geschichten darüber, was die Fealarien mit den menschlichen Einwohnern der Geborgten Lande taten, wenn die Menschen den Zweikampf verloren, waren greulich, und jetzt, da ich einen Fealarien zu Gesicht bekommen hatte, erschienen sie mir noch glaubhafter als je zuvor.

Andererseits konnte kein Fealarien die Berge verlassen, solange sie nicht die Herrschaft über die Geborgten Lande besaßen. Und soweit ich wußte, regierte dort immer noch Königin Briana, und bis zum nächsten Ritual hatte sie immer noch zehn Jahre Zeit. Allen Traditionen und Legenden nach konnte Jevin hier gar nicht vor mir stehen.

Jevin lächelte mich weiter an und verbeugte sich. Ich erwiderte die Verbeugung und achtete darauf, mich etwas tiefer zu verneigen als er. Dann streckte ich ihm die Hand hin. Er zögerte und sah mir in die Augen, wohl auf der Suche nach einem Anzeichen von Angst oder Spott. Durch die tiefschwarze Iris seiner Augen wirkte sein Blick äußerst durchdringend, aber ich spürte keine Angst, die er hätte finden können. Wir waren uns gleich, beide weit von dem Ort entfernt, an den wir gehört hätten. Wir hatten keinen Grund, einander zu fürchten oder zu hassen.

Er faßte meine Hand mit festem Griff, und ich erwiderte ihn. In diesem Augenblick schmiedeten wir eine Freundschaft fürs Leben. Ich löste den Griff und grinste die Gesellschaft an. Zum ersten Mal seit Monaten hatte ich den Eindruck, ein neues Zuhause gefunden zu haben.

»So, was ist das für ein Gerede darüber, daß ich Allen beleidigt habe? Alles, was ich gesagt habe, war ›Soll ich sie anprobieren?‹«

Die drei brachen geradezu in Lachen aus. Marana schüttelte den Kopf. »Das kannst du nicht gesagt haben!«

Jevin starrte mich durch die vor die Augen geschlagenen Hände an. »Nein, das kannst du wahrhaftig nicht gesagt haben. Du lebst ja noch.«

Das löste neues Prusten und Kichern aus. Ich legte die Stirn in Falten und meinte: »Versteh ich nicht.«

Jevin hatte sich als erster wieder in der Gewalt. Es kostete ihn einige Anstrengung, und das war der erste Hinweis, den ich auf die erstaunliche Selbstbeherrschung seiner Art erhielt. »Allen stattet seit dreißig Jahren oder mehr Tahlion mit Kleidung aus. Er kann auf einen Blick sagen, was einem paßt. Das ist eine Kunst, auf die er äußerst stolz ist, und auch nur anzudeuten, daß er sich irren könnte, ist eine schwere Beleidigung.«

»Oh.« Ich grinste verlegen. »Ich werde mich bei ihm entschuldigen müssen.«

Lothar stimmte mir zu. »So schnell wie möglich am

besten, oder der Rest deiner Kleidung wird eine bunte Auswahl dessen, was Allen im Lauf der Jahrzehnte angesammelt hat.«

Ein scharfer Glockenton hallte durch den Gang hinter der Tür. Ich drehte mich um und sah, wie die anderen Haltung annahmen und ihre Kleidung ordneten. Ich stellte mich neben ihnen auf und starrte mit ernster Miene zur Tür.

Dort tauchte Edler Hansur auf. Er sprach im Tahldialekt zu den anderen. Sie verneigten sich und traten im Gänsemarsch hinaus auf den Gang. Dann sah er mich an. »Darf ich eintreten?«

»Ja, Edler Herr.«

Er kam herein und schloß die Tür. Sein Blick schweifte durch das Zimmer, und er runzelte leicht die Stirn, als er Lothars zerkrumpeltes Bettzeug sah. »Wie ich sehe, hat Lothar dir Kleidung besorgt und dich zu seinem Zimmergenossen gemacht.«

Ich nickte. Seine Stimme war weder ton- und gefühllos, noch herrisch, aber trotzdem fühlte ich mich gezwungen, auf alles, was er sagte, zu antworten. Es war meine erste Erfahrung mit dem Ruf.

»Schön. Komm mit, Nolan. Du sollst den Meister sehen.« Er öffnete die Tür, und wieder erklang die Glocke. Edler Hansur winkte mich voraus in den Gang, dann schloß er die Tür hinter uns. Den gesamten Korridor hinauf und hinab standen Rechtsprecher-Novizen stramm, während wir zur Treppe gingen. Als wir auf den Stufen waren, erklang die Glocke zweimal, und aus dem Gang drangen die gewöhnlichen Alltagsgeräusche.

»Soweit ich weiß, Nolan, ist dir bekannt, daß ich der Hochwalter der Rechtsprecher bin.« Edler Hansur stockte und erwiderte die Verneigungen zweier Krieger-Novizen, die auf der Treppe stehengeblieben waren, um uns passieren zu lassen. »Das bedeutet, ich befehlige alle Rechtsprecher in den Diensten der Tahlion.

Rechtsprecher haben sich vor mir oder dem Meister zu verantworten. Rechtsprecher sind etwas Besonderes, und du wurdest als einer von ihnen angenommen. Verstehst du das?«

Ich nickte.

Edler Hansur studierte mein Gesicht einen Augenblick lang, bevor er weitersprach. »Ein Rechtsprecher wird ausgebildet, alles zu beherrschen, was ein anderer Tahlion kann, mit Ausnahme Hoher Magick und bestimmter rein dienstleisterischer Pflichten. Ein Rechtsprecher muß einen Falken so gut fliegen können wie ein Elit, im Sattel besser zuhause sein als ein Lanzer und besser kämpfen können als ein Schütze oder Krieger. All diese Künste zu meistern ist eine schwere Aufgabe, selbst für Rechtsprecher, die von Geburt an auf ihre Mission vorbereitet werden. Für dich wird sie beinahe unmöglich sein.«

Wir kamen am Fuß der Treppe an und wandten uns zu dem Korridor, der an der Kleiderausgabe vorbeiführte. Wir waren unterwegs ins Zentrum des Sterns.

»Deine Ausbildung wird nicht leicht. Zusätzlich zu den Übungen mit Lothar und den anderen Dreizehnern wirst du mit einigen der jüngeren Tahlion trainieren. Du wirst den Tahldialekt erlernen, bis du ihn flüssig beherrschst. Du wirst die Geschichte der Tahlion studieren. Du wirst die zwölf Jahre Ausbildung nachholen, die du versäumt hast.«

Die Worte des Edlen Hansur hätten mir panische Angst einjagen müssen, und vermutlich hätten sie auch genau diese Wirkung gehabt, hätte er mir den geringsten Raum für Zweifel gelassen. Aber jeder seiner Sätze war eine Tatsachenfeststellung. Er ließ mir keine andere Wahl als den Erfolg. Es schien, als sei ich zu all dem fähig, was er sagte, einfach dadurch, daß ich meine Prüfung bestanden hatte, wenn auch nur um Haaresbreite. Das gab mir Mut und die Entschlossenheit, Hochwalter Hansur nicht zu enttäuschen.

Die Gänge, durch die wir kamen, glichen sich wie ein Ei dem anderen. Gelbe Ovale hoch an den Wänden leuchteten mit magischem Licht und erhellten den Weg. Alle Türen waren aus eisenbeschlagenen Eichenbohlen, und keine trug irgendeine Kennzeichnung. Ich konnte nicht sagen, wo wir waren oder wie weit wir gekommen waren. Es sollte nicht lange dauern, bis ich herausfand, daß ein Zauber über dem Stern lag, der es unmöglich machte, bestimmte Räume zu finden, wenn man keinen legitimen Grund hatte, sie aufzusuchen, oder dort erwartet wurde.

Edler Hansur glitt ohne einen Laut durch das Labyrinth. Der über die linke Schulter geworfene Umhang gab das Totenkopfabzeichen auf dem Wams frei, aber ich konnte mir nicht vorstellen, daß irgend jemand ihn auch ohne dieses Kennzeichen hätte verwechseln können. Seine Haltung und Ausstrahlung waren einzigartig. Selbst blind und halbtot hätte ich ihn erkannt.

Edler Hansur hielt vor einem bronzenen Doppelportal an. Die Türflügel wirkten äußerst schwer, aber er strich nur leicht mit der linken Hand über ihre Mitte, und die Türen öffneten sich in gutgeölten Scharnieren. Edler Hansur verneigte sich in Richtung der Mitte des Raums, dann trat er beiseite und gab mir den Blick auf etwas so Großartiges frei, daß nichts, was ich bis zu diesem Augenblick gesehen hatte, auch nur annähernd damit vergleichbar gewesen wäre.

Die Kammer des Meisters war ein gewaltiger, kavernenartiger Saal, aber dunkel, unnatürlich dunkel, und das Licht der von der Decke hängenden Lampen schien gedämpft, so daß sie weiter entfernt wirkten, als sie tatsächlich waren. Ein breiter Teppich zog sich von der Tür zum Thron. In den Stoff war ein kunstvolles Drachenmotiv eingewebt, aber im Halblicht der Kammer waren die Rot-, Grün- und Goldtöne der Weberei kaum zu erkennen. Andere Kunstwerke, Wandteppiche und Statuen verschiedener Größen, Werkstoffe und Themen waren in einer beeindruckenden Anordnung über den Saal verteilt, doch die Dunkelheit verhüllte ihre Schönheit.

Der Thron des Meisters beherrschte den Saal. Er stand auf einer zwei Meter hohen Empore aus schwarzem Basalt und schien aus einem einzigen Block von Elfenbein geschnitzt. Ich wußte sofort, daß das unmöglich war, denn keine Elfenbeinquelle der Welt konnte einen Block dieser Größe entstehen lassen. Er hatte die Gestalt eines Tierschädels mit geöffnetem Rachen. Zwei gewaltige Fangzähne von der Dicke meiner Oberschenkel stießen von der zulaufenden, hautlosen Schnauze herab und hielten das Dach des Throns. Ein dunkelvioletter Edelstein funkelte zwischen den leeren Augenhöhlen, tief in den Schädel eingelassen, als sei er dort gewachsen. Sonst war die Schnitzerei unverziert, und man hätte sie der krassen Einfachheit und sauberen Linien wegen als unfertig abtun können, aber die schiere Größe und die erschreckende Lebensechtheit der Zähne waren beeindruckend genug, um den Thron als Meisterwerk einzustufen.

Dann erst, nachdem ich meine Bewertung des Throns abgeschlossen hatte, erkannte ich die Wahrheit, und mir stockte der Atem. Kein Künstler hatte sich gemüht, diesen Thron zu erschaffen. Keine menschliche Hand hätte je etwas derart Exquisites erbauen können. Der Thron war überhaupt kein Kunstwerk, sondern ein echter Drachenschädel!

Edler Hansur betrat den Saal. Taudicke Weihrauchschwaden wanden sich um seinen Körper. Der Duft lag schwer in der Luft, und ich erkannte den beißenden Geruch sofort. Ich hatte ihn schon einmal gerochen, als ich noch sehr jung war und ein Zauberer ein Ritual durchgeführt hatte, um das Leben meines Großvaters zu retten. Ich verband diesen Duft mit dem Tod, und ein Schauer lief mir den Rücken hinab.

Plötzlich schien der Raum um mich herum zu verschwinden. Ich sah auf und mein Blick verwarf die Äußerlichkeiten des Throns. Auf einem einfachen Holzstuhl unter dem Juwel sah ich den Mann, der Meister aller Tahlion war.

Nach all den Geschichten, die ich als kleines Kind gehört hatte, und meiner kurzen Erfahrung mit Tahlianna und den Tahlion erwartete ich einen wahren Hünen. Ich war auf einen Heroen gefaßt, einen Mann, größer noch als Jevon und fähig, die Kreatur zu töten, in deren Schädel er jetzt saß. Aber noch während diese Überlegungen in meinen Geist traten, korrigierte ich mich. Denn ich wäre auch mit einem kleinen Mann zufrieden gewesen, einem winzigen, flink und tödlich wie ein Mungo. Auch der wäre ein geeigneter Anführer für die Tahlion gewesen. Beide hätten einen überwältigenden Eindruck gemacht.

Der Mann, der tatsächlich auf dem Thron saß, war weder ein Riese, noch ein kompakter Assassine. Er war einfach nur ein Mann. Er saß auf dem Holzstuhl im Maul des Drachen, als sei ihm das Bild unangenehm, das diese Stellung vermittelte, oder vielleicht, als mache ihm die Vorstellung zu schaffen, das gewaltige Maul könne sich irgendwie schließen und ihn verschlingen. Er hatte ein Gesicht, wie ich es schon tausendfach gesehen hatte, ganz alltäglich und in keinster Weise einprägsam. Er hätte jedermann oder niemand sein können.

Ich verbeugte mich vor dem Meister. Er stand auf, erwiderte meine Verbeugung und setzte sich wieder. Er war kleiner als ich, und sein Haar war dunkelbraun, außer an den Stellen, wo die Lampen rote Glanzlichter warfen. Seine Augen wirkten dunkel, und er schien schlank zu sein, aber durch seine Statur und Körpergröße war das nicht augenfällig. Irgendwo auf der Straße und ohne Tahlion-Uniform wäre er unscheinbar gewesen, und niemand hätte von ihm Notiz genommen. In diesem Augenblick begriff ich, daß die Möglichkeit, für einen ganz gewöhnlichen Menschen gehalten zu werden, obwohl man ein Tahlion war, fast so wertvoll sein konnte, wie die, als Tahlion erkannt zu werden.

»Komm näher, Nolan.« Die Stimme des Meisters klang warm und freundlich – wie die eines Onkels oder des Vaters eines Freunds. Ich erkannte sie sofort, konnte mich aber nicht überwinden, die Frage zu stellen, nach deren Antwort ich verlangte. Ich trat in die Kammer, und die Türen schlossen sich hinter mir.

»Ich habe gehört, daß du keine lebenden Verwandten besitzt. Stimmt das?«

»Ja, Meister.«

»Du weißt, daß die Familien aller Tahlion für die Dienste ihrer Verwandten bezahlt werden. Wärst du als Kind zu uns gekommen, würden deine Eltern für die Arbeit, die du für uns leisten wirst, entschädigt werden. In deinem Fall gibt es keine Familie, der wir das Geld zukommen lassen könnten.« Der Meister beugte sich auf seinem Thron vor und verschränkte die Hände. »Gewöhnlich würden wir das Geld bei einem Waisen wie dir deinem Herrscher schicken, aber wie ich hörte, erkennst du König Tirrell von Hamis nicht als deinen Herrscher an. Gibt es jemand anderen, dem du das Geld lieber zukommen lassen würdest?«

Ich nickte bedächtig, um die Wut und den Haß zu verbergen, die bei der Erwähnung Tirrells in mir aufstiegen. »Herr, es gibt einen Herbergswirt in Tashar, einen Mann namens Orjan. Er hat mich bei sich aufgenommen, als ich krank war. Ich möchte, daß das Geld ihm zukommt. Seine Herberge, der Rote Fuchs, liegt am Kaltlauf nahe Patria.«

Der Meister lächelte sanft. »Wie du wünschst. Abgesehen von der Klärung dieser Angelegenheit möchte ich dir nur noch zu dem Erfolg in deiner Prüfung gratulieren. Du hast dich für einen Außenseiter, der als ein Jahr älter getestet wurde, als er tatsächlich ist, bewundernswert geschlagen.«

Ich verneigte mich tief und aus echtem Respekt.

Der Meister neigte den Kopf in Erwiderung. »Wenn sonst nichts ist, kannst du jetzt gehen.«

Ich zögerte. Innerlich drohte ich zu platzen. Er wußte die Antwort, die ich brauchte, aber ich hatte nicht das Recht, danach zu fragen. Sein Lob war ehrlich gewesen, aber war das eine weitere Prüfung? Ich setzte an, die Frage lag mir auf der Zunge, aber dann schloß ich den Mund wieder.

»Nolan ra Sinjaria, willst du mich etwas fragen?«

Ich nickte und schluckte mühsam. »Ihr habt zum Edlen Hansur gesprochen und mir meine fünfte Fahne geschenkt.« Ein dünner Rauchvorhang trieb zwischen uns, und ich konnte sein Gesicht nicht erkennen, als ich weitersprach. »Warum? Ich hatte versagt.«

Er musterte mich, während er sich die Antwort überlegte. Ich stand da vor ihm und fühlte mich sehr allein. Ich hatte mein Bestes gegeben und versagt. Man hatte für mich eine Ausnahme gemacht, und ich brauchte die Bestätigung, daß es aus einem tieferen Grund geschehen war als aus Mitleid mit einem Kind, das vergeblich den halben Kontinent durchquert hatte, oder einem Knaben, der sich dem Feind widersetzte und sich trotzig weigerte, die Niederlage in einem längst beendeten Krieg anzuerkennen. Gestalten dieser Art fand man überall im Zerbrochenen Reich zur Genüge. Ich brauchte den Glauben daran, daß es einen guten Grund für das Handeln des Meisters gegeben hatte, und ich wollte wissen, wie der aussah.

Der Meister stand auf und kam die sechs Stufen von der Empore auf den Läufer herab. »Um eines klarzustellen, Nolan: Es kommt nicht oft vor, daß jemand von mir verlangt, meine Entscheidungen zu erklären, und sicherlich kein Novize.«

Ich senkte den Kopf. »Verzeiht mir. Ich wollte nicht respektlos sein.«

Seine Mundwinkel hoben sich, und er kicherte leise.

»Das weiß ich, und weil dir die Antwort so wichtig ist, werde ich dir zumindest einen Teil meiner Beweggründe erläutern.« Er setzte sich ohne große Zeremonie auf die Stufen. »Am Ende der Prüfung hattest du alle Fahnen, die du hättest sammeln können, mit Ausnahme der des ersten Hindernisses. Im ersten Test wurdest du verletzt, aber du bist nicht in die gestellte Falle gegangen, denn dann wärst du in die Grube gestürzt und hättest ohne fremde Hilfe nicht wieder heraus gekonnt. Du hast deinen Irrtum erkannt und dich gerettet. Bei diesem Test hast du etwas gelernt und wirst in Zukunft nicht mehr auf dergleichen hereinfallen.« Der Meister fuhr sich mit der Zunge über die Lippen und lehnte sich zurück. »Selbst beim letzten Test hast du nicht aufgegeben, obwohl du müde und verletzt warst. Du hast dich daran erinnert, worauf es ankam, im Gegensatz zu deinem Gegner. Du hast ihn besiegt, obwohl er der bessere Kämpfer war, weil es dir gelungen ist, dich selbst zu überwinden. Hättest du es darauf angelegt gehabt, ein Lanzer oder Krieger zu werden, hätte ich mich niemals eingemischt und den blutgetränkten Stoffetzen als fünfte Fahne anerkannt. Die Qualitäten, die du bewiesen hast, sind für Soldaten nicht von Bedeutung. Sie brauchen nur zu kämpfen und Befehle auszuführen, und auch wenn unsere Soldaten die besten der Welt sind, haben sie für deine Talente keine Verwendung. Ein Rechtsprecher hingegen muß ständig dazulernen. Er muß in der Lage sein zu erkennen, wann er einen Fehler gemacht hat, und diesen Fehler entschlossen korrigieren. Du hast bewiesen, daß du dazu in der Lage bist, und deshalb habe ich mich für dich eingesetzt.«

Ich lachte. Der Druck, der auf mir gelastet hatte, war verschwunden, und endlich fühlte ich, daß ich mir den Platz als Rechtsprecher-Novize ehrlich verdient hatte. »Vielen Dank, Edler Herr.«

Der Meister nickte, dann beugte er sich vor. »Etwas solltest du dir klarmachen, Nolan, und es nie vergessen.

Von den Kriegern, die bei der Prüfung zugegen waren, wird das Gerücht ausgehen, daß du die Prüfung nicht bestanden hast, aber trotzdem zugelassen wurdest. Was auch immer Edler Hansur dir an Schwierigkeiten in Aussicht gestellt hat, du darfst sie getrost verdoppeln. Alle Novizen, die für weiteres Training zurückbehalten wurden, weil sie eine Prüfung nicht geschafft haben, werden dich hassen.« Der Meister grinste Hochwalter Hansur zu. »Rechtsprecher sind bei den anderen Novizen ohnehin unbeliebt, weil ihr alle etwas Besonderes seid, aber auf dich wird sich diese Feindseligkeit bündeln. Du bist anders, du kommst von draußen. Sie werden glauben, du könntest unmöglich einer von ihnen werden. Weil du von draußen kommst, weißt du mehr von der Welt als die anderen. Erinnere dich an das, was du dort gelernt hast, und laß dieses Wissen in das einfließen, was du hier erfährst. Mancher glaubt, die ganze Welt würde sich um Tahlianna drehen, aber du weißt es besser. Nutze, was du weißt, und teile es mit anderen, zu deinem Nutzen und dem der Tahlion.«

Ich stand schweigend da, als der Meister sich erhob und zu mir kam. Er legte mir die Hände auf die Schultern. »Denke daran, Nolan, daß du aus eigenem Entschluß zu uns gestoßen bist, im Gegensatz zu den anderen, im Gegensatz zu denen, die Tahlianna als ihr Geburtsrecht ansehen. Du darfst nie daran zweifeln, die richtige Wahl getroffen zu haben.«

Ein Dienstleister führte mich aus der Kammer des Meisters und zeigte mir den Weg zurück zu meinem Zimmer. Wieder kam ich durch den Korridor, an dem die Kleiderausgabe lag, und ich nutzte die Gelegenheit, um mich bei Allen zu entschuldigen. Er brummte etwas, als er mich sah, aber als ich fertig war, lächelte er und reichte mir eine schwarze Jacke mit hohem steifem Kragen und einem Totenkopf auf der linken Brust, die von einer Knopfreihe verschlossen wurde, die sich an der rechten

Seite bis zur Schulter zog. Dann scheuchte er mich raus und erklärte, er habe zu arbeiten.

Ich erreichte mein Zimmer, ohne mich unterwegs zu verirren, und fand Jevin und Lothar in eine Unterhaltung vertieft vor. Beide trugen Jacken wie die, die ich gerade erhalten hatte. Jevin hatte seine bis oben zugeknöpft, aber die Lothars stand halb auf. Er grinste, als er mich sah. »Gut, da bist du ja. Fehlt nur noch Marana.«

Ich warf ihm einen fragenden Blick zu.

»Zieh die Jacke an.« Lothar schloß den Rest der Knöpfe. »Jania gibt heute ein Fest, und mein Onkel Rudolf ist der Gastgeber. Marana, Jevin und du, ihr seid heute abend meine Begleiter.«

Ich zog die Jacke über und sah zu Jevin hoch, während mein Stubenkamerad sich fertigmachte. »Sag mal, Jevin, sind wir als seine Freunde eingeladen oder als sein Gefolge?«

Der Fealarien schnaubte und setzte ein wölfisches Grinsen auf. »Als seine Freunde. Zumindest hat er mir das erzählt.« Jevin drehte sich zu Lothar um, ohne daß sein grausames Lächeln verschwand.

Lothar setzte zu einer Antwort an, aber Marana kam ihm von der Tür aus zuvor. »Sei nachsichtig mit ihm, Nolan. Während der Feiern kommen Lothars Verwandte auf Besuch. Das erinnert ihn an seine adlige Abstammung, und ab und zu versucht er sogar, sich dementsprechend zu benehmen.« Mein Zimmergenosse wurde rot, und sie sprach weiter. »Während des übrigen Jahres treiben wir ihm diese Flausen wieder aus.«

Marana trug eine ähnlich geschnittene Jacke wie wir anderen, hatte dazu aber einen knielangen Rock angelegt. Ihre langen Haare hatte sie mit einem königsblauen Band zu einem Zopf geflochten, und es stand ihr ausgezeichnet. Sie machte grinsend einen Knicks vor Lothar. »Sind wir vorzeigbar, edler Herr?«

Lothar zuckte zusammen. »Tut mir leid. Meine Familie hat sich immer noch nicht an den Gedanken gewöhnt, daß ich ein Rechtsprecher bin. Sie hatte erwartet, daß ich ein Krieger oder Lanzer werde und nach Jania zurückkehre, um die in der Hauptstadt stationierten Truppen zu kommandieren.« Er musterte unsere Mienen, um zu sehen, ob seine Erklärung eine Wirkung hatte. Ich verspürte ein gewisses Mitgefühl, aber die beiden anderen zuckten mit keinem Muskel.

»Das erzählst du uns jedes Jahr, Lothar.« Jevins Tonfall war äußerst mißbilligend.

Marana nickte zustimmend. »Und vermutlich wird er es auch in den nächsten Jahren herunterbeten.« Sie schüttelte langsam den Kopf, dann sah sie hoch. »Also warum sollten wir uns davon die Laune verderben lassen?« Jevin stimmte in ihr Lachen ein, und wir machten uns gemeinsam auf den Weg zum janischen Fest.

Die einen Monat dauernden Feiern waren eine Tradition, die auf die Gründung der Tahlion zurückging. Der Kaiser hatte die Adligen des Reiches nach Tahlianna eingeladen, damit sie sich persönlich vom Können der Tahlion überzeugen konnten. Damals hatte es nur Rechtsprecher, Magicker, Eliten und Dienstleister gegeben – die drei übrigen Klassen waren erst nach dem Zerfall des Reiches gegründet worden –, und die Adligen hatten einen bleibenden Eindruck von den Truppen gewonnen, gegen die sie hätten antreten müssen, falls sie revoltierten.

Im Verlauf der weiteren Entwicklung war aus den Feiern eine Gelegenheit für die Delegationen verschiedener Länder geworden, sich auf neutralem Boden zu treffen und über Bündnisse, Handelsabkommen und andere diplomatische Belange zu reden. Jede Nation, die es sich leisten konnte, richtete einmal während der Feiern ein Fest aus, und diese Bälle galten grundsätzlich als eine üppige Zurschaustellung von Reichtum und Nationalstolz. Volltahlion konnten so viele dieser Feiern besuchen, wie sie wollten, während Novizen nur zu denen ihrer Heimatnation zugelassen waren, und nach Bestehen der Prüfung noch zu ein oder zwei anderen.

Lothar ging uns stolz zum janischen Pavillon voraus. Eigentlich bestand er aus einer Gruppe von Zelten, einem riesigen Mittelzelt, um das sich mehrere Kreise stufenweise kleiner werdender Zelte ringten, allesamt gelb. Menschen strömten in beide Richtungen, und auch wenn ich niemanden sah, der erkennbar am Eintritt gehindert wurde, schien der Besucherkreis auf Adlige und wichtige Persönlichkeiten anderer Nationen beschränkt.

»Jedes Jahr ist einer von Lothars Verwandten der Gastgeber der janischen Delegation.« Jevin deutete auf einen riesigen blonden Mann mit dichtem Vollbart in der Mitte der Menge. »Das ist sein Onkel Rudolf.«

Ich nickte, um Jevin zu zeigen, daß ich ihn gehört hatte, aber sein Kommentar drang nicht wirklich zu mir durch. Wir hatten gerade das Mittelzelt betreten, und ich war sprachlos. In meinem ganzen Leben hatte ich noch nicht so viel Essen gesehen.

Der erste Kreis kleinerer Zelte enthielt Tische mit Bergen von Essen. Jedes vierte Zelt war gefüllt mit Fässern voller Wein, Bier und Branntwein aus Jania und den besten Anbaugebieten des übrigen Zerbrochenen Reiches. Andere Zelte enthielten nichts als Obst. Ich erkannte einen Teil davon, aber manche Formen, Farben und Düfte waren mir so fremd, daß ich keine Schwierigkeiten gehabt hätte zu glauben, daß dieses Fest von den Fealarien oder den Xne'kal ausgerichtet worden war. Die Zelte mit Brot, Käse und Kuchen wirkten weniger exotisch, aber von der Menge und Variation her ebenso atemberaubend. Hier fanden sich mehr Süßigkeiten auf einem Haufen, als sich irgendein Kind erträumen konnte. Und um das Ganze abzurunden, drehten sich halbe Rinder und Schweine und ein ganzer Schwarm von Vögeln an riesigen Bratspießen über dem offenen Feuer oder wurden mühsam von Dienstboten herumgetragen. Der Wind trug uns das Bratenaroma zu, und Jevin grinste breit.

Ich schüttelte staunend den Kopf, und ein Schauder lief meinen Rücken empor. Hier war für ein einziges Gelage mehr Essen zusammengetragen, als mein Vater in all den Jahren auf unserem Hof erwirtschaftet hatte.

»Lothar!« Die tiefe Baßstimme übertönte das Murmeln der Gespräche und brachte alle Gäste zum Schweigen. Ich sah gestandene Männer zurückweichen, als sich die Menge teilte und Lothars Onkel in Sicht kam. Er stürzte aus der Menge und riß seinen Neffen in einer herzlichen Umarmung von den Füßen wie ein kleines Kind.

Der hilflos strampelnde Lothar wurde rot. Er brüllte einen Fluch im Tahldialekt und wand sich, um freizukommen. Rudolf lachte und packte ihn nur noch fester. »Sie haben dir beigebracht, in einer unpassenden Sprache zu fluchen. Dieser archaische Dialekt ist für Gesetzestexte gedacht, nicht für Obszönitäten!«

»Onkel Rudolf, laß mich runter!« Lothar versuchte einen Befehlston anzuschlagen, aber seine dazu nicht gerade passende Lage und ein gut angewandter Druck hünenhafter Arme sorgten dafür, daß es sich mehr nach einem Quieken anhörte. Plötzlich gab Rudolf ihn frei, und Lothar fiel zu Boden, unfähig, sich rechtzeitig auszubalancieren und auf den Füßen zu landen.

Bevor er mit dem Rücken aufschlagen konnte, fing er sich mit Händen und Füßen ab. Er krabbelte schnell einen halben Meter vor, dann säbelte er das rechte Bein gegen die Beine seines Onkels. Der war auf den Angriff vorbereitet und wich der Attacke seines Neffen ohne sichtliche Schwierigkeiten mit einem Hüpfer aus. Ein Grinsen trat auf sein Gesicht, aber es hielt sich nur eine Sekunde, denn Lothar faßte mit der Rechten zu und fing den rechten Fuß Rudolfs an der Ferse. Der Rechtsprecher-Novize stieß sich links ab und warf seinen Onkel mit einem Krachen auf den Rücken.

Die Menge starrte nur stumm auf das Schauspiel, das sich ihr da bot. Mit Beginn des Kampfes waren alle Gespräche versiegt, aber jetzt wagte niemand auch nur zu atmen. Jevin wurde noch etwas grauer, als er ohnehin schon war, und manch anderer unter den Zuschauern war puterrot vor Verlegenheit oder aschfahl vor Entsetzen. Mein Herz pochte wie wild, und ich starrte die beiden Janen an: den Jüngling mit den in die Seiten gestemmten Fäusten und den Hünen, der hilflos vor ihm auf dem Rücken lag.

»Verdammt, Lothar, das war schnell!« Rudolf schlug auf den Teppich und kam hoch. »Ich werde mir für nächstes Jahr merken müssen, daß du gelernt hast zu fintieren.«

Er lachte, ein tiefes, hallendes Lachen, das sich schneller durch die Menge ausbreitete als übler Hofklatsch. Lothar streckte die Hand aus und half seinem Onkel auf die Füße. Dann umarmten sie einander. Auf Rudolfs Gesicht waren ehrlicher Stolz und Freude zu erkennen. Dann gab er Lothar frei, reckte sich und klopfte sich den Staub vom dunkelblauen Samtsatinanzug, bevor er zu Marana, Jevin und mir herüberkam.

Lothar stellte uns vor. »Du wirst dich sicher an Marana und Jevin erinnern, Onkel.« Er nickte in meine Richtung. »Das ist Nolan ra Sinjaria. Nolan, das ist mein Onkel, Graf Rudolf ra Schwarzforst ra Jania.«

Der Graf verbeugte sich vor Marana und küßte ihre rechte Hand. »Sie sind noch schöner als bei unserer letzten Begegnung vor zwei Jahren, meine Liebe.«

Marana lächelte und knickste. »Euer Ehren ist zu gütig.«

Der Graf trat zu Jevin und schlug ihm auf beide Schultern. »Du bist noch größer, als ich dich in Erinnerung habe. Wenn du jemals ausgewachsen bist und man dich hier wegläßt, komm mich besuchen. Der Stahlorkan wird einen Platz für dich finden.«

Jevin lächelte höflich und verbeugte sich. »Es wäre eine Ehre, im Stahlorkan zu dienen.«

Als der Graf sich zu mir umdrehte, fielen die Puzzle-stücke allmählich an ihren Platz. Der Stahlorkan war im ganzen Zerbrochenen Reich als schwerste Kavallerie-einheit sondergleichen berühmt, auch wenn zahlreiche imperianische Gruppierungen diesen Anspruch abstrit-ten. Und er wurde von einem janischen Edelmann be-fehligt, der häufig Schwarzforst genannt wurde, weil es in Jania dermaßen von Adligen wimmelte, daß man sie nur über ihren Besitz zuverlässig unterscheiden konnte. Aber Schwarzforst war darüber hinaus auch der einzige Bruder des janischen Königs, und das machte Lothar zu einem Prinzen!

Der Graf packte meine Schultern mit beiden Pranken. »Ich habe schon von dir gehört, Nolan. Ich freue mich, daß wenigstens ein Sinjare sich weigert, die hamisische Herrschaft anzuerkennen.«

Ich verneigte mich. »Vielen Dank, edler Herr.« Einen Augenblick lang hing unbehagliches Schweigen im Raum. Ich wußte, daß ich auf seine Bemerkung hin ant-worten mußte, aber all die tausend Erwiderungen, die mir durch den Kopf schwirrten, erschienen mir entwe-der zynisch oder trotzig und dumm. Schließlich kam mir ein einzelner sicherer Gedanke, den ich sofort er-griff. »Ich glaube, Graf Rudolf, daß noch mehr Sinjaren bereit wären, die hamisische Herrschaft abzulehnen, aber sie haben nicht den Luxus, frei vom Zugriff König Tirrells zu sein. Ich bin weit genug von Hamis entfernt, um meine Meinung frei äußern zu können.«

Der Graf trat etwas zurück und verengte die Augen. Sein Lächeln wurde vorsichtiger, und er strich sich gei-stesabwesend mit der rechten Hand über den Bart. »Ein guter Gedanke, Nolan. Falls du jemals den Wunsch ver-spürst, deine Meinung näher an Hamis kundzutun, bist du dazu in Jania immer willkommen.«

Ich verbeugte mich noch einmal. »Vielen Dank, edler Herr.«

Graf Rudolfs Grinsen breitete sich wieder über das

ganze Gesicht aus, und er legte den Arm um Lothars Schultern. »Genug der Politik! Ihr seid hungrig, und Lothar muß seiner Tante Tedra guten Tag sagen, oder sie wird mich noch unbarmherziger verdreschen, als er es schon getan hat.« Er winkte in einer ausladenden Bewegung mit dem rechten Arm, die das ganze Zelt einschloß. »Amüsiert euch. Ihr seid meine Gäste.«

Er drehte sich um und führte Lothar durch die Menge zu einer Empore davon. Wir drei anderen drängten uns, unsicher, was wir als erstes versuchen sollten, aneinander und betrachteten die Büffetzelte mit dem Blick von Mauleseln, die mitten zwischen zwei gleich großen Heuhaufen stehen.

Mein Magen knurrte und protestierte gegen jede weitere Verzögerung. »Erst essen oder erst trinken?«

Marana packte mich am rechten Arm und Jevin am linken und zog uns zu einem der Brotzelte. »Erst futtern wir etwas von dem Brot, damit uns der Wein nicht sofort in den Kopf steigt.« Jevin stöhnte, offenbar in Erinnerung an schmerzliche Erfahrungen. »Dann probieren wir von allem ein wenig, bevor Jevin uns wegrennt, um eine Kuh zu verschlingen.«

Jevin verzog das Gesicht. »Genau das haben wir letztes Mal versucht.« Er warf einen sehnsüchtigen Blick über die Menge zu den Feuerstellen. »Ich habe kaum einen Bissen Fleisch abbekommen.«

»Weil du einen Krug janischen Branntwein gekippt und erklärt hast, daß Obst und Getreide Rattenfutter seien, und dann besoffen umgefallen bist, bevor du an den Bratspießen warst.« Marana rammte ihm einen Finger in die Magengrube. »Hätten Lothar und ich dich nicht zurück in dein Zimmer geschafft, hätte Edler Hansur dir den Kopf abgerissen.«

Jevin seufzte. »Vielleicht ist es doch vernünftiger, bedächtig vorzugehen. Geht voraus, edle Dame.«

Marana führte uns durch die Zelte und suchte mit demselben Adlerblick aus, was wir probieren sollten, mit dem meine Mutter auf dem Markt ihre Einkäufe getätigt hatte. Es gab über zwanzig verschiedene Apfelsorten, und ich probierte von allen ein Stück, bis auf zwei Varianten mit blaugrünem Fruchtfleisch. Marana machte mich mit Chados bekannt, einer tränenförmigen Frucht mit grober grüner Schale, weichem grünem Fruchtfleisch und einem Stein von der doppelten Größe einer Pflaume. Ich fand den Geschmack nichtssagend, aber einer der Diener reichte mir eine Scheibe Brot mit einem würzigen Aufstrich, der aus Chados gemacht war, und der schmeckte hervorragend.

Die Weinzelte waren ein Abenteuer für sich. Wir versuchten alles einmal, nur Jevin verzichtete auf den janischen Branntwein, und ich stellte fest, daß mir die süßen und trockenen Weine zusagten. Jevin und Marana bevorzugten beide die vollmundigeren Roten, aber mir gefiel deren Nachgeschmack nicht. Es gab auch ein Meer von Fruchtweinen und Säften, die wir uns zu Gemüte führten, und hier waren wir alle einer Meinung, daß Syeca, ein feuriger, nach Orangen schmeckender Likör, der Höhepunkt einer exzellenten Auswahl war. Erst später am Abend erfuhr ich, daß sowohl Syeca als auch der Wein, der mir am besten geschmeckt hatte, aus der sinjarischen Provinz Yotan stammten. Das gefiel mir ungemein.

Wir kamen gerade rechtzeitig zurück ins Hauptzelt, um der Darbietung einer Truppe janischer Tänzer auf der Fläche vor der Empore zuzusehen. Lothar, Graf Rudolf und Gräfin Tedra saßen in hohen Sesseln auf der Empore. Mit Kissen beladene Diener liefen durch die Menge und verteilten ihre Last, damit sich alle Gäste für die Vorstellung setzen konnten. Hinter den Tänzern warteten in einem kleinen Zelt andere Künstler auf ihren Auftritt.

Marana verließ uns und wanderte durch die Menge auf einen freien Bereich in der Nähe der Empore zu. Jevin und ich gingen am Rand des Publikums entlang zu den offenen Bratfeuern. Jevin hielt ganz offenkundig mehr vom Essen als vom Tanzen. Ich wollte zwar nichts verpassen, aber der Bratenduft war zu verlockend, und nachdem sich die Menge im Hauptzelt auf ihre Kissen niedergelassen hatte, konnte ich auch von draußen alles ohne Schwierigkeiten verfolgen.

Jevin entlockte einem der Köche eine dampfende Keule halbrohes Fleisch, während ich mich für ein gut durchgebratenes halbes Hähnchen entschied. Wie wanderten etwas weiter und setzten uns auf ein paar leere Weinfässer. Während wir aßen, beobachteten wir die Vorstellung. Jevin verschlang sein Fleisch mit einer unheiligen Gier. Seine weißen Zähne blitzten im Licht der Fackeln, als er riesige Fleischbrocken herunterschlang. Ich widmete mich meinem Hähnchen im Gegensatz dazu sehr viel vorsichtiger und unbequem über die Holzscheibe auf meinen Beinen gebeugt, um meine neuen Kleider nicht zu verschmutzen.

Lothar und seine Familie saßen mit dem Rücken zu uns. Von Tedra sah ich kaum mehr als ihr langes, blondes Haar. Aber einmal drehte sie sich zu ihrem Gatten um, um eine Bemerkung zu machen, und ich erhaschte einen Blick auf ein Profil von klassischer Schönheit, mit gerader Nase, ausgeprägtem Kinn und hoher Stirn.

Die Tänzer waren ausgezeichnet. Sie trugen rotes und goldenes Satin und wirbelten im Takt der Melodie, die von drei hinter ihnen stehenden Musikern geliefert wurde, in einem Wirbelwind aus Farben über die Tanzfläche. Dann stellten sich die vier Männer in einer Reihe auf und boten eine Folge unterschiedlicher Solonummern, die alle von Violinen und Flöten begleitet wurden. Anschließend zeigten die vier Tänzerinnen einen lebhaften Volkstanz, der Schnelligkeit, Präzision und Komplexität zu einem berauschenden Schauspiel verwob. Schließlich vollführten alle acht Tänzer noch eine wirbelnde Abfolge von Schritten, in deren Verlauf sie scheinbar zufällig die Partner wechselten, und doch waren sie jedesmal, wenn die Musik, scheinbar zufällig, für ein, zwei Takte aussetzte, wieder an der Seite ihrer Anfangspartner.

Jevin nagte die letzten Fleischreste von einem Knochen und warf ihn mit achtloser Leichtigkeit und spielerischer Geste auf einen Abfallhaufen. Im selben Augenblick ging die Darbietung im Hauptzelt zu Ende, und der aufbrandende Applaus schien ebenso seinem Können zu gelten wie dem der Tänzer. Wir mußten beide lachen.

Als der Applaus verklang und zwei Fechter Aufstellung nahmen, drehte Jevin sich zu mir um. »Ich bin froh, daß ich dieses Jahr nicht ganz allein hier sitzen muß.«

Ich runzelte die Stirn. »Warum solltest du allein hier sitzen? Da drinnen ist reichlich Platz.«

Jevin schüttelte den Kopf. »Ich fürchte, meine Anwesenheit beunruhigt viele Menschen.«

»Kann ich verstehen.« Ich wollte ihm von meinem Bruder Arik erzählen, aber die Worte blieben mir im Halse stecken. Ich hustete und verdrängte die schmerzliche Erinnerung. »Ich hätte gedacht, Lothar würde dafür sorgen, daß es dazu nicht kommt.«

Jevin klopfte mir auf die Schulter. »Mach Lothar keine Vorwürfe. Es gibt nichts, was er dagegen tun könnte. Ich verunsichere sie, und mir geht es umgekehrt genauso. Lothar fehlt es nicht an Einfühlungsvermögen. Jedes Jahr kommt jemand aus seiner Familie zur Feier, und er freut sich ehrlich, sie zu sehen. Im letzten Jahr haben Gräfin Tedra und irgendein Cousin, an dessen Namen ich mich nicht erinnere, das Fest veranstaltet. Dieses Jahr konnte Graf Rudolf selbst kommen.« Jevin grinste. »Lothar war gehörig enttäuscht, als der Graf nicht da war, deshalb war er dieses Jahr besonders aufgeregt, als er das Schwarzforstbanner über dem janischen Pavillon flattern sah.«

»Warum war Graf Schwarzforst letztes Jahr nicht hier?«

Der Fealarien schüttelte den Kopf. »Es war unmöglich. Er patrouillierte mit dem Stahlorkan die eallianische Grenze, für den Fall, daß König Tirrell Sinjaria nicht genügte.« Er sah, wie ich zusammenzuckte, und senkte den Kopf. »Verzeihung.«

Ich warf ihm ein schwaches Lächeln zu. »Schon gut. Ich wünschte mir nur, der Stahlorkan hätte Tirrells Truppen aus Sinjaria jagen können.«

Jevin zuckte die Schultern. »Das hätte er nicht gekonnt. Du darfst nicht vergessen, daß Ealla entstanden ist, als die östlichen Fürstentümer Janias beim Zerfall des Reichs revoltierten und sich von Jania lossagten. Selbst tausend Jahre später haben sie noch Angst vor den Janen und würden bis zum Tode kämpfen, um nicht zurückerobert zu werden. Niemals hätten sie janischen Militärs den Durchmarsch gestattet.«

Die Erwiderung blieb mir in der Kehle stecken. Ich war wütend, weil niemand meine Heimat und meine Familie gerettet hatte. Ich war wütend auf Hamis wegen des Eroberungskriegs und auf Ealla, weil es die mögliche Hilfe blockiert hatte, die Jania uns hätte geben können. Aber vor allem war ich wütend auf mich selbst. »Es ist so furchtbar, Jevon. Und so lächerlich. Ich mache mir selbst Vorwürfe, weil ich überlebt habe.«

Der Fealarien seufzte, und eine milchigweiße Membran zuckte über seine Augen, als er meine Schulter drückte. »Da bist du nicht allein, mein Freund. Du weißt wenigstens, warum du nicht mehr in deiner Heimat bist, und hattest selbst Anteil an der Entscheidung. Ich wurde als Säugling hierher geschickt, verbannt aus einem Land, das nur für meinesgleichen geeignet scheint.« Sein Blick ging nach Osten, und ich teilte sein Verlangen heimzukehren.

Dann drehte er sich wieder um und grinste. »Wir sollten bei so einer Feier keinen Trübsinn blasen. Erzähl mir von deiner Familie, von den guten Zeiten. Erzähl mir vom Leben außerhalb Tahliannas.«

KAPITEL FÜNF

Tahlion: Morai

»Das ist hochinteressant, Tahlion. Ich hätte nicht gedacht, daß die Ausbildung in Tahlianna so vielseitig ist.« Selia, die auf einem braunen Wallach ritt, lenkte ihr Pferd um einen auf den Waldpfad gefallenen Baumstamm herum und sah zu mir herüber, um meine Reaktion zu beobachten. Das ab und zu durch das grüne Blätterdach zu uns herabfallende Sonnenlicht setzte weiße Glanzlichter in ihr Haar. Ein sanfter Wind rauschte durch die Blätter, verschaffte uns Kühlung und machte zugleich gerade genug Lärm, daß ich nervös wurde.

Nach Graths Hinrichtung war ich nur kurz zurück in die Taverne gegangen, um mir etwas Trockenes anzuziehen. Ich wollte so schnell wie möglich zurück zu dem Gebirgspaß westlich von Kieferquell. Der Regen würde Morais Spuren zwar verwischt haben, aber ich wußte, daß er diesen Paß genommen hatte. Er führte nach Memkar, ebenso wie der nahe der Stadt, aber sein Verlauf war unzugänglicher, voller Kurven und Windungen, die ihn für Hinterhalte und Banditenüberfälle geeignet machten.

Als ich alle meine Sachen gepackt und Drew, der Sohn des Wirts, Wolf für mich aus dem Stall geholt hatte, stellte ich fest, daß Selia ebenfalls reisefertig war. Sie fragte, ob sie mir Gesellschaft leisten durfte, und weil mir sofort klar war, daß sie sich in den Kopf gesetzt hatte, mir zu Morai zu folgen, erklärte ich mich einverstanden, obwohl ich darüber wenig erfreut war. Solange sie bei mir war, konnte ich zumindest auf sie aufpassen, und sie war erheblich gesprächiger als Wolf.

»Selia, du stellst dir Tahlianna als ein riesiges Militärlager vor. Alle Welt denkt so. Krieger sind aus Stahl gehämmert, Rechtsprecher Dämonen in Menschengestalt. Man gesteht uns nicht zu, Verständnis für philosophische Fragen oder Kenntnisse von etwas anderem als Militärgeschichte zu haben.« Ich sah mir den vor uns liegenden Weg an und bremste leicht ab. Der Pfad wand sich hangaufwärts um einen Berg und verschwand in einem dunklen Waldtunnel. »Wir *werden* auch in etwas anderem unterrichtet als nur reinen Kampftechniken.«

»Ich muß mich entschuldigen. Ich habe noch nie einen Tahlion getroffen, der so freimütig über sein Leben erzählt.« Ihr Lächeln war echt und freundlich. »Es ist eine äußerst lehrreiche Erfahrung.«

Ich warf ihr einen schrägen Blick zu und lachte kurz auf. »Das will ich schwer hoffen. Wir sind jetzt zwei Tage unterwegs, und abgesehen von ein paar Bemerkungen über das Wetter und das Essen hast du nichts anderes getan, als mich über Tahlianna auszufragen.« Ich drehte mich im Sattel um und grinste sie an. »Hätte ich nicht diesen Totenkopf auf dem Wams, könnte ich meinen, ich wäre der Musikant, und du die geheimnisvolle und wortkarge Tahlion.«

Selia warf den Kopf in den Nacken und lachte. »Stimmt. Soll ich Euch etwas über mein Leben erzählen?«

Ich neigte den Kopf und drehte mich wieder nach vorne. »Ich bitte darum. Ich brauche die Zeit, um meine Stimme auszuruhen, damit ich Morai auffordern kann stehenzubleiben.« Außerdem mußte ich auf den Wald achten und die Augen nach Morai und seinen Kumpanen aufhalten. Sie bewegten sich langsamer als wir, und inzwischen konnten wir nicht mehr als einen halben Tag hinter Morai, Brede und Tafano sein.

»Na schön, Tahlion, dann erzähle ich Euch jetzt die Geschichte meines Lebens.« Sie rutschte etwas auf dem Sattel herum, richtete sich gerader auf und schob eine blonde Haarsträhne hinter das rechte Ohr. »Mein voller wahrer Name ist Selia ra Jania ulPatria.«

Dieser Satz erregte meine Aufmerksamkeit etwa in demselben Maße, wie es die Entdeckung eines Skorpions in meinem Stiefel geschafft hätte. Ich riß den Kopf herum und musterte sie von oben bis unten. »Du bist eine ulPatria?«

Sie riß an den Zügeln und fixierte mich mit äußerst überraschter Miene. »Also wirklich, Tahlion. Ihr könnt mir nicht erzählen, daß Ihr die Vorurteile den Ul gegenüber teilt!«

Ich erholte mich schnell von dem Schock und schüttelte den Kopf. »Das nicht, aber es gibt nicht viele, die so offen zugeben, Ul zu sein. Und wenn man die hinzuzählt, denen wir auf der Spur sind, ist dieser Wald hier geradezu überlaufen von ihnen.«

Sie runzelte die Stirn und drückte dem Wallach leicht die Fersen in die Seiten, damit er sich weiterbewegte. »Morai ist Ul?« In ihrer Stimme lag eine gewisse Enttäuschung.

Ich grinste und schüttelte den Kopf. »Nein, er nicht. Brede ulRia.«

Selia seufzte erleichtert. »Der ist kein echter Ul.« Und obwohl sie es nicht aussprach, spürte ich ihre Erleichterung darüber, daß Morai keinen so einfachen Grund für sein Handeln hatte.

»Wie kannst du Brede die Anerkennung verweigern? Er ist königlicher Abstammung und wurde um sein Erbe gebracht. Und du wirst nicht leugnen können, daß die Litanei seiner Verbrechen denen der größten Ulfürsten nahekommt.«

Sie schüttelte wild den Kopf. Durch einen Vorhang blonden Haars konnte ich fest zugepreßte Augen und einen dünnen, grimmigen Strich von Mund sehen. »Ich kann nicht fassen, daß Ihr die Ul auf Grund von ein paar verzerrenden Legenden beurteilt. Tahlion, und besonders Rechtsprecher wie Ihr, sollten wissen, wie die Wahrheit zu grundlosen Schreckensgeschichten verdreht werden kann.«

Ich schnaubte. »Ach, dann stimmt also nichts von den blutrünstigen Geschichten?«

Sie setzte zu einer Entgegnung an, vermutlich einem Protest, dann schloß sie den Mund wieder. »In Ordnung. Ich gestehe Euch den ersten Treffer zu, aber der Kampf ist noch nicht vorbei. Darf ich erklären?« Sie legte mein Nicken als Zustimmung zu beiden Punkten aus und setzte an. »Ihr wißt aus den Legenden, daß die Ul-Häuser jene adligen Familien sind, die während des Zerfalls aus ihren Machtstellungen vertrieben wurden. Rebellen oder andere Adlige stürzten ihre Herrscher, und deren Familien, soweit ihnen die Flucht gelang, waren gezwungen, durch das Reich zu ziehen und nach Hilfe zu suchen. Da nahezu alle Provinzen neue Fürsten hatten und ihre Unabhängigkeit erklärten, fanden die Ul nirgends allzu freundliche Aufnahme. Schon ihre Duldung konnte von einem Nachbarland als feindlicher Akt gewertet werden. Deshalb mußten die entrechteten Familien in Bewegung bleiben – und zudem ständig auf der Hut vor Angriffen.«

Ich lachte leise und entspannte mich. Wir hatten die Bergkuppe erreicht, und unter uns wand sich der Weg durch eine Wiesenlandschaft, die sich ganz und gar nicht zu einem Hinterhalt eignete. »Bei dir klingt das, als hätten die alten Herrscherfamilien ihre Nationen in aller Höflichkeit verlassen, sobald man sie dazu aufforderte, Selia. Soweit ich mich erinnere, gab es zu jener Zeit eine ganze Reihe brutaler Bürgerkriege. Selbst heutzutage wird Tyrannenmord noch als gerechtfertigt angesehen.«

Sie grinste. »Ich gestehe Euch diesen Punkt zu, aber Euer Einwand ist ein zweischneidiges Schwert.« Etwas von der Wut, die ich bei ihr ausgelöst hatte, war inzwischen abgeklungen, und mit wachsender Entspannung verfiel sie in eine lockerere Erzählstimmung. »Ihr dürft nicht annehmen, daß es in allen Provinzen zu Gewaltakten kam, Tahlion. Patria ist ein gutes Beispiel. Der König erkannte, daß keiner seiner beiden legitimen Söhne das Zeug zu einem geeigneten Herrscher hatte. Nachdem er die Korruption in seiner Regierung ausgemerzt hatte, übergab er die Regierung an die rebellierenden Markgrafen. Er arrangierte sogar die Hinrichtung seiner Söhne, damit sie nicht als Marionetten für eine Machtergreifung anderer benutzt werden konnten. Auf dem Totenbett erkannte er alle seine Kinder an und begründete damit die ulPatria, aber sie haben niemals einen Versuch unternommen, die Macht zu ergreifen, und haben sich friedlich anderenorts niedergelassen.«

Ich verzog das Gesicht. »Seine eigenen Söhne umbringen zu lassen, macht den König in meinen Augen ganz und gar nicht zu einem Helden. Ich will nicht unhöflich sein, aber das ist auch nur eine weitere Geschichte von Hofintrigen und kaltblütigem Mord.«

Selia nickte. »Zugegeben, aber kaum die blutigste aus jenen Tagen. Seht Euch zum Vergleich nur Hamis an. Dort hat Prinz Roderick seinen Vater und ältesten Bruder ermordet, um auf den Thron zu kommen. Sein anderer älterer Bruder, Uriah, war gerade außer Landes und blieb über dreißig Jahre im Exil. Rodericks eigener Sohn, Roderick Junior, brachte seinen Vater ebenfalls um, nachdem er jahrelang dessen irrwitzige Pläne für ein Attentat auf Uriah hatte ertragen müssen. Dann lud er Uriah nach Hamis ein, um die Familie zu versöhnen. Uriah kam, und Roderick ermordete ihn. Den Legenden zufolge hat Uriah im Exil eine Familie gegründet, und deshalb hat das Haus Hamis bis heute Angst, ein ulHamis könne auftauchen und Anspruch auf den Thron erheben. Die ulHamis sind eine der wenigen Familien mit legitimen Blutsbanden zum derzeitigen Herrscherhaus.«

Ich zügelte meine Gefühle Hamis betreffend und winkte lachend ab. »Ich warte noch immer auf irgend etwas in deiner Erzählung, das Bredes Anspruch, ein ulRia zu sein, auch nur ansatzweise untergräbt. Er gehört einer entrechteten Herrscherlinie mit einer so blutrünstigen Verbrechergeschichte an, daß der König die Unterlagen versiegelt und den Namen ›Brede‹ innerhalb der Grenzen Rias verboten hat.«

Selia schauderte vor Abscheu, dann setzte sie ein ironisches Lächeln auf. »In Wahrheit, verehrter Tahlion, hat der Ria-Bastard keinerlei Anspruch auf den Thron. Ihr werdet euch sicher erinnern, daß seine Mutter, Königin Candra, am Hofe des Königs eingestand, daß Brede das Ergebnis einer ehebrecherischen Affäre war, und das, obwohl sie mit diesem Geständnis ihr eigenes Todesurteil unterschrieb.«

Ich nickte bedächtig. Unser Weg führte uns jetzt wieder in einen dunklen Wald, wo er sich durch hohe, schattige Tunnel aus überhängenden Wipfeln und um mit Gebüsch bewachsene Hügel wand. Ich hatte ein ungutes Gefühl bei diesem Teil der Strecke, und weil sich die Tageszeit dafür anbot, schlug ich vor, eine Pause zu machen und etwas zu essen. Wir stiegen ab und ließen die Pferde grasen, während wir von dem Brot und Käse aßen, die wir aus Kieferquell mitgenommen hatten.

Falls jemand in einem Hinterhalt auf uns wartete, sollte er von mir aus gerne noch ein wenig länger in der Mittagshitze braten.

»Selia, du weißt so gut wie ich, daß Königin Candras Geständnis eine Lüge war. Es war die einzige Möglichkeit, ihren Sohn ohne einen Bürgerkrieg an der Thronbesteigung zu hindern.« Ich verspeiste den Rest meines Käses und warf einem Eichhörnchen eine Brotkruste zu, das mutig genug war, auf das andere Ende des umgestürzten Baums zu springen, auf dem ich saß.

Die Sängerin lachte. »Entweder oder, Tahlion. Wäre

er ein Adliger gewesen, hätte man ihn nicht entrechten können, und ist er keiner, kann er kein ulRia sein.«

Ich verneigte mich vor ihr. »Jetzt hast du einen Treffer gelandet. Ich gebe zu, daß nicht alle Ul eine blutgetränkte Familiengeschichte haben und daß es tatsächlich eine grobe Beleidigung darstellt, Brede welcher Gruppierung auch immer zuzurechnen. Aber trotzdem wirkst du auf mich nicht wie eine gewöhnliche Ul, um auf meine ursprüngliche Überraschung zurückzukommen. Ul ziehen in großen, farbenprächtigen Wagenkolonnen durch das Zerbrochene Reich. Sie machen Halt, wo immer es ihnen gefällt, und errichten kleine Zeltstädte. Sie behaupten, genug Blut aller königlichen Familien in sich zu vereinen, um das Recht zu besitzen, sich niederzulassen, wo immer sie wollen. Sie sagen die Zukunft voraus, singen längst vergessene Lieder und halten an uralten Überlieferungen fest. Sah dein Leben früher auch so aus?«

Sie schüttelte den Kopf und wurde etwas leiser. »Nein, so war mein Leben ganz und gar nicht. Um die Wahrheit zu sagen, die wenigsten Ul ziehen mit den Ulsippen durchs Land. Die sind etwas für die Unsteten unter uns, diejenigen, die es vorziehen, sich darüber zu beklagen, was sie verloren haben, statt sich auf den Versuch einzulassen, ein neues Leben aufzubauen. Ehrlich gesagt tun sie mir leid, denn sie klammern sich an eine vergangene Lebensweise und hoffen darauf, daß irgend etwas tausend Jahre Geschichte ungeschehen macht und ihnen zurück auf den Thron hilft. Dabei machen sie sich nicht klar, daß sie gar nicht erst aus ihrer Heimat vertrieben worden wären oder sich längst anderswo ein neues Leben aufgebaut hätten, wenn sie fähig wären, Menschen zu führen.«

Ich nickte. »Eine reizvolle Beobachtung. In vielerlei Hinsicht ähneln sie denen, die sich weigern, die Prüfung zum Tahlion zu versuchen.«

»Genau. Sie wurden abgesetzt, weil sie nicht das

Zeug dazu hatten, wirksam zu regieren. Mein Vater ging nicht in diese Falle, fiel nicht auf die Hoffnung auf etwas Unmögliches herein. Mein Vater ist ein guter Mann, ein Handwerker in Trisus, der Hauptstadt von Jania. Er stellt die feinsten Musikinstrumente her, die je eine Werkstatt verließen. Meine Laute hat er auch gebaut.« Sie lächelte stolz und wischte die Brotkrümel von ihrem Schoß.

Ich stand auf und befreite Wolf von den Fußfesseln. Dann schwang ich mich in den Sattel und tätschelte seinen Hals. Er drehte den Kopf weit genug, um mich mit dem linken Auge anzusehen und wissen zu lassen, daß ein freundliches Klopfen auf den Hals keine angemessene Entschädigung für einen so kurzen Halt war.

Selia war inzwischen auch aufgestiegen, also ritten wir los. Der Weg schien breit genug, um nebeneinander zu reiten, und das taten wir denn auch. »Ich nehme an, wenn dein Vater deine Laute gebaut hat, hat er dir auch das Singen beigebracht?«

Sie erstarrte. »Nein.« Ihre Stimme wurde von einem unbekannten Leid um eine volle Oktave in die Tiefe gezogen.

Mein Blick war angespannt auf den vor uns liegenden Weg gerichtet. Deshalb reagierte ich nicht sofort auf ihre Antwort. Ich drehte mich zu ihr um, aber das lange, goldene Haar verdeckte ihr Gesicht. »Ich nehme zurück, was immer ich gesagt habe. Es war nicht böse gemeint.«

Sie strich sich das Haar aus dem Gesicht und wischte in derselben Bewegung eine Träne weg. Ihre Miene war tapfer. »Mein Vater kann nicht sprechen. Er war nicht von Geburt an stumm. Wenn man meiner Mutter glauben darf, hatte er sogar eine wunderschöne Singstimme. Er ist in Trisus aufgewachsen und lernte bei einem Instrumentenbauer, aber eigentlich wollte er Troubadour werden. Er vertiefte sich ganz darein, wie Musikinstrumente beschaffen sind, wie er sie dazu bringen konnte, alles zu tun, was er von ihnen erwartete, und er lernte singen. Meine Mutter erzählte mir, daß er von morgens bis abends in der Werkstatt zugange war, und dann die halbe Nacht in Tavernen oder auf Festlichkeiten sang.«

Ich runzelte die Stirn. »Es gibt nur wenige Männer, die ihrer Liebhaberei nachgehen und sich dazu noch eine Familie leisten können. Mit Frau und Kind wäre das Leben für die meisten schon erfüllt genug gewesen. Was ist geschehen?«

Selia starrte in das Blätterdach über uns, und ihr Lächeln wurde breiter. »Damals war er noch nicht verheiratet. Er wurde verpflichtet, auf einer großen Hochzeit in Trisus zu singen, und sah es als seine Chance, vor einer Menge williger Gönner sein Können zu zeigen. Mein Vater machte sich freudig auf den Weg zu dieser Feier, weil der größte Teil des janischen Adels erwartet wurde, obwohl die Ehe selbst eine mühselig herbeigeführte Angelegenheit war. Der Bräutigam war ein niederer Edelmann und die widerwillige Braut die Tochter eines Kaufmanns, der über genug Geld verfügte, um der Familie des Adligen wieder zu verlorenem Ansehen zu verhelfen. Die Braut war auf der Feier reichlich bedrückt. Sie hatte den Edelmann nicht heiraten wollen, aber ihr Vater hatte sie bedrängt, weil er sich adlige Enkel wünschte. Der Adlige bat meinen Vater, für die Braut zu singen und ihre Stimmung zu heben, damit sie wenigstens *den Eindruck erweckte*, über ihre Hochzeit erfreut zu sein. Mein Vater kannte ein Lied, das seine Wirkung nie verfehlte, wenn er eine Frau betören wollte, und das sang er an jenem Abend. Er sang um sein Leben. Es heißt, in jener Nacht hätte sich ein Dutzend adliger Damen in ihn verliebt.« Selia legte sich nach vorne, um einem herabhängenden Ast auszuweichen.

»Leider«, fuhr sie fort, »gehörte dazu auch die Braut. Sie konnte die Augen nicht von meinem Vater lassen und wirkte dabei für die Augen ihres neuen Gatten viel zu froh. Der Edelmann wußte genau, daß alle Gäste die erzwungene Heirat als schändlichen Betrug betrachteten, und was seine Familie noch an geringer Ehre besaß, loderte in ihm auf und verlangte Genugtuung. So brütete der Adlige, während alle anderen meinem Vater zu seiner großartigen Stimme gratulierten. Mein Vater stand im Mittelpunkt der Aufmerksamkeit, und das Fest schien mehr zu seinen Ehren veranstaltet als zu denen des Gastgebers. Außerdem kümmerte sich die Gastgeberin mehr als gebührend um meinen Vater. Der Edelmann war darüber ganz und gar nicht erfreut, und schließlich konnte er seine Wut nicht mehr im Zaum halten. Er erklärte, das Lied habe die Ehre seiner Gattin verletzt, und er werde sich mit meinem Vater duellieren, um sich Satisfaktion zu verschaffen.«

Ich seufzte. »Und der Edelmann stach deinem Vater in die Kehle und beendete damit seine Karriere.«

»Nein.« Selia grinste breit. »Wäre das ein Lied, dann würde es so enden, aber im Leben verläuft es selten so glatt. Edler Joachim war kein so guter Kämpfer, wie er sich einbildete, und mein Vater besaß ein wenig Erfahrung mit dem Schwert, weil ein als Söldner tätiger Onkel ihm Unterricht gegeben hatte, damit er sich später als fahrender Sänger würde gegen Strauchdiebe verteidigen können. Vater stellte sich zu einem Duell auf erstes Blut und gewann, indem er dem Edelmann eine kleine Schnittwunde am rechten Handrücken beibrachte. Danach senkte er seine Abwehr. Der Edelmann sprang vor und stach zu. Vater wich dem Stoß aus, aber das Stichblatt des Schwerts traf ihn an der Kehle. Mein Vater hat danach nie wieder gesungen. Ich habe nie mehr als ein Flüstern von ihm gehört, und selbst das bereitete ihm Schmerzen.« Sie lächelte. »In seinen Augen und in der flüssigen Eleganz seiner Hände, wenn er die Laute oder die Zimbel spielte, habe ich gesehen, wie es gewesen sein muß, ihn zu *hören*, aber trotzdem wünschte ich mir, ich hätte seine Lieder wirklich hören oder sie mit ihm singen können.«

»Das kann ich verstehen. Was ist aus dem Edelmann geworden?«

»Er behauptete, den Treffer an seiner Hand nicht gespürt zu haben. Er zahlte meinem Vater dreihundert Imperials, ein Bußgeld, das von einem aufbrausenden jungen Grafen erhoben wurde, Rudolf ra Schwarzforst, dem höchstrangigen Mitglied des Hofes auf dem Fest.«

Das Gesicht von Lothars Onkel zuckte durch meine Gedanken. »Dreihundert Imperials ist keine sonderliche Widergutmachung für das, was deinem Vater zustieß. Er hätte für diese Nacht und seine Verletzung mehr bekommen müssen.«

Auf Selias Miene erschien ein grausames Schmunzeln, das sich zu einem fröhlichen Grinsen erhellte. »Das hat er. Die Braut war meine Mutter. Sie hat drei Kinder geboren, und alle drei hat mein Vater gezeugt, nicht ihr Mann. Ich bin ziemlich sicher, daß Edler Joachim von unserer Unehelichkeit weiß, aber er redet nicht darüber. Meine Mutter hat ihn unter der Fuchtel, und er gehorcht ihr aufs Wort. Unter den Triser Adligen ist der Edle Joachim eine Witzfigur. Alle finden, daß er bekommen hat, was er verdient.«

Ich konnte mich diesem Urteil nur anschließen. Ich zog kurz an den Zügeln und hielt Wolf an. Wir hatten eine Hügelkuppe erreicht, und der Weg führte über eine kleine Lichtung in ein dichteres Waldstück. Am Morgen hätte die Sonne jeden Reiter geblendet, der den Hang heraufkam, aber dank der Essenspause, die wir eingelegt hatten, erwarteten uns nur Schatten.

Wolfs Ohren zuckten eine halbe Sekunde, bevor ich die Bewegung sah, nach vorne. Ich zog den linken Fuß aus dem Steigbügel und trat Selia vom Pferd. Sie grunzte, klappte über meinem Fuß nach vorne und fiel nach hinten von ihrem Wallach, gerade als der Armbrustbolzen zischend heranschoß und sie an der Schulter streifte. Sie verschwand außer Sicht, bevor ich feststellen konnte, wie ernst ihre Verletzung war. In derselben Bewegung drehte ich mich aus dem Sattel und ließ mich nach rechts zu Boden fallen. Ich ließ meinen Süntklieber in der Sattelscheide, sprang auf, rannte los und hechtete in das Unterholz rechts des Pfades.

Ich erhaschte einen kurzen Blick auf Brede, den Bastard von Ria, bevor ich mit dem Knöchel an einer Luftwurzel hängenblieb und stürzte. Er hatte es noch nie geschafft, irgendein Opfer zu töten, das nicht vorher von anderen für ihn gefesselt worden war, und verschwendete keinen Gedanken an Ehre oder Gerechtigkeit. Deshalb hatte er aus dem Hinterhalt angegriffen. Ich rappelte mich in eine hockende Stellung auf und vertraute darauf, daß ich für einen Versuch Bredes, mich auf der Stelle zu töten, nicht hilflos genug war.

Selia hatte recht, er konnte kein ulRia sein. Dazu hätte er zumindest ein Mensch sein müssen.

»Komm, Tahlion, komm her.« Bredes Stimme war von gezwungener Leichtigkeit. Er lud wohl gerade die Armbrust nach, und seine Unruhe machte die Arbeit schwieriger als gewöhnlich. Unter gewöhnlichen Umständen wäre es niemandem schwergefallen, eine Armbrust zu laden, aber in der Regel ist der Schütze klüger als sein Bogen, und hat außerdem keinen Tahlion in unmittelbarer Nähe, erst recht keinen Tahlion, den er gerade umzubringen versuchte.

Ich schob mich durch das Gebüsch vor und erreichte ein Gebiet, das recht dünn bewachsen war. Die Nadelbäume dieses Waldgebiets hatten den Boden mit braunen, toten Nadeln bedeckt, die dem Unterholz die Luft nahmen und die meisten Geräusche verschluckten. Da die niedrigsten Äste zwei Meter über meinem Kopf hingen, blockierten nur die Baumstämme meine Sicht. Eine Menge erst kürzlich gestutzter Äste lag auf dem Waldboden und sorgte für ein eisiges Unbehagen in meiner Magengegend. Brede hatte den Ort für diese Begegnung gut ausgewählt, oder vielleicht hatte das auch Morai für ihn erledigt.

Ich rannte zu einem der Bäume und drückte mich mit dem Rücken dagegen. Die grobe Rinde fühlte sich unter dem Lederwams glatt an. Die wenigsten Bäume waren breit genug, um Brede Deckung zu bieten, aber trotzdem sah ich ihn nirgends. Ein Windzug stahl sich durch die Wipfel und verschluckte alle Geräusche, die mir hätten helfen können, meinen Gegner zu orten. Ich ging in die Hocke, um ein kleineres Ziel abzugeben, und bewaffnete mich.

Aus dem Beutel an meinem Gürtel holte ich meine Schleuder und einen Stein. Ich schlang eine Lederschlaufe um meine Hand, legte den Stein in die Wurftasche, packte die zweite Schlaufe und setzte die Schleuder in wirbelnde Bewegung. Fertig zum Angriff stand ich auf und sah hinter dem Baumstamm hervor. Das gleiche tat Brede hinter einem dicken Baum fünfzehn Meter entfernt und etwas nach links versetzt.

Wir feuerten gleichzeitig. Sein Bolzen knallte in meinen Baum und schleuderte harzige Holzsplitter durch die Gegend. Mein Stein riß etwas Borke von seinem Baum und streifte Brede am rechten Ohr, bevor er wieder in Deckung gehen konnte. Ohne einen weiteren Gedanken sprang ich hinter dem Baumstamm hervor und rannte los. Ich war ein sehr viel stärkerer Zweikämpfer als irgendein rianischer Schütze, besonders, wenn der auch noch gerade versuchte, seine Armbrust zu laden.

Ich erreichte Bredes Versteck ohne Gegenwehr, was mir erst auffiel, als ich um den Baum sprang und so plötzlich wie ein Wagen mit gebrochener Achse stehenblieb.

Brede erwartete mich mit einem breiten Grinsen auf dem Gesicht. Vor seinen Füßen lag eine Armbrust, und in den Händen hielt er eine zweite. Der Bolzen auf der zweiten hatte eine bösartig aussehende Spitze mit zwei rasiermesserscharfen Schneiden, die sich wie Efeu um eine Säule rankten. Sie war darauf ausgelegt, sich in das Opfer, in der Regel Reh- oder Rotwild, zu bohren und ein Loch zu reißen, das groß genug war, um eine deutliche Blutspur zu hinterlassen, falls das Tier die Flucht ergriff. Er zielte auf meinen Bauch, schoß aber nicht.

»Morai hat vorausgesagt, daß du auf diesen Trick hereinfallen würdest. ›Behalte immer einen Bogen gespannt, Brede, und du kriegst ihn.‹ Er hat nicht geglaubt, daß ich es könnte.« In seinem Grinsen lag keine Spur von Fröhlichkeit. Es war so kalt wie die Metallspitze des Armbrustbolzens, und ein wilder Ausdruck zuckte durch seine großen braunen Augen.

Ich hob mit langsamer, leichter Bewegung die rechte Hand und ließ die Schleuder durch die geöffneten Finger zu Boden gleiten. »Gib mir die Armbrust, Brede. Gib mir die Armbrust, und wir können diese Angelegenheit leicht zu Ende bringen. Du willst nicht wirklich einen Tahlion töten.«

Seine Augen verengten sich, und er blähte die Nüstern. Der Mann tat wirklich sein Bestes, dem Standardbild des rianischen Dummkopfs mit dem Aussehen eines Ochsen zu entsprechen. »Warum nicht? Stell dir nur mal vor, was das für meinen Ruf bedeuten würde.«

Ich schüttelte langsam den Kopf und schluckte schwer. »Du wirst mit einem Schlag hundert Tahlion im Nacken haben, und du möchtest bestimmt nicht wie der letzte Mann enden, der einen Tahlion umbrachte. Es heißt, er soll immer noch in einem Verlies in Tahlianna sitzen, jedenfalls das, was von ihm übrig ist. Nicht einmal du würdest dir derartige Foltern wünschen.«

Brede grinste, und sein Blick wurde glasig, als er sich an angenehme Zeiten in den stinkenden Folterkammern Rias erinnerte. Für eine Sekunde ließ seine Aufmerksamkeit nach und gab mir die Zeit, die ich benötigte. Ich konzentrierte mich.

Mein Süntklieber erschien in dem Augenblick in meiner Hand, in dem Brede die Armbrust abfeuerte. Ich sprang nach vorne und schlug zu. Der Bolzen traf mit einem laut hallenden Glockenton die Klinge des Süntklieber und wurde in Richtung Stichblatt abgelenkt. Er riß die Waffe aus meiner durch den Schlag völlig tauben Hand, und der Süntklieber wirbelte über meine rechte Schulter davon.

Brede war geschickt. Er brüllte wütend auf und stürmte heran, die Armbrust wie eine Keule über den Kopf erhoben. Ich duckte mich nach rechts und trat ihm in den Magen, allerdings mit erheblich mehr Wucht, als ich es bei Selia getan hatte. Sein Köcher flog davon, und es regnete Armbrustbolzen.

Der Rianer taumelte nach hinten und prallte gegen den Baum. Er ließ die Armbrust fallen, dann sackte er auf die Knie. Er streckte die Hand aus, hob einen Bolzen auf und faßte ihn wie ein Messer. Sein Gesicht war eine einzige Wutfratze, und seine Haut leuchtete in tiefem Rot.

Ich wich seinem unbeholfenen Hieb aus und setzte den rechten Fuß diesmal auf seine Brust. Ich hörte etwas knirschen und zuckte unwillkürlich selbst zusammen, aber Brede bemerkte die Verletzung nicht einmal. Er fiel zwei Schritte zurück und drehte sich zum nächsten Angriff um.

Ich ließ mich nach hinten fallen, als der Bolzen an meinem Gesicht vorbeizuckte. Gleichzeitig plazierte ich den rechten Fuß auf seinem breiten Wanst und packte mit der Linken sein Hemd. Als ich auf den Rücken kippte, riß ich ihn mit. Sobald er über mir war, trat ich aus und schleuderte ihn über meinen Kopf davon. Er segelte gegen den Baum, prallte ab, drehte sich und fiel zu Boden. Er versuchte noch einmal sich aufzurichten, aber eine dünne Blutspur rann aus seinem Mund, und er fiel leblos zurück.

Ich stand auf, schüttelte meine taube rechte Hand

und steckte sie in die linke Achselhöhle. Bredes jähes Ableben verwirrte mich. Mein Tritt mochte ihm ein paar Rippen gebrochen und der Aufprall auf dem Baum konnte Schulter oder Arm geprellt haben, aber das hätte einen Mann seiner Größe nicht aufhalten dürfen. Vorsichtig ging ich zu dem Leichnam hinüber, um nachzusehen, ob er mich nur zu täuschen versuchte, und schaffte es mit einiger Anstrengung, ihn mit dem rechten Fuß herumzuwälzen. Brede war auf seine Armbrustbolzen gefallen. Zwei von ihnen hatten sich in seinen Rücken gebohrt und ihm das Ende beschert, das er für Selia und mich vorgesehen hatte.

Der Bastard von Ria war tot, und ich war mehr als versucht, sein Dahinscheiden in meinem Tagebuch als unfreiwilligen Selbstmord einzutragen.

Um jede Gefahr einer Wiederbelebung auszuschließen, brach ich ihm noch das Genick. Eigentlich bestand dazu keine Veranlassung, aber selbst die Tahlion kannten das volle Ausmaß der Verbrechen Bredes nicht, noch, wieviele Freunde er hatte und wie mächtig sie waren. Ich holte mir meinen Süntklieber und meine Schleuder, dann verließ ich das Waldstück und ging zurück zu Selia.

Wolf und der Wallach grasten auf der kleinen Lichtung, etwas abseits von der am Boden sitzenden Selia. Sie war blaß und hatte das Hemd über der rechten Schulter aufgerissen. Sie verzog das Gesicht, während sie die Schnittwunde vorsichtig mit der blutigen linken Hand betastete.

Ich ging auf ein Knie hinunter. »Laß mich mal sehen.«

»Warum sollte ich?« Sie lächelte etwas, und ihre Lippen zitterten ängstlich. »Meine Rippen schmerzen schlimmer als meine Schulter.«

»Ah. Tut mir leid, aber ich hatte keine Wahl.« Der Bolzen, wahrscheinlich mit einer seiner Bluterspitzen bestückt, hatte knapp über dem Schlüsselbein drei Schnitte hinterlassen. Es sah schlimmer aus als es war, und ich glaubte ihr gerne, daß die Schmerzen, die von ihren Rippen herrührten, schlimmer waren.

»Er wird den Bolzen nicht vergiftet haben, oder was meint Ihr?« Sie stellte die Frage in hoffnungsvollem Ton und sehr viel ruhiger, als ich es getan hätte, wären die Rollen vertauscht gewesen. Sie war äußerst tapfer, und ich schenkte ihr ein beruhigendes Lächeln.

Ich stand auf und trat hinüber zu Wolf. »Nein, ich glaube nicht, daß er vergiftet war. Brede hätte es vorgezogen, daß du schreist und leidest, während er mich umbringt. Du kennst bestimmt Leute, die während der Arbeit vor sich hinsummen oder singen? Nach allem, was ich von ihm gehört habe, zog Brede eine ausgefallenere Klanguntermalung vor.«

»Ngh.«

»Ja, nicht gerade die Art von Musik, die du in dein Repertoire aufnehmen würdest.« Ich zog eine verkrustete grüne Flasche und einen Lappen aus der Satteltasche. »Das wird die Wunde säubern und verhindern, daß du Blutfieber bekommst.«

Ich kniete mich wieder neben sie. »Erzähl mir, wie es deinem Vater nach dem Duell ergangen ist.« Ich wollte sie von der Verletzung ablenken, um sie in Ruhe behandeln zu können.

»Mein Vater hatte sofort die Sympathien von ganz Trisus auf seiner Seite. Niemand, der irgendeine Rolle in der Stadt spielte, bestellte noch ein Instrument, ohne den Auftrag zuerst ihm anzubieten. Die ersten Aufträge kamen aus reiner Zuneigung, aber danach … AU! … danach kamen sie wegen seines Talents …«

»Entschuldigung, ich hatte vergessen zu erwähnen, daß es brennt.« Ich schüttete etwas mehr von der Tinktur auf den Lappen und säuberte die Wunde. Sie schrie wieder auf, und Wolf wieherte mitfühlend. Die Schnitte ließen sich gut säubern und schlossen sich ohne große Probleme, so daß ich keine sonderliche Narbenbildung erwartete. Ich riß etwas Stoff ab und legte ihr einen sauberen Verband an.

»Dein Vater beherrschte sein Handwerk also?« Ich half ihr auf. In ihr Gesicht war die Farbe zurückgekehrt, und sie hatte keine Probleme damit, als sie zurück zu ihrem Pferd ging. Auch das Aufsteigen machte ihr keine Schwierigkeiten. Ich schob die Flasche zurück in die Satteltasche, saß auf, und wir ritten weiter.

»Ja, er beherrschte sein Handwerk wirklich. Es schien, als ob er die ganze Energie, die er zuvor ins Singen investiert hatte, jetzt in seine Instrumente steckte. Er schuf die Instrumente als Ersatz für seine Stimme. Ich erinnere mich, wie ich einmal wie gebannt zugehört habe, als er eine Geschichte erzählte, in der jede Figur von einem anderen Instrument dargestellt wurde. Die Vorstellung war wunderbar. Er war wunderbar.«

Ich lächelte. »Gut. Ich freue mich für ihn und für dich. Einen Mann von solchem Können würde ich gerne einmal kennenlernen.«

»Das wird nicht möglich sein, es sei denn, Jania hebt das Interdikt auf.« Selia lachte. »Es ist kaum zu fassen, daß ein Land allen Tahlion den Zutritt verweigert und die Tahlion der eigenen Nationalität zurückruft. Die Tahlion müssen das janische Königshaus zutiefst beleidigt haben.«

Ich schüttelte den Kopf. »So etwas kommt immer wieder einmal vor. Wir werden für fünfzehn, zwanzig Jahre aus dem Land geworfen, dann ruft man uns zurück. Es ist nicht alltäglich, aber selten ist es auch nicht.«

Selia hielt die Zügel mit der Rechten und betastete mit der Linken den Verband.

»Schmerzt es?«

Sie schüttelte den Kopf. »Es war wirklich Brede?«

»Leibhaftig.«

Sie zog die Brauen hoch. »Die Wunde schmerzt eigentlich nicht genug, um von ihm zu stammen.«

Ich grinste und versuchte nicht daran zu denken, wie sehr der Bolzen geschmerzt hätte, mit dem er auf mich angelegt hatte. »Du hast Glück gehabt. Er hatte keine ganze Folterkammer und reichlich Zeit für dich zur Verfügung. Der Bolzen sollte langsam töten oder verkrüppeln, aber zwei davon haben bei ihm schnell genug gewirkt.«

Zwischen den hohen Wipfeln war der Pfad feucht genug, um Hufabdrücke zu erhalten, und die Spur, der wir folgten, war ausgesprochen frisch – keine sechs Stunden alt. Tafanos schweres Roß, das einzige Lebewesen, das in der Lage war, ihn und seine Rüstung zu tragen, hatte die tieferen Abdrücke hinterlassen. Morai ritt auf einem leichteren Pferd, das vermutlich schneller war als jedes, das ich jemals besessen hatte. Daran, daß die tieferen Abdrücke die kleineren gelegentlich überdeckten, sah ich, daß Morai vorausritt.

Wir legten auf dem Waldweg noch eine Meile über und um mehrere Hügel zurück. Schließlich erreichten wir einen Hügel, der mit granitenen Fängen und Fingern bedeckt war, beinahe, als versuche ein gewaltiges steinernes Monster sich aus seinem Grab zu befreien. Hundert Meter den schattigen Pfad hinab öffnete sich der Tunnel auf eine hell erleuchtete Wiese. Das gleißende Sonnenlicht brannte im ersten Augenblick alle Farben und Einzelheiten weg, aber im nächsten summten und flatterten schon Bienen und Schmetterlinge heran, die der Szenerie eine Aura der Muße verliehen, die in krassem Gegensatz zu meinem Unbehagen stand, das sich aus der sicheren Gewißheit speiste, daß uns eine Falle erwartete.

Unglücklicherweise hatte ich recht.

Wir ritten zögernd hinaus auf die Wiese und hielten im warmen Sonnenschein an. Rechts von mir lehnte an einem Ahornbaum der geschälte Stamm einer kleinen Kiefer. Tafano hatte alle Äste abgeschlagen und das schmalere Ende angespitzt. Trotz der grobschlächtigen

Bearbeitung war das Ergebnis deutlich als Lanze zu erkennen.

Auf der anderen Seite der Wiese trabte Tafano aus einem schattigen Hain. Er war in eine silbern glänzende Rüstung gehüllt, und auf seinem Vollhelm wehten grüne Pfauenfedern. Er trug eine echte Lanze mit sauber gearbeitetem Eichenschaft und einer glänzend polierten Stahlkralle an der Spitze. Die Kralle war eine dreizackige Lanzenspitze, die an eine metallene Adlerklaue erinnerte, und ihr einziger Zweck bestand darin, sich in meine Brust zu bohren und mir das Herz aus dem Leib zu reißen. Bei ihrem Anblick drehte sich mir der Magen um.

»Selia, hör mir jetzt genau zu. Wenn ich die Lanze nehme, greift Tafano mich an. Falls er gewinnt, und er hat mit dieser Art des Duells weit mehr Erfahrung als ich, möchte ich, daß du so schnell du kannst davongaloppierst, egal wohin, Hauptsache, weg von Tafano.«

Selia nickte und zog ihr Pferd nach links. Ich holte ein Paar Lederhandschuhe aus der Satteltasche, dann beugte ich mich hinab und hob die Kiefernholzlanze auf. Tafano hob seine Waffe über den Kopf und stieß sie dreimal in die Höhe. Ich wiederholte seine Geste, balancierte meine Lanze aus und stemmte das hintere Ende gegen meinen Brustkorb. Wir gaben unseren Rössern die Sporen und stürmten aufeinander zu.

Während ich über die Wiese auf Tafano zuraste, hallten tausend Trainingslektionen durch meine Gedanken. Wir würden einander links passieren und auf Schild oder Brust des Gegners zielen. Tafano hielt einen funkelnden, dreieckigen Schild am Arm und bot mir die Wahl meines Ziels, eine Wahl, die ich ihm nur ungern verweigerte. Ich bemerkte, daß er den Kopf nach rechts neigte, und das so betont, daß er mich nur mit dem linken Auge sehen konnte. Daraufhin duckte ich mich noch tiefer in den Sattel, um mich für einen Angreifer ohne Tiefenwahrnehmung zu einem schwierigeren Ziel zu machen. Aber selbst mit diesem zusätzlichen Vorteil erwartete ich nicht ernsthaft, den ersten Lanzengang zu überstehen.

Imperianische Krieger stellen allgemein die beste schwere Reiterei der Welt. Die meisten lernen zu reiten, noch bevor sie gehen können, und manche der Adligen tragen von dem Tag an ein Kettenhemd, an dem sie ihren ersten unsicheren Schritt tun. Ein Imperianer ist ein Teufel in Reitergestalt und benutzt ausschließlich die feinsten und bestausgebildeten Streitrösser des Zerbrochenen Reiches diesseits von Tahlianna. Mit ihren riesigen Breitschwertern waren die Krieger auch im Kampf zu Fuß von einer beachtlichen Wirkung. Tatsächlich hätten ihre Gebräuche und Fähigkeiten ihnen leicht weltweiten Ruhm eintragen können, wenn sie nicht häufig so widerlich hochmütig gewesen wären, nur weil ihre Nation in vergangenen Zeiten die Zentralprovinz des Reiches gewesen war.

Wolf galoppierte mit flach angelegten Ohren in die Auseinandersetzung. Sonnenlicht funkelte auf Tafanos Rüstung und blitzte grell auf den Kurven und Gelenken seines silbernen Panzers. Sein Helmbusch war von einem so strahlenden Grün, daß er sich auch vor dem Hintergrund des Waldrands deutlich abzeichnete, er tanzte und hüpfte wie ein Garnknäuel, mit dem eine Katze spielte. Es wäre zum Lachen gewesen, hätte die Kralle seiner Lanze dem Geschehen nicht jede Spur von Humor genommen.

Ich drehte mich im Sattel und wich den gehärteten Zinken der Lanze aus, während ich mit meiner eigenen Waffe zustieß. Sie traf auf Tafanos Schild und explodierte mit einem lauten, nassen Knall. Tafano ruckte etwas im Sattel, stürmte aber weiter und hatte sich bereits wieder vollständig im Griff, bevor die Spitze meiner zerbrochenen Lanze den Boden berührte. Angewidert warf ich den Rest davon und ritt weiter auf das Ende des Felds zu, an dem Tafano das Duell begonnen hatte.

Ich kam nicht weit. Morai blockierte meinen Weg.

Fast hätte ich ihn angelächelt, weil er dem Bild des schelmischen Helden so stark glich, das Selias Lied von ihm zeichnete, wie er da vor mir stand. Er trug ein blaues Seidenhemd und rote Seidenhosen, deren Beine in hohe Reitstiefel gesteckt waren. Ein rotes Seidenband lag um seine Stirn und verschwand unter zerzaustem dunklem Haar, aber die Enden wehten sanft in dem leichten Wind, der über die Wiese strich. Er hatte einen sauber gestutzten, modischen Schnurrbart, durch den er in Verbindung mit seiner Kleidung mehr wie ein Adliger beim Ausritt aussah denn wie ein von einem Tahlion verfolgter Verbrecher. Seine Augen waren von einem so hellen Braun, daß sie golden schimmerten, und sie funkelten sogar, als er mich ansprach.

»Willkommen, Tahlion. Lange nicht gesehen.« Er bückte sich und hob eine zweite Kiefernholzlanze aus ihrem Versteck im hohen Gras. »Ich nehme an, du hast eine Verwendung hierfür?«

Ich konnte ein Grinsen nicht unterdrücken. »Falls du keinen unmittelbaren Bedarf dafür hast, würde ich mir diese Lanze gerne ausborgen.« Ich sah über die Schulter zu dem Berg von Reiter und Roß, der auf der anderen Seite des Felds auf mich wartete. »Ich kann allerdings nicht versprechen, sie in gutem Zustand zurückzugeben.«

Morai zuckte die Achseln. »Macht nichts.« Er schloß mit einer weiten Geste den ganzen Wald ein. »Ich kann mir jederzeit eine neue schnitzen.«

Erst als er mir die Lanze heraufreichte, erinnerte ich mich daran, wie klein er war. Ich war leicht einen Kopf größer als er, und Tafano war mindestens um dasselbe größer als ich. Aber ich wußte aus den Begegnungen mit Morai und dem Edlem Isas, daß es ein böser Fehler war, einen Mann nur nach dessen Körpergröße zu beurteilen.

Ich wendete Wolf, so daß wir wieder in Tafanos Richtung blickten. »Dir ist klar, daß ich zurückkommen werde, um mich um dich zu kümmern.«

Morai nickte. »Ich habe es erwartet. Bring deine Begleiterin mit, wenn du Tafano erledigt hast. Ach ja, ist dir aufgefallen, wie er den Kopf neigt?«

Ich lächelte. »Ist er halbblind?«

Morai hob die Schultern und rieb sich die Knöchel der rechten Faust. »Zeitweise. Wir hatten heute morgen eine Meinungsverschiedenheit. Sein rechtes Auge ist zugeschwollen.«

Ein tiefes Lachen brach sich aus meinem Inneren Bahn, und Morai stimmte mit ein. »Danke für die Hilfestellung.«

»Das war doch das Mindeste.« Morais Grinsen strotzte vor Erinnerungen, und ich wurde rot.

Ich drehte mich um, hob die neue Lanze und stieß sie dreimal in die Höhe. Tafano erwiderte das Zeichen, und wieder trieben wir unsere Rösser aufeinander zu. Gras und Bäume zuckten verschwommen vorbei. Jeder einzelne Hufschlag drang mir bis ins Mark, und meine Schläfen pochten im Rhythmus des Galopps. Ich knirschte mit den Zähnen. Schweiß brannte in meinen Augen.

Ich wartete, bis wir nahe genug heran waren und Tafano sich für den Aufprall stählte, dann lenkte ich Wolf mit einem schnellen Kniedruck nach links. Für den Bruchteil einer Sekunde galoppierten wir gezielt auf Tafano und sein Streitroß zu, und vor meinem inneren Auge sah ich die kreischende, ununterscheidbare Masse aus Pferdefleisch und Mensch, zu der wir geworden wären, hätte ich zugelassen, daß wir zusammenstießen. Ich verstärkte den Druck, und Wolf rückte weiter nach links. Wir würden einander rechts passieren.

Tafano verrenkte sich in dem vergeblichen Versuch, uns im Blick zu behalten, noch weiter. Im letzten Augenblick riß er die Lanze über den Pferdekopf hoch und versuchte, blind nach uns zu schlagen, aber der Stoß kam zu spät und ging weit vorbei. Rechts an ihm vorbeireitend, stellte ich mich in die Steigbügel, beide Hände um den Schaft der Lanze gelegt, und schwang sie wie eine gewaltige Keule.

Der Schlag traf Tafano voll in die Brust und beulte seinen Harnisch ein. Die Lanze barst sauber in zwei Hälften. Seine Lanze flog hoch in die Luft und segelte aus seinem erschlaffenden Griff, als der Imperianer wankte und nach rechts aus dem Sattel kippte. Irgendwie gelang es ihm, die Füße aus den Steigbügeln zu ziehen, so daß er nicht von seinem Pferd mitgeschleift wurde. Trotzdem war der Sturz schwer und hart. Mit einem lauten Scheppern rollte er sich zu einer silbernen Kugel zusammen.

Ich sprang von Wolfs Rücken, sobald das Pferd langsam genug war, um es ohne Gefahr zu ermöglichen, beschwor meinen Süntklieber und gab Wolf einen Schlag auf die Kruppe. Er trollte sich, sichtlich froh, von Tafanos Streitroß fortzukommen, und beobachtete das Geschehen unruhig aus der Entfernung, während ich mich dem Imperianer in einer Kreisbewegung näherte. Das Streitroß stampfte auf mich zu und schnitt mir den Weg zu seinem gestürzten Herrn ab.

»Tafano ra Imperiana«, rief ich. Die Rüstung bewegte und reckte sich. Es sah aus, als kröche ein stählerner Krieger aus einem stählernen Ei. »Tafano, schick das Roß weg. Das sollten wir unter uns beiden ausmachen.«

Der Imperianer zog die Handschuhe aus und hob den Helm vom Kopf. Aus seiner Nase und beiden Ohren lief Blut und färbte seinen braunen Vollbart rot. Sein rechtes Auge war blauschwarz angeschwollen und geschlossen, aber das linke loderte mit einem Haß, dessen Tiefe sich wie ein eisiger Nordwind in meine Eingeweide bohrte. Er spuckte Blut, versuchte aufzustehen, stolperte und fing sich mit einer Hand und einem Knie auf.

Wieder spie er aus. »Rasha, töte.« Er stieß einen Finger in meine Richtung, hustete schwer und setzte sich plötzlich hin.

162

Das Pferd stürmte auf mich zu, um mich niederzu-trampeln, aber ich sprang zur Seite. Ich lief in den Rücken des Hengsts und zwang ihn so, für einen neuen Anlauf einen noch größeren Bogen zu schlagen, aber er blieb in der Drehung stehen und beobachtete mich. Das Streitroß hatte den Befehl erhalten, mich umzubringen, und wenn es mir nicht gelang, ihm zuvorzukommen, würde es diesen Befehl auch ausführen.

»Tafano, ruf das Tier zurück.«

Der Krieger lachte. »Er ist ebenso meine Waffe wie mein Schwert. Du bist tot, Tahlion.« Er lachte weiter, bis ihn ein Hustenanfall schüttelte.

Das Pferd setzte sich wieder in Bewegung. Diesmal war es vorsichtiger und drängte mich sanft in die Rich-tung, in die es mich haben wollte. Der Hengst spielte mit mir, und für einen Augenblick wirkte er nur wie ein beliebiges fröhlich tanzendes Pferd. Dann warf er sich plötzlich nach vorne und ich konnte den stahlbeschla-genen Hufen erst im letzten Augenblick ausweichen.

Ich rollte auf die Füße und legte beide Hände um den Griff meines Süntkliebers. »Zum letzten Mal, Tafano: Schick Rasha weg, oder dir blüht dasselbe Schicksal wie ihm!«

Tafano sah das Pferd an. »Rasha«, befahl er, ballte die Faust und schlug sie auf den Boden. *»Zertrample ihn!«*

In blindem Gehorsam griff Rasha an und bäumte sich vor mir auf. Mit weit aufgerissenen Augen und gebläh-ten Nüstern trat er nach mir aus. Ein Huf zuckte an mei-nem linken Ohr vorbei – und ich wich nach hinten aus. Ich hob den Süntklieber, aber das Pferd achtete nicht auf die Waffe und bedrängte mich von neuem. Es bäumte sich auf, schlug aus und sprang vor. Mit jeder Bewe-gung trieb der Hengst mich weiter zurück.

Ich mußte fünf solcher Attacken ausweichen, bis ich das Muster erkannte. Beim sechsten Angriff warf ich mich schräg nach links vor, als zwei Hufe vor mir den Boden aufrissen. Rasha bäumte sich auf und verfehlte meine rechte Schulter nur knapp mit einem wilden Tritt, als ich an ihm vorbeirannte. Noch während das Streitroß sich herumwarf und mich zu beißen versuchte, hieb ich die Waffe durch die mächtigen Muskelstränge seiner Hinterschenkel, und es stürzte in einer wogenden Staubwolke zu Boden.

Ich wirbelte mit einem sauren Geschmack im Mund davon. Das Tier lag kreischend und strampelnd vor mir. Blut strömte aus seinen Hinterbeinen, aber mit den Vorderbeinen trommelte er noch immer auf den Boden und versuchte sich in meine Richtung zu ziehen. Ich wollte mich von dem bedauernswerten Schauspiel abwenden, aber die wilde Entschlossenheit in den Augen des Tieres zwang mir Respekt ab. Dieses Pferd würde niemals aufgeben, solange es eine Pflicht zu erfüllen hatte, und damit machte es mir klar, daß auch ich meine Pflicht hatte. Von seinem Leiden benommen, ging ich um das Pferd herum und legte die rechte Hand auf seine breite Stirn, die eine weiße Markierung trug. Sekunden später war Rasha von allen Schmerzen erlöst.

Ich ließ Rashas Kopf auf den Boden sinken und hörte den quietschenden Protest zerbeulter Panzerplatten, als Tafano versuchte sich wieder aufzurichten.

»Dafür wirst du einen sehr langsamen Tod sterben, Tahlion!« Seine Stimme klang schwach, aber voller Gift und Hochmut. *Ich* sollte für etwas bezahlen, zu dem ich nur gezwungen gewesen war, weil *er* sich trotz meiner Bitten geweigert hatte, es mir zu ersparen.

Blinde Wut durchzuckte mich wie Feuer eine Pfütze mit Lampenöl. Ich wirbelte herum, warf mich auf Tafano, stieß ihn zu Boden und rammte wieder und wieder die Faust in sein Gesicht. Ich zertrümmerte seine Adlernase und zermalmte seine vollen, edlen Lippen. Ich trat ihm die Arme weg, als er sich aufzurichten versuchte, und preßte ihn mit einem Fuß auf der Brust zu Boden, bis er sich so verausgabt hatte, daß er nicht mehr die Kraft besaß, das Gewicht seiner Rüstung zu heben.

Tafano lag in der heißen Nachmittagssonne wie ein auf den Rücken geworfener Käfer. Ich stampfte hinüber zu Rasha und zerrte Tafanos Breitschwert aus der Sattelscheide. Es war doppelt so lang wie mein Süntklieber, und die Klinge war so stumpf wie ein altes Hufmesser. Es brauchte keine Schneide, weil es nichts zu schneiden hatte. Es *zerschmetterte* alles, was es traf. Ein Krieger, der dieses Schwert in einer Schlacht schwang, konnte damit in einem Hieb eine Rüstung und die darunter liegenden Knochen zertrümmern. Es war eine furchtbare Waffe, die einen langsamen, grausamen Tod schenkte, der nichts von schneller, gnädiger Erlösung an sich hatte. Doch in diesem Augenblick erschien sie mir als die vollkommenste Waffe von der Welt.

Ich sah auf Tafano herab und studierte sein blutverschmiertes Gesicht. Er starrte mit seinem linken Auge zurück. Ich sah keine Furcht darin, nur Wut. Und den unfaßbaren Hochmut seines Volkes.

»Ich habe dich gewarnt. Dir blüht dasselbe Schicksal ...«
Ich trat langsam einen Schritt in Richtung seiner Füße und hob das Breitschwert. Ich hielt es einen Herzschlag lang in Stellung, dann schlug ich zu, gerade als Tafano den Kopf hob, um es zu sehen und zu schreien.

Die Rüstung auf seinen Oberschenkeln beulte sich ebenso leicht ein wie eine gegen die Wand geschleuderte Zinntasse, und seine Beine zerbarsten wie meine beiden Lanzen. Tafano krallte sich in den Boden und schleuderte Klumpen von Erde und Gras in die Luft, als er sich vor Schmerzen wand. Dann erwies ihm irgendein Gott die Gnade, die er Rasha verweigert hatte. Der Imperianer fiel in Ohnmacht.

Ich warf das Breitschwert beiseite, beschwor meinen Süntklieber und marschierte über das Feld. Morai saß auf einem umgestürzten Baum im tiefer werdenden Schatten des Waldes. Selia saß neben ihm, und sie lachten. Etwas in meinem Innern, das vom Tod des Pferdes und den Ereignissen in Kieferquell bereits angeschlagen war, zerbrach. »Genug, Morai. Es reicht. Ich bin es satt, hinter dir herzujagen.«

Die beiden verstummten und starrten mich an wie einen Eindringling im Liebeshain eines Adligen. Selia setzte zu einer Entgegnung an, aber Morai legte die Hand auf ihren Unterarm, und sie verstummte. Er stand auf. »Ich weiß gar nicht, wovon du redest, Tahlion.«

Ich stierte ihn ungläubig an. »Ich habe mindestens ein Dutzend Haftbefehle in den Satteltaschen, auf denen dein Name steht.« Ich sah mich zu Wolf um. »Du wirst in allen Ländern westlich Imperianas gesucht. Menkar ist nur der jüngste Neuzugang auf der Liste. Geh und lies sie selbst.«

Der Bandit lachte und schüttelte den Kopf. »Du weißt doch, daß ich mit diesen Schreibseln meine Zeit nicht verschwende.«

Ich schnaubte und strich mir mit der Linken über die schweißnasse Stirn. »Damit nicht und auch mit nichts sonst, du Analphabet.«

Morai zuckte unbekümmert die Achseln, dann sah er mir in die Augen. »Ist das dein Ernst, Tahlion?«

Ich kniff die Augen zusammen und versuchte, die Schmerzen wegzumassieren, die meinen Schädel zum Pochen brachten, so daß ich einen klaren Gedanken fassen konnte – aber es hatte keinen Zweck. »Ja, Morai. Es ist vorbei. Es war eine Sache, solange du nur eine Bande Strauchdiebe angeführt hast, die hier und da etwas mitgehen ließen. Deine Dienste an Adlige zu vermieten, die ihre Regierung stürzen wollen, ist ein ganz anderes Kaliber.«

»Aber das einfache Banditenleben wurde mir zu langweilig. Wenn man Intrigen spinnt, trifft man zumindest eine viel bessere Klasse von Kunden.«

»Mag wohl sein, Morai, aber ich kann nicht zulassen, daß du Regierungen zu Fall bringst.«

In seiner Antwort lag ein Hauch von Ironie. »Besser ein Bandit als ein politischer Fadenzieher? Es ist also weniger schlimm, Bauern zu terrorisieren als Adlige, ja? Möglicherweise, weil die Adligen lesen können?«

Ich öffnete die Augen einen winzigen Spalt. »Das weißt du doch wirklich besser. Ich habe dich schon einmal gejagt, erinnerst du dich?«

»Das hast du, Tahlion, und ich sehe, worauf du hinauswillst. Ich werde mir deinen Rat zu Herzen nehmen.« Morai grinste, hob die Arme und klatschte einmal kurz in die Hände. »Wie ich Selia hier schon sagte, ich habe mich entschieden, den politischen Intrigen wie dem Strauchdiebsleben den Rücken zu kehren. Ich werde dieses Gebiet verlassen und mich als Juwelendieb versuchen. Irgendwo gibt es immer ein paar Klunker, die das Mitnehmen lohnen.«

Ich schüttelte den Kopf. »Nein! Es muß ein Ende haben. Ein wirkliches Ende. Deine Karriere ist beendet. Hier ist die Endstation, Morai.«

Das Lächeln auf seinem Gesicht verblaßte zu einem dünnen, grimmigen Strich. »Schwerter?« Ich nickte, und er zog ein Paar Handschuhe aus dem Gürtel und streifte sie über. Er holte sein Langschwert aus der an einem herabhängenden Ast befestigten Scheide und säbelte mit ein paar Übungsschlägen goldene Grashalme ab.

Er sah zu mir hoch und ging ein Stück nach links. Zwischen uns erhob sich ein Wall aus hohen Gräsern. »Wenn du mich haben willst, Tahlion: Ich warte.« Er hob abwehrbereit das Schwert.

Ich tat drei Schritte, und der Boden unter meinen Füßen gab nach.

Ich stürzte in einem Schauer aus Zweigen und Erdklumpen in die Fallgrube. Unten angekommen, hustete ich den Staub aus und spuckte, bis ich den Sand und Dreck zwischen meinen Zähnen los war. Ich hatte nichts gebrochen, und meine Freude darüber zerschlug die düstere Stimmung, in deren Griff ich gefangen gewesen war. Ich stand auf und stellte fest, daß die Grube zu tief war, als daß ich hätte hinausspringen können, und die Wände zu locker, um mir eine Kletterpartie zu gestatten.

Morai lachte nicht, als er zu mir herabblickte. »Es tut mir wirklich leid, daß ich dir das antun mußte, Tahlion. Ich wollte nicht gegen dich kämpfen müssen. Wenn ich dich getötet hätte, hätte dein Meister noch mehr Tahlion auf mich angesetzt. Das hätte mir nicht gefallen.«

Ich lachte und klopfte den Staub ab. »Ich kann mir vorstellen, daß andere dir mehr Arbeit machen würden als ich. Ist dir die Möglichkeit in den Sinn gekommen, daß ich dich hätte besiegen können?«

Morai grinste. »Doch, und ich habe sie verworfen.« Er deutete in die Grube. »Ich schätze, daß du eine Grubenwand zum Einsturz bringen kannst, wenn du mit deinem Schwert …«

»Süntklieber.«

»… Süntklieber vier bis fünf Stunden gräbst. Bis dahin werden Selia und ich lange fort sein. Ein, zwei Monate wirst du nichts mehr von mir hören. Danach, wer weiß?«

Jetzt tauchte auch Selia am Rand der Grube auf. Sie lächelte mir verlegen und etwas besorgt zu und warf meine Feldflasche herab. »Ich dachte mir, die werdet Ihr gebrauchen können. Ich habe Wolf in den Schatten gebracht, damit er grasen kann.«

Ich lächelte zu ihr hoch. »Danke. Du begleitest Morai aus freiem Willen?«

Eine Sekunde lang war sie schockiert, dann war zu erkennen, daß meine Besorgnis ihr schmeichelte. »Ja. Ich reite aus eigener Entscheidung mit ihm weiter.«

Mein Blick wanderte zu Morai. »Wenn ihr etwas zustößt, bekommst du es mit mir zu tun, nachdem ich die auseinandergenommen habe, die dafür verantwortlich sind.«

»Ich werde gut auf sie aufpassen, Tahlion.« Er streckte die Hand aus, und Selia ergriff sie. »Nur zu deiner Kenntnis: Ich habe meine Leute nicht nach Memkar gebracht, weil die Adligen, die meine Dienste anmieteten, Idioten waren. Ihre Feinde haben sie durchschaut, und sie sind bei einem ungeklärten Schiffsbrand auf dem Tiaklysee alle umgekommen. Ich habe keine Probleme damit, politische Hirngespinste zu meinen Gunsten auszunutzen, Tahlion, aber ich werde keinen Krieg anzetteln, um mich daran zu bereichern.«

Ich nickte ihm zu. »Erstaunlicherweise glaube ich dir.«

»Das solltest du auch. Ich habe dich noch nie angelogen.« Morai hob zu einem saloppen Abschiedsgruß die Hand zum Kopf. »Alles Gute, bis zum nächsten Mal.«

Ich hatte zwei Stunden an der Grubenwand gearbeitet, als der erste Schatten über mir die Sonne verdunkelte. Ich hörte einen Falken schreien, und Wolf antwortete mit einem Wiehern. Ich begann, wie besessen zu graben, um die Wand zum Einsturz zu bringen und in vier bis fünf Sekunden freizukommen. Das war natürlich unmöglich, und ich verfluchte Morai für seine gute Arbeit. Ich war verloren.

Zwei grinsende Eliten sahen zu mir herab und lachten. Ich war mit Staub und Dreck bedeckt, den mein Schweiß in eine dicke Schlammschicht verwandelt hatte. Mein Hemd und Wams hatte ich schon vor einer Weile aus der Grube geworfen, und von der ursprünglichen schwarzen Farbe meiner Hose und Stiefel war nichts mehr zu erkennen. Ich fuhr mir mit dem rechten Unterarm über die Stirn, aber damit rieb ich mir nur den Dreck vom Arm ins Gesicht.

»Ich hab's dir gleich gesagt, Erlan, das kann keine Bärenfalle sein. Da ist ein Rechtsprecher reingetapst.« Ein junger blonder Elit sah über die Grube zu Erlan, und beide brachen in schallendes Gelächter aus.

Ich knurrte: »Ihr wollt mir doch wohl nicht erzählen, daß es zwischen diesem Ort und Tahlianna keine andere Unterhaltungsmöglichkeit für euch Eliten gibt.«

Erlan unterbrach sein Gelächter und grinste zu mir herunter. »Vorsicht, Nolan, oder wir lassen dich da unten.« Er ging auf die Knie und streckte mir die Hand entgegen. »Tadd, halt meine Beine fest, damit ich nicht auch da runter rutsche.«

Der Scherzbold tat, wie ihm geheißen, und die beiden hatten mich schnell wieder auf festem Boden. Ich stand auf und kratzte mir so gut es ging den Dreck vom Leib. Hinter Erlan in der Mitte der Wiese sah ich zwei Kaiserfalken mit Haube und Fußfessel. Einer der beiden putzte sich, während der andere versuchte, an Tafanos Pferd zu kommen.

»Kann ich Geswinde was von dem Pferd verfüttern?« Tadd ging zu seinem Falken.

»Nur zu.« Ich drehte mich zu Erlan um. »Kannst du mit Tadd zurück nach Tahlianna fliegen oder Wolf nehmen? Ich brauche nur etwa zwei Stunden, um Morai zu erwischen.«

Erlan schüttelte den Kopf. Er zog einen versiegelten Brief aus dem Wams und reichte ihn mir. Er war mit dem persönlichen Siegel des Meisters verschlossen.

Ich brach ihn auf und trat ein paar Schritte beiseite, um zu lesen. Er lautete: »Kehre ohne Umschweife nach Tahlianna zurück. Keine Pause zum Rasieren.« Ich reichte Erlan die Botschaft. »Der Meister wirkt mit unsichtbarem Faden.«

Er zuckte die Schultern und faltete das Papier zusammen. »Wer weiß, was der Meister denkt? Tadd hat Befehle bezüglich Wolf, die er öffnen soll, wenn wir abfliegen. Du nimmst Geswinde, ich fliege auf Vrumec zurück. Wir sollen uns sofort auf den Weg machen, und ich habe Auftrag, alles zu tun, was nötig ist, damit du dich in Bewegung setzt.«

Ich warf ihm einen schrägen Blick zu. »Das hört sich nach dem Edlen Eric an.«

Der Elit nickte. »Er hat mir zugesichert, daß ich mich nicht zu verantworten brauche, wenn ich gezwungen bin, Gewalt anzuwenden.«

»Oh, wenn du darauf Wert legst, fühle ich mich jetzt eingeschüchtert.«

Erlan prustete und versetzte mir einen spielerischen Hieb auf den Oberarm. »Geh'n wir.«

Ich holte mir die Satteltaschen und den Schwertgurt von Wolf und führte ihn zu den Falken. Tadd nahm die Zügel, während ich mich hinsetzte und die Reitstiefel auszog. Erlan warf mir ein Paar der weichen Schuhe für den Ritt auf einem Falken zu, und während ich sie anzog, verstaute er meine Stiefel in den Satteltaschen.

Tadd schwang sich in Wolfs Sattel. »He, Nolan, der Kerl da drüben lebt noch.«

»Ich weiß.« Ich zog ein Hemd über, verzichtete aber darauf, es zuzuknöpfen.

Tadd sah mich etwas verwirrt an. »Ich kann ihn in die nächste Stadt bringen. Möglicherweise kann man ihn zusammenflicken.«

Ich schüttelte den Kopf. »Nein, laß ihn liegen.« Ich kletterte auf Geswindes Rücken und streckte die Hand aus, um ihm die Haube abzunehmen.

»Aber er hat Schmerzen. Er versucht sich aus der Rüstung zu befreien.«

»Tadd, laß ihn liegen.« Meine Stimme klang strenger als zuvor.

Tadd sah zu Erlan hinüber, der bereits auf Vrumec saß. »Aber es ist grausam, ihn so leiden zu lassen.«

Ich benutzte den Ruf. »*Es ist Rechtsprechung, Tahlion.*«

Tadd drehte sich zu mir um. Seine Bewegung kam zögernd. Meine Stimme zwang ihn herum, und er widersetzte sich so gut er konnte. Aber er verlor den Kampf.

Ich schob meinen Süntklieber in die Sattelscheide. »Tafano hat seine Kavallerie durch ein Bosaldorf reiten und alles niedermetzeln lassen, was sich bewegte. Er hat ungezähltes Leid und Entsetzen zu verantworten. Er hat sich mit dem Pferd dort drüben verteidigt und sich geweigert, es zurückzurufen, als ich ihn dazu aufforderte. Ich mußte es verstümmeln, bevor ich es töten konnte.«

Erlan und ich flogen ab. Tadd blieb zurück, den Blick starr auf Tafano gerichtet. Ich wußte, er würde die Wiese allein verlassen, aber ich konnte nur hoffen, daß er es auch verstehen würde.

KAPITEL SECHS

Novize: Vierzehner

Mein Herz schlug mir bis zum Hals, von der Nervosität aus meiner Brust getrieben, die meine sämtlichen Eingeweide verknotete. Als Vierzehner hatten wir zwar genug Zeit in der Nähe der Falken verbracht, um uns statt als Rechtsprecher-Novizen als Eliten zu fühlen, aber die Vögel waren uns noch immer fremd genug, um jeden Soloflug zu einem tiefgreifenden Erlebnis zu machen. Und jetzt erwartete der Ausbilder nach gerade einmal zwei Wochen Soloflug von uns, daß wir uns mit dem Falken auf ein Ziel stürzten!

Unser Ausbilder, ein greiser Elite mit kahlem Schädel und einer Narbe an der Oberlippe, durch die er ständig hämisch zu grinsen schien, hatte uns gezwungen, auf abgesägten Baumstämmen zu sitzen und so zu tun, als wären es Falken, bis er sicher war, daß wir alle Befehle auswendig kannten und beherrschten. Er marschierte durch die Reihen und brüllte die Befehle. Wenn ein Novize zögerte oder ein falsches Signal gab, erhielt er als Belohnung einen Hieb mit der Reitgerte. Obwohl ich zu den Besten unserer Gruppe gehörte, bekam auch ich zwei Schläge ab, und den letzten Hieb konnte ich immer noch auf dem rechten Arm fühlen.

Nachdem wir den ganzen Morgen auf einem heißen Feld geübt hatten, flogen die Elit-Vierzehner ihre Falken zu uns heraus und stiegen ab. Kurz nach ihrer Ankunft erschienen drei Lanzer, die zwanzig alte, verschlissene

Mähren führten. Auf dem Rücken der Pferde waren aus Holz und Stroh gefertigte Puppen festgebunden, die uns für die Nachmittagsübungen als Ziele dienen sollten.

Ich wählte Vrumec als meinen Falken. Erlan reichte mir die Zügel mit gerunzelter Stirn. »Wenn du Vrumec verletzt, rate ich dir, zurück nach Sinjaria zu wandern, bevor ich dich in die Finger bekomme.«

Ich lächelte über seine Besorgnis und schwang mich in den Sattel. »Du solltest besser hoffen, daß Vrumec nicht mich als seinen Herrn vorzieht, Erlan ra Leth. Er könnte mir ausbrechen, und ich glaube nicht, daß du flink genug wärst, seinem Angriff auszuweichen.«

Ich gab Vrumec das Zeichen zum Start, und er breitete seine Schwingen aus. Mit zwei mächtigen Flügelschlägen waren wir in der Luft. Wie bei jedem Start wurde ich hart in den Sattel hinabgedrückt, behielt aber die Zügel fest in der Hand, und mit ein paar leichten Gertenschlägen machte ich ihm klar, daß ich das Kommando hatte und auch nicht plante, es abzugeben. Ich zog ihn etwas nach Süden, um den anderen Falken Platz zum Abheben zu geben, dann befahl ich ihm zu steigen und sich hinter dem Ausbilder in die Formation einzugliedern.

Alle Rechtsprecher-Vierzehner waren jetzt in der Luft. Marana, Lothar und ich flogen jüngere Vögel, wie die meisten von uns. Ihres größeren Gewichts wegen mußten Jevin und ein hünenhafter imperianischer Novize ältere Vögel fliegen, so wie der Ausbilder. Es war mehr Kraft nötig, um die älteren Vögel zu steuern, aber weil sie besser ausgebildet waren als die jüngeren, waren sie auch etwas leichter zu bändigen.

Mein Mund fühlte sich an wie mit Watte vollgestopft. Ich wünschte mir von ganzem Herzen, auf dem Boden im Sattel eines Pferdes zu sitzen. Ein Pferd kann zwar mit der Geschwindigkeit eines Falken nicht mithalten, aber wenn man aus dem Sattel fällt, ist die Erde ein gewaltiges Stück näher. Und Pferde sind keine Fleischfresser. Falken haben die unangenehme Neigung, neben einem herabgestürzten Reiter aufzusetzen und zu fressen, als wäre das ganz üblich. Meine Drohung an Erlan war zwar nur scherzhaft gemeint gewesen, aber sie stellte den Alptraum jedes Eliten dar.

Unter uns organisierten die Lanzer die Hälfte der Eliten und gaben jedem von ihnen zwei Pferde mit Strohpuppen im Sattel an die Hand. Die andere Hälfte wanderte mit den beiden Lanzern über das goldene Feld unter uns. Eigentlich waren die Vögel trainiert, sich die Reiter zu schnappen und die Pferde in Ruhe zu lassen. Unsere Aufgabe bestand darin, die Falken so zu lenken, daß sie das Ziel erkannten, und sie daran zu hindern, das Pferd zu schlagen, falls sie entschieden, daß sie das größere, eßbare Ziel reizvoller fanden als die Strohpuppe.

Wir kreisten über dem Feld und warteten darauf, daß eines der Zielpferde freigegeben wurde. Einer der Lanzer winkte den Eliten zu, und ein Pferd trottete langsam hinaus auf die Wiese. Es wanderte ziellos über den Platz, dann nahm es Kurs auf die wartende Gruppe Eliten auf der anderen Seite. Ein heulender Ruf eines Lanzers ließ es schneller werden und verhinderte, daß es Halt machte oder graste.

Unser Ausbilder zeigte auf Jevin, und der Fealarien hob bestätigend die Reitgerte. Er zog seinen Vogel aus der Formation und brachte ihn zurück in Richtung der Stadt – in einem Vorbeiflug, der den Schatten des Falken hinter dem Pferd über den Boden gleiten ließ. Dann wendete er den Vogel, zeigte ihm das Ziel und gab das Zeichen zum Angriff.

Der Falke kreischte und legte die braunschwarzen Schwingen an. Er stürzte aus dem Himmel wie ein unbezahlbarer Kristallkelch, der dem rettenden Zugriff knapp entwischt war. Jevin krallte sich in Zügel und Sattel, und sein schwarzes Haar wehte hinter seinem

Kopf wie zuckende Rabenflügel. Er lehnte sich nach hinten, bis er fast auf dem Falken lag, um den Sturzflug noch zu beschleunigen. Nur sein Kopf war vorgelegt, damit er sah, wohin er flog.

Jevin riß die Zügel knappe Sekunden vor dem Aufprall zurück und zog seinen Vogel vom Hals des Pferdes weg. Der Vogel kreischte noch einmal, schlug die Krallen in die Reiterattrappe und stieg wieder in die Lüfte. Als er weder Fleisch noch Blut roch, schrie er beleidigt auf und ließ die Puppe fallen. Jevin flog über die wartenden Pferde und landete seinen Falken.

Das nächste Pferd wurde losgeschickt. Der Ausbilder zeigte zu mir.

Ich zog Vrumec aus der Formation und brachte ihn kreisend ein Stück tiefer. Ich wußte zwar, daß ein Sturz auch aus dieser Höhe tödlich gewesen wäre, doch ich fühlte mich besser. Mein Ziel wanderte in einem Rundkurs über das Feld, der es dicht an einige der Bäume heranführte, deshalb brachte ich Vrumec in Stellung für einen Angriff von hinten statt einer seitlichen Attacke, wie sie Jevin geflogen war. Vrumec hob und senkte mehrmals den Kopf zum Zeichen, daß er das Ziel erkannt hatte. Ich tippte mit der Gerte auf seinen Flügel, und wir griffen an.

Vrumec legte die Schwingen an, und wir fielen aus dem Himmel wie ein Stein. Ich hatte den starken Eindruck, daß mein Magen noch immer über uns kreiste, und außerdem bekam ich keine Luft. Der Wind peitschte mir ins Gesicht. Er riß mein Haar nach hinten weg, daß es knallte wie eine Fahne im Gewitter, und trieb mir Tränen in die Augen. Das Ziel verschwamm vor meinen Augen. Ich lehnte mich zurück, so weit ich konnte, und steuerte Vrumec ins Ziel.

Wir kamen ein wenig rechts davon herab. Im letzten Augenblick zog ich die Zügel zurück und etwas nach links. Vrumec kreischte und entfaltete seine Schwingen. Er drehte sich hart zur Seite, den linken Flügel voll ausgebreitet, um so viel Luft wie möglich einzufangen, den rechten halb angelegt. Wir drehten uns in der Luft, als Vrumec den rechten Flügel ausbreitete und den Weg des Pferds kreuzte. Ich erhaschte nicht einmal einen kurzen Blick auf das Ziel, weil ich parallel zum Boden hing und Vrumecs Flügel vor mir wie eine Wand vom Wiesengrund in den Himmel ragten. Aber ich fand mich in einem Orkan aus Stroh und roten Mantelfetzen wieder und lachte. Vrumec schrie trotzig auf, richtete sich aus und segelte hinüber zu Jevin auf den Landeplatz.

Die anderen erledigten ihren Auftrag alle ohne erkennbare Probleme. Mit ihrem langen schwarzen Haar, das wie ein Umhang hinter ihr im Wind flatterte, bot Marana einen einschüchternden Anblick. Sie hätte eine Jelkom sein können, die böse Kinder einsammelte, um sie an die Dhesiri zu verkaufen. Lothar dagegen wirkte äußerst heldenhaft. Sein Vogel kam früh aus dem Sturzflug und segelte in einem Angriff über die Wiese, der den Reiter aus dem Sattel holte, ohne das Pferd zu erschrecken. Auch die übrigen in unserer Gruppe machten ihre Sache gut. Zwei von ihnen verfehlten das Ziel im ersten Versuch, schafften es aber schließlich auch.

Nachdem wir wieder am Boden waren, sprach der Elit-Ausbilder zu uns. »Ihr habt heute alle eine ausreichende Leistung gezeigt. Lothar war der beste von euch. Sein Angriff wäre geeignet gewesen, den Schlußmann einer Soldatenkolonne auszuschalten, ohne die anderen zu alarmieren. Nolans Angriff war zwar sehr waghalsig und beeindruckend, aber unerfahrene Reiter sollten auf diese Taktik besser verzichten. Die Gefahr, den Falken zu verletzen, ist dabei ebenso hoch wie die Chance auf einen Erfolg. Merkt euch das.«

Er sah mich streng an. Ich nickte und wurde rot.

»Rechtsprecher neigen dazu, in einem Falken ein schnelles gefiedertes Pferd zu sehen, aber er ist eine Waffe. Er ist eine unberechenbare Waffe, die euch mit ebensowenig Skrupel verspeisen würde wie ein beliebiges Ziel.« Er wartete einen Augenblick, um sicherzugehen, daß wir die Warnung verstanden hatten. Dann entließ er uns mit einer kurzen Geste.

Er befahl uns, die vier Meilen zurück nach Tahlianna im Laufschritt zu absolvieren. Wir kamen an den Eliten vorbei, die über die Wiese zurück zu ihren Vögeln gingen. Während wir den Weg rannten, würden die Eliten auf den Falken zurückfliegen, und auch wenn die Entfernung verglichen mit unserem sonstigen Training der Rede nicht wert war, fanden wir alle, daß die Eliten es bequem hatten.

»Und, Nolan? Hast du dich für die falsche Dienstklasse entschieden?« Lothar setzte sich neben mich. Wir liefen beide in der Mitte der Pulks. Es war ein guter Platz für einen Spurt im letzten Teil der Strecke nach Tahlianna, mit dem wir das Rennen zurück-›gewinnen‹ konnten.

»Ich und ein Elit? Du hast den Ausbilder doch gehört. Inzwischen hätte ich vierzehn Falken ruiniert.« Ich spuckte, als Lothar auflachte. »Die Vögel sind ganz nett, aber ich ziehe es vor, mein Schwert zu pflegen statt einen Falken. Schwerter können einen nicht auffressen.«

»Du solltest dein Schwert einen Süntklieber nennen.«

Ich sah ihn stirnrunzelnd an. »Wozu die Förmlichkeit? Süntklieber sind sie erst nach der Abschlußprüfung und dem Schädelritual.«

»Zur Übung, Nolan, zur Übung.« Lothar schüttelte die Hände aus und wischte sie sich am Hemd ab. »Selbst nach einem ganzen Jahr Ausbildung sprichst du Hochtahl immer noch schlechter als irgendein anderer von uns. Du brauchst die Übung.«

»Ist es also bezzerlich?« fragte ich ihn – Ist es so besser? Hochtahl war anstrengend, weil das Vokabular älter und schwerer auszusprechen war, und die Grammatik machte die Sprache schwerfälliger und genauer. Aber genau auf diese Genauigkeit und Überlegung legten die Tahlion Wert, also war ich gezwungen, die Sprache zu erlernen.

»Tû bist wale pezzer geworden, Nolan, abe tû redenest mit alzû vil gehede vür ein grüezice Sag.« Jevin tauchte neben uns auf und erklärte mir, ich spräche trotz gewisser Fortschritte noch zu überhastet für eine höfliche Konversation. Obwohl wir schon eine Meile hinter uns hatten, war in seiner Stimme keine Spur von dem Keuchen zu finden, das meine und Lothars Worte begleitete.

»Tû bist ein Albevâlant, Jevin. Tû kunnst mich irhaln alsô wi hetzen, unt zuo dîn Stimme ist nit Spur von Ervehtung.« Du bist ein Bergteufel, kannst mich verbessern, während wir rennen, und in deiner Stimme hört man keine Spur von Anstrengung. Schweiß strömte über meine Stirn und brannte in meinen Augen. »Mugen wi daz hôhenlîche Tahl reden, alse ich niht Luft hâ vür en gemeinen Vluoch?« Müssen wir unbedingt Hochtahl sprechen, wenn ich kaum die Puste für einen anständigen Fluch habe?

Die beiden lachten.

»Was könnte mitten in einem Rennen so lustig sein?« Auch Marana holte uns ein und stellte sich neben Lothar auf. Ich sah dessen erfreutes Grinsen und mußte ebenfalls lächeln. Lothar hatte mir gestanden, daß er an Marana interessiert war, und erst ein paar Tage zuvor hatte sie in einem Gespräch ebenfalls eine gewisse Zuneigung zu ihm angedeutet.

»Nichts«, erwiderte ich. »Irgend jemand hat diesen beiden mal eingeredet, sie wären seltsam, und sie haben ihm tatsächlich geglaubt.« Wir hatten noch einen Hügel vor uns, bevor der Endspurt nach Tahlianna begann. Über uns flogen die Eliten auf dem Weg zu den Mauserkäfigen vorbei. »Marana, auf dem Falken hast du ausgesehen wie eine Jelkom.«

»Die herunterstößt, um böse Kinder wie euch zu fangen?« Sie lachte und klatschte vergnügt in die Hände. »Habe ich dir Angst gemacht?«

»Nein, ich saß ja nicht auf dem Sattel. Außerdem hat Lothar eine ausreichend heldenhafte Figur gemacht, um dich zu verjagen.« Meine Bemerkung ließ Lothars Grinsen breiter werden, und Marana hatte keine Probleme, es zu deuten.

»Dazu muß er mich erstmal fangen.« Sie senkte den Kopf und sprintete los, um vor allen anderen am Fuß des Hügels anzukommen. Lothar setzte ihr nach, denn er wußte genau, daß sie auf der anderen Seite uneinholbar sein würde, wenn sie es schaffte, bis Tahlianna durchzulaufen. Jevin und ich sahen uns an, schüttelten den Kopf und rückten nur ein Stück weiter in die vordere Hälfte des Pulks. Mein Körper protestierte, aber ich schüttelte die Arme, um die Muskeln zu lockern, und überging das zunehmende Brennen in meinen Oberschenkeln.

Die beiden verschwanden über die Hügelkuppe – Marana gute zwanzig Meter voraus –, als der Rest von uns drei Viertel des Hangs bezwungen hatte. Jevin und ich kamen zusammen mit vier anderen über den Hügel, drei Jungen und einem Mädchen, die vor uns rannten. Sie waren den größten Teil der Strecke vor uns gewesen – und reif, überholt zu werden. Wir taten ihnen den Gefallen und fielen in lange Schritte, die den Boden verschlangen wie ein Wolf das Fleisch.

Marana war Lothar immer noch ein Stück voraus, aber beide waren langsamer geworden. Der Hügel hatte sie deutlich Kraft gekostet. »Jevin, wenn wir den Spurt durchhalten, können wir sie einholen.«

»Ich halte mit und überhol dich auf den letzten Metern.« Er setzte sein Raubtierlächeln auf. Das war für die Gelegenheiten reserviert, bei denen Jevin sich besonders einsetzte. In allen Wettbewerben, in denen Gefahr bestand, daß er jemanden verletzte, hielt er sich zurück, aber bei diesem Wettlauf würde er kein Pardon geben.

Ich ruckte mit dem Kopf, wie Vrumec es mir vorgemacht hatte. Jevin lachte, und wir stürmten los. Mit jedem Schritt versuchte ich, mehr und immer noch mehr Boden zu gewinnen. Meine Beine wurden zu Stahlfedern, die mich immer schneller vorantrieben. Meine Brust pumpte wie ein Blasebalg, und meine Haut leuchtete tiefrot. Die Strecke schrumpfte unaufhaltsam, und Jevin hing an mir wie ein Schatten.

Wir flogen an Lothar vorbei und überholten Marana mit Leichtigkeit. Der Vorsprung hätte ihnen den Sieg bringen können, wenn sie früh genug losgespurtet wären und den Hügel deutlich vor allen anderen erreicht hätten. So hatte der Aufstieg sie erschöpft. Sie waren zwar weit genug vor dem Rest des Pulks, um außer Gefahr zu sein, aber gegen den Fealarien und mich half ihnen das nichts.

Wir kamen in eine weite Rechtskurve und jagten auf Tahlianna zu. Ich befand mich auf der Innenbahn. Der Weg führte geradewegs an den Mauserkäfigen vorbei zum Eingangstor von Tahlstadt. Der erste von uns, der durch das Tor kam, hatte gewonnen, und ich hatte die feste Absicht, dieser Novize zu sein. Ich wußte ebenso sicher, daß Jevin bis zu den letzten zehn Metern bei mir bleiben würde, bevor er überholte und sich den Sieg holte.

Ich warf ihm mein eigenes Wolfsgrinsen zu. »Lebe wol, Albevâlant.« Ich senkte den Kopf und spurtete los.

Alles entlang der Straße verschwamm vor meinen Augen, aber ich spürte, daß alle Blicke auf uns ruhten. Meine Lungen arbeiteten nach Kräften, saugten die Luft durch meine zusammengebissenen Zähne und stießen sie durch meine Nase wieder aus. Meine Arme pumpten wie wild. Meine Finger waren zu Krallen verkrampft. Sie zerfetzten die Luft und zerrten mich weiter. Meine Beine dehnten sich, und ich floß vorwärts. Da gab es nicht eine abgehackte Bewegung mehr, keine harten Abstöße vom Boden. Alles war eine einzige flüssige Maschinerie, ich jagte dahin wie vom Wind getriebener Regen.

Und die ganze Zeit hörte ich Jevin hinter mir. Mein Atem keuchte wie kurz vor dem Kollaps, aber seiner kam leicht und erinnerte mich an das leise Knurren eines jagenden Wolfs. Ich benutzte dieses Bild. Ich stellte mir vor, daß er mich jagte. Ich gestattete alten Volksmärchen, mich in ihren Bann zu schlagen. Ich tauchte in das Entsetzen ein, von einem Fealarien oder einer Jelkom gehetzt zu werden, und nutzte es, um meine Beine anzutreiben. Ich begrüßte die Panik und gab ihr freie Bahn. Die Angst stieß durch mich hindurch wie ein Blitzschlag und schleuderte mich vor. Ich unternahm keinen Versuch, sie einzudämmen, ließ sie sogar über mein Gesicht spielen, denn ich wußte, daß Jevin sich nicht zurückhalten und jede Möglichkeit nutzen würde, mich zu schlagen, die sich ihm bot.

Ich warf einen letzten Blick über die Schulter. Jevin hing über mir wie ein Monster aus meinen schlimmsten Alpträumen. Eine neue Welle des Entsetzens packte mich und machte mich noch schneller.

Zwei Lanzer am Tor sahen uns kommen. Sie wechselten ein paar Worte, dann drehten sie ab, um Platz zu machen. Sie wußten, daß weder Jevin noch ich für wen oder was auch immer stoppen würden. Glücklicherweise verstanden selbst Lanzer die Bedeutung eines Wettrennens, auch wenn es dabei nur um die Ehre des Sieges ging.

Ich schoß als erster durch den Torbogen. Ich versuchte zu bremsen, aber mein Schwung trug mich über den Innenhof. Ich rannte im wahrsten Sinne des Wortes zwei Schritte die Mauer hoch, bevor ich zum Stehen kam, dann plumpste ich zurück auf den Boden. Ich drehte mich um und lehnte mich an. Zwei Sekunden später lehnte Jevin sich neben mich.

Keiner von uns konnte ein Wort sprechen. Unsere Brustkörbe pumpten, und wir glänzten vor Schweiß wie eine Wiese im Morgentau. Ich stand als erster auf, weil ich in der Ferne zwei Punkte gesehen hatte, die nur

Lothar und Marana sein konnten, und zupfte Jevin am Arm. Er sah zu mir hoch, erst verwirrt, dann verstand er. Mit einem Rest von Kraft, von dem nur die Götter wissen, woher wir ihn holten, schleppten wir uns in den Rechtsprecherflügel der Zitadelle. Die Treppen waren schlimmer als der letzte Hügel, aber wir stiegen sie hinauf und schafften es bis zu Lothars und meinem Zimmer im dritten Stock.

Ich fiel auf mein Bett. Jevin belegte Lothars Koje mit Beschlag. Wir regten keinen Muskel, bis wir Stimmen hörten. Lächelnd setzten wir uns auf, als ob wir keine Spur von Müdigkeit verspürten. Ich machte mir Notizen in meinem Tagebuch, während Jevin das auf dem Tisch stehende Schachbrett studierte, auf dem Lothar und ich eine Partie halb fertiggespielt hatten.

Lothar und Marana erschienen Hand in Hand und keuchend in der Tür.

»Und, wer von euch hat den anderen über die Linie gezogen?« fragte ich unschuldig mit einem Blick auf ihre verschränkten Finger.

Wenn Blicke töten könnten, wäre ich das Opfer eines Doppelmords geworden. Jevin und ich fielen gleichzeitig nach hinten auf die Betten und wir wurden alle vier von einem Lachkrampf geschüttelt.

Das Falkentraining nahm einen Nachmittag in der Woche in Beschlag. Als Vierzehner mußten wir auch noch andere Pflichten wahrnehmen. Zusammen mit den Fünfzehnern und Sechzehnern mußten wir Wachdienst auf den Mauern der Zitadelle schieben und die Dienstleister bei ihren Inspektionen in Tahlstadt begleiten. Es waren keine sonderlich anstrengenden Pflichten, aber sie förderten unsere Ausbildung. Zu kämpfen hatten wir schon gelernt. Jetzt mußten wir lernen, uns ohne Einsatz von Gewalt durchzusetzen.

Die Mauerstreifen waren nach Mauerabschnitten organisiert und mit Mitgliedern aller Klassen – mit Ausnahme der Dienstleister und Magicker – bestückt. Der Anführer jeder Patrouille wurde vorausbestimmt und war dafür verantwortlich, daß seine Truppe vollzählig und wachsam Dienst tat. Wäre ich ein Krieger oder Lanzer gewesen, der einen solchen Auftrag erhielt, hätte ich vermutlich gehofft, keine Rechtsprecher zugeteilt zu bekommen.

In der Nacht nach dem Rennen mußten Jevin und ich von Mitternacht bis zum Morgengrauen Wache stehen. Wir hatten genug Schlaf bekommen, um unseren Körper zu beruhigen, aber unser Geist war noch immer von dem Rennen besessen. Beim Abendessen waren einige andere an unseren Tisch gekommen, unter anderem die beiden Lanzer vom Tor, und hatten erklärt, daß sie noch nie zwei so schnelle Läufer gesehen hatten. Das hatte unserer Selbsteinschätzung nicht gerade geschadet, und wir waren dementsprechend immun gegen jeden Versuch, uns zu disziplinieren, der von jemand ausging, der noch kein echter Tahlion war.

Unsere Streife führte ein Lanzer-Fünfzehner an, Gaynor ra Geborgte Lande. Er war so groß wie ich, und wir waren größer als alle anderen in der Streife – mit Ausnahme Jevins. Ich war inzwischen über einen Meter achtzig, aber immer noch schlaksig. Jevin war mindestens dreißig Zentimeter größer als ich und zudem so muskulös wie ein Erwachsener. Gaynor war von der Statur her irgendwo zwischen uns angesiedelt. Sein Kopf war bis auf einen in der Mitte hochstehenden schwarzen Haarkamm rasiert. Wie die meisten Pferdeköppe war er reichlich eingebildet, und seine Abneigung gegen Rechtsprecher im allgemeinen und Jevin im besonderen ließ für unsere Wache nichts Gutes ahnen.

Er ließ uns in Formation antreten und übernahm den Posten von einem gähnenden Krieger-Fünfzehner. Mit dem Befehlsstock in der Rechten machte Gaynor sich daran, seine Truppen in Schwung zu bringen. »Tahlion, wir haben heute nacht eine heilige Pflicht zu erfüllen.

184

Wir sind hier angetreten, um Tahlianna vor jedem Einfall, jeder Verletzung ihrer Grenzen zu schützen, so gering sie auch sein mag. Wenn erforderlich, werden wir unser Leben teuer verkaufen und nur Laut geben, um die anderen vor drohender Gefahr zu warnen.«

Ich rollte mit den Augen und hatte Angst, mich übergeben zu müssen. Ich drehte mich zu Jevin um und flüsterte: »Aus dem Sattel würde sich das besser anhören. Für diese Ansprache muß man schon ein Edler sein.« Wir mußten beide kichern.

Gaynors graue Augen funkelten vor Wut. »Gibt es an meiner Ansprache irgend etwas, das euch Rechtsprechern lustig vorkommt?« Sein Tonfall machte deutlich, daß er uns zurechtwies, aber er war ja nur ein Lanzer.

Jevin schnaubte. »Nur ihre grundlegende Absurdität angesichts der Tatsache, daß in sechzig Meilen Umkreis um Tahlianna keine Truppen stehen.« Er trug seine Antwort in ernstem, respektvollem Ton vor, aber ich konnte ein Glucksen trotzdem nicht zurückhalten, und zwei der Krieger zitterten vor unterdrücktem Lachen.

Gaynor kam zu uns herüber, hielt aber Abstand von Jevin. »Na schön, Tahlion. Dann wird es dir vielleicht nicht allzu schwer fallen, das hintere Ende der Mauer zu bewachen. Und dein flinker Freund darf dich begleiten.«

Ich verbeugte mich mit einer elegant ausladenden Armbewegung. »Wie der edle Herr befiehlt.«

Jevin und ich lösten uns aus der Formation, holten uns jeder einen Speer aus dem Ständer und marschierten ans Ende der Balustrade, ohne auf einen weiteren Befehl zu warten. Der Posten war der unangenehmste dieses Abschnitts, weil wir gegenüber der Stallungen und genau über dem Misthaufen Wache schieben mußten, der beim Ausmisten der Ställe am vorigen Abend aufgeschüttet worden war. Zu unserem Glück stand der Wind günstig und trieb den größten Teil des Gestanks von uns weg.

Die Nacht war warm, und am Himmel funkelten die Sterne. Ich konnte den Großen Bär und die Tanzende Schildkröte erkennen. Vom Geisterschiff waren nur die Masten zu sehen, da Tahl nördlicher liegt als Sinjaria. Die vertrauten Sternbilder über mir machten die Nacht wie immer angenehmer für mich.

»Jevin, warum hat Gaynor Angst vor dir?«

Wir saßen beide auf der Balustrade, den Rücken an die Mauer gelehnt. Jevin wandte mir das Gesicht zu, aber in der Dunkelheit konnte ich nur seine Fangzähne und Augen erkennen. »Ich nehme an, aus demselben Grund, aus dem du heute nachmittag Angst vor mir hattest. Beantwortet das deine Frage?« In seiner Stimme lag Schmerz.

Ich berührte ihn an der Schulter. »Wovon redest du, Jevin? Das verstehe ich nicht.« Ich hatte die Angst, die durch meine Adern pulsiert war, bereits vergessen, weil sie nur Mittel zum Zweck gewesen war, um mich das Wettrennen gewinnen zu lassen. Sie war nicht wirklich gewesen und in dem Augenblick verpufft, in dem das Rennen vorbei war.

»Ich auch nicht, Nolan.« Jevin wandte sich von mir ab, und ich beobachtete sein Profil als Schattenriß vor dem Sternenhimmel. »Als du dich zu mir umgedreht hast, habe ich das blanke Entsetzen gesehen, das ich ab und zu bei der Feier sehe. Die Menschen fürchten mich, weil ich ein Fealarien bin, ohne mich zu kennen oder zu wissen, wer ich bin.«

Ich spürte, wie verraten er sich fühlte, und es war, als hätte mir jemand einen Backstein in die Magengrube geschlagen. »Jevin, es tut mir leid. Ich habe keine Angst vor dir. Ich weiß, daß du dich zurückhältst, wenn Gefahr besteht, daß du jemanden verletzen könntest, und ich wußte, daß du dich bei dem Wettrennen nicht bremsen würdest. Mir einzureden, du wärst ein Monster oder ein Wolf, der mir dicht auf den Fersen ist – und das warst du zu dem Zeitpunkt – war nur ein Mittel, meine

Beine schneller voranzutreiben. Ich hätte nie gedacht, daß du es merkst, geschweige denn, daß es dir weh tun könnte.«

Er setzte zu einer Antwort an, aber ich hob die Hand und stoppte ihn. »Seit ich an dem ersten Tag, als wir uns kennengelernt haben, meine Angst bezwungen habe, wollte ich nie etwas anderes, als dein Freund sein. Im Kampf wirst du entsetzlich sein. Du bist groß und stark und kannst deine Gegner zerreißen. Aber du kannst dich nur an Feinden gehen lassen, deine Freunde würdest du nicht verletzen. Ob es dir gefällt oder nicht, solange du nicht zum Amokläufer wirst, werde ich mich vor dir nicht fürchten.«

Ich fühlte, wie die Anspannung von ihm abfiel. »Danke, Nolan. Ich kann Menschen nicht einschätzen. Ihr seid alle mit Geschichten von Jelkom und Fealarien großgeworden. Außerhalb der Klüfte bekommt man uns nicht zu Gesicht. Ich bin hier eine Mißgeburt wie das zweiköpfige Fohlen, das letztes Frühjahr geboren wurde. Ich bin froh, daß es gestorben ist. So brauchte es nicht ein Leben lang zu spüren, daß die Menschen Angst vor ihm haben.«

Ich nickte und sah zu den Sternen hoch. »Ich kann mir in etwa vorstellen, was du meinst.« Ich schluckte den Kloß hinunter, der sich in meiner Kehle gebildet hatte, und wischte mir eine Träne aus dem linken Auge. »Mein kleiner Bruder Arik hatte einen Klumpfuß. Die Leute hielten ihn entweder für verflucht oder für gesegnet. Sie wollten ihn entweder auf den Scheiterhaufen bringen oder baten darum, daß er ihnen die Hand auflegte, um sie von Krankheiten zu heilen. Aber gleichgültig, was sie von ihm glaubten, sie hatten alle Angst vor ihm.«

Wir waren beide einen Augenblick lang still, versunken in Gedanken an Orte – viele Meilen östlich. Dann ergriff ich wieder das Wort. »Aber das erklärt noch nicht, warum Gaynor eine so gewaltige Angst vor dir hat.«

Jevin lachte leise, und sein ganzes Gebiß glänzte durch die Nacht. »Nein, Gaynor ist ein Sonderfall. Vergiß nicht, daß er aus den Geborgten Landen kommt. Für dich sind die Fealarien nur Ungeheuer aus alten Märchengeschichten, aber für ihn sind wir Wirklichkeit und eine tödliche Gefahr für seine Familie.«

Ich runzelte die Stirn. »Gaynor ist im selben Alter wie du hergebracht worden. Keiner von euch beiden kennt seine Heimat.«

Jevin schien sich unbehaglich zu fühlen. »Gaynor hat sich in unserer Bibliothek weitergebildet. Er weiß, daß seine Heimat früher den Fealarien gehörte. Wir ließen dort im Winter unsere Herden weiden. Vor etwa tausend Jahren strömten menschliche Siedler in das Gebiet. Es waren hauptsächlich Flüchtlinge aus Tingis, der Leidensprovinz, aber sie nahmen sich unser bestes Land. Anfangs machte uns das nichts aus. Wir lebten recht friedlich zusammen. Dann trat ein Anführer auf und bot dem König der Fealarien an, um die Herrschaft über die Lande zu kämpfen. Es kam zu einer Übereinkunft: Alle fünfundzwanzig Jahre sollten beide Herrscher in einer Serie ritueller Wettkämpfe gegeneinander antreten, und der Sieger würde für das darauffolgende Vierteljahrhundert die Herrschaft über die Geborgten Lande erhalten. Die Fealarien haben die Neigung, das Gebiet zu plündern, wenn sie an der Macht sind – worin sie sich in nichts von den Grafen und Baronen anderenorts unterscheiden –, und die Bürger der Geborgten Lande leben in Angst vor einer Niederlage ihres Anführers.« Jevin schüttelte den Kopf. »Gaynor redet sich ein, daß er als meine Wache aus den Geborgten Landen hergeschickt wurde, damit ich zu keiner Gefahr für das Zerbrochene Reich werde.«

Ich wandte mich ab und schluckte. Er war nicht der erste Lanzer, der die Last der ganzen Welt auf seinen Schultern wähnte, aber er fing besonders früh damit an. »Wann findet das nächste Ritual statt?«

»In elf Jahren.«

Ich rechnete schnell nach. »Das bedeutet, du hast die Klüfte während des letzten Rituals verlassen.«

»Einen Monat später. Ich wurde in der Nacht geboren, in der mein Vater im Ritual starb. Er wurde zum zweiten Mal besiegt. Seine Niederlage gegen Königin Briana hätte zu seiner Hinrichtung von der Hand der anderen Fealarien geführt, hätte er das Ritual überlebt. Wegen seiner Niederlage wurde ich verstoßen.« Etwas in Jevin schrie nach einer Erklärung für sein Exil. Ich sah es an seiner Haltung und hörte es in seiner Stimme.

Ich lächelte und versuchte das Gespräch von Jevins Suche nach einer Antwort abzulenken, die er nie erhalten konnte. »Ich denke, da irrst du dich, mein Freund.« Er drehte sich um und sah mich an. »Du bist nicht verstoßen worden, du wurdest hierher geschickt, um ein Auge auf Gaynor zu haben.«

Das zauberte ein Grinsen auf Jevins Gesicht. Er hob den Kopf und sah über mich hinweg zu Gaynor hinüber, der von einem Posten zum nächsten marschierte, Meldungen verlangte und seine Leute aufmunterte. »Das würde Gaynor gefallen.«

Ich nickte. »So, wir haben herausgefunden, warum Gaynor dich ganz besonders haßt, aber was hat er gegen mich und die anderen Rechtsprecher? Habt ihr ihm irgendwann mal übel mitgespielt, Lothar und du?«

»Nein, nicht, daß ich mich entsinnen könnte.« Jevin legte den Kopf in den Nacken, und sein Körper entspannte sich. »Sein Haß stammt wahrscheinlich daher, daß wir Rechtsprecher sind – und aus der Stellung der Rechtsprecher in den Fraktionskämpfen hier in Tahlianna.«

Ich ließ mir seine Bemerkung durch den Kopf gehen. In den zwei Jahren, die ich jetzt in Tahlianna weilte, hatte ich bemerkt, daß es Spannungen zwischen den verschiedenen Klassen gab. Alle militärischen Klassen waren neidisch aufeinander, und niemand mochte die

Dienstleister. Eliten und Rechtsprecher stellten nur einen kleinen Prozentsatz der Tahlion-Gesamtbevölkerung, aber unser politischer Einfluß war beträchtlich, was dazu führte, daß man uns entweder als hochmütig oder als viel zu mächtig im Vergleich zu unserem tatsächlichen Wert ansah. Die Magicker mit ihren Unterdisziplinen und ätherischen Differenzen waren viel zu sehr mit ihren Zaubern beschäftigt, um sich in die Streitereien einzumischen, aber zugleich waren sie auch viel zu mächtig, als daß es sich eine Fraktion leisten konnte, sie zu übergehen oder gegen sich aufzubringen.

»Ich glaube, ich verstehe, was du meinst, Jevin, aber ...«

Der Fealarien kicherte leise und boshaft. »Es ist ganz simpel, Nolan. Ich werde es einfach in Begriffen ausdrücken, die du schon kennst und verstehst. Bis das Reich zerbrach, waren die Pflichten der Tahlion klar. Wir waren die Vollstrecker der kaiserlichen Justiz. Nach dem Zerfall des Reiches veränderte sich die Vorstellung von der Rolle der Tahlion. Eine Fraktion wollte alle abgefallenen Nationen zurückerobern und ein neues Reich mit der Hauptstadt Tahlianna aufbauen, weil sie der Ansicht war, daß die Tahlion ohne das Reich jede Legitimierung verloren hatten. Ohne ein Reich, so ihre Überzeugung, würden wir verkümmern und untergehen. Aber wenn das Reich neu erschaffen und der Meister als neuer Kaiser eingesetzt war, würden wir unsere Arbeit fortsetzen können.«

Ich zog vor Konzentration die Stirne kraus. »Diesen Weg haben wir offensichtlich nicht eingeschlagen, also muß es eine zweite Fraktion gegeben haben, die mächtiger oder vernünftiger war.«

Jevin nickte. »Ja und nein. Die andere Hauptfraktion sah die Rolle der Tahlion als Lotsen. Sie hoffte, daß wir durch geschickte Einflußnahme den Zusammenbruch der Welt verhindern konnten. Wir konnten einen völligen Kollaps wie den des Kartejanischen Reichs verhindern und die Zivilisation erhalten. Die Lotsenfraktion setzte sich dafür ein, daß die Tahlion die kaiserlichen Gesetze am Leben erhielt und sinnvoll umsetzte.«

Ich schloß kurz die Augen und dachte nach. »Durch das Ausbilden von Truppen und den Einsatz von Rechtsprechern, um Gesetzesbrecher zur Rechenschaft zu ziehen, sorgen wir für ein Gleichgewicht der Kräfte und verhindern, daß die ganze Welt in der Barbarei versinkt?«

Wieder nickte der Fealarien. Hinter seinem Kopf ging der Wolfsmond auf. »Das sind bis heute die beiden stärksten Fraktionen in Tahlianna. Zwei andere haben sich von ihnen abgelöst. Eine will sich ausschließlich darauf beschränken, den Frieden zu sichern, die andere findet, daß niemand wirklich unschuldig ist und nur Angst und Terror in der Lage sind, die Menschen ehrlich zu halten. Viele Rechtsprecher neigen dem letzteren Standpunkt zu, vor allem, wenn sie erst einmal genug skrupellose Mörder gejagt haben.«

Mir schauderte. »Laß mich raten: Die Lanzer wollen alles zurückerobern, und die Rechtsprecher sehen sich als Lotsen?«

»Das bringt es auf den Punkt. Wenn du dazu noch die bei Lanzern, Kriegern und Schützen verbreitete Ansicht berücksichtigst, daß die Rechtsprecher zuviel Einfluß haben, wirst du begreifen, was in Gaynor vorgeht.«

Das ergab einen Sinn. Der Meister traf alle grundsätzlichen Entscheidungen, aber er besprach sich in regelmäßigen Beratungen mit den Hochwaltern der verschiedenen Klassen. Solange die Edlen Hansur und Isas sich einig waren und von Seiner Exzellenz, dem Chef der Dienstleister, unterstützt wurden, formten sie eine kleine, aber mächtige Fraktion, die in der Lage war, die ehrgeizigen Pläne der militärischen Klassen zu durchkreuzen.

Bevor ich die Lage kommentieren konnte, fand unser politisches Gespräch ein jähes Ende. Eine schwarze Jauchewelle schlug über die Zitadellenmauer und stürzte auf uns herab. Der Gestank der schlammigen Mixtur aus Pferdedung, Urin und Stroh, der aus den Stallungen kam, zwang mich in die Knie, als ich versuchte hinüber zu stolpern und nachzusehen, wer uns mit diesem Zeug begossen hatte. Ich fiel spuckend nach vorne, noch während Jevin aufstand und nach unten schaute.

Zwei Klumpen Dung trafen ihn, einer auf der Brust, der andere im Gesicht. Er wirbelte davon und ging hinter der Mauer in Deckung. »Verdammt, Nolan, das waren Lanzer!«

Ich schüttelte mich und versuchte einen klaren Gedanken zu fassen. Ich zog die Beine unter den Leib und stand auf, dann stolperte ich zwei Schritte nach links und lehnte mich schwer gegen die Zitadellenmauer. Ich mußte noch einmal ausspucken, um den widerlichen Geschmack aus dem Mund zu bekommen.

Gaynor kam zu uns herübermarschiert. »Gibt es Probleme, Rechtsprecher?« Er rümpfte die Nase. »Ihr stinkt.«

Jevin ballte und öffnete die Fäuste, dann warf er sich auf Gaynor. Ich trat schnell nach vorne und legte ihm die Hand auf die Brust. Ich konnte fühlen, wie sein Puls unter den Rippen raste, aber irgendwie erkannte er mich und hielt an. »Keine Probleme, Lanzer, abgesehen von denen, die du zu verantworten hast.«

Gaynor ballte die Fäuste und schob die Brust vor. »Ihr wagt es, mich der Mittäterschaft zu beschuldigen, obwohl es eure Nachlässigkeit und Unaufmerksamkeit war, die diese Ungeheuerlichkeit erst möglich machte!«

Die Wut vertrieb die Schwäche in meinen Beinen und den Nebel um meinen Verstand. Ich schob Jevin zurück und baute mich unmittelbar vor dem Lanzer auf. »Vielleicht sollte ich dich daran erinnern, Gaynor, daß wir zu deiner Einheit gehören, und es wirft kein gutes Licht auf dich, wenn zwei deiner Leute Opfer eines derartigen Angriffs werden.« Das saß, denn es war ganz offensichtlich, daß er diese Sichtweise des Zwischenfalls nicht in Betracht gezogen hatte. »Und ich möchte hinzufügen, daß ich jederzeit bereit bin, dir wo immer du wünschst gegenüberzutreten, solltest du das Bedürfnis verspüren, den Glauben an deine Überlegenheit auf die Probe zu stellen.«

Ich schob mich noch ein wenig näher, und Gaynor wich zurück. Ich konnte es ihm nicht übelnehmen. Ich stank gottserbärmlich.

Der Lanzer reckte sich und höhnte: »Säubert euren Posten, und dann zieht ab und wascht euch. Ich werde einen Bericht über diese Nacht schreiben, Nolan, und es mag sein, daß ich für mein Handeln kritisiert werde, aber ihr beide werdet auf keinen Fall einer Rüge für eure leichtfertige Haltung entgehen. Selbst Rechtsprecher-Anwärter haben sich an die Regeln zu halten.«

Hochwalter Hansur bestellte uns beide in sein Büro, nachdem wir uns gewaschen hatten. Obwohl die Sonne erst eine Stunde vorher am Horizont erschienen war, lag bereits ein zweiseitiger Bericht über den Zwischenfall auf seinem Tisch. Er ließ uns auf Klappstühlen warten, während er las. Das dunkle Holz des Schreibtischs und der Regale an den Wänden verlieh dem Zimmer eine drückende Atmosphäre, die mir unbehaglich war.

Schließlich sah Edler Hansur, der tief in seinem hohen Sessel versunken war, von dem Bericht zu uns auf. »Na schön, Novizen. Habt ihr euch offen seiner Autorität widersetzt?«

»Ja, edler Herr.« Die Antwort brachte mir einen verärgerten Blick von ihm ein.

»Laßt mich genau werden. Habt ihr euch während seiner Einweisung unterhalten und gelacht?«

Wir antworteten gemeinsam. »Ja, edler Herr.«

»Habt ihr es euch auf dem Posten gemütlich gemacht und nicht darauf geachtet, was unter euch im Innenhof vorging?«

»Ja, edler Herr.«

»Habt ihr angedroht, den Lanzer zusammenzuschlagen?«

Ich schüttelte den Kopf. »Nein, edler Herr. Ich habe ihm nur angeboten, mich später mit ihm zu treffen, falls er auf einer entsprechenden Lösung der Situation bestünde.«

Edler Hansur schüttelte den Kopf. »Ein zuvorkommendes Angebot, Nolan, aber dieser Bericht hat die Situation bereits gelöst.«

Ich schluckte heftig, um mein Herz zurück in die Brust zu drängen.

Edler Hansur erhob sich hinter seinem Eichenholzschreibtisch, drehte sich um und starrte aus dem schmalen Fenster in der dahinterliegenden Wand. »Ich kann verstehen, daß ihr Schwierigkeiten habt, unter einem Lanzer zu dienen, besonders unter diesem. Ich verstehe auch, daß er es auf dich besonders abgesehen haben dürfte, Jevin, und daß er dich möglicherweise auch nicht leiden kann, Nolan. Es ist mir klar, daß er euch vermutlich miserabel behandelt hat, so miserabel, wie ein Lanzer einen Rechtsprecher nur behandeln kann, und daß euch diese Behandlung in Rage versetzt hat. Aber all das ist keine Entschuldigung für euer Benehmen.« Er wandte sich wieder um und fixierte uns mit eisernem Blick. »Die Patrouillen dienen nicht der Verteidigung Tahliannas. Wenn die Stadt in Gefahr wäre, würden wir ihren Schutz keinen halbstarken Knaben überlassen.« Jevin und ich wurden rot. »Die Streifen sollen euch beibringen zusammenzuarbeiten. Sie sind eine grundlegende militärische Operation und finden statt, damit ihr lernt Befehle zu befolgen und die Überlegungen hinter Befehlen zu verstehen.« Er setzte sich wieder hin. »Ich muß euch bestrafen. Gaynor hat dem Edlen Eric diesen Bericht in aller Frühe übergeben, und ich war gezwungen, eine Auseinandersetzung über die Notwendigkeit des Respekts und den Mangel daran für andere Klassen unter den Rechtsprechern über mich ergehen zu lassen. Außerdem deutete Edler Eric an, daß den Rechtsprechern die militärische Disziplin abgehe und daß wir zwar eine Klasse sein sollen, die zu allem fähig ist, was andere Tahlion können, aber in keinster Weise als kriegerisch kompetent betrachtet werden können.«

Ich sah auf meine Füße. In diesem Augenblick wünschte ich mir, mich auflösen und durch die Fugen des Fußbodens davonrinnen zu können. »Wir verstehen die Schwierigkeiten ...«

Eine steile Falte erschien zwischen Edler Hansurs Augen. »Versteht ihr wirklich, in welche schwierige Lage ihr mich gebracht habt? Ich muß beweisen, daß ihr in der Lage seid, eine militärische Operation zu planen und auszuführen. Das bedeutet, ich darf euch keine Anweisungen geben. Und selbst wenn es dir und Jevin gelingt, einen historisch brillanten Feldzug auszuarbeiten, kann Edler Eric ihn als unmöglich zu bestätigen abtun oder behaupten, in jedem Feldzug, für den Tahlion eingesetzt werden, wäre der Sieg gewiß, weil niemand uns widerstehen kann.«

Er verstummte, und die Stille legte sich wie eine schwere Decke über den Raum.

Jevin ergriff das Wort. Seine Stimme war sanft und leise, aber trotzdem zerschmetterte sie die Stille wie der Schrei eines Falken. »Es scheint, edler Herr, daß Nolan und ich die alleinige Verantwortung für unser Tun übernehmen müssen und bestraft gehören, falls wir dem Edlen Eric oder Euch nicht zufriedenstellend deutlich machen können, daß wir die Bedeutung militärischer Planung und Durchführung verstanden haben.«

Der Hochwalter nickte. Er sah mich an. »Nolan, bist du bereit, dich Jevin bei dessen Versuch anzuschließen und zu beweisen, daß die Anschuldigungen gegen euch falsch sind?«

Ich nickte.

»Selbst wenn ein Versagen euren Ausschluß bedeutet?«

Das traf uns beide wie ein Donnerschlag. In meiner Magengrube schien sich ein Schlangennest zu befinden, und Jevin wurde aschfahl. Wir nickten.

Edler Hansur lächelte, als hätte er dieses Ergebnis vom Beginn der Unterhaltung an erwartet. »Sehr schön. Ich erwarte heute abend einen verschlossenen Umschlag mit eurem Plan. Er sollte in zwei Wochen zur Ausführung kommen.«

Jevin und ich standen auf und verbeugten uns, dann drehten wir um und verließen das Zimmer. Es gelang uns kaum, das Grinsen zu unterdrücken. Edler Hansur hatte eine Neumondnacht für die Durchführung gewählt, und die Patrouille in dieser Nacht würde unter Gaynors Befehl stehen.

In den zwei Jahren zuvor hatten wir Dutzende von Übungen geplant, aber kein Feldzug, den wir bis dahin je vorbereitet hatten, war das Ergebnis so ausgedehnter Vorbereitung gewesen. Jevin und ich kampierten in der Bibliothek und studierten Hunderte von Karten. Wir erhielten sogar die Erlaubnis mit zwei Falken hinaus über das Gebiet zu fliegen, in dem die Rechtsprecher-Vierzehner in der Nacht unserer Operation kampieren sollten. Jeder, der etwas davon erfuhr, ging davon aus, daß wir einen Hinterhalt für unsere Kameraden planten. Das war unser erster Erfolg und der Beweis, daß wir den Wert von Kundschaftern und Fehlmitteilungen kannten.

Edler Hansur teilte die Rechtsprecher-Vierzehner für die Nacht unserer Operation zu einer Feldübung westlich von Tahlianna ein. Das war als zusätzliche Komplikation gedacht, aber wir wendeten es zu unserem Vorteil. Nachdem wir Allen über das Gelände im Gebiet des Lagers ausgefragt hatten, schafften wir es, ihm ein paar Seile und Bergsteigerausrüstung abzuluchsen, damit wir unsere Kameraden überraschen und über eine steile Klippenwand angreifen konnten.

Ursprünglich hatten Jevin und ich vorgehabt, allein zu agieren, aber es war nicht leicht, unsere Mission geheimzuhalten. Wir luden Lothar und Marana ein, sich uns anzuschließen, und erklärten den beiden, daß wir ihnen vorbehaltlos vertrauten. Doch selbst sie erfuhren erst in der Nacht des Angriffs von unserem wahren Ziel. Der Plan, von dem wir ihnen erzählten, gefiel ihnen, und sie waren begeistert.

Lothars Meinung über unseren Plan änderte sich allerdings an dem Abend, als wir ihnen erklärten, was wir tatsächlich vorhatten. »Ihr wollt Tahlianna angreifen?«

Ich grinste. »Ja. Also wirklich, wenn zwei Lanzer sich an Jevin und mich anschleichen und uns derart überrumpeln können, wie sie es getan haben, kann es für uns nicht allzu schwer sein, uns nach Tahlstadt zu schleichen und in die Zitadelle einzudringen.«

Lothar sah mich an, als habe ich völlig den Verstand verloren, doch bevor er protestieren konnte, sprach ich Marana an. »Du machst trotzdem mit, oder, Marana?«

Sie strahlte und schulterte ein Seilbündel. »Klar. Das wird ein Abenteuer.«

Ich lächelte zu Lothar hinüber, und er funkelte mich an. Maranas Zustimmung ließ ihm keine Wahl, das wußten wir beide. Ich warf ihm eine Tasche mit Kleidern zu.

»Nie wieder«, brummelte er. Jevin und ich lachten und gingen in Richtung Tahlianna voraus. Unsere Gruppe hatte sich ein gutes Stück hinter den anderen Vierzehnern gehalten, und niemand bemerkte unser Verschwinden. Als Teil der Feldübung war jede Gruppe gehalten, den Lagerplatz anhand der Sterne und komplexer Richtungsangaben des Edlen Hansur selbst zu finden. Beim Abarbeiten seiner Angaben führte der Weg an verschiedenen versteckten Markierungen vorbei, auf denen Symbole eingezeichnet waren, die wir festhalten sollten. Das ermöglichte es den Ausbildern, durch Überprüfung der Routeneinteilungen und der gefundenen Symbole festzustellen, ob wir die Aufgabe erfüllt oder den Lagerplatz nur durch Zufall gefunden hatten.

Der Marsch zurück nach Tahlianna verlief ohne ernste Zwischenfälle. Wir lösten uns in der Vorhutstellung gegenseitig ab und bewegten uns so schnell es ging, ohne unnötigen Lärm zu machen. Zwei Lanzertrupps ritten an uns vorbei, aber wir versteckten uns am Rand der Straße und wurden nicht entdeckt. Wahrscheinlich hätten sie uns auch nicht beachtet, wenn sie uns gesehen hätten, aber wir legten Wert auf das Überraschungsmoment und wollten es nicht verlieren.

Wir näherten uns Tahlianna von Westen und bogen nach Norden zu den Mauserkäfigen ab. Jevin blieb im Schatten an der Nordwestecke der Stadtmauer bei unserer Ausrüstung, während wir anderen Elitenhemden überzogen und uns den Eliten anschlossen, die nach dem Füttern und Versorgen ihrer Falken zurück nach Tahlstadt gingen.

»Die verdammten Vögel sind dermaßen unruhig, wenn sie in die Mauser kommen«, bemerkte ich laut, als wir uns dem Tor näherten.

Marana stimmte mir zu. »Und langsamer sind sie auch noch. Ich hasse es.«

Die Krieger, die das Tor bewachten, schauten herüber, sahen einen Haufen Eliten auf dem Rückweg von den Mauserkäfigen und ließen uns ungehindert passieren. Wir schlenderten nach Tahlstadt und bogen nach Westen ab. Als wir die Mauerecke erreicht hatten, zog ich im Schatten zwischen einer Bäckerei und einem kleinen Wohnhaus eine Schnur aus der Tasche. Ich band einen Stein daran und warf sie über die Mauer.

Jevin band sein Kletterseil an meine Schnur und zog zweimal. Ich holte das Seil auf unsere Seite herüber, dann hielten wir es zu dritt fest, während Jevin die Stadtmauer hochkletterte. Oben angekommen warf Jevin, der seinen tiefschwarzen Nachtanzug trug, unsere Ausrüstung zu uns herab, bevor er sich auf unserer Seite herabließ. Er hing kurz an den ausgestreckten Armen von der Oberkante der Mauer, dann ließ er los. Insgesamt fiel er etwa zwei Meter tief und kam geräuschlos auf.

Wir anderen zogen inzwischen auch unsere Nachtanzüge über die Uniformen, dann machten wir uns auf den Weg nach Westen. Wir gelangten unbemerkt von der Nord- zur Südwand Tahlstadts und zum Misthaufen. Wie wir es aus persönlicher Erfahrung und zwei Wochen aufmerksamer Beobachtung nicht anders erwartet hatten, waren die Novizen an diesem Ende der Mauer nicht auf ihrem Posten. Sie schwatzten und lachten mit ihren Kameraden eine Station weiter.

Lothar warf einen gepolsterten Kletterhaken über die Mauerbalustrade. Er schlug mit einem gedämpften Scheppern auf, das in meinen Ohren wie Donner hallte, aber keiner der Novizen kümmerte sich darum, falls sie es überhaupt gehört hatten. Lothar zerrte an dem Seil, um es zu prüfen. Der Haken rutschte kurz nach und Lothar stolperte, aber dann verkantete er sich und saß fest. Mein Zimmerkamerad gab mir das Zeichen, daß alles klar war, und plötzlich war mein Mund wie ausgetrocknet.

Ich kletterte als erster am Seil hinauf. Lothar hielt es unten fest, so daß ich mich hochziehen und sozusagen die Mauer hinaufgehen konnte. Trotzdem war die Kletterpartie schwierig. Ich war erst den halben Weg hoch gekommen, als das Seil plötzlich die Spannung verlor und ich gegen die Mauer schlug. Ich klammerte mich fest. In meinen Schultern loderte Feuer auf, aber ich hatte keine Möglichkeit, die Last von meinen Armen zu nehmen.

Nach ein, zwei Augenblicken beruhigte sich mein

wild trommelnder Puls wieder, und ich hörte die beiden Novizen über mir patrouillieren. Mit jedem schlurfenden Schritt kamen sie näher. Ihre Stimmen waren gerade laut genug, um sie zu hören, aber ich hörte nicht, was sie sagten. Ich zwang mich ruhiger zu werden, konzentrierte mich auf die Atmung und entspannte die Muskeln, die ich nicht brauchte, um mich festzuhalten. Unter mir hatten sich Jevin, Lothar und Marana in Luft aufgelöst, und von meinem Standort aus wirkte die abgedunkelte Straße so wie immer.

Endlich entfernten sich die Stimmen wieder, und Lothar tauchte aus den Schatten auf und packte das Seil. Er bedeutete mir, wieder hinunter zu kommen, aber ich schüttelte den Kopf und kletterte weiter. Als ich oben ankam und mich mit den Ellbogen über die Zinnen schob, standen meine Schultern in Flammen. Ich duckte mich in die Schatten, überprüfte den Haken, schob ihn etwas zurecht, bis ich sicher war, daß er gut saß, dann wartete ich.

Marana folgte mir ohne Probleme auf die Mauer. Wir schlichen uns weiter, aufwärts und fort vom Haken, auf die Novizen zu. Ich sah mich zu Marana um, aber dem schmalen Streifen Haut um ihre Augen konnte ich nichts ablesen. Die mit Handschuhen und Kapuzen vervollständigten Nachtanzüge machten uns wahrhaft unsichtbar, falls man nicht genau wußte, wohin man schauen mußte.

Ich hörte Jevin über die Mauer kommen, dann fühlte ich Lothars Berührung an der Hüfte. Er war bereit. Zu viert krochen wir vor, dicht genug an die vier Novizen heran, um ihre Unterhaltung mitanzuhören. Es waren zwei Krieger und zwei Lanzer. Mein Herz überschlug sich, und ich mußte ein Auflachen unterdrücken. Sie sprachen darüber, was Gaynor mit Jevin und mir gemacht hatte.

Wir glitten die Mauer entlang wie Staub im Nachtwind. Ich stand auf und packte einen der Krieger von hinten. Ich stieß ihm ein Stück Holz in den Rücken und preßte die linke Hand auf seinen Mund »Wære daz Stahel, niht Holz, wærest tû izunt mort. Tusche drumbe.« Wäre das Stahl statt Holz, wärst du jetzt tot, also verhalte dich still.

Wir hatten uns entschieden, Hochtahl zu sprechen, um die Wachen glauben zu machen, es handle sich um eine von ihren Edlen organisierte Übung. Wegen meiner Schwierigkeiten mit dieser Sprache hatte ich meine kleine Rede vorher tagelang eingeübt. Der Novize versteifte sich, dann sackte er zusammen, als habe er das Bewußtsein verloren. Ich konnte nicht sagen, ob er schauspielerte oder nicht, aber da er noch atmete, ließ ich ihn zu Boden sinken und schlich weiter.

Wir schalteten noch zwei Novizen aus, bevor Gaynor auftauchte. Er stolzierte die Balustrade entlang wie ein Edler auf einem Rundgang und lobte seine Männer für ihren Diensteifer und ihre Aufmerksamkeit. Er wirkte sehr von sich eingenommen. Den Stab unter den Arm geklemmt, ein abfälliges Lächeln auf den Lippen, marschierte er auf uns zu wie jemand, der eine Verabredung mit dem Schicksal hatte.

Wir hatten ihn schnell überwältigt. »Tû bist unser Gevangen. Kein Widerstrebe, ader tû wirst kelten alse mort vür dat Parât.« Du bist unser Gefangener. Keinen Widerstand oder für diese Übung giltst du als tot.

Er versteifte sich einen Augenblick, spielte mit dem Gedanken, sich zu widersetzen, dann ergab er sich. Wir führten ihn zurück zum Posten über dem Misthaufen. »Tû wirst niderkêren daz stranc unt niden uns irbîten.« Du wirst jetzt dieses Seil hinabklettern und unten auf uns warten. Gaynor drehte sich erst um, um zu protestieren, aber dann griff er sich das Seil und machte sich hastig an den Abstieg. Darin, daß er vor uns unten war, erkannte er eine Möglichkeit zur Flucht.

Jevin sah die Hoffnung in Gaynors Augen aufblitzen, lachte und zog ein echtes Messer. Ohne eine Spur von

Mitleid durchtrennte er das Seil, an dem Gaynor über dem Misthaufen hing.

Während der Lanzer-Novize mit seinen wütenden, spuckenden Flüchen den Rest der Truppe ablenkte, kletterten wir vier die Wand auf der Innenseite der Zitadelle hinab. Als Gaynors Patrouille auf dessen Schreie reagierte und Alarm gab, rannten wir über den Übungshof und kämpften uns den Weg durch die Menge der anderen Novizen die Treppen hoch zu unseren Zimmern frei. Von überall strömten die Novizen aus der Zitadelle, um herauszufinden, was los war. In den Zimmern angekommen streiften wir die Nachtanzüge ab und versteckten sie unter den Matratzen. Jevin zog ebenfalls ein Elitenwams über, und wir schlossen uns den Nachzüglern auf dem Weg nach unten an.

In Tahlianna herrschte reinstes Chaos. Die Panik der Patrouille steckte die übrigen Novizen und schließlich sogar ein paar Lanzer an, die erfahren hatten, daß einer der Ihren angegriffen worden war. Volltahlion brüllten Befehle und versuchten die Novizen auf Posten zu verteilen, an denen sie etwas nutzen konnten. Wir übergingen die Befehle und schlossen uns dem Ansturm der Eliten auf die Mauserkäfige an. Niemand am Tor hielt uns auf, und keiner der Eliten bemerkte, daß wir nach Verlassen der Stadt nach Westen abbogen. Und obwohl es schwerfiel, schafften wir es sogar, alle verlangten Symbole korrekt auf unsere Wegkarte zum Lagerplatz einzutragen, auch wenn unsere Ausbilder uns für unsere Verspätung rügten und uns zur Strafe zur ersten Wache einteilten.

Am nächsten Tag erhielten Jevin und ich eine Nachricht von Edler Hansur: »Ich glaube euch, daß ihr Verständnis für militärische Operationen besitzt. Es sind keine weiteren Demonstrationen notwendig.«

KAPITEL SIEBEN

Tahlion: Unschert

Tahlianna lag über vierhundert Meilen nordwestlich. Trotz des drängenden Tons, in dem die Mitteilung des Meisters gehalten war, gelang es mir, Erlan von einem Aufenthalt an der Breitstromfähre zu überzeugen. Falken sind grundsätzlich nicht bereit, nachts zu fliegen, also konnten wir an diesem Tag ohnehin nicht allzu weit kommen, und wir landeten auf der Wiese nahe der Hütte, als sich die Sonne im Westen gerade anschickte, unterzugehen.

Weylan und Elverda waren hocherfreut, mich zu sehen, und sie nahmen Erlan wie einen alten Bekannten auf. Während der Elit Elverda stolz die beiden Kaiserfalken aus der Nähe zeigte, nutzte ich die Gelegenheit zu einer Unterhaltung mit Weylan. Er gab zu, daß es gewöhnungsbedürftig war, nach einer so langen Zeit der Einsamkeit mit einem anderen Menschen zusammenzuleben, aber sie machten beide einen durchaus glücklichen Eindruck auf mich.

Obwohl Elverda sich darüber beklagte, daß sie uns nichts Besonderes vorsetzen konnte, war das Abendessen vorzüglich. Weylan hatte frischen Fisch gefangen, den sie schon vor unserem Eintreffen gebacken hatte. Dazu gab es frische Milch von einer Kuh, die sie während meiner Abwesenheit angeschafft hatten.

Weylan lachte. »Elverda hat sich frische Milch gewünscht, also habe ich einen Kesselflicker davon überzeugt, daß der Kuh, die er in einem Tauschgeschäft bekommen hatte, die Fahrt über den Fluß gar nicht bekommen würde, und er war bereit, sie gegen drei Jahre freie Überfahrt einzutauschen.«

Nach dem Essen erzählten und sangen wir bis spät in die Nacht. Erlan rezitierte ein Elitengedicht, das ich in meiner Jugend schon mehrmals gehört hatte, aber er erweckte es zum Leben. Es erzählte von einem Elit und seiner besonderen Beziehung zu seinem Falken. Wie die meisten tragischen Gedichte endete es mit dem Tod des Helden und seines treuen Reittiers in einer glorreichen Schlacht. Die wirkliche Tragödie aber lag in der Stimme des Eliten bei der Klage darüber, auf dem Boden sterben zu müssen und nie wieder mit dem Wind reiten und den Wolken nachjagen zu können. Erlans Vortrag war sehr ausdrucksstark, und Weylan ebenso wie Elverda schluchzten, als er fertig war.

Wir brachen früh am nächsten Morgen auf. Geswinde zeigte spürbares Interesse an Weylans Kuh, aber ich zerrte ihn von ihr weg, und wir flogen weiter nach Tahlianna. Kurz vor Mittag ließen wir die Falken je eine Gazelle schlagen, und nachdem wir den Vögeln Kapuze und Fußfesseln angelegt hatten, konnte Erlan ihnen genug Fleisch für uns beide stibitzen. Wir ruhten uns kurz aus, dann ging es weiter.

Nachts hielten wir Abstand von Siedlungen und sogar von abgelegenen Bauernhöfen. Abgesehen von den Wegstationen, die eigens für Elitkuriere von den Tahlion unterhalten werden, und die sich äußerlich häufig kaum von gewöhnlichen Bauernhöfen unterscheiden, gibt es nirgends die Einrichtungen, die zur Versorgung eines Kaiserfalken erforderlich sind. Die wenigsten Bauern sind über die Aussicht erfreut, einen Falken in ihrem Stall unterbringen zu müssen, und ich kann es ihnen auch nicht übelnehmen. Die Wegstationen südlich Tahliannas lagen jedoch alle ein Stück abseits unseres Kurses, und die einzige Station, die sich halbwegs in der Nähe befand, wurde von zwei Eliten betrieben, denen Erlan nicht begegnen wollte.

Zum Glück blieb es warm und trocken. Wir wählten unsere Lagerplätze so aus, daß sie Wasser und Deckung boten, und wenn wir eine Wahl hatten, dazu auch noch gut zu verteidigen waren. Trotzdem kam es auf der ganzen Reise zu keinem Zwischenfall, und dreieinhalb Tage, nachdem wir Tadd und Wolf auf der Lichtung zurückgelassen hatten, erreichten wir Tahlianna.

Aus der Luft gesehen wirkt das Tahltal, wenn es nicht gerade mit Feierbesuchern überlaufen ist, ausgesprochen friedlich. Es ähnelt all den anderen Tälern, die wir auf dem Weg überflogen hatten, und es gibt keinerlei Hinweise auf die Macht, die es beherbergt. Ein Flickenteppich aus kleinen Feldern mit sauber gezogenen Furchen, in denen bei unserer Ankunft, Mitte Frühling, halbhohe Pflanzen standen, bedeckt den Talboden. Die Häuser zwischen ihnen wirkten ganz und gar alltäglich, bis hin zur Wäsche, die daneben an der Leine im Wind flatterte.

Alles schien wie immer, abgesehen natürlich von Tahlianna.

Die Stadt ragte aus dem Talkessel empor wie ein Stück Knochen vom Skelett der Welt. Strahlendweiß, umringt von grünstrotzenden Feldern, schien sie weniger von Menschenhand erbaut als eine durch Jahrtausende der Erosion freigelegte natürliche Felsformation, etwa so, wie gelegentlich Goldklumpen in einem Flußbett glitzern. Von den Zinnen wehten Fahnen, und über den Verkaufsständen in Tahlstadt wogten die Baldachine. Ich fühlte mich sofort daheim und spürte wieder einmal den Stolz, nach Tahlianna zu gehören.

Erlan und ich flogen einmal über die ganze Stadt. Die Falken erkannten Tahlianna unter sich und streckten die Schwingen, um sich in ihrer ganzen Größe und Majestät zu zeigen. Geswinde ruckte einmal mit dem Kopf, als er ein Ziel unter sich ansteuerte, aber ich riß seine Zügel nach rechts und hinderte ihn daran, sich hinabzustürzen. Der Vogel kreischte und folgte Vrumec zu den Mauserkäfigen. Wir landeten ohne weitere Zwischenfälle.

Ich legte Geswinde die Haube an und warf einem jungen Elit die Zügel zu. »Gib ihm etwas zu essen, aber sei streng mit ihm.« Der Elit sah mich fragend ab. Ich runzelte die Stirn. »Geswinde wollte sich auf die Menge stürzen.«

Erlan, der gerade Vrumec die Haube überzog, sah herüber. »Wenn sie in die Mauser kommen, werden die Vögel bösartig.«

Ich glitt aus dem Sattel und stimmte in Erlans Gelächter ein. Ich wußte, daß viele Eliten in Tahlianna ebenso wie unterwegs ›Scheinattacken‹ auf willkürliche Ziele flogen, aber ich dachte nicht daran, diese Gewohnheit ausgerechnet hier an den Mauserkäfigen zu kritisieren. Im Grunde hätte ich Geswindes Verhalten erwarten müssen, und immerhin hatte er den Angriff auf mein Zeichen hin augenblicklich abgebrochen.

Ich schulterte die Satteltaschen und marschierte den Hang hinunter zum Stadttor. Meine Aufträge hatten mich über drei Monate ferngehalten. Als ich Tahlianna verlassen hatte, war der Boden schneebedeckt gewesen, aber noch nicht so lange, daß mir das Tal jetzt sonderlich verändert erschien. Es war ein gutes Gefühl, daheim zu sein, und es würde sich noch verbessern, falls Marana mich erwartete.

Die Krieger am Tor waren von ihrem Dienst gelangweilt und machten Schwierigkeiten. Es störte den größeren der beiden, daß er mich nicht hatte in die andere Richtung durch das Tor kommen sehen, und zusätzlich fragte er sich wohl, weshalb ich Satteltaschen dabeihatte – aber kein Pferd. »Wilech bist tû?« forderte er mich in Hochtahl auf, mich zu erkennen zu geben. Seine Stimme und sein Aussehen wiesen ihn als Rian aus, der im Erwachsenenalter den Eintritt in die Kriegerklasse geschafft hatte. Das erklärte sein hochmütiges Auftreten, wenn es auch keine Entschuldigung war.

Ich erstarrte. Meine Augen sprühten Feuer. Kein Torwache schiebender Krieger hatte den geringsten Anlaß, von einem Rechtsprecher irgendeine Erklärung zu fordern, und durch meine Erschöpfung war meine Gutmütigkeit ernsthaft in Mitleidenschaft gezogen. Ich ballte die Rechte zur Faust, noch während sein Partner sich durch den Strom der Menschen schob, der in beiden Richtungen durch das Tor strömte.

Sein Partner sah das Rechtsprecheremblem auf meinem Wams, und die Schweißflecken zeigten ihm, daß ich einige Zeit unterwegs gewesen war. Ich bemerkte, daß er sogar sah, daß ich mich mehrere Tage nicht rasiert hatte, entsprechend der Nachricht des Meisters, und zu dem Schluß kam, daß hier etwas Ungewöhnliches vorging. Und das konnte bei einem Rechtsprecher nur eine Bedeutung haben. Aber der Rian sah immer noch nichts weiter als einen zerrupften Rechtsprecher und entschied, es sei seine Pflicht, mich zu zwingen, mich den Regeln und Vorschriften der Tahlion anzupassen, für deren Status er so hart gearbeitet hatte.

»Wilech bist tû?!« Der Rian brüllte mich an, als könne er mich mit bloßer Lautstärke zur Unterwerfung zwingen. Er überging das heisere Flüstern seines Partners und streckte den Arm aus, um mich daran zu hindern, an ihm vorbeizugehen.

Ich hob langsam und betont die rechte Hand und öffnete sie, so daß beide den Totenkopf sehen konnten. Der kleinere Krieger wurde bleich und wich augenblicklich zur Seite, aber die Miene des Rians zeigte noch immer nichts weiter als verständnislose Wut. Da ich im Schatten Tahliannas stand, woran mich das Jucken unter der Tätowierung deutlich erinnerte, konnte ich nur ein einziges Wort sagen, aber ich füllte jede Silbe mit der ganzen Wut, die in mir brodelte. »Unschert!«

Der Rian stand einen Augenblick lang begriffsstutzig da, dann zuckte er zurück, als hätte eine auf meiner Brust eingerollte Giftschlange zugestoßen. »Er ist unschert, Niles. Unschert!« Der andere Krieger reagierte auf die überraschte Reaktion des Rians mit einem verächtlichen Nicken und winkte mich vorbei.

Unschert. Unrein – oder eher ›in Bedarf einer Reinigung‹. Ein Rechtsprecher, der mit dem Schädel Leben genommen hatte, darf im Schatten Tahliannas nur dieses eine Wort aussprechen. Bis ich das Scherritual absolviert hatte, durfte ich innerhalb Tahliannas kein anderes menschliches Wesen berühren oder mit ihm sprechen, oder der Betreffende mußte sich ebenfalls einem Ritual unterziehen. Ich durfte weder essen noch trinken. Bis zum Vollzug der Scher galt ich nicht als lebendes menschliches Wesen.

In der Menge hatten genug Passanten die beiden Krieger und meine Antwort gehört, um zu wissen, daß ich unschert war. Sie machten mir den Weg zum Osttor frei. Die Menschen standen Spalier und starrten mich an. Zwischen den Beinen der Erwachsenen schoben kleine Kinder den Kopf durch und beobachteten mich mit einer Mischung aus Ehrfurcht und Schrecken. Ich suchte in der Menge nach bekannten Gesichtern, aber wenn mein Blick sie streifte, drehten die Menschen sich weg und machten insgeheim Abwehrzeichen oder murmelten Stoßgebete.

Sie alle sahen mich als ein Ungeheuer, weil ich auf eine Weise töten konnte, die sie abstieß und verwirrte. Sie jubelten, wenn ich ihre Feinde umbrachte, aber sie waren gelähmt vor Entsetzen, wenn ich unschert unter ihnen weilte. Doch kaum hatte ich die Scherkammer wieder verlassen, konnte ich ungehindert durch Tahlstadt wandern, und sie würden mich wieder wie einen ihrer besten Kunden oder Freunde behandeln.

Manche Rechtsprecher waren über diese Reaktion verbittert, aber ich hatte früh gelernt, sie hinzunehmen. Die Menschen sind von wankelmütiger Art, aber sie versuchen andere in gutem Licht zu sehen, wenn man ihnen nur die Gelegenheit gibt. Ich hatte mich schon vor langem entschieden, sie ihnen zu geben.

Ich betrat den langen, dunklen Tunnel in den Stern allein. Die Schatten nahmen mich auf und kühlten mich, während meine hallenden Schritte mein Kommen ankündigten. Am anderen Ende des Tunnels, vor den Türen zum Ausrüstungskorridor stand ein Schreiber und verneigte sich. Ich hielt kurz an und erwiderte die Verneigung. Er sah mir nicht in die Augen und sagte keinen Ton. Er respektierte die große Last, die im unscherten Zustand auf mir lag, und würde nichts unternehmen, was mich irritieren oder zusätzlich belasten konnte.

Die Satteltaschen glitten wie zufällig von meiner Schulter. Ich achtete nicht auf sie und ging weiter. Lange Schritte verschlangen hungrig die Strecke zur Scherkammer. Der Schreiber würde meine Satteltaschen säubern und in das mir zugeteilte Zimmer bringen. Der einzige Teil meines Gepäcks, der nicht dort landen würde, war mein Tagebuch. Das würde der Dienstleister dem Edlen Hansur bringen, damit der meine Leistungen bewerten konnte, noch während ich mich reinigte.

Alle Türen auf dem Weg zur Scherkammer standen offen, so daß ich nichts berühren mußte. Die Gänge waren menschenleer. Das ersparte es meinen Freunden, mich übersehen zu müssen – und gestattete mir den Luxus des Schweigens. Ich empfand die Isolation nicht als Belastung. Sie beruhigte mich und erlaubte mir, meine Gedanken in Vorbereitung der Scher zu sammeln.

Ich kam um die letzte Ecke und legte das Dutzend schicksalhafter Schritte durch das Halbdunkel zu den Türen der Scherkammer zurück. Der Eingang ist schmal, ein Doppelportal mit nur sechzig Zentimeter breiten Flügeln, aber diese sind aus Bronze gegossen und wirken schwer und kräftig. Magische Runen, geheimnisvolle Symbole und Muster großer Bedeutung und immensen Alters bedecken die Oberflächen des Portals, aber bis auf ein einziges dieser Symbole wurden sie jetzt alle von der Dunkelheit verschluckt. Auf zwei Halbkreisen, die im Mittelpunkt der Türflügel aneinander liegen, leuchtete die einfache Strichzeichnung eines Totenkopfes, der genau der Tätowierung auf meiner Handfläche entsprach, in funkelnd rotem Licht.

Ich hob die rechte Hand und legte die Handfläche auf den Totenschädel, der das Portal verschloß. Die ewige Kälte in meiner Hand verschwand für die Dauer eines Herzschlags, als die Scherkammer mir diesen Teil meiner selbst zurückgab. Dann kehrte sie zurück, und ich fühlte ein Zittern durch die Türflügel gehen. In ihrem Innern löste sich eine Verriegelung, und die Bewegung setzte sich durch das Metall fort. Ich spürte einen Druck auf meiner Hand und senkte sie wieder an meine Seite.

Die Türen öffneten sich langsam und gleichmäßig ins Innere der Kammer. Weihrauch trieb im ersten Teil des Rituals wie Nebel aus der Kammer und hüllte mich ein. Kein böser Geist oder Dämon, der durch einen unglücklichen Zufall oder bewußten Fluch an mich gebunden war, konnte den Rauch ertragen, und die Schwaden, die um mich herum wogten, würden ihn mit Sicherheit vertreiben. Zusätzlich verbannten die mystischen Symbole auf den Türflügeln diese Geister aus der Scherkammer, denn nicht einmal das Scherritual konnte ihre schwarzen Seelen reinigen.

Ich ließ mich von dem süßen Rauch von Kopf bis Fuß einhüllen, bevor ich weiterging. Die Türen schlossen sich hinter mir und würden niemanden mehr einlassen, bis ich meine Scher beendet hatte. Ich war allein mit meinem Gewissen, und wenn ich das, was ich in den vergangenen drei Monaten getan hatte, nicht rechtfertigen konnte, würde ich die Scherkammer nicht lebend verlassen.

Ich stand in der ersten von mehreren kleineren Kammern und Nischen im Innern der Scherkammer. Sie war gefüllt mit dichtem Weihrauch. Der beißende Rauch strömte aus hoch an den Wänden hängenden Fässern in die enge Kammer herab. Der schwere Rauch brannte in meinen Augen und in der Lunge, aber ich zwang mich, ihn einzuatmen und meinen Körper von allen bösen Geistern zu säubern, die in meiner Brust lauerten. Mein Atem ging schwer und keuchend, und Tränen strömten aus meinen Augen, aber ich verließ diese Kammer erst, als ich sicher war, kein übernatürliches Böses in meinem Körper zu beherbergen. Das Portal vor mir, dessen kleine Türflügel aus Messing gegossen waren, öffnete sich auf meine Berührung hin, und ich trat hindurch in die eigentliche Scherkammer.

Die Kuppeldecke der Kammer leuchtete in einem sanften gelben Licht, das beständig wogte und hierhin und dorthin zuckte. Es spielte über die steinernen Bögen wie Blitze im Innern einer Gewitterwolke, machte aber keinen Laut und schlug auch nicht herab in den Fußboden. Ein Becken mit dampfendem Wasser beherrschte die Mitte der Kammer. Es war mit mehrfarbigen Fliesen in einem scheinbar zufälligen Muster ausgelegt. Die großartige Einrichtung fesselte mich, und ich hatte schon einige Male versucht, das Muster bewußt nachzuziehen, aber es war mir nie gelungen. Es dauerte nie sehr lange, bis meine Gedanken abschweiften und ich mich an den wahren Zweck der Kammer erinnerte. Ohne Zweifel wohnt diesem Muster ein tiefer Zauber inne, aber nach Abschluß der Scher erscheint er mir nie wichtig genug, um dem nachzugehen.

Schließlich erhob sich auf der anderen Seite des Beckens noch, an diesem Ort des Friedens und der Zuflucht seltsam drohend, der schwarze Fels. Die kalte Steinplatte spiegelte nichts vom Licht der Kammer wider. Wäre da nicht der goldene Kreis mit dem Totenkopf in der Mitte gewesen, der in seine Oberfläche eingelassen war, hätte der Fels wie ein Block aus magisch eingefangener und im Innern Tahliannas gebundener Nachtschwärze gewirkt. Der Abschluß der Scher fand hinter dieser Steinplatte statt.

Ich trat nach rechts und kniete in der ersten Nische

nieder. Hier legte ich meine gesamte Kleidung ab und teilte sie in zwei Haufen. Ich legte alle Lederteile, einschließlich der Stiefel und des Waffengurts auf einen Haufen, und alle Stoffteile auf den anderen. Dann nahm ich die Stoffteile und legte sie in einen kleinen Weidenkorb. Später würden ein paar Dienstleister sie abholen und entweder reinigen oder verbrennen.

Bevor ich meine Waffen und Lederausrüstung nahm und in die nächste Nische trat, holte ich einen kleinen Steingutkrug aus einer Vertiefung in der Wand und öffnete ihn. Der aufsteigende Duft enthielt das schwere Aroma stark gewürzten Weins, aber er konnte die süßliche Note eines Brechmittels nicht völlig überdecken. Ich würgte das Getränk herunter und erbrach es sofort wieder in das Becken an meiner Linken, zusammen mit den Überresten meines Frühstücks. Ich nahm einen kleinen Schluck Wasser aus einem Kelch, der hinter dem Krug in der Wandnische stand, und spülte mir den Mund aus, bevor ich mir das Gesicht abwischte und den Krug zurückstellte.

Jetzt hob ich meine Ledersachen und Waffen auf und trug sie in die nächste Nische. Dort zog ich Süntklieber und Rüegær und legte sie beiseite. Auf dem kalten Steinboden kniend schüttete ich etwas Flüssigkeit aus einer Amphore auf ein Tuch und säuberte mein Lederzeug, angefangen mit dem Wams. Das Putzmittel roch nach Essig und entfernte alle Salzflecken und übrigen Verschmutzungen ohne Probleme. Wenn ich mit einem Teil fertig war, legte ich es zum Trocknen beiseite. Nachdem ich die Reinigungsprozedur abgeschlossen hatte, öffnete ich einen gedrungenen braunen Krug und polierte alle Teile mit schützendem Öl.

Meine innere Uhr nahm zwar wahr, wieviel Zeit verstrich, während ich dort in der Nische kniete und arbeitete, aber ich hielt den Zeitaufwand nicht bewußt fest. Die Arbeit an dem Leder, seine Reinigung und das darauffolgende Polieren, gehörten natürlich zu einer Symbolik für das Scherritual, aber das war nicht alles. Im Gegensatz zu vielen Aufgaben, die ich als Rechtsprecher erfüllen mußte, hatte diese einen genau feststellbaren Anfang und ein ebenso eindeutig erkennbares Ende, und an jedem Punkt während ihrer Ausführung wußte ich, wie viel oder wenig bis dahin noch zu tun blieb. Der Erfolg war leicht zu messen. Eine derart simple Aufgabe verärgerte mich nicht, wie das bei manch anderen der Fall war, weil sie mir als Halt in der Wirklichkeit diente, während ich mich mit Gut und Böse und dem gewaltigen Graubereich zwischen diesen beiden Polen beschäftigte. Zum anderen bot sie die beruhigende Gewißheit, daß es Aufgaben gab, die sich zu Ende bringen ließen – und zwar erfolgreich. Auf ihre einfache Weise bestätigte sie die Möglichkeit des Fortschritts – und daß jede angefangene Arbeit auch zu Ende geführt werden konnte.

Ich stand auf und ließ die Ledersachen sauber gefaltet neben meinen Stiefeln zurück. Ich hob die Waffen auf und trat barfuß durch den offenen Türbogen in die nächste runde Nische. Hier kniete ich wieder nieder, diesmal neben einem Topf mit Metallpolitur, und bearbeitete mein Handwerkszeug.

Ich säuberte die Klingen gewissenhaft. Sie erhielten eine gründliche Reinigung, wie sie jedes gewöhnliche Schwert verdient hatte. Ich zog das Poliertuch an den Schneiden entlang und suchte gewissenhaft nach den Scharten, von denen ich genau wußte, daß sie niemals auftauchen würden, wartete auf das leiseste Ziehen oder Haken. Ich studierte den Süntklieber und den Rüegær sorgfältig auf den geringsten Anflug von Rost oder Metallermüdung. Ich fand keinen. Beide Klingen waren vollkommen und würden es auch bleiben, solange ich lebte.

Ich stellte den Süntklieber und den Rüegær in den Ständer am Rand der Nische und ging weiter. Die nächste Nische hatte eine feste Holztür, die auf meine Berührung hin aufschwang und sich hinter mir wieder schloß. Ich trat in eine vollkommen schwarze Kammer. Dort blieb ich stehen und wartete.

Die Hitze im Innern der Kammer nahm langsam zu und drang in meinen Körper. Die ersten Schweißtropfen sammelten sich auf meiner Nase, dann liefen sie meine Schläfen herab. Mein schwarzes Haar fing die Hitze auf und hielt sie fest, bis ich das Gefühl hatte, es müsse jeden Augenblick in Flammen aufgehen. Der Schweiß tropfte von meinen Achseln und strömte in Sturzbächen über die glitschige Brust, Schenkel und Hintern. Es dauerte nicht lange, bis ich im eigenen Saft gesotten wurde und das Salz auf den Lippen schmeckte.

Als jeder Versuch meiner überwältigten Haut, mich abzukühlen, versagte, schoß meine Körpertemperatur in die Höhe. Lodernde Hitze brach durch die Sturzbäche von Schweiß und versengte meine Lungen. Meine Nasenlöcher brannten mit jedem Atemzug, und meine Kehle war so trocken wie ein ausgedörrtes Bachbett. Ich entspannte mich und zwang mich, langsam über die geschwollene Zunge zu atmen, um meine Lungen zu retten. Ich kniff zum Schutz vor der Hitze und dem beißenden Schweiß die Augen zu. Mein Körper flehte mich an, die Schwitzkammer zu verlassen, aber ich widerstand, weil dieser Teil des Rituals noch nicht abgeschlossen war.

Ich verdrängte meine körperlichen Unannehmlichkeiten und zog mich in meine Gedanken zurück. Dort ging ich mit einer kühlen Sachlichkeit, die dem Inferno spottete, das meinen Körper folterte, mein Verhalten der vergangenen drei Monate durch. Ich durchlebte jeden Zwischenfall, jede Stunde der Zeit außerhalb Tahliannas noch einmal. Ich wog all meine Handlungen gegen meine Verantwortung als Rechtsprecher ab, dann verglich ich sie noch einmal mit meinen persönlichen Verhaltensregeln.

Als Rechtsprecher stand mir eine gewisse Freiheit in meinem Verhalten zu, und es wäre lächerlich zu behaupten, ich würde mich selbst strengeren Maßstäben unterwerfen, als es meine Vorgesetzten forderten, aber schließlich war ich es, der mit den Folgen meines Handelns leben mußte. Ich war entschlossen, dafür zu sorgen, daß die Entscheidungen, die ich traf, so aussahen, daß ich sie vor mir selbst verantworten und ohne Bedauern anerkennen konnte.

Ich halte mich, was das betrifft, keineswegs für etwas Besonderes. Ich bin nichts weiter als ein Mensch, der weiß, daß er fehlbar ist, der aber zugleich auch bereit ist, die Verantwortung für diese Fehlbarkeit zu übernehmen. Das ist eine Entscheidung, die ich vor langer Zeit gefällt – und mit der zu leben ich mich entschieden habe. Ich besitze meinen eigenen Rechtskodex, in dessen Grenzen ich arbeite. Wie könnte ich schließlich über andere Recht sprechen, wenn ich mich selbst nicht in der Gewalt hätte?

Ich kam zu dem Schluß, daß alles, was ich auf der Jagd nach Morai getan hatte, zu rechtfertigen war. Der Gedanke daran, wie ich Tafano zurückgelassen hatte, bereitete mir Unbehagen, aber die Erinnerung an den Tod seines Pferdes vertrieb jedes Schuldgefühl, das ich deswegen gehabt haben könnte. Mit meinem Verhalten zufrieden, wenn auch nicht ganz glücklich, verließ ich die Schwitzkammer.

Die Luft der Scherkammer traf mich wie ein Faustschlag, hüllte mich in eine eisige Decke und versuchte mir die Haut abzuschälen, um an die Hitze in meinem Innern zu gelangen. Die Hauptkammer war gar nicht so kalt, aber verglichen mit dem Innern der Schwitzkammer wirkte sie arktisch. Ich sprang in das dampfende Becken, und erst nachdem das Wasser meine Haut wieder aufgewärmt hatte, bemerkte ich, daß mein Lederzeug und meine Waffen schon abgeholt worden waren.

Das herrlich warme Wasser war leicht mit einem

würzigen Parfüm durchsetzt, von dem ich vor langer Zeit einmal erwähnt hatte, daß es mir gefiele. Ich hatte die Bemerkung irgendeinem Schreiber gegenüber einfließen lassen, und sie war augenblicklich Teil meiner Akte geworden. Irgendwo tief in den Archiven der Dienstleister lagerten Unterlagen über sämtliche Tahlion. Sie enthielten Einzelheiten über seine Gewohnheiten, Vorlieben und Abneigungen, die es den Dienstleistern ermöglichten, alles zu tun, um sein Leben angenehm zu machen. Natürlich konnten sie diese Informationen, wie so mancher hochmütige Tahlion gelegentlich schon zu spüren bekommen hatte, auch dazu benutzen, sein Leben in eine einzige Folter zu verwandeln.

Ich unterbrach mein Bad, um aus einem Kelch mit verdünntem Wein zu trinken. Er löschte meinen Durst, und indem ich ihn sehr langsam trank, schaffte ich es sogar, ihn bei mir zu behalten. Danach kehrte ich ins Bad zurück und schrubbte mich von Kopf bis Fuß ab. Der vom Schweiß gelöste Dreck und Vogelgeruch der letzten Woche war schnell entfernt. Nachdem ich mich gesäubert hatte, legte ich mich zurück und ließ mich viel zu kurz in vollkommener, warmer Seligkeit treiben.

Schließlich stieg ich dann aber doch widerwillig aus dem Becken, holte zwei dicke weiße Badetücher aus einer Truhe und trocknete mich ab. Ich kämmte mir die Haare, so gut es ohne Spiegel ging, und faltete die Badetücher wieder zusammen. Aus derselben Truhe holte ich die beiden Kleidungsstücke, die meine körperliche Reinigung anzeigten. Ich legte ein weißes Seidenband um die Stirn und band mir einen weißen Lendenschurz aus demselben Material um. Die Enden des Schurzes reichten bis knapp unter die Knie und waren vorne und hinten mit einem schwarzen Totenkopf dekoriert.

Ich trat vor den schwarzen Steinblock und berührte seine goldene Zentralverzierung mit der rechten Handfläche. Langsam und lautlos glitt der Fels in die Wand, hoch wie ein Schatten, der vor der Sonne schrumpft. Hinter der aufgleitenden Tür lag eine kleine dunkle Kammer aus Fels von derselben tiefen Schwärze. Ich trat ein und wurde in ihrem Innern eingeschlossen.

Dem Eingang gegenüber stand ein aus solidem Stein gehauener Altar mit breitem Fundament und spitz zulaufenden Seiten, die in einer Fläche von zwei Handspannen Breite endeten. Nahtlos und glatt in die Vorderseite des Altars eingelassen lag eine vorne und oben offene, würfelförmige Nische, in der sich ein aus Kristall gehauener Totenschädel befand, der in strahlendem Licht glänzte. Auf seiner Stirn erhob sich reliefartig ein vollkommenes Ebenbild der Totenkopftätowierung auf meiner Handfläche. Hinter und über ihm sah ich vom silbrigweißen Licht angestrahlt die Griffe meines Süntkliebers und Rüegærs. Ein Dienstleister hatte sie in die glatte Oberfläche des Altars gesteckt.

Ich trat vor den Altar und kniete nieder. Die Seide meines Lendenschurzes knisterte, und das Geräusch hallte wie Donner durch die winzige Kammer. Ich wartete, bis jedes Echo verklungen war, und starrte dabei in die augenlosen Höhlen des Kristallschädels. Nachdem wieder Stille in der Kammer und Frieden in meinem Innern eingekehrt war, hob ich die Hand und legte die Handfläche auf die Stirn des Schädels.

Es war, als hätte ich die Hand über einen Kaktus gezogen oder ein glühendes Holzscheit gepackt. Der Schädel strahlte Kälte aus, so wie es meine Tätowierung tat. Tatsächlich schien meine eigene Haut mehr Teil des Schädels als mein eigen zu sein. Ich fühlte etwas in meinen Körper strömen, sich wie eine Schlange durch meinen Arm und in mein Gehirn winden. Ich fühlte es durch meinen Geist gleiten und die Gedankengänge nachvollziehen, die ich in der Schwitzkammer gegangen war. Es überprüfte, was ich getan hatte, und bewertete meine eigene Einschätzung meines Handelns.

Ich fühlte weder Schmerzen, noch Angst oder Freude. Es betrachtete mich mit derselben Nüchternheit, mit der ich eine entfernte Beute gemustert hätte. Ich konnte nichts vor ihm verbergen, was ich getan hatte, aber ich sah auch keinen Grund dazu. Ich war mit mir und meinem Handeln im reinen.

Es zog sich zurück, und ich spürte, wie es etwas mitnahm. Augenblicke aus Rolfs Leben zuckten durch mein Bewußtsein, schnell gefolgt von Visionen vom Leben des Streitrosses. Der Schädel zog die Leben aus meinem Innern, nahm ihre Lebenskraft mit und befreite mich von den Geistern, die mich hätten belasten können. Dieser letzte Teil der Scher vervollständigte die Reinigung.

Es verließ mich, und ich löste meine Hand vom Schädel. Ich stieß einen tiefen Seufzer aus. Dann stand ich auf und zog meine Waffen aus dem Stein. Das öffnete eine versteckte Tür in der Felswand rechts von mir. Ich trat hindurch in den Korridor. Hinter mir schloß sich die Wand, und in einem kleinen darin eingelassenen Becken fand ich eine runde Holzscheibe mit einer Zimmernummer.

Die Dienstleister hatten mir ein Zimmer im obersten Stock des Rechtsprecherflügels zugeteilt. Ich fühlte ein leises Mitgefühl mit den Fünfzehnern, die für die Dauer meines Aufenthalts verlegt worden waren. Mehr Sorgen aber machte mir die Tatsache, daß ich im Rechtsprecherflügel untergebracht war und nicht im Innern des Sterns. Das konnte nur bedeuten, daß mir in Kürze die nächste Mission bevorstand. Ich würde mich gerade lange genug in Tahlianna aufhalten, um meinen Auftrag zu erhalten. In Verbindung mit der Ermahnung, mich nicht zu rasieren, deutete das ziemlich klar auf eine Geheimmission hin, bei der ich meine Rolle als Tahlion verbergen mußte.

Die Bewohner des obersten Stocks beobachteten mich von ihren Zimmertüren aus, als ich den Gang hinab ging. Sie sahen einen großen, schlanken, muskulösen Mann mit reichlich schwarzem Brusthaar. Die goldene, einen Imperial große Narbe auf der linken Schulter stammte von einer Wunde, die ich zu weit entfernt von Magickern hatte einstecken müssen, die sie hätten spurlos verheilen lassen können, was an und für sich schon bemerkenswert war. Und der vier Tage alte Bartwuchs auf meinem Kinn machte mich ganz entschieden zu einer auffallenden Erscheinung. Bekleidet nur mit Scherschurz und Stirnband, dazu die blanken Waffen in der Hand, bot ich einen bestenfalls als ungewöhnlich zu beschreibenden Anblick.

Ich erreichte den mir zugewiesenen Raum und stieß die Tür mit dem rechten Fuß auf. Das Innere sah gerade so aus wie das des Zimmers, das ich drei Monate zuvor verlassen hatte. Meine Tasharidecke, ein Geschenk von Orjan, hing sogar schräg über der Matratze, so wie ich sie an dem Tag hingeworfen hatte, als ich hinter Morai hergeschickt worden war. Meine Sachen, einschließlich der frisch gewaschenen Kleider, die ich unterwegs getragen hatte, und der Teile, die ich in Tahlianna gelassen hatte, hingen im Schrank. Andere persönliche Gegenstände waren auf der Kommode aufgestellt. Nur mein Rasiermesser glänzte durch Abwesenheit.

Ich lehnte mich an den Türrahmen und brach in lautes Gelächter aus. Nach den Monaten auf der Spur Morais, in denen ich ständig in Gefahr für Leib und Leben geschwebt hatte, konnte ich nicht anders, als loszuprusten, wenn ich mir vorstellte wie eine Horde von Dienstleistern durch die Gegend gewuselt war, um dafür zu sorgen, daß mein Zimmer, wo auch immer es für mich eingeteilt wurde, genau das Bild bot, das ich drei Monate zuvor zurückgelassen hatte. Gleichzeitig gab es mir ein Gefühl von Heimat, das Gefühl, ein Zuhause zu haben, in das ich nach so langer Zeit zurückkehrte.

Ich hob den Schwertgürtel vom Bett, schob Süntklieber und Rüegær in ihre Scheiden und hängte ihn in den

Schrank. Dann legte ich mich aufs Bett, sah zur Tür und wartete. Es dauerte nicht lange.

Wie ich es selbst als Fünfzehner getan hatte, der von einem die Stadt besuchenden Tahlion aus seinem Zimmer vertrieben worden war, klopften die beiden hastig an den Türrahmen und traten ein. »Tahlion. Wir hoffen, unser Zimmer ist für Euren Aufenthalt geeignet.« Der Sprecher war ein großer, schlaksiger Bursche. Sein Zimmergenosse war klein und breit gebaut.

»Es wird wohl reichen müssen.« Ich rutschte ein wenig, wie um eine Beule in der Matratze zu vermeiden, aber die beiden verzogen keinen Muskel. Die ganze Unterhaltung war ein kleines Spiel, das Tahlion mit denen treiben, die eines Tages ihren Platz einnehmen werden. Die beiden Burschen kannten das Spiel und warteten auf die nächste Runde, in der sie ihren ›Gast‹ nach der Außenwelt befragen konnten.

Als Junge hatte ich großen Spaß daran gehabt zuzuhören, wie erwachsene Tahlion von ihren Abenteuern erzählten, und als vollwertiger Rechtsprecher genoß ich es, meine Geschichten mit den Novizen zu teilen. Aber etwas an diesen beiden Knaben und dem Eifer, der in ihrem Blick lag, gefiel mir nicht. Ich fixierte den kleineren Novizen mit schmalen Augen, und er wurde rot. Ich steckte in Schwierigkeiten.

»Tahlion, wir wären Euch verbunden, wenn Ihr ein paar Eurer Einsichten in die Welt mit uns teiltet.« Der Vortrag des größeren Novizen war fehlerfrei und äußerst respektvoll.

Ich nickte langsam, ohne seinen Begleiter aus den Augen zu lassen. »Wovon soll ich euch erzählen?«

Der kleinere Novize zappelte etwas, freute sich aber zu sehr auf das, was er zu hören bekommen sollte, um sich dadurch aufhalten zu lassen. »Es mag Euch unbedeutend erscheinen, aber wir stehen kurz vor unserer Lehrfahrt, und wir haben uns gefragt, ob Ihr uns etwas über Eure Fahrt erzählen könntet.«

Jevin, du Hurensohn! »Ich würde euch lieber von etwas erzählen, das nicht ganz so lange zurückliegt.« Ich glaubte, dem Hinterhalt des Fealarien ausweichen zu können, aber damit wanderte ich geradewegs in die zweite Falle.

»Ja, erzählt uns von Morai. War er nicht der, der …?« fragte der schlaksige Bursche. Sein Zimmerkamerad unterdrückte ein Lachen.

Ich runzelte die Stirn und unterbrach ihn. »Ja, der war er. Aber das ist eine ganz andere Geschichte.« Beide zuckten zurück und bekamen es mit der Angst zu tun, daß sie ihre Grenzen überschritten hatten. Das hatten sie auch, selbst wenn Jevin sie dazu aufgestachelt hatte. Ich haßte den Gedanken, daß eine bestimmte Geschichte über mich alle anderen überdauerte, besonders, wenn es sich dabei um eine handelte, die eine Lage beschrieb, an der ich wenig hätte ändern können. »Muß ich davon ausgehen, daß diese Geschichte allgemein bekannt ist?«

Beide lächelten verlegen. »Ja.«

Bevor ich meinen Gegenangriff auf Jevin starten konnte, tönte eine Glocke durch den Gang. Sie rief zum Abendessen, und so engmaschig, wie Jevin sein Netz geknüpft hatte, kam sie keinen Augenblick zu früh. Die Burschen rannten aus dem Zimmer. Dann blieb der kleinere stehen und steckte noch einmal den Kopf ins Zimmer. »Setzt Ihr Euch zu uns?«

»Vielleicht. Ich muß erst sehen, ob ich keine anderen Verpflichtungen habe.«

Er rannte los, und ich schloß die Tür. Dann legte ich eine passendere Bekleidung an. Statt meiner Ledermontur zog ich eine schwarze Seidenjacke mit eingesticktem Totenschädelemblem auf der linken Brust an. Die Jacke endete knapp unterhalb der Taille, und ich verschloß sie mit einer weißen Seidenschärpe. Dazu wählte ich eine schwarze Seidenhose, deren Beine ich in die Stiefel steckte. Im Grunde war es eine reguläre Uniform, aber

Allen und seine Näher hatten sie nur für mich aus einem Stoff angefertigt, den ich auf einer meiner Missionen gekauft hatte. Sie war bequem, leicht und hielt das Wohlgefühl aufrecht, das mich nach der Scher erfüllte.

Angemessen bekleidet – aber unbewaffnet – ging ich den leeren, stillen Korridor hinunter, die Treppe hinab und durch den Ausrüstungsgang. Ich wanderte zum Nordflügel des Sterns und in die Messe. Wie man sich bei einem Saal mit Hunderten von hungrigen Menschen leicht vorstellen kann, bot sie ein wirres Bild.

Der riesige Speisesaal beansprucht den gesamten Nordzacken des Sterns. Die im äußersten Norden liegende Küche wird von Dienstleistern und Novizen geführt, die strafweise zum Küchendienst eingeteilt sind. Der Rest des Saals wird von langen Tischen beansprucht, um die sich jeweils vierzehn Personen drängen. Am Kopfende jedes Tisches sitzt ein Sechzehner und versucht für so etwas wie Ordnung zu sorgen. Die Tische sind nach Klassen getrennt, angefangen mit den Rechtsprechern am Nordende, Magickern, Eliten und Schützen, dann im breiteren Teil Krieger, Lanzer und Dienstleister. Alle Tahlion, die nicht gerade auf einer Übung sind, Wache halten oder einen Sonderauftrag ausführen, essen zur selben Zeit.

Die Hochwalter aller Klassen, Seine Exzellenz und der Meister nehmen ihre Mahlzeit an einem Tisch ein, der auf einer Empore in der Nordspitze des Saals steht. Gelegentlich erhebt sich einer von ihnen und spricht zu der versammelten Menge. Die Akustik des Saals ist ausgezeichnet, was die Aufgabe erleichtert, aber in aller Regel sind solche Ansprachen kurz und finden statt, bevor das Essen ausgegeben wird.

Die Regeln der Messe sind recht einfach gehalten, und jeder Novize lernt schnell genug, sie zu seinen Gunsten zu beugen. Nimm nur eine Portion. Wenn du eine Schüssel oder Platte leerst, bevor jeder etwas hatte, holst du den Nachschub. Mit Essen wird nicht geworfen. Die Teller werden reihum von jedem einmal eingesammelt und gesäubert. Man sollte meinen, so simple Regeln ließen sich nicht auslegen oder verkehren, aber genau das passiert ständig, und es wurde schon einige Male vorgeschlagen, die Tische statt von Sechzehnern von Rechtsprechern beaufsichtigen zu lassen.

Dienstleister-Tahlion schieben Wagen mit Schüsseln und Platten zwischen den Tischen her. Sie stellen für jeden Teil der Mahlzeit eine davon an den Kopf der Tafel. Nachdem der Sechzehner sich bedient hat, reicht er sie weiter, und zwar üblicherweise in die entgegengesetzte Richtung eines Novizen, der sich aus welchem Grund auch immer unbeliebt gemacht hat. Trotz derart einfacher Regeln gelingt alles erwartungsgemäß gut, auch wenn gelegentlich die Abfütterung aus Trögen als ebenso angemessene und ordentlichere Alternative vorgeschlagen wird.

Ich sah durch den Raum zur Empore der Edlen. Die Tische daneben waren in der Regel für Tahlion, die aus dem Feld zurückgekehrt sind, reserviert. Ich grinste, als ich Jevin erkannte, und ging schnell zu ihm hinüber.

»Jevin, wie gehts?«

Der Fealarien grinste breit, stand auf und schlug mir auf beide Schultern. »Ich habe gehört, daß du zurück bist, aber daß du die Scher schon hinter dir hast, hat mir keiner gesagt.« Ich sah ihm an, daß er darauf brannte herauszufinden, ob meine Gastgeber mich schon ausgefragt hatten, also verriet ich mit keiner Silbe, daß sie ihren ersten Versuch schon gestartet hatten. Jevin winkte zu einem Stuhl gegenüber des seinen. »Setz dich, Nolan, setz dich. Du hast deine Rückkehr gut angesetzt. Es gibt heute Leber!«

Ich schnitt eine Grimasse, dann suchte ich schnell die Tische in der Nähe ab. »Ist Marana nicht da?«

Jevin griente mich an. »Du wirst deine Leidenschaft zügeln müssen. Sie ist auf Mission. Sie ist etwa einen Monat nach dir aufgebrochen. Seitdem habe ich nichts mehr von ihr gehört, aber ich bin selbst erst letzte Woche zurückgekommen.«

Ein Koch schob einen Wagen an unseren Tisch. Ich nahm die Schüssel und suchte mir ein kleines, halbverkohltes Stück Fleisch aus. Der Koch zwinkerte Jevin zu und tischte ihm eine Portion rohe Rinderleber auf. Jevin lächelte. Eine Membran zuckte kurz über sein Auge hoch, und er leckte sich den Mund.

»Hattest du Schwierigkeiten, Morai zu finden?« fragte er zwischen großen Bissen Leber.

Ich schüttelte den Kopf, und es war gleichzeitig als Antwort auf seine Frage und als Kommentar über die Begeisterung gedacht, mit der er das Fleisch verschlang. Ich hatte schon bei schwarzverbrannter Leber arge Schwierigkeiten, sie hinunterzuwürgen. »Dieses Zeug kriege ich nicht runter.«

Jevin lachte. »Kein Wunder, wenn es gekocht ist. Da kannst du ebensogut Stiefelleder kochen. Leber gehört roh gegessen.«

Ich schaufelte mir ein paar Löffel grüne Bohnen auf den Teller und reichte ihm die Schüssel hinüber. Er starrte das Gemüse mit demselben Ausdruck an, mit dem ich auf die Leber reagiert hatte. »Touché. Apfelkompott?« Ich reichte ihm die Schale und er schüttete sich den mageren Rest, den ich ihm gelassen hatte, auf den Teller.

»Wie ist Morai dir denn diesmal entwischt?«

»Warum, hast du eine Wette über seine Methode abgeschlossen?«

»Nein, aber ich habe ein paar Eliten über einen Rechtsprecher lachen hören …«

Ich fluchte. »Dieser verdammte Erlan.« Ich machte eine kurze Pause. »Er hat mich in eine Fallgrube gelockt. Wäre ich blind, hätte er es nicht einfacher haben können.« Ich schüttelte den Kopf. »Ich war überzeugt, ihn zu haben. Da stand er vor mir, in Lebensgröße, und plötzlich hatte ich keinen Boden mehr unter den Füßen.«

Jevin lehnte sich zurück und wischte sich mit dem Tischtuch den Mund ab. »Die anderen hast du erwischt?«

Ich verengte die Augen und sah ihn streng an. »Vielleicht möchtest du das noch einmal neu ausdrücken, alter Freund.«

Er nickte kichernd. »Wie hast du die anderen erwischt?«

»Danke.« Ich wischte mir den Mund ab. »Rolf und Chi'gandir sind an der Breitstromfähre gestorben. Vareck habe ich in Kieferquell getötet, und Grath habe ich vom dortigen Bürgermeister hinrichten lassen. Brede hat mir und der Sängerin, deren Lied du so brutal verstümmelt hast, Selia ra Jania, aus dem Hinterhalt aufgelauert und starb im Wald unterhalb des Nordpasses. Tafano wollte ein ehrenhaftes Duell, aber dann hat er sein Pferd auf mich gehetzt. Ich habe ihm die Beine gebrochen. Ob er tot ist, weiß ich nicht, und es ist mir auch gleich.« Die Erinnerung an Tafanos Pferd war nach der Scher zwar nicht mehr so schmerzhaft wie zuvor, aber sie reichte, mir den Appetit zu verderben.

Jevin schüttelte den Kopf. »Das war eine bösartige Bande, die Morai sich da zusammengesucht hatte. Wenn sie sich alle zusammen auf dich gestürzt hätten, hätte das dein Tod sein können.«

Ich lächelte. »Ja, da wäre ich in ziemliche Bredouille geraten, aber als Morai erfuhr, daß ich ihnen auf den Fersen war, hat er sie aufgeteilt. Er behielt Brede und Tafano bei sich, weil er wußte, daß er es so einrichten konnte, daß sie mich einzeln stellten. Die anderen hatte er so zu Paaren eingeteilt, daß sie kaum zusammenarbeiten konnten, um mich zu erledigen. Trotzdem hätten Rolf und Chi'gandir es fast geschafft.« Ich zwang noch ein Stück Leber hinunter, aber nur, weil ich wußte, daß mich sonst am nächsten Morgen ein gewaltiges Magenknurren erwartet hätte. Das Apfelkompott verbesserte den Geschmack ungeheuer.

»Ich war auf Rostoth ra Kas angesetzt.«

Ich nickte. »Das dürfte kaum mehr als eine Gefechtsübung für dich geworden sein. Er ist ein einfacher Schlitzer, kein gewiefter Mörder.«

»Das kannst du laut sagen.« Er spießte ein zweites Stück Leber aus der Schüssel auf, das auch noch halbroh war. »Er wäre kein Problem gewesen, nur sollte ich ihn lebend herbringen!«

Ich kippte auf dem Stuhl nach hinten. »Lebend? Das ist seltsam. Ich frage mich wozu.«

Jevin zuckte die Schultern. Er hatte den Mund zu voll, um mir zu antworten, aber die Geste machte es auch überflüssig.

Ich sah meinem Freund beim Essen zu. Ich hatte schon immer über seine Fähigkeit gestaunt, Berge von Nahrung zu verschlingen. Aber gleichgültig, wie viel er auch aß, er schien immer noch Platz für mehr zu haben. Und dabei fand sich an seinem graugrünen Körper kein Quentchen Fett.

Ich lehnte mich zurück. »Du hast also nichts mehr von Marana gehört?«

Er schüttelte den Kopf. »Sie kam von ihrer letzten Mission an der Grenze zwischen Daar und Thran zurück. Ein paar daarische Kultanhänger hatten auf der Jagd nach Opfern Thrandörfer überfallen. Sie hatte die Angelegenheit mit der ihr eigenen Effizienz erledigt und in den überlebenden Kultisten wohl den Eindruck zurückgelassen, daß sie mit ihren Sperenzchen eine besonders gemeine Jelkom verärgert haben. Mit denen werden wir lange keine Probleme mehr haben.«

Mir schauderte. Trotz ihrer Probleme hoffte ich, mit meiner Liebe ihre wilde Seite zu besänftigen. Was ich Tafano angetan hatte, war mir nicht leichtgefallen, aber für sie wäre es alltäglich gewesen. Marana genoß das Entsetzen, das die Rechtsprecher bei gewöhnlichen Menschen auslösten. Ich hatte keinen Beweis dafür, daß meine Methoden besser waren als ihre, aber um meiner geistigen Gesundheit willen konnte ich es nur hoffen.

Jevin aß weiter und erzählte zwischen Bissen von Leber. »Sie brauchte keine Scher und ist fast sofort wieder losgeschickt worden. Ich weiß nur, daß sie nach Osten aufgebrochen ist. Es gehen Gerüchte, daß es Schwierigkeiten mit dem letzten Schwarzen Wagen gegeben haben soll.«

Das überraschte mich. Die Schwarzen Wagen waren versiegelte Kutschen, die äußerst selten nach und von Tahlianna reisten. Üblicherweise wurden sie von Eliten eskortiert, und ich hatte noch nie von irgendwelchen Schwierigkeiten gehört.

Es machten zwar viele Geschichten darüber die Runde, was die Wagen enthielten, und immer, wenn einer eintraf oder abfuhr, kochte die Gerüchteküche, aber niemand außer dem Meister und Seiner Exzellenz wußte es mit Gewißheit. Ich war immer davon ausgegangen, daß sie entweder Gold oder Gefangene enthielten, weil das die einfachste Lösung war. Es war gerade noch vorstellbar, daß jemand den Wagen angriff, aber dazu hätte dieser jemand entweder besonders mutig oder besonders dumm sein müssen, oder aber ein Verräter: Ein Tahlion-Renegat. Nur gab es keine Renegaten, es sei denn, man betrachtete die in ihre Heimat zurückbeorderten janischen Tahlion so …

Bevor ich Jevin weiter ausfragen konnte, versteifte er sich und schluckte hastig. Er stand auf und verneigte sich. Ich drehte mich um, sprang auf und tat dasselbe.

Hochwalter Hansur erwiderte unsere Verbeugungen mit einem Lächeln. »Bist du fertig, Nolan?«

Gleichgültig, ob ich tatsächlich fertig war oder nicht, seine Frage beendete meine Mahlzeit. »Natürlich, edler Herr.«

Edler Hansur nickte dem Fealarien zu. »Du entschuldigst uns, Jevin.«

»Ja, edler Herr.« Jevin verneigte sich und setzte sich wieder hin. Er wartete, bis Edler Hansur sich umgedreht hatte, bevor er sich den letzten Rest meiner Leber schnappte. Ich folgte dem Hochwalter und kicherte. Manche Dinge änderten sich nie.

Jevin hatte sich nicht verändert, ebensowenig wie Edler Hansur. Sein Gesicht wirkte möglicherweise etwas dünner und faltiger als bei unserer ersten Begegnung, aber sein Körper war immer noch dasselbe hochaufgeschossene, hagere, drahtige Skelett, das zerbrechlich wirkte, aber erstaunliche Kräfte barg. Manch anderem Edlen sah man sein Alter an, aber nicht Edler Hansur. Er war so zeitlos wie die Totenschädeltätowierung auf seiner Hand.

Wir verließen die Messe und gingen durch den Stern zu Edler Hansurs Räumen. Er schloß die Tür hinter mir, dann trat er um seinen Schreibtisch und setzte sich. Er deutete auf den davor stehenden Sessel, dann hob er mein Tagebuch auf.

Er blätterte es durch. »Dein Verhalten war zufriedenstellend, wenn auch in Kieferquell etwas seltsam. In Zukunft würde ich es vorziehen, wenn du dich mit den Politikern privat auseinandersetzt. Mir ist klar, daß dein Handeln keine üblen Folgen nach sich gezogen hat, aber ich bin sicher, du teilst meine Angst vor dem Tag, an dem ein beleidigter Adliger sich entscheidet, alle die umzubringen, die ihn an seine Erniedrigung von deiner Hand erinnern.«

Ich senkte den Kopf und rieb mir mit der Linken das Gesicht. »Ihr habt recht, edler Herr. Ich werde mein Verhalten ändern.«

Edler Hansur sah mich freundlich an. »Ich verstehe auch, was du mit Tafano getan hast, würde aber einwenden, daß es nicht unbedingt die klügste Lösung war. Sollte er sich von dieser Verletzung erholen, hast du ein gewaltiges Problem.«

Ich staunte über Edler Hansurs Beurteilungen. Er erging sich nicht in Tiraden wie manch anderer Edler. Er erinnerte mich kühl an die unnötigen Risiken, die ich eingegangen war, und riet mir, sie in Zukunft zu ver-

meiden. Im Grunde schlug er mir vor, bestimmte Vorgehensweisen zu unterdrücken, ohne sie ausdrücklich zu
verbieten. Er hielt mich unter Kontrolle, ohne mir einen
Anlaß zu liefern, mich dagegen zu sträuben.

Ich fand es auch interessant, daß er, nach dem zu urteilen, was ich von anderen Rechtsprechern über deren
Beurteilungen gehört hatte, jeden Rechtsprecher anders
anpackte. Während ich möglicherweise für eine ungewöhnliche Lösung für eine gefährliche Situation gelobt
wurde, konnte ein anderer Rechtsprecher in derselben
Lage dafür getadelt werden, daß er überhaupt in diese
Lage gekommen war. Jeder Rechtsprecher wurde am
Standard der Gesetze gemessen, die er durchsetzte,
aber – wichtiger noch – auch an seinen eigenen Stan-
dards. Edler Hansur erwartete von jedem seiner Rechtsprecher dessen Bestes, und das erhielt er auch.

»Morais Entkommen stellt nur ein unbedeutendes
Problem dar, Nolan. Daß er dir so häufig entwischt ist,
ist nicht annähernd so schlimm, wie es den Anschein
hat. Weil er dir entkommen ist, halten andere ihn für gegen deine Macht immun und sind bereit, sich ihm anzuschließen. Er hält sie im Zaum, unterdrückt ihre niederen Instinkte und holt sie ins Freie, wo du sie stellen
kannst. Wüßte ich nicht, daß er uns erlaubt, seine Leute
zu stellen, um sich das Aufteilen der Beute zu erleichtern, könnte ich glauben, daß er für dich arbeitet.«

Ich setzte ein verlegenes Grinsen auf. »Ich wünschte
nur, er würde mit mir zusammenarbeiten. In dem Fall
hätte ich bestimmt nicht mehr in der Grube gesessen,
als die Eliten auftauchten.«

Darüber mußte Edler Hansur schmunzeln. »Dafür
muß ich mich bei dir entschuldigen. Es war erforderlich, daß du sofort zurückkehrst. Es hat sich eine Lage
ergeben, für deren Lösung du einzigartig geeignet bist.
Du wirst morgen früh näheres erfahren.«

»Bis dahin habe ich frei?«

»Ja.«

Ich stand auf, und er reichte mir mein Tagebuch. Ich wandte mich zum Gehen, aber seine Stimme hielt mich auf.

»Du könntest mit Jevin nach Tahlstadt gehen und dir von ihm die neue Schmorgrube zeigen lassen. Ein Geschäftsmann aus Gull ist seit kurzem hier, um uns kulinarische Genüsse aus Gefilden ›jenseits Eures Zugriffs, edler Herr Tahlion‹ zu ermöglichen, wie er es ausdrückte.«

Ich lachte laut. »Das sollte die Zeit wert sein.« Ich verneigte mich. »Dann bis zum Morgen.«

Edler Hansur erwiderte meine Verbeugung, und ich ging. Ich fand Jevin in einem Zimmer ein Stück den Flur hinab von meinem. Trotz seiner Proteste, daß er keinen Bissen mehr herunterbekommen konnte, ganz gleich wie gut die marinierte Leber des gullschen Händlers auch sein mochte, begleitete er mich. Wir fanden den Stand schnell genug, ihn aber durch die Menge zu erreichen, die sich um ihn drängte, war erheblich schwieriger.

Ich schob mich an zwei Lanzern vorbei, und einer von ihnen machte Anstalten, deswegen eine Schlägerei anzufangen, aber nur, bis er Jevin richtig sah. Der Händler und zwei Kinder, die ihm zur Hand gingen, machten ein gutes Geschäft. Die meisten Kunden hatten eigene Teller mitgebracht oder zahlten ein Provinzial Pfand für einen der Holzteller des Gullanen.

»Was darf es sein, edle Herren?« Die Hamsterbacken des Kaufmanns rahmten ein breites Lächeln ein.

Ein Rauchfaden zog an meiner Nase vorbei und machte mir die Entscheidung leicht. »Ich möchte ein halbes Hähnchen. Jevin, willst du auch etwas?«

»Nolan, bitte, das ist zuviel.«

»Ich bezahle …«

Der Fealarien bleckte die Zähne zu einem Wolfsgrinsen. »Na gut, aber nur der Höflichkeit halber.«

Ich lachte. »Versteht sich …«

Jevin sah zu dem Händler hinüber. »Das übliche, guter Mann.«

In dieser Nacht schlief ich herrlich. Das Hähnchen war köstlich gewesen, und ich muß zugeben, daß die Kochkünste des Händlers sogar Leber eßbar machten. Mit vollem Magen fiel ich in einen tiefen Schlaf und erinnerte mich beim Erwachen an keinen Traum.

Am nächsten Morgen war ich frisch und munter. Ich reckte mich und stieg aus dem Bett. Auf dem Tisch lag eine von der Hand des Meisters versiegelte Nachricht. Sie lautete: »Komm nach dem Frühstück bereit in meine Kammer.« Mit ›bereit‹ konnte nur eines gemeint sein: Er wollte mich in voller Bewaffnung und kampfbereit sehen.

Der Befehl verwirrte mich, aber daran war nichts Ungewöhnliches. Ein einfacher Tahlion wie ich braucht nicht zu verstehen, wie der Geist des Meisters arbeitet. Ich habe Befehle auszuführen und meine Arbeit zu machen. Wenn ich dazu meinen Kopf anstrengen muß, dann gehört das zu meiner Aufgabe.

Da ich nicht zu einer Audienz geladen war, entschied ich mich für ein leichtes Frühstück. Ich lief zur Messe, machte kurz bei Jevin Halt, um ihm zu sagen, daß ich ihm beim Essen keine Gesellschaft leisten konnte, und ging zurück zur Küche. Ich griff mir eine Schüssel Eintopf und aß im Stehen, dann kehrte ich in mein Zimmer zurück. Ich bürstete schnell meine Ledersachen ab und zog sie an. Statt des ärmellosen Lederwamses, das ich unterwegs getragen hatte, wählte ich diesmal ein langärmeliges, gepolstertes Jackett. Eine Lederlasche an beiden Manschetten schützte die Handrücken. Ich legte die Waffen an, einschließlich der Sporen an den Stiefeln. Fertig gerüstet machte ich mich auf den Weg zur Kammer des Meisters.

Die eisenbeschlagenen Eichentüren öffneten sich vor mir. Diesmal war der Saal nicht von Weihrauch durchzogen. Der Meister saß auf dem Drachenthron, und neben ihm auf der Empore stand Edler Hansur. Die anderen Hochwalter und Hochwalterinnen, Fletcher von den Schützen, Isas von den Eliten, Kalinda von den Kriegern, Cosima von den Magickern und Eric von den Lanzern hatten sich zu beiden Seiten der Empore aufgebaut. Nur Seine Exzellenz, der Hochwalter der Dienstleister, war nicht anwesend.

Der Teppich war eingerollt und gab eine Falltür frei. Die breite hölzerne Tür stand senkrecht hoch wie ein Krieger bei der Überprüfung. Unter ihr gähnte schwarze Leere.

»Rechtsprecher Nolan.« Der Meister sprach mich mit ernstem Ton und einer Stimme an, die ein wenig schwächer war, als ich sie in Erinnerung hatte.

»Ja, Meister.«

Er deutete auf die Öffnung im Boden. »Das Düsterlabyrinth.«

»Ja, Meister.«

»Töte, was immer dir dort unten begegnet, falls du dazu in der Lage bist.«

KAPITEL ACHT

Novize: Fünfzehner

»Die Düsterlabyrinthjagd. Vielleicht hast du schon davon gehört, Nolan.« Der Sechzehner behandelte mich besonders herablassend. Er stammte aus Hamis.

Ich nickte.

»Gut. Die Übung ist einfach. Du betrittst das Labyrinth vor uns und versteckst dich. Wir werden versuchen dich zu finden. Wenn uns das nicht gelingt, hast du gewonnen.« Sein Tonfall ließ keinen Zweifel daran, daß ich meine Entdeckung nur hinauszögern konnte und mir unnötige Schwierigkeiten ersparen konnte, wenn sie nicht zu lange nach mir suchen mußten.

Innerlich stöhnte ich. Gelegentlich gestatteten die Edlen den Sechzehnern, sich selbst Übungen für uns Fünfzehner auszudenken. In der Regel beinhalteten diese Drills reichlich Körperkontakt, von den Sechzehnern als ›freundschaftliches Gerangel‹ bezeichnet, und wenn sie zu sonst nichts gut waren, dann als Lektion darin, wie man einer besser organisierten und größeren Gruppe von Gegnern aus dem Wege ging.

»Ich hoffe, ich mache es euch nicht zu einfach!« Ich sprang von der alten Holzbank auf, stürzte an den entgeisterten Sechzehnern vorbei und ließ mich in das Düsterlabyrinth fallen. Ihre wütenden Schreie und Drohungen verfolgten mich in die dunkle Grube.

Dies war keineswegs mein erster Abstecher in den Irrgarten, der wie ein stehender Tümpel aus flüssiger

Nacht unter dem Stern wartete, und wie alle meine vorherigen Besuche begann auch dieser in einem der drei Wartezimmer. Andere Übungen in dieser Anlage reichten von einfachen Wettrennen durch das Labyrinth bis zu Mannschaftswettbewerben und Scheingefechten in der Dunkelheit.

Bei meinem ersten Abstecher ins Labyrinth hatte ich mich entschlossen, meine Angst vor der erstickenden Dunkelheit zu überwinden und soviel wie möglich über meine Umgebung in Erfahrung zu bringen. Ich hatte zahlreiche Fallgruben und Stolperfallen entdeckt, die es mehr als gefährlich machten, durch die Gänge des Irrgartens zu rennen. Aber ich hatte auch enge Seitengänge und Tunnels entdeckt, die häufig benutzte Kreuzungen umgingen oder aus Sackgassen hinausführten. Seitdem betrachtete ich jeden weiteren Besuch als eine neue Möglichkeit zu nutzen, was ich schon über das Düsterlabyrinth wußte, und eine Gelegenheit, mehr darüber herauszufinden.

Ich kam mit beiden Füßen auf und fing den Aufprall federnd ab. Die Luft war trocken und muffig, und mit meinem Sprung hatte ich eine dichte Staubwolke aufgewirbelt. Ich unterdrückte ein Niesen und drang tiefer in das Labyrinth ein. Dabei tastete ich mich mit der Linken an der Wand entlang und wählte Abzweigungen, die mich nach links führten.

Bei meinem letzten Lauf durch das Labyrinth hatte ich in der Nähe der Südwand eine Fallgrube entdeckt, aber ich konnte keinen Tunnel finden, der von der anderen Seite dorthin führte. Das war ungewöhnlich, und obwohl ich mich auf eine nur in meinem Kopf existierende Karte des Düsterlabyrinths stützte, war ich sicher, daß sich noch etwas jenseits der Fallgrube befinden mußte.

Ich konnte niemanden fragen, ob er hinter der Fallgrube etwas entdeckt hatte, weil die Lanzer und Krieger es als Betrug ansahen, das Düsterlabyrinth zu erkunden. Sie schienen Spaß daran zu haben, überrascht zu werden, und indem sie sich weigerten, den Aufbau des Labyrinths zu studieren, sorgten sie dafür, daß ihnen die Überraschungen nicht ausgingen. Die meisten anderen Novizen hielten sich an die Methode der Lanzer, weil sie sich nicht die Zeit nehmen wollten, das Labyrinth zu erforschen, und falls irgend jemand unter ihnen war, der den Plan der Gänge – so wie ich – halbwegs kannte, behielt er es wohlweislich für sich, um sich nicht dem Spott der Lanzer auszusetzen.

Ich erreichte die Grube recht schnell und holte eine Handvoll Steine aus der Tasche. Ich ließ den ersten in die Grube fallen und wartete auf den Aufprall. Er schlug recht schnell auf, und ich schätzte, daß die Grube nur vier bis fünf Meter tief war – tief genug, um einen unvorsichtigen Novizen zu fangen, aber nicht tief genug, um ihn dabei ernsthaft zu verletzen. Den zweiten Stein warf ich in die Dunkelheit, damit er auf der anderen Seite landete, aber statt dessen erwartete mich eine große Überraschung.

Er schlug weit eher gegen die gegenüberliegende Wand, als ich erwartet hatte.

Ich hielt einen Augenblick inne und überlegte. Die Grube konnte nicht mehr als zwei, höchstens drei Meter breit sein, also mußte sich zwischen ihr und der südlichen Außenwand des Sterns noch einiges an Platz befinden. Ich war überzeugt, daß auf der anderen Seite noch etwas lag, und ohne mich um die Übung zu kümmern, in der ich steckte, war ich entschlossen herauszufinden, was dieses Etwas war.

Ich grinste und verwarf den Gedanken schnell wieder, durch die tiefe Dunkelheit auf die gegenüberliegende Seite zu springen. Ich hatte keinerlei Garantie, daß es auf der anderen Seite der Grube einen Sims gab, und wenn nicht, wäre ich voll gegen die Wand geschlagen und hinab in die Grube gerutscht. Und selbst wenn es ein Sims gab, war es möglicherweise nicht breit genug, um nach einem Sprung sicher zu landen. Außerdem bestand die Gefahr, daß die Erbauer der Grube auf der anderen Seite Holzpfähle montiert hatten, um jeden aufzuhalten, der dumm genug war, auf gut Glück in die Dunkelheit zu springen.

Ich streckte die Arme aus und berührte mit der rechten Hand die rechte Wand und mit der linken die linke. Der Gang war eng genug, daß ich mit ausgestreckten Armen beide Seitenwände gleichzeitig erreichen konnte. Ich schob mich vor, bis ich am Rand der Fallgrube stand. Dann stemmte ich beide Arme gegen die Wand. Ich schob den rechten Fuß etwas vor und lächelte, als ich einen Halt spürte. Ich stellte den Fuß darauf und zog den linken Fuß vor.

Sofort protestierten meine Schultern. Die Fußstützen trugen einen Teil meines Gewichts, aber genaugenommen hing ich an den Armen in der Luft. Die Fußstützen gaben mir nur Halt, während ich einen Arm vorwärts bewegte und mich neu abstützte. Schmerzhaft langsam schob ich mich weiter vor. Hätte ich die Möglichkeit gehabt, mich mit gespreizten Gliedern in der Luft hängen zu sehen, hätte ich vielleicht lachen müssen, aber die Schmerzen in meinen Schultern waren alles andere als lustig.

Als ich gerade einen halben Meter über der Grube war, hörte ich hinter mir die Sechzehner ins Labyrinth springen. Zwei von ihnen riefen mir zu, ich solle mich ergeben, und ein paar andere lachten, doch es dauerte nicht lange, bis ich die Stimme des hamisischen Novizen hörte, und die anderen verstummten. Er gab seine Befehle aus, mit denen er das Labyrinth sauber in Suchquadranten einteilte, und begann damit die Suche.

Noch einen Schritt vor. Ich hoffte inständig, meinen Weg jetzt halb hinter mir zu haben. Meine Arme zitterten schon vor Erschöpfung. Ich biß die Zähne zusammen und versuchte schneller voranzukommen. Ich hörte meine Verfolger hinter mir, und wie bei dem Wettlauf mit Jevin ließ ich die Angst in die müden Muskeln strömen, um sie zu einer Leistung zu bringen, die ich durch Betteln nicht erreicht hatte. Meine Geschwindigkeit steigerte sich. Ich erreichte die andere Seite der Grube – und einen fünfzehn Zentimeter breiten Sims – gerade, als zwei Sechzehner hinter mir in den Gang traten.

Einer der Novizen kam schnell näher und wäre fast in die Grube gestürzt. »Woou!« schrie er, und ich hörte ihn nach Halt greifen, ebenso wie das Lachen seiner Begleiterin, als sie ihn am Gürtel packte und zurückzog.

»Ich habe dir doch gesagt, daß hier unten eine Fallgrube ist. Erinnerst du nicht, wie Gaynor letztes Jahr hineingefallen ist?« Das hätte mich fast loslachen lassen.

»Ja, doch, ich erinnere mich.« Er atmete noch einmal tief durch, dann knurrte er. »Komm weiter, hier ist er nicht.« Sie drehten um und marschierten den Korridor zurück.

Während ich mich mühsam auf dem schmalen Sims hielt, auf dem ich mich inzwischen hingesetzt hatte, um mich etwas auszuruhen, bemerkte ich, daß die Höhlung darunter weit tiefer war als nur fünfzehn Zentimeter. Ich schob die Füße nach hinten und fand keine Wand, was mich überraschte. Langsam rückte ich an eine Ecke der Grube und zwängte mich in Stellung, so daß ich mich hinunterlassen und versuchen konnte, mit dem linken Bein die hintere Wand zu finden. Ich stemmte die rechte Hand an die Grubenwand und stützte die linke auf den Sims, dann ließ ich mich langsam hinab und streckte das Bein aus. Ich konnte die Wand immer noch nicht berühren, aber ich fühlte, wie sich etwas von rechts in meine Seite grub.

Ich drehte mich schnell herum, ließ mich in die Grube fallen und hielt mich mit beiden Händen am Sims fest. Was ich getan hätte, wenn ich da unten keinen Gang gefunden hätte, hatte ich mir dabei überhaupt nicht überlegt. Gewöhnlich wäre es kein Problem gewesen, mich wieder auf das Sims hochzuziehen, aber die Überquerung der Grube hatte meine Arme erschöpft, und sie machten mir sofort und unmißverständlich klar, daß ich nicht von ihnen erwarten konnte, mich in absehbarer Zeit noch irgendwohin hochzuziehen.

Zum Glück ertasteten meine Füße etwas über einen Meter tiefer ein zweites Sims. Ich streckte die Beine aus und stellte fest, daß die Höhlung mindestens einen halben Meter tief war, wahrscheinlich sogar noch mehr, da ich ihre hintere Wand nicht ertasten konnte. Langsam ließ ich mich in das Loch hinab, das ich entdeckt hatte.

Eine Unebenheit im Boden drückte unangenehm in meinen Rücken. Ich rollte mich in eine sitzende Haltung auf und tastete mit den Händen nach dem Vorsprung. Ich stellte fest, daß an der linken Wand ein Rad halb in den Boden eingelassen war. Es war mit Rippen versehen, die es sehr griffig machten, und drehte sich recht leicht vor und zurück. Ich drehte es zurück, in Richtung auf die Grube zu.

Vor mir in der Dunkelheit knirschte es. Ich fühlte einen kühlen Lufthauch über mich hinweg in die Fallgrube wehen. Verwirrt, neugierig, aber vor allem verängstigt kroch ich vorwärts. Nach drei Metern staubigem, sanft abfallendem Fels fühlte ich kühlen, glatten und sauberen Steinfußboden. Unter meiner linken Hand ertastete ich ein zweites Rad.

Ich drehte es vorwärts und hörte, wie hinter mir eine Steinwand herabsank und mich vom Rest des Labyrinths abschnitt. Als die Wand sich mit einem leisen Stoß schloß, wurde mir klar, daß ich mich möglicherweise selbst eingeschlossen hatte. Besorgt drehte ich das Rad in die entgegengesetzte Richtung, nur ein kleines Stück, und die Wand hob sich ein wenig. Zufrieden, daß es einen Weg zurück gab, falls ich ihn brauchte, schloß ich den Eingang wieder und stand auf.

Ich legte die Hand an die linke Wand und tastete mich vor. Meine Finger strichen über eine Serie von

Ausbeulungen. Den Bruchteil einer Sekunde erfaßte mich Übelkeit, als ein Saugzauber Energie aus meinem Körper zog und einen anderen Zauber auslöste. In diesem Augenblick verwandelte sich meine Angst in schieres Entsetzen.

Aber mein Schrecken verflog, als eine Serie runder weißer Scheiben an der Wand aufleuchtete. Das Licht wurde allmählich heller und ließ meinen Augen Zeit, sich umzustellen. Ich erkannte, daß die Erhebungen, die ich berührt hatte, die Magickrunen für Licht und Dunkelheit waren. Indem ich von links nach rechts, von Dunkelheit zu Licht, über sie gestrichen hatte, hatte ich das Licht entzündet. Um es wieder erlöschen zu lassen, brauchte ich nur die Richtung der Bewegung umzukehren. Allerdings hätte ich mir jetzt eher den rechten Arm abgehackt.

Ich stand allein und unbeobachtet in der Schatzkammer der Tahlion! Der schmale Raum zog sich tief nach Süden und war brechend voll. Gold und Edelsteine ergossen sich aus Tonnen und Truhen, die unter dem schieren Gewicht der Schätze zerborsten waren! Es war ein Paradies der Habgier, ein Hort unschätzbaren Reichtums. Ich zitterte schlimmer, als ich es auf halbem Weg über der Grube erlebt hatte, und ich wußte, wenn mich irgend jemand hier erwischte, würde der Meister mich hinrichten lassen.

Aber selbst die Drohung dieser Strafe konnte mich nicht zurück ins Düsterlabyrinth zwingen. Ich stolperte hinüber zu einer der Truhen voller Goldmünzen und streckte vorsichtig die Hand aus. Die glänzenden Geldstücke klingelten unter meiner Berührung. Sie waren kühl und sandten einen Schauer durch meinen Körper. Aber diese Begeisterung erstarb und wurde zu purem Grauen, als ich die Bedeutung dieser Münzen erkannte.

Clekans freundliches Antlitz funkelte im Licht und verspottete mich. Alle Münzen in dieser Truhe kamen in Alter und Schönheit dem Imperial gleich, den meine

Familie als ihren Schatz behütet hatte. Aber keines der Geldstücke hier wies auch nur die geringste Spur von Benutzung auf. Die Münze meiner Familie war durch ihre Seltenheit und ihr hohes Alter mehr als nur ihren bloßen Goldgehalt wert, doch hier starrte ich auf eine ganze Truhe davon!

Ehrfürchtig legte ich die Münzen zurück und wanderte tiefer in den Saal. Irgend etwas hier erschien mir mehr als seltsam. Meine Angst und meine Neugier kämpften miteinander, und die Neugier gewann nur deshalb die Oberhand, weil ich wußte, daß ich verloren war. Wenn ich schon sterben sollte, so meine Überlegung, wollte ich wenigstens vorher dieses Geheimnis lüften.

Langsam erkannte ich alles, was fehl am Platz war, um mir darüber klar zu werden, worin das Geheimnis dieses Raums bestand. Eines wurde mir bei näherer Betrachtung fast sofort deutlich: Wo auch immer ich hier war, es war nicht die Schatzkammer der Tahlion.

Die Art, wie die Schätze sortiert und untergebracht waren, stand in völligem Einklang mit den Ordnungsvorstellungen der Tahlion, aber der Verfall deutete auf eine lange Periode der Vernachlässigung hin. Sämtliche dieser Truhen und Fässer waren alt, sehr alt sogar. Ihr Verfall und das dadurch entstandene Durcheinander waren ganz und gar nicht tahlionhaft.

Während ich über dieses Problem nachgrübelte, wanderte ich weiter. Ich sortierte die verschiedenen Münzen und suchte nach der jüngsten, die ich finden konnte. Keine der Münzen stammte aus irgendeinem der Königreiche des Zerbrochenen Reichs, und das beunruhigte mich. Das gesamte Geld stammte aus der Kaiserära, und nach einer gründlichen Suche entschied ich, daß die jüngsten Münzen die waren, auf denen das Profil Kiritans des Verrückten eingeprägt war.

Ich merkte mir den Stil der Kiste, aus der ich Kiritans Münze geholt hatte, und suchte weiter. Ich studierte die übrigen Schätze und kam zu dem Schluß, daß die Edelsteine und Schmuckstücke am besten erhalten waren. Von den Stahlwaffen war kaum mehr als Staub geblieben, und die Stoffe zerfielen zu Staub, sobald ich in die Nähe kam und die Luft in Bewegung setzte. Schließlich fand ich noch zwei Kästen, deren Stil dem jener Kiste ähnlich war, die Kiritans Münzen enthielt.

Ich hob die Kästen von einer Truhe mit angelaufenem Silbergeld und war überrascht davon, wie leicht sie trotz der goldenen Beschläge waren, die sie in einem Gitterwerk komplett umschlossen. Aus einem nahen Schatzhaufen nahm ich einen goldenen Löffel und öffnete damit vorsichtig eines der Schlösser. Während ich daran arbeitete, schoß eine Nadel heraus, die meine Hand glatt durchbohrt hätte, wäre ich weniger vorsichtig gewesen. Nach dem Zustand der Nadel zu schließen, war sie ursprünglich mit Gift überzogen gewesen.

Der erste der beiden Kästen enthielt eine Krone. Die Stoffhaube war längst zu Staub zerfallen, aber die Edelsteine funkelten noch, und die verwirrenden Einzelheiten des goldenden Reifs und der Verzierungen waren hervorragend erhalten. Der andere Kasten, dessen Schloß auf dieselbe Weise mit einer Giftnadel gesichert war, enthielt eine zweite Krone. Ich betrachtete beide Kronen ausgiebig und versuchte mir jede Einzelheit einzuprägen.

Ich wanderte so weit in den Raum, wie ich konnte, und fand eine Tür in der Südwand. Ich wußte, daß sie weit außerhalb des Fundaments des Sterns liegen mußte, vermutlich unter den Schützenquartieren der Zitadelle. Hinter zwei Haufen Goldmünzen fand ich einen zweiten Runensatz und ein Türrad. Ich löschte das Licht und öffnete die Tür.

Dahinter fand ich einen engen Gang, dem ich ein beachtliches Stück durch tiefe Dunkelheit nach Süden folgte. Er lag nach unten geneigt und zog sich in Richtung des Flusses hin. An seinem Ende war die Luft recht feucht, und ich fand eine Falltür in der Decke. Es gelang mir nicht, sie zu öffnen, aber ich war mir ziemlich sicher, daß sie zu einem Apfelbaumhain führte, der über dem Friedhof der Tahlion lag.

Ich ging zurück und dachte nach, was ich mit den Neuigkeiten anfangen sollte, die ich gesammelt hatte. Es schien mir offensichtlich, daß niemand von dieser Schatzkammer und ihrem Inhalt wußte. Ich hatte kein Anzeichen dafür gefunden, daß irgend jemand sie seit dem Zusammenbruch des Zerbrochenen Reiches betreten hatte, aber ich konnte immer noch kaum glauben, daß die Meister, die seitdem die Tahlion regiert hatten, nichts von ihrem Dasein geahnt haben sollten.

Andererseits, fragte ich mich, wenn sie tatsächlich nichts von ihr wußten, war es dann an mir, ihnen davon zu erzählen? Es mochte seinen Grund haben, daß der Schatz versteckt war, und wenn mir herausrutschte, daß ich von ihm wußte, konnte das möglicherweise einen vor tausend Jahren mit Sorgfalt von einem früheren Meister erdachten Plan ruinieren.

Während ich an den Schatztonnen vorbeiging, entschied ich mich, das Problem zu studieren und zu versuchen herauszufinden, woher der Schatz stammte. Als erstes würde ich alles und jedes in Erfahrung bringen, was ich über das Düsterlabyrinth und den Zerfall des Zerbrochenen Reiches herausfinden konnte. Wenn der Meister jener Zeit das Wissen um diesen Schatz hatte verborgen halten wollen, würde ich das ohne Zweifel erkennen, wenn meine Nachforschungen schwieriger wurden. Und falls sie etwas anderes ergaben, konnte ich dem Meister von diesem Hort erzählen.

Ich kletterte die Strickleiter hoch, die aus dem Wartezimmer herabhing, in dem ich die Übung begonnen hatte. Oben angekommen, grinste ich die versammelten, mürrischen Sechzehner an. Mein Grinsen erstarb allerdings, als mich der tadelnde Blick Edler Hansurs traf.

»Sie hielten dich für tot. Es war ihnen nicht gelungen, dich zu finden.«

»Tut mir leid. Ich dachte, es ginge darum, nicht gefunden zu werden.«

Edler Hansur starrte den hämischen Sechzehner an. »Das scheinen sie vergessen zu haben.«

Die Bibliothek Tahliannas befand sich auf der mittleren Etage des Sterns, gleich unter dem Observatoriumsstock. An den Nord- und Südwänden reihten sich kleine Zimmer, die vor allem für Lehrgänge genutzt wurden. Die Mitte des Sterns enthielt die Regale gebundener und loser Manuskripte, die den Bestand der Bücherei darstellten. An der Westwand waren Tische zum Studium aufgestellt, und einige Dienstleister-Bibliothekare liefen zwischen ihnen und den Regalen hin und her, um Bücher zu finden oder wieder einzuordnen.

Der größte Teil der Bücher waren Geschichtswerke, sowohl nationaler als auch persönlicher Natur. Es gab eine große Auswahl von Tagebüchern, die Tahlion vergangener Ären verfaßt hatten, aber sie waren alle in Hochtahl geschrieben, und auch nach drei Jahren Studium beherrschte ich diese Sprache noch nicht allzu gut. Die Nationalgeschichten hingegen waren in Gemeinsprache verfaßt und beinahe verständlich, wenn man ihr Alter berücksichtigte. Ich fand eine in Gemeinsprache gehaltene Geschichte Tahliannas aus der Zeit nach dem Zerfall des Reiches und benutzte sie als Ausgangspunkt für meine Nachforschungen.

Ich besuchte die Bibliothek in der freien Stunde nach dem Mittagessen. Ich las so viel ich schaffte, machte mir aber keine Notizen, weil ich kein Risiko eingehen wollte, daß meine Arbeit entdeckt wurde. Ich verließ mich für das Behalten wichtiger Einzelheiten ganz auf mein Gedächtnis, und die Forschung erwies sich als so spannend, daß es mir leichtfiel, mir einzuprägen, was ich herausfand.

Die Geschichte Tahliannas deutete gewisse Vorgänge während des Zusammenbruchs an und gab mir eine ganz ordentliche Vorstellung davon, worum es sich bei dem Schatz handelte. Doch das lieferte mir keine Antwort auf die Frage, wie er an seinen jetzigen Aufenthaltsort gekommen war. Der Zerfall war im Vergleich zur Lebensdauer von Nationen recht schnell und äußerst blutig vonstatten gegangen, und niemand, der innerhalb der Reichsgrenzen lebte, gleichgültig ob Mann, Frau oder Kind, war den Auswirkungen entgangen. Das bloße Dasein der Ulsippen zeigte, daß viele sich weigerten, die neue Ordnung anzuerkennen, und viele Fürsten verloren in brutalen Bürgerkriegen Stellung und Leben, aber kein Aspekt des Zusammenbruchs war gewalttätiger oder geheimnisvoller als der Fall des Kaisers.

Das Hauptproblem des Reiches hatte seine Wurzeln in einer Zeit lange vor der Thronbesteigung Kiritans gehabt. Die Provinzen strebten schon seit langem nach Unabhängigkeit, aber die Kaiser hatten die Provinzfürsten beschwichtigt, indem sie ihnen immer mehr Macht und Privilegien zuerkannten, ihre Steuerbelastung senkten und in Gestalt der Tahlion weiter für ihren Schutz sorgten. Diese Zugeständnisse verwandelten das Reich in einen stark dezentralisierten Staat, indem der Kaiser noch eine Respektsperson und eine im Notfall anzurufende Hauptgewalt darstellte, aber kaum mehr. Das half zwar, das Reich zusammenzuhalten, führte aber zu Schwierigkeiten in den Provinzen. Einige der Provinzfürsten übten ihre Macht auf tyrannische Weise aus, die für Unruhen unter der Bevölkerung sorgte, und legten damit selbst den Grundstock für die Vertreibung ihrer zu Ul degradierten Familien während des Zerfalls.

Kiritan der Verrückte bestieg den Thron nach dem Tod seines Vaters. Er haßte die Vorstellung eines Reiches, in dem er als Kaiser nicht mehr als eine Repräsentationsfigur war. Er baute seine Gewalt über die Fäden der Macht und die Provinzfürsten aus, die dadurch ihrerseits gezwungen waren, die Kontrolle über ihre Provinzen zu verschärfen. Das steigerte die Unruhe in der Bevölkerung noch, und die niederen Adligen und sonstigen sich ungerecht behandelt fühlenden Untertanen rebellierten. Als erste erklärten die Bergherzöge ihre Unabhängigkeit, und in ihrem Schatten revoltierten auch Azealtia, Hanrith und die Azizer Freistaaten.

Kiritan reagierte prompt. Er sandte kaiserliche Truppen aus der Hauptstadt, dem heutigen Imperiana, nach Osten durch Jania in die Berge. Die Janen protestierten und erhoben sich gegen die kaiserlichen Soldaten. Janias östliche Fürsten rebellierten und gründeten Ealla. Das war das Zeichen für Hamis und die restlichen Nationen rund um das Runtmeer, sich vom Reich loszusagen.

Diese offene Revolte des Ostens zog Truppen aus dem Westen ab, und Temur und Boucan nutzten die Gelegenheit für ihre Unabhängkeitserklärungen. Zandria und Juchar war daraufhin klar, daß die Truppen, um die Rebellen zu stellen, ihr Territorium durchqueren mußten, und sie verbündeten sich mit den Aufständischen, so daß die bevorstehenden Schlachten in Daar oder Venz stattfanden.

Das Reich zerbrach wie ein Schiff im Orkan. Jeder Krieger, der einen Trupp von Männern um sich zu scharen wußte, eroberte ein Stück Land und rief sich selbst zum Adligen aus. Danach verbündete er sich mit dem stärksten Heerführer, den er finden konnte, und gemeinsam schmiedeten sie eine Nation. Die neuen Staaten sicherten ihre Grenzen, beobachteten neidisch ihre Nachbarn und hielten Ausschau nach einem Anzeichen von Schwäche. Sobald sie eines entdeckten, griffen sie an.

Imperiana wurde geboren, als eine Reihe von Ulfürsten in die Hauptstadt flohen. Kiritan versprach, ihnen ihre alten Besitztümer zurückzubeschaffen, wenn sie das Kerngebiet des Reiches erhalten konnten. Sie erkannten alle, daß der Traum des Kaiserreichs ausgeträumt war, und teilten die Zentralprovinz unter sich auf. Kiritan, jetzt erst recht zu einer Galionsfigur verkommen, fand sich schnell als Gefangener in seinem eigenen Palast wieder.

Er entschied, daß es an der Zeit war, die Tahlion einzusetzen. Selbst in diesen Kriegszeiten war niemand dumm genug gewesen, Tahl anzugreifen. Die Tahlion dehnten ihre Grenzen aus, besetzten das Niemandsland und sandten eine Botschaft an alle Heerführer in ihrer Reichweite: »Laßt uns in Ruhe, und wir werden eure Heere nicht zerschlagen.«

Die Nachricht war einfach und genau, und sie erfüllte ihren Zweck.

Kiritan forderte Meister Vaughan auf, Tahlion zu seiner Rettung zu schicken. Die Aufgabe wäre an sich nicht weiter schwierig gewesen. Ein halbes Dutzend Eliten, zur damaligen Zeit die Leibgarde des Kaisers, hätten ihn und seine Familie nach Tahlianna fliegen können. Aber Kiritan bestand darauf, seinen Staatsschatz mitzunehmen.

An diesem Punkt wurde die Geschichte etwas verschwommen, aber soweit ich es herausarbeiten konnte, mußte es sich in etwa wie folgt abgespielt haben: Die Rebellenfürsten plünderten den kaiserlichen Palast und raubten Kiritans Staatsschatz. Der Kaiser selbst entkam mit seiner Familie nach Westen. Wie und wo er genau ums Leben kam, ist bis heute unbekannt, aber es ist allgemein anerkannt, daß er in Waldholm von einer Xne'kalstreife gefangen wurde und sein Kopf einen ihrer Altäre ziert. Von dem Schatz, den die Fürsten aus dem Palast gekarrt hatten, verlor sich jede Spur, und mit ihm verflüchtigten sich zahllose Träume von damit zu finanzierenden Eroberungsfeldzügen.

In einigen Tahlion-Tagebüchern jener Zeit fand ich

Lücken in der Berichterstattung, die ungefähr mit dem Zeitpunkt der Plünderung übereinstimmten. Aus anderen Verweisen in den verschiedenen Manuskripten, obskuren und wirren Hinweisen auf einen höchst aufregenden Zwischenfall, bastelte ich mir eine wahrscheinliche Erklärung dessen zusammen, was aus dem Schatz des Kaisers geworden war und wie er unter die Zitadelle gelangt war.

Meister Vaughan wußte, daß die Rebellenfürsten nicht aufgeben würden, bevor sie den Kaiserpalast geplündert und den Staatsschatz in ihre Gewalt gebracht hatten. Sie alle waren versessen darauf, sich ein Stück des Schatzhorts zu sichern, um ihren Krieg zu bezahlen und ihren Teil der Provinz auszuweiten. Es war zu erwarten, daß derjenige von ihnen, der sich den größten Batzen sicherte, in der Lage sein würde, eine gewaltige Heerschar zusammenzuziehen und möglicherweise ein neues Reich zu gründen.

Der Meister sandte als gewöhnliche Soldaten verkleidete Tahlion nach Imperiana, um bei der Plünderung des Palasts zu helfen. Sie halfen den Rebellen, den Schatz aus der Reichshauptstadt zu schaffen. Dort, wo Tahlion einen Trupp kontrollierten, der den geplünderten Reichtum zurück zum Sitz seines Fürsten schaffen sollte, dirigierten sie den Transport einfach nach Tahlianna um. Falls ein Fürst den Schatz von seinen Hauseinheiten transportieren ließ, wurde der Trupp unterwegs von äußerst kampfstarken und bösartigen ›Banditen‹ überfallen und ausgeraubt.

In allen Manuskripten wurde Vaughan als ein trotz seiner Jugend weiser Führer beschrieben. Während der gesamten Bürgerkriegszeit hielt er die Unabhängigkeit der Tahlion aufrecht, mit Ausnahme der Gelegenheiten, wenn einzelne Soldatenbanden Amok liefen, schutzlose Dörfer überfielen und unschuldige Bürger abschlachteten. Diese Renegaten ließ er hetzen und töten und unterstrich damit das Recht der Tahlion, allerorts für die

Einhaltung der Gesetze zu sorgen, ohne sich in die Politik einzumischen.

Als die Kriege ihr Ende fanden, lud er die vielversprechendsten Generäle und anderen Kämpfer ein, sich den Tahlion anzuschließen, wodurch er gleichzeitig die besten Militärführer aus den neuen Staaten abzog und die Tahlion stärkte. Danach pflegte er diese neuen Tahlion zurück in die neugegründeten Nationen zu senden, damit sie ihre alten Truppen ausbildeten.

Innerhalb kurzer Zeit entwickelten die Tahlion sich zur alleinigen Autorität in Fragen der Militärwissenschaft im Zerbrochenen Reich. Wenn ein König sein Militär auf eine gleichwertige Stufe mit der seines Nachbarn stellen wollte, mußte er einen Tahlion anheuern, um es auszubilden. Und dazu mußte er den Rechtsprechern für die Jagd auf Verbrecher und deren Exekution den Zugang zu seinem Territorium zugestehen.

Vaughan machte das Beste aus einer äußerst wirren Lage. Er nahm den Fürsten das Führungspersonal und das Gold, das sie für einen längeren Krieg gebraucht hätten. Indem er ihnen seine Tahlion zur Ausbildung ihrer Truppen schickte, konnte er dafür sorgen, daß diese einander ebenbürtig blieben, so daß klare Siege immer unwahrscheinlicher wurden. Innerhalb einer Generation veränderte er die von den Tahlion erwarteten Aufgaben grundlegend, erschuf die Krieger, Lanzer und Schützen und sicherte die Stabilität der neuen Nationen. Es ist ein Testament für die Qualität seiner Vision, daß die Ordnung, die er damals aufbaute, bis heute Bestand hat, wenn auch durch Zeit und Ehrgeiz geschwächt.

Den Staatsschatz unbemerkt nach Tahlianna zu schaffen, dürfte etwas schwieriger gewesen sein, aber Vaughn schaffte es. Er stationierte die meisten Truppen im Niemandsland und gab Befehle aus, die alle auf eine sorgfältig geplante Abfolge von Patrouillen schickten. Den Einheitsführern erklärte er, daß er nach dem Fall des Palasts befürchtete, einer der neuen Könige könne sich gegen Tahl wenden – und die Tagebucheinträge bewiesen, daß sie diese Einschätzung teilten –, und befahl die völlige Evakuierung Tahlstadts. Innerhalb einer bemerkenswert kurzen Zeit war Tahlianna so gut wie menschenleer.

Den nächsten Schritt konnte ich nur erraten, weil ich nirgends den geringsten Hinweis darauf fand. Die mit dem Schatz heimkehrenden Tahlion mußten genaue Anweisungen gehabt haben, die es ihnen gestatteten, unbemerkt durch das Netz der Patrouillen zu schlüpfen. Sie brachten ihre Beute nach Tahlianna, verbargen sie in einem Raum, der ursprünglich dazu gedacht gewesen sein mußte, Nahrungsvorräte für den Fall einer Belagerung einzulagern, und anschließend sorgte der Meister mit dem Ruf dafür, daß sie die Tat geheim hielten.

Für einen Punkt immerhin fand ich einen sicheren Hinweis, nämlich den Ursprung des Düsterlabyrinths. Ich stieß zwar auf nichts von der Güte eines Tagebuchs, in dem ein Dienstleister-Steinmetz seinen Bau festgehalten hatte, aber bis nach dem Untergang des Reichs erwähnte kein Tahlion-Tagebuch das Düsterlabyrinthtraining in irgendeiner Weise. Das Labyrinth war erst nach Kiritans Tod angelegt worden, und Vaughan hatte seinen Bau zwar befohlen, fertiggestellt worden war es aber erst nach seinem verfrühten Tod.

Es war unmöglich herauszufinden, was Vaughan mit dem Schatz angefangen hätte, hätte er länger gelebt. Er war an Lebensmittelvergiftung gestorben, was an sich kein verdächtiger Tod war, aber er hatte magische Hilfe verweigert und am Abend bevor man ihn tot auffand, noch darauf bestanden, es gehe ihm gut. Ich hielt es für denkbar, daß er Selbstmord begangen hatte, um sicherzustellen, daß der Schatz unentdeckt blieb.

Ich kam zu dem Schluß, daß er das Wissen um den Schatz geheimhalten wollte, weil es immer Tahlion gab, damals ebenso wie heute, die versucht gewesen wären, den Reichtum für die Rückeroberung des Reiches einzusetzen. Dieser aus der Zeit des Untergangs stammende philosophische Gegensatz wirkte selbst jetzt noch unter den Tahlion. Die Vorstellung, die Tahlion könnten sich aufmachen, das Reich neu zu erschaffen, ließ mir das Blut in den Adern gefrieren. Ich war mir sicher, daß es Meister Vaughan ebenso ergangen war.

Sein einfacher Plan sicherte den Frieden. Ich entschied mich, ihn nicht zu gefährden.

Ich klappte das letzte Buch zu, das ich zu meinen Studien herangezogen hatte, und wollte gerade aufstehen, als Marana mir gegenüber Platz nahm.

»Du gehst doch nicht meinetwegen, oder?«

Ich lachte. »Nein.«

Sie deutete auf meinen Stuhl. »Dann setz dich.« Es war halb ein Befehl, halb eine Bitte, und ich konnte nicht anders, als ihr zu gehorchen.

Ich setzte mich. »Wo ist Lothar?« Ich sah mich um. »Ich sehe ihn nirgends.«

Marana runzelte die Stirn. »Was sollte er hier?« Ihr offenes schwarzes Haar fiel nach vorne in ihr Gesicht.

Ich wurde rot und stammelte entschuldigend. »Ja, weißt du, ihr zwei habt, nun, ihr seid jetzt schon eine Weile zusammen, und, also …«

Marana kippte nach hinten, lachte laut auf und riß die Hand vor den Mund, um die Lautstärke zu dämpfen. Ich starrte sie wütend an, und dem Brennen in meinem Gesicht nach zu schließen, lief es tiefrot an. Sie streckte den Arm aus und legte die rechte Hand auf mein linkes Handgelenk, um mich an meinem Platz zu halten. »Es tut mir leid, Nolan, aber es ist so ungewohnt, dich aufgeregt zu sehen.«

Ich senkte den Kopf und starrte eine Weile auf den Tisch, dann richtete ich mich wieder auf und nickte ernüchtert. »Ich weiß, es ist, als würde Jevin sich auf eine Portion Haferflocken freuen.« Mein Gesicht nahm seine übliche Farbe wieder an, und Marana drückte meine Hand. »Du und Lothar, ihr verbringt so viel Zeit zusammen, daß ich einfach davon ausgegangen bin, daß er dich begleitet.«

Marana lächelte und nickte verständnisvoll. In diesem Augenblick wurde mir zum ersten Mal klar, wie sehr sie sich in den letzten zwei Jahren verändert hatte. Aus dem hübschen Mädchen war eine schöne Frau geworden. Ihre braunen Augen waren voller Leben, und ihr Lächeln konnte selbst das Herz des eingefleischtesten Frauenhassers erweichen. Einer der Gründe dafür, daß ich so verlegen wurde, wenn es um ihre Beziehung zu Lothar ging, war der, daß ich ihn darum beneidete.

»Es ist eine gerechtfertigte Frage, Nolan.« Sie grinste und rollte mit den Augen. »Er hat schon wieder einen Brief aus Jania bekommen und ist dabei, eine ›angemessene‹ Antwort aufzusetzen. Dieser Bursche bekommt mehr Post von zu Hause als irgend jemand sonst. Wenn wir alle derart viel Briefverkehr hätten, kämen wir überhaupt nicht mehr zum Training … O Nolan, es tut mir leid!«

Bei der Erwähnung von Lothars Familie hatte ich mich unwillkürlich versteift und die Kaumuskeln verkrampft, um den Kloß hinunterzudrücken, der mir in die Kehle gestiegen war. Ich wußte genau, wenn ich versucht hätte, etwas zu sagen, hätte meine Stimme versagt, deshalb sah ich Marana nur an und zwang ein Lächeln auf meine Lippen.

Sie packte meine beiden Hände und beugte sich vor. »Ich hätte daran denken sollen, Nolan. Ich wollte dir nicht weh tun.«

Ich drückte ihre Hände und schluckte. »Schon gut. Ich weiß, daß du es nicht böse gemeint hast. Es ist mein Problem, und eigentlich sollte ich inzwischen damit fertig geworden sein …«

Sie runzelte die Stirn. »So etwas will ich nie wieder hören. Deine Familie hat dir viel bedeutet, und sie tut es auch jetzt noch. Deine Eltern und Geschwister haben dich geliebt, und wenn du das vergißt, wird es dir noch schlechter gehen als jetzt. Der Schmerz wird mit der Zeit nachlassen, aber du darfst dir nicht wünschen, daß er ganz verschwindet.«

Ich zwang mich zu einem Lachen und nickte. »Danke. Bei der Feier, wenn Lothars Verwandte in Tahl einfallen, als wäre es eine janische Provinz, fühle ich mich besonders einsam. Und Jevin geht es genauso. Du hast wenigstens Lotha...«

Marana schüttelte den Kopf. Ihr Haar bewegte sich wie ein Vorhang in einem sanften Luftzug. »Wenn Lothars Verwandte hier sind, haben sie ihn. Ich bin eine Waise, genau wie du und Jevin. Also komme ich hierher, wenn Lothar seinen Verwandten schreibt, und versuche, so viel wie möglich über Temur herauszufinden, meine Heimat.«

Ich nickte langsam und gestattete ihr zögernd, ihre Hände aus den meinen zu lösen. Ihre Suche nach Neuigkeiten über Temur war für sie ebenso wichtig, wie es das Rätsel um den geheimen Schatzhort für mich war. Ziemlich handfesten Gerüchten zufolge war sie von Händlern nach Tahl gebracht worden, die sie auf einem Berghang in Temur ausgesetzt gefunden hatten. Tochtermord war im Zerbrochenen Reich nicht sonderlich verbreitet, und gewöhnlich wäre ein solches Findelkind abgelehnt worden, um zu verhindern, daß andere Eltern ihre unerwünschten Nachkommen auf die Tahlion abwälzten. Doch aus nur ihm bekannten Gründen hatte Seine Exzellenz sich bereit erklärt, für Marana eine Ausnahme zu machen.

»Und, was haben deine Studien ergeben? Hast du herausgefunden, wer deine Eltern waren?«

Kurz zuckte Ärger über ihr Gesicht. Dann seufzte Marana und öffnete ein kleines Tagebuch. »Es ist alles reichlich trostlos. Temur ist ein Land flacher, grasbewachsener Ebenen. Wir hüten Vieh und leben in nomadischen Stammeseinheiten. Es gibt neun Hauptstämme, die den Namen einer Himmelsrichtung tragen, und zahllose Sippen innerhalb der Stämme. Das Ganze ist ein gewaltiges Durcheinander voller Blutrache und Blutsbrüderschaften, die ein wirres Netz von Beziehungen schaffen.«

Ich überlegte eine Sekunde und ordnete die Mitteilungen ein. »Und weißt du schon, aus welchem Stamm du kommst?«

Sie schüttelte den Kopf. »Das Netz der Beziehungen ist zu groß, um es von außen zu entwirren. Seine Exzellenz verrät mir nicht, wo ich gefunden wurde, was die Suche sehr erschwert, also kann ich mich nur auf grobe Hinweise und Annahmen stützen. Meine Haut-, Haar- und Augenfarbe würde zur Amarsippe passen, und Marana ist auch ein bei den Amar gebräuchlicher Name. Aber die Amar gehören augenblicklich nicht zu den Hauptsippen des Südstamms, deshalb ist es unwahrscheinlich, daß sie mich ausgesetzt hätten. Sie können Töchter gebrauchen, um sie mit stärkeren Sippen zu verheiraten und Bündnisse zu schließen.«

Ich runzelte die Stirn. »Gibt es keine Schwierigkeiten, wenn die Stämme ihren Namen von den Himmelsrichtungen ableiten? Ich kann mir vorstellen, daß ein Krieg gegen einen Nachbarstamm für Verwirrung sorgen könnte, wenn er den Südstamm in den Südsüdoststamm verwandelt.«

Marana grinste und schüttelte den Kopf. »Das System, alle derartigen Probleme zu vermeiden, ist seltsam genug, so schwer das auch zu glauben ist.« Sie schlug eine Karte auf, die sie in das Tagebuch gezeichnet hatte. »Diese Stadt hier in der Mitte ist Betil. Es ist die Heimat des neunten Stamms, des Betilstamms, und des Emirs aller Temuri. Die Betil haben einst die ganze Nation erobert und sie dann unter den besiegten Stämmen aufgeteilt. Alle Stämme schicken Vertreter nach Betil, um Streitigkeiten unter den Stämmen zu klären.«

Ich zog eine Augenbraue hoch. »Gut, aber ich hatte den Eindruck, es gäbe Krieg zwischen den Stämmen. Das klingt nach einem System, in dem so etwas nicht vorkommt.«

Wieder schüttelte sie den Kopf. »Doch, es gibt Kriege, aber bevor ein Stamm ein neues Gebiet in Besitz nehmen kann, müssen sich die Vertreter in Betil treffen und den Eroberern das neue Territorium zusprechen. Das verhindert, daß die Kriege zu blutrünstig werden.« Sie hob die Hand, um meinen Einwand abzuwehren. »Sicher, die Krieger stürmen in die Schlacht und werden getötet, aber die Zivilbevölkerung wird nicht in Mitleidenschaft gezogen. Der Stammesrat spricht die umkämpfte Provinz dem Sieger zu, und die Stämme tauschen das Land aus. Wer nicht wegziehen will, kann bleiben und sich dem neuen Stamm anschließen, sofern der Stammesrat das gestattet.«

»Was geschieht, wenn sie keine Genehmigung erhalten?«

»Der Stammesrat erklärt sie für tot, und niemand darf Handel mit ihnen treiben, bis sie sich dem Willen des Rats beugen. Das verhindert vor allem, daß neben Betil noch andere Städte entstehen. Das gefällt den Herren von Betil, weil ihre Stadt dadurch die wirtschaftliche Nabe des ganzen Landes bleibt.«

Ich hob den Kopf zur Decke und ließ die Neuigkeit einsinken. Der Deckenanstrich hatte Risse. »Hört sich tatsächlich schwierig an. Die Geschichte Temurs muß ein gewaltiges Durcheinander sein.«

Marana lächelte stolz. »Abgesehen von Betils Eroberung der ganzen Nation hundert Jahre vor dem Zusammenbruch des Reiches ist die temurische Geschichte eine Abfolge von Gelegenheiten, bei denen einzelne Stämme von Fremden ausgenutzt und dann im Stich gelassen wurden. Die Temuri sind ausgezeichnete berittene Bogenschützen, was sie zu einer gefährlichen leichten Reiterei macht. Fremde versprechen ihnen regelmäßig gewaltige Reichtümer, wenn sie Temur verlassen und für ihre ›Verbündeten‹ in den Krieg ziehen, aber jeder Stamm, der sich bis jetzt auf ein derartiges Abenteuer eingelassen hat, wurde schließlich verraten. Das älteste temurische Sprichwort lautet: ›Traue niemandem weiter, als dein Bogen schießt.‹«

Ich streckte den Arm über den Tisch und drückte lachend ihre Hand. »Ihr Temuri seid ein großzügiges Volk. In Sinjaria heißt es ›Traue niemand weiter als dein Schwert lang ist.‹«

»Die Fealarien trauen Menschen nur, wenn wir ihr Herz in der Hand halten.« Das freundliche Grinsen auf Jevins Gesicht strafte seine tiefe, drohende Stimme Lügen. Ich zuckte zusammen und zog hastig die Hand zurück. »Beeilung, ihr zwei. In fünf Minuten ist Waffentraining. Ihr kommt zu spät.«

Jevin, der bereits seine Ledermontur trug, verließ die Bibliothek leise und gelassen. Ich glaube nicht, daß er bemerkte, wie rot ich war, aber aus dem Augenwinkel sah ich Marana grinsen.

Obwohl wir in unsere Zimmer rannten und uns hastig umzogen, kamen wir tatsächlich zu spät, und dementsprechend wurden Marana und ich zusammen eingeteilt, ebenso wie Jevin und Lothar. Lothar hatte auf Marana gewartet und war davon ausgegangen, daß Jevin mich als Partner wählen würde. Das hatte sich im Verlauf der Zeit eingebürgert, und wenn wir in verschiedenen Übungsgruppen waren, lief es meistens darauf hinaus, daß unsere Gruppen zum Schluß als ›Beste der Besten‹ gegeneinander antraten. Diesmal genoß der Ausbilder, ein Sechzehner, es sichtlich, unsere üblichen Paarungen aufzubrechen.

Beim Waffentraining trugen wir Rüstungen aus gefüttertem Lederzeug und benutzten stumpfe Waffen. Ausbilder und Kampfrichter entschieden, wie tödlich die einzelnen Treffer waren und legten deren Auswirkungen fest. Rechtsprecher hatten zwar nur selten Gelegenheit, in Gruppen zu arbeiten, aber dieses Training gestattete uns zu erkennen, wie mehrere Gegner zusammenarbeiten konnten, um sich gegen uns zu wehren. Für mich war der wichtigste Punkt der, daß ich erkannte, wo und wie ein Kämpfer seine Deckung vernachlässigte, wenn er einen Verbündeten an seiner Seite wußte.

Ich hatte noch nie mit Marana als Partnerin gekämpft. Sie war gut einen halben Meter kleiner als ich, aber sehr flink. Aus meinen Kämpfen gegen sie wußte ich, daß sie in einem Augenblick außer Reichweite sein konnte, um im nächsten zum Angriff vorzupreschen und sich sofort wieder zurückzuziehen. Sie verließ sich im Kampf ganz auf ihre Treffsicherheit. Sie wußte genau, wo am Körper Arterien dicht unter der Haut verliefen, und hatte Übung darin, sie mit schnellen Hieben zu durchtrennen. Unter den Beschränkungen, die ihnen die Kampfrichter auferlegten, verbluteten viele ihrer Gegner, ohne einen einzigen Treffer bei ihr zu landen.

Ich war keineswegs überrascht, als Marana und ich einem Vorkampfring zugeteilt wurden, an dem Jevin und Lothar durch Abwesenheit glänzten. Der Ausbilder war sichtlich davon überzeugt, daß wir uns als die Besten unserer Gruppe erweisen und Jevin und Lothar alle anderen Paarungen in ihrem Ring besiegen würden. Natürlich ahnten das auch die anderen Paare und versuchten uns möglichst schnell aus dem Rennen zu werfen.

Unsere beiden ersten Gegner wußten, daß ich mich mehr auf meine Kraft als auf meine Geschwindigkeit verließ, und griffen zuerst Marana an. Ich schnitt mir eine Scheibe von ihrer Taktik ab, paßte meinen Kampfstil an und sprang über das Schlachtfeld, um einen Gegner zu besiegen, der von mir erwartete stehenzubleiben und mich auf einen Schlagabtausch einzulassen. Mein erstes Opfer ging schnell zu Boden, als die Kampfrichter nach dem ersten schnellen Hieb entschieden, daß ich ihm das Rückgrat gebrochen hatte.

Marana erledigte ihren Partner, indem sie meinen üblichen Kampfstil nachahmte. Sie tauschte eine Weile Schwerthiebe mit ihm aus, dann stieß sie ihm die Klinge zwischen die Beine und durchtrennte nach Entscheidung der Kampfrichter seine linke Oberschenkelarterie. Er hüpfte eine halbe Minute auf einem Bein herum, während Marana ihm aus dem Weg ging, dann entschied ein Kampfrichter, er habe durch den Blutverlust geschwächt das Bewußtsein verloren. Als er zu Boden ging, verabreichte Marana ihm einen derart umständlichen Todesstoß, daß alle, die ihr dabei zusahen, ihr Opfer eingeschlossen, in minutenlanges Gelächter ausbrachen. »Hätte ich gewußt, daß mich ein so pittoresker Tod erwartet«, witzelte der Tote, »hätte ich mich sofort ergeben.«

Während die anderen Paarungen in unserem Ring ihre Gefechte austrugen, sahen wir zu, wie Jevin und Lothar ihre ersten Gegner ausschalteten. Beide sprangen auf ihre Gegner ein wie Diebe, die sich auf einen Händlerzug stürzen. Sie kämpften wild und verwegen und zwangen ihre Gegner mit Finten und angedeuteten Hieben zurück, noch bevor der erste Treffer tatsächlich landete. Lothar ›brach‹ seinem Gegner mit einer Serie von Finten und Hieben den Arm, dann ›zerschmetterte‹ er ihm den Schädel. Jevin parierte einen Hieb so brutal, daß er seinem Gegner das Schwert aus der Hand schlug, dann stieß er den entgeisterten Burschen zu Boden und hielt die Klinge an seine Kehle.

Der Kampfrichter erklärte sein Opfer für tot, und Jevin sah zu mir herüber. »Das wirst du sein, Nolan. Denk daran.«

Ich sah Marana an, rollte mit den Augen, und wir mußten beide lachen. »Wir werden sehen, Bergteufel, wir werden sehen.«

Unsere anderen Kämpfe absolvierten wir ebenso

leicht wie den ersten. Ohne uns abzusprechen, wechselten wir immer wieder unseren Kampfstil und brachten unsere Gegner ständig aus dem Konzept. Wir paßten uns an ihre Kampfweise an. Zogen sie sich in eine Verteidigungshaltung zurück, attackierten wir sie schnell und unnachgiebig. Stürmten sie auf uns los, verteidigten wir uns, bis sie müde wurden. Dann starteten wir den Gegenangriff und besiegten sie.

Wann immer ich in Schwierigkeiten war, tauchte Marana auf, und umgekehrt. Wir antworteten auf jede Taktik des Gegners mit einer zumindest ebenso guten eigenen. Ich konnte mich darauf verlassen, daß Marana die Hiebe beider Gegner parierte, während ich sie in weitem Bogen umging und von der Seite oder aus dem Rücken angriff. Ohne ein Wort wechseln zu müssen, tauschten wir unsere Gegner, überraschten und töteten sie. Wir arbeiteten äußerst gut zusammen.

Jevin und Lothar standen uns nicht nach. Sie walzten ihre Gegner ohne Schwierigkeiten nieder, aber immerhin verloren beide dabei mindestens einmal das Leben. Die schlimmste Verletzung, die wir einstecken mußten, war der Verlust meines linken Unterarms. Mein Gegner hatte nicht erwartet, daß ich seinen Hieb mit dem nackten Arm parierte, und mein Gegenstoß bohrte sich in seine Brust, was den Verlust für mich erträglich machte. Aber da wir alle Kämpfe überlebt hatten, waren Marana und ich die Favoriten des Tages.

Wir bekamen alle vier Gelegenheit, uns auszuruhen, während andere noch kämpften. Ich schöpfte eine Kelle Wasser aus einem Eimer im Schatten der Zitadelle und nahm einen tiefen Schluck. Jevin trat heran und legte mir eine schwere Hand auf die linke Schulter. »Trink nicht zuviel, Nolan, das macht dich langsamer.« Er grinste und schöpfte sich selbst eine Kelle. »Während dieses Kampfes solltest du von keinem Bauch voll Wasser abgelenkt werden, *noch von irgend etwas anderem.*«

Ein dünner Schweißfaden lief eiskalt an meinem

Rückgrat hinab. »Jevin, Marana und ich haben uns nur unterhalten. Sie ist Lothars Geliebte, und er ist mein Freund. Du kennst mich, Jevin. Ich würde keinem der beiden je ein Leid antun.«

Der Fealarien trank und nickte. Er wischte sich mit dem Handrücken das Wasser vom Kinn. »Ja, Nolan, ich kenne dich, und es stimmt, was du sagst. Ich schlage nur vor, daß du dir diese Worte merkst und dich von nichts ablenken läßt. Lothar ist ein guter Freund, aber er wäre ein noch schlimmerer Feind.«

Ich grinste und boxte ihm an die Schulter. »Ich hab verstanden. Danke, Jevin.«

Er lächelte gerade breit genug, daß seine Fangzähne weiß zwischen den graugrünen Lippen aufblitzten. »Ich will nur sichergehen, beim nächsten Mal wieder dich als Partner zu bekommen.«

Ich lachte und tanzte außer Reichweite. »Aber nur, damit ich dich nicht jedesmal umbringe, stimmt's?«

Wir betraten den Kampfring gleichzeitig und verbeugten uns erst vor den Kampfrichtern, dann voreinander. Wir waren alle vier ein wenig aufgeregt, weil Edler Hansur den letzten Kampf beobachtete, und ein paar Rechtsprecher, vollwertige Rechtsprecher, die nach einem Einsatz draußen in der Welt zurück in Tahlianna waren, Wetten über den Ausgang abschlossen. In ihrer Einschätzung waren Jevin und Lothar mit 2 zu 1 die Favoriten.

Jevin und Lothar stellten sich so auf, daß Marana gegen den Fealarien antrat und Lothar auf mich traf. Lothar war ein besserer Schwertkämpfer als ich, aber seine völlig überzogene Siegessicherheit machte ihn verwundbar. »So, Marana«, sagte er. »Jevin wird dich beschäftigt halten, bis ich den Bauern abserviert habe und mich dir widmen kann. Dem Sieger gehört der Preis …«

Sie warf ihm einen vernichtenden Blick zu, lächelte aber gleichzeitig, so daß er ihn lachend wegsteckte. Hätte sie mich so angesehen – ohne zu lächeln –, wäre ich gerannt, schneller und weiter als mit Jevin auf den Fersen.

Edler Hansur gab das Zeichen, und wir traten an. Lothar griff mit Schwung an und erwartete sichtlich, meine Abwehr zu durchbrechen. Ich wich nach rechts aus, drehte mich aus seinem Schlag, verzichtete aber auf einen Gegenangriff. Ich bewegte mich eine Spur langsamer als in den früheren Kämpfen, ließ den linken Arm kraftlos hängen und tat so, als hätten die vorhergegangenen Gefechte mich ausgelaugt.

Lothar versuchte sich so gut es ging an einem Raubtierlächeln. »Du bist mein, Nolan. Tû bist mort.«

Wieder sprang er vor, und ich wich im letzten Augenblick aus. Diesmal hieb ich zurück, traf ihn an der linken Schulter, und die Kampfrichter entschieden, daß der Treffer seinen linken Arm verletzt hatte. Sein Grinsen erstarb, und er kaute auf der Unterlippe. Nach einem Wirbelsturm aus Schwerthieben, die schneller auf mich einprasselten, als ich sie abwehren konnte, traf er mich an der linken Schulter. Gleichstand.

»Êwî, Nolan, lâz unse âne Arglist strîten.« Komm, Nolan, laß uns ohne Hinterlist kämpfen. Seine Stimme war kalt und leise. Ich hatte diesen Tonfall schon einmal gehört, als er an meinem ersten Tag den Dienstleister zurechtgewiesen hatte. Es war sein Befehlston Untergebenen gegenüber, und jetzt befahl er mir im selben Ton, den Widerstand aufzugeben und zu sterben.

Ich runzelte die Stirn und sammelte mich. Wenn ich seinem überlegenen Können nicht erliegen wollte, mußte ich meinen Verstand einsetzen. Aber bevor er die Besorgnis auf meiner Miene lesen konnte, zwang ich mich, ihn anzugrinsen. »Anevehte mir ockers den Sic, alse tû kunnst.« Besieg mich doch, wenn du kannst.

Trotz der Lederpanzerung und der stumpfen Waffen kann man einander in einem derartigen Übungsgefecht verletzen. Die Schläge können schmerzhafte Prellungen hervorrufen. Lothar und ich ersparten einander nichts.

Jeder Schlag zählte und schmerzte. Wir waren entschlossen herauszufinden, wer von uns der bessere war.

Aus dem Augenwinkel sah ich Marana. Sie stritt gegen Jevin wacker, aber seine größere Reichweite hielt sie auf Abstand. Der gelenkige Fealarien wich all ihren Schlägen mit Leichtigkeit aus. Sie parierte seine Hiebe oder ging ihnen aus dem Weg, aber es gelang ihr einfach nicht, schnell genug vorzustoßen, um Jevin zu treffen. Die Verzweiflung stand ihr so deutlich ins Gesicht geschrieben, daß nicht einmal ein Blinder sie hätte übersehen können.

Der Kampf war unentschieden.

In dem Augenblick, in dem ich erkannte, daß wir einander zu ebenbürtig waren, um einer Seite einen klaren Sieg zu gestatten, entschloß ich mich, das zu ändern. Ich bewegte mich so, daß Lothar und Jevin geradezu Rücken an Rücken kämpften. Lothar grinste, froh, seinen Verbündeten als Rückendeckung zu haben, und zuversichtlich, daß Marana ihn nicht angreifen konnte, solange Jevin zwischen ihnen stand. »Itzent, Nolan, bist tû mort.«

Ich grinste. »Aver tû ouch.«

Lothar attackierte mich mit einem weiten Schwertstreich, und ich stürmte geradewegs in seinen Schlag hinein. Er traf mich an der linken Seite, und der Schlag trieb mir den linken Arm gegen den Brustkorb. Aber trotzdem trug der Schwung meines Angriffs mich weiter vor, und ich schleuderte ihn nach hinten gegen Jevins Beine. Überrascht und aus der Balance geworfen, kippte der Fealarien nach hinten und stürzte auf seinen Partner.

Marana sprang heran und erledigte sie beide.

Edler Hansur legte dem Kampfrichter die Hand auf die Schulter und übernahm selbst die Verkündung des Ausgangs. »Nolan, du bist tot. Der Hieb hätte deinen Arm durchschlagen und wäre dir in den Leib gedrungen.«

Lothar, der gerade wieder auf die Beine kam, strahlte. »Ich habe dich erwischt, Nolan. Du bist mir geradewegs ins Schwert gelaufen. Selbst du hättest den Hieb kommen sehen müssen.«

»Und er hat dich erwischt, Lothar«, bellte Edler Hansur. »Du und Jevin seid beide tot von Maranas Hand.« Der Hochwalter winkte uns zurück, und als wir auf dem Rand des Kampfrings Platz genommen hatten, wandte er sich an die versammelten Novizen. »Ihr habt gerade einen guten Sieg mitangesehen. Das Ziel dieses Wettstreits war der Sieg einer *Paarung*. Nolan erkannte die Pattsituation und tat, was nötig war, um sie zu brechen. Lothars Sieg war von kurzer Dauer.«

Lothar murrte. »Aber er ist in meinem Angriff gestorben. Das war dumm. Er hat Marana zum Sieg verholfen, als wäre er nicht mehr als ein zweites Schwert.«

Ich runzelte die Stirn. »Ein Werkzeug ist kein Werkzeug, wenn es die Arbeit von sich aus macht.«

Edler Hansur hob die Hand und wir verstummten. »Ihr habt beide recht. Vergeßt diesen Kampf nicht. Sein Leben zu opfern ist keine geeignete Lösung, aber Nolans Handeln verhalf seiner Paarung zum Sieg. Denkt daran, daß ein Patt solange ein Patt bleibt, wie niemand etwas unternimmt. Jemand, vor dem ihr Angst habt, daß er euch tötet, wird häufig dieselbe Angst vor euch haben. Es gibt Gelegenheiten, wenn zwei Personen in einer solchen Lage beide auf Sicherheit spielen, um einer Verletzung zu entgehen, und sich damit selbst um den Sieg bringen. Wer dann die Initiative ergreift, wird, sofern er über das nötige Können verfügt, die Pattsituation brechen und den Sieg erringen.«

Edler Hansur drehte sich um und ging. Die Rechtsprecher folgten ihm. Sie schüttelten die Köpfe, lächelten uns aber zu. Nach dem, was ich andere Fünfzehner sagen hörte, die nahe genug an ihnen gestanden hatten, um ihre Kommentare zu hören, hatten unsere kämpferischen Fähigkeiten sie beeindruckt.

Jevin schlug mir mit der Hand auf den Rücken. »Reizvolle Taktik, Nolan, und tatsächlich wirksam. Ich bin froh, dich wieder auf meiner Seite zu haben.«

Marana kam zu mir und gab mir einen Kuß mitten auf den Mund. Mein Gesicht lief puterrot an, und der Kuß ging mir durch Mark und Bein, ein Gefühl noch besser als der Triumph, Lothar besiegt zu haben. »Danke für das Opfer, Partner«, murmelte sie.

Mir blieben die Worte im Halse stecken, also sagte ich nichts.

Marana ging hinüber zu Lothar und nahm seine Hand. Die Wut in seinem Gesicht verflog, und er lief vor Verlegenheit über seine Eifersucht rot an. Er lächelte. »Gewöhn dich daran besser nicht, Nolan, sonst stehen wir uns irgendwann im Êrenkreiz gegenüber.«

Ich hob in einer Geste der Ergebung die Hände. »Daran habe ich kein Interesse, Lothar.« Jevins Bemerkung über Lothar als Feind drängte sich in meine Gedanken. »Nach dem heutigen Tag wissen wir, daß ein solches Duell nur mit unser beider Tod enden könnte!«

Marana legte den Arm um Lothars Taille und zog ihn an sich. Wir lachten alle vier und gingen an der Spitze der übrigen Fünfzehner zurück zu den Zimmern.

KAPITEL NEUN

TAHLION: ΠEKKEHT

Ich fiel durch das Loch, kam am Boden des Düsterlabyrinths auf und rollte mich nach rechts ab. Ich sprang schnell wieder auf, preßte den Rücken an eine rauhe Steinwand und beschwor unwillkürlich den Süntklieber. Mein Puls dröhnte mir in den Ohren und übertönte jedes Geräusch, das mein Opfer machen konnte. Ich schloß die Augen und sammelte mich. Mein Herzschlag wurde langsamer.

Ich atmete leise. Ich hielt die Augen geschlossen. Ich hatte schon vor langer Zeit gelernt, daß ich mich mit geöffneten Augen zu sehr anstrengte, etwas zu *sehen*, obwohl es hier unten nichts zu sehen gab. Mit geschlossenen Augen richtete sich meine Aufmerksamkeit unwillkürlich stärker auf Gehör, Geruch und Tastsinn.

Töte, was immer dir dort unten begegnet, falls du dazu in der Lage bist. Die Worte des Meisters klangen mir mit jedem Herzschlag in den Ohren. Das war keine harmlose Übung. Wenn der Meister nur etwas sterben sehen wollte, konnte er mich dort oben alles oder jeden töten lassen. Seine Anweisungen hatten einen Sinn, und in seinen Worten lag die Möglichkeit, daß ich nach Meinung des Meisters möglicherweise nicht in der Lage sein könnte zu töten, was immer ich hier unten in der Dunkelheit fand. Das war nicht gerade dazu angetan, mich zu beruhigen.

Weil es mir in früheren Übungen hier unten geholfen hatte, verließ ich mich besonders auf meine Nase. Das

Düsterlabyrinth verströmte denselben warmen, miefigen Geruch wie immer. Daneben hingen der Duft von Leder und das Aroma meines nervösen Schweißes in der Luft, aber beides erkannte ich als ungefährlich und hakte es ab. Ich suchte nach einem anderen Geruch, etwas Ungewöhnlichem, etwas, das ich nicht zuordnen konnte.

Da war nichts. Kein Geruch, kein Geräusch, kein tastbares Etwas. Ich war völlig allein.

Ohne Vorwarnung schrammte eine Pranke über meine linke Schulter, riß mich herum und rammte meine Schulter gegen die Wand. Der Hieb ließ meinen Arm taub werden und schleuderte mich beiseite. Wäre ich kleiner gewesen, hätte er mir den Hals gebrochen.

Ich prallte von der Wand ab, pflanzte den rechten Fuß fest auf und schlug mit dem Süntklieber waagerecht durch die Dunkelheit vor mir. Ich führte den Schlag in Hüfthöhe aus, traf aber nichts, bis die Klinge mit lautem Glockenton und funkenschlagend auf die Mauer traf. Augenblicklich sprang ich nach links, wirbelte herum und schlug das Schwert durch die Luft dorthin, wo ich eben noch gestanden hatte. Ich traf.

Mein Gegner gab keinen Ton von sich. Er verschwand sofort, als hätte er sich in Luft aufgelöst, und ich erkannte, daß hier etwas ganz und gar nicht geheuer war. Ich roch nichts. Gleichgültig, wo ich ihn getroffen hatte, ich hätte ihm eine blutende Wunde schlagen müssen. Verdammt, ich hatte gespürt, wie die Klinge eindrang!

Ich berührte die kalte Stahlspitze des Süntklieber. Sie war trocken.

Ein kalter Schauder lief mir den Rücken hinab. Das war unmöglich. Wenn man erst einmal genug Kämpfe hinter sich hat, kennt man das Gefühl eines Körpertreffers. Ich wußte, daß ich ihn verletzt hatte, und obwohl ich mir ziemlich sicher war, daß die Wunde recht tief sein mußte, war ich bereit zuzugestehen, daß es sich möglicherweise nur um eine Fleischwunde handelte. Aber so oder so hätte mein Gegner bluten müssen.

Was für eine Kreatur ist das, daß sie nicht blutet?

Wieder griff sie an und bohrte mir die Schulter in den Magen. Ihre Arme schlossen sich in einem erbarmungslosen Griff um meine Taille, der schlimmer schmerzte als selbst Rolf es fertiggebracht hatte. Der Rammangriff trug mich drei Meter nach hinten und gegen eine andere Steinwand. Mein Kopf schlug auf den Fels, und Sterne explodierten vor meinen Augen.

Die Kreatur preßte mich an die Mauer und versuchte sich durch den Lederpanzer über der linken Brust zu beißen. Mit jedem unnachgiebigen Schritt wrang sie neue Schmerzorgien aus meinem Rücken, und meine Rippen protestierten qualvoll. Ich rammte ihr das Knie in die Brust, aber der schwache Schlag hatte keinerlei Wirkung auf die Kreatur.

Mit ihrem Würgegriff hatte es meine Arme nicht mit umfangen. Es war zu nahe, um es mit dem Süntklieber zu erstechen, und der Rüegær schien unerreichbar zwischen meinem Rücken und der Labyrinthwand eingeklemmt, doch mir blieb eine andere Möglichkeit anzugreifen. Ich hob beide Arme, schlang die Hände fest um den Griff des Süntkliebers und rammte ihn in den Nacken meines Gegners. Ich hörte ein deutliches Knacken, aber als er mich freigab, fiel er nicht zu Boden. Statt dessen verschwand er wieder in der Dunkelheit.

Die Kreatur schien menschlich oder zumindest von Menschengestalt, aber für die meisten Menschen wäre mein Hieb augenblicklich tödlich gewesen. Jemand wie Jevin mochte in der Lage sein, einen gebrochenen Hals zu überleben, aber er hätte sich danach nicht mehr regen können, und außerdem war, was immer mich attackiert hatte, zu klein für einen Fealarien. Wieder drängte sich der Befehl des Meisters in meine Gedanken, und mein Magen verkrampfte sich vor Entsetzen.

Mir war klar, daß ich zuallererst aufhören mußte, eine

Zielscheibe abzugeben. Zweimal hatte dieses Monster mich jetzt schon angegriffen, ohne daß ich es hätte kommen hören. Ich mußte davon ausgehen, daß es im Dunkeln sehen konnte, und das hieß, es verfügte über Zauberkräfte. Darüber hinaus gebärdete es sich wild und griff ohne einen Gedanken an seine eigene Sicherheit an, also war es entweder einfältig oder wahnsinnig.

Je länger ich nachdachte, desto mulmiger wurde mir.

Ich ging augenblicklich in die Hocke, das linke Knie am Boden, um eine kleinere Angriffsfläche zu bieten. Mit der Rechten hob ich den Süntklieber und hielt ihn so, daß er alles aufspießen mußte, was sich auf mich stürzte. Dann klopfte ich mit der linken Hand hinter mir auf die Wand, um festzustellen, ob das Ungeheuer tatsächlich im Dunkeln sehen konnte.

Es war blind. Es griff das Geräusch an.

Ich war einmal auf Wildschweinjagd gewesen und hatte mit einem Ahlspieß den Angriff eines erwachsenen Ebers abgefangen. Der Sturmangriff dieses Monsters spottete jedem Vergleich. Meine Waffe bohrte sich in seinen Körper, bis nur noch das Stichblatt die Kreatur daran hinderte, sich auch noch meinen Arm in den Leib zu rammen. Sie trieb mich zurück gegen die Wand, aber bevor ich wieder in der Falle saß, ließ ich den Süntklieber los, drehte mich weg und trieb dem Ungeheuer die Sporen über die Brust, als ich wegrollte.

Ich kam in der Hocke wieder hoch, aber es war fort. Und es hatte meinen Süntklieber mitgenommen.

Fast wäre ich in Panik geraten. Dieses Etwas war stärker als jeder Gegner, mit dem ich es bisher zu tun gehabt hatte, und gleichgültig, was ich ihm antat – es entkam. Es blutete nicht, es reagierte nicht auf meine Angriffe und es bewegte sich vollkommen lautlos. Einen Sekundenbruchteil glaubte ich, es mit einem Vampir zu tun zu haben, aber die sind selten und so abgrundtief böse, daß ich mir nicht vorstellen konnte, daß der Meister einem von ihnen gestatten würde, in das

Düsterlabyrinth einzudringen, oder daß er die Seele eines einzelnen Tahlion bei dem Versuch, ihn zu töten, aufs Spiel gesetzt hätte, ohne ihm die geringste Warnung vor der Art seines Gegners zu geben.

Nein, das hier war ein ganz besonderer und sehr tödlicher Gegner.

Ich hielt mich dicht am Boden, krabbelte durch das Labyrinth und versuchte mich daran zu erinnern, was ich in meinen Novizentagen über diesen Irrgarten herausgefunden hatte. An den Kreuzungen hielt ich an und lauschte angestrengt nach einem Hinweis auf die Stellung des Ungeheuers. Ich spielte mit dem Gedanken, den Süntklieber zu beschwören, weil ich mich daran erinnerte, was ich Chi'gandir damit angetan hatte, entschied mich dann aber dagegen. Außerdem schien die Waffe, danach zu urteilen, wie der Kampf bis jetzt verlaufen war, gegen diese Kreatur kaum einen Wert zu haben.

Plötzlich gruben sich von hinten stahlharte Finger in meinen Hals. Sie drangen in mein Fleisch wie Nägel in weiches Holz. Ich wollte vor Schmerz schreien, aber die Finger würgten jedes Geräusch ab. Die Kreatur zerrte mich vom Boden hoch und versuchte mir mit einer Drehbewegung den Hals zu brechen. Wäre meine Haut von dem Schweiß, der mir literweise den Leib hinabströmte, nicht ganz so glitschig gewesen, wäre es ihr vermutlich gelungen. So würgte sie mich nur.

Wenn es mir nicht schnell gelang, ihren Griff zu brechen, würde ich das Bewußtsein verlieren. Ich packte das Ungeheuer an den Handgelenken, damit nicht mehr mein ganzes Körpergewicht am Hals hing. Dann trat ich mit beiden Füßen nach hinten und trieb ihm die Sporen in Oberschenkel und Unterleib. Ich hörte keinerlei Reaktion, fühlte aber, wie seine Arme zitterten, also trat ich noch einmal zu, und es ließ mich zu Boden. Aber trotz allem gab sein Griff nicht nach.

Jetzt, da ich wieder mit beiden Beinen auf dem Boden

stand, ließ ich sein rechtes Handgelenk los und trieb den rechten Ellbogen drei-, viermal in seine Rippen. Ich hörte und spürte die Rippen unter meinen Schlägen splittern, aber mein Gegner ließ nicht locker. Er hing an mir wie ein Blutegel. Er zwang mich tiefer, um die Wirkung meiner Schläge zu verringern, gab aber immer noch keinen Laut von sich oder zeigte mir auf welche Weise auch immer, daß meine Schläge es verletzt hatten.

Jetzt retteten mich die jahrelangen Übungen als Novize. Ich ließ mich schneller zu Boden fallen, als mein Gegner erwartet hatte, und griff zwischen meinen Beinen hindurch nach seinen. Ich bekam einen kalten, fleischigen Knöchel zu packen und riß ihn vor, während ich mich gleichzeitig nach hinten warf. Ich hoffte, ihm das Knie brechen zu können, indem ich mich hart darauf setzte. Die Kreatur erkannte, was ich vorhatte, und drehte sich zur Seite, um sich in meinen Angriff beugen zu können, aber bei diesem Abwehrmanöver löste sich der Würgegriff um meinen Hals.

Ich warf mich nach vorne, als das Monster sich freizerrte und sein Bein zurückzog. Ich ließ mich auf alle viere nieder und trat mit dem rechten Bein aus. Ich traf es voll mit dem Absatz und hörte weitere Rippen brechen, aber wieder gab es keinerlei Anzeichen, daß ich es verletzt hatte. Da ich kein Bedürfnis hatte, in der Nähe dieses Geschöpfes zu bleiben, ließ ich mich von dem Tritt in eine Rolle vorwärts treiben, die mich auf die Gangkreuzung brachte.

Ich wirbelte herum, kam in der Hocke hoch und versuchte zu Atem zu kommen, während ich mich auf den nächsten Angriff vorbereitete. Wie ich gehofft hatte, griff es auf dieselbe Weise an wie zuvor, tief über dem Boden. Ich packte das Ungeheuer an den Schultern, rollte nach hinten und setzte ihm den rechten Fuß auf den Bauch. Als mein Rücken flach auf dem Boden lag, trat ich aus und schleuderte es gegen die Wand auf der anderen Seite der Kreuzung.

Es schlug hart auf, und einen Augenblick glaubte ich, es sei tot, weil ich den hohlen Klang gehört hatte, mit dem ein Schädel auf ein härteres Hindernis schlägt. Aber wie in einem endlosen Alptraum folgte auch diesem Aufprall das Schaben der sich wieder aufrichtenden Kreatur. Doch sie war langsamer geworden, und zum ersten Mal konnte ich sie hören. Ich warf mich vor und trat wild auf sie ein.

Mit jedem Tritt hörte ich mehr Knochen bersten, aber das Monstrum gab nicht auf. Es packte mein rechtes Bein und zog mich zu Boden. Auf die Knie gezwungen, wehrte ich seine Hände ab und hämmerte mit Fäusten und Ellbogen auf es ein. Ich brach ihm beide Arme an drei oder vier verschiedenen Stellen und zerschmetterte ihm beide Oberschenkel, bevor ich aufstand und zurücktrat. Selbst jetzt noch konnte ich hören, wie es mit den Fingern über den Boden schabte und versuchte, seinen zerschmetterten Körper in meine Richtung zu ziehen.

Ich schauderte und stolperte dorthin zurück, wo ich die Prüfung begonnen hatte. Ich kam wieder zu Atem, dann rief ich durch die Falltür nach oben: »Es ist vorbei.«

Die Tür öffnete sich, und eine Strickleiter fiel herab. Ich kletterte erschöpft hinauf und zog mich auf den Boden der Kammer. Jetzt erst dachte ich daran, meinen Süntklieber zu beschwören. Er war völlig sauber.

Der Meister sah mich an. »Hast du es getötet?«

Ich nickte, zitternd vor Erschöpfung und Erregung. »Ich habe ihm jeden einzelnen Knochen gebrochen. Ich habe nicht gewartet, um zu sehen, ob es stirbt. Ich konnte nicht mehr.«

Der Meister runzelte die Stirn. Er sah zum Edlen Hansur hoch. Der Hochwalter der Rechtsprecher nickte und stieg in das Düsterlabyrinth hinab. Niemand sagte ein Wort, während er fort war, aber ich hatte das deutliche Gefühl, versagt zu haben. Ich hatte den Auftrag erhalten zu töten, was ich dort unten fand, und ich hatte es vernichtet, aber das bedeutete nicht, es zu töten.

Es gab nur eine Methode, sicher zu sein, daß ich einen Gegner getötet hatte. Die Tätowierung auf meiner rechten Hand brannte. Ich hatte tatsächlich versagt.

Edler Hansur kam wieder herauf, die Leiche über die Schulter geworfen. Ohne ein Wort legte er sie vor die Füße des Meisters. Als mein Gegner auf den Boden sank und gelbes Fackellicht über seinem Gesicht spielte, erkannte ich ihn sofort. Es war der Mann, den Jevin hatte lebend zurück nach Tahlianna bringen müssen: Rostoth ra Kas!

Ich starrte den Toten an und schauderte. Ich wußte, womit ich dort unten in der Dunkelheit gekämpft hatte, und Rostoth hätte mir niemals einen derartigen Kampf liefern können. Rostoth ra Kas war nur ein Mensch, und schon eine der Wunden, die ich ihm beigebracht hatte, hätte ihn augenblicklich getötet. Er hatte ein großes Loch im Leib, wo er sich auf meinen Süntklieber gespießt hatte, und als ich ihm kurz vorher beide Fäuste in den Nacken geschlagen hatte, hatte ich ihm das Genick gebrochen. Süntklieber- und Sporenschnitte zogen sich kreuz und quer über seinen Leib, und sein Kopf war vom letzten Aufprall auf die Gangwand zerschmettert.

Ich verstand das nicht. Ich hatte all das einem gewöhnlichen Strauchdieb angetan, und trotzdem hatte er es überlebt und weiter angegriffen. Sein verwüsteter Leichnam war der Beweis dafür, aber es widerspach jeder logischen Erklärung, und in dem Augenblick, in dem mir das klar wurde, hatte ich die Lösung. Ich sah auf und fragte: »Welcher Zauber war das? Es muß ein Zauber gewesen sein, und er wurde hier über ihn gelegt. Sonst hätte Jevin ihn niemals hierher schaffen können, ohne ihn zu töten.«

Der Meister sah auf, als ich sprach, und nickte zustimmend, aber die anderen Edlen sagten nichts und schenkten mir keinerlei Beachtung. Vermutlich hätte ich mich geschmeichelt fühlen müssen, denn sie versammelten sich um den Leichnam wie Zunftmeister, die das Meisterstück eines Gesellen beurteilten. Der wohlwollende Ausdruck auf Edler Hansurs Miene freute mich, und die saure Miene des Edlen Eric hatte ich erwartet.

Edle Kalinda wandte sich als erste von dem Leichnam ab und kam zu mir herüber. Sie neigte den Kopf mit der kastanienbraunen Mähne, und ich erwiderte die Geste, bevor sie mich ansprach. »Ich bin beeindruckt von deinem kämpferischen Können. Jede dieser Wunden hätte einen gewöhnlichen Menschen aufgehalten.«

Ich kniff die Augen zusammen und kratzte mir den Bart. »Vielen Dank, edle Dame.« Ihre Worte bedeuteten ein hohes Lob, und ich kannte einige Krieger, die für diese Anerkennung über Leichen gegangen wären. Sie hatte mir in meiner Novizenzeit persönlich Schwertunterricht erteilt, und dank ihrer fähigen Anleitung hatte ich die anderen Rechtsprecher-Novizen meiner Altersstufe schnell eingeholt.

Auch die anderen Edlen entfernten sich jetzt von der Leiche. Der Meister sah zu mir herüber, dann drehte er sich zu ihnen um. »Ist Nolan unser Agent?«

Edler Hansur antwortete zuerst. Er hob die rechte Hand, um anzuzeigen, daß er unschert war, dann nickte er zustimmend.

Als nächstes sah der Meister zu Fletcher ra Leth, dem Hochwalter der Schützen. Er war etwas kleiner als ich und trug das hellbraune Haar äußerst kurzgeschoren. Abgesehen von dem Pfeilemblem auf seinem Wams deutete nur der Armschutz an seinem linken Unterarm auf seine Klasse hin. Seine blauen Augen musterten mich. Dann nickte er. »Ja, Nolan ist geeignet.«

Isas ra Amasia, Hochwalter der Eliten, sah sich schweigend um. Er blinzelte langsam und drehte den Kopf, wie es einer seiner Falken auch getan hätte. Er sah zu mir herüber, dann zu der Leiche und wieder zu mir. Er nickte.

Kalinda ra Thele war die nächste. Sie lächelte. Die Hünin war nicht nur eine ausgezeichnete und schnelle Kämpferin, sondern auch eine exzellente Taktikerin, und das hatte ihr die Hochwalterschaft der Krieger eingetragen. »Ich halte Nolan für fähig, es zu vernichten. Er ist unser Agent.«

Edle Cosima, die Hochwalterin der Magicker, hob eine knochige Hand an den Mund und räusperte sich. Sie war groß und hager, und ihre Haut wirkte fast durchscheinend, so, als wäre sie gar nicht ganz von dieser Welt. Ihre Augen waren schwarze Löcher, und ich fühlte, wie ihr Blick mich durchbohrte. Eine silberne Spange sammelte ihr langes weißes Haar im Nacken, ohne von ihrer natürlichen Anmut abzulenken. Sie drehte sich zum Meister um. »Gevöclich her ist.« Eine Zustimmung.

Eric ra Imperiana, Hochwalter aller Lanzer, trug das graumelierte Haar im Stil einer Roßmähne bis auf einen senkrecht über den Schädel laufenden Kamm langer Haare kahlrasiert. Er war kleiner als ich und breiter von Statur, ohne jedoch fett zu wirken. Ich bewunderte seine taktischen und strategischen Fähigkeiten, konnte ihn als Person jedoch nicht leiden. Er duldete nicht einmal die Andeutung von Insubordination, was bei der Führung einer strikt militärischen Einheit wie einer Lanzerkompanie auch sinnvoll schien. Aber seine Ansichten von Ordnung hielten sich nicht an Klassengrenzen und führten häufig zur Bestrafung von Rechtsprecher- oder Elit-Novizen für Handlungen, die ihm nicht gefielen, obwohl diese Novizen gar nicht seiner Autorität unterstanden.

Es war kein Geheimnis, daß Edler Eric mich nicht mochte. Er drehte sich zu den anderen um. »Ihr scheint alle zu vergessen, daß Nolan das Ding *nicht* getötet hat. Das hat Edler Hansur erledigt. Schicken wir Edler Hansur auch gleich hinterher, um die Mission zu Ende zu bringen, wenn wir Nolan den Auftrag geben?«

Ich knirschte mit den Zähnen und zwang mich, ruhig und langsam zu atmen. Rechtsprecher sind die einzigen Tahlion unterhalb des Rangs eines Hochwalters, die das Schädelritual durchlaufen und die Macht besitzen, eine Seele aus ihrem Heimatkörper zu lösen. Die meisten anderen Tahlion betrachten diese Fähigkeit als ›magische Todeshand‹ und machen sich keine Vorstellung davon, welche Verantwortung mit dem Erhalt der Totenkopftätowierung einhergeht. Ich war wütend darüber, daß ich dafür kritisiert wurde, bei so unbestimmten Anweisungen die Tätowierung nicht eingesetzt zu haben.

Ich war stolz darauf, das Aussaugen der Seele meiner Opfer erst dann einzusetzen, wenn mir keine andere Wahl blieb. Ein von Wut getriebener Schwertstreich läßt sich heilen, aber eine irrtümlich gestohlene Seele ist nicht mehr zu ersetzen. Außerdem kostet der Einsatz der Tätowierung Zeit und Konzentration. Der Kampf gegen Rostoth hatte mir von beidem wenig gelassen, und selbst wenn ich auf den Gedanken gekommen wäre, das Ritual einzusetzen, hätte ich vermutlich hier, im Herzen des Sterns, darauf verzichtet.

Ich sah die anderen sich umdrehen und an mir vorbeisehen, also warf ich einen schnellen Blick über die Schulter. Seine Exzellenz, der Hochwalter der Dienstleister, stand in der Tür. Er war ebenso groß wie ich, aber doppelt so breit. Er trug einen weiten, wallenden Mantel und hatte das schwarze Haar zurückgekämmt, um seinen spitzen Haaransatz zu betonen. Trotz seiner Körperfülle zog niemand seine Brillanz und eiserne Herrschaft über alles in Zweifel, was die Tahlion als Organisation zusammenhielt.

»Der Einwand des edlen Herrn Eric ist berechtigt«, setzte er an. »Aber das delikate Problem, dem wir uns gegenübersehen, verlangt, daß wir uns gewisse Tatsachen in Erinnerung rufen, die Nolans Wahl befürworten. Nur Nolan kennt den örtlichen Dialekt gut genug, um in dieser Lage unerkannt zu bleiben. Außerdem besitzt er das Wissen um die örtlichen Gegebenheiten, das seinen Hintergrund real genug erscheinen läßt.«

Edler Eric blähte die Nüstern. »Wir verfügen über andere aus dieser Region. Ich habe zwei Leute aus dieser Gegend, die in der Lage wären, die Rolle auszufüllen und denen man vertrauen kann.« Er starrte mich wütend an. »Vertrauen, Befehle zu befolgen, auszuführen und zu erkennen, wann ein Gegner tot ist!«

Seine Exzellenz lächelte. »Zugegeben, aber könnten sie sich in drei Tagen einen Bart wachsen lassen? Könnten sie das Ding *tatsächlich* töten, oder könnten sie nur wiederholen, was Nolan hier vorgeführt hat?« Edler Eric setzte zu einer Antwort an, doch Seine Exzellenz schnitt ihm das Wort ab. »Und besitzen sie die nötigen Fähigkeiten, um sich als das auszugeben, was wir von ihnen erwarten, oder würde unsere sorgsam aufgebaute Täuschung zusammenbrechen, sobald du nicht mehr in der Lage bist, ihnen gezielte Befehle zu erteilen?« Er trat durch die Kammer zu seinen Mithochwaltern vor dem Drachenthron. »Nein, Edler Eric, Nolan ist der einzige offensichtlich geeignete Kandidat für diesen Auftrag. Er besitzt das Können und die Fähigkeiten. Er verfügt über das nötige Wissen und hat den richtigen Hintergrund. Und er zeigt die Motivation ...«

Es behagte mir ganz und gar nicht, dieser Auseinandersetzung beizuwohnen. Mir war klar, daß sich an der Unterhaltung nichts geändert hätte, wäre ich nicht hier gewesen, und alles, was ich bisher gehört hatte, deutete darauf hin, daß die Edlen dieses Thema schon in mindestens einer früheren Debatte besprochen hatten, aber meine Anwesenheit machte mich zum Brennpunkt für Edler Erics Unbehagen. Er wußte natürlich, daß ich niemandem gegenüber ein Wort von diesem Streit erwähnen würde, aber meine bloße Gegenwart – während Seine Exzellenz ihn überfiel und vernichtete, wie er selbst mit einer Lanzerkompanie eine Gruppe Rebellen überfallen und vernichtet hätte – mußte ihn ärgern.

Und während ich das Lob, mit dem Seine Exzellenz mich zu überhäufen schien, durchaus genoß, wußte ich doch gut genug, daß er sich innerhalb eines Sekundenbruchteils gegen mich kehren und mich gnadenlos zerpflücken konnte, falls das seinen rätselhaften Zwecken dienlich erschien.

Die Unterhaltung erstarb, und Schweigen füllte die Kammer. Edler Eric beruhigte sich und beugte das Haupt. »Ich unterwerfe mich der Weisheit des Meisters und meiner versammelten Mitedlen. Der *hamisische* Rechtsprecher wird als unser Agent fungieren.«

Der Meister erlaubte sich ein dünnes Lächeln. »Ich danke euch für eure Zustimmung. Diejenigen von euch, die zu bleiben wünschen, während wir Nolan über seine Mission in Kenntnis setzen, dürfen das tun, die anderen mögen sich entfernen.« Nur Seine Exzellenz setzte sich in einen Sessel gewaltigen Ausmaßes, den einzigen in der ganzen Kammer, der seine Fülle aufnehmen konnte, und Edler Hansur begab sich zur Scherkammer. Den anderen war klar, daß die Einladung des Meisters rein rhetorisch gemeint war, und machten sich auf den Weg zum Ausgang, aber dann blieb Edler Eric doch an einem der Sessel stehen und setzte sich. Nur Edle Cosima schien es zu bemerken und bedachte ihn mit einem wütenden Blick, verließ die Kammer aber trotzdem.

Während sie sich entfernten, ging ich durch die Kammer, schloß die Falltür zum Düsterlabyrinth und legte den Teppich wieder darüber. Der Meister erlaubte mir, mich zu setzen, also nahm ich ebenfalls in einem der Sessel Platz. Ich erwartete zwar nicht, daß es etwas nützen würde, aber um zumindest den Versuch zu unternehmen, den Edlen Eric zu besänftigen, wählte ich einen Platz, der etwas tiefer lag als seiner.

Sobald ich saß, fing der Meister an zu erklären. »Nolan, dort unten im Düsterlabyrinth hast du nicht Rostoth ra Kas gegenübergestanden. Das war ein Nekkeht. Nekkehte sind untote Kreaturen. Du bist der erste Tahlion deines Jahrgangs, der von der Existenz der Nekkehten erfährt, und tatsächlich gibt es keinen anderen Tahlion in deinem oder den fünf vorhergehenden und folgenden Jahrgängen, der von ihrer Existenz etwas ahnt. Diese Kenntnis ist streng geheim, und *du wirst sie mit niemandem teilen.*«

Der letzte Befehl des Meisters brannte sich in meine Gehirnwindungen. Er hatte den Ruf eingesetzt. Das ist eine besondere Technik, die alle Rechtsprecher und Hochwalter erlernen, und die uns gestattet, unsere Stimmen genau zu kontrollieren. Ich beherrschte ihn gut genug, um Tadd oder die nächsten Umstehenden von einem Verbrecher fernzuhalten, aber ich konnte kein Verhalten erzwingen oder jemanden dazu bringen, etwas zu tun, wogegen er sich sträubte.

Der Meister allerdings ist weit besser, als ich je hoffen könnte, es zu werden. Indem er den Ruf einsetzte, machte er es mir völlig unmöglich, selbst unter der Folter irgend etwas von dem zu offenbaren, was ich hier erfuhr. Das verdeutlichte mir den Ernst der Lage und die Bedeutung dieser Mitteilung. Darüber hinaus ehrte der Meister mich mit Dingen, von denen nicht einmal Tahlion etwas wußten, die fünf Jahre älter als ich waren.

Der Meister wartete, bis mein Blick wieder klar war, dann fuhr er fort. »Während der Scher entläßt du die Leben derer, die du durch das Ritual genommen hast, in den Schädel. Diese Leben sind im Schädel gefangen, unter anderem um zu verhindern, daß sie als Gespenster umgehen, und nach Ansicht mancher, um eine Wiedergeburt hinauszuzögern. Die Seelen bleiben gefangen, bis der Schädel sich entscheidet, sie freizugeben, oder wir sie brauchen. Wir haben schon früh entdeckt, daß die gefangenen Seelen ihr Selbst verlieren – sie vergessen wortwörtlich, wer sie gewesen sind –, aber nicht ihre Lebenskraft. Wir nennen diese Seelen lösch. Die Magicker haben das Phänomen über Jahrhunderte erforscht, um zu ergründen, wie und warum es dazu kommt. Die einzigen Antworten, die sie fanden, sind folgende: Die Länge der Zeit, die benötigt wird, um eine Seele zu reinigen, steht in Beziehung zum Alter der Person, die sie verloren hat, und es gibt keinen Unterschied zwischen der Lebenskraft eines Tieres und der eines intelligenten Geschöpfs.«

Ich verstand das, was der Meister mir erklärte, nur dadurch, daß ich es in Gedanken mit dem Bleichen eines Hemds gleichsetzte. Ohne Flecken, Färbemittel oder Muster ist ein Hemd einfach nur ein Hemd. Wie oft es gewaschen werden muß, um sauber zu werden, hängt vom Alter des Hemds oder seiner Verschmutzung ab, aber schließlich ist es immer noch nichts weiter als ein Hemd. Das war einfach genug zu verstehen.

Der schwierige Teil lag darin, diese Erklärung auf Seelen anzuwenden. Ich wußte, wie es sich anfühlte, eine Seele aus ihrem Körper zu ziehen, aber meine Eindrücke waren bei jeder Seele andere. Trotzdem konnte ich mir vorstellen, daß sie sich – von ihren Erinnerungen befreit – alle gleich waren. Das änderte aber nichts daran, daß mich der Gedanke zutiefst beunruhigte, daß die Tahlion etwas erforscht hatten, das die meisten Religionen als heilig betrachteten.

Mein Gefühl wachsenden Unheils nahm noch zu, als der Meister weitersprach. »Unsere ersten Versuche, Seelen einzusetzen, waren auf die Heilung von Wunden und Krankheiten gerichtet. Wir machten nur in Teilbereichen erkennbare Fortschritte. Es war enttäuschend, weil die Ergebnisse gar nicht vorherzusagen waren. Manche Patienten erholten sich für kurze Zeit, aber dann verpuffte die Energie, und sie blieben erschöpft und schwächer als zu Beginn der Behandlung zurück. Schlimmer noch waren allerdings die Fälle, in denen die benutzte Seele ihre frühere Persönlichkeit noch nicht vollständig eingebüßt hatte und die Patienten wahnsinnig wurden, weil sich zwei Persönlichkeiten um einen Körper stritten.«

Der Meister machte eine Pause und trank aus einem Kelch auf dem kleinen Beistelltisch rechts neben dem Thron. Ich fühlte mein Hemd am Rücken kleben und Schweiß an meinen Schläfen herablaufen. In meiner Jugendzeit in Tahlianna hatte ich Gerüchte über dunkle Geheimnisse gehört, aber nichts davon hatte irgend etwas mit diesem Seelenmißbrauch zu tun gehabt. Ich sah zu Seiner Exzellenz hinüber, konnte aber seine Miene nicht deuten oder auch nur erahnen, was in ihm vorging. Ich hatte das Gefühl, in eine Verschwörung aufgenommen zu werden, von der ich überhaupt nichts wissen wollte.

Der Meister wischte sich mit einem weißen Tuch die Lippen und sprach weiter. »Die Magicker experimentierten mit toten Tieren, um zu sehen, welche Wirkung die Einbringung einer löschen Seele auf totes Gewebe hatte. Sie entdeckten, daß die Tiere stark, schnell und leicht zu trainieren waren. Weil die Seele nicht natürlich war, nicht in der Geburt an den Körper gebunden, starben die Kreaturen bereits nach Tagen wieder, aber während ihres neuen Lebens waren sie äußerst stark.«

Ich kaute auf der Unterlippe. Ich ahnte, was kam, und mir sträubten sich schon bei dem Gedanken die Nackenhaare. Ich wußte, daß meine Abscheu gegen alles, was auch nur andeutungsweise nach Nekromantie roch, aus Kindheitsängsten vor Jelkoms und den schrecklichen Dingen herrührte, die sie mit Leichen anstellten. Einerseits verstand ich sehr wohl, daß diese Geschichten wirklich nicht mehr waren als eben Geschichten, und ich schämte mich für meine kindische Angst. Andererseits hatte ich gerade erst gegen etwas gekämpft, das tot war und das ich nicht töten konnte. Dies verlieh den Schrecken, vor denen ich mich als Kind zu fürchten gelernt hatte, neues Leben.

Der Meister schien meine Gedanken zu lesen. Er ließ mir Zeit und drängte mich nicht, ungeachtet der leisen Signale von Ungeduld, die Edler Eric aussandte. Als er weitersprach, geschah dies geduldig und so, daß ich jeden Widerstand, der in mir aufkam, verarbeiten konnte. Er wußte wohl, so wie es mir im tiefsten Innern selbst klar war, daß ich die Neuigkeit verarbeiten und lernen würde, sie einzusetzen, um meinen Auftrag erfolgreich abzuschließen.

»Die Magicker pflanzten Seelen in tote Körper aller Art ein. Wir lernten dabei manches und bestätigten vieles, was Nekromantiker schon Jahre zuvor entdeckt hatten. Zum Beispiel hat ein Leichnam, der länger als eine Woche tot ist, durch die Verwesung zuviel Gehirnmasse verloren, um noch irgendeinen echten Gedanken formen zu können. Andererseits kann erlerntes Verhalten den Tod überdauern, solange der Körper in annehmbarem Zustand bleibt.« Der Meister wandte den Blick ab, während er nach einem geeigneten Beispiel suchte. Dann lächelte er. »Wenn wir einen fähigen Schwertkämpfer wiederbelebten, erhielten wir ein kampftechnisch fähiges Nekkeht. Es konnte einen Gegner nicht mehr übertölpeln, denn ihm fehlte dazu der Verstand, aber gegen unausgebildete oder unfähige Gegner war es unbesiegbar.« Er deutete auf Rostoth. »Die besten Ergebnisse erhielten wir, wenn wir einem Körper die Seele nahmen und sie sofort durch eine lösche Seele ersetzten. Das lieferte ein trainierbares Nekkeht, das in der Lage war, eine begrenzte Zahl an Befehlen auszuführen. Es wurde zu einem Agenten, der keinen Schmerz kannte, sich durch nichts aufhalten ließ und bei Entdeckung oder Gefangennahme starb, ohne etwas zu verraten.« Der Meister lächelte mich an. »Du hast dich gegen das Nekkeht besser gehalten als erwartet, Nolan, vor allem in Anbetracht der Tatsache, daß du es körperlich besiegt hast, ohne das Ritual einzusetzen.«

Seine Exzellenz und Edler Eric beobachteten aufmerksam meine Miene. Ich fand diese Sätze überwältigend, abstoßend und, das entsetzte mich mehr als alles andere, verführerisch. Die Möglichkeit, einen Krieger zu erschaffen, der Dinge tun konnte, zu denen kein *lebender* Mensch fähig war, machte Unmögliches möglich. Ein Nekkeht konnte eingesetzt werden, um einen Händlerzug, der auf einem Hochgebirgspaß von Schneemassen eingeschlossen war, mit Lebensmitteln zu versorgen, oder Bergleute zu retten, die tief unter der Erde von einer Wolke giftiger Gase eingeschlossen waren.

Die Möglichkeiten waren schier endlos und von erstaunlicher Bedeutung. Mein Unbehagen verflüchtigte sich, bis ich mich wieder daran erinnerte, daß sich derartige Kreaturen auch für Zwecke einsetzen ließen, die alles andere als hilfreich oder friedfertig waren. Plötzlich fröstelte ich. »Wenn ich das richtig verstanden habe, was Ihr mir erklärt habt, können die Magicker mehrere Seelen in einen Körper pflanzen, um eine überlegene Kreatur zu erschaffen, die auf die Ausführung einer bestimmten Aufgabe abgerichtet werden kann?« Ich hob den Arm und rieb mir die blauen Flecken an meinem Hals. »Es scheint mir, daß diese Nekkehte gelegentlich für besondere Missionen verwendet werden, in denen mit harten Bedingungen zu rechnen ist, wobei jede Verbindung zu den Tahlion vermieden werden soll.«

Seine Exzellenz lächelte. »Du hast einen Teil davon verstanden, aber deine Höflichkeit ist unnötig. Nekkehte werden generell nicht als Meuchelmörder eingesetzt. Wir haben es nicht nötig, Attentate durchzuführen. Zwang ist sehr viel wirksamer. Warum sollten wir jemanden umbringen, den wir mit Hilfe kompromittierender Einzelheiten jederzeit für uns arbeiten lassen können? Die meisten Nekkehte werden dazu verwendet, die Fracht untergegangener Schiffe zu bergen oder menschenfressende Raubtiere in abgelegenen Regionen zu erlegen. In deiner Jugend wirst du bestimmt die ironischen Geschichten über gesuchte Schwerverbrecher und wilde Bergleoparden gehört haben, die sich gegenseitig umbringen – zwei ›Vogelfreie‹, die einander in der Wildnis erledigt haben.«

Ich verbeugte mich in Richtung Seiner Exzellenz. »Ich bitte um Verzeihung und wollte keineswegs respektlos sein, aber ich brauchte die Bestätigung, daß meine schlimmsten Befürchtungen grundlos waren. Ich habe diese Geschichten in meiner Jugend tatsächlich gehört, und ich hielt sie für ein Beispiel von ›natürlicher Gerechtigkeit‹.« Ich drehte mich wieder zum Meister um.

»Vor kurzem«, fuhr dieser fort, »brauchten wir ein Nekkeht. Das Wesen seiner Mission ist nicht von Bedeutung, wohl aber, was aus ihm wurde. Wir befahlen die Ergreifung eines bestimmten Verbrechers, aber statt seiner wurde ein anderer Mann hierher gebracht. Da beides Schleicher waren, und von recht auffallendem Äußeren, bemerkte niemand den Unterschied. Der Schleicher spielte seine Rolle gut. Er wurde vorbereitet, getötet und wiederbelebt. Danach haben wir ihn in einer Schwarzen Kutsche losgeschickt.«

Ich stellte eine Augenbraue schräg. »Der Schleicher, den Ihr wolltet, war nicht der, den Ihr bekommen habt? Und er hat sich bereitwillig die Seele aus dem Leib ziehen lassen?«

Der Meister nickte. »Irgend jemand hat unseren Bedarf an einem Nekkeht vorausgeahnt. Der Schleicher war ein Adept und bestens geschult in den Tingis-Meditationstechniken. Er gestattete seiner Seele, aus ihrem Körper gelöst zu werden, und projizierte sie anschließend aus dem Körper des Tahlion zurück, um der Gefangennahme im Schädel zu entgehen. Sein Können gestattete ihm, die Herrschaft über seinen Körper zu behalten, obwohl dieser mit fünf löschen Seelen präpariert worden war. Während der Rechtsprecher, der seine Seele entnommen hatte, die Scher durchlief, packten wir den Leichnam in die Schwarze Kutsche und schickten sie los. Die Kutsche hatte Tahlianna bereits zwei Stunden zuvor verlassen, als der Rechtsprecher bemerkte, daß die Seele verschwunden war.«

Ich senkte den Kopf und starrte auf meine Füße. Ich

konnte alles nur zu gut nachvollziehen. Der Rechtsprecher war davon ausgegangen, daß die Schleicherseele
in seinem Körper gefangen war, und hatte sich nicht die
Mühe gemacht, es zu überprüfen, bis er versucht hatte,
sie in den Schädel abzugeben. Und zu diesem Zeitpunkt war es bereits zu spät gewesen. »Sobald das Nekkeht Tahlianna verlassen hatte, hat der Schleicher es
in seine Gewalt gebracht und seine neuen Kräfte zur
Flucht genutzt.«

Der Meister nickte, stand auf und winkte uns, ihm zu
folgen. Wir gingen um den Thron herum und durch
eine Tür, von deren Existenz ich nie etwas geahnt hatte.
Der Meister führte uns in einen leeren, kreisrunden
Raum mit breiten Toren, die hinaus auf einen der
Übungshöfe führten. In der Mitte des Raums lagen die
Trümmer der Schwarzen Kutsche.

Ich hatte einmal eine Zinndose gesehen, in der ein
Zauberer versucht hatte, einen Dämon einzuschließen.
Eigentlich sollte die Dose mit Symbolen bedeckt gewesen sein, die ihn hilflos machten. Tatsächlich aber erwiesen sie sich als wertlos. Der Dämon hatte die Wände der
Dose ausgebeult und seine Krallen hatten tiefe Risse in
ihre Seiten geschlagen. Zusammen hatten wir den
Dämon erledigt, bevor er sich befreien konnte, und ich
hätte geschworen, daß nichts mich so beeindrucken
konnte wie der Zustand jener Metalldose, aber beim
Anblick der Überreste der Schwarzen Kutsche verblaßte jede Erinnerung an die Dämonendose.

Schwarze Kutschen bestanden aus mehreren Schich-
ten schwerer Stahlplatten auf hölzernen Rahmen. Sie
waren mit einer besonders schweren Aufhängung versehen und dafür ausgelegt, unbeschädigt durch feindli-
ches Gebiet zu fahren. Sie brauchten ein Gespann aus
sechs schweren Zugpferden und führten Nahrung, Fut-
ter, Wasser und Reparaturmaterial mit, so daß sie zumindest für die Reise von Tahlianna an ihr Ziel so gut
wie autark waren. Nur die Eliten, die sie fuhren, wuß-

ten, was sie transportierten, aber ich konnte mich nicht erinnern, daß je einer Schwarzen Kutsche mehr als ein Radbruch oder ein lahmendes Zugpferd zugestoßen war.

Die zerborstenen Enden hölzerner Spanten ragten aus klaffenden Löchern in den Stahlplatten. An manchen Stellen war die Panzerung nur verzogen, an anderen waren die Platten zerfetzt und weggeschält. Manche der Beulen zeigten deutlich die Umrisse einer Faust oder eines Fußes. Das Dach hatte Buckel wie ein Kamel, und ein geradewegs durch den Boden gerichteter Tritt hatte die vordere Achse sauber in zwei Teile gespalten.

Die Kutsche erinnerte mich an ein von einem wütenden Kind zertrümmertes Spielzeug. Sie war im wortwörtlichen Sinne von innen heraus zerfetzt worden.

Der Meister stand unmittelbar davor und sah aus, als trage er ihr volles Gewicht auf den Schultern. »Wir haben drei Eliten verloren. Der Fahrer und sein Begleiter starben, als das Nekkeht durch das vordere Sichtfenster griff und ihnen das Genick brach. Der dritte starb, als er es mit seinem Falken angriff. Das Nekkeht wich dem Angriff aus und brach dem Falken den Flügel. Der Vogel schlug hart auf, und sein Reiter brach sich das Genick.«

Ich schüttelte den Kopf. »Der vierte Elit ist zurückgekehrt und hat berichtet, was geschah?«

Der Meister nickte. »Er wollte wieder los, das Nekkeht zu verfolgen, aber das wäre sinnlos gewesen.« Er ging zurück zum Thronsaal, und wir schlossen uns ihm an. Ich blieb bis zum Schluß und warf noch einen letzten Blick auf die Kutsche. Es lief mir eiskalt den Rücken hinab, und ich rieb mir unwillkürlich wieder den Hals.

Wir kehrten auf unsere jeweiligen Plätze zurück, und ich beugte mich vor. »Verzeiht, aber aus dem, was ich bereits gehört habe, schließe ich, daß schon ein Plan ausgearbeitet wurde, um dieses Nekkeht zu finden und zu vernichten. Das dürfte bedeuten, daß Ihr eine ziemlich genaue Vorstellung davon habt, wo es sich aufhält und wozu es benutzt werden soll.«

Der Meister lächelte. Er nickte Seiner Exzellenz zu.

Der rundliche Hochwalter drehte sich in seinem Sessel um, räusperte sich und schloß halb die Augen. »Bevor wir in die Einzelheiten deines Auftrags gehen, müssen wir sicherstellen, daß du verstehst, wie das Nekkeht vernichtet werden muß. Seine Vernichtung ist der Angelpunkt deiner Mission. Wenn dir das mißlingt, wird nichts, was du sonst tun kannst, letztlich irgendeinen Unterschied machen. Dieser erste, wichtigste Punkt muß dir vollkommen klar sein.«

Ich setzte mich gerade hin und nickte ernst.

Seine Exzellenz fuhr fort. »Durch die Zerstörung von Rostoths Körper hast du das Nekkeht im Düsterlabyrinth zwar neutralisieren können, aber eine derartige Behandlung wird bei diesem Ziel nicht gelingen. Mit Hilfe der zusätzlichen Seelen und seiner Fähigkeit, sie zu kontrollieren, kann dieses Nekkeht seine Verletzungen heilen. Auf dieselbe Weise, in der du gelernt hast, dich zu konzentrieren, um Schmerzen auszublenden oder den Blutstrom zu einer Fleischwunde zu unterbinden, kann das Nekkeht die Energie seiner zusätzlichen Seelen dazu einsetzen, den Heilungsprozeß so zu beschleunigen, daß die Wunden, die du schlägst, sich augenblicklich wieder schließen. Hätte es die Ausbildung gehabt, sich darauf zu konzentrieren, hätte das Rostoth-Nekkeht die Verwüstung, die du angerichtet hattest, nahezu komplett heilen können, bis Edler Hansur es erreicht hatte. Körperliche Zerstörung wird das Nekkeht, auf das du diesmal angesetzt bist, nicht bezwingen.«

Ich sah auf meine rechte Handfläche. »Um es zu töten, muß ich alle seine Seelen aussaugen.«

Seine Exzellenz hob warnend die Hand. »Das allein reicht nicht, Nolan. Du mußt ihm die Seelen entnehmen, während es körperlich tätig oder mit einer Aufgabe beschäftigt ist, die ihm keine Sammlung oder

Meditation gestattet. Wenn das Nekkeht seine Seele zur Abwehr deines Entnahmeversuchs projizieren kann, besteht die Möglichkeit, daß es mit dir um diese Seelen kämpft.«

Ich nickte. »Außerdem würde es das Wissen um die Existenz der Nekkehte behalten, und das muß ich verhindern?«

»Bah!« stieß Edler Eric aus. Seine Stimme klang grob, sein Tonfall abfällig. »Wie könnt ihr erwarten, daß er das schafft? Er muß selbst für das Offensichtliche noch nachfragen!«

Ich drehte mich um und knurrte ihn an. »Ich bin Rechtsprecher. Ich muß Fragen stellen, damit ich vollständig darüber im Bilde bin, was von mir erwartet wird. Ich kann nicht tun, was der Meister will, wenn ich seine Wünsche nicht kenne.«

Edler Eric kniff die Augen zusammen. »Du hast das Nekkeht vorhin nicht getötet, obwohl der Befehl eindeutig war.«

Ich ballte verzweifelt die Fäuste. »Ich tat, was ich für ausreichend hielt, um die Kreatur zu töten. Ich nehme mir nicht die Zeit, mich davon zu überzeugen, daß jeder Funke Leben aus allen Verbrechern entwichen ist, die ich töten mußte, bevor ich weiterziehe. Möglicherweise hat sich auch ein Dutzend von ihnen wieder erholt und wartet darauf, mich zu stellen, sobald ich Tahlianna wieder verlasse.«

»Ohne Zweifel angeführt von Morai!«

Lord Erics Spott traf mich wie ein Fehdehandschuh, aber ich weigerte mich, die Herausforderung anzunehmen. Ich atmete langsam aus und drehte mich zum Meister um. »Was ist wichtiger: das Nekkeht aufzuhalten oder zu verhindern, daß das Wissen um die Nekkehte Allgemeingut wird?« Ich öffnete mühsam die verkrampften Hände und wischte sie an der Hose ab. »Wem kann ich diese Kenntnisse zugestehen? Wenn ein ganzes Dorf davon erfährt, brenne ich es nieder?«

Edler Eric sprang auf, um zu protestieren, aber der Meister winkte ihn zurück. »Nolans Fragen sind gerechtfertigt.« Der Meister gab dem Lanzer-Hochwalter ein paar Sekunden Zeit, sich zu beruhigen, bevor er mir antwortete.

»Deine Hauptaufgabe besteht in der Vernichtung des Nekkeht. Darüber hinaus wäre es wünschenswert, wenn du all seine Verbündeten tötest, die um die Zusammenhänge wissen. Die Vernichtung Unschuldiger bleibt dir überlassen und sollte von deiner Einschätzung ihrer Möglichkeiten abhängen, eine Wiederholung der Ereignisse zu veranlassen, die zu diesem bedauernswerten Zustand geführt haben. Du sollst sicher kein ganzes Dorf niederbrennen, aber der Tod eines einzelnen neugierigen Soldaten oder Ministers wäre gerechtfertigt, wenn er hilft, das Geheimnis zu bewahren.«

»Ich danke Euch für die Klarstellung. Ich hoffe, daß ich Euer Vertrauen in mein Urteilsvermögen nicht werde auf die Probe stellen müssen.« Ich sah hinüber zu Seiner Exzellenz. »Ich glaube mich zu erinnern, daß im Verlauf dieses Gesprächs erwähnt wurde, daß zusätzliche Seelen sich nur eine begrenzte Zeit in einem Körper halten.«

Seine Exzellenz schürzte die Lippen. »Es sind zu viele versteckte Größen im Spiel, um diese Zeitgrenze einschätzen zu können. Durch seine besonderen Fähigkeiten könnte der Tinisschleicher in der Lage sein, die Seelen dauerhaft an sich zu binden. Aber bisher ist es nie gelungen, lösche Seelen länger als acht Wochen zu halten.«

Ich strich mir unbewußt mit der Linken über die Bartstoppeln. »Ich muß davon ausgehen, daß das Nekkeht als Attentäter eingesetzt werden soll. Wäre es auf einen versteckten Schatz aus, könntet ihr ihm ein anderes Nekkeht entgegenschicken. Ihr wollt mich in die Nähe seines Opfers bringen, so daß ich es aufhalten kann, bevor es den Mord ausführt.« Ich nickte zwar, wußte aber genau, daß das leichter gesagt als getan war. »Wer ist das Opfer?«

Seine Exzellenz legte die Fingerspitzen aufeinander. »König Tirrell von Hamis.«

Ich lehnte mich zurück und schloß die Augen. Ich sollte den Mann beschützen, der meine Heimat erobert hatte. Durch seine Hand war meine ganze Familie gestorben, und jetzt sollte ich jemanden daran hindern, ihn zu töten. Ich schüttelte ungläubig den Kopf. »Nein, das kann ich nicht.«

Edler Eric sprang auf und stand sichtlich kurz vor der Explosion. Der Meister sah mich nur an. Er wartete auf eine Erklärung, aber mir saß ein Kloß in der Kehle, der alle Worte aufhielt. Nur Seine Exzellenz reagierte überhaupt nicht. Er saß stumm da und betrachtete seine gefalteten Finger. Das war beunruhigender als alles andere.

Ich sah zum Meister hoch. »Ich kann es nicht.«

Edler Eric spuckte vor Wut. »Wir ziehen dieses ganze Theater ab, und dann weigert der Herr sich einfach! Das ist schierer Wahnsinn. Meister, befehlt ihm zu gehorchen und macht dieser Idiotie ein Ende.«

»Nein!« brüllte ich. »Bei allem Respekt, Edler Eric, ich bin Rechtsprecher. Meine Arbeit verlangt Urteilsvermögen, nicht blinden Gehorsam. Der Meister würde mir nie befehlen, meine eigene Familie zu jagen. Wenn ich nicht sicher sein kann, daß ich fähig bin, eine Mission zu erfüllen, habe ich das Recht, sie zu verweigern. Wenn ich auch nur die geringsten Zweifel hege, könnte ich im entscheidenden Augenblick zögern, und das wäre zugleich mein Ende und das meiner Mission.«

Edler Erics Gesicht lief feuerrot an. »Das ist eine unglaubliche Frechheit! Stündest du unter meinem Befehl …«

»Habt Ihr immer noch nicht begriffen, daß ich nicht unter Eurem Befehl stehe? Ich bin ein Rechtsprecher!«

Ich drehte mich zum Meister um. »Ich bin nicht der einzige, der diese Aufgabe ausführen könnte. Es gibt andere Rechtsprecher …«

Der Meister unterbrach mich mit leiser Stimme. »Wir haben schon eine andere geschickt.«

Ich erstarrte. Plötzlich schauderte mir, und ich hatte das Gefühl, jemand sei über mein Grab gegangen. »Marana?«

Es war Seine Exzellenz, der auf meine Frage antwortete. Er hatte darauf gewartet. Er hatte den Köder ausgelegt, und ich war ihm wie ein blinder, hungriger Straßenköter in die Falle gegangen. »Sie starb vor drei Wochen in Hamis. Wir haben soeben die Nachricht von dem Lanzerhauptmann am Hofe erhalten. Sie wurde feuerbestattet. Es war nicht genug von ihr übrig, um sie zur Bestattung hierher zurück zu schicken.«

So brutal diese Beschreibung auch war, sie konnte mich nicht schockieren. Ich fühlte gar nichts. Ich war ganz und gar taub. Ich versuchte verzweifelt, Maranas Bild vor mein inneres Auge zu rufen, aber ich erinnerte mich nur an mein Entsetzen im Düsterlabyrinth und wußte, daß die letzten Augenblicke ihres Lebens ganz von diesem Schrecken erfüllt gewesen waren.

Ich starrte Seine Exzellenz an. *Du Bastard, du berechnender Hurensohn. Ich hatte mir geschworen: nie wieder. Aber du hast es geschafft.* Ich schlug die Hände vors Gesicht, um mir einen Augenblick der Einsamkeit zu verschaffen und mich wieder in die Gewalt zu bekommen. Dann ließ ich die Hände sinken, verneigte mich vor dem Meister und zwang meine Antwort durch die wie zugeschnürte Kehle.

»Ich nehme den Auftrag an.«

KAPITEL ZEHN

Novize: Sechzehner

Ich traute mich nicht zu atmen, aus Angst, sie könnten die Dunstwolke sehen. Obwohl der eisige Wind jedes Wort davonriß, das sie sagten, wußte ich, daß sie nur ein, zwei Meter von meinem Versteck in einer überfrorenen Schneewehe standen. Ich wußte es, weil ich die Erschütterung ihrer Schritte durch den Harschschnee spürte. Es konnte nur noch Sekunden dauern, bis sie die Stelle fanden, an der ich mich eingegraben hatte, aber dann würde es schon zu spät sein.

Ich bin sicher, daß ich grinste, auch wenn mein Gesicht zu taub war, als daß ich es hätte fühlen können. Diese Vierzehner machten seit drei Tagen Jagd auf Marana und mich. Ihr Anführer war ein Elit, und er genoß es, das Gewirr von Fährten aufzulösen und zu durchschauen, das wir in dem Versuch, ihnen zu entkommen, angelegt hatten. Wir hatten sie am vorigen Abend abgeschüttelt, was uns ausgesprochen gefreut hatte, denn vorher war es ihnen gelungen, uns fast bis in unser Lager zu verfolgen. Wir hatten die Nacht über an diesem Willkommensgruß gearbeitet.

Ein schwarzbestiefelter Fuß brach neben mir durch den Schnee. Ich packte ihn und rollte mich nach vorne, um die Vierzehnerin, der er gehörte, in den Schnee zu werfen. Ich sprang durch die um mich herum geradezu aufgewühlte Schneedecke, versetzte ihr einen groben Schlag auf den Hinterkopf – als Zeichen, daß sie ›tot‹ war – und drehte mich zu ihrem Begleiter um.

Der Vierzehner wirbelte herum und schlug trotz der Überraschung auf seinem Gesicht mit dem Gehstock nach mir. Ich fing den Hieb mit der linken Hand ab, sprang auf ihn zu und trieb ihm nicht gerade sanft die Faust in den Bauch. Er klappte zusammen, weniger aus Schmerz als in dem Versuch, den Hieb abzufedern, und öffnete dadurch weit seine Deckung. Ich versetzte ihm einen Schlag auf den Kopf, wie ich ihn schon seiner Partnerin gegeben hatte, und er kippte wortlos in den Schnee.

Ich kniete mich hin und zog den Beutel mit Schneebällen aus meinem Versteck, den das Mädchen beinahe zertreten hatte, als sie durch die Kruste brach. Ich blickte den Weg hinab, den die beiden den Hang herauf auf den Berg gekommen waren. Ich sah hinunter auf die Straße, die durch diesen Teil des Waldes führte. Ich konnte niemanden sehen, hörte aber einzelne Gesprächsfetzen, eher undeutliche Geräusche als erkennbare Worte. Auf der anderen Seite wartete Marana in einer Schneewehe ähnlich der meinen. Ich konnte sie nicht sehen, wußte aber, daß sie mich sah, deshalb gab ich ihr ein Zeichen und schleuderte einen Schneeball in Richtung der Stimmen.

Ich landete einen Glückstreffer. »He!« hörte ich jemanden rufen. Dann setzte er hinzu: »Oh-oh! Ich bin draußen.«

Zwei andere Mitglieder der Gruppe brüllten los, dann stürmte der erste den Hang herauf, geradewegs in den nächsten Wurf hinein. Ich traf ihn an der Stirn, und sein entgeisterter Gesichtsausdruck, als das Schneegeschoß zerplatzte, ließ mich kichern. Er taumelte nach hinten, als hätte ich ihn mit einer Steinschleuder getroffen und fiel außer Sicht. Vermutlich hoffte er, mit seiner schauspielerischen Leistung das Lösegeld zu drücken.

Zwei Schneebälle kamen den Hang heraufgeflogen, verfehlten mich aber um Meter. Ich trat zwei Schritte nach rechts, näher an die Straße, und warf noch zwei

Schneebälle. Diesmal traf ich niemanden, aber dem Fluchen nach zu urteilen wäre es mir fast gelungen. In einem Vergeltungsschlag kamen weitere Geschosse der Gegenseite auf den Berg geflogen, aber sie trafen ebensowenig wie ihre Vorgänger.

Dann hörte ich neue Wutschreie. Ich rannte los, in einer gefährlichen geraden Linie geradewegs auf die Vierzehner zu, aber ich erwartete keinerlei Widerstand. Sie hatten alle Hände voll zu tun.

Als ich auf Sichtweite heran war, winkte ich. Marana stand allein zwischen den verstreuten Körpern von sieben Vierzehnern. Die beiden, die sie erledigt hatte, als sie aus ihrer Schneewehe aufgetaucht war, machten einen besonders unglücklichen Eindruck. Sie lagen zu beiden Seiten eines maranaförmigen Lochs im Schnee. Die vier anderen wirkten nicht ganz so empört, und einer erklärte, er hätte sich wehren wollen, wäre aber von einem Lachanfall kampfunfähig gemacht worden, als er die Gesichter seiner beiden Kameraden sah.

Jemand rief die beiden Vierzehner herunter, die ich getötet hatte, und die ganze Gruppe drängte sich im kalten Wind aneinander und wartete darauf, daß wir die Lösegelder festsetzten. Marana und ich waren großzügig und verlangten nur die übliche Summe von je sechs Imperials. Zwei von ihnen murrten zwar, daß sie mehr Dienst schieben mußten, um sich wieder in die Übung einzukaufen, aber die anderen steckten es ohne großes Aufhebens weg.

Sie wandten sich zum Gehen, nur der Elit zögerte. Er war derjenige, den ich mit dem blind geworfenen Schneeball ausgeschaltet hatte. »Nicht schlecht.« Er grinste, während er den Hinterhalt ein letztes Mal abschätzte. »Das merke ich mir für das nächste Jahr.« Er lief hinter den anderen her und drehte sich noch einmal um. »Bis morgen!«

Die Edlen hatten die Winterspiele als Übung für die Rechtsprecher erdacht, ebenso, um ihre Findigkeit zu fördern wie ihre Fähigkeit, ohne Unterstützung zu operieren. Die Rechtsprecher-Sechzehner wurden paarweise ausgelost und für einen Monat Überlebenstraining in die Tahlberge geschickt. Zusätzlich zum Kampf gegen die Elemente und die Suche nach Nahrung rückten alle Dreizehner, Vierzehner und Fünfzehner aus, um den Rechtsprechern das Leben schwer zu machen und zu versuchen sie einzufangen – einen Trupp pro Woche.

Während des Manövers galt ein einfaches Wirtschaftssystem, in dem sich die Novizen durch bestimmte Arbeiten im Lager, Glücksspiele untereinander oder die Gefangennahme von Sechzehnern Imperials verdienten. Die Novizen, die an der Gefangennahme eines Sechzehners beteiligt waren, erhielten einen Anteil seines ›Schatzes‹, der aus eingezogenen Lösegeldern der von ihm ›getöteten‹ Novizen bestand. Diese Lösegelder konnten bis zu acht Imperials betragen. Das Lösegeld für einen gefangenen Sechzehner betrug die Hälfte seines Schatzes vor der letzten Begegnung mit den Novizen, die ihn gefangen hatten. Er durfte einen Fluchtversuch unternehmen, wenn sich die Gelegenheit dazu bot, aber bei einem gescheiterten Fluchtversuch verdoppelte sich das Lösegeld.

Erfolg oder Mißerfolg in den Spielen wurde an der Anzahl der Imperials gemessen, die wir am Ende besaßen, auch wenn viele Stimmen zugaben, daß diese Methode vor allem die guten Glücksspieler belohnte. Ich war immer der Ansicht gewesen, daß es schon genügte, eine Woche auf der Jagd nach Sechzehnern zu überleben, aber als Fünfzehner hatte mich die Habgier gepackt, und dadurch waren die diesjährigen Spiele für die Sechzehner besonders schwierig.

Marana tippte mir auf die Schulter und deutete nach oben. »Es gibt bald Schnee, Nolan. Wir sollten zusehen, daß wir ins Lager kommen, damit er unsere Spuren zudeckt.«

Ich nickte und marschierte den Berg hoch. Wir hatten

zwei Wochen vor Beginn der Spiele erfahren, wo unser
›Territorium‹ lag, und Marana und ich hatten uns verschiedene mögliche Lagerplätze ausgesucht. Als beste
Möglichkeit hatten wir eine Höhle hoch im Berg gewählt. Dort war es zwar bitterkalt, aber wir fanden
Schutz vor den Elementen, und eine Kammer der Höhle bog seitlich ab, so daß sie vom Höhleneingang aus
nicht zu sehen war und recht windstill blieb, selbst
wenn draußen ein Gewitter tobte.

Der Wind heulte über das weite Schneefeld unterhalb
unseres Lagers. Wir überquerten es so schnell wie möglich und erreichten den Höhleneingang, als gerade der
erste Schnee fiel. Ich zog die weiße Zeltplane zurück,
die wir über den Eingang gespannt hatten, und Marana
schob sich hinein. Ich folgte ihr. Im Innern kniete ich
mich hin und band die Plane wieder an einem in eine
Felsspalte gerammten Pflock fest. Der Wind zerrte und
riß zwar an dem Tuch, es hielt aber den Wind und
Schnee weitgehend ab.

Nach drei Metern öffnete sich der etwas über einen
Meter breite Eingangstunnel in eine große Kammer. In
deren Dach war ein schmaler Riß, durch den vereinzelte Schneeflocken hereinwehten. Darunter lag eine rußgeschwärzte Wand und ein Stapel Holz. Als ich ihn zuerst sah, hatte ich angenommen, daß Schäfer diese
Höhle im Sommer als Unterschlupf bei Gewitter benutzten. Allerdings hatte ich keine weiteren Hinweise
auf eine derartige Verwendung gefunden.

Von dieser großen Kammer zweigte ein kleinerer
Raum ab. Weil er leichter warmzuhalten war, hatten
Marana und ich uns entschieden, es uns hier bequem zu
machen. Der Rauch des kleinen Lagerfeuers, das wir
trotz der Gefahr einer Entdeckung riskierten, zog durch
den natürlichen Kamin der Haupthöhle ab, und solange
wir es nicht zu hoch brennen ließen, stellte es keine Gefahr dar. Der Boden war blanker Fels und nicht wirklich
glatt, aber wenn ich mich abends schlafen legte, war ich

zu erschöpft, um es zu bemerken oder mich weiter darum zu kümmern, auch wenn ich mich morgens regelmäßig wie gerädert fühlte. Wir hatten beide schon verschiedene Versuche unternommen, etwas daran zu ändern, aber ohne Erfolg.

Marana hatte den weißen Tuchanzug, den sie als Tarnung über dem Pelz trug, bereits ausgezogen. Abgesehen davon, daß sie uns im Schnee eine gute Tarnung waren, hatten die Anzüge kaum einen Wert, aber keiner von uns dachte auch nur daran, ohne einen aus der Höhle zu gehen.

Ich legte den Schneeanzug ab und zog die Pelzjacke aus. Darunter trug ich nur ein Baumwollhemd, das jetzt vom Schweiß des Rückwegs dampfte. Marana sah mich an und lachte. »Du siehst aus wie ein Dämon.«

»Und das muß ich mir von einer Jelkom sagen lassen?«

Sie schnitt eine greuliche Grimasse. »Buh!«

Ich grinste und warf mit der Jacke nach ihr. »Wenn du Wert darauf legst, bekomme ich jetzt Angst.«

Sie rümpfte die Nase, dann kniff sie in gespielter Drohung die Augen zusammen. »Mach einfach Feuer, oder ich geb dir Grund, Angst zu haben.«

Ich zog das Messer aus dem Stiefel und schnitt Holzspäne von einem trockenen Scheit. Als ich einen anständigen Haufen Zunder beisammen hatte, drehte ich das Messer um und schlug mit der stumpfen Seite der Klinge Funken aus einem Stück Feuerstein, das ich aus meinem Rucksack holte. Beim dritten Versuch gelang es mir, den Zunder zu entzünden, und es dauerte nicht lange, bis eine gelbe Flamme aufsprang. Vorsichtig schob ich allmählich größer werdende Zweige nach, und nach kurzer Zeit hatte ich ein ganz ordentliches Lagerfeuer zustande gebracht.

»Man fühlt sich gleich wärmer.« Ich wartete, bis das Feuer stetig loderte, dann stand ich auf, füllte am Eingang einen kleinen Topf mit Schnee und klemmte ihn zwischen zwei der Steine, die um den Rand der Feuerstelle lagen.

»Denk daran umzurühren.« Marana sah von dem Schneehasen auf, den wir früher am Tag mit einer Drahtschlinge gefangen hatten. Da er noch gefroren war, konnte sie ihm auf recht unblutige Weise die Haut abziehen. »Ich weiß, Marana. Ich lasse ihn nicht noch einmal anbrennen.« Wieder zog ich das Messer und hielt den schmelzenden Schnee in Bewegung. Am ersten Morgen war ich zum Eingang gegangen, um mehr Schnee zu holen, hatte unten am Berg ein paar Dreizehner gesehen und war stehengeblieben, um sie zu beobachten, während hinter mir das Wasser anbrannte. Seitdem stichelte Marana, daß selbst sie wußte, daß Schnee anbrennen konnte, obwohl sie aus Temur stammte, wo es im Gegensatz zu Sinjaria selbst im Winter keinen Schnee gab.

Diesmal schmolz der Schnee schnell – und ohne anzubrennen –, und nach kurzer Zeit hatte ich einen Topf mit kochendem Wasser. Ich stöberte in meinem Rucksack und fand meinen Vorrat an Teeblättern. Ich warf ein paar in den Topf. Das Wasser wurde dunkler, und das Frühlingsaroma des Tees füllte die Höhle.

»Riecht gut, Nolan.« Marana berührte mich an der Schulter, und ich lächelte zu ihr hoch. Sie hatte die Pelze ausgezogen, und von den Baumwollsachen, die sie darunter trug, stieg ebenfalls Dampf auf.

Ich streckte mich zur Seite und warf ihr mein Bärenfell zu. »Leg das um oder setz dich näher ans Feuer, bevor du mir erfrierst.«

Sie fing es auf, wickelte sich darin ein und setzte sich neben mich. »Der Hase ist fertig zum Verbrennen.«

Ich zwang mich zu einem Lächeln. »Soweit ich mich entsinne, bist du heute an der Reihe, unser Essen ›ungenießbar‹ zu machen.« Schlimmer noch als die Tatsache, daß ich es geschafft hatte, das Wasser anbrennen zu lassen, war, daß ich es zwei Tage zuvor tatsächlich fertiggebracht hatte, einen anderen Hasen, der uns in die Schlinge gegangen war, zu kochen. Maranas Ansichten über das Kochen entsprachen denen Jevins: Wenn die Götter es gewollt hätten, daß die Menschen gargekochtes Fleisch aßen, würden die Tiere ihr eigenes Feuerholz mit sich herumtragen. Ich hatte mich mit meinen Kochkünsten selbst übertroffen und sogar etwas von dem Salz dafür geopfert, das ich aus Tahlianna herausgeschmuggelt hatte. Doch Marana war nicht begeistert gewesen. Trotzdem hatte sie von dem Hasen gegessen, denn selbst schlechtes Essen war besser als gar keins.

Ich beugte mich hinüber, zog eine Holzschale aus dem Rucksack und goß mir etwas Tee ein. Der Tee dampfte, und ich sog die süße Wärme in die Nase. Lächelnd nippte ich daran. Trotz meiner Vorsicht verbrannte ich mir die Zunge.

Ich stand auf und verbeugte mich vor Marana. »Das Feuer gehört dir.« Ich ging in die Haupthöhle, die dampfende Teeschale in der Hand. »Ich gehe mir den Schneesturm ansehen.«

Marana kroch an meinen Platz, und nach ein paar Schritten war sie nicht mehr zu sehen. Die Zeltplane zerrte knallend an den Seilen, hielt aber. Ich trank noch etwas Tee und wartete, bis seine Wärme von meinem Magen aus durch den ganzen Körper gezogen war, dann kniete ich mich hin und löste die untere Ecke der Plane.

Der Schnee wirbelte wie Herbstlaub im Wind. Unsere Fußspuren waren bereits völlig verschwunden, und noch gab es keine Anzeichen, daß der Sturm nachließ. Solange wir hier in der Höhle blieben, hatten unsere Verfolger keine Spur, die sie zu uns hätte führen können. Zumindest vorerst waren wir sicher.

Ich schnürte die Plane wieder fest und setzte mich zurück. Während ich dem Heulen des Windes lauschte, hoffte ich, daß die anderen einen ebenso guten Unterschlupf gefunden hatten. Jevin hatte eine blonde Sechzehnerin namens Vedia zur Partnerin, und ich beneidete ihn nicht darum.

Vedia war Maranas Zimmergenossin, und weil Marana einen Geliebten hatte, war sie entschlossen, sich auch einen zuzulegen. Sie hatte es bei mir versucht, aber ich hatte mich mit der Behauptung gerettet, daß ich bei meiner Geburt einem Mädchen in Sinjaria versprochen worden war. Ich glaube zwar nicht, daß sie mir dàs geglaubt hat, aber es dauerte nicht lange, bis ihr Auge auf Jevin gefallen war. Ich verkniff mir ihm gegenüber alle Scherze darüber, weil er sich ungeheure Sorgen darum machte, ob er ihre Gefühle verletzen könnte, oder wie sie ein bestimmtes Verhalten seinerseits auffassen mochte.

Lothar hatte ihm vorgeschlagen, sie einfach umzubringen, aber Jevin hatte das als wenig erfolgversprechende Möglichkeit verworfen. Statt dessen war er ihr so gut es ging aus dem Weg gegangen, wenn wir alle gemeinsam trainierten, und es hatte danach bereits ausgesehen, als würde sie es aufgeben, ihn zu umgarnen, als das Losglück die beiden ausgewählt hatte, einen Monat allein in der Wildnis der Tahlberge zu verbringen.

Lothars Lage war, je nachdem, wie man es sehen wollte, besser oder schlimmer als die Jevins. Als Marana mich als Partner zugelost bekam, hatte er angeboten, allein in die Berge zu gehen. Da es sich dabei um keinen allzu ungewöhnlichen Wunsch handelte und ohnehin eine ungerade Zahl von Sechzehnern an den Spielen teilnahm, hatte er seinen Willen bekommen. Als wir Tahlianna verließen, war Lothars Stimmung gedrückt gewesen, aber man sah ihm trotzdem an, daß er sich von den Winterspielen einiges erwartete.

Ich hob die Teeschale in stummem Gruß an Jevin und Lothar und leerte den Rest des Tees. Ein glücklicher Zufall hatte mir Gelegenheit gegeben, ihn von einem Dreizehner zu konfiszieren. Es war strikt verboten, irgendwelche Nahrungsmittel zu den Spielen mitzunehmen, aber wir alle schmuggelten irgend etwas mit hinaus. In den Jägerlagern konnte man Nahrung gegen Imperials eintauschen. Die Sechzehner ihrerseits betrachteten das Schmuggeln als erste Stufe des Überlebenstests, und die Dienstleister, die uns vor dem Abmarsch durchsuchten, hielten zwar nichts vom Schmuggeln, waren aber nicht besonders gut.

Marana steckte den Kopf aus der Höhle und rief mich zum Essen. Sie hatte den Hasen recht ordentlich gebraten. »Ich habe ihn so übers Feuer gehängt, daß deine Hälfte schön verbrennt, so wie du es magst, und meine noch genießbar bleibt.« Sie teilte den Braten in der Mitte und ließ meine Hälfte in meine Schale fallen. Sie dampfte noch.

Wir sprachen nicht viel beim Essen. Heute waren wir zum erstenmal vor Sonnenuntergang in die Höhle zurückgekehrt und hatten noch genug Kraft, unser Essen zu genießen. Meine Hälfte des Hasen war leicht angebrannt, aber die angekohlten Partien machten ihn knuspriger und er schmeckte wirklich gut. Ich ließ Marana wissen, daß es mir schmeckte, und teilte sogar etwas Salz mit ihr, um ihr zu beweisen, wie sehr ihre Kochkünste mir zusagten.

Nach dem Essen wusch ich meine Schale mit den Resten des Tees aus und sammelte etwas Schnee für einen neuen Aufguß. Als er fertig war, schenkte ich uns beiden gerade rechtzeitig eine Schale ein, bevor die Erschöpfung der zweieinhalb Wochen Wildnis, die wir schon hinter uns hatten, uns einholte.

Marana setzte sich im Schneidersitz auf den Rand ihrer Rehfelldecke. Sie schloß die Augen und lehnte sich zurück. Das flackernde Licht des Feuers spielte über ihren Hals und das offene lange schwarze Haar. »Hmmmm. Nach den Stunden in der Schneewehe fing ich schon an zu glauben, mir würde überhaupt nicht mehr warm werden.«

Ich nahm einen großen Schluck Tee. Er rann meine

Kehle hinab in den Magen. Die Wärme strahlte durch meine Schenkel hinab und durch die Brust hinauf. Es war ein herrliches Gefühl. Es brannte die Kälte aus meinen Muskeln, und mit der Kälte auch die Taubheit. Es war schön, wieder Gefühl in den Gliedern zu haben, selbst wenn das vor allem aus Schmerzen bestand.

»Nolan.«

»Ja?«

Marana nickte zum Feuer. »Schau in die Flammen.«

Ich tat es. Die Flammen leckten, umarmten und verzehrten die Holzscheite des Lagerfeuers. Eines der Scheite war ziemlich aromatisches Holz und füllte die Höhle mit Wärme und Leben. »Gut.«

»Wenn ich ins Feuer blicke, sehe ich etwas. Du auch?«

Ich murmelte: »Ja.« Selbst nach vier Jahren schnürten mir so einfache Fragen die Kehle zu.

Marana sprach weiter, ohne mir wirklich zugehört zu haben. »Ich sehe Feiern in Temur. Ich kann die jungen Krieger beim Schwerttanz erkennen. Ich habe ihn zwar nur ein einziges Mal bei der Feier gesehen, aber das bringt es alles zurück. Sieh hin, wie die Klingen blitzen, während sie im Scheinkampf umeinander wirbeln.«

Ich sah zu ihr hinüber. Ihre Augen blickten in unbestimmte Fernen meilenweit von hier und dem Lagerfeuer entfernt, aber ihr Gesicht strahlte vor Freude und Begeisterung. Sie war schöner als je zuvor. Sie drehte sich um und merkte, wie ich sie anstarrte. Sie lächelte. »Was siehst du in den Flammen?«

Ich versteifte mich. »Gesichter.«

Sie bemerkte meine unwillkürliche Regung nicht und drängte: »Was für Gesichter?«

Ich zögerte. »Die Gesichter der Toten.«

Selbst der Schmerz, der in ihre Miene trat, konnte die Schönheit ihrer Züge nicht zerstören. Sie öffnete den Mund, um etwas zu sagen, aber ihr Kinn zitterte nur, und es drang kein Laut aus ihrer Kehle.

Ohne daß ich etwas dazu tat, füllte meine Stimme die

Stille. »Meine ganze Familie ist im Krieg umgekommen. Ich habe als einziger überlebt. Ich konnte sie nicht beerdigen. Ich war krank und hatte die Kraft nicht, die Gräber auszuheben. Weil ich ihre Gebeine nicht der Erde übergeben konnte, machte ich aus unserem Haus einen Scheiterhaufen und sah zu, wie es abbrannte, um sicherzugehen, daß das Feuer seine Arbeit tat.«

Ich deutete mit einem zitternden Finger auf eine spuckende Flamme. »Da, das ist Arik. Er war fünf Jahre jünger als ich. Er hatte einen Klumpfuß, aber du hättest ihm nicht angemerkt, daß er anders war. Er war immer so fröhlich. Götter, wenn er nicht zusammen mit mir oder Hal oder Malcolm spielen konnte, dann schrie und brüllte er, um uns anzufeuern.« Meine Kehle wurde eng. »Die Hurensöhne haben ihn niedergeritten und aufgespießt wie ein Schwein.«

Ich schloß den Mund, bevor ich schreien mußte. Ich wußte, daß es die Müdigkeit war und das Gefühl, wieder gejagt zu werden, die mir die Bilder vor Augen führten und die Tränen in die Augen trieben – aber dieses Wissen half mir nicht, es zu verhindern. Ich vergrub das Gesicht in den Armen und heulte. Ich wollte die Tränen aufhalten, aber ich konnte es nicht. Sie brannten heiß auf meinen frostkalten Wangen, und meine Brust bebte unter erstickten Schluchzern. Ich konnte Arik nicht aus dem Kopf bekommen. Ich sah nur noch sein fröhliches, lachendes Gesicht, zerschlagen und verzerrt, als Leiche.

Ich bemerkte nicht, daß Marana zu mir herübergekommen war, bis ihre Umarmung so eng wurde, daß ich nicht mehr atmen konnte. Ich drehte mich und setzte mich auf, um sie zu erwidern. Sie glitt in meine Arme und war so klein und zierlich, und dabei doch so stark.

»Nolan, es tut mir leid.« Sie drückte mich, dann zog sie sich gerade weit genug zurück, um mich anzusehen. Sie kniete mir gegenüber, nahm mein Gesicht in die Hände, wischte die Tränen mit den Daumen fort. »Ich wußte das nicht. Ich hätte sonst nie gefragt …«

Ich schloß halb die Augen und schüttelte sanft den Kopf. »Es ist nicht deine Schuld. Ich bin nur müde. Es tut mir leid.« Ich neigte den Kopf und drückte ihr einen Kuß auf die linke Handfläche. »Danke.«

Ich ließ locker, so daß sie sich zurückziehen konnte, aber Marana zog sich nicht zurück. Ich sah ihr in die Augen und erkannte, wie der Schmerz sich verzog und etwas anderem Platz machte. Sie senkte ihre Lippen auf die meinen, und wir küßten uns.

Dieser Kuß reichte vielleicht nicht aus, um eine schlafende Prinzessin zu wecken oder einen Frosch in einen Prinzen zu verwandeln, aber er war genug, in mir Gefühle zu wecken, die ich seit dem Tod meiner Familie unterdrückt hatte. Der Teil meiner selbst, der nach Zuneigung hungerte, wie ich sie in Sinjaria gekannt hatte, schloß Marana fest in mein Herz. Der Teil meiner selbst, den ich in meiner Hast, ein Rechtsprecher zu werden und den Mord an meiner Familie zu vergelten, verworfen hatte, meldete sich zurück und machte mir klar, daß das hier gut und richtig war.

In jener Nacht liebten wir uns. Es war eine sanfte und trotzdem spielerische Erfahrung, voll von Zärtlichkeit, wie ich sie in keinem von uns beiden vermutet hatte, während wir trainierten oder Jagd auf Vierzehner machten. Sie ließ uns beide müde, aber befriedigt und voller Kraft zurück.

Hinterher lagen Marana und ich uns im Licht des herunterbrennenden Lagerfeuers in den Armen, warm und bequem unter unseren Felldecken. Ich erzählte ihr eine Menge Dinge, teilte unsere dunkelsten Familiengeheimnisse mit ihr, unsere Witze und Anekdoten. Ich erzählte ihr Dinge, von denen unsere Großmutter mir streng verboten hatte, sie jemals irgend jemandem zu verraten, der kein Blutsverwandter war. Nach dem Tod meiner Familie erschien diese Geheimhaltung nicht mehr so wichtig wie das Band, das ich damit hier und jetzt knüpfte.

Ich deckte das Feuer zu, damit die Glut bis zum nächsten Morgen hielt, dann kroch ich wieder zwischen die Decken, und wir sprachen weiter, bis wir beide einschliefen.

Und kein einziges Mal, weder im Wachen noch im Träumen, dachte ich an Lothar.

An die nächsten drei Tage kann ich mich nicht mehr allzu genau erinnern. Sie gingen mehr oder weniger ineinander über. Der Himmel blieb bedeckt, es schneite unablässig, und ich war in meinem ganzen Leben nicht so glücklich. Die wilde Freude und Erregung machten mich zu einem wahren Energiebündel, mit dem Ergebnis, daß ich mich völlig unvernünftig verhielt und den Vierzehnern, die uns jagten, das Leben zur Hölle machte.

Wenn wir nicht unterwegs waren und die Vierzehner mit waghalsigen Vorstößen in Atem hielten, die nur dank ihrer unglaublichen Frechheit Erfolg hatten, redeten Marana und ich und liebten uns. Wir fragten einander aus und erfuhren die persönlichsten Geheimnisse des anderen. Wir verglichen unsere Eindrücke von den Geschehnissen der letzten drei Jahre und lachten oder erröteten, als wir uns an die peinlicheren Augenblicke erinnerten.

Je mehr wir redeten, um so überzeugter war ich, daß Marana die Frau war, die das Schicksal für mich ausersehen hatte. Wir waren uns in so vielem einig. Im Rückblick entschieden wir, wann wir zum erstenmal die gegenseitige Anziehung gespürt hatten, und erinnerten uns daran, was wir getan hatten, um unsere Gefühle vor dem anderen zu verbergen. Oder einer von uns beantwortete eine Frage, bevor der andere sie gestellt hatte, so wie es meine Mutter häufig bei meinem Vater getan hatte, und das bestätigte mir, daß unsere Beziehung gesegnet war.

Unser Glück war nicht auf die Liebe beschränkt. Wir entkamen den Fallen unserer Jäger, vereitelten ihre Hinterhalte und schafften es sogar, sie zu überfallen, als sie in einem geschützten Waldstück Pause machten. Wieder und wieder besiegten wir eine Streife und verschwanden im Schneesturm, der über die Berge toste. Wir wagten sogar, einen Trupp, der Jagd auf Jevin und Vedia machte, aus dem Hinterhalt anzugreifen, und gewannen.

Unsere Liebe machte uns unbesiegbar.

Der vierte Morgen brachte eine Änderung, sowohl im Wetter als auch im Hinblick auf unsere Verfolger. Ich wachte auf und glitt unter der Felldecke vor, ohne Marana zu wecken. Nur in Stiefeln und Fellhose ging ich zur Plane. Sie hing schlaff und reglos herab. Ich kniete mich hin und löste die untere Ecke. Als ich hinaustrat, stand ich im Licht der Morgensonne. Über mir erstreckte sich ein strahlend blauer Himmel.

Ein Windstoß machte mir eine Gänsehaut, und meine Brustwarzen wurden steif. Ich atmete durch die Nase ein und fühlte, wie die Schleimhäute gefroren. Meine Augen tränten, und das linke fror zu. Ich preßte die schnell auskühlenden Finger ans Gesicht und taute es mit deren letztem Rest von Wärme wieder auf.

Trotz der bitteren Kälte zog ich mich nicht zurück, sondern ließ mich in eine niedrige Hocke fallen. Weit unter mir trat eine Reihe von Fünfzehnern aus dem Wald. In einer Formation von dreißig oder mehr Novizen suchten sie den Boden nach Spuren ab. Sie waren früh aufgestanden und würden ohne Zweifel heute noch ein paar Sechzehner erwischen.

Marana und ich hatten Glück. Für den Augenblick waren wir sicher, weil der Schneefall der letzten Nacht all unsere Fußspuren unter einer frischen Lage Pulverschnee verborgen hatte.

Ich kehrte in die Seitenkammer zurück, kauerte mich neben das Feuer und weckte Marana. »Wir haben ein Problem.«

Sie setzte sich auf. Langsam wich die Müdigkeit aus

ihrem Gesicht. Die Felldecke fiel von ihrer Brust, und in Gedanken verfluchte ich die Fünfzehner. Sie reckte sich und rieb sich den Schlaf aus den Augen. Sekunden später war sie hellwach, und ihr taktischer Verstand arbeitete auf vollen Touren. »Die Fünfzehner?«

Ich nickte und warf ihr das Wollhemd zu, das sie am Tag zuvor getragen hatte. »Es ist ein heller, klarer Morgen, und sie jagen im Rudel.« Ich knurrte und schenkte mir etwas Tee ein. »Die Gruppe, die gerade hier vorbei ist, dürften Lanzer gewesen sein. Ihre Stimmen waren so laut, daß ich ein paar Klagen darüber auffangen konnte, daß sie ihre Pferde vermissen.«

Sie zog das Hemd über. »Wie immer.«

Ich runzelte die Stirn und nippte an dem Tee. Er war reichlich dünn, weil wir am Abend unseren letzten Vorrat aufgebraucht hatten. Ich hatte die letzten Krümel aus dem Beutel schütteln müssen, um überhaupt noch etwas aufgießen zu können. »Das schmeckt mir gar nicht.« Ich reichte Marana die Teeschale und zog meine Felljacke über. »Sie werden alle Gebiete absuchen und dann massiert in die Zonen zurückkehren, in denen sie keine Sechzehner erwischt haben. Wenn sie dermaßen zusammenarbeiten, wird es herb.«

Marana nickte. Sie stimmte sichtlich mit meiner Einschätzung der Lage überein. »Das hast du jetzt von deiner Prahlerei.«

»Ich habe nicht geprahlt. Das war einer von Erlans Freunden.« Als Fünfzehner hatten Jevin und ich uns mit Erlan und den Eliten abgesprochen, in großen Rudeln zu jagen. Wie die Vierzehner, die wir in diesem Jahr gefangen hatten, hatten die Fünfzehner im Jahr davor in kleinen Trupps nach den Sechzehnern gejagt. Aber wenn wir in Rudeln unterwegs waren, konnten die Sechzehner uns nichts anhaben. Anscheinend hatte sich jemand an die Geschichten über unseren Erfolg im Vorjahr erinnert und sich entschlossen, unseren eigenen Plan gegen uns einzusetzen.

Wenn ich die Zahlen richtig im Kopf hatte, machten da draußen im Gebirge etwa zweihundert Fünfzehner Jagd auf nur vierzig Sechzehner. Das ergab fünf Fünfzehner auf einen Rechtsprecher, und das auch nur, solange keiner von uns in Gefangenschaft geriet. Es würde schwer werden, das zu überleben.

Marana und ich gönnten uns ein warmes Frühstück. Wir säuberten die Höhle und entschieden uns, unsere Ausrüstung in der Haupthöhle zu verstecken, wo die Schäfer ihr Holz stapelten. Wir verstauten unsere Sachen unter den Holzscheiten. Wir holten auch die Plane herein und versteckten sie.

In unsere Schneeanzüge gepackt, die Schneeschuhe in der Hand, blickten wir hinaus über das makellose Schneefeld unter uns. Die Lanzer waren vorbeigezogen, und ihre Spuren am Fuß des Hangs waren unübersehbar. Ich drehte mich zu Marana um.

»Angriff oder Flucht?«

Sie lächelte. Es kam Jevins Wolfsgrinsen recht nahe. »Siehst du irgendeinen Grund, Liebling, warum uns unser Glück verlassen haben sollte?«

Ich dachte einen Augenblick lang nach und verdrängte jeden Gedanken an einen Fehlschlag. »Nein.« Ich deutete mit ausladender Geste auf die unberührte weißglitzernde Weite unter uns. »Ins Gefecht dann, edle Dame?«

»Erst noch eine Gunst, mein Herr.« Sie legte die behandschuhten Hände um meinen Hals und zog meinen Mund zu ihrem hinab. Wir küßten uns lang und ausgiebig. »Nur, damit du nicht frierst.«

Ich grinste. »Laß es mich wissen, wenn du gewärmt werden willst.«

»Keine Bange, Liebling, das werde ich.«

Wir brauchten eine Stunde, um den Fuß des Hangs und die Spur der Lanzer zu erreichen. Sie waren nach Osten unterwegs, auf einer Linie, die sie geradewegs in Jevins

Territorium führte. Das machte mir Sorgen, aber selbst wenn ich gewußt hätte, wo Jevin sein Lager aufgeschlagen hatte, hätte ich es nicht mehr vor den Lanzern erreichen können. Ich hoffte, daß Jevin ihnen entkommen konnte, selbst wenn er Vedia dazu im Stich lassen mußte.

Marana hockte sich neben mich. »Sie scheinen geradewegs von ihrem Lager hierher gekommen zu sein. Die Spuren sind scharf, also kann es nicht weit entfernt liegen. Nicht einer von ihnen war müde.«

Ich nickte. »Ich würde wirklich, gerne wissen, wo sie stecken. Dann könnten wir vielleicht ein Versteck finden, das sie schon durchsucht haben, und unser Lager dorthin verlegen.«

Marana schmunzelte und schnallte ihre Schneeschuhe ab. Es dauerte eine Weile, bis ich verstand, dann tat ich dasselbe. Wir schnallten sie verkehrt herum wieder an. Dadurch konnten wir in den Spuren der Lanzer zurück gehen, ohne eine Spur zu hinterlassen, die sich verfolgen ließ. Es würde aussehen, als wären wir bis hierher gekommen und hätten uns in Luft aufgelöst. Bis unsere Jäger erkannten, was wir getan hatten, würde unsere Erkundungsmission beendet und wir längst wieder verschwunden sein.

Die Spur der Lanzer zurückzuverfolgen war leicht, aber das galt ganz und gar nicht für den Versuch, uns ungesehen dem Lager der Fünfzehner zu nähern. Nicht, daß sie Wachen aufgestellt hatten – niemand hätte es gewagt, das Lager zu überfallen –, aber es herrschte eine solche Geschäftigkeit, daß ständig irgend jemand in welche Richtung auch immer sah.

Ich bemerkte als erster, daß keiner der Fünfzehner einen Schneeanzug trug. Das schien sinnvoll, wenn sie als Rudel jagten, denn sie wollten ihre Beute vor sich hertreiben und in die Enge drängen und sich nicht anschleichen. Außerdem verhinderte es, daß die Jagdrudel die eigenen Leute verfolgten. Marana und ich nutzten diese Strategie schnell zu unserem Vorteil, streiften die Tarnanzüge ab und vergruben sie. Jetzt wirkten wir auf den ersten Blick wie Fünfzehner.

Sie hatten ihr hufeisenförmiges Lager auf einer freien Wiese errichtet. In der Mitte der kleineren Zelte, die beide Arme des Hufeisens formten, erhob sich ein großes Zelt, das zugleich als Hauptquartier und Messe diente. Die kleineren, halb in den Schnee eingegrabenen Zelte benutzten die Fünfzehner als Unterkünfte. In jedem Zelt konnten vier Leute bequem unterkommen, und es gab sechzig von ihnen. Die zehn Zelte – zusätzlich zu denen, die für die Fünfzehner benötigt wurden – waren für gefangene Sechzehner gedacht.

Die Anzahl der Novizen, die sich noch im Lager befanden, ließ darauf schließen, daß nur zwei Drittel der Fünfzehner auf der Jagd waren. Die anderen waren im Lager geblieben und arbeiteten. Das gefiel mir überhaupt nicht, denn es bewies, daß sie unsere Strategie des vorigen Jahrs übernommen hatten. Die besten Jäger zogen aus und gingen die Risiken ein, während die weniger guten zurückblieben und Imperials verdienten, mit denen sie die guten Jäger auslösen konnten.

Aber am schlimmsten war in meinen Augen, wie ordentlich und gut organisiert das Lager war. Das sagte mir, daß die Fünfzehner von einem Lanzer oder Krieger angeführt wurden. Ich mochte die Lanzer zwar nicht sonderlich, aber ich hatte Respekt vor ihren taktischen Fähigkeiten, und es behagte mir ganz und gar nicht, daß ich mich plötzlich am ungemütlichen Ende einer Strategie wiederfand, die Jevin, Erlan und ich im letzten Jahr zusammengestückelt hatten, erst recht nicht, nachdem ein guter Taktiker ihre Lücken gestopft hatte.

Marana und ich suchten uns eine Stelle im Wald, von der aus wir das Lager im Auge behalten konnten. Wir versteckten uns unter den Ästen einer großen Kiefer. Der Schnee war bis zu den unteren Zweigen aufgeweht, aber um den Stamm bot uns eine tellerförmige Vertiefung Deckung vor dem Wind und erlaubte uns, das Treiben unbemerkt zu beobachten.

Was wir sahen, war alles andere als angenehm. Gegen Mittag waren schon sechs Rechtsprecher zurückgebracht worden. Vier ließen den Kopf hängen, weil sie von den Lanzern und ein paar Kriegern gefangen worden waren. Die letzten beiden waren von Rechtsprechern geschnappt worden, so daß sie nicht ganz so betrübt waren. Die Fünfzehner brachten die Gefangenen zu einem Zelt am Rand des Hufeisens und stellten als Wache einen Lanzer davor auf.

Am Nachmittag brachten die Jäger noch vier weitere Paare ins Lager. Zwei Stunden vor Sonnenuntergang marschierte der Trupp los, der am Morgen gearbeitet hatte, und schaffte noch einmal drei Paar Sechzehner heran. Schließlich tauchten die letzten beiden Gruppen auf, als die Sonne den Schnee schon blutrot färbte, und sie hatten ebenfalls Gefangene gemacht.

Es brauchte zwölf Novizen, um Jevin und Vedia ins Lager zu zerren. Vier ihrer Verfolger marschierten voraus, die anderen acht folgten hinterdrein, weil sie bei der Gefangennahme getötet worden waren. Ihre Lösegelder würden mit denen der Sechzehner verrechnet werden, aber ich bezweifelte, daß es reichte, einen von ihnen zu befreien.

Jevin wirkte völlig erschöpft. Selbst im Dämmerlicht der hereinbrechenden Nacht konnte ich erkennen, daß er bleich aussah. Seine Schultern hingen nach vorne, und zum ersten Mal, solange ich ihn kannte, wirkte er *besiegt.* Vedia schien in besserem Zustand, aber sie sah ständig zu dem Fealarien hoch und sagte etwas. Ich konnte nicht verstehen, was, aber aus ihrer Gestik und Jevins müde nickenden Antworten schloß ich, daß sie sich dafür entschuldigte, den Kampf verschenkt zu haben.

Die letzte Gruppe bestand aus vollen zwanzig Lanzern, aber nur zwei von ihnen gingen ihrem Gefangenen voraus. Lothar folgte ihnen in stolzer Haltung und mit hocherhobenem Kopf. Sein Tarnanzug war zerfetzt, und einige der Lanzer humpelten, also durfte ich annehmen, daß seine Verfolgung und Gefangennahme für beide Seiten hart gewesen war. Ich grinste und freute mich darauf, die Geschichte dieses Kampfes zu hören.

Mir kam gar nicht der Gedanke, daß Lothar und ich nie mehr würden Freunde sein können. Lothar war so selbstsicher und stark, wie hätte er einen anderen brauchen können, so wie ich es tat? Ich war sicher, Lothar würde erkennen, wie glücklich wir waren und uns seinen Segen geben. Schließlich waren wir seine Freunde, und er hätte sich für uns freuen müssen.

Aber in diesem Augenblick dachte ich nicht einmal daran. Ich kämpfte gegen ein Grinsen an, das sich auf meinen Zügen breitzumachen versuchte, und ließ den Blick über das Lager schweifen. Ich überhörte das Knurren meines Magens. Wir hatten die Chance, etwas für unsere in Gefangenschaft geratenen Kameraden zu tun, und wenn es gelang, ihr Götter, würde es ehrfurchtgebietend werden!

Ich drehte mich zu Marana um und zog sie an mich. Ich gab ihr einen sanften Kuß, dann lächelte ich sie an. »Wie gefiele es dir, sie alle zu befreien?«

Sie war sofort einverstanden, und wir machten uns daran, ein vorzeitiges Ende der Winterspiele vorzubereiten.

Die Grundaufgabe, die Rechtsprecher zu befreien, schien einfach genug. Einer von uns brauchte nur in das feindliche Lager zu gehen, zwei oder drei Wachen zu töten, die Zelte zu öffnen und unsere Kameraden aufzufordern, sich davonzumachen. Allerdings waren die Chancen, daß irgendeiner von uns weit kommen würde gering, und die Strafe eines verdoppelten Lösegelds schien äußerst hart.

Die andere Möglichkeit bestand darin, unsere Freunde auszulösen. Vor dem großen Zelt waren die Schneemasken aller gefangenen Sechzehner angeschlagen, und es hing ein Tuchstreifen von ihnen herab, auf dem das betreffende Lösegeld verzeichnet war. Ein Sechzehner, der seinen Partner auslösen wollte, mußte einen Novizen gefangennehmen und mit der Anweisung ins Lager schicken, die betreffende Summe Imperials seinem Freund auszuhändigen. Damit konnte der gefangene Sechzehner sich dann die Freiheit erkaufen.

Marana und ich hatten vermutlich je zweihundert Imperials aus Lösegeldern gesammelt, was eine ordentliche Summe war, und das mochte reichen, um Lothars Schatz weit genug aufzustocken, damit er sich freikaufen konnte. Damit aber hätten die anderen weiter festgesessen. Durch all die Imperials, die sich die Sechzehner vorher von den unerfahreneren Dreizehnern und Vierzehnern geholt hatten, hätten wir alle Novizen im Lager drei- oder viermal gefangennehmen müssen, um genug Lösegeld zusammenzubekommen.

Es bestand allerdings noch eine dritte Möglichkeit, und auf der gründete sich unser Plan. So wie ich dem Dreizehner den Tee abgenommen hatte, konnte ein Sechzehner alle Imperials konfiszieren, die ein Gefangener zum Zeitpunkt seiner Gefangennahme besaß. Unter normalen Umständen trug allerdings niemand seine Münzen mit sich herum. Die gesamte Buchhaltung wurde im Lager von einem eigens dazu eingeteilten Novizen durchgeführt, aber manch einer behielt sein Geld für ein Kartenspiel, also kam es ab und zu doch vor, daß ein Gefangener Imperials dabei hatte.

Als wir Fünfzehner gewesen waren, hatten wir nur dadurch alle dazu bewegen können, sich der Rudeljagd anzuschließen, daß wir versprochen hatten, die gesamte Beute der Sechzehner zu gleichen Teilen auszuzahlen. Wir hatten einen Schützen zum Schatzmeister bestimmt, der das gesamte Geld aufbewahrt hatte. Mitten im Lager war es ziemlich sicher, und am Ende hatten wir es gerecht aufgeteilt. Dies gelang wirklich gut, aber bis zur tatsächlichen Verteilung gehörte das gesamte Geld, was die Regeln der Winterspiele betraf, diesem einen Schützen.

Im vergangenen Jahr hatten wir über sechstausend Imperials erbeutet, und die zweihundert Fünfzehner hatten nichts von den siebentausendzweihundert Imperials verloren, die sie im Laufe der Woche erarbeitet hatten, so daß wir fast zwei Drittel des gesamten Winterspielgolds eingenommen hatten. Damit hatten wir das beste Ergebnis erzielt, das je eine Gruppe Fünfzehner zustandegebracht hatte – und uns in der Rangliste der höchsten Goldbeträge aller Zeiten auf den vierten Platz hinter drei äußerst hohe Sechzehnerergebnisse aus Spielen plaziert, die über hundert Jahre zurücklagen.

Wenn diese Fünfzehner nach denselben Regeln spielten wie wir es getan hatten, und alles deutete darauf hin, daß sie das Spiel noch besser beherrschten als wir, gab es irgendwo dort im Lager jemanden mit einem Sack voll Imperials. Und wenn wir die anderen Sechzehner befreien und einen neuen Rekord aufstellen wollten, mußten wir uns diese Imperials holen.

Der Elit war auf dem Weg in den Wald zu den Latrinen. Ich trat hinter einem Baum vor, legte ihm die Hand auf den Mund und zerrte ihn mit. »Wenn ich die Hand ein Stück rutschen lasse und auf deine Kehle lege, bist du tot. Das willst du sicher nicht.«

Er schüttelte ziemlich heftig den Kopf.

Ich grinste. Ich hatte ihn im Lager hart arbeiten sehen und die freundlich-spöttelnden Aufforderungen gehört, sich an noch einem Kartenspiel zu beteiligen. Er besaß keine Imperials, mit denen er sich hätte freikaufen können, und das spielte ich jetzt gegen ihn aus. »Gut. Wenn du meine Fragen beantwortest, lasse ich dich am Leben. Gibt es irgendwelche Paßwörter oder andere Erkennungszeichen, die nötig sind, um das Lager zu betreten?«

Kopfschütteln. Nein.

»Ihr habt einen Anführer. Krieger oder Lanzer?«

Erst ein Kopfschütteln, dann ein Nicken.

»Ein Lanzer?« Ich ging schnell die Lanzer-Fünfzehner durch, die in der Lage waren, den Mob unter uns zu organisieren und im Zaum zu halten. »Serle ra Imperiana?«

Nicken.

»Gut.« Ich quetschte die Worte heraus, während sich mein Magen umdrehte. Serle war der Neffe Hochwalter Eric ra Imperianas. Fast wäre ich davor zurückgeschreckt, unseren Plan durchzuziehen. Ich wollte den Lanzer-Edlen nicht gegen mich aufbringen. Er hatte schon laut genug dagegen protestiert, was Jevin und ich mit Gaynor gemacht hatten – und Gaynor gleichzeitig für dessen Dummheit heruntergeputzt. Ihn zum Feind zu haben war das letzte, worauf ich es anlegte.

Ich klopfte dem Elit auf den Hals und legte ihn auf den Boden. Er sah mit vorwurfsvollem Blick zu mir hoch. »Ich löse dich persönlich aus. Verhalte dich ruhig und bleib hier im Versteck, sonst könnte ich mich als weniger großzügig erweisen.« Nachdem er tot war, konnte er ohnehin nichts anderes tun als sechs Stunden durcharbeiten, also hatte er keinen Grund, sich zu beeilen, zurück ins Lager zu kommen, und selbst wenn er das Geld gehabt hätte, hätten die Regeln ihm verboten, jemanden zu erzählen, wo und wie er gestorben war.

Marana überrumpelte eine Rechtsprecherin und traf dieselbe Vereinbarung mit ihr, wie ich sie mit dem Elit geschlossen hatte. Ich ging als erster zurück ins Lager. Die einzigen Wachen, die ich sah, standen vor den Zelten der gefangenen Rechtsprecher, aber selbst wenn jemand darauf achtete, wer das Lager verließ oder betrat, würde er dieselbe Anzahl von Personen hereinkommen sehen, die hinausgegangen waren.

Die Roßhaarstandarte, die vor Serles Zelt im Schnee steckte, machte es leicht genug, ihn zu finden. Sein Zelt stand auf halber Höhe des Hufeisenarms, in dem die Zelte der Gefangenen lagen, und dem Bau gegenüber, unter dem Marana und ich den Tag verbracht hatten. Im Innern brannte eine Laterne, und ich zählte fünf Silhouetten, die sich gegen das Tuch abzeichneten.

Marana und ich durchquerten das Lager unabhängig voneinander. Die Freunde des Eliten riefen mich genauso an, wie sie es bei ihm getan hatten, aber ich winkte mit derselben Geste ab, die er benutzt hatte. Sie lachten und ignorierten mich, genau wie alle anderen, bis Marana sich in den Schatten mit mir traf. Vor dem Schnee waren wir nur als dunkle Umrisse zu erkennen, und wir versuchten nicht uns zu verstecken, denn in unserem Pelzzeug sahen wir aus wie alle anderen im Lager.

Die Fünfzehner hatten mit Serle eine gute Wahl getroffen. Sicher, er hatte keine Wachen aufgestellt, aber das wäre auch Zeitverschwendung gewesen, da die Sechzehner das Lager niemals angegriffen hätten. Statt seine Leute grundlos zu zwingen, sich die Nacht um die Ohren zu schlagen, gab er ihnen Gelegenheit, sich für die Jagd des nächsten Tages auszuruhen. Er hatte alles eingeplant, woran er denken konnte, aber die beiden einzigen Schwachstellen in seiner Planung übersehen.

Für die erste konnte er nichts: Seine persönliche Sicht des Lebens. Er war ein Lanzer und deshalb überzeugt von seiner Unbesiegbarkeit und Unfehlbarkeit. Hinzu kam, daß er aus Imperiana stammte. Das fügte der Gleichung noch einen immensen Nationalstolz und die feste Überzeugung hinzu, daß nichts und niemand ihm jemals gewachsen sein konnte. Er hatte diese Eigenschaften auf die Organisation seiner Fünfzehner angewandt und bis auf eine Handvoll alle Sechzehner in seine Gewalt gebracht. Aber seine Planung sah keinen Vorstoß wie den unseren vor.

Die zweite Schwachstelle hätte er vermeiden können

und müssen. Er hatte vergessen, daß Sechzehner mehr wissen als Fünfzehner. Er hatte vergessen, daß Rechtsprecher mehr wissen als Lanzer. Er hatte vergessen, daß wir gelernt hatten, den Ruf einzusetzen.

Marana und ich schlichen uns hinter sein Zelt. Fünf Meter vor uns zählte er die Imperials. Wir waren nah genug, um sie klingeln zu hören. Die Fünfzehner hatten sich wirklich hervorragend geschlagen, und einer von Serles Gefährten bemerkte, daß sie den Rekord des Vorjahres brechen würden, wenn sie in diesem Tempo weitermachten.

Ich schaute auf das Zelt und beobachtete Serles Profil. *»Es gefällt mir nicht. Ich traue diesem Serle nicht. Er ist ein Lanzer, und schlimmer noch, er kommt aus Imperiana.«*

Marana grinste. *»Ich glaube ihm erst, daß er sich keine Imperials unter den Nagel gerissen hat, wenn er mich selbst nachzählen läßt.«*

Im Zelt kam Bewegung in die Gruppe. Serle stand auf und zog den Pelz über, während die anderen weiterzählten.

Ich streckte die Hand aus und drückte Maranas Schulter. *»Die Münzen nachzuzählen würde dir nicht helfen herauszufinden, ob er welche gestohlen hat. Dazu müßtest du ihn schon abtasten. Das würde ihm wahrscheinlich gefallen.«*

Marana zwinkerte mir zu. *»Das könnte mir auch gefallen«*, erwiderte sie mit rauchiger, verführerischer Stimme. Serle bewegte sich schneller und verließ das Zelt. Er marschierte mit heruntergezogener Kapuze und wehender brauner Roßmähne auf uns zu.

Wir taten beide überrascht und drehten uns von ihm weg.

Er sprach uns leise an. »Es hat keinen Zweck. Ich habe euch gehört.«

Ich stammelte und stampfte mit den Füßen. »Es tut uns leid, wir haben nur so dahergeredet. Wir haben alle gejagt, und ich kann es mir nicht leisten ...«

Serle schlug mir beruhigend auf den Rücken. »Ich

verstehe schon. Kommt rein, und seht euch unseren Schatz wenigstens an. Du kannst die Imperials sogar selbst zählen, wenn du willst, aber es ist eine todlangweilige Arbeit.« Er drehte sich zu Marana um. »Und du darfst gerne nachsehen, ob ich welche eingesteckt habe …«

Er führte uns zurück zu seinem Zelt. Er ging als erster hinein und trat um die anderen herum zum offenen Bett im hinteren Teil. In der Mitte stand ein Tisch, auf dem sich ein Vermögen an Imperials bis zum spitz zulaufenden Zeltdach türmte. Es sah ganz danach aus, daß die Dreizehner und Vierzehner wie üblich praktisch bankrott nach Tahlianna zurückgekehrt waren.

Serles Zeltkameraden blickten hoch, als wir eintraten. Ich nickte ihnen zu und tötete die beiden, die Serle am nächsten saßen. Marana kümmerte sich um die beiden anderen. Sie stutzten, dann ließen sie sich stumm nach hinten auf ihre Betten fallen. Sie alle beobachteten Serle und warteten darauf, was er für ein Gesicht machte, wenn er sich umdrehte und feststellte, daß er zwei Rechtsprecher ins Herz seines Lagers geführt hatte.

Ich packte ihn und legte ihm die Hand auf den Mund. Er zitterte, als Marana ihre Kapuze in den Nacken schob und er sie erkannte. »Du hast die Wahl. Du kannst diese Übung verlieren oder du kannst diese Übung schändlich verlieren. Die Entscheidung liegt bei dir.«

Er versuchte, stoisch zu bleiben, aber die Angst in seinen Augen verriet ihn. Er sah mich an und senkte den Kopf. Ich ließ die Hand sinken. Ich wußte, daß er keinen Alarm geben würde.

»Danach, was ich an den Pfosten da draußen gesehen habe, beläuft sich das Lösegeld für die gefangenen Rechtsprecher alles zusammen auf fast viertausend Imperials. Auf dem Tisch da hast du über achttausend. Wir ziehen vier für unsere Kameraden ab. Einverstanden?«

Serle nickte. Seine blauen Augen wirkten fahler als alles, was ich je gesehen hatte. Ich konnte es ihm nachfühlen, denn ich wußte, wie ich mich ein Jahr zuvor gefühlt hätte, wenn mir etwas Derartiges passiert wäre. Ich klopfte ihm auf den Hals, und er fiel nach hinten.

»Die restlichen viertausend gehören Marana und mir. Sobald meine Kameraden frei sind, werde ich sechs als dir für dein Lösegeld zugesprochen betrachten.« Ich gab ihm auch die Namen der beiden Fünfzehner, die wir außerhalb des Lagers überrumpelt hatten, und befahl ihm, ihr Lösegeld als bezahlt zu erklären. »Und du wirst natürlich nichts davon weitererzählen und auch keinen Alarm geben.«

Serle seufzte und nickte. Seine Begleiter taten es ihm gleich.

Ich ging zu dem Posten vor dem ersten Gefangenenzelt und blieb neben ihm stehen. Er sah hoch, und ich nickte ihm kurz zu. »Serle schickt mich, damit ich übernehme, während du dir einen Schlag Suppe im Messezelt holst. Damit du dir nichts abfrierst.«

Der Fünfzehner grinste und verschwand. Marana schickte die zweite Wache mit derselben Geschichte weg. Als wir allein waren, öffneten wir die Zelte und schickten die Rechtsprecher nach Süden, fort vom Berg. »Wartet in der Lichtung zweihundert Meter von hier.«

Sie schlichen sich alle unbemerkt aus dem Lager. Ich mußte einen Fünfzehner töten, der mich aufzuhalten versuchte, als ich meinen ›Posten‹ verließ, nachdem alle Sechzehner geflohen waren, aber das blieb das einzige Problem der ganzen Operation. Marana und ich schlossen die Zelteingänge wieder und folgten unseren Kameraden in die Nacht.

Als wir alle auf der Lichtung versammelt waren, wies ich die anderen an, ihre Schneeanzüge auszuziehen und zu vergraben.

»Was hast du vor, Nolan?« Jevins Frage spiegelte sich in den Augen der anderen.

Ich wartete, bis Ruhe eingekehrt war, bevor ich antwortete: »Ich bin es satt, im Schnee zu spielen. Laßt uns zurückgehen, solange unsere müden kleinen Jäger schlafen, und mehr Imperials verdienen als je eine Gruppe Sechzehner in der Geschichte der Tahlion!«

Zum zweiten Mal in meinem Leben stand ich vor dem Meister. Der in den Drachenthron eingelassene Amethyst schillerte und funkelte, als sei er lebendig. Unter ihm saß der Meister im Schatten, in einem so tiefen Schatten, daß ich den Ausdruck auf seinem Gesicht nicht erkennen konnte.

Edler Hansur stand zu seiner Linken, Seine Exzellenz saß zu seiner Rechten. Ich war dem massigen Hochwalter der Dienstleister nie so nahe gewesen und empfand seine Ausstrahlung als durchaus bedrohlich. Seine schwarzen Augen verfolgten jede meiner Bewegungen. Ich fühlte mich wie ein Stück Vieh, das er abschätzte, bevor er sein Kaufgebot abgab.

Seine Exzellenz ergriff das Wort. »Es ist dir gelungen, einhundertsiebenundneunzig Fünfzehner auszuschalten.«

Ich nickte. »Ja, Herr. Aber ich war nicht allein.«

Seine Exzellenz schloß für einen Augenblick die schweren Lider. »Nein, nein, das warst du nicht. Du hattest andere Sechzehner dabei?«

»Ja, Exzellenz, zum Schluß waren alle vierzig von uns da.« Ich antwortete mit leiser Stimme. Ich war mir nicht sicher, warum ich so kurz nach meiner Rückkehr aus den Bergen hierher zitiert worden war. Innerlich war mir klar, daß das ungewöhnliche Ende der Spiele Folgen haben mußte, aber ich hatte den deutlichen Eindruck, daß ich etwas falsch gemacht hatte, sehr falsch sogar.

Der Meister schien zu spüren, was in mir vorging und beugte sich vor. »Nolan, wir haben die Tagebücher einiger Fünfzehner und einzelner Sechzehner gelesen, daher wissen wir ungefähr, was dort draußen vorgefallen ist. Aber ich möchte von dir etwas über diese Unternehmung hören. Möglicherweise hast du in deinem Bericht über die vergangene Woche etwas vergessen.«

Ich senkte den Blick, denn ich hatte nichts über Marana und mich niedergeschrieben, genauso wie ich die geheime Schatzkammer nicht erwähnt hatte. Ich war der Ansicht, daß unsere Gefühle niemanden sonst etwas angingen, deshalb hatte ich sie für mich behalten. Ich sah hastig wieder auf. »Wo soll ich anfangen?«

Edler Hansur bemerkte leise: »Die Befreiungsaktion wäre wohl der geeignete Punkt.«

Ich neigte den Kopf in seine Richtung und nahm mir einen Augenblick Zeit, meine Gedanken zu ordnen. »Marana und ich waren uns einig, daß wir unsere gefangenen Kameraden befreien wollten. Die einzige Möglichkeit dazu bestand darin, sie auszulösen, aber dazu hatten wir nicht genug Imperials. Da die Fünfzehner sich genauso organisiert hatten, wie wir es im Jahr zuvor getan hatten, ging ich davon aus, daß einer von ihnen das Geld für das ganze Lager verwaltete. Wir fanden heraus, wer es war, und durch das Plünderrecht konnten wir die Imperials erbeuten und die anderen Sechzehner freikaufen.«

Seine Exzellenz räusperte sich. »Soviel wußten wir bereits, Nolan. Wir möchten herausfinden, was danach vorgefallen ist.«

Ich unterdrückte hastig das Grinsen, das sich auf meinem Gesicht breitmachen wollte. »Nachdem die Sechzehner frei waren, brachte ich sie dazu, alle in das Fünfzehnerlager zurückzukehren. Weil Marana und ich ihre Anführer getötet hatten und die beiden Wachen vor den Zelten nicht wußten, daß ihre Gefangenen geflohen waren, hatte es keinen Alarm gegeben. Wir gingen zurück ins Lager und töteten die, die noch wach waren, dann erledigten wir nach und nach alle, die in den Zelten lagen und schliefen.«

Der Meister lehnte sich zurück und tippte sich mit dem Zeigefinger ans Kinn. »Und dann.«

Ich wurde rot. »Dann achteten wir genau auf die verstrichene Zeit und töteten sie alle sechs Stunden erneut, um sie auslösen zu können und uns jeden Imperial zu holen, den sie verdienten, ohne sie zurück ins Spiel zu lassen.«

»Erstaunlich«, hauchte Seine Exzellenz. »Ihr habt sie aufgeteilt und wie Getreide abgeerntet.« Er drehte sich um und sagte etwas auf Hochtahl, das ich nicht verstand, weil er zu schnell sprach. Der Meister nickte und blickte zum Edlen Hansur.

Der Hochwalter aller Rechtsprecher grinste. »Nolan, kannst du uns erklären, warum du das getan hast?«

Ich nickte. »Wir waren dort draußen, um zu lernen, in einer feindlichen Umgebung zu überleben, während Jagd auf uns gemacht wird. In den ersten drei Wochen habe ich gelernt, im Winter zu überleben und planmäßiger Verfolgung zu entgehen. Es war nicht einfach …«

»Besonders, nachdem die Schmuggelware ausging …«, lachte der Meister.

Ich nickte verlegen. »… besonders, als die einfachen Dinge nicht mehr vorhanden waren, auf deren Verfügbarkeit ich mich zu verlassen gelernt hatte. Doch ich schaffte es, die drei Wochen zu überleben. Marana und ich töteten einige Feinde und führten sogar ein paar erfolgreiche Überfälle und Hinterhalte durch. Als die Fünfzehner ins Spiel kamen, änderte sich die Lage. Sie waren gut organisiert, und wenn ich nicht am ersten Morgen eines ihrer Rudel auf dem Marsch gesehen hätte, wäre ich selbst ziemlich schnell von ihnen gefangen worden. Marana und ich verfolgten ihre Spur zurück und beobachteten ihr Lager den ganzen Tag über. Am Abend hatten sie dreiundzwanzig von uns in ihre Gewalt gebracht.«

Ich stockte und fuhr mir mit der Zunge über die Lippen. Meine Schläfen waren schweißnaß, und mein Puls raste. Meine Erklärung klang nach einer gut überlegten Strategie, aber in Wahrheit hatte ich da draußen aus dem Augenblick heraus gehandelt. Ein Schritt ergab sich aus dem vorhergehenden, und im Abschluß formten sie ein hübsches Muster, doch es klang alles viel besser als es gewesen war.

»Mir war klar, daß ein Überleben gegen eine so gut organisierte Opposition nicht möglich war. Wir hatten keine Wahl. Wir konnten das Manövergelände nicht verlassen, und wir konnten uns auch nicht ewig vor ihnen verstecken, also hielt ich es für die beste Möglichkeit, die Fünfzehner zu bremsen, zurückzugehen und sie alle umzubringen. Nachdem wir das getan hatten, bemerkte jemand, daß sie in sechs Stunden alle wieder am Leben sein würden, also übernahmen wir die Kontrolle über das Lager und sorgten dafür, daß sie aus dem Spiel blieben.« Ich zuckte die Schultern. »Die übrigen Sechzehner bemerkten im Laufe der Zeit, daß niemand Jagd auf sie machte, und kamen nachsehen. So sind die übrigen zu uns gestoßen.«

Seine Exzellenz schüttelte ungläubig den Kopf. Der Meister sah hoch auf den Oberkiefer des Drachenthrons, dann richtete er seine Augen auf mich. »Du weißt natürlich, daß eure Sechzehnergruppe neunzehntausend Imperials zurückbrachte. Das hat den bisherigen Rekord weit übertroffen, während die Fünfzehner die Spiele mit einem Minus von siebentausendeinhundertzweiundachtzig Imperials abgeschlossen haben. Warum hast du dreien von ihnen genug gelassen, um sich freizukaufen?«

Ich lächelte. »Marana und ich haben den beiden, die wir im Wald überrumpelt haben, gesagt, wir würden zurückkommen und ihr Lösegeld zahlen, um Mitteilungen von ihnen zu erhalten. Wir konnten ihnen nicht drohen, sie zu verletzen, also drohten wir ihnen, für ihr Versagen bei den Spielen zu sorgen. Dasselbe tat ich mit Serle. Es gab keinen Grund für uns, diese Versprechen nicht einzuhalten.«

Der Sessel Seiner Exzellenz knirschte, als er sich vorbeugte und mich mit schmalen Augen fixierte. »Wie sehr wolltest du die Fünfzehner dafür bestrafen, daß sie deinen Plan aus dem letzten Jahr übernommen haben?«

Die Anschuldigung in dieser Frage schockierte mich für eine Sekunde. »Ich habe ... nun, ich, darum ging es mir nicht.« Ich sah zum Meister hoch. »Ich müßte lügen, wenn ich behaupten wollte, daß mir dieser Gedanke nicht gekommen ist, aber darauf habe ich es nicht angelegt. Ich gebe zu, daß ich die mögliche Schwachstelle ihrer Organisation dadurch kannte, daß sie unseren Plan aus dem letzten Jahr benutzt haben, wenn auch durch Serles Planung und Organisation in einer erheblich verbesserten Spielart. Im letzten Jahr hatten wir vier Wachen für unseren Schatz, aber weil es zu keinem Angriff kam, wurde diese Einzelheit bei Gesprächen darüber kaum erwähnt. Ich bin das Risiko eingegangen, weil es die einzige Chance darstellte, die ich hatte, die anderen zu befreien.«

Ich hatte das Gefühl, um mein Leben zu betteln, aber niemand zeigte das geringste Anzeichen, sich davon umstimmen zu lassen. Ich blickte von einem Gesicht zum anderen, ohne hinter die Masken sehen oder eine der Mienen entziffern zu können.

Schließlich nickte der Meister mir zu. »Tû bist rewîsen.« Du kannst gehen.

Jevin erwartete mich auf dem Ausrüstungskorridor. »Was war?«

Ich zuckte die Schultern. »Sie haben mir ein paar Fragen gestellt, aber ich habe keine Ahnung, worum es ihnen ging. Kein Lob, kein Rüffel, nichts.«

Jevin grinste. »Hast du gehört, was Edler Eric mit Serle gemacht hat?«

»Nein, aber ich wette, er stellt sich dasselbe für mich vor.« Mir wurde mulmig bei der Nachricht, daß es die ersten Bestrafungen für die Spiele gegeben hatte.

Der Fealarien lachte. »Er hat ihn jede Nacht zum Wachdienst eingeteilt.«

Ich sackte zusammen. »Das ist aber wirklich hart. Und wenn er so mit einem Verwandten umspringt, kann ich es kaum erwarten herauszufinden, was mir bevorsteht. Kann er mich für eine Expedition in die Sandmeerweiten einteilen lassen?«

Jevin gluckste. »Kaum, und ich glaube auch nicht, daß er Serle besonders leicht hat davonkommen lassen, weil er mit ihm verwandt ist. Im Gegenteil. Die anderen Lanzer haben nur eine Standpauke bekommen. Anscheinend findet Edler Eric, daß Serle die Familienehre beschmutzt hat, daher der Strafdienst.«

Eine harte Stimme schnitt meine Entgegnung ab.

»*Nolan!*« Der wütende Ruf riß mich augenblicklich herum, und diese unwillkürliche Regung meines Körpers ließ blinde Wut in mir auflodern. Lothar stand hinter mir auf dem Gang. Sein Gesicht glühte blutrot. »*Sie hat mir erzählt, was du mit ihr gemacht hast.*«

Ich ballte unbewußt die Fäuste. Ich erkannte die Drohung in seiner Stimme, aber seine Worte verwirrten mich. Was hatte ich denn mit ihr gemacht? Es dauerte etwas, bis mir klar wurde, wovon er sprach, und daß Marana ihm von uns erzählt haben mußte. Er war so außer sich, daß ich vor meinem inneren Auge ein Bild Maranas sah, wie sie ohnmächtig und blutüberströmt über uns im Zimmer lag, und ich sackte in eine Kampfhaltung ab.

Lothar stampfte den Gang herab auf mich zu. Jevin trat schräg hinter mich, zwei Schritte rechts, einen zurück. »Sie hat mir erzählt, was geschah, und wie du sie verführt hast.«

Meine Nüstern blähten sich. »Wenn du ihr etwas angetan hast …«

Lothar richtete sich auf und sah höhnisch auf mich herunter. »Solch eine Besorgnis um eine Frau, die du nur benutzt hast, um mich zu treffen.« Er schüttelte den

Kopf. »Sie bildet sich sogar ein, dich zu lieben. Sie weigert sich, zu mir zurückzukehren, obwohl ich ihr verziehen habe.«

Ich senkte die Fäuste und kniff die Augen zusammen. »Ich habe den Eindruck, du siehst das alles völlig falsch, Lothar.«

»O nein!« lachte er. »Du hast eure gemeinsame Zeit damit verbracht, ihren Geist gegen mich zu vergiften. Und ich hielt dich für einen Freund. Ich habe dir vertraut, und du stiehlst mir die Frau!«

»Ich habe niemanden gestohlen, und ich hatte nie die Absicht, dich zu treffen. Es ist einfach passiert!« Lothars Miene wurde leer, als ich zu ihm sprach, und er schüttelte den Kopf wie ein Erwachsener, der sich über die phantastische Ausrede eines kleinen Kindes amüsiert. Ich knirschte mit den Zähnen und brüllte ihn an: »Spiel dich bloß nicht auf, du selbstverliebter Edelfratz. Hättest du ihr die Aufmerksamkeit geschenkt, die sie verdient, hätte sie mich nie auch nur zur Kenntnis genommen. Du bist so sehr von *dir* eingenommen, Lothar, daß du dir einbildest, wir wären deine Höflinge und Marana deine Throngefährtin.«

Die wohlwollende Friedfertigkeit in seinen Augen zerstob, als pure Wut sich nach vorne drängte. Seine Wangen liefen rot an, und die Adern an seinem Hals traten dick hervor. »Bauer! Jetzt kommt die Wahrheit ans Licht. Du bist neidisch auf meine Herkunft und das Alter meiner Blutlinie. Du hast mich an meinem schwächsten Punkt angegriffen. Du hast unsere Freundschaft benutzt, um mich zu verletzen!«

»Ich war nie neidisch auf dich, Lothar. Du hast nichts, was ich will.«

»Ich habe Marana.«

»Nein, Lothar, du hattest sie.« Jetzt war ich es, der höhnte. »Meine Feststellung gilt. Du hast nichts, was ich will.« Ich bedauerte meine Worte, kaum daß ich sie ausgeprochen hatte, aber es war schon zu spät.

Lothar sprang vor und trieb mir die linke Faust in die Magengrube. Ich klappte zusammen und taumelte gegen die Korridorwand. Ich hob in schwacher Abwehr die Hände und stählte mich für den zweiten Schlag, aber der kam nicht.

Ich zwang mich, Atem zu holen, und blickte hoch. Jevin hatte Lothar am Wams gepackt und hielt ihn fest. »Nein, Lothar, das kannst du nicht. So etwas machen Tahlion nicht.« Jevins tiefe Stimme dröhnte durch den Gang. Ich hörte den Schmerz in seinem Tonfall und wußte, daß ihn das Ende meiner Freundschaft mit Lothar tiefer traf als jede Sorge um unsere Schlägerei.

Lothar kämpfte wild – aber ohne jeden Erfolg – gegen den Griff des Fealarien an. »Laß mich los, du Monstrum!«

»*Lothar!*« Jevins Ruf schnitt wie eine Sense durch Lothars Wut. *»So wird das in Tahlianna nicht geregelt.«*

Ich richtete mich langsam auf und stützte mich an der Wand ab. Lothar beruhigte sich etwas und nahm sich zusammen. Jevin ließ ihn los, und Lothar richtete seine Kleidung, dann knurrte er und stieß einen Finger in meine Richtung.

»Jevin hat recht. So regeln Tahlion keine Streitigkeiten. Du hast drei Tage. Ich fordere dich zum Êrenkreiz!«

Eine neue Schmerzwelle schlug durch meinen Körper. Der Êrenkreiz ist ein Ritual, in dem zwei Tahlion gegeneinander antreten, um Ehrenhändel zu entscheiden. Der Herausforderer bestimmt einen Ort, legt mit Steinen einen großen Kreis aus oder zeichnet ihn in den Sand und teilt dem herausgeforderten Tahlion mit, wann und wo sie sich treffen. Beide Tahlion betreten den Kreis, und der Kampf ist erst zu Ende, wenn einer von ihnen aus dem Kreis getrieben wird oder stirbt. Die wenigsten Kämpfe enden mit dem Tod, aber Lothars verletzter Stolz verlangte nach Blut.

Ich senkte bedauernd den Kopf. »Ich nehme an.«

»*Nein.*« Der Ruf riß uns alle drei herum wie Wetterfahnen in einem Orkan. Edler Hansur schritt den Gang herab wie ein Henker.

Lothar setzte zu einer Entgegnung an, sagte dann aber doch nichts.

Edler Hansur hob die rechte Hand. »Ich weiß, warum du im Êrenkreiz gegen Nolan kämpfen willst, Lothar, aber ich werde es nicht zulassen.« Er blieb einen guten Meter vor uns stehen und sprach zu uns allen. »In zwei Tagen gehen alle Sechzehner auf ihre Lehrfahrt.« Er sah auf seine tätowierte Handfläche, dann hob er den Blick wieder zu uns. »Und bis ihr von dieser Reise zurückkehrt und euch das Zeichen verdient habt, seid ihr keine wahren Tahlion. Bis dahin habt ihr kein Recht auf den Êrenkreiz.«

Lothar und ich verneigten uns tief und blieben mit gesenktem Kopf stehen, bis Edler Hansur und Jevin fort waren.

Ich sah zu Lothar hinüber, und er sah mich an. In diesem Augenblick wußten wir beide, daß wir unsere Lehrfahrt überleben würden.

Und drei Tage, nachdem wir Tahlion wurden, würden wir alles tun, einander im Êrenkreiz umzubringen.

KAPITEL ELF

TAHLION: EDLER NOLAN

Allen versetzte mir mit dem Handrücken einen Schlag auf den Bauch und riß mich aus meinen Erinnerungen. »Verdammt, Nolan, wie soll ich so korrekt Maß nehmen. Steh gerade. Hör auf, dich so anzuspannen. Laß die Arme natürlich hängen.«

Ich richtete mich auf und lächelte zu ihm hinab. »Ich dachte, du könntest meine Maße auf einen Blick sehen.«

Allen knallte sein Maßband um meine nackte Brust und zerrte es straff. Es zwickte und ziepte, aber in meinem jetzigen Zustand war mir das gleichgültig. »Kann ich auch, für Tahlion-Uniformen, aber sie wollen dich in Höflingskleidung ausstaffieren«, stellte er fest und ruckte mit dem Kopf in Richtung des Sterns. »Also muß ich genauer Maß nehmen. Und jetzt steh endlich gerade.«

Ich atmete langsam aus und spürte, wie mein Körper sich entspannte. Dadurch, daß ich Allen die Arbeit schwerer machte, bekam ich Marana auch nicht wieder, und ich machte es mir selbst unnötig schwer, sie zu rächen. »Ich bitte um Entschuldigung, Allen. Ich …«

Der Kleiderstubendienstleister nickte, ohne aufzublicken. »Ich weiß, ich weiß …« Er riß das Band weg und rief einem hinter ihm stehenden Novizen die Maßangaben zu. »Seine Exzellenz nötigt sein Opfer mit derselben Leichtigkeit, mit der du einen Süntklieber einsetzt, und mit ebenso tödlicher Wirkung.« Obwohl Seine Exzellenz Allens Vorgesetzter war, ließ sein Tonfall keinen Zweifel daran, daß die Methoden seines Hochwalters ihm nicht immer behagten.

Ich preßte die Lippen zusammen und nickte. »Sein Verhalten war brutal, aber er hatte recht. Ich habe eine Pflicht zu erfüllen.« Ich streckte die Arme aus, damit er Maß nehmen konnte. »König Tirrell mag meine Heimat erobert haben, aber ich bin jetzt ein Tahlion. Dies hier ist meine Heimat, und ich bin dem Meister Gehorsam schuldig.«

Allen drehte sich um und warf mir mein verstärktes Lederhemd zu. »Du bist erst durch den Krieg hierher nach Tahlianna gekommen. In gewisser Weise bist du König Tirrell etwas schuldig, oder?«

Ich nickte grimmig. »Auf mehr als eine Weise. Vielleicht findet sich eine Gelegenheit, alle Rechnungen zu begleichen.«

Allen rollte das Maßband auf. »Du kannst jetzt zu deiner Besprechung gehen. Bis du morgen früh abreist, sollte ich genügend Garderobe für dich fertig haben.«

Ich ging zur Tür, dann sah ich mich noch einmal um. »Ist es noch Mode, Jagdkostüme mit einem Duellärmel zu tragen?« In früheren Jahren hatten Adlige in Hamis, Lacia und Rimah sich angewöhnt, Jagdjacken zu tragen, die sich auch als Duellkleidung verwenden ließen, weil der Ärmel des Schwertarms aus nietenverstärktem Lederpanzer gefertigt war. Damit wollten sie gefährlich und verwegen erscheinen. Ich war an jedem bißchen Panzerung interessiert, das ich kriegen konnte.

Allen runzelte die Stirn und strich sich mit einer Hand darüber. »Modern kann man das nicht mehr nennen, aber für deine neue Rolle sollte es passen. Übrigens steht dir dein Bart.«

Ich hob die rechte Hand ans Gesicht. Die Haut unter dem Schnurr- und Kinnbart juckte noch von dem Zauber, mit dem einer der Magicker meinen Bartwuchs beschleunigt hatte. »Danke. Wenn du meine Jagdsachen mit dem Lederärmel anfertigen könntest, und vielleicht noch ein paar breite Träger dazu, die unter weitärmelige Hemden passen, wäre ich dir dankbar.« Meine Bitte klang, als wäre sie ganz einfach zu erfüllen, aber der Novize hinter Allen zuckte zusammen und schüttelte enttäuscht den Kopf.

Allen nickte, folgte meinem Blick und lachte. »Und den Süntklieber möchtest du im Stiefel verstecken?«

»Nein«, gluckste ich. »Je ein Wurfdolch sollte reichen.«

Ich zog die Lederrüstung wieder über, ließ sie aber halb geöffnet, damit ich nicht ins Schwitzen geriet. Der Weg zur Kammer des Meisters war eine Sache von Sekunden. Einen Augenblick lang fragte ich mich, ob die Kammer überhaupt einen festen Platz im Stern besaß oder einfach dort erschien, wo sie für denjenigen, der sie zu finden versuchte, am günstigsten lag. Ich fand die Kammer nur zwei Abzweigungen hinter dem Hauptkorridor, und die Türen öffneten sich, noch bevor mir klar war, daß ich mein Ziel erreicht hatte.

Ich verbeugte mich und setzte mich in den Sessel, den ich sechs Stunden zuvor benutzt hatte. Der Meister, Seine Exzellenz und Edler Eric saßen immer noch an denselben Plätzen wie zuvor. Eine Sekunde lang hatte ich den Eindruck, sie hätten seitdem nicht einen Atemzug getan, aber Edler Erics bleiches Gesicht und die Schweißperlen auf der Stirn Seiner Exzellenz ließen darauf schließen, daß in meiner Abwesenheit eine hitzige Debatte stattgefunden hatte.

Seit meiner morgendlichen ›Audienz‹ hatte ich mir die Haare schneiden, mich bis auf den Schnurr- und Kinnbart rasieren und mir von einem Magicker den Bartwuchs beschleunigen lassen, einen Schnellkursus in hamisischer Geschichte und den jüngsten Hofintrigen absolviert und mir für neue Garderobe maßnehmen lassen. Meine Glieder waren steif von der Anstrengung des Kampfes gegen das Nekkeht, und ich war zu beschäftigt gewesen, um etwas zu essen. Deshalb zog der mit Obst, Käse und Wein beladene Tisch neben meinem Sessel sofort meine Aufmerksamkeit auf sich.

Seine Exzellenz deutete auf den Tisch. »Ich weiß, daß du noch nichts gegessen hast. Bitte bediene dich.« Ich zögerte und sah mich zuerst um, aber Seine Exzellenz lächelte nur und fügte hinzu: »Wir haben schon gegessen.«

Ich nahm mir als erstes einen Wein. Der langstielige Kelch war aus Gold, aber weder mit Ziselierung noch mit Edelsteinen verziert. Ich hielt ihn mit dem Stiel zwischen Mittel- und Ringfinger. Der Wein war tiefrot, und ich erkannte sein Aroma sofort.

Ich nahm einen kleinen Schluck. Er war trocken, aber nicht bitter. Ich lächelte. Der Wein stammte aus Sinjaria. Die Trauben wuchsen auf aus Hamis eingeführten Rebstöcken in einem Gebiet nördlich unseres Hofes. Er war zwar von weit besserer Qualität als der Wein, den meine Familie getrunken hatte, aber ich erinnerte mich, diesen Jahrgang schon einmal genossen zu haben – auf meiner ersten Feier.

Ich stellte den Kelch beiseite und nahm mir einen Apfel. Er war klein und grün und stammte vermutlich aus dem Hamiser Zentraltal. Ich hob ein Messer vom Tablett und schälte ihn. Dabei sah ich mich vor, um die Schale nicht zu brechen.

Es war ein altes Spiel, aber der vertraute Geschmack des Weins mußte es mir wohl in Erinnerung gerufen haben. Wenn ich den Apfel schälte, ohne daß die Schale brach, und sie dann über die Schulter warf, sollte sie so landen, daß sie den ersten Buchstaben des Namens meines mir bestimmten Lebenspartners zeigte. Als Kinder hatten wir es alle versucht, Jungen genau wie Mädchen, und immer, wenn die Schale den Anfangsbuchstaben von jemandem anzeigte, der uns nicht gefiel, verwarfen wir das Ergebnis als dummen hamisischen Aberglauben.

Nachdem ich den Apfel geschält hatte – ich warf die

fleckige grüne Schale in einem Zickzackhaufen auf den Tisch –, schnitt ich das Kerngehäuse heraus und den Rest des Apfels in Ringe, die ich einzeln aß.

Edler Erics Ungeduld umgab ihn wie einen von der Sommersonne aufgeheizten Stein die Wärme. »Was soll dieser Unsinn mit dem Essen? Kannst du seinen Auftrag nicht besprechen, während er sich vollschlägt?«

Seine Exzellenz legte auf dem ausladenden Bauch die Finger aneinander und betrachtete Edler Eric mit einem Blick, der Glas hätte zum Schmelzen bringen können. Dann sah er zu mir herüber, und ein füchsisches Grinsen trat auf sein Gesicht. »Woher stammt der Wein, Nolan?«

Ich schluckte das Apfelstück hinunter und spülte mit einem Schluck Wein nach. »Meine Familie trank nur den Tafelwein, nichts von dieser Güte, aber ich würde sagen, er stammt aus der sinjarianischen Provinz Yotan.« Ich nahm noch einen Schluck, dachte kurz nach und setzte hinzu: »Und er stammt aus der Zeit vor dem Krieg, denn er ist nicht süß genug für den hamisischen Gaumen.«

Das Lächeln Seiner Exzellenz wurde breiter, und er blickte zu Edler Eric. Der Hochwalter der Lanzer wirkte verwirrt, sagte aber nichts. Seine Exzellenz sprach mich wieder an. »Meinen Glückwunsch für die korrekte Weise, den Kelch zu halten, und deine Art, den Apfel zu zerteilen.«

Ich verzog ärgerlich das Gesicht. Auch wenn ich von einem Bauernhof auf einem ausgelaugten Stück Land stammte, war ich doch ordentlich erzogen worden und wußte, wie ich mich in gepflegter Gesellschaft zu benehmen hatte. Meine Mutter war die Tochter eines Kaufmanns gewesen, und wir waren gelegentlich, bevor mein Großvater an Sonnfieber starb, zu Familienfeiern zu ihm gefahren. Die Mutter meines Vaters hatte uns immer Benimmunterricht gegeben, damit wir uns nicht blamierten. Die Familie meiner Mutter sollte keinen Anlaß bekommen, sich einzubilden, ihr Geld würde sie zu etwas Besserem machen, als wir es waren.

Ich griff wieder nach dem Wein, und der Duft des Käses stieg mir in die Nase. Ich schnitt eine dünne Scheibe ab und steckte sie vorsichtig in den Mund. Fast hätte ich sie wieder ausgespuckt. »Bitte, sagt nicht, daß man am Hof immer noch nach diesem Fraß verlangt!« Der hämische Monarch mochte Käse, der mit einem halben Dutzend Gewürzen gespickt war, deren Geschmack ebenso wie der des Käses selbst ganz und gar von Knoblauch erschlagen wurde, und ich haßte ihn. Meine Mutter hatte ihn einmal für den Markttag hergestellt, und vom ersten Bissen an hatte ich ihn verabscheut.

Seine Exzellenz rutschte auf seinem Sessel herum und ermunterte mich mit einer Handbewegung, einen größeren Bissen zu nehmen. »Du solltest dich besser daran gewöhnen, denn in der Hauptstadt Seir ist er so beliebt wie eh und je.«

Ich nahm mir ein größeres Stück, dem ich hastig eine Apfelscheibe und etwas Wein folgen ließ. Das wusch den schlimmsten Geschmack weg.

Seine Exzellenz sah zum Meister hinauf und nickte kurz. Der Meister lächelte und wandte sich an Hochwalter Eric. »Du siehst, Edler Eric, Nolans Auftreten bestätigt die Richtigkeit unserer Wahl. Er ist in dem Gebiet aufgewachsen und benimmt sich wie ein Einheimischer, ohne einen Gedanken darauf verschwenden zu müssen. Nimm als Beispiel nur den Apfel. In Imperiana würdest du ihn vermutlich in Achtel schneiden, ohne ihn vorher zu schälen oder das Kerngehäuse zu entfernen. Schon eine derart simple Handlung könnte dich als Fremden ausweisen, gleichgültig, wie sorgfältig du den für dich erschaffenen Hintergrund studiert hast.«

Der Lanzeredle verzog das Gesicht. »Wir sollten in der Lage sein, diese Art von Ausbildung jedem Tahlion zu bieten, den wir für eine derartige Rolle auswählen.«

Der Meister sah ihn aus schmalen Augen an, und

zum ersten Mal sah ich Ärgerfalten auf seiner Stirn. »Natürlich erhalten andere diese Ausbildung, *wenn die Zeit dafür vorhanden ist,* aber die haben wir in diesem Fall nicht. Doch selbst dann sind ein einheimischer Akzent oder eigene Erfahrung unbezahlbar und mehr wert als jahrelange Übung.«

Ich sah erwartungsvoll zu Seiner Exzellenz hinüber. Ich hatte nicht das Recht, dieses Gespräch zu unterbrechen, deshalb sagte ich nichts, aber mir behagte nicht, in welche Richtung es sich entwickelte. Ich hoffte, Seine Exzellenz würde die Gelegenheit ergreifen und sich an meiner Stelle einmischen.

Er enttäuschte mich nicht. »Möchtest du etwas sagen, Nolan?«

Edler Eric spießte mich mit einem strengen Blick auf, der mich davor warnte, einen Kommentar zu seinem Wortwechsel mit dem Meister abzugeben, also wandte ich mich an den Dienstleister-Edlen. »Aus den historischen Schriften, die mir gegeben wurden, schließe ich, daß Ihr erwartet, daß König Tirrell irgendwann nach der Krönung seiner Tochter getötet werden soll. Daraufhin würde der Onkel des Königs bis zu ihrer Heirat zum Regenten. Nach der Hochzeit würde ihr Gatte als Prinz den Befehl über die hamisischen Armeen erhalten.«

Die Spannung zwischen Edler Eric und dem Meister löste sich allmählich, und Seine Exzellenz nickte mit hüpfenden Wangen. »Während wir hier sitzen und uns unterhalten, ist König Tirrell auf der Jagd nach einem Bergleoparden. Prinzessin Zaria sah einen in ihrer Traumwache. Sobald der König ihn erlegt hat, wird die Krönung stattfinden. Alle Adligen der Umgebung werden sich in Kastell Seir versammeln. Die Zeremonie sollte gegen Ende des Monats stattfinden, aber wir planen, dich vor dem Ende der Jagd an Ort und Stelle zu bringen.«

Er deutete auf ein gefaltetes und versiegeltes Schreiben, das halb unter dem Obsttablett hervorragte. Ich zog es ganz hervor, öffnete es und studierte die winzige Schrift. Ich bemerkte, daß Edler Eric mich mit verwirrter Miene musterte, deshalb faßte ich den Inhalt laut zusammen. »Ich bin Edler Nolan ra Yotan ra Hamis, aber aus Familienstolz benutze ich das ›ra Hamis‹ nicht. Ich bin der uneheliche Bruder des Grafen Evin ra Yotan. Er hat durch das Tagebuch seines Vaters von meiner Existenz erfahren, mich aufgespürt und anerkannt. Meine Mutter ist tot, aber es ist nicht viel von ihr bekannt, und je weniger von ihr gesprochen wird, desto besser.«

Seine Exzellenz runzelte die Stirn über meinen Zusatz zu dem Text und trug den Rest aus dem Gedächtnis selbst vor. »Deine Familie baut Wein an. Graf Evin kann der Krönung nicht beiwohnen, weil Erntezeit ist und er das Weingut nur sehr ungern verlassen würde. Er hat dich beauftragt, ihn und die Familie bei den Feierlichkeiten zu vertreten. Eine Ladung Wein ist bereits in deinem Namen unterwegs.«

Ich nickte. Er hatte kein Wort ausgelassen. »Ist es nicht riskant, einen sinjarischen Edlen wissen zu lassen, daß ein Tahlion unterwegs ist, um den König zu beschützen? Ich hätte die sinjarischen Edlen für erstklassige Anwärter für die Liste der Hintermänner dieses Anschlags gehalten.«

Seine Exzellenz sah mich an. »Das sind die sinjarischen Edlen in der Regel auch, aber Graf Evin hat es geschafft, neutral zu bleiben und sowohl mit ihnen wie mit den Hamisen Geschäfte zu machen. Er hat uns eine Botschaft geschickt, in der er seiner Meinung Ausdruck verlieh, daß die Krönung eine Zeit besonderer Gefahr für Anschläge irgendwelcher Art auf die Herrschaft König Tirrells wäre, und da diese Nachricht eine Woche vor dem ›Zwischenfall‹ eintraf, halten wir ihn für unverdächtig.« Dann kniff er die Augen zusammen und beantwortete die Frage, die ich nicht zu stellen gewagt hatte. »Wir haben ihn nicht erpreßt, Nolan. Wir unterhalten enge Geschäftsbeziehungen und kaufen einen Großteil seiner Güter. Er war gerne bereit, uns zu helfen. Ihm geht es vor allem um die Erhaltung des Friedens. Er ist zwar nicht glücklich mit der hamisischen Vorherrschaft, genießt aber die Jahre des Friedens und Wohlstands seit dem Kriegsende.«

Ich senkte den Kopf und wurde rot. »Ich wollte nicht respektlos sein.«

Der Meister stand auf und stieg von der Empore, um sich ein Stück Apfel zu holen. »Du brauchst dich nicht zu entschuldigen, Nolan. Dein Mißtrauen Graf Evin gegenüber zeigt eine begrüßenswerte Vorsicht. Aber du solltest nicht glauben, daß alles, was Seine Exzellenz tut, auf Erpressung beruht. Es gibt viele Leute wie Graf Evin oder sogar König Tirrell, die freiwillig mit uns zusammenarbeiten, weil sie zu schätzen wissen, wofür wir stehen.«

Seine Exzellenz fuhr fort, sobald der Meister wieder auf dem Drachenthron saß. »Du wirst von hier ins Tal der Zwillingsberge fliegen. Am westlichen Ende des Tals wird ein Pferd auf dich warten. Falls der Bergleopard erlegt wird, bevor du dort eintriffst, wirst du versuchen müssen, dich so schnell wie möglich dem König anzuschließen. Aber die Jagdgesellschaft sollte langsam genug vorwärtskommen, um dir das ohne größere Schwierigkeiten zu ermöglichen. Nur der König selbst weiß, daß wir einen Tahlion zu seinem Schutz senden. Niemand sonst sollte etwas von deiner wahren Bedeutung ahnen. Alle Edlen Sinjarias sind Verdächtige, ebenso wie viele der Hamisen. Die Rimahasti unterstützen die Sinjaren mit Geldmitteln und haben ihnen Truppen angeboten, weil sie befürchten, daß König Tirrell sein Reich als nächstes um Rimah erweitern will.«

Ich aß noch ein Stück von dem Apfel und nagte widerwillig an einem Stück Käse. »Was ist mit janischen Adligen und Herzog Vidor?«

Seine Exzellenz ignorierte Edler Erics mißbilligenden

Blick in meine Richtung. »Die janische Abordnung besteht aus Adligen, denen du noch nie begegnet bist. Natürlich kannst du dich ihnen des Interdikts wegen nicht offenbaren, aber sie haben an dieser Sache keinen Anteil.« Er zögerte und hob den Blick zur Decke. »Herzog Vidor ist ein Fall für sich.«

Ich schüttelte den Kopf. »Verstehe ich nicht. Er müßte jetzt, Augenblick mal, sechsundzwanzig sein. Er hat einen Friedensvertrag mit König Tirrell abgeschlossen, nachdem sein Vater und Bruder in der Belagerung von Jolis fielen. Jolis wurde dem Erdboden gleichgemacht, Seir wurde neue ›Hauptstadt‹ Sinjarias und Vidor zum Herrscher des neuen Herzogtums. Damals war er fünfzehn, und er lebt seitdem am Hof. Er hat König Tirrell in allem unterstützt.«

»Das Problem, Nolan, ist, daß man über Herzog Vidor durchaus unterschiedliche Berichte hört. Er hat das Gebiet häufig bereist und zeigt tatsächlich keinerlei Interesse an Politik, scheint aber erstaunlicherweise mit allen Fraktionen am Hofe befreundet zu sein.« Der Hochwalter der Dienstleister breitete die Hände aus. »Einerseits ist er bei Hofe nicht mehr als ein gefangener Hanswurst.« Seine linke Hand sank etwas herab. »Andererseits ist er der Mann, von dem alle Fraktionen erwarten, daß er die Prinzessin heiraten und den Oberbefehl über die Armee bekommen wird. Aus diesem Grund versuchen sie alle, ihn unter ihre Kontrolle zu bringen.« Er drehte seine rechte Hand und ließ sie sinken, dann hielt er sie mir entgegen und zeigte mir die Totenkopftätowierung auf der Innenfläche. »Du kannst dich ihm nicht anvertrauen, weil er dich möglicherweise verraten könnte, ohne es zu merken. Es ist am besten, wenn du niemandem außer dem König sagst, wer du wirklich bist.«

Edler Eric räusperte sich. »Was ist mit Hauptmann Herman? Sollte er es nicht erfahren?«

Der Meister schüttelte den Kopf. »Wir werden ihn

darüber in Kenntnis setzen, daß ein Tahlion als Ersatz für die Gefallene unterwegs ist, aber ich will kein Risiko eingehen, daß unser Täuschungsmanöver durch eine unbedachte Bemerkung scheitert. Wir können kein Interesse daran haben, daß die beiden liebe Erinnerungen an Tahlianna austauschen und Nolan dadurch auffliegt. Ich werde Hauptmann Herman mit dem Elitenflug nach Osten heute abend eine Nachricht zukommen lassen.«

Das gefiel Edler Eric gar nicht, aber er hielt sich bedeckt.

In Anbetracht seiner Wut und meiner Erinnerung an seine Kommentare am Morgen zögerte ich, meine nächste Frage zu stellen, weil ich wußte, wie er darauf antworten würde. »Habe ich die Erlaubnis, die hinter diesem Komplott steckenden Adligen zu töten?«

Seine Exzellenz nickte, aber bevor er noch irgendeine Warnung oder Einschränkung hinzufügen konnte, sprang Edler Eric auf. »Wie kannst du um so eine Erlaubnis auch nur bitten? Ihr könnt ihm keine Erlaubnis geben, Adlige zu töten!«

Der Meister drehte sich um. »Nicht einmal, wenn ein Adliger den Tod eines Tahlion befohlen hat?«

Edler Eric schloß jäh den Mund und senkte sich wieder auf seinen Platz. Sein Protest hatte an Heftigkeit verloren. »Wir wissen nicht, ob jemand ihren Tod befohlen hat. Sie könnte dem Nekkeht überraschend im Kampf begegnet und zu Tode gekommen sein.«

»Es spielt keine Rolle.« Seine Exzellenz hievte sich hoch. »König Tirrells Tod würde das ganze Gebiet verunsichern. Es gibt keinen klaren, starken Kandidaten für seine Nachfolge, und ich denke nicht daran, die Seestaaten in den Bürgerkrieg zu stürzen, nur weil du findest, daß das Blut eines Adligen mehr wert ist als das in den Adern eines Bauern. Der Tod eines Adligen ist ohne Bedeutung.«

»Erzähl das der Herrscherfamilie in Janis.« Edler Eric

stand auf und stampfte wütend aus der Kammer. Die Türen öffneten sich vor ihm, und er entging nur knapp dem Zusammenstoß mit einem hastig beiseite springenden Magicker. Der Zauberer erholte sich von seinem Schreck, verbeugte sich und wartete in der Tür.

Der Meister stand auf und winkte uns. »Edle Cosima ist bereit für uns, Nolan. Es wird Zeit, daß du ein Nekkeht erschaffst!«

Unser Führer, ein Magicker namens Catalin, war in Körpergröße und Statur nur unwesentlich kleiner als ich. Er trug die Kapuze seines schwarzen Mantels über den Kopf gezogen, so daß ich nur seine Nasenspitze und den Mund sah. Ich bemerkte ein einzelnes Haar auf seiner Schulter – es war kurz und blond –, aber wie er wirklich aussah, konnte ich nicht einmal ahnen.

Er führte uns schweigend durch dunkle, enge Korridore, die sich hierhin und dorthin wanden. Ich strich mit den Fingern über die Wände und stellte fest, daß sie solide waren, aber die grobbehauenen Blöcke, die ich sah, paßten überhaupt nicht zu der glatten, runden Oberfläche, die ich fühlte. Gänsehaut kroch meine Arme empor und an meinem Rückgrat entlang. Magick. Das gefiel mir gar nicht.

Schließlich traten wir durch einen Türbogen, der so dunkel war, daß ich einen Vorhang erwartet hatte, aber ich fühlte nichts dergleichen, als ich hindurch und in eine solche Helligkeit trat, daß ich geblendet war. Ich hob die Hand vor die Augen und stellte fest, daß der Meister dasselbe getan hatte. Am anderen Ende des Zimmers neigte Edle Cosima den Kopf, und ich sah ein Schmunzeln um Catalins Lippen spielen.

Der Meister schüttelte den Kopf. »Du brauchst keine Taschenspielertricks, um mich zu beeindrucken, Cosima.«

Ihre Nüstern blähten sich, und etwas zuckte durch ihren Blick. Es saugte die Farbe aus ihren Augen, und für einen Augenblick wirkten sie einfarbig perlgrau. Dann veränderte sie sich normal. *»Ich habe nicht versucht, deine Aufmerksamkeit zu erregen, Meister. Nolan ist es, der beeindruckt werden muß. Dem zuzustimmen, das tue ich nicht, aber dieses Gespräch haben wir wie ein altes Duett schon viele Male geführt, du und ich.«*

Der Meister schüttelte den Kopf und wirkte plötzlich sehr alt.

Ihr Ruf ließ jedes Wort wie einen körperlichen Schlag auftreffen und durch meine Glieder fahren. Ich beugte den Kopf. »Ich bin beeindruckt und ein ebenso zögerlicher Schüler wie Ihr eine Lehrmeisterin.«

»Lernen wirst du, Rechtsprecher, und du wirst gut lernen.« Sie winkte mich zu einem ein Meter breiten und dreimal so langen Tisch. In der Oberfläche aus unpoliertem weißem Marmor mit vereinzelten grauen Adern waren seitlich in fünfzehn Zentimeter Abstand Bolzen eingelassen, an denen man Gurte befestigen konnte. Zweieinhalb Zentimeter einwärts vom Rand verlief eine flache Blutrille, die zu einem Loch an einer Ecke verlief, unter dem ein bronzenes Auffangbecken hing.

Ich sah auf und zuckte zusammen. Catalin kramte in einem in die der Tür gegenüberliegende Wand eingelassenen Schrank herum. Er hatte beide Schranktüren geöffnet und suchte etwas zwischen ordentlich aufgestellten Destillierkolben und Bechern.

Das war nicht weiter bemerkenswert, abgesehen von der Tatsache, daß der Schrank noch nicht dagewesen war, als ich das Zimmer betreten hatte!

Schließlich war seine Suche von Erfolg gekrönt. Catalin holte eine kleine Schale aus dem Schrank, kaum größer als ein Fingerhut, und stellte sie auf den Tisch. Obwohl er sie ohne irgendwelche Vorsicht herübergetragen hatte, war sie mit Wasser gefüllt, als er sie abstellte. Ich sah zu ihm hoch und erhielt den nächsten Schock. Es war keine Spur von dem Schrank mehr zu sehen.

Edle Cosima beobachtete mich, dann blinzelte sie einmal langsam. »Gehen darfst du, Catalin. Für deine Hilfe dankbar ich bin.« Sie wartete, bis der Magicker das Zimmer verlassen hatte, dann sprach sie weiter. »Nolan, was du jetzt lernst, bringe ich dir wider besseres Wissen bei. Verstehen mußt du, daß dir die Magick auszuhändigen damit vergleichbar ist, einem Kind eine Ampulle voll Gift zu geben. Glaube nicht, du könntest große Kräfte kontrollieren oder hohe Magick bezwingen, weil du dieses magische Ritual beherrschst.« Ihre Hand zuckte vor und packte mein rechtes Handgelenk. Sie zog meine Hand vor und drehte sie herum, so daß die Tätowierung sichtbar wurde. »Du hast weder die Ausbildung noch das Blut für die Zauberei. Dies allein macht sie dir möglich.« Sie ließ meine Hand los und starrte mir in die Augen. *Ohne das wärest du blind für das Reich der Magick.*«

Als sie das sagte, lösten sich für eine kurze Zeitspanne die weißen Wände auf, und ich sah das Zimmer so, wie es in Wahrheit aussehen mußte. Eine gewaltige schwarze Leere umgab uns, und obwohl es keine Lichtquelle gab, bemerkte ich schwarze Gestalten in der Dunkelheit, die sich zielstrebig bewegten. Edle Cosima erschien deutlicher und mit sehr viel mehr Farbe und Tiefe als zuvor. Dies war ihre Heimat.

Die weißen Wände kehrten wie ein Blitzschlag in tiefster Nacht zurück, und ich taumelte vor Schreck. Ich schüttelte den Kopf, um wieder klar zu werden, und sah, daß die Magickerin mich aufmerksam beobachtete. »*Was weißt du, Rechtsprecher?*« herrschte sie mich an.

Ihr Ruf machte es mir unmöglich, die Antwort zu verweigern, aber ich hatte keine bewußte Kontrolle darüber, was ich sagte. »Ich weiß, daß ich nichts weiß.« Die Worte kamen tief aus meinem Innern, aus den Tiefen meiner Erinnerung. Ich sah meine Großmutter, aber sie verschwand wieder, schneller, als die Leere verschwunden war. Das verwirrte mich, und ich unternahm keinen Versuch, diese Verwirrung zu verbergen.

Das *Etwas* zuckte wieder durch Edle Cosimas Augen, dann war es fort. »Du hast recht, Nolan, du weißt nichts.« Die Andeutung eines Lächelns spielte um ihre Lippen. »Aber du wirst lernen.«

Edle Cosima wandte sich von dem Tisch ab, dann drehte sie sich wieder um und legte eine graue Ratte auf die Tischplatte. Ihr feuchtes Fell war sauber. Im übrigen war das Tier ohne Zweifel tot, denn sein Hals war verdreht. »Da dies nur eine Demonstration ist, und da keiner von uns deine Fragen beantworten könnte, wenn wir unschert sind, werden wir keiner Kreatur die Seele entnehmen, sondern eine benutzen, die bereits tot ist.«

Die Magickerin nahm die Ratte in die knochigen Hände und richtete ihren gebrochenen Hals aus wie irgendeinen Knochen. Sie murmelte ein paar Worte mit leiser Stimme, die ich nicht verstand, dann legte sie das Tier wieder ab. Sein Hals blieb gerade. »Die Ratte ging heute morgen in Tahlstadt in eine Falle, aber der Schaden war leicht zu beheben.« Sie tätschelte den Leichnam sanft, als schlafe er nur.

»Nolan, bitte folge mir.« Sie drehte sich von mir aus gesehen nach links und trat in einen schmalen weißen Gang, den ich bis dahin nicht bemerkt hatte. Diesmal verzichtete ich allerdings darauf, die Wände zu berühren, denn wenn es sie nicht wirklich gab, wollte ich das gar nicht wissen. Ich bemerkte allerdings, daß die Wände eine hellblaue Tönung annahmen, während wir den Gang entlang gingen.

Edle Cosima blieb vor einer Wandfläche stehen, die eine flackernde Vielzahl von Lichtern in allen Farben des Regenbogens enthielt. Sie war quadratisch und wenig mehr als einen halben Meter breit, und die Farben spielten über sie wie Licht, das auf dem Wasser unter einer Brücke oder neben einem Schiff tanzt. Die Lichter glitzerten und wanden sich wie Funken, die aus einem Lagerfeuer in den Nachthimmel steigen, um sich den Sternen anzuschließen. Sie hatten alle unterschiedliche

Farben und Leuchtstärken, aber die meisten waren verblaßt, und manche strahlten in reinem Weiß. Ich wußte sofort, daß die weißen Lichter lösche Seelen waren.

»Mach deinen rechten Arm bis zum Ellbogen frei.«

Durch den Lederpanzer fiel es mir schwer, Edle Cosimas Befehl zu befolgen. Ich mußte mich aus meinem Panzer winden und den ganzen rechten Oberkörper entblößen.

Edle Cosima drehte sich der Wandfläche zu und starrte auf die Lichter. »Erraten hast du es, die Lichter sind Seelen. Ich weiß nicht, was ihre Farbe bestimmt, aber die weißen sind lösch. Dieses Paneel hält sie zurück, aber du kannst deine Hand hindurch stecken. Sieh dich vor, die Seelen werden sich auf deine Haut stürzen wie Mücken im Sommer. Die mit starker Farbe sind erst kürzlich entnommen und dürsten nach einem Körper. Dir schaden können sie nicht wirklich. Irgendwann wird sich eine lösche Seele auf deine Hand setzen. Zieh sie ein, wie du es tun würdest, wenn du sie einem Verbrecher entnimmst.«

Ich wischte mir die schweißnasse Hand an der Hose ab und hob sie langsam an die Wandfläche. Ich spürte eigentlich gar nichts, bis auf einen leichten Widerstand, der schnell verschwand. Als ich die Hand hindurchgesteckt hatte, fühlte ich, wie Kälte meinen Arm durchdrang, und plötzlich war er vom Ellbogen bis zu den Fingerspitzen so eisig wie meine Tätowierung.

Augenblicklich wand sich eine feuerrote Seele wie eine Schlange um meinen Unterarm. Ihre Berührung stach wie der Biß einer Ameise, und ich spannte mich an. Ich konnte die Seele ohne Schwierigkeiten abschütteln, als ich es versuchte, aber es blieb ein unangenehmes Kitzeln auf meinem Arm zurück. Dann erkannte ich sie, als hätte der Gedanke sich durch meinen Arm bis in meinen Geist vorarbeiten müssen. Das war Tafanos Pferd gewesen!

Zögernder näherten sich andere farbige Seelen. Mehrere flogen ganz dicht an meinem Arm vorbei und kitzelten, wenn sie ihn streiften. Sie waren sehr fahl, und es schien, als versuchten sie sich teilweise daran zu einnern, warum ihnen ein Körper einmal so wichtig erschienen war. Langsam drangen schwache Eindrücke davon, wer oder was sie einmal gewesen waren in meinen Geist, aber die meisten Erinnerungen stammten aus so frühen Lebensjahren, daß ich sie nicht zuordnen konnte.

Edle Cosima mußte das Staunen auf meinem Gesicht gesehen haben. »Die Seelen mit Farbe haben ihre Gestalt noch nicht völlig verloren. Aber stelle dir den Wahnsinn vor, der sich daraus ergäbe, wenn du mehrere solcher Seelen in deinem Geist hättest, die beständig plappern und sich zurückerinnern!«

Ich nickte langsam, dann schüttelte ich wieder die Hand, um die gefärbten Seelen zu vertreiben. Sie schwebten davon wie Rauchfäden in einem sanften Windhauch. In ihrem Gefolge trieb eine grellweiße lösche Seele heran. Sie setzte sich auf meine Hand wie ein Schmetterling, der sich auf einer Blume niederließ. Ich zog sie ohne die geringste Anstrengung in mich hinein, dann holte ich den Arm zurück.

Edle Cosima lächelte, weil ich die Hand vor mich hielt, als läge ein äußerst zerbrechliches Ei darin. Ohne ein Wort rauschte sie an mir vorbei und führte mich zurück zum ersten Zimmer. Ich zwang mich, die Hand zu entspannen und hängte mir wieder die Lederrüstung über die Schulter, ohne den Arm durch den Ärmel zu stecken.

Edle Cosima stand neben dem Meister und musterte mit deutlichem Mißfallen das Buch, in dem er las. Der kleine Band hatte einen schwarzen Einband, der aussah wie Echsenhaut mit Blattgoldbuchstaben, aber Stoff wie Schrift waren so fremdartig, daß ich mir meiner Einschätzung nicht sicher sein konnte. Sie nahm ihm das schmale Buch aus der Hand, legte es auf den Tisch und drückte es sanft durch die Tischplatte und außer Sicht.

Mir schauderte, aber sie achtete nicht auf meine Reaktion. »Nolan, sammle dich und wende dich nach innen. Schaue in dich hinein und suche die Lösche. Finde sie, fühle sie, stelle fest, wo sie ist. Der Schädel bringt sie an einer anderen Stelle unter wie ungereinigte Seelen.«

Ich füllte meine Lungen und ließ den Atem langsam entweichen. Ich schloß die Augen und löste meine Aufmerksamkeit von allen äußerlichen Eindrücken und Sinnen. Unbewußt stellte ich mein Gleichgewicht her, dann versank ich und suchte die Lösche. Es war nicht schwierig, sie zu finden, denn sie loderte wie ein Leuchtfeuer. Ich fand sie, berührte sie und wußte, daß ich sie augenblicklich aufrufen konnte. Mit dieser Gewißheit kehrte ich an die Oberfläche zurück und nickte der Magickerin zu.

»Leg die Hand auf den Nager und drücke die Seele sanft in seinen Körper.« Sie sprach langsam und in weichem Ton, um das Gefühl der Ruhe in meinem Geist zu erhalten.

Ich streckte die Hand aus und berührte das weiche, nasse Fell. Ich legte die Hand um das Tier und rief die Seele. Ich fühlte sie meinen Arm herabgleiten und durch meine Handfläche austreten.

Die Ratte begann zu atmen!

Meine Hand zuckte zurück, als hätte das Tier mich gebissen. Die Schnurrhaare der Ratte zuckten, und ihre Lider flatterten. Muskeln spannten sich und Gliedmaßen ruckten, dann rollte sie auf ihre Füße und setzte sich auf, um zu schnuppern.

»Sie lebt!« Ich konnte die Worte nicht zurückhalten. Sie trugen mir einen ärgerlichen Blick von Edle Cosima ein.

»Leben besitzt es nicht! Es ist ein Nekkeht. Es atmet, weil der Körper sich daran erinnert, aber es benötigt keine Luft.« Wie um sie lügen zu strafen, fiel die Ratte auf alle viere und watschelte zu der Wasserschale, die

Catalin auf dem Tisch abgestellt hatte. Sie trank, dann setzte sie sich wieder auf und beobachtete uns.

Ich kniff die Augen zusammen. »Sie atmet und trinkt.«

Die Magickerin schüttelte vehement den Kopf. »Es lebt nicht, und wenn du glaubst, ein Nekkeht besäße ein Leben, besiegelst du damit dein Todesurteil.« Sie schnappte mit den Fingern über der Ratte, als schnitte sie durch unsichtbare Marionettenfäden, und der Kopf des Tiers fiel nach unten. Sie hatte den Heilzauber für das gebrochene Genick rückgängig gemacht, aber die Ratte starb nicht noch einmal. Die Schnurrhaare zuckten immer noch. Sie drehte sich um und lief den Tisch entlang. Ihr Körper schob den verdrehten Kopf vor sich her, der mit einem Auge zu uns hochblickte.

Der Schrecken des Düsterlabyrinths jagte mir kalte Schauer den Rücken hinab. »Ich verstehe. Es lebt nicht wirklich.«

Sie stieß mir den Finger hart in die Schulter. »Versteh dies: Das Nekkeht, das du jagst, kann sich am Boden des Runtmeers verbergen, bis es entscheidet aufzutauchen. Falls sein Hals gebrochen wäre …« Sie deutete beiläufig auf die Ratte. »… könnte es diese Verletzung augenblicklich heilen. Behandele es so wie das Nekkeht heute morgen, und es wird dich vernichten.«

Sie streckte die rechte Hand nach der Ratte aus, berührte sie, und das Tier fiel leblos um. Sie hob die rechte Hand und zeigte mir den Totenschädel. Sie hatte das Nekkeht vernichtet und war jetzt unschert. Unsere Audienz war beendet, aber nun verstand ich besser als je zuvor die Bedeutung und Gefahr meiner Mission.

Der Meister ging mir voraus und führte mich auf einem sehr kurzen Weg zurück in seine Kammer. »Laß dich nicht von den Illusionen und Taschenspielereien überwältigen, die sie oder Catalin da drinnen vorgeführt haben. Sie sind zwar Tahlion, aber vor allem sind sie Magicker. Bei vielen, die sich mit den magischen

Künsten beschäftigen, wiegt das schwerer als alles in dieser Welt.«

Ich runzelte die Stirn, doch der Meister sprach ungerührt weiter. »Nimm zum Beispiel die Teleportation. Du mußt auf einem Falken nach Hamis fliegen, weil die Magicker uns sagen, daß kein Geschöpf eine Teleportation überleben kann. Und ich habe Versuche mit Mäusen oder Ratten gesehen, bei denen die Versetzung des Tiers von einer Seite eines Tisches zur anderen ein totes, steifgefrorenes Tier zum Ergebnis hatte.«

Ich schüttelte den Kopf. »Ich verstehe nicht.«

Der Meister stieg zu seinem Thron hinauf, und Seine Exzellenz übernahm die Erklärung. »Woher wissen wir, daß die Magicker das Tier nicht erst gefrieren und dann teleportieren? Wie gelingt es Magickern, riesige Entfernungen innerhalb weniger Stunden zurückzulegen, wenn die Teleportation nicht möglich ist?«

Der Meister lächelte. »Du siehst, Nolan, daß wir nur glauben können, was die Magicker uns erzählen. Deine neuen Kleider werden nach Hamis teleportiert werden, während du hinfliegst. Weil sie uns erzählen, daß Teleportation schwierig und nur zwischen bestimmten Punkten des Kontinents möglich ist, ist sie teuer und wird nur selten eingesetzt. Aber stell dir die Folgen vor, wenn Teleportation leicht und überall möglich wäre.«

Ich verstand. »Man würde weder Schiffe noch Händlerzüge brauchen. Es gäbe keine Handelsstraßen mehr, und Hunderte von Städten würden untergehen. Zauberer wären überall begehrt und würden den größten Teil ihrer Zeit damit zubringen, Armeen in den Rücken anderer Armeen zu teleportieren. Es würde vollkommenes Chaos herrschen.«

Der Meister nickte. »So ist es. Die Magicker müssen ihre Welt beschützen, und das tun sie, indem sie ihre Kunst beschützen.« Er kam wieder herab und schnitt sich ein Stück Käse ab. »Zufällig glaube ich ihnen, daß Teleportation für lebende Wesen tödlich ist, aber du darfst nicht vergessen, daß sich, wenn es um Zauberei geht, nichts wirklich als unmöglich bezeichnen läßt.« Er steckte den Käse in den Mund, kaute zweimal und schluckte mühsam. »Muß ein erworbener Geschmack sein. Ich beneide dich nicht um diesen Auftrag.«

Er sah zu Seiner Exzellenz hinüber, der den Kopf schüttelte, dann blickte er wieder zu mir. »Du reist in der Frühe ab, Nolan. König Tirrell ist der Köder, der das Nekkeht in die Falle locken soll, aber ich wünsche, daß er – wenn irgend möglich – am Leben bleibt. Du solltest den Rest des Tages in der Bücherei verbringen, um deine Hintergrundgeschichte zu entwickeln. Ich schlage eine gerüchteweise erwähnte Zeit bei einer darkeshischen Banditenbande vor, um dein Können im Umgang mit Waffen zu erklären.«

Ich nickte und stand auf.

»Ein Punkt noch, Nolan.«

»Ja?«

»Deine Hand.« Der Meister hob die rechte Hand und zeigte mir die Tätowierung.

Ich war froh, daß Edler Eric nicht da war. Fast wäre ich als angeblicher Adliger mit einer Totenkopftätowierung auf meiner Handfläche abgereist. Das hätte ganz sicher niemanden getäuscht.

Wie ich es schon getan hatte, um die lösche Seele zu suchen, entspannte ich meinen Körper. Aber statt mich ganz in mein Inneres zu versenken, zwang ich mich, in meinen Arm zu blicken. Ich zeichnete einen Weg durch Muskeln und Knochen, an Venen und Arterien vorbei. Dort, tief in meiner Handfläche, lauerte eine fremdartige Dunkelheit.

Ich zwang mich, sie zu berühren, und wurde von dem plötzlichen Kälteschock fast zurückgeschleudert. Ich setzte mich durch, und schließlich bemerkte sie mich. Sie zog sich in die Handknochen zurück, als ihr klar wurde, daß ihre Gegenwart meine Mission gefährdete, versprach aber zurückzukehren, sobald ich sie brauchte.

Meine Augen sprangen auf, und meine Handfläche war leer. Die Haut fühlte sich immer noch kalt an, aber sie sah aus wie immer. Ich konnte Papiere mit dem Totenkopf versiegeln, ohne daß die Tätowierung zurückkehrte, und auch den Süntklieber beschwören, ohne sie wiederaufzurufen. Erst wenn ich eine Seele aus ihrem Körper zog, würde der Totenschädel wieder sichtbar werden, und danach würde ich ihn nicht wieder verschwinden lassen können, bis ich die Scher absolviert hatte.

Ich hob meine leere Hand.

Der Meister nickte, und ich ging.

Die Fünfzehner, die ich aus ihrem Zimmer vertrieben hatte, fanden mich am frühen Abend in der Bücherei. Ich war mit der Arbeit an meinem Hintergrund fast fertig, und sie hatten keine Schwierigkeiten, mich zu überreden, Schluß zu machen und sie zurück in mein Zimmer zu begleiten, um Geschichten auszutauschen. Auf dem Weg machte ich kurz in der Küche Halt, um mir ein paar Äpfel zu holen, denn ich hatte das Abendessen ausfallen lassen.

Jeder Rechtsprecher bereitet sich anders auf eine Mission vor. Manche Rechtsprecher betrinken sich und verbringen den letzten Abend mit den Mädchen von Tahlstadt. Andere überprüfen alle Vorbereitungen zwei- und dreifach, bis sie so müde sind, daß sie nur noch ins Bett fallen, um am nächsten Morgen aufzuwachen und sich auf den Weg zu machen. Ich habe sogar von einem Rechtsprecher gehört, der zwei Jahre älter ist als ich, und der am Abend vor dem Aufbruch das Scherritual absolviert.

Ich verbringe den Abend gerne unter Menschen, weil ich unterwegs so oft allein bin. Es gibt selten genug gewöhnliche Menschen, die bereit sind, sich mit einem Tahlion anzufreunden. Ich weiß sicher, daß Weylans Frau mich nur anerkannt hat, weil ich ihren Mann seit Jahren kenne. Sonst hätte ich wohl kaum eine Mahlzeit unter einem Dach mit ihr geteilt.

In Tahlianna war ich keine Schreckensgestalt. Die anderen hier verstanden mein Leben. Sie waren mit mir aufgewachsen und kannten den Menschen hinter den Begriffen Tahlion und Rechtsprecher. Selbst in Selias Lied war der Tahlion eine gesichtslose Mordmaschine, die ein Schelm zum Narren hielt. Hier war ich einfach nur jemand mit Erfahrung, und das galt besonders für die Fünfzehner.

Die beiden Fünfzehner, die sonst in diesem Zimmer wohnten, hatten vier ihrer Freunde eingeladen. Sie holten sich Stühle aus ihren Zimmern herüber, und ich saß auf dem Bett, den Rücken zur Wand. Sie hatten jeder eine Tüte mit Süßigkeiten, von Aniskugeln bis zu Kandiszucker, aber ich lehnte alles dankend ab und verspeiste meine Äpfel. Sie warteten, bis ich einen aufgegessen hatte, bevor sie anfingen, mich auszufragen.

Wie bei derartigen Gesprächen üblich drehten sich die anfänglichen Fragen um mich. Sie wollten so schnell wie möglich herausbekommen, wer ich war, und das zu dem in Beziehung setzen, was sie über mich gehört hatten. Ich erinnerte mich daran, wie ich einem Rechtsprecher selbst mit fünfzehn auf die Nerven gefallen war, weil ich soviel wie möglich über ihn erfahren wollte, für den Fall, daß ich meine Lehrreise in seiner Begleitung machen mußte. Ich hätte den rechten Arm dafür gegeben, etwas über den Rechtsprecher zu erfahren, den ich begleiten würde.

Dann stellten sie mir Fragen über die Welt, und ich teilte meine Erfahrung mit ihnen, in der Regel in Form einer Anekdote oder eines Witzes. Ich hielt ihnen keine Predigten, weil ich genau wußte, daß sie die nicht beachten und wir alle uns sehr schnell langweilen würden. Einen Anflug von Nachdruck erlaubte ich mir nur, wenn ich betonte, daß Menschen viel besser mit denen zusammenarbeiten, die sie mögen, als mit denen, vor denen sie Angst haben.

Schließlich wurden ihre Fragen, als der Abend in die

Nacht überging, zielgerichteter und drängten mich sanft in Richtung der Geschichte hinter der Narbe an meiner Schulter. Ich hatte es kommen sehen, besonders nachdem Jevin sie schon in diese Richtung aufgestachelt hatte, aber ich wich ihren Fragen zu diesem Punkt aus, so gut es ging. Sie kannten die Geschichte ohnehin, und ich dachte nicht daran, ihnen die Befriedigung zu verschaffen, sie aus meinem eigenen Mund zu hören.

Doch sie ließen nicht locker und hatten mich fast in die Enge gedrängt, als ausgerechnet Jevin in der Tür auftauchte und mich rettete. »*Hât ir niht bezzer ze tuon, als ein Rihtærer die Zît ze stelen?*« Er vermischte Hochtahl und den Ruf auf geeignete Weise, um in einem Atem ihre Aufmerksamkeit zu erregen und sie gelinde zurechtzuweisen. Die Fünfzehner, die allesamt mit dem Rücken zur Tür saßen, zuckten zusammen. Sie erkannten sofort, daß Jevin allein mit mir sprechen wollte. Sie standen auf, bedankten sich, wünschten mir Glück und zogen ab.

Jevin schloß die Tür hinter sich und ließ sich auf einen der Holzstühle fallen. Ich lehnte mich auf dem Bett zurück und schob mir das Kissen zurecht, bis ich es bequem hatte. Ich hielt einen Apfel hoch, aber er winkte ab, also warf ich ihn beiseite und er rollte ans Fußende des Bettes.

»Es tut mir leid wegen Marana, Nolan.« Jevins Stimme verlor einiges von ihrer Lautstärke, als er das sagte.

Ich nickte und schloß die Augen. »Danke. Seit wann weißt du es?«

»Es wurde erst heute beim Abendessen bekanntgegeben. Aber ich habe so etwas vermutet. Sie wurde hinter etwas hergeschickt, das drei Eliten getötet und eine Schwarze Kutsche zerfetzt hatte. Ich hatte so meine Zweifel.«

Ich ging augenblicklich zu ihrer Verteidigung über. »Sie konnte sich durchsetzen.« Ich zog die Knie an die Brust und legte die Arme um die Beine.

Jevin nickte, streckte die Hand aus und drückte meinen Arm. »Das konnte sie wahrhaftig. Aber du darfst nicht vergessen, daß sie Angst und Geschicklichkeit einsetzte, um Wirkung zu erzeugen. Sie war fähig, aber nicht stark. Was immer diese Kutsche überfallen hat, war ein Bündel von purer Kraft. Es gibt nicht viele Rechtsprecher, die mit einer derartigen Macht fertig werden könnten.«

Ich nickte. Er hatte recht. Marana war eine Jägerin gewesen. Sie hatte immer abgewartet und beobachtet. Sie hatte ihre Beute studiert, alles über sie in Erfahrung gebracht, was sie konnte, und sie sich in dem Augenblick geholt, in dem sie am verwundbarsten war. Sie war häufig aus dem Nichts aufgetaucht, um rechtzusprechen und dann ebenso schnell wieder zu verschwinden. Und sie hatte nie das Ritual benutzt.

Jevin sprach weiter. »Ich denke, ich wußte schon, daß sie tot war, als du zurückgerufen wurdest, bevor du Morai hattest. Du bist einer der wenigen Rechtsprecher, die mit dieser Art von Macht umgehen können. Wenn sie dich rufen mußten, war Marana offensichtlich tot.«

Ich schüttelte den Kopf. »Warum hast du mir davon vorher nichts gesagt?«

»Ich mußte doch das Beste hoffen, für euch beide!«

Ich zwang mich zu einem Lächeln und nickte. »Vielleicht ist es so das Beste für Marana, alles in allem.«

Jevin sagte nichts, aber in seinen Augen las ich Zustimmung.

»Was weißt du über meine Mission?«

Der Fealarien schüttelte den Kopf. »Nur Gerüchte. Du reist morgen ab, und du wirst dich verkleiden, aber soviel konnte ich mir auch schon selbst aus dem Bart und der Zeit zusammenreimen, die du bei Allen verbracht hast. Und ich weiß, daß es ein verteufelt harter Brocken sein muß, auf den sie dich angesetzt haben. Du bist einer der wenigen Rechtsprecher, die etwas Derartiges vernichten könnten. Und es muß sich in den Seestaaten abspielen, weil du da ohne lange zusätzliche Übungen untertauchen kannst.«

Ich ließ die Beine los und lehnte mich kopfschüttelnd zurück. »Ich verneige mich vor deinen detektivischen Fähigkeiten, Jevin.« Ich lächelte dünn. »Wen werden sie schicken, wenn ich versage?«

Jevin schürzte die Lippen. »Mich. Du gehst zuerst, weil du unauffällig bleiben kannst. Wenn es nötig ist, nicht aufzufallen, kannst du untertauchen. Ich befürchte, mir einen Bart stehen zu lassen, hätte wenig Sinn.«

Bei der Vorstellung brachen wir beide in Gelächter aus. »Wenn ich versage, und du mußt mir folgen, richte ihnen aus, daß ich in den Sieben Höllen auf sie warte.«

Jevin schüttelte den Kopf und stand auf. »Du wirst nicht versagen. Du bist ein Rechtsprecher.«

Plötzlich hing mir ein großer Kloß im Hals. »Ihr Götter, Jevin. Ich vermisse sie.«

Er schloß die Augen. »Ich weiß, Nolan, und du bist nicht der einzige. Aber denk daran, das beendet ihr Leiden.«

Er hatte recht. Ich dankte ihm dafür, daß er mich daran erinnert hatte, und sah ihm nach, als er ging. Dann zog ich mich aus, legte den Apfel auf den Tisch, löschte das Licht, und nach einer Weile schlief ich tatsächlich ein.

Ich wurde widerwillig wach. Es war einer jener Morgen, an denen ich mich auf den Bauch rollte und versuchte, mich auf die Ellbogen zu hebeln. Wie üblich knickten mir die Arme ein, und ich fiel mit dem Gesicht voraus zurück aufs Kissen. Der Schlaf überwältigte mich noch zweimal, und wahrscheinlich hätte er mich an diesem Morgen gar nicht mehr freigegeben, wäre nicht ein Dienstleister ins Zimmer gekommen und hätte mir einen braunen Jagdanzug gebracht.

Ich ließ mir beim Fertigmachen Zeit. Ich nahm ein langes, heißes Bad und schrubbte mich gründlich ab.

Immerhin standen mir drei Tage Flug nach Hamis bevor. Als ich wieder in mein Zimmer kam, waren alle meine Sachen bereits gepackt und abgeholt. Was ich für die Reise brauchte, würde bei den Mauserkäfigen auf mich warten, der Rest wurde bis zu meiner Rückkehr eingelagert.

Ich zog den Jagdanzug an und ging zur Messe. Ich kam zu spät, deshalb mußte ich in der Küche essen. Das machte mir allerdings nichts aus, denn es gab mir die Gelegenheit, selbst zu überwachen, was ich als Proviant mitbekam. Ich holte die Hartkekse aus dem Paket und ersetzte sie durch zusätzliche Äpfel und getrocknetes Rindfleisch. Die Dienstleister wußten zwar, welche Nahrungsmittel die haltbarsten waren, aber ich hatte nur eine Woche Reisezeit vor mir und wollte nicht zu Fuß den Kontinent durchqueren.

Ich suchte noch nach Jevin, bevor ich mich auf den Weg machte, aber so unwahrscheinlich das auch klingt, er war nicht zu finden. Ich wollte ihm noch einmal für unser Gespräch am Abend zuvor danken. Einen Freund zu haben, der einem hilft, den Verlust eines anderen Freundes zu verstehen, ist unbezahlbar.

Wie sich herausstellte, wartete Jevin bei den Mauserkäfigen auf mich. Er trug das ärmellose Standardwams aus schwarzem Leder, schwarze Stoffhosen und Kniestiefel. Sein Süntkliber und Rüegær steckten in ihren Scheiden an seiner Hüfte. Als er mich sah, hielt er mir einen Beutel entgegen.

»Ah, Nolan, da steckst du. Ich dachte mir, das könnte dir zusagen.«

Ich nahm den Beutel und sah hinein. Er enthielt ein halbes Hähnchen von dem gullschen Kaufmann in Tahlstadt. Ich lachte. »Danke, Jevin. Ich weiß es zu schätzen.«

Der Fealarien grinste, und seine Fangzähne glänzten weiß zwischen den graugrünen Lippen. »Ich wünsche dir alles Gute auf dieser Fahrt.«

Ich nickte und ging zu dem Falken, den ein paar Eliten für mich vorbereiteten. Es war Tadds Vogel, Geswinde. Ich schnürte den Beutel an den Sattel. »Jevin, für den Fall, daß du nach mir losgeschickt wirst, werde ich dafür sorgen, daß du alles erfährst, was ich herausbekommen habe, bevor es mich erwischt. Jemand wird dich ansprechen. Such dir ein Erkennungswort aus.«

Er legte kurz die Stirn in Falten und dachte nach. »Râchsal.«

Ich preßte die Lippen aufeinander, bis mein Mund nur noch ein Strich war. »Gute Wahl.« Râchsal war Hochtahl für ›Vergeltung‹.

Ich bestieg den Falken und lenkte ihn aus dem Sattelpferch. Jevin hob die Hand, und wir faßten uns an den Unterarmen. »Da wäre noch etwas, was du für mich tun kannst, Nolan.«

»Ja?«

Jevin sah zu Boden. »Ein kleiner Gefallen.«

»Ja?«

Er grinste. »Kannst du mir etwas von dem Hofkäse aus Seir mitbringen? Irgendwie bin ich auf den Geschmack gekommen …«

Ich lachte. »So viel du nur willst, mein Freund. So viel du nur willst …«

Ich winkte, und Geswinde und ich machten uns auf die Reise.

Der dreitägige Flug war von erstaunlicher Eintönigkeit und tiefer Einsamkeit. Er kam mir wie eine Strafe vor, denn er gab mir reichlich Zeit, an Marana zu denken und mich mit ihrem Tod abzufinden. Es war nicht leicht, in dieser Lage allein zu sein, aber es half mir, mich dem Problem zu stellen, statt mich von wohlmeinenden Menschen ablenken zu lassen, die mir in meinem Schmerz helfen wollten. Freunde wie Jevin konnten mir helfen, den Schmerz zu verarbeiten, andere hätten es nur hinausgeschoben.

Ich erinnerte mich daran, wie meine Großmutter Mutter geholfen hatte, nachdem deren Vater gestorben war. Die Mutter meines Vaters war immer die Historikerin der Familie gewesen, die Geschichtenerzählerin und sogar die Politikexpertin. Als es aber darum ging, die Trauer meiner Mutter zu lindern, war sie zur liebevollen Pflegerin geworden. Das Bild, das ich von ihr hatte, hatte sich grundlegend gewandelt, und damals war mir zum ersten Mal deutlich geworden, wie sehr sich Menschen unter großer Anspannung verändern können, zum Guten wie zum Schlechten.

Ich wünschte, ich hätte den Trost genießen können, den sie mir in dieser Lage gespendet hätte, aber ich mußte mich mit den Lebensweisheiten zufriedengeben, die ich von ihr gelernt hatte. Mit jeder Meile, die ich unseren Hof in Sinjaria hinter mir zurückgelassen hatte, waren die Gesichter und Erinnerungen an meine Familie verblaßt. Und genauso brachte mich jede Meile, die ich mich von Tahlianna entfernte, weiter von dem Ort fort, an dem Marana und ich unsere gemeinsamen Tage verbracht hatten. Obwohl ich dorthin unterwegs war, wo sie gestorben war, hatte ich kein geistiges Bild von ihr in Hamis oder in irgendeinem der Seestaaten, und so konnte sie dort nicht durch meine Gedanken spuken.

Am Abend des dritten Tages erreichte ich das westliche Ende des Zwillingsbergtals. Ich landete auf einer mit einer roten Decke markierten Lichtung und zog Geswinde die Haube über. Aus dem nahen Wald kam Tadd herüber, der Wolf zog.

Wir begrüßten einander und sahen sofort nach unseren Tieren. Wolf machte einen guten Eindruck auf mich. Er wirkte sogar etwas überfüttert, falls das nach dem langen Ritt aus Ell überhaupt möglich war. Er wieherte, als er mich roch. Ich klopfte ihm auf den Hals und drehte mich zu Tadd um.

Der hatte seine Begutachtung Geswindes abgeschlossen und wirkte zufrieden. »Danke, daß du so gut auf ihn aufgepaßt hast.«

»Und ich danke dir, daß du dich um Wolf gekümmert hast. Hast du irgend etwas von König Tirrell und seiner Jagdgesellschaft gehört?«

Tadd schüttelte den Kopf. »Niemand hat mir etwas zugetragen. Aber ich habe die letzten Tage über die Hörner und Trommeln seiner Treiber gehört. Sie kamen stetig näher, doch heute am Spätnachmittag war plötzlich Ruhe. Ich kann daraus nur schließen, daß sie den Bergleoparden erlegt haben und sich morgen früh auf den Rückweg machen werden.«

Ich nickte. Die Sonne ging bereits unter, also würde Tadd bis zum Morgen hierbleiben müssen. Für mich allerdings war es besser, ins Lager zu reiten und mit der Arbeit anzufangen. »Gut, dann verlasse ich dich jetzt und schließe mich ihnen an. Welche Richtung?«

Tadd zeigte nach Osten. »Zwei, vielleicht drei Meilen.«

Ich schwang mich in Wolfs Sattel und justierte die Satteltaschen, die Tadd mir hochreichte. Der Süntklieber steckte in meiner Schlafrolle, den Rüegær hatte ich an der rechten Hüfte hängen. Das Schwert würde keinerlei Aufmerksamkeit erregen, weil es sich äußerlich nicht von einer beliebigen anderen Waffe unterschied. Erst wenn ich als Tahlion entdeckt werden sollte, würde irgend jemand es als ›besondere‹ Waffe erkennen.

Ich lenkte Wolf nach Osten, und wir machten uns in langsamem Galopp auf den Weg. Die untergehende Sonne lieferte mir noch genug Licht, um den Weg zu finden, aber als wir das Tal am anderen Ende verließen, konnte ich nur an den flackernden Feuern erkennen, wo sich das Lager befand. Wolf sah die Lichter ebenfalls, und wir ritten durch die Nacht. Wir fanden einen Holzfällerweg und kamen auf dem tagtäglich von mitgeschleiften Baumstämmen glattgewalzten Boden gut voran.

Das Zeltlager, das nötig war, um die Jäger und all ihre

Bediensteten unterzubringen, hatte die Größe eines kleinen Dorfes. Fünfzig Zelte, von den großen Pavillons der Adligen und dem Mittelzelt für die Mahlzeiten bis hin zu den kleinen Zelten der Dienerschaft waren in einem groben Kreis auf einer Wiese aufgestellt. Ein Bach lief durch das von Wald umgebene Lager. Vor jedem Zelt brannte ein Feuer, und Diener eilten hin und her, um die Vorbereitungen für die Nacht zu treffen.

Irgend etwas stimmte allerdings ganz und gar nicht, denn es gab keinerlei Anzeichen einer Feier. Das große Hauptzelt war dunkel, und nirgends im Lager hörte ich Gelächter oder ein Zechgelage. Als wäre das noch nicht beunruhigend genug, benahmen die Dienstboten sich, als hätten sie vor irgend etwas gewaltige Angst. Dauernd zuckte irgendwer vor Schreck zusammen, und alle paar Sekunden erstarrten alle ängstlich, wenn ein völlig alltägliches Geräusch aus dem Wald drang.

Ich trieb Wolf vorwärts und wir ritten ins Lager. Ein junger Mann stieß fast mit Wolf zusammen, drehte sich um und schrie wie am Spieß, als er mich sah. Die Brotlaibe, die er getragen hatte, flogen davon, und er fiel nach hinten und landete lang ausgestreckt auf dem Boden.

Ich hielt Wolf an und stieg ab. »Ruhig, Bursche, warum so schreckhaft?« Ich bückte mich und half ihm auf die Beine, dann ging ich in die Hocke, um ein paar der Brote aufzulesen.

Er stand nur da und zitterte. »Die Kobolde, sie haben ihn!«

»Wen? Wen haben sie? Wo ist der König?« Der Diener zitterte und brachte keinen Ton heraus. Ich rief: »*Wo ist der König?*«

Er hob zitternd die Hand und deutete nach Süden. Ich schaute in die Richtung, in die er zeigte, und sah mehr Fackeln. Ich reichte ihm das Brot, das er sofort wieder fallen ließ, und stieg in den Sattel. Es dauerte fünf Minuten, dann hatten wir den Fackelkreis erreicht.

Adlige, Jäger und Dienstboten standen um ein riesiges Schlundloch mitten im Weg. Es war groß genug für drei Reihen von je vier Reitern und ein einziges Chaos aus Dreck, Steinen und Wurzeln. An einer Seite bemerkte ich in der Wand des Schlundlochs eine Öffnung, die gerade groß genug war, einen aufrecht stehenden Menschen aufzunehmen. Wolf scheute, und ich wußte, was das bedeutete.

Dhesiri. Kobolde, hatte der Diener gesagt, und er hatte recht.

Ich stieg ab und schlang Wolfs Zügel um ein Gebüsch. König Tirrell war nirgends zu sehen, also suchte ich nach dem Adligen in der Mitte des Geschehens. »Verzeiht die Störung, edler Herr. Ich bin Edler Nolan ra Yotan. Wo ist der König? Ich sollte mich bei meiner Ankunft bei ihm einfinden.«

Der Adlige war ein älterer Mann. Seine Haarpracht war dünner geworden, ohne ihre schwarze Farbe zu verlieren. Sein Gesicht war rund und rot, auch wenn es – ebenso wie sein Leibesumfang – keineswegs so ausladend schien, wie das in seinem Alter denkbar gewesen wäre. Am Wappen über seinem Herzen sah ich, daß er Hamise war, und schloß daraus, daß ich mit Großherzog Fordel sprach, dem Onkel des Königs.

Seine schwarzen Augen musterten mich mit schnellem, abschätzendem Blick. Ich konnte sehen, daß ihm mein Wappen mißfiel, weil es nicht von dem blauen Rand umgeben war, der hamisische Wappen kennzeichnete. Aber davon abgesehen nahm er etwas in meiner Haltung wahr, was ihm gefiel. Er entschied sich augenblicklich, mich als seinesgleichen zu behandeln statt als einen nutzlosen Gecken, der nur im Weg herumstehen konnte.

»Der König ist da unten.« Er deutete in das Schlundloch. »Zusammen mit Herzog Vidor und meinem Sohn, Graf Patrick. Und ihren Rössern.«

»Wann?« Die Dhesiri lieben Pferdefleisch, und falls

die Reittiere ihre Königin gesättigt hatten, bestand die Chance, daß der König und die beiden anderen noch lebten.

»Vor zwei Stunden haben wir den Hinterhalt entdeckt. Ich habe sie nicht allzu lange vorher noch gesehen.« Der Großherzog sah sich unter den anderen Adligen um, die sich um uns drängten, und sie bestätigten, was er gesagt hatte.

Ich nickte. »Habt Ihr jemanden hinterher geschickt?«

Hinter uns wurde Gemurmel laut. Er schüttelte den Kopf, dann stutzte er und starrte mich mit festem Blick an. »In einen Dhesiribau? Seid Ihr von Sinnen?« Er schüttelte noch einmal den Kopf. »Wir warten darauf, daß sie sich freikämpfen.«

Ich blickte ihn an und erkannte, in welcher Zwickmühle er steckte. Wäre er zwanzig Jahre jünger und in der Blüte seiner Manneskraft gewesen, hätte er sich in das Loch gestürzt und sie verfolgt, aber umgeben von jungen Adligen, die noch nie in den Krieg gezogen sind und wahrscheinlich selbst im Duell nie weiter als bis zur ersten Verwundung oder sogar nur zum ersten Treffer gekämpft hatten, gab es nicht viel, was er tun konnte.

Allein war diese Aufgabe unmöglich, es sei denn, derjenige, der hinunterstieg, schaffte es, sich durch den Bau zu schleichen, die Gefangenen zu befreien und zusammen mit ihnen wieder ins Freie zu gelangen, ohne Alarm auszulösen. Niemand in diesem Haufen besaß diese Fähigkeiten, und selbst zu seiner besten Zeit wäre es dem Großherzog schwergefallen, das fertigzubringen.

»Ohne Hilfe kommen sie da nicht heraus.« Ich ging zu Wolf hinüber, zog den Süntklieber aus der Schlafrolle und schnallte ihn mir auf den Rücken, so daß der Griff über die rechte Schulter ragte.

Großherzog Fordel starrte mich an. »Ihr könnt da nicht hinein. Das ist Selbstmord.«

Ich nickte ihm zu und zog den Rüegær. »Schwieriger, als den Edlen der Darkesh zu entkommen, wird es auch nicht sein. Schickt mir jeden nach, der mehr Mut als Verstand hat.«

Dann sprang ich zum zweiten Mal innerhalb einer Woche in völlige Finsternis hinab, um einen Feind zu stellen, der in ihr zu Hause war. Gewiß, ich würde alles töten, was mir dort unten begegnete. Aber in einem Dhesiribau stellte sich die Frage: Würde ich genug töten können?

KAPITEL ZWÖLF

Novize: Alptraum

Ein Windstoß jagte über den staubigen Hof und badete mich im Aroma eines Leichenhauses. Ich fiel von Wolfs Rücken und übergab mich. Schwache Knie und zitternde Arme hielten mich mühsam über der Pfütze mit den Überresten meines Frühstücks, während sich mein Körper wieder und wieder verkrampfte und meinen Magen bis auf den letzten Rest entleerte. Bittere Galle überzog meinen Gaumen, meine Haut glänzte vor Schweiß, und Tränen rannen mir aus den fest zugekniffenen Augen.

»Das reicht, Tahlion. *Auf.*« Rings Ruf schnitt durch meine Qualen, vermittelte aber keinerlei Mitleid oder Sorge um mein Wohlergehen. Im Gegenteil, er haßte mich und würzte seine Worte mit Verachtung.

Ich grub meine Finger in den Staub und genoß das einfache Gefühl der Sandkörner auf meiner Haut. Ich wandte mich nach innen, um meinen Körper zu beruhigen und meine Magenkrämpfe zu beenden, aber ein zweiter Windstoß drohte, sie wieder von vorne zu entfachen. Ich nutzte meine Wut auf Ring und meine eigene Schwäche, um mein Innenleben unter eiserne Kontrolle zu bringen und fand für einen Augenblick Zuflucht darin, die Schmerzen in meinem Körper zu spüren. Besser das, als das, was mich draußen erwartete.

»So, Novize. Jetzt steh auf und sag mir, was du siehst.«

Ich rollte zurück auf die Fersen, ohne die Augen zu öffnen, und hob das Gesicht zum Himmel, damit der Schweiß mich kühlen konnte, bevor ich mich an irgendwelchen wirreren Bewegungen versuchte. Ich griff hinter mich, suchte und fand den linken Steigbügel. Dann zog ich mich daran auf die Füße. Ich schwankte, sowohl aus Schwäche als auch wegen einer neuen Welle von Übelkeit, die durch meinen Körper schlug. Langsam und verängstigt öffnete ich die Augen.

Ich hatte es schon vorher gesehen und schüttelte heftig den Kopf, um die Tränen wegzubekommen, die mir in die Augen traten.

Sie hatten Lehmziegel benutzt, um ihr Haus zu bauen, aber davon abgesehen war der Bauernhof das Ebenbild des Hofes, auf dem ich aufgewachsen war. Von den verkohlten Enden der Dachbalken stieg noch Rauch auf. Rußgeschwärzte Verwüstung und blauer Himmel füllten die leeren Tür- und Fensteröffnungen. Hinter dem Wohnhaus stand ein Räucherhaus, wie zum Hohn der Vernichtung, die sich vor ihm ausbreitete.

Der von der Sonne gebackene Hof vor dem Haus war übersät mit Leichen. Die Männer lagen rechts, die Frauen links, als wären sie mitten in einer Zeremonie oder einem Fest gestorben. Ihre Tiere, ebenfalls alle tot, lagen über den ganzen Hof verstreut, doch sie schienen verzweifelter versucht zu haben, ihrem Schicksal zu entkommen, als die Menschen.

Mehrere kleine Gruben, etwa sechzig Zentimeter im Durchmesser, halb so tief und mit loser, trockener Erde gefüllt, verteilten sich in einem scheinbar zufälligen Muster über den Hof. Alle Menschen und Tiere hier waren tot, und das bereits seit mehreren Tagen. Und alle waren angefressen.

»Was siehst du, Nolan?«

Ich drehte mich vor Wut zu schnell um und wankte, bis der Rest der Welt mich eingeholt hatte. Ring ragte auf seinem Pferd vor mir auf. Ein silberner Metallreif hielt sein langes schwarzes Haar zurück. Der Wind spielte durch sein Haar, aber er ließ sich mit keiner Miene anmerken, daß die Brise ihm denselben Gestank zutrug wie mir. Ein grausames Lächeln verzerrte seinen schwarzen Schnurrbart und verwandelte sein verkniffenes Gesicht in eine Maske des Abscheus. Seine Augen waren gnadenlose, matt schiefergraue Scherben.

Ich atmete durch den Mund, dann spie ich aus, um den staubigen Belag auf meiner Zunge loszuwerden. »Ich sehe einen Bauernhof, der von Dhesiri angegriffen wurde. Ich sehe eine Menge toter Menschen. Ich sehe Hinweise auf Dhesiritunnel. Ich sehe eine männliche Leiche, die einem der beiden Männer gehören könnte, nach denen wir suchen.« Ich konnte die Wut in meiner Stimme nicht verbergen und versuchte es auch gar nicht.

Ring kniff die Augen zu grauen Dolchspitzen zusammen. »Oh, gut, kleiner Nolan. Du sagst mir, was da ist. Jetzt sieh noch mal hin und sag mir, was hier geschah.«

Etwas in meinem Innern flüsterte mir das wahre Schicksal dieses Bauernhofes zu, aber ich weigerte mich, diese Erklärung hinzunehmen, weil sie zu schmerzhaft war und mir zu viele Erinnerungen aufdrängte. »Dhesiri haben die hier lebende Familie angegriffen und getötet. Es ist offensichtlich.«

Ring sprang aus dem Sattel, und einen Augenblick lang dachte ich, er würde mir mit der Reitpeitsche einen Hieb versetzen. »Du Narr! Gebrauch deinen Verstand!« Er war einen ganzen Kopf kleiner als ich und strahlte eine offene Herausforderung an mich aus, ihn anzugreifen, wo und wann immer ich den Mut dazu fand. »Du wirst eine weit längere Reise als ein Jahr brauchen, bevor aus *dir* ein Rechtsprecher wird.«

Er ging an mir vorbei, und ich drehte mich um und sah hinter ihm her. »Die Frauen sind hier links, die Männer rechts. Dhesiri teilen ihre Gefangenen nicht nach Geschlecht auf. Alle Tiere sind tot, aber nirgends ist ein Pferdekadaver zu sehen. Sie hatten ein Zugpferd für den Pflug, da hinten neben dem Haus liegt Pferdemist, und das hätten die Dhesiri sich zuerst geholt, aber hier gibt es kein Loch, das groß genug wäre, ein Pferd hindurchzuzerren, selbst wenn man es vorher zerlegt hätte. Und dieser Mann hier …« Er trat gegen die geköpfte Leiche eines hünenhaften Kerls. »Er hat keinen Kopf.«

Ich trat näher. »Er könnte Ahnj ra Temur sein.«

Ring schüttelte heftig den Kopf. »Nein! Sieh dir seinen Hals an. Er ist sauber mit einem Schlag geköpft worden, mit einer stählernen Klinge. Sein Kopf wurde entfernt, um seine Erkennung zu erschweren, und eine Fehlerkennung zu erleichtern, wie du sie gerade abgeliefert hast.«

Ich konnte nicht so leicht aufgeben, weil meine offensichtlich falsche Erklärung das einzige war, was mich vor den Geistern der Vergangenheit beschützte. »Die Dhesiri könnten ihn mitgenommen haben, als Nahrung.«

»Trottel. Hätten sie sein Gehirn gewollt, hätten sie den Schädel aufgebrochen.« Er spuckte in meine Richtung, dann spießte er mich mit einem lodernden Blick auf. »Deine Erklärung ist falsch. Gib es zu und hör auf, dich wie ein Dummkopf aufzuführen.«

In meinem Innern versiegte jede Hoffnung. Besiegt senkte ich den Kopf. »Bitte, Rechtsprecher, sagt mir, was hier geschehen ist.«

Ring drehte sich um, aber ich wußte, daß er nicht lächelte. Er haßte mich so sehr, daß er nicht einmal aus einem Sieg über mich Freude ziehen konnte. »Ahnj ra Temur und Dabir ra Insal sind zu diesem Bauernhaus gekommen. Sie boten an, für Essen und Unterkunft zu arbeiten. In der Nacht holten sie die Familie hier heraus. Sie ermordeten die Männer, dann vergewaltigten sie die Frauen, bevor sie die ebenfalls umbrachten. Sie nahmen sich das Zugpferd und verschwanden. Es ist offensichtlich, Novize, trotz des Auftauchens eines Dhesirijäger-trupps. Die Menschen sind länger tot als das Vieh. Die Dhesiri haben das Aas gekostet, sind aber noch nicht zurückgekommen, um es wegzuschaffen. Das Vieh haben sie getötet, damit es nicht wegrennen kann. Danach sind sie in ihren Bau zurückgekehrt, um Arbeiter zu holen, die die Leichen fortbringen sollen. Der einzige Leichnam, den man mit Ahnj verwechseln konnte, wurde geköpft, um eine falsche Zuordnung wahrscheinlicher zu machen.«

Zum Ende seiner Erklärung verlor seine Stimme fast den beißenden Tonfall. Alles, was er sagte, entsprach dem, was mir meine innere Stimme gesagt hatte. Ich hätte es besser wissen müssen, als mir selbst etwas vorzumachen, denn die Schlacht in meinem Innern war verloren, gleichgültig, ob ich damit Erfolg gehabt hätte oder nicht. Und ich würde die Folgen zu spüren bekommen, so sicher wie auf das Leben der Tod folgt und auf das Einschlafen die Alpträume.

Mit leiser Stimme fragte ich: »Dann werden die Dhesiri bald wiederkommen, oder?«

Ring nickte. »Wenn du deine Übelkeit im Griff hast, sollten wir anfangen, die Leichen da hinten ins Räucherhaus zu schleppen.« Er deutete auf das kleine Gebäude hinter dem Wohnhaus. »Wir müssen sie verbrennen.«

Fast wäre mir wieder schlecht geworden, aber ich protestierte nicht. Ich wußte, daß ein Scheiterhaufen seinen ganz eigenen Geruch hat und daß der den Alptraum zurückbringen würde. Aber das spielte kaum noch eine Rolle, denn nachdem ich eine abgeschlachtete Bauernfamilie vor ihrem Hof hatte im Dreck liegen sehen, gab es ohnehin kein Entkommen vor dem Alptraum mehr.

Ich lag in völliger Dunkelheit. Trotz des Fiebers wußte ich, daß die Schatten meine Freunde waren. Sie linderten das Sonnfieber und saugten die sengenden Schmerzen auf, die meine Haut verbrannten, wenn Licht darauf traf. Sie machten es möglich, das Sonnfieber zu überleben, und hier unten im kühlen, dunklen Keller unter unserem Haus konnte ich die Krankheit in Ruhe ausheilen.

Die Silhouetten einzelner Gesichter tauchten vor mir auf und verschwanden wieder. Ich konnte keine Einzelheiten erkennen, aber die leisen, tröstenden Stimmen – Großmutter, Mutter, meine ältere Schwester Laura – machten mir Mut und lobten meine Fortschritte. Manchmal wachte ich auf, wenn sie kamen, um kalte Tücher auf meine Stirn zu legen, und zwang mich sogar zu einem Lächeln, wenn sie mir Suppe brachten. Meine Brüder durften mich nicht besuchen. Sie hatten das Fieber noch nicht gehabt, und bei Männern tritt es weit ernster auf als bei Frauen. Aber ich hörte ihre freudigen Antworten, wenn Mutter oder Laura ihnen davon erzählte, daß mein Zustand sich gebessert hatte.

Flüchtige Erinnerungen an Fieberträume und schöne Zeiten schmolzen dahin, als der Alptraum mich packte. Meine Augen flogen auf, schmerzhaft weit auf, und die Lider rasteten ein. Ich konnte sie nicht schließen oder die Bilder mit Tränen davonspülen. Ich konnte keinen Muskel rühren.

Ich war völlig hilflos, konnte nur in die undurchdringliche Dunkelheit starren. Die wuchtigen Holzbalken über mir zeichneten sich in vollkommener, sonnenheller Genauigkeit ab, dann verschwammen sie zu einem nebligen Grau. Langsam, und dabei doch viel zu schnell wurden sie klar wie Glas und gestatteten mir den ungehinderten Blick auf die glasklaren Bodenbretter über ihnen. Alles und jedes, das mich hätte daran hindern können, das Drama zu verfolgen, das sich über mir abspielte, wurde zuvorkommender- und ganz und gar unerwünschterweise durchsichtig.

Selbst die Tränen, die ich rief, um meine Sicht zu verschleiern, rannen mein Gesicht seitlich hinab, ohne mein Blickfeld zu berühren.

Ich versuchte zu schreien. Der Schrei hallte durch meinen Schädel, aber ich wußte, daß er meine Lippen nie verließ. Ich war in Totenstarre gefangen und konnte nur zusehen. Zusehen und innerlich sterben.

Soldaten standen in unserem Haus. Mit grober Stimme verlangten die beiden Männer Erklärungen von meinem Vater. Sie hatten ihn auf einen Stuhl gebunden und schlugen ihn, als er ihnen kurz angebunden antwortete. Meine Mutter schrie, und Hal hielt seinen Zwillingsbruder Malcolm zurück. Großmutter und Laura beruhigten Arik. Meine Schwester Dale, ein Jahr jünger als ich, spielte mit einem Messer, und hinter ihr ballte Lyel, ein Junge meines Alters vom Nachbarhof, mit dem wir befreundet waren, die Fäuste.

Der kleinere hamisische Soldat, dem roten Armreif nach zu schließen ein Feldwebel, versetzte meinem Vater erneut einen Schlag mit dem Handrücken ins Gesicht, so hart, daß es blutete. Dale sprang vor und stieß dem Hamisen das Messer in den Bauch. Er brüllte auf vor Schmerz und schlug ihr die Faust ins Gesicht. Sie wurde weggeschleudert und schlug mit einem dumpfen Knall an die Zimmerwand. Mit gebrochenem Genick rutschte sie zu Boden. Blut lief ihr aus der Nase, wurde aber klar wie Wasser, als es über den Boden rann.

Hal und Malcolm, beide noch zu jung fürs Militär, aber alt genug, um für ihr Land zu sterben, stürzten sich auf die Soldaten. Hal trat dem verletzten Feldwebel in den Bauch, warf ihn zu Boden und brachte zu Ende, was Dale begonnen hatte. Der andere Soldat rang mit Malcolm. Sie krachten durch die Tür hinaus auf den Hof.

Sie rollten über den Lehmboden bis vor die Füße der anderen acht Mann der hamisischen Militärstreife.

Alles schrie und kreischte. Hal deutete auf die Tür und brüllte: »Rennt, rennt.« Lyel stürzte ins Freie, dicht gefolgt von Arik. Mutter hielt an, um Vater loszubinden, Laura kniete sich hin, um seine Füße zu lösen. Großmutter packte ein Hackmesser.

Malcolm kam als erster auf die Beine und trat dem Soldaten, mit dem er kämpfte, ins Gesicht. Der Kopf des Mannes flog nach hinten. Er brach sich das Genick, genau wie Dale. Malcolm sah zufrieden auf seine Leiche hinab, ohne sich der Gefahr bewußt zu werden, in der er schwebte.

Wieder donnerte ein Aufschrei durch meinen Schädel, konnte aber nicht ins Freie gelangen, um Malcolm zu warnen. Der riß die Hände hoch, nicht, um den Säbelhieb aufzuhalten, sondern um das Handgelenk des Soldaten zu packen, der ihn führte, und ihn aus dem Sattel zu ziehen. Malcolm war viel zu langsam, und die Waffe zerschmetterte ihm den Schädel. Er war tot, noch bevor sein von der Wucht des Schlages herumgerissener Körper aufschlug.

Arik rannte nach links, so schnell es sein humpelnder Gang erlaubte, auf den Schober zu, in dem er sich schon so oft erfolgreich versteckt hatte. Ab und zu sah er über die Schulter, und ein Lächeln spielte um seine Lippen. Er war so unschuldig, daß er das alles für eine Art Spiel hielt. Der Tod hatte keine Bedeutung für ihn, er rannte nur, um sich zu verstecken, bis jemand kam und ihm Bescheid gab, daß das Spiel vorbei war und er nach Hause konnte.

Die Hamisen sträubten sich, ihn zu verfolgen, weil sie seinen Klumpfuß sahen. Für sie war das ein Zeichen, daß er im Mutterleib von übernatürlichen Wesen berührt worden war. Für den Daarisöldner in ihrer Mitte bedeutete die Behinderung, daß er ein Dämon war. Und für den Daari machte das den Tod meines Bruders zu einem göttlichen Auftrag, dessen Verweigerung seine unsterbliche Seele gefährdet hätte.

Der Daari ritt Arik nach und trieb ihn vor sich her. Er brüllte auf ihn ein, und auch wenn mein Bruder die

Worte nicht verstand, trafen ihn ihr Ton und der Haß in ihnen wie Peitschenhiebe. Arik drehte sich um, wollte zurück zu Mutter und Laura rennen, damit sie seinen Peiniger vertrieben, wie sie das schon so oft zuvor getan hatten, aber er schaffte es nicht. Der Daari spießte ihn von hinten auf. Er ließ Ariks zerschmetterten Leichnam im Staub liegen, die Geisterlanze in seinen Rücken gebohrt. Die Waffe war jetzt unrein.

Vater schüttelte die gelockerten Seile ab und war frei. Hoffnung regte sich in meiner Brust, wurde aber fast augenblicklich erstickt. Er zog das Familienschwert aus der Halterung über der Tür und trat hinaus auf den Hof. Der Reiter, der Malcolm erschlagen hatte, wendete und galoppierte auf Vater zu. Der wich dem ersten Hieb aus und stieß das Schwert schräg nach oben in den Brustkorb des Soldaten. Der Mann stürzte aus dem Sattel und blieb reglos im Staub liegen.

Lyel rannte nach rechts. Ein hamisischer Reiter verfolgte ihn. Lyel wich ihm hakenschlagend aus, bis er sich an unserem Schweinekober in die Enge gedrängt sah. Er schaffte es halb über den Zaun, dann spaltete der Soldat ihm mit einem senkrechten Schwerthieb den Schädel.

Zwei Männer saßen ab und stellten meinen Vater. Der war zwar flink und clever, aber kein Schwertkämpfer. Erst hielt er sie noch ab, indem er ihre Hiebe wild, aber unbeholfen parierte. Dann machten sie Ernst und hieben ihn in Stücke.

Hal hechtete aus dem Haus und warf sich auf einen der Soldaten. Mein Vater, der aus einem Dutzend Wunden blutete, konzentrierte sich ganz auf den anderen und zertrümmerte ihm den Schwertarm. Mein Vater drehte sich gerade um, um Hal zu Hilfe zu kommen, als ein Pfeil sich durch seine Brust bohrte und ihn herumriß, so daß er zu dem Bogenschützen aufstarrte, der hoch zu Roß neu anlegte. Der zweite Pfeil schlug in seine Brust und bohrte sich durch sein Herz. Mein

Vater fiel leblos zu Boden. Das Schwert flog ihm aus der Hand.

Ein zweiter Bogenschütze feuerte auf Hal und verfehlte ihn, Hal zog seinen Gegner vor sich, und der zweite Pfeil tötete den Hamisen. Hal konnte dessen Gewicht nicht halten, und als er versuchte, den Schild des Toten unter dem Leichnam vorzuzerren, bohrte sich ein Pfeil durch seinen Hals und tötete ihn ebenfalls.

Die Hamisen stiegen ab und stürmten über mir ins Haus, der Daari vorneweg. Die Soldaten grinsten, als sie meine Mutter und Schwester sahen. Mutter und Laura zitterten vor Entsetzen. Großmutter, die das Hackmesser in den Falten ihres Kleids verbarg, war ruhiger. Sie hatte die Soldaten beobachtet, wie sie uns Kinder beobachtet hatte, und war zu dem Schluß gekommen, daß der Daari die größte Gefahr darstellte.

»Laßt uns in Ruhe!« bettelte meine Mutter. Sie drückte Laura an sich, den Rücken zur Wand. Mutter war hübsch, aber die Angst in ihrem Gesicht machte sie häßlich. Sie war immer stark und selbstsicher gewesen, ein Fels in der Brandung. Die Soldaten nahmen ihr diese Stärke und verwandelten sie in ein verängstigtes Kind.

»Laßt uns leben.« Großmutters Bitte war erfolgversprechender als die Mutters.

»Vielleicht für eine Weile«, antwortete der Daari. »Aber wir haben unsere Befehle.«

Großmutter wurde bleich. Sie wußte, daß unser Geheimnis keines mehr war. Und wir hatten keine Chance zu überleben. Der Lebenswille in ihren Augen erstarb, und sie schlug zu.

Das Hackmesser senkte sich in den Hals des Daari, und sein Blut spritzte überallhin. Er taumelte davon, versuchte vergeblich, mit beiden Händen den roten Geysir zu stoppen, der aus seinem Hals schoß. Großmutter marschierte weiter und schlug nach dem nächsten Soldaten. Der parierte ihren Hieb mit Leichtigkeit, und sein Gegenschlag durchbohrte ihre Brust wie die Pfeile, die ihren Sohn getötet hatten.

Sie starb. Und nach Stunden voller Schreie und vergeblicher Bitten folgten meine Mutter und Schwester ihr ins Jenseits.

Ich lag allein in der Dunkelheit und weinte. Wieder lag ich blind in den Schatten und hörte nur das Tropfen des Bluts von den Bodenbrettern über mir.

Ring schüttelte mich wach. Ich war schweißnaß, und meine Glieder zitterten. Ich blinzelte und wischte die Tränen weg.

»Bist du verletzt, Nolan?« Die Worte schienen Besorgnis auszudrücken, aber ihr Tonfall machte sie zu einer Rüge, weil ich ihm meine Verletzung nicht mitgeteilt hatte.

Ich wurde rot vor Scham und schüttelte den Kopf. »Alptraum.«

Ring sah mich an, und das einzige Mal auf meiner Reise teilte er meine Gefühle. Er nickte. »Die haben wir alle. Schlaf weiter.«

»Klar.« Ich legte mich wieder hin, aber aus den langen Jahren der Erfahrung mit diesem Traum wußte ich, daß ich nicht damit rechnen konnte, in nächster Zeit wieder einzuschlafen. Ich hatte schon vor langer Zeit erkannt, daß es nur eine Möglichkeit gab, den Alptraum zu vertreiben: Ich mußte ihn zu Ende bringen. Ich legte mich zurück, atmete tief und langsam, um mich zu beruhigen, und zwang mich, den Zwischenfall noch einmal durchzuspielen.

Ich erholte mich von meinem Sonnfieber anderthalb Tage nach dem Überfall. Ich hatte unbestimmte Erinnerungen an die Geräusche, aber von dem Anblick, den der Traum mir in dieser und den späteren Nächten bringen sollte, wußte ich noch nichts. Doch mir war klar, daß etwas ganz und gar nicht stimmte, denn es war schon lange niemand mehr gekommen, um nach mir zu sehen, und von oben hörte ich kein einziges Geräusch.

Und auf dem Kellerboden sah ich eine eingetrocknete Blutpfütze.

Ich stieß die Falltür auf und starrte geradewegs in das Gesicht des Daari. Mein Herz schlug mir bis zum Hals. Die Narben entstellten ihn auf entsetzliche Weise, erst recht aufgedunsen, wie er zwei Tage nach seinem Tod war. Ich fragte mich, warum er da lag, und warum meine Familie eine Leiche im Haus duldete. Das ergab keinen Sinn!

Dann sah ich Dale und Großmutter.

Ich weinte nicht. Zumindest kann ich mich nicht erinnern, an diesem Punkt geweint zu haben. Ich ging durch das Haus wie ein Geist und weigerte mich zu glauben, was ich sah. Diese Leichen konnten nicht meine Familie sein. Meine Mutter, meine Schwester hätten niemals so dagelegen. Dales Kopf konnte unmöglich so zur Seite fallen. Das war ein übler Jelkomtrick oder vielleicht noch immer ein böser Fiebertraum.

Ich trat hinaus auf den Hof und sah noch mehr, das ich nicht glauben konnte. Ich wartete darauf, daß Hal aufsprang. Er war berüchtigt für seine Streiche, und der Pfeil in seinem Hals mußte auch einer davon sein. Mein Vater konnte nicht tot sein, dafür sah ich zu wenig Blut. Malcolm lag auf seiner Wunde, so daß ich sie gar nicht bemerkte.

»Ich bin's, Nolan«, rief ich. »Ihr könnt jetzt aufhören. Ich bin wieder gesund.« Nichts regte sich, aber ich wußte, sie konnten nicht tot sein, denn der Tod holte sich nur die Alten, wie meinen Großvater, nicht eine ganze Familie.

Ich redete mir weiter ein, daß alles nicht wahr sein konnte, bis ich Arik fand. Blankes Entsetzen hatte sein Gesicht in eine Fratze verwandelt und keine Spur der fröhlichen Zuversicht gelassen, die er immer zeigte. Es hatte seine Unschuld zerstört. Die Lanze heftete seinen

Leichnam an den Boden. Die Federn an ihrem Ende wehten sanft im Wind. Es war eine handfeste Erinnerung daran, wie sein Körper den Geist verraten hatte, den er beherbergte.

Die Aasfresser hatten sich schon an ihm zu schaffen gemacht.

Ich brach zusammen und heulte. Ich kauerte neben Arik und wartete darauf, daß irgend jemand oder irgend etwas kam und mich tröstete oder umbrachte. Ich weinte, bis ich keine Tränen mehr hatte und meine Brust vom Schluchzen schmerzte. Ich weinte, bis mir klar wurde, daß ich mehr meinetwegen heulte als meiner Familie wegen.

Ich mußte zuerst für sie sorgen. Ich hatte noch ein ganzes Leben vor mir, um mich um mich selbst zu kümmern.

Es dauerte zwei Stunden, bis ich alle Leichen meiner Familie zurück ins Haus gezerrt hatte. Ich legte sie in ihre Betten und meine Eltern nebeneinander. Anziehen konnte ich sie nicht, weil ihre Leiber im Tod aufgequollen waren, deshalb deckte ich sie mit ihren Lieblingssachen zu. Großmutter hob ich in ihren Schaukelstuhl.

»Ja, Großmutter, ich habe die Rune gesehen, die du mit deinem Blut gezeichnet hast. Ich weiß, was sie bedeutet. Ich werde es tun.« Ich sprach zu ihr, als ob sie noch am Leben gewesen wäre. In den letzten Sekunden ihres Lebens hatte sie ein Symbol auf den Boden gezeichnet, das mit Hamis und dem Bösen in Verbindung stand, das sie gemeuchelt hatte. Ich erinnerte mich an die Geschichten, die sie mir erzählt hatte, und ich wußte, daß ich all das ehren mußte, wofür diese blutige Rune stand.

Zum Schluß zerrte ich noch Lyel ins Haus. Ich entschied, daß sein Platz bei meiner Familie war, weil er für mich gestorben war. Sie waren gekommen, um uns zu töten, und hatten ihn mit mir verwechselt. Ich legte ihn neben Dale. Er hatte sie besonders gemocht, und sie ihn, auch wenn sie beide zu Lebzeiten nicht gewußt hatten, daß der andere diese Gefühle teilte.

Die Leichen der Soldaten zerrte ich ins Freie. Außerdem nahm ich alles mit, was ich für die Reise nach Tahlianna brauchte, einschließlich der Goldmünze, die meine Familie als ihren Schatz gehütet hatte. Dann machte ich Feuer und brannte das Haus nieder.

Während mein Zuhause in Flammen aufging, meine Familie verzehrte und mir zum ersten Mal der Geruch eines Scheiterhaufens in die Nase stieg, hatte ich noch eine letzte Arbeit zu erledigen. Ich schleifte die Leichen der Soldaten zu den Bäumen, die wir gepflanzt hatten, um das Haus vor dem Nordwind zu schützen. Mit einem Hammer und ein paar schweren Zimmermannsnägeln nagelte ich jeden von ihnen an einen eigenen Baum.

Der Rauch des Feuers trieb träge über den Hof. Als wäre er lebendig, drängte er mich sanft von dem brennenden Haus weg und stoppte einen letzten selbstmörderischen Versuch, mich meiner Familie anzuschließen, in einem Hustenanfall. Ich nahm die Beutel mit Essen und Kleidern, die ich für meine Reise zusammengepackt hatte, und machte mich auf den Weg, ohne mich noch einmal umzusehen.

Aber bevor ich den Hof zum letztenmal verließ, trat ich noch die Vogelscheuche um, die auf der Leeseite der Bäume stand. Nichts sollte die Aasfresser stören.

KAPITEL DREIZEHN

TAHLION: DISPENS

Der flackernde gelbe Fackelschein reichte gerade vier Meter in den Dhesiritunnel. Alles jenseits seines fahlen Radius blieb rabenschwarz. Ich zog eine Lederlasche an meinem rechten Ärmel vor, so daß sie den Handrücken bedeckte, und befestigte sie mit einer Lederschlaufe um Mittel- und Ringfinger. Ich rieb mir die Hand an der Hose trocken, dann faßte ich den Rüegær fest und drang langsam in den Tunnel ein.

Ich hatte schon zweimal vorher mit Dhesiri zu tun gehabt und eine gewisse Zeit mit Dhesiri-Jägern verbracht, um mehr über diese Kreaturen zu erfahren. Die meisten Menschen nennen sie Kobolde, aber die Jäger halten nichts von diesem Namen. Einer von ihnen hatte es mir einmal erklärt. »Kobolde machen bösen Kindern Angst, Dhesiri fressen sie. Leute, die Dhesiri Kobolde nennen, glauben wahrscheinlich gar nicht, daß es sie gibt. Das sind diejenigen, die auf dem Teller einer Königin enden!«

Angeblich hatten die Drachen die Dhesiri erschaffen, als eine Parodie auf die Menschen und um ihnen etwas anderes zu jagen zu geben als Drachen. Nach allem, was ich mir hatte sagen lassen, waren die meisten Dhesiri kindergroße, schwanzlose Echsenmenschen. Sie lebten in Kolonien wie Ameisen, mit Hunderten von Arbeitern, deren Aufgabe es war, die Königin mit Nahrung zu versorgen. Die Aufgabe der Königin war es,

Eier zu legen, damit die Kolonie weiterlebte. Dhesiri-kolonien wohnten in unterirdischen Bauten.

Etwa hundert Meter hinter dem Eingang sackte der Tunnel zwei Meter steil ab, bevor er fast drei Meter wieder aufstieg. Ich trat ein paar Kerben in die Tunnelwand und zog mich schnell wieder hoch. Ich wußte wohl, daß die Grube nur ein Auffangbecken für Regenwasser war, aber sie stellte zugleich auch eine ausgezeichnete Stelle für einen Hinterhalt dar. Dhesiri galten als zu einfältig für derartige Überlegungen, aber ich entschied mich doch, vorsichtig zu sein. Ich hatte kein Bedürfnis danach, der Königin als Bestandteil eines Eintopfs oder einer Schlachtplatte zu begegnen.

Der enge Tunnel wand sich ziemlich ziellos durch die Erde. Die Arbeiter, die ihn gegraben hatten, mußten einer Wurzel oder einem verschütteten Bachlauf gefolgt sein. Das machte mir Mut, denn Arbeiter bauten nur unter der Aufsicht von Dhesirikriegern hohe, breite Gänge, und ich hatte kein Verlangen, einem von ihnen zu begegnen, weder in einem Tunnel noch irgendwo sonst.

Ich hatte noch nie einen Dhesirikrieger gesehen, und die Beschreibungen, die ich von den meisten meiner Zuträger erhalten hatte, waren äußerst unbestimmt. Das nahm ich als Beweis für die Seltenheit und Wildheit dieser Dhesiri. Sie sollen zweieinhalb Meter groß und mit einem langen Schwanz und gewaltigen Muskeln versehen sein. Sie begatten die Königin und fungieren als ihre Wachen. Wegen ihres gewaltigen Appetits und ihrer Neigung zum Kannibalismus, wenn die Arbeiter nicht genügend andere Nahrung auftreiben, kann eine Kolonie sich nur ein halbes Dutzend Krieger leisten. Außerdem sollen sie über eine beinahe menschliche Intelligenz verfügen, und das würde sie noch erheblich gefährlicher machen, als es ihre Größe bereits vermuten läßt.

Sich durch den Tunnel vorzuarbeiten, war eine

schmutzige und schweißtreibende Arbeit. Ich tastete mich mit der linken Hand an der Wand entlang und schob den rechten Fuß vor, um nach Hindernissen zu suchen. Die rechte Hand hielt ich ausgestreckt und den Rüegær wie eine Lanze in die Dunkelheit. Ich bewegte mich ruckweise und blieb immer wieder stehen, um nach Reaktionen auf meine Bewegung zu lauschen. Erst, wenn ich mich sicher fühlte, ging ich ein Stück weiter und wiederholte den gesamten Vorgang.

Der Tunnel teilte sich in drei kleinere Gänge auf, und ich blieb an der Gabelung stehen. Obwohl ich mich jetzt schon tiefer in einen bewohnten Bau vorgearbeitet hatte als irgendeiner meiner Lehrmeister, war ich mir nach dem, was ich über verlassene Bauten gelernt hatte sicher, daß zwei der Gänge nach draußen oder in eine Falle führten. Der dritte Weg verlief mit Sicherheit tiefer in den Bau.

Ich kroch etwa drei Meter in jeden der Tunnel hinein und tastete nach Hinweisen, die mir helfen konnten, eine Entscheidung zu treffen. Die leichten Dhesiriarbeiter hinterließen keine Spuren, aber im dritten Gang fand ich einen Ring. In der Dunkelheit konnte ich ihn nicht sehen, fühlte aber, daß es ein Siegelring war. Ich mußte davon ausgehen, daß einer der drei Männer ihn abgestreift hatte, um den richtigen Tunnel zu kennzeichnen.

Ich nahm den dritten Gang. Dieser Tunnel war nur wenig mehr als einen Meter hoch, so daß ich sehr viel langsamer vorwärtskam als zuvor. Ich ließ mich auf das linke Knie hinab und arbeitete mich halb kniend weiter. Meine rechte Hand mit dem Rüegær blieb ausgestreckt, die Linke strich weiter über die Wand. Es gefiel mir nicht, daß ich in meiner Bewegungsfreiheit so eingeschränkt war, aber wenigstens sorgte die Enge dieses Gangs dafür, daß ich auf keinen Fall damit zu rechnen brauchte, hier einem Krieger zu begegnen.

Ich ging vielleicht zehn Meter weit, bevor mir ein

Arbeiter entgegenkam. Sein begrenzter Verstand war völlig von der Aufgabe mit Beschlag belegt, die er erhalten hatte, und er bemerkte mich gar nicht. Ich hörte ihn kommen und hob die linke Hand, um ihn aufzuhalten. Sie traf ihn in Brusthöhe und glitt augenblicklich hoch zu seinem Hals. Ich schlug ihn gegen die Tunnelwand und trieb den Rüegær in seine Brust.

Der Kobold starb lautlos, denn mit der linken Hand schnürte ich ihm die Kehle zu, so daß er keinen Mucks herausbekam. Er schlug kurz um sich, aber dank des Lederpanzers an meinem rechten Arm konnte er mich nicht verletzen. Mir lief ein Schauder den Rücken hinab, weil seine Haut sich fast genau wie die Rolfs anfühlte, nachdem Chi'gandir ihn verwandelt hatte. Das geistige Bild Rolfs verband sich in meinen Gedanken mit dem eines Dhesirikriegers, und es dauerte ein paar Sekunden, bis ich weiterkriechen konnte.

Ich warf die Leiche hinter mich und setzte meinen Weg fort. Der Tunnel weitete sich, und ein Stück vor mir drang Licht herein. Ich blieb am Rand des Lichtkegels stehen und sah hinaus.

Ich hatte das Herz des Baus erreicht.

Beim Anblick der Großen Galerie stockte mir der Atem. Die Dhesiri-Jäger hatten mir davon erzählt, wie sie sich einmal in einem verlassenen Bau bis zur Galerie vorgegraben hatten, und sie hatten sie einfach nur als großes Loch beschrieben. Das war zwar eine grob zutreffende Beschreibung, aber sie kam der überraschenden Majestät und Vielschichtigkeit dieser Anlage in keinster Weise nahe. Von meinem Beobachtungspunkt am Eingang eines Tunnels hoch oben in der Galerie schien der ganze Bau lebendig. Der gesamte Bereich unter mir leuchtete im Licht lumineszenter Moose und Pilze, die tiefe grüne und violette Schatten warfen. Ein etwas über einen Meter breiter Sims zog sich an der Innenseite der Galerie spiralförmig durch die braune, adrige Erde und vor den dunklen Öffnungen der klei-

nen und großen Tunnel vorbei, von denen die Galerie-
wände durchsetzt waren.

Ich nahm an, daß ich nach einem der größeren Tunnel
suchen mußte, weil die Krieger Zugang zu den Gefangenen brauchten. Das machte viele der kleineren Ein-
gänge von vornherein uninteressant. Außerdem ging
ich davon aus, daß die Gefangenen irgendwo in der
Mitte des Baus untergebracht sein würden, nicht so
dicht am Ausgang, daß Fluchtgefahr bestand, aber auch
nicht so tief im Innern, daß sie Gefahr liefen zu ersticken. Arbeiter waren zwar völlig zufrieden mit Aas,
aber nach Aussagen der Jäger zogen die Dhesiri es vor,
ihre Königin mit frischem Fleisch zu füttern, vor allem
mit Pferdefleisch.

Ich schnitzte eine Raute in die Wand neben dem Tunnel, durch den ich gekommen war. Dann hastete ich
zwei Etagen tiefer. Ich blieb stehen, sobald ich über mir
oder auf der gegenüberliegenden Seite Arbeiter sah,
aber sie bewegten sich alle mit gebeugtem Rücken, den
Blick vor die Füße gerichtet, und bemerkten mich gar
nicht. Wie völlig in ihre Tätigkeit versunkene Kinder
nahmen sie nichts und niemanden sonst zur Kenntnis.
Einerseits war ich froh, daß mir diese Zielgerichtetheit
bei meinem Eindringen in den Bau zu Hilfe kam, andererseits wurde mir eiskalt bei dem Gedanken an eine
Horde von Dhesiri, die nur einen einzigen Gedanken
kannten: ›Töte den Eindringling.‹

Zu Anfang wurde ich von dem Reptiliengestank des
Baus fast übermannt. Der trockene, muffige Geruch lag
schwer in der Luft, ganz ähnlich wie in einem wochenlang
nicht ausgemisteten Stall. Aber trotz des Gestanks war der
Bau makellos sauber. Vermutlich schafften die Arbeiter
alle Abfälle in die Galerie und warfen sie in die Dunkelheit unter mir. Ich konnte mir gut vorstellen, daß der Zentralzylinder des Baus tief genug hinabreichte, um einen
unterirdischen Fluß zu erreichen, der der Kolonie gleichzeitig Trinkwasser lieferte und ihre Abfälle mitnahm.

Ich preßte mich flach an die Wand neben einem der größeren Tunneleingänge. Zwei Dhesiriarbeiter, die Haufen blutiger Knochen in den Armen trugen, marschierten an den Rand des Simses, um sie in die Dunkelheit zu werfen. Sie bemerkten mich nicht, und ich stieß sie dem Abfall hinterher. Sie schrien nicht, als sie abstürzten, und fielen so tief, daß ich sie nicht aufschlagen hörte.

Ich hob einen Knochen vom Boden auf. Es war frischer Wirbel. Er stammte von einem Pferd. Ich lächelte. Wenn sie der Königin zuerst die Pferde vorgesetzt hatten, waren die Gefangenen möglicherweise noch am Leben. Ich ritzte eine Krone in die Wand neben dem Eingang als Zeichen, daß sich irgendwo am Ende dieses Gangs vermutlich die Königin befand, dann setzte ich meine Suche nach den Gefangenen fort.

Bei aller Überlegung, die ich dem Auffinden der Gefangenen gewidmet hatte, hätte ich sie völlig übersehen, hätte nicht einer von ihnen einen Geistesblitz gehabt. Ein volles Dutzend großer Tunnel entsprach meinen Anforderungen an Größe und Lage, und es war unmöglich, sie alle abzusuchen. Ich ritzte eine Nummer neben jeden Eingang und ging weiter, aber im sechsten Gang bemerkte ich parallele Rillen im Tunnelboden, die sich von der Galerie entfernten.

Ich sank auf ein Knie und fuhr mit der linken Hand über die Rillen. Sie waren von Sporen in den Lehm gegraben worden. Irgendwie hatte einer der Gefangenen es geschafft, seine Füße freizubekommen und die Fersen weit genug eingegraben, um eine Spur für mich zu hinterlassen. Ich grinste, nickte und duckte mich in den Tunnel.

Der Weg fiel sanft ab und bog leicht nach rechts. Ich arbeitete mich halbgeduckt weiter, bis ich eine Öffnung fand. Dahinter bemerkte ich eine Kammer, in der drei Männer verschnürt und wie Getreidesäcke an der Wand lehnten. Ein Krieger bewachte sie, aber er sah zu den Gefangenen hinüber und schien mich nicht zu bemerken.

Der Krieger war größer und breiter als Jevin. Wie die meisten Echsen hatte er einen muskulösen Schwanz, aber keine Ohrmuscheln, nur Löcher an der Seite des Kopfes. Ich hoffte inständig, daß dies die Empfindlichkeit seines Gehörs beeinträchtigte, denn ich mußte sechs Meter Tunnel durchqueren, um ihn zu erreichen.

Hinter ihm erhaschte ich den ersten Blick auf die drei Gefangenen. König Tirrells gutaussehendes Gesicht entsprach dem Profil auf den hamisischen Goldmünzen. Er hatte eine Adlernase, einen kräftigen Mund und hohe Wangenknochen. Sein Haar war voll und von stahlgrauer Farbe. Er machte einen kräftigen Eindruck, sichtlich ein Krieger – trotz der Jahre auf dem Thron. Aber seine Augen waren dunkle, brütende Löcher mitternächtlicher Schwärze und erinnerten mich daran, daß diese Jahre auf den Thron ihn auch zu einem Politiker gemacht hatten.

Die beiden anderen Gefangenen waren jünger, in meinem Alter oder kaum darüber. Herzog Vidor hatte ein schmales, schlankes Gesicht, das noch von keinen Sorgen oder Schwierigkeiten gezeichnet war. Er beobachtete den Dhesiri mit dunkelblauen Augen, die jede Bewegung aufnahmen und nach Schwachstellen seines Gegners suchten. Er erinnerte mich an eine Katze, sowohl in der Art, wie er den Krieger beobachtete, als auch durch seine hagere Statur. Ich wußte nicht, ob er das Können besaß, das nötig war, um ein guter Krieger zu werden, aber er besaß erkennbar den Instinkt dazu, und das war schon viel wert.

Graf Patrick hingegen war kein geborener Kämpfer. Er hatte karottenrotes Haar und ein etwas rundliches Gesicht. Seine Kleidung entsprach zwar vom Schnitt her weitgehend den Jagdmonturen der beiden anderen Edlen und war größtenteils auch von ebenso matter, dunkler Farbe, aber an den Säumen war sie mit lebhaft bunten Stofflappen besetzt. Wären die Sporenrillen nicht zu seinen Stiefeln gelaufen, hätte ich ihn für nichts weiter als einen Hofgeck gehalten. Er hatte einen für einen so jungen Mann ungewöhnlich großen Leibesumfang, aber seine blauen Augen zeugten von Klugheit und Verstand.

Graf Patrick sah mich den Tunnel hinabschleichen. Ich hob unnötigerweise den Finger an den Mund. Er blinzelte einmal, dann drehte er den Kopf in Richtung des Kriegers. »Entschuldigung, aber wie lange müssen wir diese empörende Behandlung noch über uns ergehen lassen?«

Der Krieger wandte ihm träge den Kopf zu. Er betrachtete den Grafen, wie eine Schlange aus dem Versteck eine Maus beobachtet. »Ihr werdet palt gegessssen«, zischelte er mühsam.

»Ich verlange, augenblicklich zur Königin gebracht zu werden!« Patricks Stimme bekam einen irritierend weinerlichen Klang.

Der Kopf des Kriegers ruckte leicht nach hinten, dann zuckte er auf dem dicken Hals nach vorne. »Du wirssst ssssssie sssschnell genug zzzzu ssssssehen pekommen, Fetter.« Er stieß ein zischendes Lachen aus, bei dem seine gespaltene Zunge ihm aus dem Mund hing. Ich bin ziemlich sicher, daß er mich dadurch bemerkt hat, daß er die Luft ›schmeckte‹.

Er bemerkte, daß etwas nicht in Ordnung war, und seine Zunge schoß noch einmal vor. Er wirbelte herum und griff mit einer Hand, die nur zwei breite Finger und einen Daumen besaß, nach einer riesigen, knotigen Keule. Er füllte die Eingangsöffnung des Kerkers mit seinem riesigen Körper voll aus und kam langsam auf mich zu. Als er sah, daß ich nur den Rüegær in der Hand hielt, lachzischelte er noch einmal.

Ich nahm die Waffe in die linke Hand und wartete, bis er die Gefangenen völlig verdeckte. Sobald ich sicher war, daß sie mich nicht mehr sehen konnten, beschwor ich den Süntklieber. Der Krieger zischte überrascht auf, als die Waffe auf magische Weise in meiner Rechten erschien. Dann senkte er sich in eine verteidigende Kampfhaltung.

Ich stürzte mich nach vorne. Ich schleuderte den Rüegær mit einem Unterhandwurf auf ihn, dem er sauber auswich, indem er sich nach hinten links drehte. Der Rüegær flog an ihm vorbei und landete vor Herzog Vidors Füßen, aber der Dhesiri hatte keine Zeit, sich darum zu kümmern, denn ich hieb mit dem Süntklieber nach seinem linken Bein und zwang ihn zu einer weiten Parade.

Sein Abwehrmanöver glückte, und ich versuchte auch gar nicht, das zu verhindern, weil es mir darum ging, meinen Sturmlauf fortzusetzen und an ihm vorbei in den Kerkerraum zu gelangen. Ich dachte, ich hätte es schon geschafft, vor allem, weil sein Gewicht auf dem vorgestellten linken Bein lag, aber es gelang ihm, die Keule nach hinten zu ziehen und mir einen schwachen Antworthieb knapp unter das Nierenbecken zu setzen. Ich war für einen Augenblick geschockt und außer Balance, flog durch den Raum und knallte rechts neben König Tirrell gegen die Wand.

Ich prallte ab und landete auf beiden Knien. Ich spie Dreck und schmeckte Blut von einer aufgeplatzten Lippe. Mir war klar, daß der Krieger hinter mir war und ich mich bewegen mußte, aber das Kribbeln in meinen Beinen ließ keinen Zweifel daran, daß sie noch nicht bereit waren, meinen Befehlen zu gehorchen. Meine Verletzung machte mich zu einer Zielscheibe, und ich wußte, daß ich so nicht überleben konnte. Ich spannte beide Hände um den Griff des Süntklieber, und eine tödliche Gelassenheit erfaßte meinen Körper.

Ich hörte das Scharren lediger Fußpolster auf dem Boden und fühlte den Luftzug, als der Krieger die Keule hob, um mir den Schädel zu zertrümmern. König Tirrell schrie »Vorsicht, Kerl! Beweg dich!« und versuchte, mich zur Seite zu stoßen. Ich geriet leicht ins Wanken, als er mich anstieß, kehrte aber in meine ursprüngliche Stellung zurück und wartete. Der drängende Ton von König Tirrells Aufschrei konnte die furchtbare Ruhe, die mich in ihrem Griff hatte, ebensowenig zerstören wie sein körperlicher Angriff.

Das Gefühl kroch zurück in meine Beine, als der Schatten des Kriegers sich wie ein Mantel über mich legte. Ich sah, wie seine grüne Haut sich in der Klinge des Süntkliebers spiegelte. Sein Atem zischte hinter mir, sein Schwanz peitschte über den Boden. Ein Stöhnen kündigte seinen Hieb an, und in dem Augenblick, als ich es hörte, schlug ich zu.

Ich trieb meinen Körper hoch, zwang meine Beine, sich zu entfalten, während ich den Süntklieber nach oben stieß. Ich rastete die Ellbogen ein und stach schräg hinter mich. Die Keule des Kriegers krachte auf den Boden, wo ich gerade zuvor noch gekniet hatte, und ich rammte den Süntklieber sicher im Armkreis des Dhesiri durch sein Kinn hoch in sein Gehirn. Das Stichblatt knallte gegen sein Kinn und warf ihn nach hinten.

Ich sank ohne Süntklieber, dessen Griff ich losgelassen hatte, zurück auf die Knie und drehte mich zu den Gefangenen um. Der König hatte sich gerade auf den Rücken gedreht und starrte mich ebenso gebannt an wie seine beiden Begleiter. Sie konnten nicht glauben, was sie gerade gesehen hatten. Die Überraschung auf König Tirrells Gesicht verwandelte sich allerdings schnell in eine mißtrauisch strenge Abschätzung meiner Tat.

Gleichzeitig wurde mir klar, daß ich ihn ebenfalls abschätzte. Indem er versucht hatte, mich zu warnen und aus der Angriffslinie des Dhesiri zu stoßen, hatte er sich selbst in Gefahr begeben. Das hatte ich nach allem, was ich zuvor über ihn gehört hatte, nicht erwartet. Seine Handlung lieferte mir die ersten Hinweise darauf, warum Seine Exzellenz König Tirrells Überleben wünschte.

Ich streckte die Hand aus, um Herzog Vidor meinen Rüegær aus der Hand zu nehmen, bevor er Graf Patrick damit die Pulsadern aufschlitzte, und durchtrennte die Fesseln des Grafen. »Danke für die Sporenrillen. Ohne die hätte ich Euch nicht gefunden.«

Der Graf brachte die Arme nach vorne und rieb sich die Handgelenke. »Was Ihr gerade getan habt, das war unmöglich.«

Ich schüttelte den Kopf und durchsägte die Stricke, die Herzog Vidors Handgelenke fesselten. »Verrückt möglicherweise, genau wie hinter Euch hier in den Bau zu steigen, aber nicht unmöglich.« Ich lächelte, zuckte die Schultern, dann sah ich mich zu dem Krieger um und schauderte. »Vielleicht könnte man sagen«, lachte ich verstört, »daß ich erheblich mehr Glück als Verstand hatte.«

Das löste die Spannung, und ihre schockierten Mienen lockerten sich. Graf Patrick schmunzelte, als ich hinter den König krabbelte und seine Handgelenke ebenfalls befreite. »Euer Wappen. Ihr kommt aus Yotan?«

»Stimmt.« Ich warf ihm den Rüegær zu und beugte mich über den Krieger, um meinen Süntklieber aus seinem Kopf zu ziehen. Als ich ihn befreit hatte, ging ich zum Tunneleingang und hielt Ausschau nach anderen Kriegern oder Arbeitern. »Edler Nolan ra Yotan.«

Graf Patrick verlor keine Zeit, die Fußfesseln der anderen zu zerschneiden. »Edler Nolan, darf ich Euch Seine Hoheit König Tirrell ra Hamis und Herzog Vidor ra Sinjaria ra Hamis vorstellen.«

Ich drehte mich um und nickte den anderen zu. König Tirrell betrachtete mich, und eine unausgesprochene Frage stand zwischen uns im Raum. Ich nickte kurz.

Der König stand auf. »Ich habe gehört, daß Ihr Eure Familie bei der Krönung vertreten würdet.«

Ich grinste. »Hätte ich gewußt, daß Ihr auf Dhesiri-Jagd geht, wäre ich noch eher eingetroffen.«

Die anderen lachten und holten sich eilig ihre Schwerter aus einem Haufen in einer Ecke des Kerkers. Patrick reichte mir den Rüegær zurück, und ich schob ihn in die Scheide. »Schwerter sind nur in Tunneln dieser Größe etwas wert, also schlage ich vor, Ihr holt Euch einen Dolch aus dem Haufen, falls Ihr keinen habt.« Ich deutete mit dem Kopf in Richtung des toten Kriegers. »Er wird wohl nichts dagegen haben.«

Sie holten sich ihre Dolche, und trotz meiner Bemerkung verließen wir den Kerker alle mit dem Schwert in der Hand. Ich ging voraus den Gang hinauf. An seinem Ende blieben wir stehen und schauten hinaus in die Große Galerie. »Ich habe eine Raute in die Wand neben dem Tunnel geritzt, durch den wir hinaus müssen. Und der Tunnel, der zur Königin führt, ist mit einer Krone gekennzeichnet.«

»Ich hätte fast Lust, ihr einen Besuch abzustatten und mich für ihre Gastfreundschaft zu bedanken.« Der Herzog hob das Schwert ans Auge, als er das sagte, und ich sah grünes Mooslicht über die rasiermesserscharfe Schneide spielen.

»Warum schlitzt Ihr Euch nicht gleich hier die Kehle auf?« Bei Graf Patricks Kommentar wurde Vidor rot, obwohl es nur eine freundschaftliche Stichelei zu sein schien. Er antwortete nicht, sondern schleuderte Patrick lediglich einen wütenden Blick zu, aus dem ich schloß, daß Patrick sich schon seit einiger Zeit einen Spaß daraus machte, den Herzog zu reizen.

Der König legte Patrick die Hand auf die Schulter. »Bester Vetter, wir wollen erst sehen, daß wir hier herauskommen, bevor wir uns duellieren.«

»Ganz meine Meinung. Mir nach.« Ich trat hinaus auf das Sims, gefolgt von Vidor, Patrick und dem König, in dieser Reihenfolge. Wir beeilten uns, blieben aber an jedem Tunneleingang erst kurz stehen, bevor wir ihn passierten. Zweimal hörte ich Dhesiri aus den kleineren Tunneln kommen. Beide Male handelte es sich um einen einzelnen Arbeiter, der mich nicht bemerkte. Ich packte sie im Nacken und warf sie in die Große Galerie, dann winkte ich den anderen, mir zu folgen.

Daraufhin, im Bruchteil einer Sekunde, geschah es. Ich hatte nichts gehört und ein Zeichen gegeben, daß der Tunnel frei war, als plötzlich ein Arbeiter heraustrat und mit dem Herzog zusammenstieß. Vidor taumelte zum Rand, und der Arbeiter stieß einen überraschten Schrei aus, als ich herumwirbelte und ihn mit der Rückhand vom Sims stieß. Patrick sprang vor und packte Vidors Handgelenk. Der Herzog fiel über den Rand und schlug gegen die Galeriewand, blieb aber stumm. Der König packte Patrick, um zu verhindern, daß der mitgerissen wurde, und ich griff nach der anderen Hand des Herzogs, wobei ich mich vorsehen mußte, nicht von seinem blanken Schwert getroffen zu werden.

Gemeinsam hievten wir ihn in Sicherheit, aber andere Dhesiri in der Galerie hatten den Schrei des Arbeiters gehört. Augenblicklich hallte der Zentralzylinder von ihren Schreien wider. Aus den Tunneln über und unter uns strömten Arbeiter und drängten auf uns ein.

Ich half dem Herzog auf die Füße und zerrte ihn in den nächsten großen Tunnel, zufälligerweise den mit der Kronenmarkierung. »Ich hoffe, Ihr habt Euch überlegt, was Ihr der Königin sagen wollt, denn wir werden Ihr einen Besuch abstatten.« Ich schüttelte den Kopf und spuckte etwas Blut aus, das mir aus der Lippe in den Mund gelaufen war. »Graf Patrick, Ihr und der Herzog übernehmt die Rückendeckung.« Ich drehte mich zum König um und neigte den Kopf. »Euer Hoheit, ich bin kein großer Diplomat, aber es wäre mir eine Ehre, Euch zu Eurer Audienz mit der Königin zu geleiten.«

Der Tunnel zur Kammer der Königin verlief aufwärts, was einen schnellen Angriff erheblich erschwerte. Zusätzlich war der Gang durch zahlreiche plötzliche Knicke in kurze Segmente unterteilt, die den Wert von Bogen und anderen Distanzwaffen erheblich einschränkten. Wir hatten reichlich Platz für den Einsatz unserer Schwerter, aber mir war klar, daß die Größe der Tunnelabschnitte mehr für die Bedürfnisse der Dhesirikrieger ausgelegt waren als für die unsrigen.

Wir trafen zwei der Krieger im Gang. Den ersten konnten wir überraschen, aber trotz meiner besten Bemühungen, ihn mit einem Hieb an die Kehle schnell auszuschalten, konnte er einen Alarm zischen. Mein Verzweiflungsschlag zwang den Krieger zu einer Parade mit seiner Keule, die seine Deckung für einen anderen Angriff öffnete. König Tirrell sprang vor und hieb sein Schwert mit beiden Händen in die Brust des Dhesiri. Der Krieger brach zusammen, aber was immer es gewesen war, das er gerufen hatte, es hatte den zweiten Krieger, der weiter hinten wartete, alarmiert.

Er wartete im Hinterhalt und erreichte beinahe, was keiner von Morais Kameraden geschafft hatte. Ich trat kurz vor dem König auf der äußeren Seite um eine der Ecken. Der Krieger sprang aus meinem toten Winkel und hieb mir die Keule hart über den Kopf. Ich bemerkte ihn im letzten Augenblick und konnte zu ihm herumwirbeln, den Schlag aber nicht mehr abfangen.

König Tirrell schoß heran und riß das Schwert senkrecht in die Höhe. Die Klinge dröhnte, als sie die herabfallende Keule abfing und hinter mich ablenkte. Die Wucht des Schlags schleuderte ihn auf den Tunnelboden, und er stürzte zwischen den entgeisterten Dhesiri und mich.

Ich gab dem Krieger keine Gelegenheit, sich von seiner Überraschung zu erholen, trat auf ihn zu und knallte ihm den linken Fuß ans Knie. Das Gelenk brach, und das Monster stürzte nach hinten, weg vom König. Noch während es fiel, pflanzte ich den linken Fuß auf und drehte mich, um ihm mit einem beidhändigen Süntklieberschlag den Kopf vom Rumpf zu trennen.

Ich sah mich hastig nach anderen Kriegern um, dann half ich dem König auf. »Meinen Dank, Sire.« Es fiel mir nicht leicht, die Worte herauszubringen, aber ich zwang mich dazu. »Ich schulde Euch mein Leben.«

König Tirrell nahm meine Hand und kam auf die Beine. »Und ich schulde Euch das meine, und das meines Vetters und des Herzogs.« Er sah mir in die Augen. »Und wenn es stimmt, was *Eure Meister* fürchten, schätze ich, daß es bei diesem einem Mal nicht bleiben wird.«

Ich nickte. »Das mag sein. Aber zuerst sollten wir sehen, daß wir hier wegkommen.«

König Tirrell ging voraus in die Thronkammer. Sie lag am Kopf eines langen, geneigten, aber geraden Tunnelabschnitts und wirkte von außen keineswegs bemerkenswert. Der König blieb plötzlich stehen, als er durch das Portal trat und packte sein Schwert fester. Ich trat hinter ihn und mußte schlucken.

Die Kammer war gewaltig, dunkel und tief. Der Thron, ein sieben oder acht Meter vom Eingang entfernter breiter Hügel erhob sich nur etwa vier Meter über den Korridorboden, aber durch den stinkenden Graben, der ihn umgab, wirkte er höher. Ein schmaler Steg von knapp zwei Metern Breite führte vom Eingang hinüber.

Auf dem Thronhügel lag die Dhesirikönigin. Es war eine Echse von schier unfaßbaren Ausmaßen, deren vier Stummelbeine nicht einmal den Boden berührten. Ihre Haut hatte ein körniges Muster aus orangeroten, braunen und schwarzen Flecken. Ihre Augen waren tiefschwarz und glasig wie die eines Opiumrauchers.

Arbeiter schwärmten über den Hügel wie ein lebender Teppich aus Fleisch. Sie reichten Nahrung aus dem Graben zu dem Arbeiter an ihrem Kopf weiter, gerade die letzten Reste eines Pferdes, wie es aussah. Sie öffnete den Mund, in dem eine Dreierreihe scharfer Zähne sichtbar wurde, dann entrollte sie eine dicke Zunge und leckte die Nahrung. Der Arbeiter trat vor, drehte die rohe Pferdekeule, um das Fleisch vom Knochen und auf ihre Zähne zu schälen, dann mußte er ihre Zunge mit beiden Armen zurück in den Mund hieven, damit sie ihn schließen und schlucken konnte.

An ihrem anderen Ende, unter ihrem Stummelschwanz, trugen Arbeiter Kot und elfenbeinfarbene Eier fort. Im Innern der pampelmusengroßen, durchscheinenden Eier waren die Umrisse eines Dhesiri zu erkennen. Die Arbeiter gaben die Eier in eine Seitenkammer durch, in der ich nichts als Arbeiter und stapelweise Eier der unterschiedlichsten Größen sehen konnte.

Auf dem Steg zwischen uns und der Königin stand ein Krieger. Er hob seine Keule, und auf diesem schmalen Weg würden wir es nicht leicht haben, an ihm vorbeizukommen. Er zischte etwas, und zum ersten Mal nahmen die Arbeiter und die Königin Notiz von uns.

»Gib kein Zeichen zum Angriff.« Ich stieß den Süntklieber in den Boden und zog die Schleuder aus einem Beutel an meinem Gürtel. Ich legte einen Stein ein und wirbelte ihn in der Luft. »Ich töte sie.«

Die Königin zischelte dem Krieger etwas zu, und er antwortete. Die Arbeiter ließen fallen, was sie in der Hand hatten und warfen sich auf sie. Sie packten einander an den Händen und formten einen lebenden Schutzpanzer, der nur ihr Auge freiließ. Sie zog eine klare Membran darüber und beobachtete uns.

Ich schüttelte den Kopf. »Wie lange kann sie so überleben. Sie wird bald ersticken.«

Der Dhesiri zuckte die Achseln. »Sssie wird lange genug lepen, dasssss die Arbeiter dich und deine Pegleiter töten können.« Der Krieger öffnete den Mund. Vermutlich sollte das die Dhesiri-Variante eines Grinsens sein. Seine Zunge zuckte einmal, zweimal vor. Er schloß den Mund wieder. »Wieviele Krieger hasssst du getötet?«

Ich hob die Hand und zeigte ihm drei Finger. »Wir werden noch mehr töten, und wenn du uns dazu zwingst, werde ich zwischen den Eiern kämpfen.« Ich deutete mit dem Kopf in Richtung der Eikammer rechts vom Thron. Seine Zunge zuckte kurz vor, dann verschwand sie wieder.

Hinter mir traten Graf Patrick und Herzog Vidor in die Thronkammer. Einen Augenblick lang waren sie starr vor Schreck, genau wie es dem König und mir gegangen war, aber der Graf erholte sich schnell genug. »Hinter uns kommt eine ganze Horde von ihnen.«

Herzog Vidor nickte. »Eine Wand aus kleinen Kobolden.«

Ich kniff die Augen zusammen. »Noch andere Krieger?«

»Einer.« Patrick hob die linke Hand ans Kinn. »Er hatte eine dreieckige rote Blesse auf der Stirn.«

Aus dem Augenwinkel sah ich den Krieger auf die Beschreibung des Grafen reagieren. Ich entschloß mich zu bluffen. »Ich bin bereit, den Tod dieses Kriegers gegen unsere Leben einzutauschen. Niemand wird dir die Königin streitig machen.«

Ich sah das Licht der Klugheit in den Reptilienaugen. »Diessssser Krieger issst die Frucht meinessss Ssssssamenss.« Er schüttelte langsam den Kopf. »Ihr hapt sssschon alle Konkurrenten um die Königinmutter ausssssssgeschaltet.«

Ich zuckte die Schultern. »Dann wird es zu einer Belagerung kommen.«

Der Krieger nickte und hob die Keule, als wollte er angreifen. Mein Schleuderstein schlug hoch auf seinem Brustpanzer auf und prallte in seine Kehle ab. Er wußte, daß ich ihn umbringen mußte, und als ein Krieger einem anderen gegenüber hatte er mir die Entschuldigung geliefert, die ich brauchte, um ihn zu erledigen. Er kippte mit einem lauten Platschen in den Graben und versank.

Ich drehte mich zu den anderen um und hielt den Herzog auf, der Kurs auf die Eikammer nehmen wollte. »Nein, nicht dort.« Ich sah zum König, und er nickte. »Wir verteidigen den Gang in diese Kammer.«

Der Herzog wollte protestieren, aber der König hob die Hand. »Der Korridor ist die bessere Verteidigungsstellung.«

König Tirrell und ich marschierten durch den Eingang und etwa sechs Meter den Gang hinab. Ich hatte erwartet, daß Herzog Vidor oder Graf Patrick neben mich traten, aber der König winkte sie beide zurück. Mit dem Schwert zog er einen Strich durch den Gang. »Da halten wir sie auf, einverstanden?«

»Einverstanden, aber Ihr solltet Euch nicht auf diese Weise in Gefahr bringen, Sire.«

Der König sah mich zweifelnd an: »Glaubt Ihr, ich wäre hinter Euch in geringerer Gefahr?«

»Nein.«

»Ich auch nicht, aber ich kann es hoffen. Ich will, daß Herzog Vidor und mein Vetter hinten bleiben, weil sie die Zukunft von Hamis repräsentieren. Ich bin nur seine Geschichte. Ich kann hier dafür kämpfen, daß das Reich eine Zukunft hat, und ich betrachte es als meine erhabenste Verpflichtung, das zu tun.«

Ich stellte fest, daß ich ein Grinsen nicht unterdrücken konnte. »Dann also für die Zukunft von Hamis.« Ich trat an die Linie, die er gezogen hatte, und bereitete mich darauf vor zu töten, solange ich noch stehen konnte. In König Tirrells Blick las ich dieselbe Entschlossenheit. Graf Patrick und Herzog Vidor stellten sich hinter uns auf, um uns vor Arbeitern zu beschützen, die zwischen uns durchschlüpften oder aus dem Thronsaal angriffen.

Das Arbeiterheer kam um die Ecke unter uns und rückte langsam näher. Die kleinen Köpfe der Dhesiri wogten auf und ab wie Bojen in rauher See. Sie waren klein, aber ihre bloße Menge würde uns zurückdrängen und erschöpfen, bis wir keinen Schlag mehr führen konnten. Wir waren verloren, und wir waren uns alle darüber im klaren, als sich der Tunnel unter uns unaufhörlich füllte.

Ich räusperte mich und sah meine Kameraden an. »Nun denn, edle Herren. Ich schätze, in einer Kolonie dieser Größe gibt es nicht mehr als ein gutes Tausend Dhesiri zu erschlagen. Sagen wir: einen Imperial pro Kopf?«

Der Herzog kicherte. »Und fünf für einen Krieger?«

Ich sah zum König. »Nur wenn wir die mitzählen, die wir bereits getötet haben.«

König Tirrell nickte begeistert. »Ein ausgezeichneter Vorschlag, Edler Nolan.« Der Herzog und der Graf nickten zustimmend, und wir drehten uns um, um unser Schlächterwerk zu beginnen. Die Horde hatte uns erreicht.

Ich werde keinen Versuch unternehmen, den Kampf in seinen Einzelheiten zu beschreiben, weil ich mich an keine erinnere. Gelegentlich treten ungebeten einzelne Bilder vor mein inneres Auge, ein gespaltener Echsenkopf oder ein Arbeiter, der mit abgeschlagenem Arm zurückfällt. Bilder wie diese reichen aus, um mich daran zu erinnern, daß ich eine Schlacht durchlebte, aber alles andere entzieht sich meiner Erinnerung. Nicht, daß ich den Verlust dieser Erinnerungen bedauere. Im Gegenteil, es sind Erinnerungslücken wie diese, die mir meine geistige Gesundheit erhalten.

Jeder, der behauptet, er könne sich an jeden Hieb, jede Parade, jede Riposte in einem Gefecht wie dem erinnern, das wir erlebten, ist entweder ein Lügner oder er hat nichts anderes getan als zuzusehen. Von unserer Seite war es weniger eine wilde Schlacht als ein Gemetzel. Die Arbeiter drängten unablässig vorwärts und boten uns keine Gelegenheit, die feineren Punkte der Schwertkunst umzusetzen. Ich hatte das Gefühl, nicht gegen eine Armee zu kämpfen, sondern vielmehr zu versuchen, mit dem Schwert eine Feuersbrunst auszuschlagen, denn alles was ich tat, war auf kleine grüne zischende Monster einzuschlagen, zu stechen und zu hacken, die sich von überallher auf mich stürzten. Ich schlug mit beiden Schneiden des Süntkliebers zu und setzte auch die Breitseite der Klinge ein, aber was ich auch tat, es schien keinerlei Wirkung zu haben. Die Arbeiter kamen und kamen.

In den Liedern, die Barden von anderen Belagerungen singen, habe ich davon gehört, wie Kämpfer die Leichen aus dem Weg räumen mußten, um an den Feind zu kommen, aber wir hatten keine derartigen Probleme. Bevor die Leichen sich vor uns zu einem Wall auftürmen konnten, hinter dem wir hätten in Deckung gehen können, hatten die Arbeiter ihre toten und sterbenden Kameraden schon weggeschafft. Da die Schlange der Arbeiter so weit reichte, wie ich den Gang hinuntersehen konnte, konnte ich mir ohne weiteres vorstellen, daß die Leichen den ganzen Gang hinab durchgereicht und schließlich in die Abfallgrube in der Großen Galerie geworfen wurden.

Der König wurde etwas eher müde als ich, zumindest etwas eher, als ich mir selbst gegenüber zugab, müde zu sein, und zog sich mit einem befehlenden Ruf nach seinem Vetter zurück. Graf Patrick trat an seinen Platz und kämpfte mit einer Kraft, die ich ihm nicht zugetraut hätte. Tirrell und ich waren in Richtung Thronkammer zurückgedrängt worden, aber Patricks wilder Ansturm schnitt tatsächlich in die Reihen der Dhesiri und trieb sie zurück. Ich verdoppelte meine Anstrengungen, und wir eroberten einen kostbaren Meter Korridor zurück.

Mein ganzer Körper schmerzte. Mein Jagdleder hing, schweißnaß von innen, außen von Dhesiriblut getränkt, schwer wie eine labbrige zweite Haut an meinem Körper. Meine Stiefel waren zerkratzt und zerrissen, die Hosen aufgerissen, meine Beine bluteten aus zahlreichen Kratzwunden, Schweiß brannte in meinen Augen und ich versuchte, ihn wegzublinzeln. Um Dhesiri zu erschlagen, brauchte ich nichts zu sehen.

Der König rief mich nach hinten. Ich schrie: »Auf drei, Herzog Vidor«, dann zählte ich. Der Herzog schob sich an mir vorbei und brüllte seine Wut heraus, als er Zähnen und Krallen mit scharfem, glitzerndem Stahl begegnete.

Ich sank auf ein Knie und versuchte, meine Atmung unter Kontrolle zu bringen. Meine Brust hob und senkte sich wie ein Schiff in stürmischer See, und ich fühlte mich benommen. Ich versuchte mir mit dem linken Ärmel den Schweiß von der Stirn zu wischen, aber dabei schmierte ich mir nur zusätzlich noch Dhesiriblut ins Gesicht.

Ich schloß einen Augenblick lang die Augen und verdrängte alles bis auf die Kampfgeräusche. Die beiden Adligen knurrten und stöhnten laut, dann bellten sie unartikuliert aber zufrieden, wenn ein Schlag besonders erfolgreich war. Die Dhesiri quiekten und gurgelten in den vordersten Reihen und zischten erwartungsvoll dahinter, als ob sie ihren letzten Befehl ständig wiederholten. Die Schwerter trafen mit einem satten, feuchten Klang ins Ziel, ganz ähnlich einer Hacke, die durch weichen Mörtel gezogen wird.

Der Herzog schrie, und meine Augen sprangen auf. Er taumelte zurück und schlug nach seinem linken Bein. Seine Hose war aufgerissen, und ein Dhesiri hing mit verbissener Hartnäckigkeit an Vidors Oberschenkel. Der Kobold hatte seine Zähne tief in das Bein des Herzogs geschlagen. Vidor ließ sich auf ein Knie fallen und zertrümmerte den Schädel des Dhesiri mit einem Schlag des Schwertgriffs, dann mußte er versuchen, die Kiefer aufzubrechen.

Ich warf mich nach vorne und spaltete einen Dhesiri, der dem Herzog in den Rücken sprang. Die ganze Linie wogte vor, und der König trat zwischen mir und Patrick nach vorne, um sie aufzuhalten. Wir verloren über einen Meter Boden, konnten den Ansturm aber lange genug aufhalten, um dem Herzog Zeit zu geben, sich tiefer in den Gang zu schleppen.

In der Mitte der Horde sah ich den letzten Krieger der

Kolonie. Er zischelte den Arbeitern zwischen ihm und uns Befehle zu, dann drehte er sich um und gab den Arbeitern hinter sich Befehle. Das verwirrte mich für einen Augenblick, aber ich hatte wirklich nicht die Zeit, herauszufinden, was er damit bezweckte. Doch ich bedauerte die Verletzung des Herzogs, denn sie hinderte mich daran, mich aus der Frontlinie zurückzuziehen und den Krieger mit der Schleuder zu töten.

Dann erhielt ich die Antwort auf die Frage, warum der Krieger zwei Gruppen von Arbeitern Befehle erteilte: Aus dem Tunnel drangen Männerstimmen. Der Krieger rückte näher heran, und die Dhesiri, die er überholte, drehten sich in Richtung der Großen Galerie um. Eine Minute später kam Großherzog Fordel in Sicht.

Der König brüllte den hamisischen Schlachtruf: »Mein Blut fürs Vaterland«, und hieb mit neuer Kraft auf die Kobolde ein. Graf Patrick jauchzte vor schierer Freude, seinen Vater wiederzusehen, und alle drei arbeiteten wir uns vor. Vergessen waren Müdigkeit und Schmerzen. Hinter dem Großherzog fochten andere Mitglieder der Jagdgesellschaft, und mit ihrer Hilfe hatten wir zum ersten Mal das Gefühl, es doch noch zurück an die Oberfläche schaffen zu können.

Ich rief dem Krieger zu: »Stopp die Arbeiter, und wir lassen die Königin leben. Ihr könnt sie wegbringen und anderswo einen neuen Bau anlegen.«

Er sah mich mit hartem, kaltem Blick an. Ich nickte, und König Tirrell tat es auch. Der Krieger zischelte einen Befehl. Die Dhesiri stellten den Kampf ein und zogen sich zurück. König Tirrell brüllte einen Befehl, und der Großherzog ließ seine Männer die Waffen niederlegen.

Die Arbeiter strömten an uns vorbei zur Thronkammer. Graf Patrick half dem humpelnden Herzog zur Großen Galerie. König Tirrell trat neben mich, und gemeinsam führten wir den Krieger zur Thronkammer.

Obwohl der Kampf vorüber war, lagen die Arbeiter

noch immer schützend auf der Königin, und diejenigen, die jetzt in die Kammer strömten, gesellten sich zu ihnen, um sie zu beschützen. Der Krieger gab zischelnd einen neuen Befehl, als wir die Kammer erreichten, und der lebende Panzer löste sich wieder zur Fütter- und Geburtshelferlinie auf, die wir gesehen hatten, als wir die Kammer entdeckten.

Der Krieger war größer als Jevin, und seine Haut hatte eine dunklere grüne Farbe, abgesehen von einem roten Fleck in der Form einer Speerspitze zwischen seinen Augen. Seine Schuppen glänzten und wirkten nicht annähernd so kalt, wie ich es aus größerer Entfernung gedacht hatte. »Wohin können wir zzziehen?« fragte er den König.

Der König hockte sich auf den Boden und zeichnete mit dem Dolch eine grobe Karte der Umgebung. Er markierte unseren jetzigen Standort mit einem X und deutete auf einen Punkt nahe der Grenzen zu Ealla und den Darkesh. Ich war auf meinem Weg über das Gelände geflogen und wußte, daß es halbdürres Grasland war, in dem kaum Menschen lebten, weil der Boden sich nicht zum Ackerbau eignete: »Dort wird euch niemand stören, und ihr könnt euch von den Wildpferden ernähren, die auf den Ebenen leben.«

Der Krieger nickte, dann drehte er sich zu mir um. »Warum?« Trotz seiner rauhen Stimme gelang es ihm, eine ungläubige Note in das Wort zu legen.

Ich sah ihm in die mattschwarzen Augen. »Es bestand keine Notwendigkeit, weiter zu töten.« Ich wandte mich zum Gehen.

»Warte.« Er berührte mich an der Schulter. Ich drehte mich um.

Er sah mich streng an. »Ssschuld.« Er bot mir seine Keule als Bezahlung.

Ich schüttelte den Kopf. »Keine Schuld.«

Er schüttelte entschieden den Kopf und faßte meine Schulter fester. »Sschuld.«

Ich nickte. Ich deutete auf die Königin. »Gib mir ein Kriegerei.«

Der Krieger zischte scharf. Die Königin zischelte etwas, und er antwortete. Sie übergab ein Ei, aber es war größer als die anderen und von rötlichbrauner Farbe. Ein Arbeiter brachte es dem Krieger. Er nahm es und hielt es mir entgegen.

Ich legte die rechte Hand darauf und staunte über die warme, ledrige Oberfläche. Ich sammelte mich einen Augenblick lang, dann zog ich die Hand zurück. Ein einfacher schwarzer Totenkopf dekorierte die Schale. Der Krieger im Innern lebte noch. Ich hatte das Leben gespürt, aber nur die Schale markiert. Um das Leben auszulöschen, was ich ohnehin nicht wollte, hätte ich die Tätowierung wieder sichtbar machen müssen, und das hätte meine Mission beendet, bevor sie noch richtig begonnen hatte.

»Westlich von hier, im Tal …« Ich ließ mich auf ein Knie nieder und zeigte dem Krieger die Stelle auf der Karte des Königs. »… befindet sich ein Kamerad von mir mit einem großen Vogel. Gib ihm das Ei. Er wird es meinen Meistern bringen. Die Schuld ist beglichen.«

Der Krieger nahm meine rechte Hand sanft in seine Linke. Seine Haut war weich und geschmeidig wie Leder, aber knochentrocken. Seine gespaltene Zunge zuckte aus dem Mund und über meine Haut. »Ich werde mich an dich erinnern.«

Ich nickte ernst und verbeugte mich vor ihm und seiner Königin. Stumm und respektvoll zogen König Tirrell und ich uns zurück und begaben uns zu unseren Leuten.

Die Diener, die um das Schlundloch versammelt waren, begrüßten unsere Rückkehr aus dem Dhesiribau mit donnerndem Applaus. Jemand hatte daran gedacht, einen Wagen für die Verwundeten mitzubringen, und wir luden Herzog Vidor darauf, zusammen mit ein, zwei anderen Adligen aus Großherzog Fordels Gruppe.

Sie eilten uns voraus, während der Rest in einem Tempo zurück ins Lager ritt, das unserer Erschöpfung angemessener schien.

Als wir ankamen, war bereits eine große Feier im Gange. Der erste, der den König begrüßte, war Keane, der Pfalzgraf von Cadmar. Er war groß und blond, mit einem prächtigen Schnauzbart, und als verwegener Krieger und fähiger General bekannt. »Edler Herr, ich bin so froh, Euch in Sicherheit zu sehen. Ich kam gerade mit meinen Leuten im Lager an, als wir hörten, daß Ihr den Dhesiri entrissen wart.«

Der König schwang sich aus dem Sattel, zusammen mit Graf Patrick und mir. Die Stallburschen nahmen unsere Pferde mit, und der König drehte sich um, um mich vorzustellen. »Edler Nolan ra Yotan, das ist Keane, Pfalzgraf von Cadmar.«

Ich packte seine ausgestreckte Hand. »Ich habe von Euch gehört, mein Herr. Ihr seid des Königs Champion und wart der siegreiche General der Belagerung von Jolis.« Er neigte den Kopf, und ich erwiderte die Geste. »Ich nehme an, der Stern von Sinjaria befindet sich noch in Eurem Besitz?«

Ich fühlte den Schreck durch seine Hand zucken. Der Stern von Sinjaria war ein leuchtender Smaragd, der das Prunkstück in der Krone des sinjarischen Königs darstellte. Nach der Belagerung hatte der König ihn zur Erinnerung an den Sieg in ein Medaillon setzen lassen und dem Pfalzgrafen überreicht. Der Legende zufolge konnte Sinjaria seine Freiheit nicht wiedererlangen, bis ein Sinjare den Edelstein zurück in die Heimat brachte.

Keane verengte seine Augen von so dunkelgrüner Farbe, daß sie fast oliv waren, und musterte mich. Er verwarf den Gedanken, daß ich bei der Belagerung gewesen war, sofort wieder, weil ich dazu zu jung war, dann trat ein Grinsen auf seine Züge. »Ich habe ihn noch, Edler Nolan. Er liegt sicher in meinem Gepäck in Kastell Seir.«

Der König legte uns beiden die Arme um die Schultern und steuerte uns zum großen Zelt, in dem das Festgelage bereits in vollem Gange war. »Keane, ich werde nicht zulassen, daß du und Nolan euch in die Haare bekommt. Dafür verdanke ich euch beiden zu viel, und ich möchte euch in dieser Hinsicht lieber als Brüder sehen denn in jeder anderen als Feinde.«

Der Pfalzgraf und ich lachten und bejahten den Waffenstillstand des Königs. Aber trotz der Kameraderie und Sympathie, die mir entgegenschlug, war mir unbehaglich. Ich war noch nicht völlig bereit, mich mit den Männern anzufreunden, die mein Heimatland zerschlagen hatten. Schlimmer noch aber war, daß meine Bereitschaft dazu, der Aspekt meines Wesens, der sich darin sonnte, daß Sinjarias Eroberer mein Lob sangen, mit jedem Augenblick und jedem Lachen stärker wurde. Das Zutrauen, das der König mir entgegenbrachte, störte mich einerseits und steigerte zugleich mein Verlangen nach mehr davon.

Der König zog den Pfalzgraf von Cadmar und mich zu seinem Platz an einem am Nordende des Zelts auf einer Empore plazierten Tisch. Diener schenkten jedem von uns einen Pokal Wein ein, und der König hob sein Glas.

»Ich trinke auf eure Tapferkeit und spreche euch meinen Dank aus!« rief er der Versammlung zu. Die Adligen jubelten und tranken, dann stürzten sie sich wieder auf das Festmahl aus Wildbret und Wildschwein. Zwischen den Bissen Fleisch hörte ich sie unglaubliche Kampfgeschichten erzählen und schüttelte den Kopf.

Der König winkte einen Diener herüber und wies ihn an, uns etwas zu essen ins königliche Zelt zu bringen. Der Pfalzgraf, Graf Patrick und ich folgten dem König zu seinem Zelt, wo wir einen Hofmagier fanden, der sich um Herzog Vidors Bein kümmerte.

Der Zauberer hatte Vidors Hose abgeschnitten und die Wunde mit Wein ausgewaschen. Zwei leicht gerun-

dete Linien aus Bißmarkierungen zierten den Oberschenkel, und aus den tieferen Einstichen rann Blut.

Der Herzog lächelte tapfer. »Es schmerzt, aber nicht
so sehr, wie bevor ich die Kiefer des Kobolds aufgebrochen habe.«

Ich setzte mich auf eine Bank, und ein Diener zog
meine Stiefel ab. Ich riß meine Hosenbeine auf und
schälte das Jagdhemd ab. »Wenigstens sind Dhesiri-
bisse nicht giftig.«

Der Zauberer nickte. »Ich werde das Bein für ein paar
Tage betäuben und die Heilung beschleunigen. Ihr werdet Euch davon erholen.« Er wollte sich zuerst um den
König kümmern, bevor er beim Herzog weitermachte,
aber Tirrell winkte ab.

»Kümmere dich um den Herzog, und dann sieh nach
Nolan und Patrick. Ich habe keine ernsten Verletzungen.«

Der Zauberer gehorchte, wob seinen Spruch um das
Bein des Herzogs, dann kam er zu mir. Ich zuckte zusammen, als er meine Kratzwunden mit Wein aus-
wusch. Er schüttelte den Kopf. »Ihr benötigt meine
Heilkünste nicht, Eure Wunden werden spurlos verheilen.«

Ich nickte. »Ich weiß, aber ich werde neue Stiefel und
Kleider benötigen, bis wir nach Seir kommen.«

Der Großherzog, der dem Diener mit dem Essen und
Wein ins Zelt gefolgt war, stimmte in das Gelächter der
anderen ein. »Ihr sollt bekommen, was immer Ihr
braucht, Edler Nolan. Und wenn wir Kastell Seir erreichen, werden wir Bankette zu Euren Ehren geben.«

Der König stand auf. »Wenn die edlen Herren mich
entschuldigen, ich werde Edler Nolan mit nach hinten
nehmen und ihm etwas anzuziehen suchen. Bitte bedient euch, bis wir zurück sind.« Er deutete auf das
dampfende Tablett mit Wildbret. Dann ging er zur
Rückseite des Zelts und hielt es für mich auf. Dahinter
sah ich ein kleineres Zelt.

Ich ging dem König voraus und setzte mich auf den Stuhl, auf den er deutete. Es war ein bequemer Reisestuhl aus drei Teilen, die sich für den Transport auseinandernehmen ließen. Er war mit einfachen Schnitzereien verziert, die allerdings mit Blattgold überzogen waren, was ihm eine gewisse opulente Note verlieh. Er hätte protzig wirken können, aber ich hatte das bestimmte Gefühl, daß dem König der ästhetische Wert dieses Möbels gleichgültig war. Er hatte es dabei, weil es praktisch war.

Der König ließ den Zelteingang zufallen und ging über den dicken blauen Teppich zu einer arg zerkratzten alten Truhe. Er öffnete sie, warf mir einen abschätzenden Blick zu, dann holte er ein Hemd und eine Hose heraus. »Sie könnten dir etwas groß sein, weil ich über die Jahre zugenommen habe, aber ich denke, du wirst sie annehmbar finden.«

Ich riß mir die Fetzen von den Beinen und zog mich um, während der König in den vier Ecken des Zeltes Lampen anzündete. Als die letzte brannte, zog er seinen Dolch und kratzte über eine der Schürfnarben auf seinem Bein, bis ein Tropfen Blut auf die Klinge floß. Er hielt den Dolch in die Flamme. Plötzlich schoß ein blutroter Lichtvorhang von einer Lampe zur nächsten und schloß uns ein.

Er lächelte mich an. »Jetzt kann uns niemand belauschen.«

Ich nickte, vergaß das heftige Jucken am linken Handrücken und knöpfte mein neues grünes Hemd ganz zu, bevor ich mich wieder setzte. Der König zog einen der anderen Feldstühle herum und setzte sich mir gegenüber.

»Ich weiß, daß du geschickt wurdest, um mich zu beschützen, Nolan. Ich bin für dein rechtzeitiges Erscheinen äußerst dankbar. Mir ist auch klar, daß du möglicherweise der Ansicht bist, nur deinen Auftrag erfüllt zu haben, aber ich möchte dich belohnen.«

Ich setzte zu einem Protest an, aber er schnitt mir das Wort ab. »Es ist keine Belohnung dafür, daß du mich gerettet hast, weil ich weiß, daß dein Meister dergleichen nicht gerne sieht. Statt dessen möchte ich damit deinen Mut ehren und dir für die Rettung meiner Begleiter danken.« Er machte eine kurze Pause, aber ich verzichtete darauf, etwas zu sagen. »Hättest du Graf Patrick nicht gerettet, hätte es meinem Onkel das Herz gebrochen. Möglicherweise hast du ganz Hamis gerettet, denn nach unser beider Tod wäre ein gebrochener Fordel auf den Thron gekommen, und er wäre nicht in der Lage gewesen, das Reich zu regieren.«

Ich sank in den Stuhl und schloß die Augen. Die Worte des Königs konnte ich leicht ignorieren, aber die Gefühle, die sie durchzogen, hämmerten auf mich ein und rissen Mauern nieder, an deren Bau ich jahrelang gearbeitet hatte. Die Tiefe seiner Gefühle für seinen Onkel und Vetter zertrümmerten das Bild von ihm, das ich seit dem Tag, an dem ich den Hof verlassen hatte, formte und polierte.

Mit jedem Schritt in Richtung Tahlianna, bei dem das Bild der Blutrune von Großmutters Hand vor meinem inneren Auge loderte, hatte ich meine Trauer in puren Haß auf König Tirrell umgemünzt. Seinetwegen lag meine Heimat in Trümmern. Seinetwegen war meine Familie gestorben. Er war ein Monster, und es war meine Pflicht, eines Tages über ihn zu Gericht zu sitzen, ihm alles heimzuzahlen, was er mir angetan hatte, und ihm alles zu nehmen, was er mir genommen hatte.

Selbst als ich – von dem Verlangen getrieben, Marana zu rächen – meine Mission angenommen hatte, war mir klar gewesen, daß ich König Tirell nach deren Abschluß nicht auf dem Thron von Hamis würde zurücklassen können. Ich brauchte nur ein wenig unvorsichtig zu sein, und ich konnte zugleich meine ganz persönliche und meine Tahlion-Mission erfüllen. Und selbst wenn das Nekkeht mich umbringen sollte, würde ich frohen Herzens sterben, solange König Tirrell vor mir starb.

Aber jetzt löste sich meine Entschlossenheit, für seinen Tod zu sorgen, allmählich auf. Ich hatte ihn für einen Feigling gehalten, der sich hinter seinen Armeen versteckte, aber im Dhesiribau hatte er an meiner Seite gekämpft und mir in nichts nachgestanden. Ich hatte ihn für oberflächlich und gefühllos gehalten, doch jetzt bewies er mir genau wie zuvor im Bau, als er meine Müdigkeit gespürt und mich nach hinten gerufen hatte, daß er sich um seine Familie und sogar um einen Wildfremden sorgte. Zweimal hatte er für mich sein Leben aufs Spiel gesetzt, etwas, das der König Tirrell nach meiner Vorstellung niemals getan hätte. Er war hochgeboren und nicht verpflichtet, innerhalb seines Reiches irgendeine andere Macht anzuerkennen, und doch behandelte er mich, einen ohne irgendwelche Titel geborenen Bauern aus einer Rebellennation, als betrachtete er unsere Familien als von gleichem Adel und gleicher Statur.

So sehr ich mich auch anstrengte, das Versprechen, das ich meiner toten Großmutter gegeben hatte, festzuhalten, es zerfiel zu nichts. Was sie von König Tirrell geglaubt hatte, mochte in seinen Anfängen gestimmt haben, vielleicht sogar bis zu dem Augenblick, an dem er sich gefangen in einem Dhesiribau wiederfand, aber jetzt entsprach es nicht mehr der Wirklichkeit. Ich hatte den Tod eines Phantoms gesucht, eines Hirngespinstes, das ich aus schmerzlichen Erinnerungen und feindseligen Erzählungen aufgebaut hatte. Die Wut und der Haß der Blutrune hatten ihm Leben eingehaucht, wie eine lösche Seele einen Leichnam erweckte. Und ganz genau so erkannte ich jetzt, daß mein Bild von Tirrell ebenso wenig der Wirklichkeit entsprach wie das Leben eines Nekkehts.

Ich hatte die Wahrheit gefunden und haßte mich selbst dafür. Ich ließ meinen Schwur verblassen. Das einzige Bedauern, das ich dabei empfand, galt dem Bild

Großmutters, das mit ihm verschwand. Ich sah meine Mission mit neuen Augen, meinen eigenen, nicht länger denen meiner Großmutter, und ich entschied, daß ich alles in meiner Macht Stehende tun würde, um sicherzustellen, daß König Tirrell überlebte, solange ich noch einen Atemzug tun konnte.

Ich öffnete die Augen. »Bitte. Ich wüßte keine Belohnung, um die ich Euch bitten könnte. Ihre Leben gerettet zu haben, ist mir Belohnung genug. Wenn Ihr jemanden belohnen müßt, belohnt Euren Vetter. Es waren die Spuren, die er gelegt hat, die mich zu euch führten.«

Der König stand auf und klopfte mir auf die Schulter. »Wie du willst. Ich werde den Grafen belohnen. Aber du sollst wissen, daß ich mich in deiner Schuld sehe.« Er löschte eine der Lampen, und der Vorhang löste sich auf wie öliger Rauch. »Kommt, Edler Nolan, laßt uns wenigstens eine Weile an der Feier teilhaben. Wenn Ihr so müde seid wie ich es bin, werdet Ihr Euch sicher bald zurückziehen wollen. Und morgen könnt Ihr Euch uns bei der Jagd auf den Bergleoparden anschließen.«

Müde hebelte ich mich hoch. »Geht Ihr voran, mein König. Euer Wunsch ist mir Befehl.«

In Hamis wird die Thronfolge streng nach Geburt geregelt, und Königinnen besteigen den Thron mit der gleichen Legitimität wie Könige. Aber kein Kind wird vor seinem achtzehnten Geburtstag als Thronfolger anerkannt. Mit der Anerkennung beginnt ein einen Monat dauerndes Ritual, das es auf die Thronbesteigung als nächster Monarch von Hamis vorbereitet.

König Tirrells ältestes Kind war seine Tochter Zaria. Entsprechend der Sitten ihrer Heimat unterzog sie sich im ersten vollen Wolfsmond nach ihrem Geburtstag einer Traumwacht. Nach einer besonderen Mahlzeit reichten die Priester ihr ein gesegnetes Traumkissen, führten sie in den östlichsten Turm Kastell Seirs, den Mondturm, und schlossen sie dort über Nacht ein.

In jener Nacht hatte sie von einem Bergleoparden geträumt, und über dieses ausgezeichnete Omen hatten Priester und Weise gleichermaßen gejubelt. Sie hatten das Tier sofort in das Wappen der Prinzessin eingefügt und Großes geweissagt, denn die Herrschaft aller bisherigen Königinnen, die in ihrer Traumwacht einen Bergleoparden gesehen hatten, war lang und glorreich gewesen.

Der König lachte, als er mir all das beim Ausritt am nächsten Morgen erklärte. »Sie war alles andere als begeistert, als sie hörte, daß ihre entsprechenden Vorgängerinnen im Durchschnitt sieben Kinder geboren haben, aber davon abgesehen war sie froh über das Tier, das Shudath in ihren Traum gesandt hat.«

Ich nickte und tätschelte Wolfs Hals. Er stampfte und schnaubte ungeduldig, aber wir mußten auf Graf Patrick und den Pfalzgrafen von Cadmar warten. Die anderen Jäger waren noch nicht wach. Die meisten von ihnen lagen im Festzelt über den Boden verstreut, und wir vier waren uns einig gewesen, daß ein früher Jagdbeginn geboten schiene.

Die beiden anderen stießen kurz darauf zu uns, und wir ritten aus dem Lager. Wir hatten uns entschieden, auf Treiber zu verzichten, weil die meisten von ihnen noch ihren Rausch ausschliefen und sie im bisherigen Verlauf der Jagd ohnehin nicht viel genutzt hatten. Außerdem erkannte Graf Patrick unsere Umgebung nach der groben Traumbeschreibung der Prinzessin wieder, so daß wir sicher waren, daß der Bergleopard in der Nähe sein mußte.

Ich ging voll in der Jagd auf und übernahm mit Wolf die Spitze. Bergleoparden sind für ihre Stärke und ihr Einzelgängertum bekannt, und es kommt nur selten vor, daß sie zur Strecke gebracht werden. Im Gegensatz zu den Leoparden der Ebene besteht die Zeichnung ihres Fells aus großen braunen Flecken zwischen dem gewöhnlich hellbraunen Pelz. In den Ebenen bezeichnet man ein Tier mit dieser Zeichnung als Wolkenparder, und sein Fell ist äußerst wertvoll.

Graf Patrick steuerte uns auf den nähergelegenen der Zwillingsberge zu, und ich stimmte mit seiner Wahl des Jagdgebiets überein. Ich hatte das Gebiet am Tag zuvor überflogen und Rehe und Gazellen gesehen, die bevorzugte Beute der Katze, so daß es sich als Ausgangspunkt unserer Suche anbot. Es dauerte nicht lange, bis Patrick auf die seltsame Gestalt eines Felsens wies, den die Prinzessin in ihrem Traum gesehen hatte, und Erregung erfaßte uns.

Die erste Spur, die wir fanden, war der halbverzehrte Körper eines Kitzes, der auf ein schmales Klippensims gezerrt worden war. Ich holte einen kleinen Reiterbogen aus dem Sattelköcher, den ich mir vom Jagdmeister des Großherzogs geliehen hatte, und hängte die Sehne ein. Ich überprüfte die Spannung, dann legte ich einen Pfeil auf. Die Waffe war zwar kleiner als die doppel-S-förmigen Bogen, mit denen Schützen arbeiten, aber auf kurze Entfernung sicher tödlich genug.

Auch die anderen holten ihre Bogen vor und nickten mir zu, als sie bereit waren, den Weg fortzusetzen. Ich legte die Zügel locker auf Wolfs Nacken und lenkte ihn mit sanftem Druck der Knie weiter. Wolf ging eine Viertelmeile tiefer in den Wald, dann blieb er stehen. Seine Ohren lagen flach am Kopf. Ich nahm die rechte Hand vom Bogen und hob sie, um das Zeichen zum Halt zu geben. Fast wäre es der letzte Fehler geworden, den ich je gemacht habe.

Ich hatte Wolfs Übung unterschätzt. Er war in Panik und wollte weggaloppieren, blieb aber stehen. Ich wünschte mir, er hätte seinem Instinkt nachgegeben, denn der Grund dafür war der Leopard, der rechts von mir in den Felsen zum Sprung ansetzte.

Als ich ihm ein geeignetes Ziel bot, sprang er mich laut fauchend an.

Ich tat das einzige, was mir blieb. Ich warf mich nach

vorne, drehte mich und ließ mich aus dem Sattel fallen. Die Raubkatze segelte durch die Luft, ein einziges Knäuel aus blitzenden Zähnen und Krallen, und durchflog die Stelle, an der ich Sekundenbruchteile zuvor noch auf Wolfs Rücken gesessen hatte. Ich landete flach auf dem Rücken und versuchte den Pfeil wieder auf die Sehne zu bekommen, um unter dem Pferd hindurch auf meinen Angreifer feuern zu können.

Die Katze lag auf der anderen Seite des Pferds. Sie schlug in letzter, sinnloser Wut um sich. Drei Pfeile ragten aus ihrer Brust.

Ich beruhigte meine Atmung, rollte auf die Füße und tätschelte Wolfs Hals. Seine Nüstern blähten sich, und seine Augen waren weit aufgerissen vor Entsetzen, aber es gelang mir, ihn zu beruhigen. »Ruhig, Wolf, er ist tot.« Ich drehte mich zu den Hamisen um. »Mein Kompliment an: Wer immer Euch gelehrt hat, so zu schießen.«

Sie grinsten und stiegen ab. »Drei saubere Schüsse. Zwei haben das Herz getroffen, der dritte die Lungen.« Ich zuckte zusammen, als ich den Bauch der Katze betastete. »Die Zitzen sind voller Milch. Anscheinend hat sie ihren Wurf noch nicht entwöhnt.«

Diese Neuigkeit gefiel keinem von uns, und Graf Patrick wirkte nachgerade entsetzt. Dann kam mir ein Gedanke. »Das Kitz, das wir gesehen haben, hätte ihr noch ein, zwei Tage gereicht. Ich wette, sie hat uns angegriffen, weil wir ihrem Bau zu nahe gekommen sind. Er muß ganz in der Nähe sein.«

Wir verteilten uns und suchten den Berghang nach einem Erdloch oder einer Höhle ab, die der Leopard als Bau benutzt haben könnte. Die Suche dauerte eine volle Stunde, aber dann fand ich die Öffnung schließlich. Es war eine kleine Höhle, ein wenig enger als der erste Dhesiritunnel, aber es gelang mir, mich hineinzuzwängen, und ich entdeckte ein Junges.

Wir brachten das Junge und seine tote Mutter zurück

ins Lager. In jener Nacht gab es das nächste Festgelage, und diesmal schlossen wir uns den anderen Adligen bei ihrer Feier im großen Zelt an.

Patricks Sorge um das Leopardenjunge lenkte ihn von der Feier ab. Ich beobachtete, wie der Graf den Finger in eine Schüssel Stutenmilch tauchte und ihn dem Jungen hinhielt, damit es die Flüssigkeit ablecken konnte. Ich staunte über die Zuneigung, die er dem kleinen Kätzchen zeigte, und wurde wütend, als einer der Adligen bemerkte, der kleine Leopard würde eine gute Jagdbeute abgeben, wenn er erst erwachsen war.

Ich schlug den Kerl mit einem Schwinger ans Kinn nieder. Die anderen erklärten sich meinen Ausbruch mit dem Wein und der Anspannung, weil ich der Leopardin an diesem Morgen nur so knapp entkommen war. Ich ließ sie in diesem Glauben, aber tief in meinem Innern wußte ich, warum ich den Hamisen wirklich angegriffen hatte.

Die grausame Freude in seinem Blick hatte mich allzu sehr an Ring erinnert.

KAPITEL VIERZEHN

Novize: Feuertaufe

Die Statuen ragten über mir auf und sahen aus blinden Augen zu uns herab wie vergessene Götter. Ich ließ Wolf sich seinen eigenen Weg suchen – er folgte Rings Pferd –, weil ich zu sehr im Bann der steinernen Riesen war, die sich hier mitten im Tuzisttal gegenüberstanden, um ihn zu lenken. Ich hatte in meinem ganzen Leben nichts so Großartiges oder so Trauriges gesehen.

Ich sprach den Rechtsprecher vor mir an. »Was sind das für Standbilder, Ring? Warum stehen sie hier?«

Halb erwartete ich eine Aufforderung, ihren Zweck selbst herauszufinden, aber die kam nicht. In dem halben Jahr, das ich bereits mit ihm ritt, hatte ich bemerkt, daß antike Gebäude und die Schauplätze legendärer Schlachten für ihn eine Heiligkeit besaßen, die selbst seinen Haß auf mich dämpften. Ich hatte den Eindruck, daß er sich wünschte, er hätte Teil ihrer Geschichte sein können, statt in der Gegenwart festzusitzen.

Er zügelte sein Pferd. »Das, Novize, sind die Wächter.« Er deutete nach Süden auf eine Stadt aus glänzend weißem Marmor, demselben Material wie die Hälfte der Statuen. »Dort unten liegt der Stadtstaat Tuzi, und dort drüben …« Er drehte sich um und zeigte auf eine im Norden liegende Stadt aus schwarzen Basaltblökken. »Das ist Zist. Die Wächter gehören zu den beiden Städten.«

Ich runzelte die Stirn. »Was machen die Statuen hier?

Das Tal ist seit langer Zeit vor dem Zerfall friedlich. Gegen wen bewachen sie die Städte?«

Ring schmunzelte. »Gegen einander.« Er stieß seinem Tier die Sporen in die Seiten und winkte mir, ihm zu folgen. »Ich erkläre es dir dort auf dem Hügel.«

Auf dem Hügel, keine Viertelmeile entfernt, saßen wir ab, und ich konnte sehen, daß die zweiunddreißig Statuen auf einem Raster standen, das grob von Wildblumen gebildet war, die in langen Linien wuchsen. Ich kniff die Augen zusammen. »Sie sehen fast wie Schachfiguren aus.«

Wieder lächelte Ring, dann wandte er sich ab und schien ebensosehr mit sich selbst und den Standbildern zu sprechen wie mit mir. »Deine Beobachtung trifft den Punkt, Novize. Tatsächlich sollten sie nie etwas anderes sein, aber dann wurden sie im Laufe der Jahre zu den Wächtern.«

Nachdem Ring meine Vermutung bestätigt hatte, fiel es mir leicht, die verschiedenen Steine zu identifizieren. Die weißen Figuren ließen in ihrer Machart einen deutlichen altellischen Einfluß erkennen. Der Kaiser, die größte Figur, trug einen einfachen Stirnreif als Krone, ähnlich dem König von Ell. Die Kaiserin, einen knappen halben Meter kleiner, aber immer noch größer als der Stern in Tahlianna, hatte das breitere Gesicht und die hohen Wangenknochen, wie sie die boucanischen Prinzessinnen auszeichnen, für die ellische Adlige eine besondere Schwäche zeigen. Alle anderen Steine, von den Lanzern und Hohepriestern bis hinunter zu den Eliten und Kriegern, waren mit durchstochenen linken Ohren als loyale Diener des Kaisers gekennzeichnet.

Die schwarzen Steine hoben sich im Gegensatz dazu ab und waren von verschiedenen Reichsprovinzen angeregt. Die Krieger mitsamt ihren Geisterlanzen zum Beispiel waren sämtlich Daari, und die Lanzer gehörten zur imperianischen Schweren Reiterei. Der Kaiser ähnelte sogar ein paar Büsten alter Kaiser, die ich einmal gesehen hatte, auch wenn ich ihn nicht allein anhand dieser Ähnlichkeit erkennen konnte. Seine Kaiserin war passender- und vielleicht zuversichtlicherweise an die Frauen von Sterlos angelehnt, eine Nation, die dem Reich Tribut gezahlt hatte, aber nie erobert worden war.

»Tuzi kontrolliert ein Ende des Tals mit gewaltigen Erzvorkommen, und Zist stellt einen Überschuß an Nahrung her, den es ins gesamte Reich exportiert.« Ring starrte auf die Statuen und schien sie so zu sehen, wie sie vor Jahrhunderten ausgesehen haben mußten. »Die beiden Städte schlugen einen blutigen Krieg nach dem anderen um die Herrschaft über das ganze Tal, aber keiner der beiden gelang es, einen Sieg zu erringen. Nach ein, zwei Jahren erfolgloser Kämpfe zogen sich die Truppen jedesmal zurück, und die Städte sammelten ihre Kräfte, bis sie stark genug für den nächsten Versuch waren, ihre Nachbarn zu erobern.«

Ring zeigte auf den schwarzen Kaiser. »Kaiser Clekan XI. entschied, diesem Zustand ein Ende zu machen, weil beide Städte wichtig für das Reich waren. Er brauchte Tuzis Metall ebenso wie Zists Getreide. Um einen Krieg zu verhindern, der beider Erträgen schadete, lud er die Anführer beider Städte zu sich und erklärte ihnen seine Lösung. Er teilte ihnen mit, daß die Herrschaft über das Tal der Stadt zufallen sollte, die in einer Schachpartie den Sieg über die andere errang. Die Städte sollten zunächst die Steine bauen, wobei der Kaiser sehr genau die Größe und Farbe vorgab, und sobald die Partie aufgebaut war, sollte pro Monat ein Zug stattfinden, bis die Entscheidung gefallen war.«

Ring drehte sich zu mir um und grinste breit. »Er erklärte den Anführern, er werde keine Kriegshandlungen in diesem Tal zulassen, bis das Spiel beendet war, und er stationierte Tahlion hier, um diesen Befehl durchzusetzen. Wenn eine der Städte die andere angriff, sollten die Tahlion den Opfern zu Hilfe kommen und den Angreifer vernichten.«

Ich flüsterte, um Rings Stimmung nicht zu verderben. »Warum haben die Städte keine Schachmeister verpflichtet?«

»Oh, das haben sie getan, Novize. Beide haben sie es getan. Es dauerte drei Jahre, die Figuren herzustellen, und noch zwei weitere, bis das Brett fertig war.« Er zeichnete mit dem Finger die Blumenreihen nach, die das Raster bestimmten. »Heute sieht man nur noch ein paar wenige Blumen, aber damals wuchs auf jedem Feld des Bretts eine andere Blumenart, und das Brett zu pflegen, damit die Felder, die man selbst angelegt hatte, besser aussahen als die des Gegners, entwickelte sich zu einem Wettbewerb in sich, der mindestens so verbissen geführt wurde wie das Spiel selbst. Die Partie war ein Klassiker. Beide Städte verpflichteten Schachmeister, und nach einem brillanten Eröffnungszug von Schwarz jagten die Bürger von Zist ihren Anführer davon und setzten den Schachmeister als ihren Herrscher ein. Es dauerte fünf Jahre, bis das Spiel den jetzigen Stand erreicht hatte, und das war vor über tausend Jahren.«

Das Gefühl, das in Rings Stimme lag, führte mich in der Zeit zurück, und ich stellte mir die Menschenmengen vor, die sich um das Brett drängten, als die Zauberer die Figuren über die Felder bewegten. Jeder einzelne Zug war erst nach einem Monat des Wartens erfolgt, und die Anspannung mußte unglaublich gewesen sein. Ich konnte fast hören, wie die Menschen den Atem anhielten, wenn sich ein Stein bewegte und den Platz einnahm, den zuvor ein anderer besetzt gehalten hatte.

Langsam kehrte ich in die Gegenwart zurück, und Trauer erfaßte mein Herz. Die Figuren standen auf ihrem riesigen Brett und warteten auf ein Spiel, das vielleicht nie enden würde. An den Seiten lauerten bereits geschlagene Figuren wie Geister, die sichergehen wollten, daß ihr Opfer nicht sinnlos gewesen war. Ein

Vogel, der im Mund des weißen Kaisers nistete, flog davon und nahm die letzte Spur von Leben mit vom Brett.

»Warum haben sie das Spiel nicht beendet?« Ich sah mir noch einmal an, wie die Figuren standen. »Ich bin kein großartiger Spieler, aber für mich sieht es aus, als hätte Schwarz im nächsten Zug gewonnen.«

Ring drehte sich um und ging zu seinem Pferd. »So ist es. Schwarz gewinnt im nächsten Zug, und alle wußten es. Aber es herrschte seit zehn langen Jahren Frieden im Tal, und niemand wollte einen neuen Krieg. Zists Stadtoberhaupt schrieb an den Kaiser und bat um zusätzliche Bedenkzeit für seinen Zug.« Ring schwang sich in den Sattel. »Der Kaiser gab ihm unbegrenzte Bedenkzeit, und zwanzig Jahre später starb der Champion, ohne gezogen zu haben. In seinem Mausoleum in Zist ist ein Brett mit genau dieser Stellung aufgebaut, und eine Statue von ihm beugt sich darüber, so daß er es in alle Ewigkeit studieren kann.«

Ich grinste breit. »Das würde ich mir gerne mal ansehen.«

Meine Begeisterung traf Ring wie ein Faustschlag. Seine Miene schien plötzlich hart und verschlossen. Er beugte sich im Sattel vor und rief: »*Bewegung, Novize, wir haben zu töten.*«

Wir hatten Ahnj und Dabir nicht weiterverfolgen können, nachdem wir den niedergebrannten Bauernhof gefunden hatten, weil Ring den Befehl erhalten hatte, zu einer anderen Mission nach Solnaria zu reisen. Der Auftrag, bei dem es darum ging, einen solnarianischen Minister nach Thele zu Gesprächen über die Banditen zu eskortieren, die beide Seiten der Grenze unsicher machten, ärgerte Ring.

Er beschwerte sich, daß man ihm diese Mission nur aufgehalst hatte, weil ich ihn begleitete. Die Reise führte mich jedenfalls an Orte, die ich zuvor noch nicht gesehen hatte, und machte mich mit den Hofintrigen Solnarias bekannt. Ich fand das alles ausgesprochen lehrreich, während Ring sich maßlos langweilte und es nicht erwarten konnte, wieder Jagd auf Kriminelle zu machen.

Zu Rings Glück konnten Ahnj und Dabir sich ihren Häschern entziehen. Sie raubten ein paar Ortschaften in Ditaan und Lacia aus, hatten aber noch keine neue Bande um sich geschart, die ihnen hätte helfen können, als wir auf dem Rückweg von Solnaria ihren Weg kreuzten. Wir bekamen sie einmal zu Gesicht, aber sie konnten fliehen, indem sie den halben Ort in Brand steckten. Obwohl ihnen das einen Tag Vorsprung verschaffte, bestand Ring darauf zu bleiben, bis auch das letzte Opfer des Feuers, ein kleines Mädchen, aus der Asche geborgen war.

Viele der Einwohner dachten, er hätte es aus Mitgefühl für ihre Eltern getan, aber ich erfuhr die Wahrheit, als wir weiterritten. Ich ließ eine Bemerkung darüber fallen, wie sehr die Familie sich für seine Bemühungen in Rings Schuld sah, doch er knurrte nur: »Ich habe es nicht ihretwegen getan, Novize. Ich mußte wissen, wieviele Menschen genau bei dem Feuer umgekommen sind, damit ich die beiden dafür bezahlen lassen kann.«

Ahnj und Dabir versuchten uns abzuschütteln, aber Ring war ein zu guter Fährtenleser, um sich von ihren verzweifelten Täuschungsmanövern beeindrucken zu lassen. Wir holten langsam aber sicher auf, und Ring machte sich ein Vergnügen daraus, ihre halbversteckten Lagerplätze zu finden. Mindestens zweimal überholten wir sie sogar, und Ring stellte kleine, ärgerliche Fallen an den Plätzen auf, von denen er wußte, daß sie dort über Nacht Halt machen würden.

»Warum stellen wir sie nicht einfach und bringen es hinter uns?« fragte ich jedesmal.

Ring kniff dann nur die Augen zusammen, und ein sadistisches Grinsen huschte über seine Züge. »Sie haben für ihre Verbrechen noch nicht genug bezahlt, Novize.«

Ich haßte diese grausame Seite Rings, aber es war mir zugegebenermaßen lieber, daß er sie an Ahnj und Dabir auslebte als an mir. Trotzdem war die Spur, der wir folgten, frisch genug, daß ich überzeugt davon war, an diesem Tag würde Rings Katz-und-Maus-Spiel mit den beiden Verbrechern ein Ende finden.

Der Weg führte beinahe schnurstracks nach Osten, und ein einheimischer Junge erzählte uns, daß in dieser Richtung nur noch ein einzelner Bauernhof lag. Wir erreichten den Hof am frühen Nachmittag. Wir waren seit dem Morgen über die Felder geritten – die Pflanzen reichten gerade bis an unsere Steigbügel –, hatten aber niemanden bei der Arbeit gesehen. Wir gingen beide vom Schlimmsten aus: Ich hoffte, daß der Bauer und seine Familie unverletzt waren, während Ring darauf hoffte, daß Ahnj und Dabir durch ein Massaker abgelenkt sein würden, wenn wir ankamen.

Die Häuser des Bauernhofs lagen in einer flachen Senke mitten zwischen den Feldern. Mehrere große Bäume spendeten dem aus Holz und Stein errichteten Haupthaus Schatten, und zwischen zweien an der rechten Seite war eine Wäscheleine mit Kleidern gespannt. Der Hof vor dem Haus war staubig, und zwei Dutzend Hühner scharrten nach Nahrung. Hühnerstall und Schweinekoben lagen rechts hinter dem Haus, die große, alte Scheune ein gutes Stück zurückgesetzt auf der Linken.

Ein müdes altes Zugpferd beobachtete uns aus dem Pferch neben der Scheune. Ein Hund, dessen langes Winterfell ihm in Flecken am Körper hing, lag in der Nähe der Haustür. Er hob den Kopf und sah uns mit leisem Knurren an. Dann entschied er, daß wir die Mühe nicht wert waren, und legte sich wieder schlafen.

Ring und ich hielten unsere Pferde ein gutes Stück links vor dem Haus an. Ein auf zwei stämmigen Eichenbalken ruhendes Strohdach spendete einem runden Steinbrunnen Schatten. Von einem Seil an einem verrosteten Flaschenzug hing ein Holzeimer, und an einem der Pfosten hielt ein Nagel eine Schöpfkelle. Eine mittelgroße Eisenglocke war auf der anderen, dem Haus am nächsten liegenden Seite am anderen Pfosten befestigt. Unter dem Klöppel wehte träge ein Rohlederband im Wind.

Ring zog einmal an dem Band. Die Glocke hallte laut und traurig. Es war ganz und gar nicht der fröhliche Klang einer Glocke, die zum Mittagsmahl rief. Der harte, knallende Ton forderte sofortige Aufmerksamkeit. Irgendwie hatte Ring mit der Glocke gerufen.

Die Tür das Bauernhauses öffnete sich langsam, und der Bauer trat zögernd heraus. Er zog die Tür hinter sich zu, ohne sich umzusehen oder mit irgend jemandem im Innern zu sprechen. Der Mann zog ein Taschentuch aus dem Gürtel und wischte sich die Stirn. Er lächelte ängstlich.

Ich war auf einem Bauernhof aufgewachsen, daher schrie mir die Ruhe eine hallende Warnung entgegen. Niemals hätten die beiden Fenster leer bleiben dürfen, solange zwei Tahlion sich auf dem Hof aufhielten. Unter halbwegs alltäglichen Umständen hätten sich die Bewohner des Hauses die Nasen an den Scheiben plattgedrückt, um uns zu sehen. An den Kleidern, die an der Leine hingen, las ich ab, daß die Familie aus mindestens fünf Personen bestand, und die Vorstellung, keiner von ihnen hätte etwas zu tun, war blanker Hohn. Es war unübersehbar, daß Ahnj und Dabir die Familie im Haus als Geiseln hielten.

Ich sah zu Ring, um ihm das mitzuteilen, aber er ignorierte mich. Er saß auf seinem Pferd und starrte den Bauern an. Auf dessen Stirn brach neuer Schweiß aus, und einen Augenblick schien es, als würde er unter Rings hartem Starren zerschmelzen.

Der Bauer zwang sich zu einem Lächeln. »Benötigt Ihr etwas, edle Herren?« Er trat an den Brunnen und achtete darauf, daß er zwischen uns blieb. »Wasser vielleicht?«

Ring wartete. Ich sah die Hände des Bauern zittern, als er den Eimer in den Brunnen hinabließ. Rings Pferd stampfte und rückte ein wenig zur Seite, aber Rings Blick wich nicht von dem Bauern. Dann, als der den bis zum Rand gefüllten Eimer wieder hochzog, beantwortete Ring die Frage mit leiser, tonloser Stimme. »Ja, Bauer, Wasser.«

Die Miene des Manns zeigte deutlich seine Angst und die Erleichterung über den Aufschub seiner Hinrichtung, den Ring ihm gewährte. Er wußte, weswegen wir hier waren. Er fühlte den Druck und brach darunter fast zusammen. Falls Ring sich nach etwas erkundigte, würde er abstreiten, irgend jemanden gesehen oder irgend etwas gehört zu haben, und wir würden weiterziehen. Wenn wir nichts erfragten, blieben wir, und die ganze Zeit würde der Druck zunehmen.

Ring nahm die Kelle, schöpfte Wasser und sah hinüber zum Haus. Er trank, ohne die Augen von der Haustür zu nehmen. Der Blick des Bauern zuckte zwischen Ring und der Tür hin und her. Ring legte die Kelle wieder in den Eimer. Der Bauer löste ihn vom Seil und brachte ihn zu mir herüber.

Ich nahm die Kelle und trank. Das kühle Wasser wusch den Staub des Wegs aus meiner Kehle. Ich sah zu dem Bauern hinunter und lächelte so beruhigend ich konnte. Seine Miene löste sich. »Danke, das Wasser tut gut.«

»*Wir sind auf der Suche nach zwei Männern.*«

Der Bauer wirbelte herum, stolperte und verschüttete etwas von dem Wasser. »Verzeihung?«

Ring starrte auf die Tür, als könne er hindurchsehen. »Bist du allein hier?«

Der Bauer starrte Ring an und zitterte. Blankes Entsetzen lähmte ihn und verhinderte eine Antwort.

»*Bauer, hast du eine Familie?*«

»J-ja. Meine Frau und ihre Mutter.«

»Keine Kinder?« Rings Stimme verspottete den Mann.

»Zwei, einen Jungen und ein Mädchen.« Die Züge des Bauern lockerten sich. Diese Fragen konnte er leicht beantworten. Einen Augenblick hoffte er, er könne diese Prüfung überleben.

Ring belehrte ihn schnell eines anderen. »Sie sind im Haus?«

»Ja, nein!« Der Bauer versteifte sich, und der Schmerz zog tiefe Falten in sein Gesicht.

»Was denn nun, Bauer? Sind sie dort drinnen oder nicht?«

Der Bauer zögerte, dann machte er sich auf das Schlimmste gefaßt. »Sie sind heute morgen nach Tuzi gegangen, um einzukaufen.« Man sah ihm an, daß er sein Leben verloren glaubte, weil er einen Tahlion belogen hatte und gerade erst bemerkt hatte, daß wir aus der Richtung des Tuzisttals gekommen waren.

Ring hob die Stimme. »Wir suchen nach zwei Mördern. Sie sehen aus wie Männer, aber in Wahrheit sind sie Memmen. Sie werden uns nicht entkommen. Hast du sie gesehen?«

Der Bauer schüttelte heftig den Kopf. »Nein, niemand. Wir haben seit Wochen niemanden gesehen. Außer Euch.«

Ring drehte den Kopf und fixierte den Bauern, der auf der Stelle erstarrte. Er spannte die Muskeln wie eine Raubkatze kurz vor dem Sprung. »Du würdest uns nicht anlügen?«

»Nein, nein, ungelogen. Wir haben niemanden gesehen.«

Ring trieb sein Pferd an. Er ritt geradewegs auf die Tür zu.

Das Gesicht des Bauern wurde kreideweiß. Seine Knie zitterten, und fast hätten sie nachgegeben. Der Eimer fiel ihm aus den Händen und durchnäßte die grobgewebte Hose. Er starrte auf Rings Rücken, spannte und entspannte die Hände, sah hinüber zu einer Sense, die an der Hauswand lehnte.

Ich brachte Wolf zwischen den Bauern und die Sense. »Tahlion, laß uns weiterreiten. Sie sind uns entwischt.«

Ring reagierte nicht und ritt weiter auf das Haus zu.

»*Tahlion, tû mürdest sein pluot.*« Tahlion, du ermordest seine Familie.

Rings Kopf flog herum, als ich Hochtahl und Ruf kombinierte. Blanker Zorn stand in seinen Augen. Sein Blick hätte mich erschlagen müssen, aber mein Haß auf ihn und die Angst um des Bauern Familie beschützten mich vor seinem Zorn. Ich hielt seinem Blick lange genug stand, um ihn davon zu überzeugen, daß ich keine Angst vor ihm hatte, dann wandte ich mich wieder dem Bauern zu.

»Wie heißt du?«

»Ben.«

»Kümmere dich nicht um meinen Partner, Ben. Er ist ra Temur und hat noch nie ein echtes Steinhaus aus der Nähe gesehen. Wenn er in eine Stadt kommt, eine richtige Stadt, wandert er durch die Straßen wie in Trance.« Ich stieg ab und hob den Eimer auf. »Macht es dir etwas aus, wenn ich mein Pferd tränke? Wir haben heute noch einen weiten Weg vor uns.« Ich legte den Arm um Bens Schultern und schob ihn zum Brunnen und fort von der Sense. »Ich bin selbst auf einem Bauernhof aufgewachsen, Ben. Wir haben Getreide angebaut, genau wie du.«

Ben ließ sich nicht anmerken, ob er mich gehört hatte. Er band den Eimer an den Strick und senkte ihn in den Brunnen.

Dann holte er ihn wieder herauf, und ich zog Wolfs Kopf zum Wasser. Ich lächelte den Bauern an und kraulte Wolf zwischen den Augen. Es wurde Zeit, ein Risiko einzugehen, und ich konnte nur hoffen, daß Ben sich genug entspannt hatte, um zu erkennen, was ich vorhatte, und mitzuspielen.

»Ich kann mich noch an die guten Zeiten erinnern, und, Junge, was erinnere ich mich an die schlechten.

Habt ihr hier auch manchmal solchen Ärger mit Fraßfliegen?«

Ich sah, wie es in seinen Augen aufblitzte, und hoffte,
er machte lange genug mit, um seine Familie zu retten.
Fraßfliegen sind ein fester Bestandteil der Bauern-
folklore, mythische Insekten, deren Freßgier die Schuld
zugeschoben wird, wenn die Ernte schlecht ist oder die
Vorräte zu schnell ausgehen.

Ich griff über Wolfs Kopf hinweg und legte Ben
freundschaftlich die Hand auf die Schulter. »O Mann,
was erinnere ich mich an diese Fraßfliegen. Wir hatten
einen Hof in Sinjaria, meine Familie, und wir hatten
wirklich bösartige Fraßfliegen da, schillernd grün mit
vier Flügeln. Du weißt, welche Art ich meine.« Ich
lächelte zuversichtlich.

Bens Augen wurden schmal, und er nickte wie gebannt.

Ich sprach weiter. »Aber so schlimm sie auf dem Feld
sind, hast du schon mal welche im Haus gehabt? Ich
kann mich erinnern, daß wir drei Schwärme im Haus
hatten. Hast du so was mal erlebt? Was ist das meiste,
das ihr im Haus gehabt habt?«

Ben schloß die Augen, und seine Lippen bewegten
sich, unzweifelhaft in einem stummen Gebet. »Zwei.«

Ich grinste, seufzte vorsichtig und drückte seine Schulter. »Dann war es gar nicht so schlimm. Zwei Schwärme
sind kein Problem. Hast du sie schon mal in der Scheune
gehabt? Manchmal findet man sie da nachts.«

»Nein, nur im Haus.« Seine Stimme klang noch immer beunruhigt, doch als er sich darüber klar wurde,
wonach ich fragte, kamen die Antworten flüssiger.
»Aber Pferdebremsen im Stall.«

»Unsere Fraßfliegen hatten bloß kleine Stachel.« Ich
ließ eine Hand auf den Dolch fallen. »Wie ist das mit
euren?«

»Ein Schwarm ist durchmischt, Langstachel und
Kurzstachel, der andere nur kurz.«

Ich lachte. »Um die würde ich mir keine Sorgen machen. Ich hab gehört, sie ziehen häufig weiter, ohne echten Schaden anzurichten, besonders um diese Jahreszeit.«

Ben nickte, und ein zaghaftes Lächeln trat auf sein Gesicht. »Das hab ich auch gehört, wenn das Wetter sich ändert und reine Luft ist.«

»Oh, gut. Dann hast du keine Schwierigkeiten.« Ich zog Wolfs Kopf aus dem Eimer und schwang mich in den Sattel. »Wir müssen weiter. Viel Glück, Ben. Danke für das Wasser.«

Ich zog Wolf herum und zwang Ring damit, das Bauernhaus zurückzulassen. Wir ritten weiter nach Osten, dann bogen wir in einen Hohlweg, der ein Stück nach Norden lief, bevor wir wieder nach Westen zogen. Wir waren eine Meile vom Hof entfernt, als Ring zum erstenmal etwas sagte.

»*Tahlion, ich hâ muotlust dich ze mürden.*«

Ich zügelte Wolf und drehte mich im Sattel zu Ring um. »Ihr könntet mich ermorden, ja? Und wenn Ihr mit mir fertig seid, reitet ihr zurück, sorgt dafür, daß Bens Familie auch umkommt, und dann holt Ihr Euch unsere Freunde?«

Bei meinem Tonfall und meiner Antwort versteifte sich Ring. »Sieh dich vor, Novize, hier hast du weder Edler Hansur noch den Meister, die dafür sorgen, daß du gewinnst, obwohl du versagt hast!«

Wut schlug wie ein Blitz durch meinen Körper, und ich sprang in einer einzigen flüssigen Bewegung aus dem Sattel. »Hier, Ring. Hier und jetzt. Von Anfang an hast du mich gehaßt, und ich hatte keinen Schimmer warum. Jetzt weiß ich es. Steig ab, und ich beweise dir, daß ich mir alles, was ich erreichte, auch verdient habe.«

Rings Miene wurde weich vor Erstaunen. »Du hast jetzt erst begriffen, warum ich dich verachte? Ich würde nicht wollen, daß du etwas so Wichtiges nicht verstehst.

Laß es mich dir sorgfältig erklären, Novize. Vom ersten Tag an, als du nach Tahlianna gekommen bist, warst du Hansurs Liebling und das Schätzchen des Meisters. Hätten sie die Regeln nicht für dich gebeugt, wärst du nicht einmal soweit gekommen.«

Die Worte brannten sich durch meinen Geist und blieben in meinem Hals stecken. Ich hatte um alles kämpfen müssen, was ich erreicht hatte. Der Meister hatte es mir bei unserer ersten Begegnung selbst bestätigt. Aber Ring konnte mir all das in Sekunden mit einem beiläufig eingeworfenen ätzenden Vorwurf nehmen. *Bin ich ein Betrüger?* schoß es durch meine Gedanken wie ein Falke, der sich auf die tief in meinem Innern vergrabene Unsicherheit stürzte.

Ring setzte seinen Angriff fort, bevor ich Gelegenheit hatte, eine Verteidigung aufzubauen. »Ich habe dich von Anfang an durchschaut. Nolan, der Knabe, der tausend Meilen durchwanderte. Nolan, der Knabe, der sich Lanzern widersetzte und sich immer mehr anstrengte als jeder andere. Nolan, der Knabe, der glaubte, er könne ein Rechtsprecher werden.« Ring spie mir seinen Haß entgegen. »Da liegt dein Irrtum, wie all die anderen Irrtümer dieses Jahres. Niemand kann ein Rechtsprecher *werden*. Dazu muß man geboren sein.«

Ich schüttelte den Kopf und vertrieb alle Zweifel. »Nein, ein Rechtsprecher zu werden ist kein Geburtsrecht. Es ist eine Ehre, die man sich verdienen muß.«

»Falsch, Novize!« Rings Nüstern blähten sich und seine Augen waren weit aufgerissen. Er stieß sich den rechten Daumen auf die Brust. »Mein Vater war ein Rechtsprecher. Er starb, als ich fünf war. Er ist in Ausübung seiner Pflicht gefallen, aber ich bin in einer Tradition großgeworden. Ich weiß, was es heißt, ein Rechtsprecher zu sein. Ich habe es mit der Muttermilch eingesogen. Mir war es bestimmt, ein Rechtsprecher zu werden.«

»Ach, und diese Herkunft macht dich zu einem besseren Rechtsprecher als mich? Daß ich nicht lache.« Ich deutete zurück in Richtung des Bauernhofs. »Was wolltest du da hinten erreichen?«

»Gerechtigkeit.« Rings Blick wurde vorübergehend glasig. »Ahnj und Dabir konnten uns hören. Sie hatten Angst. Sie spürten das Entsetzen, das ihre Opfer durchlitten haben. Das ist nur ein kleiner Teil dessen, was sie verdienen.«

Ich schüttelte entschieden den Kopf. »Nein, Ring, das ist Folter. Du hast sie gefoltert, und gleichzeitig hast du Ben und seine Familie gefoltert. Ahnj und Dabir hatten seine Frau und Kinder bei sich da drinnen und waren bereit, sie als lebende Schilde zu benutzen, wenn du das Haus betreten hättest.«

»Aber ich hatte nicht vor, das Haus zu betreten.«

»Das hast du vielleicht gewußt, aber sie nicht. Ich wußte es auch nicht.«

Rings hämisches Grinsen kehrte zurück. »Und also hast du, ein Novize, dich entschieden, einzugreifen und mir zu helfen. Du hast mich gerufen, mich beschämt, da vor dem Bauern.«

»Ben, sein Name ist Ben.« Ich schlug verzweifelt die rechte Faust in die Handfläche der Linken.

»Na und? Er kümmert uns nicht.«

Ich schüttelte langsam den Kopf. Ich war des Kämpfens müde und traurig, daß es sein mußte. »Doch, das tut er. Ben ist der Grund, aus dem wir hier sind. Er ist der Grund für alles, was wir tun. Ben und andere wie er sind *alles*, worauf es ankommt.«

Ring kicherte leise. Seine Schultern zuckten, als er den Kopf schüttelte. Er entschloß sich mitzuspielen. »Und sich mit ihm über Ungeziefer zu unterhalten, hat ihm geholfen?«

»Nein.« Ich bettelte um sein Verständnis. »Mit jeder deiner Fragen ist er innerlich ein Stück gestorben. Ich mußte etwas versuchen, und das Risiko, das ich eingegangen bin, hat ihm geholfen. Und uns.«

»Wie das, Novize?« Seine Stimme hatte den üblichen gleichzeitig herablassenden und fragenden Ton eines Lehrers, der sich auf eine phantastische Ausrede eines Schülers gefaßt macht.

Ich seufzte und machte mich auf den Weg zurück zu Wolf. »Einer der Mörder ist mit Schwert und Dolch bewaffnet, aber der andere besitzt nur einen Dolch. Sie haben Ben erklärt, sie würden weiterziehen, ohne jemandem etwas zu tun, sobald wir weg sind, und ihre Pferde stehen in der Scheune. Ich nehme an, sie wollen zurück ins Tal, um in Tuzi oder Zist unterzutauchen.«

»Wie?« Er sah mich aus schmalen Augen mißtrauisch an. »Woher weißt du das?«

Ich hievte mich in Wolfs Sattel. »So etwas wie Fraßfliegen gibt es nicht. Er wußte, daß ich ihn nach Ahnj und Dabir ausfragte.« Rings Gesicht war immer noch eine Maske aus ungläubiger Verwirrung. »Ben hatte mehr Angst um seine Familie als vor dir. Er fühlte sich in die Enge gedrängt, und ich zeigte ihm einen Ausweg.« Ich setzte Wolf den Hohlweg hinab in Bewegung. »Ich werde zwischen den Wächtern auf sie warten.«

Ring sagte keinen Ton. Er saß nur da und starrte vor sich hin. Sein Körper sackte ein wenig zusammen, als die Doktrin, auf die er sich all die Jahre gestützt hatte, um ein Winziges nachgab. Dann fing er sich, noch bevor ich außer Sicht war, richtete sich auf und ritt aus dem Tal voraus.

Ahnj war derjenige mit Schwert und Dolch. Beide Männer ritten gemütlich ins Tal, so als hätten sie auf der ganzen Welt keine Sorgen, entlang des Wegs, der sie zwischen den Wächtern hindurch nach Tuzi brachte.

Ring ritt hinter einem schwarzen Lanzerwächter hervor auf die Straße und blieb vor ihnen stehen. Er hob die rechte Hand und zeigte ihnen den Totenkopf. »Ihr seid Verbrecher und Vogelfreie. Ergebt euch, oder ich töte euch.« Seine Worte waren knapp und genau. Sie bedeuteten eine Aufforderung an die beiden, eine Dummheit zu versuchen.

Dabir riß die Zügel seiner grauen Stute herum und verließ die Straße, um die Wächter zu umgehen und nach Tuzi zu entkommen. Ich traf ihn mit der Steinschleuder im Rücken. Vor Schmerz krümmte er das Kreuz nach hinten und rollte vom Sattel. Er schlug auf, taumelte und erhob sich mühsam auf alle viere.

Ahnj sah Ring den Süntklieber beschwören und drehte nach Zist ab. Ring befahl mir, dem Banditen zu folgen, während er abstieg und sich um Dabir kümmerte. Der Insale war wieder auf die Beine gekommen und erwartete ihn trotz des Sturzes in gebückter Kampfhaltung. Er war größer als Ring, aber dessen Süntklieber war erheblich länger als Dabirs Dolch.

Ich gab Wolf die Sporen, und er schoß wie ein Pfeil aus dem Langbogen hinter Ahnj her. Ich steuerte einen Zickzackkurs durch die Wächter und erhaschte nur kurze, verschwommene Blicke auf Ahnj, wenn er zwischen ihnen kurz auftauchte, aber Wolf galoppierte wie der Wind und holte den Vogelfreien ein. Ich legte einen neuen Stein in die Schleuder, wirbelte sie, und als ich zwischen den Standbildern ins Freie preschte, ließ ich los.

Ich verfehlte Ahnj, traf aber sein Pferd hinter dem rechten Ohr. Es riß den Kopf nach unten und grub die Vorderhufe in den Boden. Ahnj wurde aus dem Sattel geschleudert und krachte hart in ein Dornengebüsch. Trotzdem rollte er sofort wieder hoch und stand mir kampfbereit gegenüber.

Ich sprang aus dem Sattel und zog mein Schwert. »Ergib dich, Ahnj.«

Er zog die Stirne kraus. Sein dichter schwarzer Bart fing das Blut aus einem Dutzend Kratzer auf, die ihm die Dornen kreuz und quer über das Gesicht gezogen hatten. Seine Kleider waren durchlöchert, und teilweise hingen noch Stachelzweige an ihm herab. »Du bist ein Kind. Ich ergebe mich keinem Lausebengel.«

Ich schluckte. »Ich will dich nicht töten.«

Er zuckte die Schultern. »Dann töte ich dich.« Er sagte es in ruhigem Plauderton, aber die Worte bohrten sich mit eisigen Fingern in meinen Magen. Er schien nicht größer als ich zu sein, aber mindestens vierzehn Kilo schwerer. Seine Arme waren erheblich dicker als meine, doch in den zerfetzten Kleidern, die an ihm herunterhingen, ließ sich nicht wirklich einschätzen, wieviel von seinem Leibesumfang Fett und wieviel Muskelmasse war. Dann bewegte er sich, und ich erkannte, daß er kaum Fett mit sich herumtrug.

Ich hielt mich zurück, was gar nicht zu mir paßte, aber dies war mein erster Kampf, in dem mein Gegner mich wirklich umbringen wollte. Alle anderen Kämpfe in meiner Ausbildung waren reines Training gewesen. Es bestand die Möglichkeit, daß ich nach einem guten Schlag für tot erklärt wurde, aber die Rüstung beschützte mich vor jeder ernsten Verletzung, und nach dem Kampf stand ich einfach wieder auf. Aber hier gab es keine Kampfrichter und keine Regeln gegen ungerechte Machenschaften.

Ahnj griff mich mit wildzuckenden Hieben an und versuchte mich schnell zu erledigen, um seine Flucht fortsetzen zu können. Er hätte nicht lange gebraucht, um mich zu töten, hätte ich dank meines Trainings nicht reflexartig reagiert. Ich wich den ersten Schlägen aus, blockte ein paar weitere ab und parierte den letzten.

Ahnjs Angriffe folgten einem leicht durchschaubaren Muster, zwei hohe Hiebe, gefolgt von einem tiefen, das ihn als schlechten Kämpfer auswies. Ich spürte, daß er sich dieser Wiederholungen gar nicht bewußt war, und ging in Gedanken verschiedene Möglichkeiten durch, um seine Schwäche auszunutzen. Ich konnte mich nicht darauf verlassen, daß er dieses Muster beibehielt, aber ich konnte es dazu ausnutzen, ihn zu töten, wenn ja.

Sein nächster Schlag kam hoch. Ich hielt das Schwert unten und wich nach links aus. Ahnj hob das Schwert wieder und hieb es senkrecht auf meine rechte Schulter. Ich blockte den Schlag hoch ab, trat vor und schob das rechte Bein hinter sein linkes. Ich versetzte ihm mit der rechten Schulter einen Stoß und warf ihn um. Er fiel, schlug mit dem Rücken auf, und mein Schwert hing über seinem Kopf, bereit, sich in seine Brust zu senken.

Mein Blick traf den seinen, und ich sah den Schrecken in ihnen. Ich zögerte, nur einen Herzschlag, dann schlug ich zu, aber Ahnj hatte sich schon weggerollt.

»Guter Zug, Kleiner, aber das Schwert muß treffen, wenn der Schlag töten soll.« Er versuchte, es leichthin klingen zu lassen, doch seine Angst war hörbar. Er ließ sich in eine Verteidigungshaltung sinken und winkte mich mit der offenen Linken näher.

Ich rückte vor und versuchte, mich bewußt an all die Kampfmanöver aus Hieb, Parade und Riposte zu erinnern, die ich in den letzten sechs Jahren gelernt hatte, aber mein Hirn war wie leergefegt. Trotzdem erinnerte sich mein Körper an die Ausbildung und griff an. Ich ließ das Grübeln und ergab mich dem Rhythmus meines Körpers.

Der Kampf endete schneller, als ich es erwartet hatte. Ahnj parierte eine Finte und stieß zu, während mein Schwert in einem seiner weiten Ärmel festsaß. Sein Schwert zuckte zwischen meinem Schwertarm und Körper vor und traf mich in der Achselhöhle. Ich wirbelte davon, um die Schlagader zu schützen, und riß den Arm gerade schnell genug hoch, um ihm zu entkommen, dann warf ich mich in der Drehung wieder nach vorne.

Ich war an ihm vorbei, und als ich herumwirbelte, schlug mein Schwert in seinen Rücken und durch seine Brust. Der Hieb hatte eine solche Wucht, daß er Ahnjs Körper glatt durchschlug und die weiße Kaiserin von oben bis unten mit Blut vollspritzte. Ahnj wurde beiseite geschleudert und schlug hart auf den Boden.

Ich wirbelte weiter, fiel neben dem sterbenden Bandit auf die Knie und übergab mich.

Ring kümmerte sich um die Stadtwachen aus Tuzi und hielt sie mir dankenswerterweise vom Leib. Ich konnte nicht hören, welche Erklärung er ihnen gab, und es kümmerte mich auch nicht. Mir war, als hätte einer der Wächter mich gepackt und mein Innenleben zu Mus zerquetscht, weil ich das Tal besudelt hatte.

Novizen spinnen gerne spielerisch wilde Geschichten darüber, wie es wäre, jemanden wirklich zu töten. All diese Erzählungen waren große Heldengeschichten über titanische Schlachten, in denen der jeweilige Novize das einzige war, was zwischen einem bösartigen Mörder und einer tugendhaften Prinzessin stand, oder die letzte Hoffnung im Kampf gegen ein Ungeheuer, das die Welt vernichten wollte. In diesen Geschichten war es gut und richtig zu töten. Der Novize stand immer einem übermächtigen Feind gegenüber, aber Tugend, Übung und ein mutig Herz brachten letztendlich den Sieg.

Ich hätte mir nie träumen lassen, daß ich auf einer Wildblumenwiese einen schlecht ausgebildeten Banditen erschlagen würde. Der Duft wilder Rosen trieb herüber, während ich auf dem Fuß eines schwarzen Elits saß. Ich fragte mich, wie lange es wohl dauern würde, bis ich wieder eine Rose riechen konnte, ohne an Ahnjs Tod zu denken.

Ring kam herübergeritten. Er hatte Wolf dabei. Er deutete mit dem Kopf auf die abziehenden Stadtwachen und ihre grausige Last. Auf seinem Gesicht stand ein selbstzufriedenes Grinsen. »Ich habe ihnen erzählt, du wärst seit Tagen krank. Es wäre nicht gut, wenn sie einen Tahlion für schwach hielten.«

Meine Lippen schmeckten bitter. Ich fuhr mit dicker Zunge darüber. »Ein Tahlion sollte nie menschlich erscheinen.«

Ring nickte. »Nun fängst du an zu begreifen. Vielleicht habe ich dich vorher zu hart beurteilt. Jetzt bist du ein Mann, ein Tahlion in nahezu jeder Hinsicht. Es fehlt nur noch die formelle Erklärung. Der Kampf müßte dir die Augen geöffnet haben.«

Ich schnaubte. »Das hat er.«

Ring mißverstand meine Antwort und grinste breit. »Jetzt verstehst du, daß du wie der Tod persönlich sein mußt. Du mußt Angst verbreiten, sonst gehorcht dir niemand. Sie werden sich weigern, dir zu helfen.« Rings Miene hellte sich auf, und seine Lust am Schrecken verzerrte seine Züge zu einer Maske häßlicher Ekstase. »Wir können vergessen, was vorher vorgefallen ist.«

Ich schüttelte langsam den Kopf, obwohl durch die Bewegung eine neue Übelkeit in mir aufstieg. »Nein. Ich werde nichts von dem vergessen, was heute geschehen ist.«

Ring sah an mir vorbei, dorthin, wo er Dabir mit einer schnellen Parade entwaffnet und dem kreischenden Mann die Seele aus dem Leib gezogen hatte. »Vielleicht hast du recht. Wenn du die Vergangenheit vergißt, könntest du wieder in das alte Verhalten zurückfallen.«

Ich lachte leise. Es lag eine Note von Wahnwitz darin, die Ring traf wie ein Speer. »Du verstehst es nicht, oder?«

Ring versteifte sich und sah mich an.

»Dieser Kampf hat mich verändert, genau wie die Begegnung heute nachmittag. Es gefällt mir nicht zu töten, und es gefällt mir auch nicht, den Menschen Angst zu machen.« Ich suchte in seinem Gesicht nach einem Hinweis, daß er mich verstand, aber seine Züge wirkten noch lebloser als die der Wächter. »Ich will nicht, daß man mich fürchtet.«

»Dann wirst du nie ein Rechtsprecher werden.« Ring stellte es mit derselben Endgültigkeit fest, mit der er Dabir abgeurteilt hatte.

Ich stieß mich vom Fuß der Elitstatue ab und sank zu

Boden. »Wenn alles, was einen Rechtsprecher ausmacht, das Töten und Ängstigen anderer Menschen ist, hast du sicher recht. Aber ich glaube nicht, daß es sich so verhält, und ich werde eine andere Art Rechtsprecher sein.«

Ring stieß mit dem ausgestreckten Finger in meine Richtung. »Es gibt keinen anderen Weg.«

Ich ballte die Fäuste und knurrte ihn an. »O doch, den gibt es.« Ich wies nach Osten zu Bens Hof. »Ich habe ihn dir heute gezeigt. Ich kenne seinen Namen, ich verstehe seine Ängste, und ich brauche mich nicht in etwas zu verwandeln, wovor er Angst hat. Ich will, daß Leute wie Ben wissen, daß ich da bin, wenn sie jemanden brauchen, der sie vor Ahnj oder Dabir beschützt.«

Ring setzte zu einer Antwort an, aber ich winkte ab und sprach weiter. »Ich habe es gesehen. Ich habe gesehen, was du Menschen antust. Ich habe die Angst sie lähmen sehen, wenn sie uns begegnen. Die Menschen wenden sich ab, wenn sie uns sehen, selbst die Gesetzestreuen, *die nichts zu befürchten haben dürften!* Alle bleiben sie stehen und fragen: ›Seid Ihr meinetwegen hier?‹, ob sie einen Grund dazu haben oder nicht. Dir mag das gefallen. Ihre Angst mag dich erheben, dich stärken, dir das Gefühl geben, wichtig zu sein, aber mich widert sie an. Wir sind dazu da, diese Leute zu beschützen. Sie sollten keine Angst vor uns haben.«

Er zeichnete sich wie ein Schattenriß vor dem rotvioletten Abendhimmel ab, als ich zu ihm aufsah. »Möglicherweise versuchst du alle anderen fernzuhalten, weil du Angst hast. Dein Vater wurde von irgend jemandem oder etwas getötet, dem er hier draußen begegnete. Das tut mir leid, und ich weiß, wie schmerzhaft es ist, aber es ist Vergangenheit. Du magst glauben, sein Mörder hätte deinen Vater nicht angegriffen, wenn er nur genug Angst vor ihm gehabt hätte. Ich weiß es nicht.« Ich hob beide Hände, dann kreuzte ich die Arme und preßte sie an die Brust. »Aber möglicherweise, nur möglicherweise, hat dein Vater seinen Mörder auch zu weit getrieben, hat ihn gehetzt, wie du Ahnj und Debar gehetzt hast, bis sein Mörder zurückschlug und deinen Vater gerade wegen seiner Panik überwältigen konnte.«

Ich schwang mich in Wolfs Sattel und lenkte ihn nach Osten.

Rings Nüstern blähten sich. »Du kannst nicht fort. Deine Reise ist noch nicht vorbei.«

Ich schüttelte den Kopf und gab den Versuch auf, Ring irgend etwas zu erklären. »Es stimmt, meine Reise ist noch nicht vorbei, aber der Teil von ihr, den ich in deiner Gesellschaft zubringe, ist es. Du kannst mir nichts mehr beibringen.«

»Du wirst nie ein Rechtsprecher sein!« Rings Schrei klang fern und leise, als wäre er ein kleiner Junge, der sich tief im Innern des furchterregenden Tahlion verirrt hatte und um Hilfe schrie.

Ich drehte mich ein letztes Mal zu Ring um. »Wenn ich aufgäbe, wenn ich würde wie du, wäre ich immer noch kein Rechtsprecher.«

KAPITEL FÜNFZEHN

Tahlion: Bündnis

Die Reise in die hamisische Hauptstadt Seir dauerte zwei Tage. Wir bewegten uns gewollt langsam, um den Menschen entlang der Route etwas zu bieten. Die Nachricht, daß der Bergleopard erlegt war, hatte sich rasch verbreitet, und die Bauern wollten die Adligen auf dem triumphalen Rückweg in die Hauptstadt sehen.

Wir machten in jedem Dorf an der königlichen Straße Halt und nahmen die einfachen Geschenke aus Brot und Wein gnädig entgegen, die uns angeboten wurden. Ich war mehr als erfreut zu sehen, daß der König von den Bauern nur einen Laib Brot und einen einzigen Becher Wein annahm und sich danach für die ganze Gesellschaft für ihre Großzügigkeit bedankte. Dadurch verhinderte er, daß sein Gefolge sich wie ein Schwarm Heuschrecken auf jedes Dorf entlang der Strecke stürzte und alles verzehrte, was es fand.

Die Verehrung der Menschen für ihren König stand ihnen schmerzhaft ins Gesicht geschrieben, wenn sie ihn sahen oder die Hände ausstreckten, um seinen Mantel zu berühren. Mehr als eine der Lehmhütten war wie ein Bergleopardenfell bemalt, und die Kinder, die von ihren Eltern in die Höhe gehalten wurden, damit der König sie berührte, waren nicht zu zählen. Wo immer wir auftauchten, rief die Menge Shudath an, dem König und seinen Kindern Gesundheit, Reichtum und ein langes Leben zu schenken.

Es hatte eine Zeit gegeben, als derartige Schauspiele mich angewidert hätten. Das waren die Menschen, die unter seiner Fahne als Soldaten marschiert waren, als die hamisischen Truppen Sinjaria überfallen hatten. Ich hätte sie hassen müssen, aber tatsächlich richteten sich meine Haßgefühle stärker gegen die unbekannten Adligen, die es darauf anlegten, den König zu töten und sein Angedenken, nachdem sie ihn erfolgreich zum Märtyrer gemacht hatten, dazu auszunutzen, das Volk zu einem neuen Eroberungskrieg aufzustacheln.

Ich drehte mich im Sattel um, um die Gesichter der Adligen zu betrachten, und versuchte mir zu vorzustellen, wer von ihnen den Tod des Königs wünschte. Aber bevor ich einen Verdächtigen gefunden hatte, schob Großherzog Fordel sein Pferd neben meines und räusperte sich. »Edler Nolan, wenn Ihr einen Augenblick Zeit habt?«

Ich nickte freundlich. Ich mochte den alten Mann und respektierte ihn dafür, wie er es geschafft hatte, die anderen Adligen dazu zu bringen, den Dhesiribau zu stürmen. Der persönliche Bursche Fordels hatte mir erzählt, wie der Großherzog die Edlen für ihre Feigheit beschimpft hatte, nachdem ich im Eingang des Baus verschwunden war. »Und was werdet ihr antworten, wenn man euch fragt: ›Wo wart ihr, als unser König um sein Leben kämpfte?‹«, hatte sein Meister sie angebrüllt. Danach hatte der Großherzog seinen Dolch gezogen und war in das Schlundloch gesprungen. Die übrigen Adligen waren ihm dann nach und nach gefolgt und zu unserer Rettung gekommen.

»Edler Nolan«, begann er zögernd. »Die Berichte sind unklar, was die Rolle meines Sohnes bei der Errettung meines Neffen betrifft. Falls es Euch nicht allzuviel ausmacht, sie mir aus Eurer Sicht zu schildern …«

Ich konnte ihm den Wunsch nach einer Bestätigung des Muts und der Tapferkeit seines Sohnes an den Augen ablesen. Seine Liebe für Patrick, obwohl er seinen

Sohn nicht wirklich verstand, war unübersehbar. Ich versicherte ihm gerne, daß der König sich ohne die Geistesgegenwart und die Schwertkünste seines Sohnes jetzt im Magen der Mutterkönigin befunden hätte.

Am Ende der Geschichte ließ sich der Großherzog zurück an seinen Platz in der Prozession fallen und kam nur noch einmal zurück, um ein paar Punkte zu klären. Als ich seine Fragen beantwortet hatte, waren wir an einem geeigneten Lagerplatz angekommen. Wieder bedankte er sich, dann verließ er mich, um sich dem Lager zu widmen.

Ich brauchte nicht lange, um Graf Patrick zu finden. Ich half ihm und seinen Dienern, seinen Pavillon aufzubauen. Eine Weile zuvor hatte er erfahren, daß ich weder Dienstboten noch ein Zelt besaß. Und trotz meiner Versicherungen, daß es mir nichts ausmachte, mit ein paar Decken unter freiem Himmel zu nächtigen, hatte er darauf bestanden, daß ich sein Zelt mit ihm teilte. Er hatte mein Zögern natürlich bemerkt, aber dann brachte er mich mit dem Einwand dazu zuzustimmen, daß es so besser für ›meinen‹ Leoparden wäre.

Ich warf meine Decken auf eine Segeltuchpritsche und drehte mich zu Patrick um. »Da fällt mir ein, ich habe noch etwas, das dir gehört.« Ich griff in den Beutel mit Schleudersteinen, der an meinem Gürtel hing und fischte den Goldring heraus, der mich im Bau in die richtige Richtung geführt hatte. Ich streckte den Arm aus und ließ ihn in seine Hand fallen.

Graf Patrick strahlte, wischte ihn an seinem Hemd sauber und steckte ihn an den rechten Ringfinger. »Ich sage dir, Nolan, als ich diesen Ring fallen ließ, dachte ich, es wäre die letzte Handlung, die ich in meinem Leben je ausführen würde.« Er setzte sich auf sein Bett, holte das Leopardenjunge auf seinen Schoß und kraulte es hinterm Ohr.

Ich legte mich auf mein Bett und lachte. »Stell dir meine Überraschung vor, als ich in einem Dhesiribau

Schmuck fand. Und wie du mit den Sporen die Rillen in den Boden gezogen hast, das war brillant.«

Ein Diener kam mit einer Schale Stutenmilch herein und schnitt Patricks Antwort ab. Er stellte sie ab, und Patrick tauchte den Finger ein. Er hob ihn an das Maul des Jungen, und das Kätzchen leckte ihn ab. Dann setzte Patrick das Junge ab, damit es die Milch aus der Schale schlecken konnte. Da er nun beide Hände frei hatte, zog er eine Zimbel auf den Schoß und spielte ein paar Töne. »Hat mein Vater dich bedrängt, ihm alle Einzelheiten der Schlacht zu berichten?« Er spielte eine martialische Melodie mit gehörigem Marschrhythmus und widmete seinem Spiel mehr Aufmerksamkeit als meiner Antwort.

Ich nickte und lachte leise, als er ernüchtert den Kopf schüttelte. »Er hat gefragt. Ich habe ihm erzählt, daß du den König gerettet hast.«

Die Melodie verwandelte sich in eine hamisische Nationalhymne, und er zuckte die Schultern. »Ich hatte keine Wahl. Bis Zaria gekrönt ist, bin ich Thronerbe.«

Ich runzelte die Stirn und stützte mich auf die Ellbogen auf. »Das klingt, als wäre es ein Problem. Willst du den Thron nicht?«

Die Musik brach in einem schrillen Mißklang ab. Patrick sah überrascht zu mir hoch und legte eine Hand auf die Saiten der Zimbel, um sie zum Schweigen zu bringen. »Auf den Thron steigen und mich mit dem Gesindel am Hofe auseinandersetzen müssen?« Er schüttelte entschieden den Kopf. »Nur über meine Leiche! Lieber würde ich Botschafter bei der Dhesiri Mutterkönigin werden, als auf dem Thron zu sitzen.« Dann stockte er und sah mich aus schmalen Augen an. »Aber du weißt natürlich gar nicht, wie das Leben am Hofe wirklich ist, richtig? Ich will damit sagen, du bist noch nicht lange als Edler anerkannt.«

Ich schüttelte erheitert den Kopf. »Ich bin schon oft als Bastard bezeichnet worden, aber das ist eindeutig die höflichste Formulierung dafür, die ich je gehört habe.« Wir mußten beide lachen. »Aber du hast recht. Ich habe noch nicht viel Zeit bei Hof verbracht.«

Graf Patrick lehnte sich zurück, nahm die Hämmer und spielte weiter. »Es gibt zwei Arten von Leuten bei Hof.« Ein hoher und ein tiefer Ton auf der Zimbel begleitete seine Erklärung. »Die ersten kommen, um vom König etwas zu erbitten«, hoher Ton, »die anderen, um es zu fordern.« Ein tiefer, bedrohlicher Ton unterstrich seine Worte. »Und beide Arten schmieden Allianzen und Intrigen, um zu erreichen, was sie wollen und wann sie es wollen.« Wieder ließ die Zimbel eine schrille Dissonanz erklingen.

Das Leopardenjunge rollte sich bei dem Klang auf den Rücken, fauchte und schlug nach einem von Patricks Hosenbein hängenden Faden. Wir lachten.

»Dann schließe ich aus Euren Ausführungen, Graf Patrick, daß Ihr versucht, beiden aus dem Weg zu gehen?« Was ich von ihm gehört hatte ebenso wie mein persönlicher Eindruck veranlaßten mich, Patrick von der Liste möglicher Hintermänner für das Mordkomplott zu streichen. Ganz abgesehen von seinem Widerwillen gegen Höflinge hätte er den Tod seines Cousins lange vor der Krönung geplant, hätte er den Thron für sich gewollt, um eine Regentschaft, die außerhalb seiner Kontrolle stünde zu vermeiden. Aber auch wenn er nicht unter Verdacht stand, besaß er doch Wissen um den Hof und dessen Figuren, das mir helfen konnte, das Feld einzuengen und damit meine Erfolgschancen zu verbessern.

Der Graf nickte und konzentrierte sich auf eine einfache Melodie, die in einem halben Dutzend Nationen mit unterschiedlichen Versen bekannt war. »Du hast recht, ich meide den Hof, wo es nur geht. Die Intrigen zu meiden ist allerdings schwieriger.« Er sah mich mit ernster Miene an. »Verschwörer glauben grundsätzlich, wenn man nicht auf ihrer Seite steht, ist man ihr eingeschworener Feind.«

Ich sagte nichts und griff nach dem Raubkatzenjungen. Der kleine Leopard fauchte und rollte sich in meinen Händen zusammen. Er senkte scharfe Zähne in meinen Daumen und versuchte, ihn abzukauen, aber ich fühlte keinen Schmerz. Im Gegenteil, es kitzelte. »Und es gibt so viele Verschwörungen, daß du dich nicht von allen fernhalten kannst?«

Der Graf grinste. »Das werdet Ihr auch noch feststellen, Edler Nolan. Es mag natürlich sein, daß du bereits zu der sinjarischen Gruppe gehörst, die Herzog Vidor mit Prinzessin Zaria vermählen will, damit er die Freiheit für seine Nation zurückgewinnt.«

»Ich doch nicht. Du darfst nicht vergessen, daß ich erst seit kurzem adlig bin.«

»Das, Nolan, macht für die Verschwörer keinen Unterschied.« Er dachte einen Augenblick nach, dann schmunzelte er. »Du hast dem König das Leben gerettet, was dir einen gewissen Einfluß bei ihm verschafft. Du könntest von der sinjarischen Fraktion vorgeschickt worden sein, damit der König seine Schuld dir gegenüber mit der Souveränität deines Heimatlands zurückzahlt. Oder …« Er hörte auf zu spielen und rieb sich mit der linken Hand das Kinn. »Keane könnte deine Unterstützung gewinnen und dich als Exempel für einen loyalen sinjarischen Untertanen der Krone benutzen.«

Ich streichelte das Junge, und es fiel langsam in Schlaf. Ich konnte sein Herz unter meiner Hand schlagen fühlen, und das brachte ein Lächeln auf mein Gesicht.

»Habe ich dich durchschaut, Nolan?«

Patricks Frage holte mich in die Wirklichkeit zurück. »Nein. Tut mir leid, dich enttäuschen zu müssen, aber ich bin kein Teil irgendeiner Intrige. Und ich habe auch nicht vor, mich in irgend etwas verstricken zu lassen, wenn ich es vermeiden kann«, fügte ich ehrlich hinzu.

Der rothaarige Adlige grinste mich an. »Wenn du das

ernst meinst, wäre ich mehr als froh, dich bei mir zu behalten. Wenn du erst ein, zwei Tage in meiner Gesellschaft gesehen worden bist, wird jeder wissen, daß man dich nicht lenken kann.« Als ich zustimmend nickte, widmete er sich wieder seiner Musik. »Es wird den Intriganten nicht gefallen, aber die Enttäuschung wird sie nicht umbringen.«

»Das einzige, was ihnen gefällt, ist, wenn man sich ihnen anschließt?«

Der Graf rümpfte angewidert die Nase. »Nein, wenn du seine Stellung hättest, könntest du es auch wie Herzog Vidor machen.«

Ich runzelte die Stirn und schüttelte den Kopf. »Wie hält er es denn mit den Höflingen?«

Patrick seufzte und hämmerte eine schwierige Melodie, in der er mit jeder Hand in einem anderen Rhythmus und einer anderen Tonlage spielte. »Er schmeichelt sich bei allen ein, indem er ihnen verspricht, alle ihre Forderungen zu erfüllen. Er scheint es als ein riesiges Spiel anzusehen, und es ist allgemein bekannt, daß er sie gegeneinander ausspielt. Dadurch hat zwar jede Gruppe einen Plan, wie sie ihn benutzen will, falls er sie tatsächlich unterstützt, aber die meiste Zeit beachten sie ihn nicht und behandeln ihn wie den Gecken, der er auch tatsächlich ist.«

Die Erwähnung Vidors schien Patrick zu ärgern, und sein Spiel wurde schneller und lauter, während er über ihn sprach. Deshalb gab ich ihm Gelegenheit, sich zu beruhigen, bevor ich weitersprach. »Herzog Vidor spielt Wetterfahne und dreht sich in den vorherrschenden Wind.«

Graf Patrick nickte und kehrte zu einer einfacheren Melodie zurück. »Ich nehme an, es ist dir nicht entgangen, daß ich für den Herzog keine sonderliche Sympathie hege?«

Ich nickte leicht. »Ich hatte im Bau bereits eine gewisse Spannung zwischen euch bemerkt, und seit wir uns zurück zur Oberfläche gekämpft haben, habe ich dich nicht ein Wort mit ihm wechseln sehen.«

Patrick grinste. »Es ist nicht so, daß ich ihn hasse. Nicht wirklich. Ich bedaure ihn eher, denn er glaubt, oder träumt genauer gesagt davon, mehr Macht anhäufen zu können, als er bisher besitzt. In Wahrheit ist er ein neuer ulSinjaria. Er hat weder Macht noch Einfluß, nur einen Titel und das Bedürfnis nach mehr.«

»Das war kein Mitleid, was ich gehört habe, als du seinen Wunsch verspottet hast, der Dhesirikönigin gegenüberzutreten.« Ich hob das schlafende Leopardenjunge vorsichtig von meinem Schoß, legte es hinter mich auf das Bett und beugte mich vor. Ich vermutete, daß Patrick mir den Hintergrund ihrer Rivalität offenbaren würde, spürte aber zugleich, daß er die Geschichte vertraulich halten wollte. Meine Schulter schmerzte furchtbar.

Patrick legte die Zimbel beiseite und lehnte sich zu mir herüber. »Als Vidor nach Seir kam, war er gerade fünfzehn Jahre alt, aber voller Stolz und Zorn. Ich bin vier Jahre älter als er, aber als Graf von niedrigerem Rang in der Adelshierarchie. Er bestand auf bevorzugter Behandlung bei Staatsereignissen, doch während es mir ziemlich gleichgültig war, ließ mein Vetter es nicht einmal ansatzweise zu. Vidor protestierte: ›Aber ich bin ein Herzog, edler Herr‹, und mein Vetter antwortete: ›Ihr habt die Wahl, Herzog Vidor: Ihr könnt aus freien Stücken hinter meinem Vetter zurückstehen, oder ihr *werdet* es auf meinen Befehl tun.‹ Der Herzog entschied sich, aus freien Stücken hinter mir zurückzustehen.«

Ich gluckste und lehnte mich wieder zurück. »Ich werde daran denken, edler Herr Graf.«

Patrick sah mich mit ernster Miene an. »Dann denkt auch an folgendes, edler Herr Nolan. Der Unterschied zwischen dem Dhesiribau und dem königlichen Hof ist, daß du im Dhesiribau gewußt hast, wer der Feind ist.«

Bis Mittag des nächsten Tages waren wir auf vier Meilen an die Hauptstadt herangekommen, als der Regen losbrach. Er fiel schwer und dicht. Die Straße verwandelte sich in einen schlammigen Bach, und das Wetter dämpfte die Stimmung aller ... nur nicht der Bauern, die immer noch entlang des Wegs standen, um uns vorbeireiten zu sehen.

Graf Patrick kam nach vorne, um neben mir zu reiten. Das Leopardenjunge sah unter seinem Umhang hervor. »Der Regen wird dem Tierchen nicht bekommen, deshalb dachte ich mir, wir zwei sollten zum Kastell vorreiten und es ins Trockene bringen.« Er sah zum König zurück. »Mein Vetter brauchte einen Boten, der in der Burg Bescheid gibt, die Zimmer vorzubereiten, und ich habe mich freiwillig gemeldet. Du darfst mich eskortieren.«

Ich nickte, und wir kanterten in Richtung der Hauptstadt. Ein, zwei Meilen, nachdem wir die anderen verlassen hatten, hörte der Regen auf, aber wir sahen keine Veranlassung, unsere Geschwindigkeit zu verringern. Als wir über den letzten Kamm, den Seirtalrand, ritten und mit dem Abstieg ins Talbecken begannen, konnte ich den ersten Blick auf die hamisische Hauptstadt werfen.

Das Tal lief am westlichen Ende, von dem aus wir es betraten, schmal zu und weitete sich zum Runtmeer hin. Fichten- und Ahornwäldchen und helle Stein- oder Holzhäuser formten ein Flickenmuster auf den Berghängen, die das Tal einrahmten. Die Waldstücke unterteilten die Hauptstadt in deutlich abgegrenzte Bezirke und hatten auf diese Weise neben ihrem ästhetischen Sinn auch einen wirklichen Nutzen.

Über dem Tal hing eine dünne Wolkendecke. Sonnenlicht brach schaftartig zwischen düsteren Gewitterwolken hervor und tauchte ganze Gebäude und Distrikte in leuchtendes Licht. Hoch an der südlichen Talwand erhob sich, von einem dieser Sonnenstrahlen getroffen, Kastell Seir.

Die Mauern der Burg waren größer als die Stadt-
mauern Tahliannas und bestanden aus sieben von dik-
ken Granitmauern verbundenen Türmen. Der scheinbar aus dem Boden wachsende Bergfried in ihrem
Innern hatte einen Turm an jeder der vier Ecken und ein
schiefergraues Dach. Er war aus weißem Marmor gebaut und glänzte so hell im Sonnenlicht, daß es mich
blendete. Wie ein über einem Spielzeugdorf kauernder
Riese ragte er beeindruckend zwischen den ihn umgebenden Gebäuden auf.

Selbst Patrick zögerte einen Augenblick, bevor er
weiterritt. »Es wird dir noch häufiger den Atem stocken
lassen, mein Freund.«

Wir ritten ins Tal hinab, und ich folgte dicht hinter
Patrick den kurvenreichen Dammweg zum Eingang der
Königsburg hinauf. Er gab sich den Wachen zu erkennen und bürgte für mich. Wir ritten über den kopf-
steingepflasterten Burghof zu den Stallungen und über-
gaben unsere Reittiere den Stallburschen. Draußen
wartete ein kleinwüchsiger Mann mit beginnender
Glatze.

»Ah, Halsted. Das ist Edler Nolan ra Yotan.« Der
Mann neigte den Kopf vor mir, als Patrick uns vorstellte, und ich erwiderte die Geste. Wir gingen über den
Hof auf das Hauptgebäude zu, während Patrick weitersprach. Er holte das Leopardenjunge unter dem Umhang hervor. »Und das ist seine Katze.«

Halsted nahm das Junge vorsichtig und drückte es
fürsorglich an die Brust. Das Kleine biß ihm augenblicklich in den Finger, aber Halsted lächelte nur.

Patrick fuhr fort. »König Tirrell möchte, daß Edler
Nolan in der Wolfsturmsuite untergebracht wird. Ja, ich
weiß, der Pfalzgraf von Cadmar und seine Brut wohnen
dort, aber der König verdankt diesem Mann das Leben,
und der Pfalzgraf selbst hat auf der Änderung bestanden. Wie hätte der König es ihm verweigern können?
Schick zwei Knaben runter, unsere Sachen holen und

wähle einen davon als Edler Nolans persönlichen Burschen aus. Er hat keine Diener dabei.«

Patrick blieb im kuppelüberdachten Foyer des Bergfrieds stehen. Irgendwie hatte Halsted es geschafft, sich alle Anweisungen zu merken, und machte sich daran, die anderen Dienstboten zu scheuchen, um sie umzusetzen. Patrick sah ihm nach und grinste. »Eigentlich wäre Halsted ganz allein in der Lage, das Reich weiterzuführen, wäre mein Vetter gestorben.«

Graf Patrick nahm seinen Umhang ab und warf ihn einem Knaben zu, der hinter ihm wartete. »Es gibt nur einen Weg, diese nasse Kälte abzuschütteln«, verkündete er. »Nasse Wärme.«

Der Diener nahm auch meinen Umhang entgegen, und ich folgte Patrick zur Südecke des Bergfrieds. Am Fuß des Wolfssturms öffnete er eine Tür. Wir stiegen eine Wendeltreppe hinab tief ins Fundament der Burg. Die Karte, die ich von Kastell Seir gesehen hatte, verzeichnete diese Kelleretage zwar, enthielt aber so gut wie keine Angaben über ihre Verwendung. Das verwunderte mich, denn Patrick benahm sich, als wolle er mir ein Staatsgeheimnis offenbaren. Die fehlende Beschreibung auf der Karte der Tahlion deutete jedoch darauf hin, daß was immer sich auch hier unten befand, nicht den geringsten militärischen Wert hatte.

Patrick zog eine eisenbeschlagene Eichentür auf, und eine Dampfwolke wallte in den Gang. Er zog mich hastig ins Innere des Raums und schloß die Tür wieder. »Voilá, Edler Nolan, dies ist mein Hof.«

Wir standen in einer gewaltigen Höhle, deren Wände und Decke größtenteils den Eindruck erweckten, von keines Menschen Hand berührt zu sein. Die an den Wänden brennenden Fackeln warfen flackernde Schatten in halbversteckte Nischen, konnten das behagliche, warme Halbdunkel der Kammer aber kaum beeinträchtigen. Der Boden war größtenteils mit Sand bedeckt, außer unmittelbar an der Tür, deren glatter Holzboden an einem Wassertrog endete, der vermutlich dazu diente, sich vor der Rückkehr in die Alltäglichkeit auf der anderen Seite der Tür die Füße zu waschen.

Der Dampf stieg aus zweien der drei Teiche auf, die ich sehen konnte. Schwere Vorhänge verbargen zwei weitere Teiche, einen heißen und einen kalten. Die Vorhänge hingen von einem quer durch die Höhle laufenden Seil und dienten als Sichtschutz für Personen, die hinter ihnen badeten. Patrick bedeutete mir, still zu sein, und trat in eine Nische, um sich auszuziehen. Ich tat es ihm in der Nische neben der seinen gleich.

Als ich mich fertig ausgezogen hatte, lag Patrick bereits bis zum Hals im nächsten dampfenden Teich. Da er vermutlich an die Hitze gewöhnt war, folgte ich ihm nur zögernd, und das war auch gut so. Das Wasser war zunächst sehr heiß, aber mein Körper gewöhnte sich schnell daran, und ich legte mich zurück an die natürlich glatte Seitenwand des Beckens.

Nach zwanzig Minuten wohligen Friedens, der mich an die Scherkammer in Tahlianna erinnerte, brach ich das Schweigen. »Du hattest recht. Die nasse Wärme hier hat die Kälte des Regens ganz und gar aus meinen Knochen getrieben.« Ich hob die Arme und sah mich um. »Ich beneide dich um deinen Thronsaal.«

Patrick war ehrlich erfreut. »Ich verbringe so viel Zeit hier unten, daß mein Vater glaubt, ich hätte mir das Gehirn zerkocht. Deswegen brauchte er auch deine Bestätigung, daß ich tatsächlich ein Mann in dem martialischen Sinn bin, den er diesem Begriff beimißt.«

»Zumindest, edler Herr Graf, ist dein Vater besorgt um dich. Für den meinen war ich nicht mehr als eine Fußnote in seiner Autobiographie.« Ich tauchte völlig unter, um Patricks herzhaftem Gelächter zu entgehen. Das warme Wasser umhüllte mich wie eine Decke und löste die sattelwunden Muskeln. Fackellicht tanzte auf der Wasseroberfläche und funkelte wie Sterne an einem Sommernachtshimmel. Ich hätte für immer dort unten bleiben können, hätten meine Lungen nicht entschieden die Rückkehr an die Oberfläche gefordert.

Als ich wieder auftauchte, küßte Patrick eine neben dem Becken kauernde, in ein Badetuch gehüllte Frau. Ihre Haut war dunkel, aber nicht dunkel genug, um sie als reinrassige Sterlosierin auszuweisen. Sie hatte jedoch vermutlich Verwandte aus dieser Nation. Das offene, pechschwarze Haar hing ihr in einem hier im Osten verbreiteten Stil bis knapp an die Schultern. Trotz des flauschigen Badetuchs schien sie schlank und nicht ohne Reize.

Sie lösten sich voneinander und flüsterten. Sie ließ sich zurück auf die Oberschenkel sinken, und Patrick grinste mich an. »Edler Nolan ra Yotan, das ist meine Gattin, Gräfin Jamila. Ihr Großvater war der Botschafter meines Großvaters in Sterlos.«

Ich neigte den Kopf. »Es ist mir ein Vergnügen, edle Dame.«

Ihr strahlendes Lächeln betonte die Schönheit ihrer zarten Gesichtszüge. In den dunklen Augen mit ihren schweren Wimpern stand der Schalk. »Ein Vergnügen, das wir miteinander teilen.« Sie beugte sich zu Patrick und fuhr ihm von hinten mit der Hand durch sein Haar. »Wenn Ihr mir die Frage gestattet, edler Herr: Woher habt Ihr die Narbe an der Schulter?«

Patrick wirbelte herum, packte ihr Handgelenk und küßte es. »Laß ihn zufrieden, Frau, das ist der Mann, der mich vor den Dhesiri gerettet hat.«

Sie lächelte auf ihren Gatten herab. »Das kann ich ihm verzeihen, Liebling, und ich bin sicher, Edler Nolan nimmt mir eine so unschuldige Frage nicht übel.« Sie sah mich mit einem Augenaufschlag an, der sicherstellte, daß ich ihre Frage nicht als aufdringlich empfand.

Ich lächelte gnädig. »Natürlich nicht, edle Dame. Es war ein Unfall im Darkesh. Ich wurde verwundet, als ich noch keinen Zugriff auf einen Hofzauberer hatte, um meine Verletzungen zu heilen.«

Gräfin Jamila lächelte und hob die Hand ihres Gatten an den Mund. Sie küßte seine Finger, dann sah sie mich wieder an. »Ich dachte, nur die wenigsten Banditen entkommen je den Herren des Darkesh.«

Ich lachte, was sie als Anzeichen von Unsicherheit deutete, und senkte den Kopf. »Das denke ich auch, und selbst die wenigen Glücklichen entkommen nicht ungezeichnet.«

Sie wollte weiterfragen, aber Patrick hob die Hand an ihren Mund und brachte sie mit sanfter Geste zum Schweigen. »Es ist genug, Liebste. Edler Nolan hat auch den König gerettet. Der Mann ist ein Held, kein Krimineller, den du verhören mußt.«

Die Gräfin warf ihm einen Blick zu, der die Wassertemperatur unseres Beckens um mehrere Grade senkte. Mir warf sie ein süßes Lächeln zu. »Wir werden unsere Unterhaltung ein andermal fortsetzen, edler Herr. Ich bin sicher, es ist eine reizvolle Geschichte.« Sie stand auf, verschwand wieder hinter dem Vorhang und sprang in den zweiten heißen Teich.

Patrick kam herübergeschwommen und flüsterte mit leiser, verschwörerischer Stimme: »Seht euch vor, Edler Nolan. Ich liebe sie herzinniglich, aber alles, was man ihr sagt, verbreitet sich mit Windeseile am ganzen Hof.«

Ich nickte und bemerkte, daß zwei Dienstboten den Raum mit Badetüchern ähnlich dem betraten, in das die Gräfin gehüllt gewesen war.

Patrick wechselte mit einem von ihnen ein paar Worte, bevor er sich wieder mir zuwandte. »Deine Sachen sind in der Wolfsuite. Damit wohnst du auf derselben Etage wie ich und Herzog Vidor. Über uns wohnt die Prinzessin und über ihr der König.«

Er schickte einen rundlichen, strohblonden Knaben zu der Nische, in der ich meine Kleider gelassen hatte. »Adric wird dich zu deinen Räumen bringen. Es ist nicht zu erwarten, daß du unterwegs jemandem begegnest, also kannst du das Badetuch anbehalten und brauchst die nassen Sachen nicht wieder anzuziehen. Ich komme vor dem Abendempfang noch einmal bei dir vorbei und sehe nach, wie du zurechtkommst.«

Ich kletterte aus dem Teich und trocknete mich ab, bevor ich das Tuch um meinen Körper wand. »Sag deiner Frau, daß es mir ein Vergnügen war, ihre Bekanntschaft gemacht zu haben.«

Er nickte langsam und sah zu dem Vorhang hinüber. »Ich sollte mich besser bei ihr entschuldigen, wenn ich den Empfang noch erleben will. Falls ich es überstehe, sehen wir uns nachher.«

Adric ging, meine durchnäßten Sachen auf dem Arm, voraus zur Turmsuite. Wie Patrick vorausgesagt hatte, begegnete mir auf dem Weg kein Mensch. Wir stiegen erst hinauf zum Erdgeschoß, dann ging es eine weitere Treppe hinauf zu einem kleinen Flur, von dem drei Türen abgingen. Adric trat durch die südliche voraus.

Die Suite nahm ein Drittel der Etage in Anspruch und war unterteilt in einen großen Vorraum hinter der Tür und zwei kleinere Zimmer an der Außenwand des Turms. Alle Wände bestanden aus geglätteten Steinquadern, bis auf die im Hinterzimmer, die aus dem Felsmassiv gehauen waren, an das die Burg im Süden grenzte.

Der Vorraum war als Bibliothek angelegt. Die Wände waren mit Bücherregalen zugestellt, die mit Bänden unterschiedlichster Größe, Einbände und Alter gefüllt waren. Die übrige Einrichtung bestand aus vier großen Sesseln um einen Tisch und einer niedrigen Anrichte, auf der ein Weinkrug und vier silberne Pokale standen.

Unmittelbar rechts neben der Tür war ein riesiger Kamin in die Innenwand des Turms eingelassen. Er war in der Form eines Salamanderkopfes ausgeführt und versprach, mühelos die gesamte Suite zu erwärmen, wenn er in Betrieb war. Über dem Kamin war das Hamiser Wappen aus dem Stein gehauen. Es zeigte heraldische Figuren und arkane Symbole, die weit älter waren als

Kastell Seir, und wenn es auch kein Teil des Salamanders war, so ergänzte er das steinerne Biest doch auf eine Weise, die dem Raum etwas Majestätisches verlieh.

Hinter der östlichen der beiden Spitzbogentüren lag mein Schlafzimmer. Das Bett war gewaltig, obwohl mir nach drei Nächten auf einer Feldpritsche jedes Bett groß vorgekommen wäre, und verfügte über einen Baldachin, der an allen vier Ecken von geschnitzten Bettpfosten getragen wurde und mit ausgewählten Szenen der hamisischen Geschichte bemalt war. Das Kopfteil war mit einem weiteren Wappen dekoriert, einem weniger altehrwürdigen als dem über dem Kamin. In das Oberbett waren heilige Symbole eingearbeitet, um einen angenehmen Schlaf zu sichern. In der aus dem Bergmassiv gehauenen Südwand befand sich eine schmale Waschnische mit einem handgehauenen Becken, einem polierten Silberspiegel, einem Wasserkrug und zwei Handtüchern.

Der dritte und letzte Raum der Suite hätte als zweites Schlafzimmer dienen können, fungierte für mich jedoch als Ankleidezimmer. Adric legte geschäftig die Sachen zurecht, die ich für den Empfang später am Abend benötigen würde, dann setzte er sich und polierte ein Paar Ausgehstiefel, die er aus meinem Gepäck geholt hatte. Er sah auf, als ich den Raum betrat, aber ich lächelte nur und bedeutete ihm weiterzumachen.

Ich fühlte mich hier ebenso daheim wie überall sonst auch im Zerbrochenen Reich. Ich kannte Kastell Seir aus den Geschichten, die ich als Kind gehört hatte, was diesem Ort eine Aura geschichtlicher Bedeutung verlieh. Kastell Seir war jünger als Tahlianna, aber es hatte den Zerfall überstanden und teilte mit Tahlianna dessen historische Größe. Seine Existenz war ein Zeugnis der Beständigkeit und Dauer, das mir sehr wichtig war. Ich fühlte mich häufig allein auf der Welt, weil mir die Menschen, die mir das meiste bedeuteten, meine Familie, Lothar und Marana genommen wurden, aber die

Beständigkeit Tahliannas oder Kastell Seirs lieferte mir einen Halt, etwas, das mir das Gefühl unvergänglicher Sicherheit gab.

Ich verdrängte die schlimmen Erinnerungen und konzentrierte mich auf die Rasur. Adric wärmte mir im Kamin Wasser an, dann sorgte er dafür, daß alle schmutzigen Handtücher augenblicklich verschwanden. Ich rasierte mich gewissenhaft. Ich war sehr zufrieden mit meinem Bart, obwohl er mich zwang, mehr Aufmerksamkeit auf meine Rasur zu verwenden, als ich bisher gewohnt gewesen war. Einen kurzen Augenblick spielte ich mit dem Gedanken, ihn über das Ende meiner Mission zu behalten, verwarf den Einfall dann aber sofort wieder, denn ich freute mich darauf, mir das Schermesser erneut über das Gesicht ziehen zu können, ohne groß überlegen zu müssen, wo ich Halt machen und wie ich Schnurr- oder Kinnbart stutzen mußte.

Adric hatte ein zweifarbiges Wams aus blauem Samt und silberner Seide sowie ein tiefblaues Seidenhemd zurechtgelegt. Die Kombination stand mir nicht nur ausgesprochen gut, sie entsprach auch den für den Abend vorgegebenen Farben. Auf den Ärmeln, die weit genug waren, daß ich unbemerkt einen Dolch am linken Unterarm tragen konnte, liefen abwechselnde Farbstreifen von der Schulter zur Manschette. Allens Näher hatte sogar einen versteckten Schlitz in der Manschette angebracht, der mir einen schnellen Zugriff auf die Waffe ermöglichte.

Die Förmlichkeit des Anlasses zwang mich, dazu enge Beinkleider zu tragen, die ich überhaupt nicht mag. Unter den langen Strümpfen schwitzen meine Beine, und Strumpfhalter sind eine schlimmere Strafe, als es Morai je sein könnte. Ich verabscheue die weiten knielangen Hosen, die darüber getragen werden, hauptsächlich weil sie sich so ganz anders als meine übliche Kleidung anfühlen, und die lächerlichen kleinen

Seidenpantoffeln, die nötig sind, um die Strümpfe zur Geltung kommen zu lassen, sind kaum vorhanden.

Adric bot an, mir beim Ankleiden zu helfen, aber ich wehrte freundlich ab und bat ihn, mir etwas Obst und Käse für die Zeit bis zum Empfang zu holen. Ich zog mich an, schnallte den Dolch um den Arm, bevor Adric zurückkehrte, und entging knapp einem Wutanfall, als ich die Beinkleider anlegte. Aber die Strümpfe schienen zumindest paßgenau – und entsprechend sicher – zu sein. Warm waren sie trotzdem, aber ich mußte zugeben, daß sie zum Rest meiner Kleidung paßten.

Wie es die Sitte erlaubt, schnallte ich den Rüegær um die Taille. Das Gesetz gestattet einem Adligen, als Symbol seines Status überall einen Dolch zu tragen, aber nur der Champion des Königs darf bei sozialen Ereignissen von der Art dieses Empfangs sein Schwert tragen. Gelegentlich ziehen Adlige den Dolch, um ihre Ehre gegen eine Beleidigung zu verteidigen, aber üblicherweise dient er nur als Besteck. Der Dolch an meinem Unterarm war ganz verboten, aber für den Fall, daß jemand es als sicher annahm, daß ich ebenso schlecht bewaffnet sein würde wie die anderen Adligen, wollte ich ihn trotzdem dabei haben.

Adric kehrte dichtgefolgt von Graf Patrick zurück. Er stellte ein Tablett mit einem bereits in Ringe geschnittenen Apfel und ein kleines, dreieckiges Stück vom Lieblingskäse des Königs auf den Tisch der Bibliothek. Dann verneigte er sich und verließ den Raum. Ich deutete auf das Tablett und ging zum Schrank, um Patrick und mir Wein einzuschenken.

Er war ebenfalls bereits für den Empfang umgezogen. Seine Kleidung war stärker silberbetont als meine und in einem Flickenmuster gehalten, für das er sich vermutlich entschieden hatte, weil es dem eines Harlekinkostüms ähnelte. Aber sie stand ihm und verlieh ihm ein weit mehr an einen Adligen erinnerndes Aussehen, als ihm vermutlich lieb war. Sein rotes Haar wurde von einem silbernen Stirnband zurückgehalten.

Der Graf schnitt sich ein kleines Stück Käse ab und kaute nachdenklich. »Ich muß mich für den Ärger entschuldigen, den ich dir gemacht habe.« Ein verschmitztes Lächeln stahl sich auf seine Züge.

Ich ging zum Tisch und reichte ihm einen Weinpokal. »Wovon redest du?«

Er trank einen Schluck, bevor er mir antwortete. »Du erinnerst dich, daß ich dir von der Klatschhaftigkeit meiner Gemahlin erzählte?«

»Ja?« Ich biß in einen der Apfelringe. Er war süß, aber das Gefühl drohenden Unheils, das sich über mich legte, verwandelte den Geschmack in Staub.

Patrick runzelte kurz die Stirn. »Verdammt, ich weiß gar nicht, warum ich mich deswegen schuldig fühle. Schließlich trägt Herzog Vidor dafür die Verantwortung.«

Ich schüttelte den Kopf. »Irgend etwas läuft hier an mir vorbei. Was ist los?«

Der Graf seufzte und setzte sich: »Meine Frau hat mit ihrer Mutter gesprochen und die mit der Königin, und man hat entschieden, daß du die Prinzessin zum Empfang begleiten wirst. Vidor kann nicht tanzen, weil sein Bein durch den Zauberspruch noch betäubt ist, daher fällt er als Begleiter aus.« Ein breites Grinsen trat auf sein Gesicht, als ich mich an dem Apfelstück verschluckte und einen Hustenanfall bekam.

Als ich mich wieder erholt hatte, starrte ich ihn wütend an. »Das halte ich für keine gute Idee.«

Er schüttelte nur den Kopf und versuchte sich meinetwegen zusammenzunehmen. »Zweierlei mußt du dir hier in Kastell Seir klarmachen. Erstens, deine Wahl entspricht der Tradition. Der Jäger, der das Beutetier fängt, wird auf dem darauffolgenden Empfang geehrt.«

»Nein, nein«, lachte ich. »Ihr habt es erschossen. Du, Pfalzgraf Cadmar und der König haben es erlegt. Einer von euch sollte diese Ehre haben.«

»Unsinn. Du hast es ins Freie gelockt, Nolan. Du verdienst diese Ehre.« Patrick lehnte sich zurück und grinste mich über den Rand des Weinpokals an. »Außerdem kann der König sie nicht selbst begleiten. Ich habe schon meine Frau als Begleiterin, und Keanes Frau bringt ihn um, wenn er sie für diese Ehre links liegen läßt.«

Ich verzog skeptisch die linke Braue und sah zu ihm hinab. »Kommt es hier häufig vor, daß auf einem Empfang der Köder so geehrt wird?«

Graf Patrick lachte. »Ein guter Einwand, aber in Anbetracht des zweiten Punktes, auf den ich angespielt habe, keiner weiteren Diskussion wert. Die Sache ist nämlich die, mein Freund: Die Königin und die Großherzogin haben bereits entschieden, daß du die Prinzessin begleiten wirst, und gegen dieses Urteil gibt es keine Berufung.« Er trank noch etwas Wein. »Die Götter selbst überdenken ihr Handeln, wenn sie sich gegen diese beiden stellen müßten.«

Ich spielte unbewußt an meinem Bart, dann stellte ich den Wein ab. »In diesem Falle wird es mir eine besondere Ehre sein, heute abend als Begleiter Ihrer Hoheit Prinzessin Zaria ra Hamis zu fungieren.«

Der Graf stellte seinen Pokal ab, stand auf und klopfte mir auf die Schulter. »Genau diese Antwort habe ich ihnen vorhergesagt.«

Ich hatte keine Vorstellung davon, was ich zu erwarten hatte, als Graf Patrick mich in den Thronsal brachte. Das Kuppeldach war drei Stockwerke hoch, und an den hohen Mauern erinnerte eine Reihe von Buntglasfenstern an die berühmteren Könige von Hamis. Schwarzweiße Bodenfliesen aus poliertem Marmor erstreckten sich in einem Rautenmuster von einer Wand zur gegenüberliegenden. Dekoration und Steinmetzarbeiten stammten noch aus der Zeit vor dem Zerfall und verliehen dem Saal eine Atmosphäre von Macht und Bedeutsamkeit.

Am anderen Ende des Saales erkannte ich den auf

einem überdachten Holzthron sitzenden König. Der Großherzog stand etwas tiefer links von ihm. Patricks Mutter, Großherzogin Xanthe, mußte die starke, solide gebaute, weißhaarige Dame sein, die eine Schleife an der Jacke seines Vaters richtete.

Auf dem Weg zum Thron musterte ich die schlanke, bemerkenswert hübsche Frau neben König Tirrell. Das mußte seine Gemahlin sein, Königin Elysia. Das einfache Diadem auf ihrem Kopf warf Glanzlichter auf ihr schwarzes Haar, aber es paßte zu ihrer Haltung, die Rang und Macht ohne Einbildung oder Bedarf für Pomp ausstrahlte. Wenn der alte Spruch stimmte, daß ein Mann ahnen kann, wie seine Braut in späteren Jahren aussehen wird, während er sich ihre Mutter ansieht, konnte man den Mann, der die Prinzessin ehelichte, beneiden.

Es hielt sich noch ein Dutzend anderer Personen im Saal auf. Ich erkannte Gräfin Jamilla und den herausstaffierten Halsted, aber die anderen waren Kinder, die ich noch nie gesehen hatte. Patrick erklärte mir, daß sie alle seine jüngeren Geschwister oder die der Prinzessin waren, mit einer stolzen Ausnahme. Er zeigte auf einen kleinen Jungen in einem Anzug, der stark Patricks Aufzug ähnelte. »Das ist mein Sohn Philipp. Er ist drei.«

Philipp, darin den meisten anderen Kindern ähnlich, wirkte ebenso begeistert von seiner modischen Bekleidung wie ich. Patrick stellte mich allen vor, aber ich gab schnell jede Hoffnung auf, mir ihre Namen zu merken, denn sie waren alle nach einem Dutzend antiker Helden getauft und verfügten bereits jetzt über drei oder vier Titel.

Graf Patricks wortgewaltige Folter endete erst, als ich die letzte Hand geschüttelt hatte und er mich zu seinen Eltern und dem König brachte.

»Königskusine und Mutter, dies ist Edler Nolan ra Yotan ra Hamis.«

Ich verneigte mich tief.

Die Großherzogin musterte mich wie eine Falkin und schätzte mich augenblicklich ab, so wie es ihr Gatte bei unserer ersten Begegnung getan hatte. Anscheinend bestand ich die Prüfung, denn sie neigte den Kopf. »Ich danke Euch für meinen Sohn und meinen edlen Herrn, den König.«

Ich sah die Königin einen schnellen Blick mit der Großherzogin wechseln. Dann streckte sie mir eine Hand entgegen. Ich nahm sie und hauchte einen Handkuß. Als ich mich wieder aufrichtete, lächelte die Königin mich an. »Wir möchten Euch dafür danken, daß Ihr Unseren Gemahl, Unseren Vetter und Herzog Vidor gerettet habt. Unser Gemahl teilt uns mit, daß Ihr Euch weigert, eine Belohnung für Euer Handeln zu benennen, daher werden Wir Euch auch nicht darum bitten.« Sie sah hinüber zu Halsted, der mit einer kleinen Holzschachtel herantrat. Ich nahm sie entgegen und er zog sich zurück. Königin Elysia nickte mir zu und sagte mit fester, aber sanfter Stimme: »Im Innern werdet Ihr etwas finden, das Euch sicher eine Belohnung sein wird.«

Ich öffnete den Deckel der Schachtel, und mein Mund klappte auf. Auf einem Bett aus rotem Samt lag ein goldener Ring. Trotz der erkennbaren Zeichen von Abnutzung an den Rändern waren die ursprüngliche Verzierung und das Wappen auf dem glänzenden Metall noch klar und deutlich zu erkennen. Dann bemerkte ich, daß das Wappen noch vom Kaiserfalken gekrönt war. Damit war klar, daß er aus der Zeit vor dem Zerfall stammte, denn nach dem Tod des letzten Kaisers war dieses Bild von allen Wappen getilgt worden.

Ich starrte ungläubig zur Königin auf. »Das kann ich nicht annehmen. Er ist zu alt. Er wurde hergestellt, bevor das Reich zerbrach. Er muß unbezahlbar sein.«

»Wie Unser Gemahl es für Uns ist.« Die Königin hatte meinen Protest erwartet und schmetterte ihn ab. »Der Ring wurde, soweit man unserem Hofhistoriker glauben kann, in der Zeit vor dem Zerfall von Prinz Uriah

458

getragen. Es wird erzählt, er sei in einen Dhesiribau eingedrungen, um einen Bauern zu retten, und der Ring wurde zu Ehren dieser Heldentat geschlagen. Wir sind sicher, er wäre mit dieser Belohnung für Eure Tapferkeit einverstanden.«

Ich beugte den Kopf und schob den Ring über den rechten Ringfinger. Er paßte vollkommen und fühlte sich trotz des Gewichts sehr gut an. »Ich danke Euch und fühle mich von Eurem Geschenk höchst geehrt.«

König Tirrell, der bis dahin keinen Ton gesagt hatte, drehte sich zu seiner Frau um. »Seid Ihr jetzt damit fertig, meinen Gast zu quälen?«

Die Königin nickte. König Tirrell wandte sich mir zu. »Edler Nolan, ich möchte Euch Ihre Hoheit Prinzessin Zaria ra Hamis vorstellen.«

Ich drehte mich nach rechts, wo Großherzog Fordel Prinzessin Zaria aus einem Seitenzimmer in den Thronsaal führte. Mir stockte der Atem, und ich zwang mich zu einer Verbeugung, um sie nicht schamlos anzustarren. Sie war schlicht und einfach die schönste Frau, die ich in meinem ganzen Leben gesehen hatte.

Die Prinzessin hielt mühelos mit dem Soldatenschritt des Großherzogs mit, obwohl sie einen knappen Meter kleiner war als er. Langes schwarzes Haar floß in Wellen über ihre Schultern, und das Silberdiadem mit einem einzelnen Diamanten in seiner Mitte, das sie über der Stirn trug, verschwand fast in seiner Fülle. Ihre Augen waren von dunklem Braun, und die Prinzessin betonte ihre Größe und Schönheit durch geschickt aufgetragene Schminke. Ihre Nase war gerade und anmutig, die Wangenknochen hoch, und die vollen, sinnlichen Lippen wurden von vollendet gewähltem Lippenrouge gerade richtig betont.

Ihr bis auf ein paar tiefblaue Bänder und Schleifen ganz in Silber und Weiß gehaltenes Kleid lief von den aufgepufften Schultern zu einer schmalen Taille zusammen, bevor es sich wie eine Blume mit Blütenblättern aus Satinstoff zum Boden wölbte. Spitzen umrahmten ihre Handgelenke und zogen sich von ihrem Busen bis zum Hals, konnten ihre Schönheit aber nicht verbergen. Offiziell galt sie bis zur ihrer Krönung noch nicht als erwachsene Frau, aber dieses Kleid ließ keinen Zweifel daran, daß es sich bei der Zeremonie nur noch um eine bloße Formalität handelte.

Der Großherzog hob ihre Hand von seinem Arm, und sie hielt sie mir entgegen. Ich begrüßte sie mit Handkuß und blickte hoch. Sie lächelte erst mich an, dann ihre Eltern. »Es tut mir leid, daß wir Euch so kurzfristig derartige Unannehmlichkeiten machen, Edler Nolan.«

Ich gestattete mir ein langsam aufblühendes Lächeln und nutzte die damit gewonnenen Sekunden, meinen wild rasenden Pulsschlag zu beruhigen. »Euch das Geleit zu geben, Eure Hoheit, ist eine Ehre und alles andere als unangenehm.«

»Wir werden sehen, wie Ihr nach dem Ende des Abends darüber denkt.« Sie trat zurück und drehte sich zu Halsted um. Der Diener räusperte sich und verneigte sich vor dem König, bevor er das Wort ergriff. »Wie es das Protokoll verlangt, werden der Großherzog und die Großherzogin dem Rest der Gesellschaft vorausgehen, gefolgt vom Grafen und seiner Gemahlin. Danach werden König und Königin den Saal betreten. Prinzessin Zaria wird ihnen allein folgen, und Ihr, Edler Nolan, werdet der Prinzessin folgen. Nachdem sie der Versammlung vorgestellt worden ist, wird der König Euch anblicken, und Ihr werdet sie dorthin führen, wo der Großherzog und die Großherzogin warten.«

Als alle Erwachsenen genickt hatten, wandte Halsted sich den Kindern zu. »Stellt euch auf, die größten vorne, die kleinsten hinten. Ihr werdet hinter Edler Nolan in den Saal treten. Nachdem er die Prinzessin an ihren Platz geführt hat, werdet ihr einzeln vorgestellt. Kein Herumalbern oder Lachen oder ihr werdet alle auf die Zimmer geschickt, bevor die Bardin auftritt, die Herzog

Vidor gefunden hat.« Halsteds Drohung traf die Kinder wie ein Eimer kaltes Wasser. Sie rissen sich zusammen, setzten ernste Mienen auf und nahmen widerspruchslos Aufstellung.

Halsted ging uns zu einer hohen Bronzetür hinter dem Thron voraus. Zwischen den Symbolen und Bildern, die in das Türblatt eingelassen waren, konnte ich weder einen Griff noch Scharniere erkennen, aber ich hatte nur eine halbe Sekunde Zeit, mich zu fragen, wie sie sich öffnen konnte, bevor Halsted leise anklopfte. Die Tür erzitterte, dann zog sie sich langsam nach oben in die Wand zurück. Die Geschwindigkeit war so eingestellt, daß sie die genaue Länge der hamisischen Nationalhymne benötigte, und das Licht aus dem Ballsaal wusch über die königliche Prozession wie die aufgehende Sonne.

Im Ballsaal zogen sich die versammelten Adligen und Gäste langsam vom Fuß der Treppe zurück, über die wir den Saal betreten würden. Alle Anwesenden waren in Blau und Silber gekleidet, aber trotz der begrenzten Farbauswahl, die an diesem Abend gestattet war, gab es keine sich gleichenden Anzüge oder Kleider.

Das erste, was mir am Ballsaal auffiel, nachdem sich meine Augen an das hellere Licht gewöhnt hatten, war das vielschichtige Muster des Fußbodens. Der Steinboden war aus Granit und Marmor gefertigt, aber statt einfacher quadratischer Blöcke war der Stein geformt und zurechtgeschnitten wie bunte Glasfragmente in einem Motivfenster. Ihre Farbe variierte von hellrosa Granit bis zu tiefschwarzem Marmor, und sie formten eine Karte des Kontinents. An den dargestellten Nationen war deutlich zu erkennen, daß die Karte nach dem Zerfall entworfen worden war, aber Sinjaria war noch als von Hamis unabhängiges Königreich ausgewiesen. Kleine Sterne aus konstrastierenden Farben kennzeichneten die Lage der wichtigsten Städte innerhalb jedes Landes.

Weiße Marmorsäulen trugen eine Kuppeldecke, die mit Szenen aus Legenden und Märchen bemalt war. In der Mitte des Saals hing ein großer, funkelnder Kristallüster und warf Regenbogen aus Licht auf die Wände, während vier kleinere Ausführungen die entfernten Ecken des rechteckigen Saals erhellten. Unserer Eingangstür gegenüber waren geöffnete Glastüren erkennbar, die in die Gärten des Kastells führten.

Acht in der nahen rechten Ecke des Saals postierte Musiker spielten andächtig die Nationalhymne. Zu beiden Seiten der Musiker und an strategischen Punkten über den ganzen Saal verteilt, boten verschiedene Tische Speisen und Getränke an. Nur drei Tische waren noch leer. Sie waren für das Fleisch des auf der Leopardenjagd geschossenen Wilds reserviert.

Wir zogen in den Ballsaal ein, wie Halsted es vorgeschrieben hatte, und die Prinzessin wurde von herzlichem Beifall empfangen. Die jüngeren Adligen überprüften noch einmal den Sitz ihrer Kleidung, und vereinzelte Neider flüsterten ihren Begleitern nicht gerade Freundlichkeiten zu, aber die große Mehrheit der Anwesenden schien von ihrer Schönheit und ihrem freundlichen Lächeln ehrlich angetan.

König Tirrell drehte sich um und sah mich an, als der Beifall verklang. Ich trat vor und blieb eine Stufe unter ihr stehen, bevor ich mich umdrehte und ihr den linken Arm anbot. Sie legte sanft die Hand auf meinen Unterarm, ließ sich ihre Überraschung aber nicht anmerken, als sie das Messer fühlte, und ich führte sie hinüber zum Großherzog. Unterwegs belohnte sie mich mit einem Lächeln, das mir durch Mark und Bein ging und mehr als einen Adligen vor Neid erblassen ließ, als wir ihn passierten.

Wir hielten zur Rechten des Großherzogs an, und augenblicklich tauchte Halsted an meiner Schulter auf. »Der erste Tanz ist ein Ceremonial.«

Ich nickte. Er ging davon aus, daß ich den Tanz kannte, weil alle Adligen ihn kennen mußten. Zum Glück war er in Sinjaria weitverbreitet, und meine Großmutter hatte dafür gesorgt, daß wir ihn schon als Kinder alle gelernt hatten – mit Ausnahme von Arik. Irgendwie schaffte ich es, ein Prusten zu unterdrücken, als mir ungebeten das Bild eines Dienstleisters vors innere Auge trat, der versuchte, einem von Edler Erics Lanzern die dazugehörigen Schritte beizubringen.

Halsteds Stimme rettete mich. »Ihr tanzt mit der Prinzessin. Folgt ihren Eltern auf den Tanzflur.«

Ich nickte, und er verschwand, um den Musikern das Zeichen zu geben, daß sie spielen konnten. Ich versteifte mich einen Herzschlag lang, weil die Musik zwar vertraut genug begann, sich aber veränderte, als König Tirrell seine Königin auf die Tanzfläche führte. Die Prinzessin trat einen halben Schritt nach links und legte die rechte Hand auf meine. Die Hände auf Schulterhöhe erhoben traten wir auf den Tanzflur.

Der Tanz selbst ist wirklich einfach, und als mir die Schritte wieder ins Gedächtnis kamen, verflog meine anfängliche Besorgnis. Wir traten drei Schritte nach vorne, drehten uns einander zu, glitten einen Schritt zurück in die Richtung, aus der wir gekommen waren, drehten um und traten erneut drei Schritte vor, während die Prinzessin eine Pirouette drehte. Dann wiederholten wir die Schrittfolge, vor uns das Königspaar auf ihrer Runde um den Ballsaal. Hinter uns traten weitere Paare auf die Fläche, und es dauerte nicht lange, bis die ganze Gesellschaft tanzte.

In Hamis wurde der Ceremonial in leicht abgeänderter Form zu der getanzt, die ich gelernt hatte. Die Schritte waren dieselben, aber mit jeder Wiederholung wurden die Musiker schneller, und mit steigender Geschwindigkeit wurde von den Frauen mehr als eine Pirouette erwartet. Ich paßte mich schnell an, indem ich mich der Musik und dem Geschick meiner Partnerin ergab.

Die Prinzessin war leicht und elegant in ihren Bewegungen. Sie glitt flüssig wie ein Seidenbanner in sanfter Brise durch den Tanz und benutzte mich nur als Stütze und Navigationshilfe. Sie ging völlig in der Musik auf und wirbelte mit wehendem Haar und blitzenden Augen um ihre Achse. Ihr Lächeln war ansteckend, und bevor wir den Tanz halb hinter uns hatten, grinste ich wie ein Idiot.

Die Musik wurde immer schneller, und ältere oder zaghaftere Paare zogen sich allmählich vom Tanzflur zurück. Die Prinzessin allerdings griff nach unten, faßte mit der Linken ihren Rock, um zu verhindern, daß er sich um ihre Beine wickelte, und flog durch den Saal. Ich stellte fest, daß der König und die Königin sich auch schon zurückgezogen hatten, aber Graf Patrick und seine Frau folgten dicht hinter uns in einem Wirbel aus Silber und Blau.

Prinzessin Zaria zwinkerte der Gräfin zu und warf in wortloser Herausforderung den Kopf in den Nacken. In dieser Folge wirbelte sie viermal unter meiner Hand um ihre Achse, in der nächsten fünfmal. Ich sah Patrick eine Grimasse schneiden, als seine Frau es der Prinzessin nachmachte, sich dann wie ein Kreisel drehte, sechsmal herumwirbelte und ihre Kusine breit angrinste.

Der Tanz fand ein jähes Ende, als einer der Musiker mit den königlichen Tanzpaaren nicht mehr mithalten konnte, den Takt verlor und die Konzentration seiner Begleiter störte. Die Prinzessin wirbelte zum Halt und trat atemlos für den Abschlußknicks zurück. Ich war darauf vorbereitet, sie an einen der anderen Adligen zu verlieren, die bereits in der Nähe warteten, aber sie bemerkte sie ebenfalls und nahm schnell meine Rechte. »Ihr holt mir etwas Wein?«

Auf diese Frage gab es nur eine Antwort, und so führte ich sie an den nächsten mit Pokalen beladenen Tisch und deutete auf eine Kristallkaraffe mit dunkelrotem Inhalt. Ich erkannte es zwar nicht, bis mir das Bouquet in die Nase stieg, aber der Wein, den ich ausgewählt hatte, stammte aus Yotan. Sie trank einen Schluck und zeigte sich erfreut.

Die Prinzessin studierte mein Gesicht und ich versuchte vergeblich zu verhindern, daß ich angesichts ihres Interesses rot wurde. Ein leises Lachen stieg aus ihrer Kehle, und sie drehte den Weinpokal langsam zwischen Mittel- und Ringfinger. »Danke für den Tanz.«

»Das Vergnügen war ganz auf meiner Seite, Eure Hoheit.«

Sie neigte den Kopf, betrachtete eine Weile, wie sich das Licht an der Oberfläche des Weins brach, dann zuckten ihre braunen Augen zu mir hoch. »Ihr tanzt gut für einen Darkesh-Banditen.«

Ihr Kommentar überraschte mich, als ich gerade trank. Ich konnte gerade noch verhindern, mich zu verschlucken, aber es kostete mich trotzdem ein, zwei Sekunden und ein leichtes Aufhusten, bis ich mich gefangen hatte. »Es ist mir ein Rätsel, woher Ihr die Idee haben könntet, daß ich jemals ein Bandit war.«

Sie sah mich schelmisch über den Rand ihres Weinpokals an. »Sicher kann es nicht an dem Objekt gelegen haben, das Ihr in Eurem Ärmel versteckt, oder?« Sie nahm einen Schluck, dann setzte sie eine Miene gespielten Mitgefühls auf. »Eure Schulter behindert Euch nicht beim Tanz?«

Ich lächelte und erwiderte ihren Schelmenblick mit einem Ausdruck ritterlicher Unschuld. »Nicht bei einer so geschmeidigen und eleganten Partnerin.«

Ihre Erwiderung erstarb zusammen mit dem spielerischen Glanz in ihren Augen, als sich jemand zu uns gesellte. Es war ein Mann von breiter, muskulöser Statur, die vermuten ließ, daß er mir zwanzig Kilo oder mehr an Gewicht voraus hatte, obwohl er fast einen halben Meter kleiner war als ich. Er war gut doppelt so alt wie ich mit meinen dreiundzwanzig Jahren und trug das weiße Haar im Roßmähnenschnitt. Als einziger Anwesender hatte er die Farbwahl dieses Abends mißachtet und schmückte sich auf der linken Brust seines schwarzen Hemds stolz mit einem aufsteigenden weißen Pferd. An der linken Hüfte trug er eine Art Rüegær.

Die Prinzessin nickte ihm gerade tief genug zu, um Respekt ohne jede Spur von Freundschaft oder Wärme zum Ausdruck zu bringen. »Edler Nolan ra Yotan, das ist Hauptmann Herman ra Tahl. Er ist der Tahlion mit Befehl über die hiesige Kavallerie.«

Ich drehte mich um und lächelte ihn an. »Sehr erfreut.«

»Bist tû iezuo lanc in Seir?« Herman begleitete seine mit tiefer Stimme vorgetragenen Worte mit einem Lächeln und stellte die Frage wie üblich in langsamem Ton. Die Falle war ausgezeichnet.

Ich schüttelte den Kopf und starrte ihn mit einem Ausdruck völliger Verwirrung an. »Verzeihung, ich verstehe nicht.«

Er zwang sich, das Lächeln aufrechtzuerhalten. »Verzeiht. Ich mußte Hochtahl so oft üben, als ich den Lanzern beitrat, daß ich inzwischen schon darin denke. Ich fragte, ob Ihr schon lange hier in Seir seid.«

Ich schüttelte den Kopf. »Nein, ich bin auf dem Land zur Jagdgesellschaft gestoßen.« Dann drehte ich mich zur Prinzessin um. »Bemerkenswert, findet Ihr nicht? Ihr haltet mich für einen Darkesh-Banditen, und der gute Hauptmann hier verwechselt mich mit einem Tahlion.«

Die Prinzessin lächelte, dann drehte sie sich um und sprach mit einem jungen Baron. Er bat sie um den zur Zeit gespielten Tanz, und sie nahm an. Ich griff mit der Rechten nach ihrem Weinpokal und zeigte Hauptmann Herman dabei offen die leere Handfläche. Die Prinzessin bedankte sich freundlich und Herman runzelte die Stirn. Er entschuldigte sich, drehte um und wanderte durch die Menge davon.

Ich bewegte mich in Richtung Graf Patricks, da ich als der Begleiter der Prinzessin mit niemand anderem tanzen durfte. Ich fand ihn an einem der Tische, wo er Trauben naschte, und obwohl wir uns leise unterhielten, drängte sich schnell ein Kreis von Zuhörern um uns, die uns drängten, von unserem Abenteuer im Dhesiribau zu erzählen. Ich versuchte mich herauszureden, aber Patrick hatte keine Bedenken, unser Publikum mit düsteren, abschreckenden Bildern einer von Echsendämonen bewohnten Unterwelt zu erschrecken. Als er sie soweit hatte, daß sie den König und seine Begleiter für verloren hielten, stellte er mich als ihren Retter vor.

Unsere Zuhörer wandten sich daraufhin alle mir zu, um meine Hälfte der Geschichte zu hören, aber ich schüttelte den Kopf, um irgendein Heldentum meinerseits herunterzuspielen. »Hätte der Graf nicht sein Leben riskiert, um eine Spur für mich zu hinterlassen, hätte ich sie nie gefunden. Sein Risiko war weit größer als jedes, das ich auf mich nahm.«

Patrick ließ mich nicht entkommen. »Eine Spur zu hinterlassen ist einfach, aber nur ein wahrer Held hätte ihr folgen und uns vor dem sicheren Tod erretten können.«

Ich schleuderte ihm einen wütenden Blick zu, dann lächelte ich. »Allen Ernstes, edle Herren und Damen, all meine Anstrengungen wären vergebens gewesen, hätte der König nicht den Grafen, den Herzog und mich durch den Bau geführt und uns gezwungen, die einzige Verteidigungsstellung in dieser ganzen Unterwelt gegen die anstürmenden Horden zu halten. Und hätte der Großherzog nicht die anderen zu unserer Rettung geführt, hätten wir sicher nicht heute abend hier sein können, um mit Euch zu reden.«

Patrick erkannte, was ich vorhatte, und half mir, unsere Zuhörerschaft abzuwehren. Die Adligen nahmen unsere Geschichte ohne Murren hin und verteilten sich allmählich, als unsere Erzählung ihre Anziehung verlor.

Patrick hob seinen Pokal vor mir und lachte. »Laß ihnen doch die Freude, dich als Held zu sehen, Nolan. Es gibt keinen Grund für dich, so heftig dagegen anzukämpfen.«

Ich aß eine Traube und erwiderte seine Geste. »Dasselbe könnte ich dir sagen, edler Herr. Du warst ein ebensolcher Held wie ich.« Der Wein in unseren Pokalen war ein süßer Weißwein von der Insel Takkesh. Er hatte einen feinen Geschmack, der mir durchaus zusagte.

Graf Patrick kniff die Augen zusammen, und ein verlegenes Grinsen huschte über seine Züge. »Unter uns nehme ich dieses Lob an. Du warst dabei und weißt, was ich getan habe. Aber wir haben nur getan, was nötig war, um zu überleben. Ist das Heldenmut? Ich meine nicht, aber andere, die nicht in derselben Lage waren, mögen es anders sehen.«

Philipps Erscheinen verhinderte eine Fortsetzung der Unterhaltung. »Vater, hoch, hoch. Die Bardin. Ich will sehen.« Der Knabe hielt die Arme hoch und griff nach der Luft, bis Patrick ihn auf den Arm hob.

Ich stellte seinen Wein und meinen eigenen ab, dann folgte ich dem rothaarigen Adligen auf seinem Weg durch die Menge. Alles bewegte sich zu der Ecke, in der die Musiker gespielt hatten, die jetzt Kurs auf einen Weintisch nahmen. Ich konnte eine ganze Weile nichts von der Bardin sehen, und den ersten kurzen Blick erhaschte ich durch den hohen Haarkamm einer adligen Matrone. Ich sah nicht mehr als ein kurzes Aufblitzen goldblonden Haars und dachte mir nichts dabei, bis ich geradewegs in ihre blauen Augen starrte.

Die Bardin war Selia!

Ich versuchte sofort in der Menge unterzutauchen, aber die Prinzessin schob sich von hinten heran und faßte mich fest am linken Unterarm. Sie zog mich zu einem freien Fleck im Kreis der Selia umgebenden Adligen. Ich war nicht so dumm zu glauben, mein Bart könnte genügen, mich ihr gegenüber zu maskieren, also lächelte ich wie alle anderen und nickte ihr zu, als sie mich ansah. Meine einzige Möglichkeit, mein Geheimnis zu bewahren, bestand darin, daß sie den Mund hielt, bis wir Gelegenheit hatten, uns unter vier Augen zu unterhalten.

Selia sang als erstes zwei Lieder über die hamisische Geschichte. Beide priesen die Weisheit und Geschichte der jetzigen Herrscherfamilie, ohne auch nur eine Andeutung der Unruhen, von denen Selia mir unterwegs erzählt hatte. Ich verstand sehr gut, warum. Sie hatte keinen Anlaß, ihre Gastgeber zu beleidigen, und eine andere Version dieser Lieder, die auf den blutigen Ursprung der Dynastie einging, würde in Sinjaria oder Lacia besser aufgenommen werden.

Als dritten Beitrag wählte sie, wie hätte es auch anders sein können, Morais Lied. Auf meinem Gesicht stand während des gesamten Vortrags ein breites Lächeln. Ich lachte, wenn die anderen es auch taten, und betete, daß sie mich nicht bloßstellte. Ich bemühte mich, nicht zusammenzuzucken, als sie das Lied, das ich in Kieferquell gehört hatte, um zwei Strophen erweiterte, aber ich hatte keinen Grund, mir Sorgen zu machen. Sie erwähnten mich nur nebenher – mit meinem Titel, nicht mit Namen, da Selia den nicht kannte – und konzentrierten sich auf die Liebe, die Morai gefunden hatte. Sie machten aus der Banditenballade ein Liebeslied und lieferten ihm ein Ende, das es dem Tahlion gestattete, auf eine weitere Verfolgung Morais zu verzichten.

Herzog Vidor humpelte hinter ihr aus der Menge, als das dritte Lied endete, und applaudierte lauter als alle anderen. Halsted erschien und nahm ehrfürchtig ihre Laute entgegen. Der Herzog nahm ihren Arm und führte sie geradewegs zur Prinzessin und zu mir. In Selias Augen zuckte Erkennen auf.

»Eure Hoheit, ich möchte Euch die Bardin Selia ra

Jania vorstellen.« Er zögerte, dann korrigierte er sich. »Besser gesagt, Dame Selia, da ihr Vater ein janischer Edler ist. Dame Selia, Prinzessin Zaria.«

Selia führte einen tiefen Knicks aus. Prinzessin Zaria lächelte und erwiderte die Begrüßung. Dann wandte Vidor sich mir zu. »Edler Nolan, dies ist Dame Selia ra Jania ...«

Ich unterbrach ihn. »Wir kennen uns.« Ich streckte ihr die offene rechte Hand entgegen, und als sie die ihre hineinlegte, begrüßte ich sie mit Handkuß. Dann wandte ich mich der Prinzessin zu. »Stellt ihr keine Fragen über mich. Sie wird Euch nur mit Geschichten über einen Darkesh-Banditen den Kopf verdrehen, der einige Zeit mit Morai ritt. Nichts davon ist wahr.«

Selia lächelte und nickte verlegen. »Der edle Herr Herzog meint, wir sollten uns über die Flucht aus dem Dhesiribau unterhalten. Er sagt, es könnte ein reizvolles Lied ergeben.«

»Vielleicht läßt sich das einrichten«, erwiderte ich.

Herzog Vidor verbeugte sich sofort vor der Prinzessin. »Wer sind wir, daß wir uns in den Weg der Künste stellen? Da diese beiden etwas zu bereden haben, könntet Ihr mir vielleicht die Gnade dieses Tanzes gewähren? Er ist einfach genug, daß ich mich in der Lage sehe, ihn hervorragend zu meistern.«

Die Prinzessin sah mich und Selia an, dann drehte sie sich um und nahm den Arm des Herzogs. »Natürlich.« Kurz darauf waren sie in einem wogenden Meer aus Silber und Blau verschwunden.

Ich nahm höflich Selias Arm und führte sie um den Tanzflur in die Gärten. Am Himmel über uns tat der halbvolle Wolfsmond sein Bestes, den kleineren Kaninchenmond auf ihrer Jagd von einem Horizont zum anderen einzuholen. Der Nachtwind vermischte die salzige Meeresluft mit dem süßen Duft nachtblühender Orchideen. In einer schattigen Ecke fand ich eine Steinbank und führte Selia hinüber.

»Danke, daß du nichts gesagt hast, Selia. Es ist wichtiger, als du dir vorstellen kannst, daß mein wahres Ich geheim bleibt.«

Sie lächelte mich etwas zu leichthin an, dann nickte sie. »So arbeiten wir vielleicht an mehr als nur einer Ballade?«

Ich schüttelte ernst den Kopf. »Nicht hierüber.« Ich verzog das Gesicht, dann sank ich vor ihr auf ein Knie. Ich nahm ihre rechte Hand und hielt sie fest, wenn auch nicht so grob wie in Kieferquell. »Ich muß dir eine Frage stellen, und ich brauche eine ehrliche Antwort. Ist Morai in Seir?«

Sie versteifte sich und sah über mich hinweg.

Ich drückte sanft ihre Hand. »Selia, ich bin nicht dumm. Die Frau in den beiden letzten Strophen deines Liedes bist du. Wenn du es geschafft hast, ihn zu zähmen und zu überzeugen, das Banditenleben aufzugeben, ich bin ganz auf deiner Seite … auf eurer Seite.« Ich hob die Hand, faßte ihr Kinn zwischen Daumen und Zeigefinger und zog ihren Kopf herab, so daß sie mich ansah. »Du mußt mir glauben, daß ich nicht vorhabe, Morai festzunehmen oder zu töten, und ich würde nie von dir verlangen, ihn zu verraten – wohl aber, mein Geheimnis zu wahren. Ich muß mit ihm reden.« Ich zögerte. »Ich brauche seine Hilfe.« Ich stand auf und starrte hinaus aufs Meer, auf dessen Oberfläche sich der Sternenhimmel spiegelte. »Das einzige, worauf niemand vorbereitet war, als man mich hierher schickte, ist die Möglichkeit gewesen, daß ich Neuigkeiten von der Straße benötige. Ich kann sie mir nicht besorgen. Ich würde in einem hiesigen Ghetto zu sehr auffallen … Wenn es mir überhaupt gelänge, dorthin zu kommen, bei all den Zeremonien hier.« Ich drehte mich wieder zu ihr um und kreuzte die Arme über der Brust. »Darüber hinaus weiß ich nicht, wem ich hier trauen kann. Sie könnten alle in Intrigen verwickelt sein.« Ich machte eine Pause und lächelte sie an. »Du siehst, ich brauche Morai.«

Sie zögerte. Das Mondlicht glänzte silbern auf ihrem Haar, als sie verlegen lächelte. »Ja, er ist hier.«

»Wo?« fragte ich. Dann dämmerte mir die Antwort. Ich lächelte, grinste, lachte auf. »Endlich kann ich *ihn* einmal überraschen.«

Ich öffnete lautlos einen kleinen Spalt weit die Tür zu meiner Suite. Ich hörte ein leises Scharren und einen gemurmelten Fluch. Ich unterdrückte ein Lachen, schlich mich in die Bibliothek und knallte die Tür mit einem donnernden Krachen ins Schloß.

Morai war nur als dunkler Schattenriß unter dem Spitzbogen zu sehen, der in mein Schlafzimmer führte. »Keinen Laut, Edler Keane, oder Ihr werdet die Krönung der Prinzessin nicht mehr erleben.« Eine schnelle Bewegung, und wie durch Zauberei erschien ein Schwert in seiner Hand. »Nur ein Narr würde einen bewaffneten Schwertkämpfer mit einem Dolch angreifen.«

Ein dunkles, irrwitziges Kichern stieg aus meiner Brust auf, und ich beschwor meinen Süntklieber.

Morais Silhouette zuckte zusammen.

»Pfalzgraf Cadmar und der Stern von Sinjaria befinden sich in einer anderen Suite. Ich habe dieses Quartier erst heute erhalten.«

Morai zuckte die Schultern. »Oh.« Dann drehte er den Kopf und starrte mich durch die Dunkelheit an. Nach einer Sekunde Zögern setzte er die Schwertspitze auf den Boden und bot das vollendete Bild empörter Beleidigung. »Was machst du hier, Tahlion?«

Ich hockte mich hin und stocherte mit dem Schürhaken in der Glut des Kamins. Dann warf ich ein schmales Scheit nach, und das Feuer erhellte das Zimmer. »Setz dich und nimm dir einen Becher Wein, falls du noch welchen übriggelassen hast.« Ich drehte mich zu ihm um. »Ich habe etwas mit dir zu besprechen.«

Morai wirkte in seiner nachtschwarzen Diebesmontur ebenso heldenhaft gutaussehend wie bei unserer letzten Begegnung. Ich setzte mich ihm gegenüber und nahm den Weinkelch an, den er mir reichte. »Freut mich zu sehen, daß du dich nicht von Selias Sangeskünsten aushalten läßt.«

Er zuckte die Achseln und trank. »Das ist eine Auftragsarbeit. Irgendein sinjarischer Adliger fordert den Stein.« Er grinste mich an. »Außerdem muß ich in Bewegung bleiben, damit ich nicht so fett werde wie dein Hauptmann Herman.«

»Er gehört nicht zu mir. Er ist ein Lanzer.«

»Er ist ein Tahlion. Die sind alle gleich.« Er nahm noch einen Schluck. »Soll natürlich keine Beleidigung sein.«

Ich schnaubte. »Schon gut.« Ich wartete, bis er sich nachgeschenkt hatte, bevor ich weitersprach. »Ich habe ein Problem, bei dem ich deine Hilfe gebrauchen könnte. Jetzt sieh mich nicht so beleidigt an. Die Hälfte der Tahlion in Tahlianna glaubt ohnehin, daß wir uns abgesprochen haben, alle wirklich wahnsinnigen Verbrecher des Reiches gemeinsam zur Strecke zu bringen.«

»Und die andere Hälfte?«

»Die andere Hälfte weiß, daß du mich nur dazu benutzt, deine Banden zu verringern, weil du die Beute am liebsten mit dir allein teilst.«

Morai kicherte. »Red weiter. Ich werde versuchen, meine Gefühle und moralische Entrüstung im Zaum zu halten.«

»Sehr freundlich.« Ich trank einen Schluck Wein. Es war ein herzhafter janischer Roter. Rasch entschied ich, wieviel Kenntnisse ich Morai anvertrauen konnte und legte meine Geschichte entsprechend zurecht. »Ich bin hier, weil es Gerüchte gibt, die einen Machtkampf nach der Krönung vermuten lassen. Verschiedene Fraktionen wollen kontrollieren, wer die Prinzessin heiratet, um ihre Pläne für die Zukunft von Hamis zu fördern. Ich muß herausfinden, wer es ist und über welche Mittel sie verfügen.« Ich ließ den Kopf hängen und sah ins Feuer. »Ich sitze hier fest und bin gezwungen, in der Gesellschaft der Männer zu dinieren und zu tanzen, die möglicherweise eine Revolte planen, während ich eigentlich da draußen sein sollte, um herauszufinden, wer Truppen anheuert oder ...« Ich grinste ihn an. »... ausgezeichnete Diebe, damit sie für ihn Gegenstände von symbolischem Wert stehlen.«

Morai saß schweigend in seinem Sessel und sah an mir vorbei. Er stellte den Weinpokal ab und legte die Fingerspitzen aneinander. »Mir ist nichts von Bedeutung zu Ohren gekommen, aber ich habe mich auch nicht umgehört. Irgend jemand heuert ganz sicher Söldner an, in letzter Zeit treiben sich genug in der Stadt herum, doch ich weiß nicht, wer.«

»Findest du es für mich heraus? Ich brauche die Namen dringend, und du bist der einzige, der sie mir beschaffen kann.«

Er lachte und beobachtete mich aus schmalen Augen. »Ja, ich werde sie dir beschaffen, und zu den Höllen mit der Berufsehre. Es wäre schließlich nicht das erste Mal, daß wir zusammenarbeiten, was, Tahlion?« Er lachte so heftig, daß er aus dem Sessel kippte.

Meine Schulter pochte vor Schmerz.

KAPITEL SECHZEHN

Novize: Solo

Nachdem ich Ring verlassen hatte, stand ich vor einem ernsten Problem. Soweit ich wußte, hatte noch niemand zuvor getan, was ich getan hatte – und ich war mir ziemlich sicher, daß wir nichts davon gehört hätten, falls doch –, also hatte ich keine Ahnung, was für ein Empfang mich in Tahlianna erwartete. Die schlimmstmögliche Wendung war, daß Ring gleich nach Tahlianna ritt und Edler Hansur Reiter ausschickte, um mich zurückzubringen.

Ich glaubte allerdings nicht ernsthaft daran, daß Ring allzu viel Interesse daran hatte, unsere Trennung an die große Glocke zu hängen, und da ich noch die Hälfte meiner Lehrreise vor mir hatte, entschied ich weiterzureiten, bis die Zeit um war oder mich jemand fand und zur Rückkehr nach Tahlianna zwang. Und ich zog ein gewisses Maß an Befriedigung aus dem Wissen, daß eine Soloreise meine Überlebensfähigkeiten wirklich unter Beweis stellen würde, und deshalb selbst dann in den Augen meiner Vorgesetzten einen Wert haben mußte, wenn ich mir deren Zorn zugezogen hatte.

Mein größtes Problem war Geld. Ring hatte von den verschiedenen Lanzer- und Krieger-Einheiten, die überall Dienst taten, Geld holen können. Wenn es wirklich eng wurde, konnte er einen mit seinem Totenkopfzeichen besiegelten Schuldschein ausstellen, den man gegen die örtliche Währung eintauschen konnte. Aber ich konnte keinen dieser Scheine herstellen – zumindest nicht auf ehrliche Art und Weise. Außerdem war ich entschlossen, um Tahlion-Unterkünfte einen Bogen zu machen, um keinen Rückruf herauszufordern, obwohl mich das ebenfalls von einer bereitwillig sprudelnden Geldquelle abschnitt.

Also wählte ich die einzige Lösung, die mir für mein Dilemma einfiel: Ich verbrachte einen großen Teil meiner Zeit damit, auf Bauernhöfen zu arbeiten. Indem ich ein paar Tage harte Arbeit gegen Unterkunft und genug Nahrung eintauschte, um den Weg ein Stück fortzusetzen, ritt ich von Leth nach Ell, wo ich einen Job als Bewacher in einem Händlerzug ergatterte, der mich nach Boucan brachte und für den ich genug Sold erhielt, um mir danach etwas mehr Freiheit in meinen Reisen zu gestatten.

Ich ritt vom Ende der Strecke aus nach Norden und trug dabei grundsätzlich meine Tahlion-Uniform. Ich legte sie bewußt nicht ab, damit die Leute mich sahen und Gelegenheit hatten, einen Tahlion ohne lähmendes Entsetzen zu betrachten. Sie sollten wissen, daß es da draußen jemanden gab, der sie beschützen oder ihnen angetanes Unrecht vergelten würde, und daß dieselbe Person auch vorbeikommen und ihnen bei der Ernte helfen oder Holz hacken konnte. Es wurde besonders wichtig für mich, dieses Bild der Tahlion zu zeigen, und mir war klar, daß ich so hart daran arbeitete, um zu verhindern, daß Rings Vorstellungen sich durchsetzten und es zum Maßstab aller Tahlion wurde, ob diese damit einverstanden waren oder nicht.

Für den größten Teil war die Reise nicht weiter bemerkenswert, und die Dinge, um die man mich bat, schienen einfach genug. Ab und zu half ich, vermißte Kinder oder Tiere zu suchen, und einmal kämpfte ich mit einem tyrannischen Zimmermann, der seine Lehrlinge mißhandelte, ohne ihn dafür gleich zu töten. Ich hörte Gerüchte über eine Banditenbande, die mir etwa eine Woche voraus war, und versuchte sie einzuholen – sie erwies sich jedoch als äußerst schwer greifbar.

In Nordjuchar ritt ich nur Stunden nach einem Banditenüberfall in ein Dorf. Ein halbes Dutzend Männer waren in den Ort geritten, hatten alle zusammengeschlagen, die es gewagt hatten, sich ihnen entgegenzustellen, und das Geld gestohlen, das die Dorfbewohner zur Begleichung der Steuern gesammelt hatten. Die Geschichte glich der, die ich schon in anderen Dörfern gehört hatte, aber für die Szene, die sich mir auf diesem Dorfplatz bot, galt das ganz und gar nicht.

Drei stämmige Kerle in der Uniform des örtlichen Barons hatten einem älteren Mann die Kleider vom Leib gerissen und ihn an den Pranger gefesselt. Einer der Soldaten war dabei, sich einen Schlagring um die Faust zu schnallen, und lachte über das unartikulierte Schluchzen seines Opfers. Einen Augenblick lang dachte ich, die Männer des Barons hätten einen der Banditen gefangen, aber dann fiel mir auf, daß keiner der versammelten Dörfler den Gefangenen beschimpfte. Im Gegenteil, die meisten von ihnen wirkten entsetzt.

Ich lenkte Wolf in die Mitte der Menge und zog schwarze Handschuhe über. »Halt! Was geht hier vor?« Ich reckte mich im Sattel und bemühte mich, Eindruck zu machen.

Der Mann mit dem Schlagring knurrte mich an, dann sah er, was ich war, und wurde etwas höflicher. »Leigh behauptet, Banditen hätten die Steuern gestohlen, die wir abholen sollen. Er lügt und weigert sich, uns zu sagen, wo er das Geld versteckt hat, also werde ich die Antwort aus ihm herausprügeln.« Er schüttelte die Faust. Dann nahm er schulterzuckend ein Ende des Ledergurts zwischen die Zähne und zog den Knoten fest.

Leigh, der am Pranger stehende Dorfobmann, hatte bereits zwei blaue Augen von dem Überfall. Er hob den Kopf und sah mich. Seine Tränen versiegten auf der Stelle, und er rief mir zu: »Tahlion, Ihr müßt die Banditen finden. Ihr müßt das Geld zurückbringen. Wir hatten eine gute Ernte und das gesamte Steuergeld beisammen, bis sie es uns gestohlen haben.«

Der Mann mit dem Schlagring schwang zweimal die Faust durch die Luft und grinste. »Hör auf zu lügen, Leigh. Wenn du einen Tahlion anlügst, kann das schlimmere Folgen haben als bei mir.« Der Mann des Barons sah mich an und wartete auf eine Bestätigung.

Ich schüttelte den Kopf. »Schlag ihn nicht.«

Er trat näher an Leigh heran und hielt dem verängstigten Obmann den Schlagring unter die Nase. »Ich habe meine Befehle, Tahlion.« Er drehte sich nicht mehr zu mir um. »Entweder ich bekomme die Steuergelder, oder ich verteile Schläge.«

Ich saß ab, und die Menge wich zurück. »Hast du den Verstand verloren? Willst du mir erzählen, du hättest vor, einen Unschuldigen zusammenzuschlagen, während die Banditen, die dieses Dorf und andere in der Nähe ausgeraubt haben, entkommen?« Ich schüttelte ungläubig den Kopf. »Das ergibt überhaupt keinen Sinn.«

Der Steuereintreiber zuckte nur die Achseln. »Ich befolge lediglich meine Befehle.« Er trat mit einem schnellen Schritt hinter den Pranger und trieb Leigh die Faust in den Magen. Der Obmann übergab sich und sackte zusammen.

Der Schläger grinste, als er sich zu mir umdrehte. »Seht ihr? Ich tue nur, was man mir sagt.«

Ich starrte ihn an. »Dann laß ihn in Ruhe.«

Ein bösartiger Ausdruck trat auf sein Gesicht. »Und was erzähle ich meinem Herrn? Ich sage ihm, daß ich diesen Mann ungeschoren ließ, weil ein Tahlion mir das befohlen hat, und er sagt seinen Folterern: ›Bringt Marko hier zum Reden und dann meldet mir, wo er meine Steuergelder versteckt hat.‹ Nicht mit mir, Tahlion. Das werden sie mit mir nicht machen, weil ich ihnen keinen Grund dazu geben werde.«

Ich zog den Handschuh von der rechten Hand und hielt die offene Hand empor, so daß sie alle sehen konnten. »Ich bin noch kein Tahlion, Marko, aber ich befehle dir trotzdem, ihn in Ruhe zu lassen.«

Marko nickte seinen beiden Begleitern zu. Sie kamen von beiden Seiten auf mich zu, und ich trat ein Stück zurück, kurz bevor sie mich erreicht hatten. Beide zuckten zurück, um nicht zusammenzustoßen. Ich trat mit dem rechten Fuß aus und erwischte einen von ihnen im Bauch, dann versetzte ich dem anderen mit der linken Hand einen Hieb an die Schläfe. Der Mann, den ich getreten hatte, brach, die Hände auf den Magen gepreßt, zusammen, bei seinem Partner brauchte es noch einen Schwinger ans Kinn, um ihn kampfunfähig zu machen.

Ich stand triumphierend über Markos am Boden liegenden Begleitern und sah ihn an. »Ich kenne Rechtsprecher, die dich allein schon dafür töten würden, daß du deine Freunde auf sie hetzt, und ich kenne andere, die dir jeden Hieb, den du Leigh versetzt, mit zehn Hieben vergelten würden.« Ich breitete die Hände aus. »Mit mir ist sehr viel besser Kirschen essen. Laß ihn zufrieden, und du brauchst dich weder vor mir noch vor einem wütenden Edlen zu rechtfertigen.«

Marko musterte mein Gesicht und versuchte herauszufinden, welche Art Falle ich ihm da stellte. »Ich werde die Banditen nicht verfolgen.«

Ich schüttelte den Kopf. »Das brauchst du nicht. Ich kümmere mich um die Banditen und du um deinen Baron.«

»In Ordnung, das ist gerecht.« Er machte Leigh frei, während ich zu seinem Pferd ging. Ich suchte in seinen Satteltaschen, bis ich einen Ordner mit mehreren losen Bögen fand. Ich zog einen heraus und schickte einen der Dorfbewohner, Tinte und eine Schreibfeder besorgen.

Marko sah herüber und verfolgte, was ich tat. Mit der Feder schrieb ich eine Quittung für die Steuern des Dorfes, unterzeichnete mit meinem vollen Namen und ein paar kunstvollen Schleifen. »Gib das deinem Baron. Er wird wissen, was es ist und was er damit tun muß. Er wird es an Stelle des Gelds nehmen.«

»Jetzt werden deine Herren wütend sein.« Marko

nahm die Quittung und las sie mühsam. Seine Lippen formten jedes einzelne Wort. Zufrieden sah er zu mir hoch. »Wie willst du ihnen so viel Geld ersetzen?«

Ich lächelte, obwohl ich mich nicht annähernd so selbstsicher fühlte, wie ich zu sein vorgab. »Ich werde es mir wohl von den Banditen holen müssen.«

Ich folgte der Bande so dichtauf, wie ich nur wagte und schaffte es, ihren Vorsprung von einem halben Tag auf eine halbe Stunde schrumpfen zu lassen, indem ich weder Wolf noch mir etwas schenkte. Mir war unbehaglich, denn ihre Spur schien erstaunlich offensichtlich. Sie besuchten keine anderen Dörfer und unternahmen nicht den geringsten Versuch, sich zu verstecken. Es hatte den Eindruck, daß sie Wert darauf legten, jedermann wissen zu lassen, wo sie vorbeigekommen waren.

Wir bewegten uns nach Norden, was uns in die Nähe der Grenze zu Venz brachte. Ich erwartete, daß sie in diese Richtung weiterziehen und über die Grenze in die Westmarken Venz' reiten würden, die für ihre Gesetzlosigkeit bekannt waren, aber sie überraschten mich und drehten nach Westen ab. Erst als ich über den letzten Berg kam und sie unter mir im Wald verschwinden sah, kam mir zum ersten Mal ernsthaft der Gedanke, sie könnten mir entkommen.

Von der Bergkuppe aus breitete sich ein Ozean aus dichtem Wald unter mir aus. Auf meiner Verfolgungsjagd war ich bereits durch die Wälder Nordjuchars gekommen, aber im Vergleich zu dem, was ich dort unten sah, waren sie offene Steppe gewesen. Im ganzen Rest der Welt gab es nichts, was sich mit Waldholm vergleichen konnte.

Einzelne Inseln aus grauem Granit brachen durch das Blätterdach, aber abgesehen von diesen kahlen Berggipfeln konnte ich von meinem Beobachtungspunkt aus keinerlei Lichtungen oder sonstige freie Flecken ausmachen. Die Bäume saugten das Sonnenlicht auf, das ihnen Leben schenkte, aber unterhalb der Wipfeldecke erreichte es bestenfalls in symbolischer Stärke den Boden. Der titanische, düstere Wald vor mir lag über dem Land wie eine lebende Kreatur und machte es zu einem Wagnis, ihn auch nur zu betreten.

Fast konnte ich das Lachen der Banditen hören. Niemand würde ihnen in diesen Wald folgen. Das war Waldholm. Selbst die Tahlion hatten sich geweigert, Kritan dem Verrückten in seine grünen Tiefen zu folgen. Im Schatten des Ælvenhains fühlten sie sich vor allen denkbaren Gefahren sicher, und wahrscheinlich hielten sie sich auch für tapfer genug, mit allem fertig zu werden, was der Wald ihnen bescheren mochte.

Waldholm verschluckte die Banditen. Ich wartete auf dem Berg, lauschte auf ihre Schreie, aber ich hörte nichts. Ich warf den Kopf in den Nacken und lachte laut auf. »Du weißt es, nicht wahr, Waldholm? Du fühlst, daß ich hier warte. Du wirst sie erst vernichten, wenn ich dein Reich betreten habe und zu ihnen gestoßen bin, ja?« Ich trieb Wolf vorwärts. »Na gut. Ich nehme deine Herausforderung an.«

Je näher ich Waldholm kam, desto mulmiger wurde mir. Selbst weit entfernt in Sinjaria hatte ich Erzählungen über Waldholm gehört. Ich wußte, daß er eine Ælvenzuflucht war, ähnlich wie Der Wald, der näher an meiner Heimat lag. Und auch wenn reichlich Legenden davon erzählten, wie die Ælven den Helden der Menschen in den epischen Schlachten der Vorzeit beigestanden hatten, wußte ich doch, daß jeder Funken einer Freundschaft, die zwischen ihnen und der Menschheit einmal bestanden haben mochte, längst erloschen war und nur Wahnsinnige oder Narren sich heute noch in eines ihrer Gebiete wagten.

Die Ælven der Legenden sind groß und gertenschlank, dabei aber geschmeidig und drahtig, keineswegs schwächlich oder zerbrechlich. Ihre Augen sind größer als die der Menschen und gestatteten es ihnen, auch im dunklen Wald klar zu sehen. Ihre Haut soll sehr fahl sein, weil sie nie in Berührung mit dem Sonnenlicht kommt. Alle Geschichten beschreiben die Ælven als von erhabener Schönheit, und zum Erstaunen der menschlichen Helden sämtlicher Legenden wird immer wieder deutlich, daß sie niemals eine Vermischung ihres Blutes mit dem der Menschen zulassen würden.

Es heißt, daß genau in der Mitte Waldholms ein gewaltiger Baum steht, der die Heimat aller Ælven ist. In seinen Ästen haben sie eine Stadt erbaut, und er ist durch hohe Hängebrücken mit den umstehenden Bäumen verbunden. Die Ælven haben den Baum durch mächtige Zauber am Leben erhalten und benutzen dieselben Zauberkräfte dazu, ihr ganzes Leben zu verschönern. Sie tragen nur seidene Kleidung, die schillert wie ein Regenbogen und niemals schmutzig wird. Ihr ganzes Leben ist erfüllt von Frieden und Schönheit.

Aber kein Mensch hat diese Stadt je zu Gesicht bekommen, und alle Versuche, sie zu erreichen, wurden von den Xne'kal blutig zurückgeschlagen.

Die Xne'kal sind in Wesen, Gestalt und Herkunft Ælven. Aber im Gegensatz zu diesen stehen sie den Menschen in offener Feindschaft gegenüber. Die Xne'-kal tragen Fellkleidung und sind mit Speeren und Wurfpfeilen bewaffnet. Sie streifen in großen Horden durch Waldholm und Den Wald und bringen jeden Eindringling um, den sie finden.

Kein Mensch hat je eine unwiderlegbare Erklärung für die Feindseligkeit der Xne'kal gefunden, aber es gibt eine weitverbreitete Theorie, die zumindest mehr einleuchtet als alle anderen: Vor langen Zeiten einmal waren Ælven in allen Landstrichen des Zerbrochenen Reiches anzutreffen, aber noch bevor Clekan sein Reich gründete, war ihre Domäne bereits drastisch geschrumpft und wurde von allen Seiten von den Menschen bedrängt. Ich persönlich glaube, daß die Xne'kal sich bewußt entschieden, Krieg gegen die Menschen zu führen und sie fernzuhalten, um es den Ælven zu ermöglichen, weiterhin in Frieden zu leben und ohne menschliche Einmischung ihre Künste auszuüben.

Die Xne'kal sind als wilde Kämpfer bekannt. Ihre Waffen sind häufig vergiftet, und schon so mancher Held hat von ihrer Hand den Tod gefunden. Aber sie verlassen nur selten ihre Wälder, um menschliche Siedlungen anzugreifen. Es gibt sogar Berichte, nach denen sie Kinder, die sich in den Wald verirrten, zu ihren Eltern zurückgebracht haben sollen. Andererseits schlachten sie regelmäßig Vieh ab, das irgendein Bauer in Waldholm grasen läßt.

Ich hielt am Rand des Waldes an und stieg ab. Dann holte ich ein Stück Pergament und mein Schreibzeug aus der Satteltasche und setzte einen kurzen Brief an Hochwalter Hansur auf, in dem ich ihm mitteilte, wo ich war und was ich vorhatte. Ich faltete ihn und zeichnete nach besten Kräften einen Totenkopf auf die Außenseite. Ich band die Botschaft an den Sattel, dann nahm ich Wolf die Satteltaschen ab und holte gewissenhaft alles heraus, was ich im Wald mit Sicherheit nicht brauchen würde.

Aus dem Haufen schmutziger Wäsche und seltsam geformter Steine zog ich eine dreckige Socke und füllte sie mit Erde, Gras und einem kleinen Stück Baumrinde. Dann band ich sie an das Sattelhorn, damit die Magicker eine Möglichkeit hatten, die Stelle zu bestimmen, an der ich Waldholm betreten hatte. Jetzt drehte ich Wolf genau nach Osten und gab ihm einen Schlag auf die Kruppe. »Los, Wolf, verschwinde von hier. Lauf nach Tahlianna.«

Ich weiß nicht, ob er mich verstand, aber er verschwendete jedenfalls keine Zeit, Waldholm weit hinter sich zu lassen. Ich sah ihm hinterher, als er in einer Staubwolke über den Berg verschwand, und lachte: »Ich frage mich, wer von uns beiden hier das dumme Tier ist?«

Ich hob die Satteltaschen auf und warf sie mir über die Schulter. Ohne Wolf fühlte ich mich einsam, aber ich wußte, daß er mir in Waldholm wenig nutzen konnte. An den Spuren sah ich, daß die Banditen abgesessen waren, sobald sie Waldholm betreten hatten. Die Bäume standen so dicht und hatten so viele tief herabhängende Zweige, daß es unmöglich schien, durch den Wald zu reiten. Tatsächlich war das Unterholz häufig so dicht, daß man sich selbst zu Fuß erst mit dem Schwert einen Weg bahnen mußte. Ich tröstete mich mit dem Gedanken, daß ich mir das Tier eines der Banditen nehmen konnte, wenn ich sie erst gefangen hatte.

Außerhalb Waldholms wärmte mich die Mittagssonne, aber im Innern des Waldes hätte es ebensogut Mitternacht sein können, so dunkel und kalt war es. Hätten die Banditen nicht so eine breite Schneise ins Unterholz geschlagen, die mit frischem Reisig bedeckt war, hätte ich ihre Spur vollends verloren. Es drang gerade genug Licht durch die Wipfel, um den Wald mit flüchtigen Schatten zu füllen, und mehr als einmal zuckte ich zusammen, weil ich glaubte, einen Xne'kal-Krieger zu sehen, der sich dann aber als nichts Bedrohlicheres denn eine Kiefer oder Eiche herausstellte. Trotzdem verschafften das gelegentliche Zwitschern eines Vogels oder Zirpen eines Insekts Waldholm einen gewissen Vorsprung gegenüber dem Düsterlabyrinth, was die Aura von Gefahr und drohendem Verhängnis betraf.

Rein zufällig entdeckte ich einen schmalen Pfad, der etwa parallel zum Kurs der Banditen verlief. Ich bog auf ihn ab und holte sie schnell ein, ohne daß sie mich entdeckten. Ich konnte sie nur allzu deutlich fluchen und durch das Gehölz brechen hören.

Ein mausiger kleiner Kerl blieb stehen, um Atem zu holen. »Also Dav, das war keine deiner besseren Ideen.«

»Halt's Maul, Giac«, knurrte der Bandenchef ihn in rauhem Flüsterton an. »Wir schlagen einen kleinen Bogen hier durch den Wald, und wenn wir in Venz rauskommen, ist alle Welt überzeugt, daß wir tot sind. Niemand wird mehr nach uns suchen.« Der Anführer der Banditen klang lebhaft und selbstsicher. Die kurzen Blicke, die ich durch das Unterholz von ihm erhaschte, zeigten einen muskulösen Kahlkopf mit dichtem schwarzem Schnauzbart.

Ein anderer Bandit meldete sich zu Wort. Er trug das graumelierte Haar lang, ebenso wie seinen Bart. Er war hager, mit faltigem Gesicht und deutlich der Älteste der Gruppe. »Und was ist mit den Ælven? Denen wird unser kleiner Abstecher durch ihren Wald gar nicht gefallen.«

Ein schwarzhaariger Bursche etwa in meinem Alter antwortete ihm. »Wenn wir schnell genug wieder hier raus sind, merken sie gar nicht, daß wir hier sind. Es ist ein Risiko, aber die Zeit arbeitet für uns. Wir machen das schon, Elston.«

Der ältere Mann lächelte über die Zuversicht des jungen Mannes und schüttelte den Kopf. »Ich hoffe, du hast recht, Morai, um deinetwillen. Du hast noch mehr vom Leben zu erwarten als ich.«

Stahlharte Finger gruben sich von hinten in meinen Hals und nahmen mir jedes Interesse an der Unterhaltung der Banditen. Ich ließ mich in die Hocke fallen und rollte nach hinten. Das brach den Griff um meinen Hals, und noch bevor ich sehen konnte, wer mich angegriffen hatte, rollte ich weiter und stieß beide Beine hoch in den Brustkorb meines Gegners. Ich brachte den Rückwärtssalto zum Abschluß und wirbelte herum, um mich dem Angreifer zu stellen.

Mein Tritt hatte den Xne'kal-Krieger ein, zwei Mannslängen den Weg hinab gestoßen. Die roten Abdrücke meiner Stiefel zeichneten sich deutlich auf seiner Brust ab, und zwischen den Brustwarzen liefen dünne Blutspuren herab, wo meine Sporen sich ihm ins Fleisch gebohrt hatten. Er trug einen Lendenschurz und ein Armband aus Bergleopardenfell. Noch bevor er Anstalten machte, wieder aufzustehen, streckte er einen ungewöhnlich langen, dünnen Arm nach dem Speer aus, der mitten auf dem Weg lag.

Ich warf mich auf ihn und traf ihn an der Brust, aber er schlug mich mit einem schnellen, harten Hieb an die Schläfe beiseite. Ich wurde zurückgeschleudert und rollte davon, bis ich gegen einen Baum prallte. Ich warf mich auf den Bauch, stieß mich nach hinten ab, um seinem ersten Speerstoß zu entgehen und sprang auf, schnell genug, um mein Schwert zu ziehen und seinen zweiten Stoß zu parieren.

Sein langes weißes Haar wehte, als er mich umkreiste. Ich sah spitz zulaufende Ohren, konzentrierte mich aber auf die großen schwarzen Augen. Aufrecht war er nur dreißig Zentimeter größer als ich, aber so hager, daß er erheblich größer wirkte. Seine Hände hatten nur drei Finger und einen Daumen, aber die Schmerzen in meinem Hals waren ein deutlicher Beweis dafür, daß die schlanken Hände dadurch um nichts schwächer waren.

Der Xne'kal sprang gerade auf mich zu und erwartete sichtlich, daß ich zurückwiche. Statt dessen schlug ich seinen Speer mit dem Schwert nach unten weg und riß es augenblicklich wieder hoch, ohne einen Zentimeter auszuweichen. Er lief mir geradewegs in den Angriff, und das Schwert schnitt ihm den Hals ab.

Er stürzte mit einem dumpfen Geräusch zu Boden. Ich kniete mich hin und untersuchte die Feuersteinspitze seines Speers. Sie war mit einer klebrigen grünen Substanz überzogen. Der süßliche Geruch, der mir in die Nase drang, als ich den Speer ans Gesicht hob, entlarvte sie augenblicklich: Es war ein Pflanzengift, das in der Wunde eiterte, und die Menge auf der Speerspitze reichte aus, einen Menschen langsam und qualvoll zu Tode zu bringen.

Ich sah mich um, konnte aber keine weiteren Xne'kal sehen. Ich fand auch keinerlei Hinweise darauf, daß sich noch andere in der Nähe befanden, aber das beruhigte mich überhaupt nicht. Den tot vor meinen Füßen liegenden Ælf hatte ich auch nicht gesehen oder gehört, während er sich anschlich. Ich rannte den Pfad weiter hinauf, und als ich auf Höhe der Banditen war, brach ich zu ihnen durch.

Wie erwartet, kam das plötzliche Auftauchen eines Tahlion für die Bande als ein Schock. Einer, ein Bursche von abenteuerlich gutem Aussehen in abgetragener, aber modischer Montur, ließ die Hand auf den Schwertgriff fallen.

Ich lächelte ihn an und hob das Schwert, so daß sie alle das dunkle, fast schwarze Blut sehen konnten, das die Klinge benetzte. »Nicht so hastig. Wir werden gleich alle mehr als genug Gelegenheit zum Töten bekommen.« Ich wandte mich an Dav. »Ich habe gerade auf einem Pfad, der neben diesem hier verläuft, einen Xne'kal getötet. Ich nehme an, daß wir umzingelt sind.«

Was immer man sonst über ihn sagen konnte, Dav war ein Mann der schnellen Entschlüsse und in jeder Hinsicht ein Anführer. »Morai, du und der Tahlion hier nach vorne. Geradewegs nach Osten. Laßt die Pferde. Elston, du und Ivan nach hinten. Ario, Giac, nehmt das Gold.«

Ich deutete in die Richtung, aus der ich gekommen war. »Da drüben verläuft ein schnellerer Weg.«

Dav sah in die Richtung, in die ich zeigte, nickte und befahl Morai und den anderen, mir zu folgen. »Morai, wenn wir es auf den Granitblock schaffen, den wir gesehen haben, bevor wir in diesen verfluchten Wald kamen, können wir sie vielleicht abwehren.«

Morai zog sein Langschwert, und wir marschierten hastig den Xne'kal-Weg entlang. Wir wären lieber gelaufen, aber das war unmöglich, weil Giac und Ario in der Mitte der Gruppe mehrere Säcke Gold schleppten. Elston und Ivan, ein blonder Hüne mit einer Streitaxt, stellten die Nachhut. »Ivan ist stumm, aber er kämpft wie ein Besessener«, stellte Morai fest.

Hinter uns hörten wir die Pferde aufschreien.

Dav schüttelte den Kopf. »Das war's dann, Jungs. Vergeßt das Gold und rennt um euer Leben. Der Fels ist unsere einzige Chance.«

Giac, ein in jeder Hinsicht durchschnittlicher Bursche, weigerte sich. »Ich trage es hier raus, und dann gehört es mir.«

»Von mir aus. Bewegung.«

Elston und Ivan rannten an Giac vorbei. Der tat noch einen Schritt vorwärts, dann kippte er nach vorne. In seinem Rücken zitterte ein Xne'kal-Pfeil. Panik erfaßte uns und wir rannten so schnell wir konnten durch die Grabesstille der Walddunkelheit.

Wir hielten kurz vor dem Granitberg an und rangen um Atem. Vor uns lichtete sich das Unterholz, und Sonnenlicht funkelte durch die Wipfel. Das offene Gelände war eine zerklüftete, wilde Landschaft aus gewaltigen Felsblöcken, die eine nackte Granitnadel umgaben, die verdreht in den Himmel ragte. Es war ein ungeselliger Ort, aber uns erschien er wie ein Paradies.

Wir warteten auf Ario, aber er kam nicht. Zum Glück verschluckte Waldholm seine Schreie ebenso vollständig wie ihn selbst. Ich drehte mich zu Dav um und wischte mir mit dem Ärmel den Schweiß von der Stirn. »Sie werden zwischen den Felsen auf uns warten.«

Dav bestätigte meine Feststellung mit einem grimmigen Kopfnicken, trieb uns aber trotzdem weiter. Er hatte recht. Wir konnten den Xne'kal nicht ausweichen, aber in den Felsen konnten wir sie zumindest sehen, bevor sie zuschlugen. Wir folgten ihm hinaus auf das Felsenfeld und in den härtesten Kampf unseres Lebens.

Ohne Ivan wären wir alle gestorben. Schweigend und gewaltig stürmte er voraus. Er jagte über das offene Gelände des Steinschlags und die Felsen, ohne die Wurfpfeile zu beachten, die rings um ihn durch die Luft zischten. Er sprang mit erstaunlicher Beweglichkeit von einem Felsen zum nächsten und bot den Xne'kal ein schwieriges Ziel für ihre Pfeile und Speere.

Ein Xne'kal-Krieger stand auf und stieß einen Kampf-schrei aus, der für meine Ohren bedrückende Ähnlich-keit mit Hochtahl hatte. Er hieb mit dem Speer nach Ivan, aber der Hüne wich dem Angriff aus und spaltete dem Krieger mit einem senkrechten Axthieb den Schä-del. Als er zusammenbrach, hechtete ein anderer von links auf Ivan zu. Der lachte stumm und fing den heran-zuckenden Speer mit seiner riesigen Linken kurz hinter der Spitze ab. Wie einen Zweig brach er die Waffe ent-zwei und schlug dem Xne'kal ein Ende ins Gesicht. Der Ælf sank zu Boden, und Ivan winkte uns weiter.

Wir rannten los und sprinteten über die Felsen. Ich war am Ende der Linie, gefolgt nur noch von Elston, als ich aus dem Augenwinkel eine Bewegung bemerkte. Ich wirbelte herum und sah einen Xne'kal von einem Felsblock springen und seinen Speer mit solcher Gewalt in Elstons Rücken stoßen, daß er durch dessen Brust wieder austrat. Mein Schwert krachte auf den Kopf des Ælven und schleuderte ihn davon, aber der alte Mann war bereits tot.

Ich rannte weiter, sprang über einen Felsen und lan-dete neben Morai. Ivan und Dav hatten sich hinter große Felsbrocken links von uns geduckt. Wir befanden uns in einer natürlichen, von großen Steinblöcken ein-gerahmten Senke. Es war eine recht gute Stellung, aber die zahlenmäßige Überlegenheit der Xne'kal ließ am Ausgang des Kampfes keinen Zweifel.

Ich schnappte nach Luft und sah hinüber zu Dav. »Sie haben Elston erwischt.«

Dav fluchte, und Ivan knirschte mit den Zähnen. Der Bandenchef tippte Ivan auf die Schulter und deutete mit dem Kopf in unsere Richtung. Der Hüne nickte. Dav dreh-te sich zu uns um. »Wir bringen euch zwei hier raus.«

»Nein.« Morai und ich antworteten im Chor.

Dav lächelte und schüttelte über unsere Dummheit den Kopf. »Na schön. Dann macht euch bereit, denn sie kommen.«

Wir standen auf. Ein glattes Dutzend Xne'kal in Bergleopardenfellen rannte über die Felsen auf uns zu. Einer von ihnen schleuderte einen Speer, und ohne nachzudenken wich ich zur Seite aus und pflückte ihn aus der Luft, wie ich es in Tahlianna bei Übungen getan hatte. Ich steckte das Schwert in die Scheide und hielt den Speer in die Höhe. Die Xne'kal blieben stehen und jubelten.

Dav fluchte. »Wenn wir das hier überleben, Tahlion, ergebe ich mich. Das ist ein Versprechen.«

Ich schüttelte den Kopf. »Ich verstehe einen Teil von dem, was sie sagen, und ich habe den Eindruck, mein Kunststück gerade hat uns zu ›würdigen‹ Gegnern gemacht. Ich bin mir nicht sicher, was das bedeutet, aber ich befürchte, sie sind dadurch erst recht entschlossen, uns umzubringen.« Ich hob den Kopf und machte mich kampfbereit, denn die Xne'kal waren offenbar der Ansicht, uns inzwischen genug gelobt zu haben und griffen an.

Die Mehrheit der Ælvenkrieger widmete sich Dav und Ivan. Zwei von ihnen attackierten mich, und meine Geschicklichkeit mit einem Speer überraschte sie sichtlich. Der erste stieß nach meinem Bauch, aber ich parierte den Schlag und erwiderte mit einem Stoß in seine Kehle. Ich bekam den Speer frei, indem ich den Schaft hochriß, um ihn dem zweiten Krieger ins Gesicht zu schlagen. Der Hieb schleuderte ihn halb herum, und mein Folgeschlag mit der Speerspitze zog eine blutige Spur über seine bleiche Brust.

Wir schlugen den ersten Angriff erfolgreich zurück. Morai hatte einen getötet und einen anderen verwundet. Zwischen Dav und Ivan lagen fünf tote Xne'kal, aber Dav grinste nur und meinte: »Solange Ivan da ist, brauche ich nur mitzuzählen.« Die anderen Xne'kal zogen sich zurück und warteten.

Ich verstand nicht, warum sie keine Wurfpfeile nach uns geschleudert hatten. Die Pfeile von der Länge eines

Armbrustbolzens hatten eine dünne, gut sieben Zentimeter lange Feuersteinspitze. Einer der Pfeile lag ganz
in der Nähe zwischen den Steinen, und ich sah, daß der
vordere Teil der Spitze dick mit Pflanzengift überzogen
war. Mir kam der Gedanke, daß sie uns möglicherweise
deshalb mit Handwaffen angegriffen hatten, weil wir
nichts hatten, was wir hätten zurückschleudern können, aber ich konnte mir nicht vorstellen, daß sie uns
diese Höflichkeit noch viel länger erwiesen.

Noch zwölf Krieger erschienen am Waldrand. Sie
rückten langsamer vor, beinahe feierlich. Sie sangen etwas, das ich nicht erkannte, aber dem Rhythmus und
der Tonlage nach zu schließen, mußte es ein Kriegsge-
sang sein.

Wie Dummköpfe standen wir alle vier in unserer Senke und beobachteten den Marsch. Sie kamen immer
näher, und ich rieb mir die Hände am Wams trocken.
Ich sah Ivan dasselbe tun, und wir grinsten einander an.
Dann wurden wir plötzlich ernst, denn hinter der ersten
Xne'kal-Reihe erschienen zwölf weitere Krieger und
marschierten auf uns zu.

Dav sah zu Morai und mir herüber. »Seht ihr die hohen Felsen da drüben?« Er deutete auf einen Steinkreis
auf halber Höhe der Granitnadel hinter uns. Wir nickten. »Wenn sie kommen, macht daß ihr da rauf kommt.
Wir halten sie auf.«

»Nein.« Morai weigerte sich mit entschiedener Stimme.

»Doch. Verdammt noch mal, Morai, du wirst da rauf
rennen. Wir werden euch die nötige Zeit verschaffen,
und ihr werdet sie dazu benutzen, so viele von ihnen
mitzunehmen wie möglich. Seit wir uns kennen, hast
du noch nie einen Befehl befolgt, den ich dir gegeben
habe, aber dieses eine Mal: tu es. Bitte!«

Morai verzog das Gesicht. »Na gut, ich mach es. Und
ich werde ein Dutzend von ihnen für jeden von euch
umbringen.«

Dav lachte. »So höre ich es gerne. Da kommen sie. Los!«

Bevor wir uns umdrehten und losrannten, schleuderte ich die drei Speere, die ich gesammelt hatte, und sah zwei Xne'kal von ihren eigenen Waffen gefällt zu Boden gehen. Dann wirbelte ich herum, jagte hinter Morai her, erreichte ihn am Fuß des Berges und setzte ihm auf allen vieren nach. Ich hörte die Xne'kal unter uns aufheulen, und ein Speer zerschellte neben meinem Kopf an einem Stein, aber das war noch am Fuß des Berges. Als wir unsere neue Deckung erreicht hatten, hörte der Speerhagel auf, nicht aber das Geschrei.

Ich hatte nichts von dem Kampf gesehen, doch an Morais verzerrtem Gesicht erkannte ich, daß Dav und Ivan ihr Leben teuer verkauft haben mußten. Neun neue Xne'kal-Leichen lagen um sie herum, und andere Ælven trugen sechs verwundete Krieger zurück zum Wald.

Ich drehte mich zu Morai um und legte ihm die Hand auf die Schulter. »Sie haben einen Fehler begangen, als sie uns erlaubten, den Wald zu verlassen.«

Er nickte und trug melonengroße Felsen zwischen die größeren Brocken, die unsere Barrikade bildeten. »Sie ahnen nicht, was für einen. Ich werde jeden Xne'kal umbringen, den es in diesem Wald gibt, wenn es sein muß.«

»Ich helfe dir.«

Er nickte ernst. »Dann fang an, die Steine in die Lücken zu stapeln. Sie werden denken, wir wollen unsere Deckung verbessern, aber ich habe vor, sie jedem Ælf auf den Schädel zu donnern, der dumm genug ist, uns hinterherzuklettern.«

Wir bereiteten die Steinlawinen vor und wechselten uns in der Wache ab. Ich hatte mich gerade hingesetzt, als Morai etwas bemerkte. »Tahlion, komm und sieh dir das an.«

Ich stand auf, und meine Länge wurde mir zum Verhängnis. Ein Xne'kal sprang am Fuß des Berges auf, stieß einen schrillen Kriegsschrei aus, der einem das Blut in den Adern gefrieren ließ, und schleuderte einen Pfeil. Morai lachte laut auf, denn auf diese Entfernung und hangaufwärts war es ein unmöglicher Wurf.

»Verdammt«, sagte ich steif.

Morai warf mir einen schrägen Blick zu. »Nur einer mehr, den wir umbringen müssen. Siehst du, er rennt weg. Kein Problem.«

Ich schluckte schwer. »Doch Problem.« Ich drehte mich um, und Morai sah den Pfeil in meiner rechten Hand und das Loch in meiner linken Schulter.

Ich setzte mich, bevor ich umfiel und warf den Pfeil beiseite. »Beweg dich nicht, Morai, damit sie nicht merken, daß sie mich erwischt haben. Beobachte weiter. Beschreibe, was sie tun. Was auch immer, Hauptsache, du redest.«

Er wirkte alles andere als sicher, tat aber, was ich verlangte. »Äh. Ich zähle etwa hundert von ihnen da unten. Einer ist ganz mit Wolfspelz ausstaffiert und hat Adlerfedern im Haar. Der sieht wichtig aus.« Morai starrte angestrengter auf die Xne'kal hinab, dann fluchte er. »O nein, jetzt gibt's Ärger. Der Kerl, der dich erwischt hat, ist auf einen Felsen geklettert, tanzt herum und schreit den Federkopf an.«

Ich nahm Morais Stimme kaum wahr. Ich verlangsamte bewußt meine Atmung, schloß die Augen und versetzte mich in eine Trance. Ich versank in mein Inneres und fand das sich von der Wunde her ausbreitende Gift sofort. Es fraß sich bereits in die Brustmuskulatur, und ich wurde schnell schwächer. Ich mußte es aufhalten, bevor ich zu schwach wurde, um weiterzukämpfen.

Ich griff mit meinem Geist zu und stoppte den Blutfluß um die Verletzung. Dadurch konnte kein weiteres Gift in meinen Körper vordringen, aber ich spürte bereits die brennenden Ausläufer der Infektion, die zeigten, daß ich nicht schnell genug gewesen war, um es ganz aufzuhalten. Ich zwang den Schmerz nieder und kehrte langsam in die Wirklichkeit zurück.

Ich wischte mir mit dem rechten Unterarm den Schweiß von der Stirn und zog die Schleuder aus dem Beutel an meinem Gürtel. »Wo ist der, der mich erwischt hat?«

»Er springt immer noch auf den Steinen rum. Sie stehen in der Nähe von Ivans Leiche. Derjenige, der dich getroffen hat, zeigt hier rauf und dann auf eine Gruppe von etwa fünfzehn Kriegern. Wenn ich raten soll, würde ich sagen, er versucht den mit dem Federschmuck zu überzeugen, daß wir reif für den Angriff sind. Federkopf macht sich einen Spaß daraus, die Kampffähigkeiten des anderen zu verspotten.«

Ich nickte und kam auf die Füße. »Hört sich nach einer Rivalität zwischen Sippen oder Kriegerclans an. Wenn der Ælf im Wolfsfell die Leopardenkrieger haßt, kann ich ihm möglicherweise helfen.« Ich wirbelte die Schleuder über dem Kopf und trat an die Brüstung. Dann pfiff ich laut und trotzig.

Der Xne'kal auf dem Felsen schnatterte, hüpfte und deutete zu mir herauf. Er stieß sich mit dem Finger an die Schulter und lachte.

Ich schleuderte den Stein, so hart ich konnte.

Er flog genau ins Ziel. Der Krieger kippte weg, als hätte ich ihn umgesäbelt. Er flog von dem Felsen, und alles, was ich von ihm sehen konnte, waren seine Füße, aber nach einem kurzen Zucken regten die sich nicht mehr.

Morai drehte sich überrascht zu mir um. »Du hast ihn mitten in die Stirn getroffen!«

»Tut mir leid.« Ich sackte zurück an die granitene Bergwand, als mir plötzlich übel wurde. »Ich hatte auf seinen Mund gezielt.« Ich hustete und verzog das Gesicht. »Hat sie das aufgehalten?«

Morai sah wieder zu den Xne'kal hinab, dann schüttelte er den Kopf. »Nein, einer der anderen Leoparden hat seinen Platz eingenommen.« Er lachte. »Und sie sind aus deiner Reichweite gerückt.«

Ich riß ein Stück Stoff von meiner Hose und stopfte es in das Loch in meiner Schulter. »Greifen sie an?«

Morai drehte sich um und nickte lächelnd. »Ja, alle fünfzehn, aber sonst keiner.«

Morai verschwamm vor meinen Augen. Mir war heiß, und ich fühlte mich müde, aber ich zwang mich hoch und legte noch einen Stein in die Schleuder. Der Steinschlag erledigte zehn Xne'kal, und ich tötete zwei weitere auf halber Höhe des Hangs. Sie waren von der Steinlawine bereits gehörig erschreckt worden und kämpften sich mühsam den Hang hinauf, also war dazu keine große Leistung erforderlich. Morai tötete zwei an der Felsbarrikade und erledigte den letzten, der es bis hinter unsere Deckung geschafft hatte, mit einem Stein.

Danach stand er auf, hielt den blutigen Stein in die Höhe und warf ihn dann nach unten. »Kommt schon, schickt uns Nachschub.«

Schmerz zuckte durch meinen Oberkörper, und ich fröstelte. »Ärgere sie nicht unnötig. Möglicherweise haben wir dem alten Wolfshäuptling seinen größten Rivalen vom Hals geschafft. Er könnte uns dankbar sein.« Ich zitterte am ganzen Körper und brach zusammen.

Morai wirbelte herum, um mich aufzufangen, dann erstarrte er, atmete nicht einmal mehr. Ich drehte den Kopf in die Richtung, in die er blickte, und sah eine leuchtende Ælvenzauberin eine lichte Hand nach mir ausstrecken. Ich hob den Arm und berührte sie. Dann nahm mir ein tiefschwarzer Blitz aus purem Schmerz das Bewußtsein.

Ich erwachte vier Wochen später in einem Hospitalbett in Tahlianna. Mein Kopf brummte und pochte, aber meine Schulter war seltsam taub. Weiße Gaze hüllte meine linke Schulter ein. Marana saß rechts neben dem Bett und hielt meine Hand.

Sie lächelte, beugte sich herüber und drückte mir einen Kuß auf die Stirn. »Willkommen zurück im Reich der Lebenden.«

Meine Antwort blieb mir in der Kehle stecken. Marana schüttete mir einen Becher verdünnten Wein ein, und ich trank. »Danke, für die Begrüßung und für den Wein.« Ich sah mich um und vergewisserte mich, wo ich war. »Die Frage hört sich vielleicht seltsam an, aber wie komme ich hierher?«

Marana zuckte die Achseln. »Ich bin selbst erst vor zwei Tagen zurückgekommen, und da warst du schon hier. Gerüchteweise soll dich jemand auf einer Schleifbahre gebracht haben. Er hat Edler Hansur erzählt, ein Bandit hätte dich nach einem Kampf aus Waldholm gebracht. Er hat dich dem Kerl übergeben und ihm aufgetragen, dich nach Tahlianna zu bringen.«

Ein Magicker trat ins Zimmer und lächelte höflich. »Ah, freut mich zu sehen, daß du planmäßig erwacht bist. Wie fühlst du dich?«

Ich stöhnte. »Auf halbem Wege zwischen Tod und Sterben.«

Der Magicker nickte. »Das ist nicht weiter überraschend. Du warst völlig ausgetrocknet, als du hier ankamst, und deinem Begleiter zufolge hattest du auch nicht viel gegessen. Wir konnten die meisten Probleme beheben, und ich würde die Person, die den ersten Zauber über deine Schulter gesprochen hat, wirklich gerne einmal kennenlernen. Er hat die Nerven in deinem Arm gerettet.« Er verzog das Gesicht und sah auf mein Krankenblatt. »Ich fürchte allerdings, daß das Gift trotz dieses ersten Zaubers eine Menge Schaden angerichtet hat. Du wirst eine Narbe an der Schulter zurückbehalten. Außerdem wird es dich einige Mühe kosten, die Muskulatur wieder aufzubauen, aber davon abgesehen solltest du wieder völlig gesund werden. Und über das andere würde ich mir gar keine Gedanken machen.«

»Das andere?« Ich trank noch etwas Wein. »Welches andere?«

Der Magicker runzelte die Stirn und setzte sich auf mein Bett. Er nahm meine linke Hand, drehte sie mit der Innenfläche nach unten und strich mit seiner Hand darüber. Ich fühlte ein Kribbeln, dann zeichnete sich einen Augenblick der violett leuchtende Umriß eines Wolfskopfes auf dem Handrücken ab. Der Magicker zuckte die Achseln. »Außer Ælven kann es niemand sehen.«

Ich drehte meine Linke langsam vor dem Gesicht, konnte aber nichts erkennen. »Was ist das?«

Der Magicker schüttelte den Kopf. »Es gibt verschiedene ælvische Rituale, bei denen eine Person mit einer Art magischem Brandmal versehen wird. So weit wir das feststellen können, kennzeichnet es dich als einen Krieger der Wolfskaste.«

»Oh.« Ich lächelte, und Marana drückte meine Hand. »Ist der Mann, der mich hergebracht hat, noch da? Ich würde mich gerne bei ihm bedanken.«

Der Magicker schüttelte den Kopf. »Er ist geblieben, bis wir sicher waren, daß du dich erholst, dann ist er weitergezogen.«

Ich runzelte ärgerlich die Stirn. »Schade. Ich hätte mich gerne bedankt.«

Der Magicker nickte. »Ich habe ihm das auch gesagt, aber er meinte, er müsse weiter, und du könntest es ihm schulden. Seltsam, nicht wahr?«

Das war es wirklich, aber die Menschen benahmen sich mitunter seltsam, wenn sie es mit Tahlion zu tun bekamen. Marana lachte, und ich grinste. »Wenn ich ihm etwas schuldig bin, sollte ich wohl besser seinen Namen wissen.«

Der Magicker nickte. »Er nannte sich Morai.«

KAPITEL SIEBZEHN

TAHLION:
CHAMPION WIDER WILLEN

Ich eskortierte Morai aus dem Kastell, weniger, weil ich seiner diebischen Natur nicht getraut hätte, als aus Angst, daß ein übereifriger Wachtposten ihn bemerken könnte, wenn er die Burg auf demselben Weg verließ, auf dem er sie betreten hatte, und er verletzt werden könnte. Ich drehte wieder in Richtung Ballsaal um, als ein Diener die Burgfriedtür hinter Morai schloß, und fand Halsted lächelnd an meiner Seite. »Ich hatte befürchtet, Ihr könntet Euch in der fremden Umgebung verirren, edler Herr.«

Ich lachte kurz. »Ich weiß deine Besorgnis zu schätzen, aber ich habe nur jemanden hinausbegleitet, der mein Quartier mit dem des Pfalzgrafen von Cadmar verwechselt hatte.«

Halsted ließ sich keinerlei Mißtrauen meiner Erklärung gegenüber anmerken. Er drehte um und winkte mir, vorauszugehen. »Ihr werdet im Ballsaal benötigt. Es ist an der Zeit, der Prinzessin ihre Geschenke zu überreichen.«

Ich zögerte, und Halsted lächelte wissend. »Ich habe Adric beauftragt, an Eurer Stelle eine Flasche vom Wein Eurer Familie anzubieten.«

Ich nickte dankbar, dann beugte ich mich hinunter und flüsterte ihm etwas ins Ohr. Er trat einen Schritt zurück, musterte mich noch einmal, dann trat ein breites Lächeln auf sein Gesicht. »Ja, edler Herr, eine ausgezeichnete Idee. Ich werde mich persönlich darum kümmern.«

Ich dankte ihm und beeilte mich, zurück in den Ballsaal zu kommen. Ich betrat ihn durch den Haupteingang in der Mitte der links von der Treppe zum Thronsaal gelegenen Wand und nahm augenblicklich Kurs auf Graf Patrick. Er schmunzelte, als er mich sah, und deutete unauffällig auf den Punkt, an dem ich mich aufzustellen hatte.

Am Fuß der Treppe diente eine kleine hölzerne Plattform als Empore. Sie war an den Seiten mit prächtigem blauem Satin verkleidet, und ein Teppich aus dunklerem Blau lag auf der Standfläche. Auf der Empore stand ein niedriger hölzerner Thron, in dem bereits die Prinzessin saß. Sie lächelte, als ich an ihrer Rechten erschien, aber der frostige Blick, der das Lächeln begleitete, war schneidend wie ein scharfer Nordwind.

»Wir sind so froh, daß Ihr es einrichten konntet, zu uns zurückzukehren, Edler Nolan.« Das Lächeln auf ihrem Gesicht blieb unverändert, aber der Ton ihrer Stimme war noch eisiger als ihr Blick.

»Vergebt mir, Hoheit, aber ein Bandit muß jede sich bietende Gelegenheit wahrnehmen zu stehlen, was er kann.« Ich verschränkte die Hände im Rücken und versuchte, freundlich zu wirken. Ich sah Selia neben Herzog Vidor in der Menge und nickte ihr zu. Sie lächelte.

Die Prinzessin schien meine Geste und Selias Reaktion gesehen zu haben. Ihre Stimme kochte vor Wut. »Ihr, edler Herr, seid ein Unhold und ein Wüstling.«

Ich wandte den Kopf und sah zu ihr hinab. »Meine Unterhaltung mit der Dame Selia in den Gärten war nur von kurzer Dauer. Ohne Zweifel habt Ihr sie allein zurückkehren sehen. Ich mag ein Bastard sein, edle Dame, und ich mag für diese Rolle verpflichtet worden sein, ohne gefragt zu werden, aber Ihr solltet wissen, daß nur etwas von äußerster Wichtigkeit mich daran hindern könnte, mich meiner Pflichten in Euren Diensten ehrenvoll zu entledigen.« Während ich ihr das zuflüsterte, prangte ein festgefrorenes Lächeln auf meinen Zügen, und ich bin sicher, nur das gehässigste Klatschmaul am Hofe hätte auch nur andeuten können, daß unser Wortwechsel von Ärger gefärbt war.

Prinzessin Zaria starrte geradeaus und übersah mich, als der erste Botschafter ihr sein Geschenk überreichte. Er trat vor, stellte sich und seine Gemahlin vor, dann machte er den Dienern Platz, die das Krönungsgeschenk seiner Nation trugen. Während sie das Geschenk präsentierten, erklärte der Botschafter dessen Hintergrund. Dann traten sie alle nach rechts ab und stellten das Geschenk auf einem bereitstehenden Tisch ab.

Unschätzbare Reichtümer zogen in einer Parade von Geschenken aus allen Winkeln des Zerbrochenen Reiches und darüber hinaus an uns vorbei. Viele der Gaben waren traditioneller Art, wie zwanzig der feinsten Hengste Kartejans oder ein Perlencollier aus Takkesh. Alle Botschafter betonten in der Beschreibung ihrer Geschenke, daß sie die Hoffnung ihrer Völker auf ein langes und reiches Leben der Prinzessin und fortdauernde gute Beziehungen zwischen beiden Nationen ausdrückten. Die einschmeichelndsten Reden kamen von Hamis' Nachbarn, die interessantesten Geschenke aus der Ferne.

Der Temuribotschafter brachte einen Satz aus acht Weinpokalen und einem goldenen Krug mit. Jeder der Pokale war anders gestaltet und stand für den Stamm, dessen Kunsthandwerker ihn geschaffen hatten, während der Krug die Hauptstadt Betil repräsentierte. Über den Aufbau des Geschenks, der auf subtile Weise voraussetzte, daß die anderen Stämme ohne Betil wertlos waren, mußte ich schmunzeln, und ich fragte mich, ob irgendwelche Temuri auf diesem Empfang ähnlich dachten.

Der Daaribotschafter präsentierte das seltsamste und erschreckendste Geschenk des Abends. Es war eine Maske aus getriebenem Gold, die das Gesicht der Prinzessin vollkommen wiedergab. Als ich sie auf dem Samtkissen liegen sah, das der Dienstbote Zaria zur Begutachtung entgegenhielt, staunte ich darüber, wie vollkommen sie deren Schönheit widerspiegelte. Dann nahm die Prinzessin die Maske auf, von deren Schläfen auf beiden Seiten blaue Satinbänder herabhingen und zuckte zusammen. Sie drehte sie zu mir um, und ich sah, daß die linke Seite der Maske von feinen, äußerst komplexen Ziselierungen entstellt war. Die Maske schien zu gleichen Teilen prachtvoll und abstoßend, eisiger Schrecken schlug durch meinen Körper wie ein Blitzschlag.

Die Prinzessin unternahm keinen Versuch, ihre Freude über die Geschenke zu verbergen und nahm sie alle mit Staunen und Begeisterung entgegen. Die einzige Ausnahme von dieser Regel gab es, als Lanzerhauptmann Herman vor ihr erschien. Als er kerzengerade vor die Empore marschierte und sich mit einer militärischen Präzision, die alle anderen Höflinge nachlässig erscheinen ließ, auf ein Knie niederließ, schauderte sie, und ihr Lächeln verblaßte.

»Wie Ihr wißt«, erklärte er mit tiefer Stimme, »erkennen die Tahlion keinen anderen Herrscher als ihren Meister an, und unsere Botschafter sind einfache Soldaten wie ich.« Er lächelte, stand auf, und sein Leutnant reichte ihm einen runden Schild mit dem Lanzerwappen. »Wir, die Lanzertruppen in den Diensten Eures Vaters, überreichen Euch diesen Schild als Symbol unseres Schwurs, Eure Souveränität zu verteidigen und Eure Nation zu ehren.«

Ich sah, wie die Muskeln um ihren Mund zuckten. Dann dankte sie ihm und nickte seinem Adjutanten zu. Sie reichte ihm nicht die Hand zum Kuß, und Herman zog sich zurück, ohne zu erkennen zu geben, ob er diese Beleidigung auch nur bemerkt hatte. Er drehte zackig um und marschierte davon. Das einzig unmilitärische an ihm war die Andeutung eines selbstgefälligen Grinsens um seine Lippen.

Nachdem die Präsentationen der unabhängigen Nationen vorüber waren, wurde es Zeit für die Geschenke aus Hamis selbst. Der König führte die Prozession an und brachte das Fell der Bergleopardin. Er kniete vor seiner Tochter nieder und breitete das Fell aus. Er lächelte sie stolz an und wischte ihr die einzelne Träne ab, die über ihre rechte Wange kullerte, bevor er beiseite trat.

Großherzog Forel folgte seinem Neffen und überreichte der Prinzessin einen Schlüssel. Er paßte in die Tür einer Villa am Tamarsee tief in seinem Lehen. »Weil Ihr die dort verbrachten Sommer in Euren jüngeren Jahren so genossen habt, trete ich sie an Euch ab. Mögen die zukünftigen Könige und Königinnen von Hamis ebensoviel Freude daran haben wie Ihr.« Seine Worte wurden durch die Menge weitergegeben, und alles nickte bewundernd, als die Prinzessin sich erhob und ihrem Großonkel einen Kuß auf die Wange drückte.

Da Graf Patrick zu Prinzessin Zarias Linken stand, konnte er ihr sein Geschenk ebensowenig persönlich überreichen wie ich, also übernahm auch für ihn ein Stellvertreter diese Aufgabe. Sein Sohn, Edler Philipp, brachte nervös ein Spielzeugboot vor den Thron und murmelte etwas, das niemand verstand. Die Prinzessin nahm das Geschenk gnädig entgegen, während Patrick für seinen Sohn übersetzte: »Das Boot ist das Modell eines Segelschiffes, das ich für Euch auf dem Tamarsee bauen lasse, in Erinnerung Eurer Besuche dort, als Ihr noch ein Kind wart.«

Die anderen Grafschaften, Baronien und Marken Hamis' und Sinjarias folgten der königlichen Familie und präsentierten ihre Gaben, die natürlich nicht an die Opulenz der Geschenke der anderen freien Nationen heranreichten, aber ehrlichere Gefühle ausdrückten und nicht zur Förderung diplomatischer Ziele gedacht waren, sondern als Ehrung. Das letzte Geschenk war der Wein, den Graf Evin geschickt hatte, und sie nahm ihn ebenso gnädig an wie alle anderen Geschenke.

Als mein Stellvertreter sich zurückzog, verließ ich meinen Platz und trat vor den Thron. »Ich weiß, Eure Hoheit, daß alle diese Geschenke Euch nicht von einer Person gemacht wurden, sondern von einem Volk. Ich habe ebenfalls eine Gabe für Euch, und da es nicht angebracht wäre, es Euch als mein persönliches Geschenk zu überreichen, und Ihr bereits ein Geschenk von Yotan angenommen habt, gestattet mir, es Euch als ein Zeichen der Wertschätzung von all Euren Untertanen zu überreichen, dem Volk von Hamis.« Ich drehte mich um, deutete auf Halsted und lächelte, als der alte Diener der Prinzessin das Leopardenjunge brachte.

Ich nahm ihm das Tier aus den Armen und legte es ihr in den Schoß. »Die Mutter dieses Jungen ist tot. Sorgt Euch um diesen Leoparden, wie Ihr Euch um uns sorgt.«

Ich nahm ihre Hand, küßte sie und blickte hoch. Sie sagte etwas, aber ihre Stimme klang so erstickt, daß ich es nicht verstand, erst recht nicht, weil die vorübergehend von meiner Tat konsternierten Adligen ringsum in plötzlichen Beifall ausbrachen, der sie übertönte.

Der König trat hinter seine Tochter und legte ihr beide breiten Hände auf die Schultern. »Im Namen meiner Tochter und einer ganzen Nation möchte ich euch allen danken. Bleibt noch und erfreut euch an der Beute der Adligen, die mit uns auf Jagd waren.« Er lächelte und breitete die Arme aus, als eine Parade von Dienstboten Tabletts voll dampfenden Fleischs auf die bis dahin leeren Tische trugen. »Aber ich warne all diejenigen, die an dem bevorstehenden Turnier teilnehmen wollen: Ein voller Magen heute könnte einen kurzen Ritt morgen bedeuten.«

Graf Patrick, Philipp und ich gingen früh am nächsten Morgen den Turnierplatz ab. Ringsum auf dem Feld unterhalb Kastell Seirs waren wie riesige, farbenprächtige Pilze bunte Pavillons aufgetaucht. Diener und Knappen liefen kreuz und quer und trugen alles von Essen und Wein über Rüstungsteile bis zu Schmuckwimpeln. Adlige, viele von ihnen dieselben Männer, die Großherzog Fordel in den Dhesiribau gefolgt waren, standen in voller Rüstung vor ihren Zelten und luden die umherwandernden Damen ein, Platz zu nehmen und ihnen bei den Übungskämpfen gegen ihre Knappen oder andere Adlige zuzusehen.

Der eigentliche Turnierplatz lag hinter einem Wald von Zelten. Die königliche Loge befand sich in der Mitte einer hölzernen Tribüne am Nordrand des Platzes und war dort geeignet aufgestellt, um den Kampf zu verfolgen. Der Platz selbst war eben und grasbedeckt, auch wenn in der fleckigen Mitte des Areals ab und zu kleine goldene Sandflächen braunes Gras ablösten.

Wir beobachteten, wie zwei Kombattanten eine aufwendige Routine von Hieben und Paraden absolvierten. Sie führten jede der Bewegungen sehr viel gezierter aus als nötig, aber eine kleine Gruppe von Frauen, die ihnen aus der Nähe zusahen, war begeistert. Ich fand das Schauspiel amüsant, aber Patrick schnitt eine Grimasse.

»Ich hasse das, Nolan. Es ist dermaßen sinnlos!« Er schüttelte den Kopf und wedelte mit der Hand wie ein Zauberer, der versuchte alle Zelte verschwinden zu lassen. »Die Söhne der höchstgeborenen Edlen schließen sich in Zinnpanzer ein, um für das Recht, während der Krönung als Champion der Prinzessin zu fungieren, aufeinander einzudreschen. Die meisten von ihnen haben kaum eine Ausbildung und werden die ganze nächste Woche durch den Hof humpeln.«

Ich zuckte die Achseln, als hielte ich seinen Ärger für übertrieben. »Das bedeutet nur, daß es auf den Bällen nach der Krönung weniger Konkurrenz um die Damen geben wird.« Ich nickte in Richtung von zwei Kämpfern, die sich mit mehr Feuer und weniger Schaueffekten duellierten. »Außerdem, wenn sie in einem Gestampfe etwas lernen, könnte ihnen das ihr Leben retten, falls Hamis in den Krieg zieht und sie zu den Waffen ruft.«

Der Graf lächelte böse. »In dem Falle sollte die Hälfte von ihnen sich bereits Ersatzleute suchen.«

Ich lachte, und wir setzten unseren Spaziergang fort. Das Gespräch kam natürlich ausführlich auf Kampftaktiken und Gefechtsstrategien, und ich stellte fest, daß Graf Patrick über exzellente Kenntnisse der Militärtheorie sowohl auf individueller Ebene wie auf Armeeniveau verfügte. Wir beobachteten verschiedene Kämpfer bei der Übung und diskutierten die Fehler in ihrem Stil. Immer wieder bemerkte der Graf einen Punkt, der ihn besonders beunruhigte. »Die meisten dieser Edlen spielen nur. Der König und du, ihr wart da unten im Bau tödlich, weil ihr im Ernst gekämpft habt, nicht nur auf erste Verletzung.«

Ich runzelte die Stirn. »Deine Kritik ist unberechtigt. Im Bau hatten wir keine Wahl, und das schließt den Herzog und dich ein. Wir wußten, daß wir unsere Gegner töten mußten, weil sie es auf unser Leben abgesehen hatten.« Ich pausierte und deutete auf die uns am nächsten stehenden Turnierkämpfer. »Die meisten ihrer Kämpfe enden bei der ersten Verletzung. Es geht ihnen nicht darum, den Gegner zu töten, sie kämpfen um die Ehre, und das erfordert Können, keinen Todesstoß.«

Hinter uns mischte sich eine Baßstimme in das Gespräch ein. »Eine weise Einsicht, Edler Nolan.«

Ich kniff ärgerlich die Augen zusammen, zwang aber einen angenehm überraschten Ausdruck auf mein Gesicht, bevor ich mich vollends umgedreht hatte. Hauptmann Herman nickte mir kurz zu und lächelte. »Die Frage, mit der Ihr Euch quält, ist doch folgende: Würde ein gutausgebildeter Krieger diese Duellanten heute im Kampf besiegen?«

Ich schürzte die Lippen und dachte kurz nach. »Da Ihr die Frage auf diese Weise stellt, nehme ich an, Ihr wißt die Antwort.«

Der Lanzer nickte zuversichtlich. »Ich habe keinen Zweifel, daß ein ausgebildeter und erfahrener Krieger die vor uns versammelten Adligen in alle Winde zerstreuen würde.«

In Graf Patricks Stimme lag ein herausfordernder Ton. »Vielleicht würde sich einer Eurer Lanzer in die Liste eintragen und Eure Theorie bestätigen?«

Der Hauptmann schüttelte den Kopf. »Nein, ich fürchte, daß ist unmöglich. Auf Grund der politischen Bedeutungen könnte kein Tahlion jemals an einem solchen Turnier teilnehmen. Damit ein Tahlion zum Champion der Prinzessin bestimmt werden könnte, müßte er die grundlegendste und wichtigste Regel verletzen, die unser Leben bestimmt. Wir sind allzeit unparteiisch und lassen uns niemals in die Verstrickungen der Politik ziehen.« Der Hauptmann drehte sich zu mir um, und ein Ausdruck freudiger Überraschung erhellte seine Züge. »Aber Edler Nolan hier könnte meine Theorie beweisen. Nach allem, was man hört, ist er ein ausgezeichneter Kämpfer.«

Bevor ich Gelegenheit hatte zu antworten, fühlte ich eine zarte Hand auf meinem linken Unterarm. Die Prinzessin tastete sanft nach der Dolchscheide, die ich am Abend zuvor getragen hatte, dann lächelte sie mich an, als sie die Waffe gefunden hatte. Den Lanzerhauptmann bedachte sie mit einem kalten Blick. »Ihr braucht Edler Nolan nicht zu verhören, Hauptmann. Die Gerüchte über seine Zeit als Bandit im Darkesh sind nichts als Hirngespinste.«

Hauptmann Herman lächelte schief. »Im Gegenteil, ich habe nur meiner Meinung Ausdruck gegeben, daß Edler Nolan sich bei den heutigen Kämpfen sehr gut schlagen und damit den Beweis für eine Überlegung führen würde, die ich dem Grafen gegenüber äußerte.«

Die Prinzessin sah mich an. »Werdet Ihr Euch für mich schlagen, Edler Nolan?«

Der Lanzer erstarrte eine halbe Sekunde, wie eine Katze, die eine Beute entdeckt hat. Ich lächelte und legte meine Rechte über ihre Hand auf meinem Arm. »Mit Freuden täte ich das, Eure Hoheit, aber ich besitze keine Rüstung.« Ich nickte in Richtung des Grafen und Hauptmann Hermans. »Und selbst wenn ich, wie diese weisen Häupter vermuten, ein Kämpfer wäre, der das Zeug hätte, Euer Champion zu werden, wäre mir das ohne Rüstung doch unmöglich.«

Hauptmann Herman schlug die Hände zusammen und brachte sie in der Geste eines glücklichen Einfalls an die Brust. »Aber. Da keiner meiner Männer teilnimmt, bin ich sicher, daß einer meiner Lanzer Edler Nolan seine Rüstung leihen würde.«

Meine Stimmung sackte, aber der Blick, den die Prinzessin mir zuwarf, richtete mich wieder auf. »Wenn Ihr ihm eine Rüstung gebt, habe ich einen Schild für ihn.« Sie drückte meinen Arm und drehte sich mit einem eisigen Blick zu dem Lanzer um, der ihn körperlich zu treffen schien.

Hauptmann Herman verneigte sich tief und drehte um. Er marschierte stolz davon und brüllte seinen Untergebenen Befehle zu. Die Prinzessin schnaubte und zitterte vor Wut. »Verschwinde bloß.«

Ich runzelte die Stirn. »Ihr scheint ihn nicht sonderlich zu mögen.«

Die Wut auf ihren Zügen verflog, und sie lächelte zu mir auf. »Es ist nicht er allein, es sind alle Tahlion. Sie sind so hochmütig und tun so überlegen. Ich wünschte, einer seiner Lanzer stünde auf der Liste, damit Ihr ihn ebenso besiegen könntet wie alle anderen.«

»Wie viele Tahlion habt Ihr kennengelernt, Eure Hoheit?« Sie zuckte die Schultern und hielt vier Finger hoch, bevor ich weitersprach. »Ich halte Euer Urteil für reichlich hart angesichts einer so begrenzten Erfahrung, auf die Ihr es stützen könnt. Euer Vater scheint keine Schwierigkeiten mit ihnen zu haben. Er hat sie nicht verbannt, wie es Jania getan hat.«

Prinzessin Zaria sah mich mit schmalen Augen an. »Ich hätte nie erwartet zu hören, daß ein Darkesh-Bandit die Tahlion verteidigt.«

Ich zwang mich zu einem leichten Lachen. »Im Lauf der Jahre habe ich gelernt, die Tahlion zu achten. Sie sind gut ausgebildet und tapfere Kämpfer, und sie verhindern, daß sich das Böse und der Wahnsinn zu weit ausbreiten.«

Sie nickte lächelnd. »Euer Einwand ist zutreffend, Edler Nolan, und er hat mehr Gewicht aus Eurem Mund, als er es aus dem Hauptmann Hermans oder einem der anderen Tahlion-Offiziere hätte, die ich am Hofe je getroffen habe. Vielleicht werde ich den Tahlion gestatten zu bleiben, wenn ich Königin werde«, lächelte sie. »Aber nur, wenn sie einen Offizier schicken, der nicht so von sich eingenommen ist.«

Einen Augenblick lang dachte ich, ihr Vater hätte ihr mein Geheimnis offenbart, doch ihr nächster Satz bewies mir, daß nichts dergleichen vorgefallen war. »Aber bis ein erträglicher Lanzer hier erscheint, soll die Göttin alle Tahlion verfluchen.«

Die Prinzessin löste ihre Hand sanft aus der meinen und gesellte sich zu ihren Zofen … zu denen auch Gräfin Jamila gehörte. Graf Patrick lachte leise und klopfte mir auf den Rücken. »Wohlan, edler Herr. Es scheint, du hast meine Kusine beeindruckt oder zumindest ihr Interesse geweckt, und sie möchte, daß du ihr Champion wirst.«

Ich verzog das Gesicht. »Ich hätte gedacht, sie würde sich Herzog Vidor zu ihrem Champion wünschen. Alles, was ich bisher gehört habe, hat die beiden zu einem Paar bestimmt. Fast alle erwarten, daß sie heiraten, nachdem sie gekrönt ist.«

Der Graf zuckte die Achseln und führte mich zu

einem leeren Pavillon, über dem ein Lanzerwimpel wehte. »Ich kann dir nicht sicher sagen, was sie an dir findet, aber ich habe meine Vermutungen. Es scheint, daß dein gutes Aussehen, die Gerüchte über eine Vergangenheit als Bandit im Darkesh und dein Zögern, wenn es darum geht, diese Gerüchte zu bestätigen oder zu leugnen, alle eine Rolle in deiner Anziehungskraft auf sie spielen.« Er öffnete das schwarze Zelt für mich, und ich trat hinein. »Was Vidors Sturz aus ihrer Gnade betrifft, schätze ich, daß sie beide der Geschichten über ihre bevorstehende Verheiratung müde sind. Außerdem weiß ich, daß der Prinzessin nicht gefällt, wie Vidor sich bei all den verschiedenen Fraktionen am Hofe einschmeichelt.«

Der Lanzer im Innern stand vom Boden auf. Er lächelte freundlich, ohne mich zu erkennen. Ich schüttelte die dargebotene Hand. »Ich bin Edler Nolan ra Yotan, das sind Graf Patrick ra Joti ra Hamis und sein Sohn Philipp.«

Der braunhaarige und braunäugige Lanzer schüttelte beiden die Hand. Er hatte meine Größe und Statur. Sein Händedruck war fest, sein Lächeln offen und sympathisch. »Ich bin Leutnant Slade ra Tahl. Ihr werdet meine Rüstung benutzen.«

Ich nickte, und wir traten an die Rüstung, die er auf dem Boden ausgebreitet hatte, um sie uns anzusehen. An seinem Akzent erkannte ich, daß er in Tahlianna aufgewachsen war, und aus seinem Erscheinungsbild und Rang schloß ich, daß er vier Jahre älter als ich war. Vermutlich hatten wir einander – außer unwissend bei den Mahlzeiten in Tahlianna – nie gesehen.

Er nickte in Richtung der Rüstung. »Wie ihr seht, ist eine Tahlion-Rüstung etwas anders aufgebaut, als es im Rest des Zerbrochenen Reiches üblich ist. Sie besteht aus einzelnen überlappenden Stahlbändern, die von Kordeln zusammengehalten werden wie Dachziegel.« Er hob eines der Panzerbänder auf, das für Schulter und

Oberarm bestimmt war. »Indem wir die Kordeln an ein Stück Leder binden, erhalten wir eine flexible und erheblich leichtere Rüstung als bei den meisten herkömmlichen Modellen.«

Patrick nahm das Rüstungsteil in die Hand, drehte es, und als er es wieder richtig herum in der Hand hielt, versetzte er ihm einen Fausthieb. Die überlappenden Platten stoppten seine Faust geräuschlos. »Ich bin beeindruckt. Wie kommt es, daß nur Tahlion diese Rüstungen benutzen?«

Slade lächelte. »Es ist ein altes kaiserliches Prinzip der Rüstkunst, das weitverbreitet war, bevor die Tjost Teil des Turniers wurde. Rüstungen dieser Art sind weniger wirksam, wenn sie von einer Lanze getroffen werden, daher verloren sie an Boden. Aber sie sind immer noch besser als nichts.«

Ich lächelte matt und zog das Wams aus. Slade ging auf ein Knie hinunter und befestigte eine verstärkte Kettenschiene an meinem rechten Bein. Fast hätte ich Patrick gebeten, mir das nächste Rüstungsteil zu reichen, denn ich wußte ja genau, wie es angelegt wurde, aber ich hielt mich gerade noch rechtzeitig zurück. »Das muß das erste Mal sein, daß ich eine Rüstung anlege, ohne mitten in einem wirren Angriff zu stecken.«

Beide Männer lachten über meine Bemerkung und begannen eine Unterhaltung, zu der ich nichts beizutragen brauchte. Ich fühlte eine zunehmende Anspannung in meinem Innern und brauchte nicht lange, ihre Ursache zu erkennen. Lanzer, oder, um genau zu sein, alle Tahlion mit Ausnahme der Rechtsprecher, tragen Gesichtsmasken, die eigens für sie angepaßt sind. Die Herstellung der Maske ist Teil ihrer Abschlußzeremonie, in der sie vom Novizen zum Tahlion aufsteigen, ganz ähnlich der Personalisierung des Süntkliebers und Rüegærs, wenn ein Rechtsprecher das Ritual absolviert. Rechtsprecher tragen eine einfachere Maske im Totenkopfstil, aber ich hatte keine dabei und hätte sie auch nicht benutzen können, wenn ich sie mitgebracht hätte. Unglücklicherweise sah es ganz danach aus, daß ich ohne Gesichtsschutz würde kämpfen müssen, da mir Slades Maske nicht passen würde, und ganz gleich, was Patrick oder Hauptmann Herman von meinen Gegnern hielten, ich hatte danach herzlich wenig Verlangen.

Ich zog die verstärkten Kettenärmel über, und Patrick half mir, ein gepolstertes Wams zu befestigen, während Slade die Panzerschürze um meine Taille band, die meine Oberschenkel beschützen sollte. Ich zog den Harnisch über den Kopf und stellte fest, daß Hauptmann Herman in dem Augenblick das Zelt betreten hatte, in dem ich nichts hatte sehen können.

»Freut mich, daß die Rüstung so gut paßt.« Der Hauptmann lächelte Slade zu, und der Leutnant setzte mir den schüsselförmigen Helm auf. An der Rückseite hing ein Bogen verbundener Stahlbänder herab, um meinen Nacken zu schützen.

Slade fluchte. »Hauptmann, Edler Nolan kann meine Maske nicht benutzen. Wir dürfen ihn nicht ohne Gesichtsschutz ins Turnier schicken.«

Hauptmann Herman lächelte. »So etwas würden wir nie tun. Edler Nolan hat Glück. Wir haben eine Maske, wie sie die Rechtsprecher benutzen. Sie wird ihm passen.«

Er hielt sie mir hin, und ich nahm sie. Ich bemerkte ein langes, schwarzes Haar, das sich um das Band gewickelt hatte, mit dem die Maske befestigt wurde, und mein Mund wurde staubtrocken. Das war Maranas Maske!

Slade bemerkte die Veränderung in meiner Miene nicht, und zum Glück war er zwischen mich und Hauptmann Herman getreten, der neben Graf Patrick stand. Der Leutnant zupfte an einer der Schulterplatten, bis sie auf einer Linie mit der andern lag. »So, in Ordnung.« Er grinste mich an. »Viel Glück.«

Er gab mir die Zeit, mich von dem Schock zu erholen.

»Danke, Tahlion. Ich weiß die Leihgabe Ihrer Ausrüstung zu schätzen.« Ich klopfte mit dem Panzerhandschuh auf den Harnisch. »Ich möchte Ihre Rüstung nicht beschädigen. Haben Sie in der Hinsicht noch einen Rat für mich?«

Slade nickte nachdrücklich. »Ich rate Ihnen, dem Pfalzgrafen von Cadmar auszuweichen, wo immer sich die Gelegenheit bietet. Er ist ein überlegener Kämpfer, wie man es beim Champion des Königs auch nicht anders erwarten würde, aber …« Er zögerte.

Ich beugte den Kopf in seine Richtung und fragte nach. »Aber?«

»Der Pfalzgraf wird älter und ermüdet schneller als früher. Wenn er müde ist, ist er mit dem Schild nicht ganz so schnell wie er sein müßte.« Dann kniff Slade die Augen zusammen. »Aber das gilt nur für das Gestampfe. Wenn Ihr in der Tjost gegen ihn reiten müßt, vergeßt all das und bereitet euch darauf vor, vom Pferd gestoßen zu werden.«

»Gibt es nichts, was ich tun könnte, um ihn in der Tjost zu besiegen?«

Der Lanzer grinste. »Vielleicht, aber mir wäre es zu drastisch, mich am Sattel anzunageln, nur um Champion der Prinzessin zu werden.«

Der Auswahlprozeß für die Wahl des Champions der Prinzessin war einfach und in zwei Kampfphasen aufgeteilt. Alle Bewerber um den Titel trafen zunächst im Gestampfe aufeinander. Die Teilnehmer wurden in zwei ›Armeen‹ aufgeteilt und stellten sich abwechselnd an West- und Ostrand des Feldes auf, während sie den Zuschauern vorgestellt wurden. Sobald alle an ihrem Platz waren, gab der König ein Zeichen, und beide Seiten stürmten aufeinander zu und trafen sich in der Mitte des Platzes.

Das Gestampfe würde so lange dauern, bis nur noch zwei Teilnehmer im Sattel saßen. Diese beiden würden einander danach im Lanzengang gegenübertreten, und anschließend konnte jeder der Adligen, der zuvor im Gestampfe ausgeschieden war, den Gewinner zur Tjost um den Titel des Champions fordern. Die beiden ersten Lanzenkämpfer stellten je einen von ihrem Gegner bestimmten persönlichen Preis für den Sieger auf. Danach konnte der Herausgeforderte, um nicht ernstgemeinte Herausforderungen zu verhindern, ein ›Lösegeld‹ von einem besiegten Herausforderer verlangen, das anschließend in seinen Besitz überging.

Vor dem Tahlionzelt wartete Adric. Er hatte Wolf am Zaum, der bereits gesattelt und mit einem von Graf Patrick zur Verfügung gestellten Pferdepanzer ausgerüstet war. Ich nahm meinen Schwertgürtel vom Sattel und schnallte ihn um. Mit Adrics Hilfe stieg ich auf, und er reichte mir den Schild, den Hauptmann Herman der Prinzessin am Abend zuvor verehrt hatte.

Der Rundschild war groß genug, um mich von der Hüfte bis zum Kinn abzudecken. Ich war mit Schilden dieser Machart vertraut und schob den Arm durch den Haltegurt auf der Rückseite. Ich packte den Handgriff knapp unter dem vorderen Rand und bewegte den Schild hoch und zurück. Die Totenschädelmaske verbarg mein zufriedenes Grinsen.

Ich wartete, bis ein Page mir zunickte, dann trieb ich Wolf vorwärts. Da die Maske auf meinem Gesicht festgezurrt war, konnte ich sie nicht lüften, als ich vor der königlichen Loge Halt machte, aber alle in ihrem Innern wußten, wer ich war. Der Turniermeister gab meinen Namen bekannt, und ich verneigte mich vor König und Hof. Sie alle erwiderten meine Geste, und ich lenkte Wolf an unseren Platz in der östlichen Linie.

Die Wartezeit, bis die restlichen Vorstellungen erledigt waren, dauerte nicht lange, aber sie gab mir genug Zeit, das Turnier zu durchschauen. Die farbenprächtig gekleideten Zuschauer auf den Tribünen ließen es sich mit Eßpaketen aus Obst, Käse und Wein gutgehen. Sie wirkten friedlich und zufrieden, als ginge sie das Chaos gar nichts an, das jeden Augenblick vor ihnen losbrechen würde.

Die Turnierteilnehmer hingegen zitterten vor nervöser Anspannung. Die Rösser stampften und scheuten, während die Krieger die Köpfe zusammensteckten und einander Gegner in der anderen Reihe zeigten, die es zu meiden galt. Ich studierte die gegenüberliegende Schlachtreihe und sah nur zwei Personen, die mir Respekt einflößten: Keane und Herzog Vidor. Ich zog den Süntklieber und stählte mich für das, was kommen mußte. Trotz der Ruhe auf den Tribünen würde das alles andere als ein Sommerausflug werden.

Nach der letzten Vorstellung erhob sich König Tirrell. »Edle Herren, edle Damen, geschätzte Gäste. Hier sind in all ihrer gepanzerten Pracht die Besten und Tapfersten des Kontinents versammelt. Erweist ihnen die Ehre, die ihnen gebührt.« Ein höflicher Beifall erhob sich von den Rängen und verklang schnell genug wieder. »Euch aber, den Männern, die darum kämpfen, Champion der Prinzessin zu werden, wünsche ich Glück. Kämpft wohl, wackere Streiter, denn nur der Tapferste unter euch kann diesen Tag für sich entscheiden.«

Der König drehte sich um, und seine Tochter reichte ihm ein Spitzentuch. Er hob es hoch über den Kopf, wo es in der sanften Brise flatterte, die den Turnierplatz kühlte. Er öffnete die Hand, und das Taschentuch sank langsam zu Boden. Das war das Zeichen für die erwartungsvollen Krieger.

Mann und Roß stürmten in einer funkelnden Woge martialischen Eifers aufeinander los. Wolf wollte sich mitten hineinstürzen und die anderen Pferde überholen, aber ich hielt ihn zurück. Ich wußte, die Wucht des Aufpralls, mit der beide Schlachtreihen zusammenstießen, würde ein gutes Viertel der Reiter sofort aus dem Sattel heben und den Rest geschockt und verwirrt zurücklassen.

In dieses Chaos stürmte ich dann auf Wolf und schlug mit Süntklieber und Schild nach links und rechts aus. Ich rammte die ersten Ritter, die ich traf, beiseite, während Wolf sich zwischen ihre Pferde drängte, dann brach ich durch die gegnerische Linie, indem ich einen kleinwüchsigen Gegner aus dem Sattel warf. Ich riß die Zügel fest schildwärts, und Wolf machte eine enge Drehung und sprang zurück in den Kampf. Wieder brachen wir durch die Reihen und holten drei weitere Kämpfer aus dem Sattel.

Auf der anderen Seite brachte ich Wolf weiter ins Freie, bevor wir wieder drehten. Gewaltige Staubwolken hingen über der Mitte des Platzes und behinderten die Sicht erheblich. Ich fluchte leise, weil ich nicht daran gedacht hatte, mir ein Tuch vor Mund und Nase zu binden. Dieser Staub konnte mich leicht zum Niesen bringen, und der Augenblick der Ablenkung konnte leicht mein letzter im Sattel werden.

Ich blickte nach rechts und sah Herzog Vidor warten, bis sich der Staub legte, bevor er zurück in das Getümmel preschte. Ich hob den Süntklieber zum Gruß, und er erwiderte die Geste. Wir zuckten gleichzeitig die Schultern, als hätten wir die Gedanken des anderen gelesen, und ritten aufeinander los.

Im ersten Vorbeiritt passierten wir einander auf der Schildseite. Ich schlug nach seinem Kopf, und er blockte den Hieb mit dem Schild ab, während ich mit dem meinen seinen Tiefschlag aufhielt. Wir galoppierten aneinander vorbei, drehten – wobei seine Wende nicht ganz so eng ausfiel wie meine –, und preschten erneut auf den anderen zu.

Ich duckte mich unter seinem hohen Schwerthieb weg und lehnte mich hinter dem Schild zu ihm hinüber. Ich fühlte den harten Aufprall und stieß ihn ein Stück nach hinten – doch er stürzte nicht zu Boden. Mit sanftem Kniedruck drehte ich Wolf und machte mich auf den nächsten Angriff gefaßt, aber der Herzog hatte sein

Gleichgewicht noch nicht voll wiedergefunden und kam in Schwierigkeiten, sein Roß zu wenden. Dann faßte er die Zügel mit der Schildhand fester, und wir stürmten ein letztes Mal gegeneinander.

Ich täuschte einen hohen Schlag an, dann zuckte mein Arm nach unten, als er den Schild hob, um seinen Kopf zu schützen. Da der Schild ihm die Sicht nahm, sah er nicht, daß ich mein Ziel geändert hatte, und bemerkte erst, daß ich seine Zügel durchtrennt hatte, als ihre Überreste schlaff aus seiner Linken hingen. Wolf wirbelte wieder herum, und ich stieß den Herzog mit einem zweiten Schildschlag aus dem Sattel, bevor er sein Tier wenden und ernsthaft Gegenwehr leisten konnte.

Wolf und ich preschten vorwärts und in unser Unglück: drei Ritter griffen uns zugleich an. Zwei trafen uns gleichzeitig, einer auf jeder Seite. Ich blockte den Schwerthieb des linken Angreifers mit dem Schild ab, konnte aber die Attacke seines Kollegen zu meiner Rechten nicht parieren. Er benutzte einen Flegel, und die glatte Kugel an dessen Ende krachte auf meinen rechten Bizeps.

Schmerzen zuckten durch den Arm und einen kurzen Augenblick war er völlig taub. In diesem Augenblick passierte mich der dritte Ritter auf der rechten Seite und schlug nach meinem Kopf. Ich lehnte mich beiseite, um dem Hieb auszuweichen, entkam ihm aber nicht ganz. Sein Schwert riß mir den Süntklieber aus der Hand und schleuderte ihn wirbelnd über meine Schulter davon.

Ich ließ Wolf ein Stück geradeaus galoppieren, bevor ich umdrehte. Irgend jemand in der Menge rief, daß ich entwaffnet war, aber über dem Donnern der Hufe, als die drei erneut angriffen, hörte ich ihn kaum. Diesmal preschten sie in einer Reihe heran und erwarteten, mich leicht aus dem Sattel werfen zu können.

Ich trieb Wolf geradewegs auf den Ritter mit dem Flegel zu. Wolf antwortete sofort auf meine Beinsignale und bewegte sich so, daß der Ritter mich auf der rechten Seite passieren mußte. Er hob sich aus dem Sattel, wirbelte den Flegel über dem Kopf und schlug die Kugel nach unten. Wolf rammte sein Roß auf mein Zeichen mit der Schulter. Der Ritter lehnte sich in meine Richtung, um das Gleichgewicht zurückzugewinnen und den Angriff zu Ende zu bringen, aber keins von beidem gelang. Ich rammte ihm die gepanzerte Faust ins Halsstück der Rüstung, dann packte ich seinen Harnisch und zog ihn gerade rechtzeitig aus dem Sattel, um ihn als Schutz gegen den Angriff seines Mitkämpfers zu benutzen.

Ich klemmte seinen rechten Arm zwischen meinem Schild und Harnisch ein und zerrte ihn gerade lange genug mit, daß ich ihm mit der Rechten den Flegel abnehmen konnte. Dann ließ ich los. Ich hatte eine neue Waffe und konnte den Kampf fortsetzen, aber mir war klar, daß es zu lange gedauert hatte. Der Angriff des dritten Ritters würde mich mit Sicherheit von Wolfs Rücken fegen.

Doch der Angriff blieb aus. Wolf trug mich unbeschadet weiter, und ich drehte um. Der dritte Ritter lag in einem zerbeulten Blechhaufen auf dem Boden. Keane, der Pfalzgraf von Cadmar, grüßte mich vom Rücken seines über dem gefallenen Krieger stehenden Rosses. Ich erwiderte den Gruß und stürzte mich wieder in den Kampf.

Der Flegel leistete gute Dienste und erwies sich sogar als bessere Waffe für dieses Gestampfe als mein Süntklieber, denn mit dem hatte immer die Gefahr bestanden, daß ich instinktiv eine Lücke im Rüstungsschutz eines Gegners ausnutzte und in der Hitze des Gefechts einen tödlichen Hieb setzte. Die Adligen, gegen die ich hier antrat, waren keine so schlechten Kämpfer, wie Graf Patrick oder Hauptmann Herman dachten, aber trotzdem hätte ich die meisten ohne größere Schwierigkeiten umbringen können.

Der Flegel hatte eine größere Reichweite als mein Süntklieber, und die Kette, mit der die Kugel am Schaft befestigt war, gestattete ihr, sich um einen Schild zu legen und die Deckung seines Besitzers zu unterlaufen. Allerdings traf die Kugel mit größerer Wucht als der Süntklieber, und ich achtete darauf, nicht auf die Köpfe meiner Gegner zu zielen, denn diese Waffe war mehr als fähig, einen Helm einzudrücken und den Schädel darunter zu zertrümmern. Statt dessen benutzte ich sie dazu, Armschienen zu zertrümmern, Brustharnische einzudrücken und geschwächten Kämpfern Waffen und Schilde zu entreißen.

Schnell war der Platz übersät von reiterlosen Pferden und zusammengebrochenen Kämpfern. Wolf trat geschickt um die stöhnenden Metallhaufen herum und trug mich an den Rand des Schlachtfelds, wo sich mehr freier Boden fand. Knappen und loyale Diener duckten sich zwischen den Pferden hindurch und halfen ihren Herren vom Feld, während Stallburschen die Rösser einfingen und zurück zu den Pavillons führten, zu denen sie gehörten.

Obwohl das Gestampfe genug Geschichten für den folgenden Abend und den nächsten Tag lieferte, um einen Zuhörer glauben zu machen, es habe einen Monat oder noch länger gedauert, endete es recht plötzlich. Allmählich legte sich der Staub und die besiegten Anwärter humpelten und klapperten vom Feld. Die beiden einzigen Reiter, die noch im Sattel saßen, waren, wie sich herausstellte, Keane und ich.

Wir ritten zur königlichen Loge. Keane hob das Visier seines Helms, und ich nahm die Maske ab. Wir sahen einander an und lachten. »Ich danke Euch für die Rettung, edler Herr Pfalzgraf, zu einem Zeitpunkt, da ich meine Waffe verloren hatte.«

König Tirrell stand auf und nahm Keane die Gelegenheit zu einer Antwort. »Ihr habt euch wohl geschlagen, edle Herren. Wer von euch soll der Champion meiner

Tochter werden?« Hinter uns hämmerten die Diener schon die Pfosten in den Boden und spannten ein Seil, das sie am oberen Ende verband. Innerhalb kürzester Zeit hatten sie eine Barriere aufgebaut, die einen Lanzengang ermöglichte.

Der Pfalzgraf lächelte. Sein blonder Schnauzbart triefte vor Schweiß. »Ich habe eine etwas ungewöhnliche Bitte an Euch, Sire.«

König Tirrell zog die Augenbrauen zusammen. »Und die wäre, Keane, Pfalzgraf von Cadmar?«

»Da ich bereits Euer Champion bin, mein König, möchte ich den Anspruch auf diesen Titel im Dienste Eurer Tochter an Edler Nolan abtreten.« Ich drehte mich überrascht um, aber er lächelte. »Außerdem möchte ich mir das unwürdige Schauspiel ersparen, unter seiner Lanze zu fallen.«

Ich schüttelte langsam und ungläubig den Kopf. »Ich habe das Gefühl, daß der edle Herr Pfalzgraf mein Können gewaltig überschätzt.«

Er grinste. »Aber Eure Jugend unterschätze ich nicht.«

Der König nickte. »Da das Euer Wunsch ist, werde ich ihn gewähren, wenn ich mir auch gewünscht hätte, heute nachmittag noch Lanzengänge zu sehen.«

Der Pfalzgraf lachte herzhaft. »Ich denke, daß sich dieser Wunsch trotz allem erfüllen läßt, mein Lehnsherr, wenn Ihr mir gestattet, die Ankündigung zu machen.«

Der König nickte, und Pfalzgraf Cadmar wendete sein Pferd zu den Rittern, die sich in einer lockeren Reihe von Herausforderern neu aufgestellt hatten. »Ich gebe mich dem Edlen Nolan geschlagen. Er ist der Champion der Prinzessin. Und jeder, der ihm dieses Recht mit der Lanze streitig machen will, muß zuerst mich besiegen.«

Ich blieb und beobachtete ein paar der Tjosten, aber als Halsted mir versicherte, daß niemand den Pfalzgrafen besiegen würde und vorschlug, mich für die erste Zeremonie des Abends vorzubereiten, verließ ich den Platz. Er ließ durchblicken, daß ich den Nachmittag und frühen Abend vielleicht dazu benutzen könnte, mich auszuruhen, ein Vorschlag, dem ich gerne nachkam. Später, nachdem ich gebadet und mich angezogen hatte, erhielt ich Besuch.

Ich begrüßte den Pfalzgraf von Cadmar herzlich in meinen Räumen und lud ihn ein, sich zu mir ans Feuer zu setzen. Er ließ sich schwer in einen der Sessel fallen und nahm den gebotenen Weinkelch gerne an. Das Licht des Kaminfeuers tanzte über den breiten Silberreif auf seiner Stirn. Das Blau des darin eingelassenen Saphirs entsprach dem seiner Augen.

Ich setzte mich. »Warum habt Ihr Euch mir heute geschlagen gegeben? Ich sah Euch zu, bis Halsted mich holte.« Ich schüttelte bedauernd den Kopf. »Ich hätte mich am Sattel festnageln lassen können und wäre von Eurer Lanze doch zu Boden geworfen worden.«

Keane schmunzelte, als ich den letzten Rat des Lanzers erwähnte. »Ich danke Euch, Edler Nolan. Für mein heutiges Handeln hatte ich drei Beweggründe. Sie waren von unterschiedlichem Gewicht, aber alle drei spielten eine Rolle bei meiner Entscheidung.« Er trank noch etwas Wein, bevor er weitersprach. »Der erste Grund und der, welcher den Hauptanteil an meiner Entscheidung hatte, ist, daß Ihr gut seid. Die Gerüchte, die Euch als Darkesh-Banditen bezeichnen, werden Eurem Können nicht gerecht. Ich habe gegen diese Banditen gefochten, und auch wenn sie kämpfen wie Teufel, sie sind nicht so gut wie Ihr. Falls Ihr wirklich einmal ein Bandit wart, dann war dies sicher nicht alles. Meine Verehrung an Euren Waffenmeister, und ich glaube wohl, daß Ihr mich besiegt hättet.« Er sah mich über den Rand des Pokals an. »Früher oder später.«

Ich lachte. »Unsere Ansichten bezüglich unserer jeweiligen Fähigkeiten und Möglichkeiten gehen auseinander. Was war Euer zweiter Grund?«

Der Pfalzgraf setzte den Kelch ab und wischte sich den Rotwein aus dem Bart. »Im ersten Kampf konnten wir vom anderen einen Preis fordern. Ich hätte den Ring verlangt, den die Königin Euch gab. Ihr hättet als Sinjarer nur einen Preis von mir fordern können.«

Ich nickte lächelnd. »Den Stern von Sinjaria.«

»So ist es!« Er verlor etwas von seinem Humor. »Ihr wißt von den verschiedenen Intrigen mit dem Ziel, Sinjarias Freiheit wiederherzustellen, nehme ich an?«

Ich schüttelte den Kopf. »Ich bin erst zu kurze Zeit adlig, und möglicherweise sieht man mich als dem hamisischen Königshaus zu nahestehend an, als daß meine Landsleute mir vertrauten.«

Er nickte. Sein Mund wurde zu einem dünnen, wütenden Strich. »Viele von ihnen versuchen, von Rimahasti-Geldern unterstützt, Vidor als neuen König von Sinjaria einzusetzen, der König Tirrell im Gegenzug für die Unabhängigkeit Gefolgschaft verspräche.«

Ich schnitt eine Grimasse. »Habt Ihr ihnen dann mit Eurem Rückzug nicht in die Hände gespielt, indem Ihr den Sieg einem Sinjarer überlassen habt?«

Keane strahlte mich an. »Keineswegs. Ihr seid der Sinjarer, der dem König das Leben gerettet hat. Ich bin des Königs Champion und habe heute nachmittag dreißig Herausforderer aus dem Sattel gehoben. Dieser Tag wird noch lange Zeit in Liedern und Gedichten leben, und wann immer ein verräterischer Intrigant sie hört, werden sie ihn daran erinnern, daß Hamis so stark ist wie eh.« Er leerte seinen Weinpokal und stellte ihn sanft ab, aber ich bemerkte, daß seine Fingerspitzen weiß waren.

Er stand auf und verbeugte sich. »Ihr seid ein Ehrenmann, Edler Nolan. Ich freue mich, daß Ihr der Champion der Prinzessin seid.« Er ging zur Tür, aber ich hielt ihn auf, bevor er mir entwischen konnte.

»Edler Herr, Ihr sagtet, Ihr hättet drei Gründe gehabt zurückzutreten. Welches war der dritte Grund?«

Er gluckste und strich sich mit der Rechten den Bart glatt. »Das war der wichtigste von allen: Meine Tochter, die zu den Zofen der Prinzessin gehört, und meine Gattin mit ihr hatten mir die grausamsten Foltern angedroht, sollte ich es wagen, Euch daran zu hindern, der Champion Ihrer Hoheit zu werden.«

Ich lachte und seufzte, als er die Tür hinter sich geschlossen hatte. Anscheinend hatten die Königin und die Großherzogin nicht allein die Fähigkeit, das Geschehen bei Hofe zu beeinflussen.

Der erste Teil der Krönungszeremonie war für Mitternacht angesetzt, also schickte ich Adric in die Stadt, um Morai zu holen. Er fand den Dieb in einer Taverne, in der Selia auftrat, und brachte ihn schon kurz darauf zu mir. Ich entließ den Jungen und bat Morai, die Tür hinter sich zu verriegeln.

»Meinen Glückwunsch zum Championstitel«, meinte Morai, während er sich Wein einschenkte. »Das war reichlich knapp, oder?«

Ich zog unwillkürlich die linke Augenbraue hoch. »Warst du denn da?«

Morai nickte, und eine schwarze Haarlocke fiel ihm in die Stirn. »Ich habe die Dame Selia begleitet. Gegen Ende dachte ich, du wärst in echten Schwierigkeiten, als du deinen, nun, Zyntkliper oder wie heißt er noch, verloren hast.«

»Süntklieber«, korrigierte ich ihn. »Ja, ich dachte in dem Augenblick ebenfalls, es wäre aus. Hast du etwas herausgefunden?«

Er nickte und stellte den Weinkelch ab. »Wenn Seir ein Markt wäre und Intrigen um den Thron verkäuflich, so wären sie Billigware, so viele gibt es davon.« Morai zog eine Goldmünze aus dem Beutel und schnippte sie mir zu. »Rimahastigold in sinjarischen Händen verpflichtet die Hälfte aller Söldner und Halsabschneider in der Stadt.« Er schüttelte den Kopf und konnte nur mühsam ein Lachen zurückhalten. »Der Rest der Söldner wird von jeder Menge Winzadligen für Privatarmeen angeheuert, für den Fall, daß irgend jemand es auf sie abgesehen hat.«

Ich nickte und spielte mit der Münze in meiner Hand. Sie stammte aus Rimah, mit dem Bild König Egans auf einer Seite und dem eines Kriegsschiffs auf der anderen. »Was tun die hiesigen Edlen truppenmäßig?«

»Wegen der Zeremonie sind eine Menge loyaler Hamisen in der Stadt. Ich habe festgestellt, daß einige Tavernen von Kontingenten aus den verschiedenen Teilen Hamis' übernommen worden sind, mit Ausnahme eroberter sinjarischer Provinzen. Sie werden praktisch wie Militärlager geführt.«

Ich stand auf und trat an den Kamin. »Liegt ein Gefühl von Erwartung in der Luft?« Ich suchte nach Begriffen, um meine Frage in Worte fassen zu können. »Scheint es, als müßte bald etwas geschehen?«

Morais Augen wurden schmal, dann nickte er vorsichtig. »Ich verstehe, glaube ich, worauf du hinauswillst. Die meisten Söldner sind bis über die Zeremonien und den Maskenball morgen abend hinaus verpflichtet, bis Mitte der Woche. Man hat ihnen für die Zeit danach mehr Geld und Aufträge versprochen, aber ich würde davon ausgehen, daß, wenn etwas passiert, dann auf dem Maskenball.« Da zuckte der Dieb die Schultern. »Aber morgen nacht wird das Kastell dermaßen verbarrikadiert sein, daß niemand rein oder raus kann, auch wenn alle kostümiert sein werden. Wenn ich irgend etwas höre, lasse ich es dich wissen, aber ich werde nicht auf dem Ball sein.«

»Stimmt, die Sicherheitsvorkehrungen werden so streng sein wie nur möglich, aber ich weiß nicht, ob das ausreichen wird.« Ich verzog das Gesicht. »Ich brauche einen Vorteil, und der bist du, Morai. Behalte mich im Auge und merke dir das Wort Râchsal. Wenn ich nicht überlebe, wird man einen anderen schicken, einen

Fealarien-Tahlion. Du mußt ihm alles berichten, was du mir bis jetzt erzählt hast, einschließlich dem, was ich dir nun zeige, *und* darüber hinaus alles, was du noch in Erfahrung bringen kannst. Râchsal ist ein Zeichen, das ich mit dem anderen Tahlion ausgemacht habe. Es weist dich ihm gegenüber als vertrauenswürdig aus.«

Morais Miene wurde ernst. Er fuhr sich beunruhigt mit der Zunge über die Lippen. »Râchsal, geht klar.«

»Gut, du hast es.« Ich hob die Hand zu dem Steinwappen über dem Kamin und drückte auf einen Halbmond. Der Stein glitt mit knirschendem Geräusch in die Wand. Ich hörte ein Klicken, und der Wappenschild schwang auf versteckten Scharnieren nach links auf. Er gab eine kleine würfelförmige Nische von knapp dreißig Zentimetern Kantenlänge frei.

Morai grinste. »Davon weiß ich schon, Tahlion. Ich habe meine Quellen reichlich belohnt. Ich hatte erwartet, den Stern darin zu finden. Es war der erste Ort, an dem ich gestern nacht gesucht habe.«

Ich erwiderte sein Lächeln. »Es überrascht mich nicht, daß du davon weißt.« Ich überging die Nische und zog die Steinscheibe mit dem Halbmond aus dem Wappenschild auf der Außenseite der Tür. Sie war von der Größe meiner Handfläche, und nur die obere, etwa fünf Zentimeter dicke Hälfte formte den Halbmond. Ich ging in mein Schlafzimmer und hinüber zum Waschbecken. Morai folgte mir wortlos.

Ich legte den Stein ab und hob den Spiegel von der Wand. Ein runder Holzstöpsel mit einem Haken daran war in die Wand eingelassen, um ihn zu halten. Ich arbeitete ihn heraus, dann nahm ich den Stein aus dem Wappenschild und schob ihn so in das Loch, daß der Halbmond nicht mehr zu sehen war. Etwas mehr als ein Zentimeter der Steinscheibe ragte noch aus der Wand hervor. Ich nahm sie und drehte sie dreimal, dann trat ich zurück.

Die komplette Waschnische drehte sich knirschend

zur Seite und gab einen Gang frei, der in den Berg hinter Kastell Seir führte.

Ich drehte mich zu Morai um. Er starrte mich mit offenem Mund an. »Tahlion, diesen Gang kann es nicht geben. Meine Quellen sind nur die allerbesten …« Er schlug sich mit der Faust in die offene Hand. »Die allerbesten, verdammt noch mal, und ich habe sie auch dementsprechend bezahlt. Sie haben mir versichert, daß im Wolfsturm keine Geheimgänge existieren.«

Ich lächelte schwach. »Vergiß nicht, ich bin Tahlion. Ich habe Quellen, die erheblich weiter zurückreichen als alles, was du von irgendwelchen Schreibern beschaffen lassen könntest. Dieser Gang führt hinunter in die alte Familiengruft und wurde nach dem Zerfall so gut wie überhaupt nicht mehr benutzt.« Ich deutete hinter ihn. »Nimm dir eine Kerze, zünde sie an und komm mit.«

Der Gangboden war von einer dicken Staubschicht bedeckt, die wie Nebel aufwallte, als wir ihn durchschritten. Der Weg wand sich um den Turm und führte durch doppelt so dickes Mauerwerk, als er den Berg verließ. Eine schmale Treppe zweigte zu den beiden oberen Stockwerken ab, ein anderer Weg führte tiefer in den Berg. Wir folgten diesem zweiten Weg, der uns schnell tiefer führte.

Morai rieb sich die Nase und nieste. »Wenigstens wissen wir, daß hier seit Jahrhunderten niemand mehr entlang gekommen ist.«

Ich nickte und blieb stehen. Das flackernde Kerzenlicht zeigte, daß der Weg zur Gruft von einem Einsturz blockiert war. Die Wände waren kollabiert und hatten den Weg bis auf eine schmale Lücke in Höhe der Decke fest verschlossen.

Ich nahm Morai die Kerze aus der Hand und hielt sie hoch. Die Flamme bewegte sich nicht. »Kein Luftzug. Der Weg muß weiter unten noch einmal blockiert sein.«

Morai nickte zustimmend. »Ganz davon abgesehen habe ich den Eingang zu der Gruft gesehen, von der du sprichst. Sie ist völlig von Schlingpflanzen überwuchert und halb unter Erde begraben. Zehn Mann würden eine Woche brauchen, das wegzuräumen und den Grufteingang zu öffnen.«

»Hier kommt niemand durch«, bestätigte ich. »Da du in der Lage zu sein scheinst, den Wolfsturm nach Belieben zu betreten, kannst du diesen Gang zumindest dazu benutzen, dich ungesehen innerhalb des Turms zu bewegen.«

»Oder man könnte den Gang benutzen, um aus dem Turm zu entkommen, wenn es Schwierigkeiten gibt.«

Ich lächelte. »Gute Idee.«

»Du inspirierst mich, Tahlion.« Er grub einen Stein aus dem Trümmerberg und warf ihn durch das Loch. »Hast du eine Vorstellung davon, wann dieser Tunnel zuletzt benutzt wurde?«

Ich gab ihm die Kerze zurück und spielte mit dem Ring an meinem Finger. »Ich nehme an, als König Roderick nach dem Mord an Prinz Uriah dessen Leiche in die Gruft schaffte. Der Legende nach soll König Roderick diesen Tunnel selbst zum Einsturz gebracht haben, weil der Wind, der durch den Gang strich, in seinen Ohren wie geisterhaftes Stöhnen klang. Jedenfalls laut einer der furchterregendsten Geschichten, die ich als Kind gehört habe.«

»Und du glaubst daran?«

Ich nickte langsam, dann grinste ich. »Jedenfalls genug, um mich zu überzeugen, daß der Gang tatsächlich blockiert ist.«

Wir wanderten durch die Dunkelheit zurück. Die Schatten verschluckten den Tunnel hinter uns, und selbst das Geräusch unserer Schritte verklang in der Düsternis. Morai regte sich etwas auf, als er feststellte, daß sich die Waschnische hinter uns geschlossen hatte, aber ich streckte nur die Hand aus und drückte einen Stein über der Tür in die Wand, um sie erneut zu öffnen.

Als wir sicher zurück in der Suite waren, schloß ich

Tür und Kaminnische wieder. Morai trank den Rest des Weins in seinem Pokal, um sich den Staub aus dem Mund zu waschen, und starrte mich an. »Du überraschst mich, Tahlion. Du überraschst mich sehr. Vielleicht erkennst du ja eines Tages, welche Verschwendung deines Talents und Wissens es ist, mich zu verfolgen, und schließt dich mir an.«

Ich schüttelte amüsiert den Kopf. »Das halte ich für reichlich unwahrscheinlich, selbst wenn wir …« Ich hob die linke Hand und drehte ihm nun deren Rücken zu. »… Brüder in der Wolfskaste sind.«

»Dann wirst du mir, von Bruder zu Bruder, sicher sagen, wie viele Menschen von diesem Gang wissen?«

Ich drehte mich um und sah geistesabwesend zurück. »Du meinst: außer uns? Niemand. Alle anderen, die von diesem Geheimnis wußten, sind tot.«

Ich rief Adric und ließ ihn Morai aus der Burg begleiten. Der Bericht des Banditen beunruhigte mich. Der Maskenball war der geeignete Zeitpunkt für den Angriff des Nekkeht. Die Kostüme auf einem Krönungsmaskenball waren zwar immer von berauschender Schönheit, aber sie stellten traditionell Ungeheuer und böse Geister dar. Um Mitternacht erfolgte auf den Wunsch der neugekrönten Monarchin eine allgemeine Demaskierung als symbolische Vertreibung alles Bösen aus dem Königreich. Ohne Zweifel würde sich unter den Gästen mehr als ein Tingisschleicher befinden, neben reichlich Dämonen, Jelkoms und anderen furchteinflößenden Kreaturen.

Aber das allein konnte noch nicht der Grund sein, aus dem die verschiedenen Fraktionen sich auf morgen nacht vorbereiteten. Jede dieser Gruppen wollte ihre Marionette in eine Stellung bugsieren, von der aus sie ihre Ziele fördern konnte, aber was würde sich in dieser Nacht ereignen, das dies ermöglichen konnte? Noch während ich die Frage formulierte, erkannte ich die

Antwort: Herzog Vidor könnte die Gelegenheit nutzen, der Prinzessin einen Heiratsantrag zu machen! Und wenn er alle Fraktionen über seine Pläne in Kenntnis gesetzt hatte, würden sie sich alle bereithalten …

Halsteds Erscheinen unterbrach meine Untersuchung der von Morai gelieferten Einzelheiten. Er kam nicht allein und trat zur Seite, um einen Priester in waldgrüner Kutte eintreten zu lassen. Der glattrasierte Kleriker mit dem klaren Blick trug das lange braune Haar zu einem Zopf geflochten, der ihm über die rechte Schulter bis zur Taille hing.

Ich stand auf und verbeugte mich. »Willkommen ist die Hand Shudaths.«

»Und mit dir Ihr Segen.« Der Priester begleitete den Segen, indem er die bis auf zwei Finger geschlossene rechte Hand in einer Wellenlinie hob, die eine der Sonne entgegensprießende Pflanze darstellte, und die Hand dann blütenartig weit öffnete. Er lächelte sanft und faltete die Arme über der Brust. Seine Hände verschwanden in den weiten Armen seiner Kutte.

Ich bot ihm einen Platz an, verzichtete aber darauf, ihn zu fragen, ob er etwas trinken wollte. In Sinjaria hatte meine Familie die Allmutter Shudath verehrt, ebenso wie die meisten Bauernfamilien, die vom Ertrag des Bodens lebten. Seit ich Sinjaria verlassen hatte, übte ich den Glauben zwar nicht mehr aus, aber ich respektierte die einfache Majestät dieser Religion, der die Natur und Familie heilig waren. Ich fühlte mich in der Gegenwart des Priesters geborgen.

Halsted sah mich an. »Edler Nolan. Hand Fial ist gekommen, um Eure Rolle in der Wacht zu erklären.« Er verneigte sich und zog sich zurück.

Fial hatte ein offenes Lächeln. »Euer Teil in diesem heiligen Mysterium mag nur klein sein, aber er ist von äußerster Wichtigkeit. Als ihr Champion werdet Ihr die Prinzessin bewachen, damit nichts ihre Nachtwache im Mondturm stören kann.«

Ich nickte. »Ich stehe ganz zu Eurer Verfügung. Sagt mir nur, was ich tun muß, und ich werde Euch nicht enttäuschen.«

»Gut, gut.« Der Priester tätschelte beruhigend meinen Arm. »Heute nacht kommt ein Ritual zu seinem Abschluß, das mit der Traumwache der Prinzessin begann. In jenem Traum sah sie einen Bergleoparden, und nun, da er getötet und die Wahrhaftigkeit ihres Traums dadurch bestätigt ist, erwartet sie einen Besuch der Göttin selbst.« Er stand wie in Trance auf und wanderte leisen Schritts durch den Raum. »Euer Teil mag nicht einfach sein. Der Besuch kann verschiedene Formen haben. Häufig ist ein Kind nach nicht mehr als einer guten Nachtruhe aus dem Turm getreten, aber es ist auch schon vorgekommen, daß wir die Kammer öffneten, und das Kind ebenso wie ihr Champion waren vergreist und tot.«

Er sprach auf eine geistesabwesende Art, doch das schmälerte den Eindruck seiner Worte keineswegs. Aber er forderte mich nicht auf, irgendwie Stellung zu nehmen, und sprach weiter, als nähme er mich kaum wahr. »Eure Aufgabe besteht in dieser Nacht darin, die Prinzessin zu beschützen, sollte sie Schutz benötigen. Wenn nicht, dürft ihr nichts anderes tun als beobachten. Die Prinzessin darf in ihrer Meditation nicht gestört werden, und solange sie sich nicht in Gefahr befindet, dürft Ihr nichts tun. Vor allem dürft Ihr niemals irgend etwas von dem weitergeben, was Ihr seht oder hört, und Ihr dürft die Göttin nicht ansprechen, es sei denn, daß sie Euch zuerst anspricht, womit nicht zu rechnen ist.«

Ich nickte, um ihm zu zeigen, daß ich ihn verstanden hatte. Dann schob ich eine Frage ein, bevor er weitersprechen konnte. »Ist das jemals geschehen? Hat die Göttin jemals zu einem Champion gesprochen?«

In Fials Gesicht kam eine Spur Leben und er zuckte die Schultern. »Das, Edler Nolan, kann ich natürlich nicht wissen. Die Göttin erscheint den Kindern der königlichen Linie, um sie an das Band zu erinnern, das sie mit der Nation verbindet. Wenn sie die Nation liebend führen und sich ihren Problemen widmen, wird ihre Regierungszeit lange und angenehm sein. Regieren sie tyrannisch und grausam, wird ihre Herrschaft von Schwierigkeiten geplagt sein und ihnen äußerst lang erscheinen, obwohl sie in Wahrheit nur kurz dauern wird. Falls die Göttin jemals zu einem Champion gesprochen hat, wissen wir es nicht, weil keiner von ihnen jemals über seine Erfahrungen in der Wacht gesprochen hat, ebenso wie ich es von Euch erwarte.«

Ich nickte und faltete die Hände. »Die Geheimhaltung, auf der Ihr besteht, wäre sicherlich am besten gewahrt, wenn die Prinzessin allein bliebe.«

Die Augen des Priesters wurden schmal vor Schmerz. »So war es einstmals auch, aber Störungen der Wacht führten zu Ungleichgewicht, und die Nation hatte darunter zu leiden.«

Ich dachte eine Weile nach, dann senkte ich den Blick ins Feuer. »Die Rodericks.«

Der Priester lächelte freundlich. »Ich sehe, Ihr versteht.«

Ich nickte ernst. »Nichts wird die Prinzessin in dieser Nacht stören.«

Eine andere Hand Shudaths klopfte an und betrat den Raum. Der Priester verständigte sich über Handzeichen mit Fial, der mit einem deutlichen Nicken antwortete, dann reichte er mir ein Paket. Ich löste die Kordel und öffnete die lederne Hülle. In ihrem Innern fand ich eine Robe im selben Schnitt wie die der Priester, aber von blutroter Farbe.

Fial deutete auf die Robe. »Es ist die Farbe des Bluts, das Ihr zu ihrer Verteidigung zu vergießen bereit seid. Ihr müßt sie anlegen und mir danach Euer Schwert bringen.«

Ich begab mich ins Ankleidezimmer zurück und zog mich hastig um. Danach brachte ich dem Priester meinen Süntklieber, und er zog ihn aus der Scheide. »Ihr kümmert Euch sehr gut um Eure Waffe, Edler Nolan.«

»Und sie erwidert es, Hand Fial.«

Der Priester strich mit der Hand über und unter der Klinge entlang, dann wischte er sie einmal mit einem roten Seidentuch ab. Er gab mir den Süntklieber zurück und bedeutete mir, ihm zu folgen. Ich tat wie geheißen und stieg die Treppe zur Suite der Prinzessin hoch. Der zweite Priester folgte mir.

Nur das schwülrote Licht des Eberkopfkamins im Empfangsraum beleuchtete das Zimmer. Hinter der Prinzessin stand ein weiterer Priester mit einem Weihrauchfaß, aus dem Rauch aufstieg, der das ganze Zimmer in einen süßlichen Nebel hüllte.

Die Prinzessin trug ein weißes Seidengewand. Es war ärmellos und im Grunde nicht mehr als ein großes Tuch. Eine einfache Silberspange hielt es an ihrer rechten Schulter zusammen. Das Gewand reichte bis zum Boden und wurde in der Taille von einer weißen Kordel gehalten.

Ihr Haar hing offen herab, ohne Diadem oder auch nur einen Kamm, war aber so gekämmt, daß es über ihre bloße linke Schulter wallte. Ihre braunen Pupillen füllten den sichtbaren Teil ihrer Augen fast vollständig aus und waren sehr viel weiter geöffnet, als es das Halbdunkel des Zimmers nötig gemacht hätte. Sie starrte wie gebannt auf etwas, das ich nicht sehen konnte. Es war, als stünde sie bereits in Verbindung mit der Göttin.

Hand Fial geleitete mich mit leisem Druck zu meinem Platz neben der Prinzessin. Dann umkreiste uns der Priester mit dem Weihrauchfaß dreimal. Er sang dabei mit so leiser Stimme, daß das Geräusch, mit dem das schwingende Weihrauchfaß gegen die Kette stieß, an der er es schwang, die Hälfte seiner Worte übertönte. Er blieb einmal kurz stehen, damit der Rauch meinen

Süntklieber einhüllen konnte, dann führte Hand Fial uns aus der Kammer und durch die abgedunkelten Korridore zum Mondturm.

Die Priester öffneten den Mondturm und gingen uns voraus. Die vorderste Hand trug das Weihrauchfaß, und dichter Rauch zeichnete uns den Weg vor. Dann ging ein Priester mit einer Kerze vor der Prinzessin die Treppe hinauf, und Hand Fial folgte mir, als ich ihr nachging.

Wir stiegen die sich um den Turm windende Wendeltreppe empor, bis wir dessen höchste Kammer erreichten. Das Zimmer war kleiner, als ich erwartet hatte, mit vier Schießscharten als Fenstern und schmucklosen Steinwänden über einem ebenso einfachen Holzboden. Das Bergleopardenfell war bereits in der Mitte der Kammer ausgebreitet, aber davon abgesehen war sie völlig leer.

Hand Fial wies mir meinen Platz links von der Tür zu. Der Kerzenträger und der Weihrauchhalter flankierten mich. Die Prinzessin kniete sich auf das Leopardenfell. Hand Fial nahm das Weihrauchfaß und ging dreimal um sie herum. Das Weihrauchfaß stieß dichte Rauchwolken aus, die sich aber im leichten Durchzug schnell auflösten.

Hand Fial blieb hinter der Prinzessin stehen und verbeugte sich. »O Weise und Wunderbare, Spenderin Allen Lebens, Mutter der Welt, ich stelle Dir Deine Tochter vor, Zaria ra Hamis. Sie ist im Alter und öffnet sich Deiner göttlichen Mission für sie.«

Er verbeugte sich noch einmal und drehte sich zur Tür. Er nahm die Kerze aus der Hand des anderen Priesters und stellte sie rechts neben der Prinzessin auf den Boden. Die beiden anderen Hände verließen den Raum vor ihm. Bevor er sich ebenfalls entfernte, schlug er einmal kurz das Weihrauchfaß in meine Richtung. Ansonsten überging er mich völlig. Ich löste mich von der Wand und schloß die Tür.

Es gab weder einen Riegel, den ich hätte vorlegen können, noch einen Schlüssel, um sie abzuschließen, was mich etwas beunruhigte. Aber davon abgesehen war der Raum sicher, und ich sah keine Schwierigkeiten dabei voraus, Störungen des Rituals zu verhindern. Ich stellte mich mit dem Rücken zur Tür auf und betrachtete die Prinzessin. Ich vertraute darauf, daß mein Gehör mich vor allen Eindringlingen warnte, und die unbequeme Haltung, die ich eingenommen hatte, würde mich wach genug halten, ihnen zu begegnen.

Ich beobachtete, wie der Kaninchenmond von der südlichen Schießscharte zur westlichen wanderte, und wußte, daß zwei Stunden verstrichen waren ... bis jetzt in völliger Stille. Meine Füße und Schultern schmerzten, aber ich achtete nicht darauf, denn die Prinzessin hatte die gesamte Zeit praktisch bewegungslos auf den Knien zugebracht und keinerlei Versuch unternommen, eine bequemere Haltung einzunehmen. Ich sah zu, wie ihre Schultern sich im Takt der Atmung hoben und senkten. Die Bewegung war regelmäßig genug, daß sie hätte eingeschlafen sein können, aber ich wußte, daß sie wach war. Sie starrte geradeaus, auf den Punkt, vor dem sich Hand Fial zuvor verbeugt hatte.

Dann sah ich es. Es begann als winziger Funken, der schnell zu einer feurigen Blüte wurde. Ich hob die Linke an die Augen, um sie abzuschirmen, und sah das Wolfszeichen mit violetter Flamme auf meinem Handrücken lodern. Das Licht erstarb, und an seiner Stelle stand eine Frau. Zumindest schien es so. Aber ein Blick in ihre Augen überzeugte mich, daß sie mehr als das war.

Sie war nackt, in gewisser Weise zumindest, denn sie trug keine Kleidung, aber ihr Körper war vom weichen Pelz eines Bergleoparden wie dem bedeckt, auf dessen Fell die Prinzessin kniete. Die Tierhaut machte sie um nichts weniger reizvoll oder verführerisch, aber es war etwas an ihrer Haltung, das alle leidenschaftlichen Überlegungen verhinderte.

Sie lächelte die Prinzessin liebevoll an und strich mit einem schlanken, pelzigen Finger über Zarias Wange. »Willkommen, Tochter. Ich habe eine Prophezeiung für dich.« Ihre Worte hallten tausendfach wider, waren dabei aber keineswegs sonderlich laut. Der Klang sandte einen gespenstischen Schauer mein Rückgrat hinab, denn ich hörte meine Mutter und Großmutter in ihrer Stimme. »Deine Regierung wird lange währen. Du wirst den Herzog von Sinjaria heiraten und seine Kinder gebären. Durch dich wird eine Ungerechtigkeit rückgängig gemacht werden, und von deiner Hand werden viele Übel beglichen werden. Du wirst mich erfreuen.«

Die Göttin strich über Zarias seidigschwarzes Haar, dann schloß sie die Augen der Prinzessin. Zaria sank sanft auf den Boden und fiel in einen friedlichen Schlaf.

Die Göttin sah zu mir hoch, und ihre Stimme fauchte wie die Katze, deren Fell sie trug. »Und nun zu dir, Tahlion Nolan ra Sinjaria.« Sie knurrte und nannte mich bei einem anderen Namen.

Ich schüttelte reumütig den Kopf und sank auf die Knie. »Ich trage diesen Namen nicht länger.«

Sie lachte und verspottete mich mit einer Million Stimmen. »Ich kenne dich durch und durch. Glaube nicht, nur weil du dein wahres Ich aufgegeben hättest, gälte das auch für andere.«

Alte Gefühle wallten in mir auf, aber ich erstickte das kindliche Weinen, das sie beschworen: »Niemand anders weiß davon, und ich habe mein wahres Ich nicht aufgegeben. Ich habe mich verändert und bin über das hinausgewachsen, was ich einst war. Ich habe es jedoch nicht abgestreift wie eine Schlange ihre Haut.«

Die Göttin beobachtete mich und wog meine Worte ab. »Für dich habe ich keine Prophezeiung, Tahlion, nur Warnungen. Denke an sie und beachte sie. Der Tod wandert durch Seir, und du bist es, den zu holen er wartet.«

Während sie zu mir sprach, veränderte sie sich. Ihr Körper schwoll auf und verbog sich zu einer Parodie ihrer vorherigen Schönheit. Offene Wunden brachen auf ihrem Körper auf und überzogen ihn mit einer dicken, durchscheinend grünen Flüssigkeit, die von grellroten Schlieren durchzogen war. Mistkäfer krabbelten aus den klaffenden Löchern in ihrer Haut, um an ihr zu nagen und sie bis auf die Knochen abzufressen. Ihr Bauch platzte auf, und ich sah Maden wimmeln und sich in ihr Inneres fressen. Sie zeigte mit einem knochigen Finger auf mich, und ihre Stimme kratzte in einer schrecklichen Parodie ihrer Botschaft für die Prinzessin. »Hör mir zu, Tahlion.«

Ihre Kopfhaut spaltete sich und fiel links und rechts auf die Schultern, aber statt des elfenbeinernen Knochens, den ich erwartete, saß etwas anderes auf ihrem Hals. Ihr Schädel bestand aus reinem Kristall, wie der Schädel in Tahlianna, und das Licht, das von ihm ausging, löste alles auf, was sich unter ihm befand. Ich starrte in die leeren Augenhöhlen, aber alles, was ich sah, war ein verzerrtes Spiegelbild der Kammer.

Die körperlose Stimme der Göttin füllte den Raum: »So mächtig du auch bist, Tahlion, fähig, die Lebenden zu zermalmen«, sagte sie, und die kristallenen Kiefer bewegten sich klirrend bei jedem ihrer Worte, »die Toten kannst du nicht besiegen!«

KAPITEL ACHTZEHN

NOVIZE: RECHTSPRECHER

Ich stand beunruhigt an der Tür, nicht mehr als einen Schritt in Edler Hansurs Kammer. Der Hochwalter der Rechtsprecher saß an seinem Schreibtisch, und ihm gegenüber saß der Magicker, der meine Genesung überwacht hatte. Obwohl ich schon drei Tage zuvor das Bewußtsein zurückerlangt hatte, wirkte der Zauber noch, der meine linke Schulter betäubte, und ich trug den Arm in der Schlinge.

»Komm herein, Nolan. Setz dich.« Edler Hansur deutete zu dem Sessel neben dem Zauberer. »Magicker Adamik und ich haben uns über deine Genesung unterhalten. Wegen einiger der Dinge, die er mir berichtet hat, bin ich zu einer Entscheidung gekommen, die mir nicht leicht gefallen ist, und ich wollte, daß er anwesend sei, um deine Fragen zu beantworten.«

Ich nickte. Mein Magen verkrampfte sich. Jetzt würde geschehen, wovor ich mich gefürchtet hatte, seit ich aufgewacht war.

Edler Hansur legte die Fingerspitzen aneinander und runzelte die Stirn. »Ich fürchte, du wirst nicht in der Lage sein, mit den anderen Siebzehnern die Prüfung zu durchlaufen oder zusammen mit ihnen das Schädelritual zu vollziehen.«

Eisige Schmerzen zogen sich aus meiner Magengrube durch den ganzen Körper, fast so, wie sich das Gift aus meiner Schulter ausgebreitet hatte. »Heißt das, ich bin aus dem Tahliondienst ausgeschlossen?« Ich zwang die

Worte an dem gewaltigen Kloß in meiner Kehle vorbei, dann biß ich die Zähne zusammen, um sie am Klappern zu hindern.

Edler Hansur schüttelte den Kopf und schenkte mir einen freundlichen Blick. »Nein, Nolan, das bedeutet es nicht. Deine Schulter ist nur noch nicht weit genug verheilt, um den Anforderungen der Prüfung standhalten zu können.« Er sah den Magicker an, und der weißhaarige Zauberer nickte ernst.

Ich zögerte, dann drehte ich mich zu Adamik um. »Bitte seht diese Frage nicht als Anzeichen irgendwelcher Zweifel an Euren Fähigkeiten, denn ich habe keine derartigen Zweifel, aber könnt Ihr meine Schulter nicht einfach, nun, reparieren?«

Der Magicker schmunzelte. »Nein, Nolan, ich kann den Schaden nicht magisch rückgängig machen. Du hast eine ernste Verletzung erlitten. Das Gift hat einen Großteil des Muskelgewebes zerstört. Ich kann zwar Zauber einsetzen, um Infektionen aufzuhalten und das Wachstum neuer Muskeln und Haut zu stimulieren, aber deren Wirkung steht in enger Beziehung zu der Zeit, die zwischen der Verletzung und dem Sprechen des Zaubers verstreicht.« Er verzog das Gesicht und breitete in einer hilflosen Geste die Arme aus. »Meine Zauber könnten sogar ein abgetrenntes Körperglied wiederbeleben, wenn ich genug Kraft zur Verfügung hätte und sie in dem Augenblick auf die Wunde richten könnte, in der das betreffende Körperglied abgeschlagen wird.«

Ich nickte, aber Adamik erkannte, daß ich immer noch nicht voll überzeugt war, also fuhr er fort. »Kennst du den Schützen-Siebzehner in dem Bett neben dir?«

»Dyre, den mit dem Beinbruch?«

Der Magicker nickte. »Das war ein übler Bruch. Dyre hat sich beide Knochen im linken Unterschenkel gebrochen, und einer davon ragte durch die Haut.« Er drehte sich zu Edler Hansur um. »Er war auf Überlebenstraining und stürzte in eine Felsspalte. Es dauerte Tage, bis man ihn fand.« Er wandte sich wieder mir zu. »Die Leute, die ihn gefunden haben, schienten sein Bein, aber sie haben die Knochen nicht passend aneinandergesetzt. Als er zu uns kam, hatte der Heilungsprozeß bereits eingesetzt, und wir mußten die Knochen erneut brechen, um sie zu richten. Unsere Zauber können seine Heilung nur unterstützen, aber den Rest müssen sein Körper und der deine selbst erledigen.«

Edler Hansur stand auf. »Nolan, ich erwarte von dir, daß du ein Trainingsprogramm zur Beschleunigung deiner Genesung ausarbeitest und Platz dafür in deinem vollen übrigen Trainingsplan findest. Magicker Adamik hat mir gesagt, daß du innerhalb von sechs Monaten in der Lage sein müßtest, die beschädigten Muskeln wiederherzustellen. Ich erwarte, daß du zur Feier auch bereit zu deiner letzten Prüfung bist.«

Ich erkannte, daß ich entlassen war. Ich stand auf, verbeugte mich vor beiden Männern und verließ den Raum. Draußen auf dem Gang stießen sich Marana und Jevin von den im Schatten liegenden Wänden ab und gingen neben mir den Korridor hinab. Marana schob ihre linke Hand in meine Rechte.

»Und, Nolan? Was hat er gesagt?« Jevins tiefe Stimme verriet nichts von der Nervosität, die er fühlte, aber ich wußte auch so, was in ihm vorging.

»Nun, ich werde nicht mit dem Rest der Siebzehner geprüft und werde nicht mit euch anderen das Ritual absolvieren.« Maranas Hand zuckte, aber ich lächelte sie an und legte ihr den Arm um die Schulter. »Aber ich bin nicht ausgeschlossen, und ich werde die Prüfung nachholen können, sobald mein linker Arm wieder kräftig genug ist.«

Edler Hansur entschied mit Zustimmung Magicker Adamiks, daß ich vorerst auf der Krankenstation bleiben sollte, bis meine Genesung ausreichende Fortschritte gemacht hatte, wobei noch festzulegen blieb, wann meine Fortschritte ausreichend sein würden. Das trennte mich von den anderen Siebzehnern und verhinderte, daß ich sie von den letzten Vorbereitungen für das Ritual ablenkte. Außerdem ersparte es mir die Niedergeschlagenheit, die mich unvermeidlich befallen hätte, wenn ich gezwungen gewesen wäre, sie zu beobachten.

Abends traf ich mich mit Marana, Jevin und anderen Siebzehnern, Lothar ausgenommen, aber tagsüber hatte ich so viel zu tun, daß ich niemanden aus der alten Gruppe zu Gesicht bekam. Die Zeit, die ich mit meinem Training zubrachte, war keineswegs eine glückliche, denn ich trieb mich gnadenlos an, aber sie war befriedigend.

Adamik hielt meine Schulter nach dem Erwachen volle zwei Wochen taub, was beim Training ein gewisses Problem darstellte. Bis ich in der Lage war, den Arm zu bewegen, konnte ich seine Muskulatur nicht aufbauen, also bestand das Training der ersten vierzehn Tage in Langlauf morgens und abends und einem reizvollen Forschungsprojekt am Nachmittag.

Edler Hansur hatte sich nicht über meine Reise mit mir unterhalten. Mir war klar, daß er sie nicht vergessen hatte, aber möglicherweise hatte er ihre Bewertung beiseite geschoben, solange die anderen sich auf das Ritual vorbereiteten. Wie auch immer, und ungeachtet dessen, was er darüber zu sagen hatte, entschied ich, aus meinem letzten Abenteuer eine Lehre zu ziehen und möglicherweise zu beweisen, daß ich nicht wirklich so dumm gewesen war, wie ich mich fühlte.

Ich suchte mir einen breitschultrigen Dienstleister-Waffenschmied namens Gilbere und setzte mich mit ihm zusammen, um ein Dutzend Xne'kal-Wurfpfeile herzustellen. Ich beschrieb ihm die Waffen so gut ich konnte, und seine gezielten Fragen förderten mehr Einzelheiten zu Tage, als ich geahnt hätte. Er verwarf die Idee einer Feuersteinnadel auf der Stelle, und am Nachmittag des nächsten Tages hatte er eine dreischneidige dreieckige Nadel hergestellt und auf den Schaft eines ungefiederten Armbrustbolzens gesteckt.

Er deutete auf ein Ziel an der Rückwand seiner Werkstatt. »Bitte, Nolan. Du hast den ersten Versuch.«

Ich warf den Pfeil auf das Ziel, so wie ich ein Messer geworfen hätte. Der Pfeil überschlug sich mehrmals in der Luft, schlug längs gegen die Zielscheibe und fiel zu Boden. Ich versuchte es noch ein Dutzend Mal und gewöhnte mich auch an das Gewicht, aber es gelang mir trotzdem nicht, die fünfzehn Zentimeter lange Nadel häufiger als mit etwa der Hälfte der Würfe ins Ziel zu bringen.

Gilbere und ich zuckten die Achseln, und ich wollte ihm den Pfeil zurückgeben. Er winkte ab. »Ich kann leicht mehr machen. Vielleicht übst du ein wenig damit, während du läufst, oder dir kommt noch ein Gedanke.«

Ich übte während des Abendlaufs mit dem Pfeil, aber das Ergebnis war noch entmutigender als am Nachmittag. Ich ließ den Pfeil auf meinem Bett liegen und schlich mich aus dem Zimmer, um Dyre nicht aufzuwecken, der im Nachbarbett schlief. Ich ging in den Waschraum und badete, bis meine Finger runzlig wie Rosinen waren, dann machte ich mich mißmutig wieder auf den Weg ins Krankenzimmer.

Unterwegs hörte ich mehrere Male ein dumpfes Knallen, gefolgt von einem Knirschen. Ich stieß die Tür auf und sah Dyre, der im Bett saß und den Wurfpfeil in das Fußbrett schleuderte. Der Pfeil schlug mit dumpfem Knall auf. Dann beugte er sich vor, das Bett knirschte unter ihm, und er zog ihn frei. Das Fußbrett war gespickt mit kleinen Löchern, und bei den beiden Würfen, die ich gesehen hatte, versenkte er den Pfeil gekonnt im Holz.

Dyre sah auf, als ich ins Zimmer trat: »Ich hoffe, du hast nichts dagegen?« Er lächelte verlegen und zuckte die Schultern. »Mir war langweilig. Dieses Ding ist ziemlich gut. Was ist es?«

Ich deutete anklagend auf das Fußbrett. »Wie hast du das gemacht?« Ein entsetzter Ausdruck huschte über sein Gesicht, als ihm zum ersten Mal der Schaden auffiel, den er an seinem Bett angerichtet hatte. »Nein, nicht das Bett. Wie hast du so oft getroffen?«

Dyre zuckte die Schultern. »Das war leicht. Das Ding müßte vorne etwas schwerer sein, aber es fliegt gut.« Er hob den Pfeil ans Ohr, hielt ihn in der Mitte des Bolzens und warf. Er wirbelte aus seiner Hand, ohne sich ein einziges Mal zu überschlagen und blieb im Fußbrett stecken.

Ich atmete aus. »Ach, du wirfst ihn falsch.« Ich zog den Pfeil aus dem Fußbrett und schleuderte ihn durchs Zimmer. Wie üblich schlug er längs gegen die Wand und fiel auf den Boden.

Dyre kniff die Augen zusammen. »*Ich* werfe ihn falsch, ja? Bringen sie euch Rechtsprechern denn gar nichts bei? Gib mir den Pfeil.« Ich hob ihn auf und reichte ihn ihm. »Ich hätte ihn längst in die Wand geworfen, aber von da hätte ich ihn mir nicht holen können.« Er klopfte auf sein taubes Bein.

Wieder warf er den Pfeil, und er flog in gerader Linie ins Ziel. Ich starrte erstaunt hinterher, und Dyre kicherte. »Am wichtigsten ist die *Drehung*, Nolan. Was glaubst du denn, warum wir unsere Pfeile fiedern? Damit sie sich drehen und geradeaus fliegen.«

Ich dachte einen Augenblick nach, dann ging ich zur Wand und zog den Pfeil heraus. »Fiederung. Daran habe ich nicht gedacht, weil die Xne'kal keine benutzt haben.«

Dyre schnaubte ärgerlich. »Sie fiedern ihre Pfeile nicht, weil die keine Fiederung nötig haben. Man gibt dem Pfeil seine Drehung beim Wurf. Stell dir vor, es wäre ein Miniaturwurfspeer und versuch es noch einmal.«

Langsam verstand ich, was er meinte. Ich hielt den Pfeil so, wie er es mir vorgemacht hatte, und warf. Er flog etwas unsicher, blieb aber in der Wand stecken. Ich grinste breit. »Und mit Fiederung würde er sich immer nur in eine Richtung drehen, richtig?« Ich zog den Pfeil aus der Wand und hielt ihn mit zum Boden weisender Spitze in der locker herabhängenden Hand. »Aber diese Drehung wäre falsch für einen Unterhandwurf wie den.«

Meine Hand peitschte vor und gab dem Pfeil eine kräftige Drehung. Ich ließ ihn frei, als meine Hand über Taillenhöhe kam, und der Pfeil senkte sich sechzig Zentimeter links über Dyres hastig wegzuckendem Kopf in die Krankenzimmerwand. Ich lachte, als ich den Ausdruck auf seinem Gesicht sah, mit dem er zu dem Pfeil hochblickte, aber dann stimmte er ein.

»Irgendwas sagt mir«, seufzte er, »daß du das Prinzip begriffen hast, Rechtsprecher.«

Nach der Erleuchtung dieser Nacht stellte ich Gilbere und Dyre einander vor, und die beiden übernahmen die komplette Bearbeitung der Wurfpfeile. Sie gaben mir nie irgendeine Vorwarnung, was sie sich ausgedacht hatten, aber wenn ich nach meinem morgendlichen Dauerlauf zurückkehrte, konnte ich den größten Teil des Nachmittags damit verbringen, ihre Ergebnisse auszuprobieren. Wenn ich mit einem Testsatz fertig war, unterzogen sie mich einem gnadenlosen Verhör und nickten verschwörerisch, wenn ich etwas sagte, das sie freute oder ärgerte.

Schließlich hob Adamik den Zauber auf, der meine Schulter gelähmt hatte, und ich war entsetzt darüber, wie steif und schwach sie war. Zuerst wollte ich alle anderen Übungen aufgeben, um mich ganz der Schulter zu widmen, aber Adamik riet mir eindringlich davon ab, und ich sah ein, daß er recht hatte. Es hätte mir gerade noch gefehlt, wenn ich die Muskeln durch Überanstrengung gleich wieder verletzt hätte. Dann hätte ich mich vielleicht nie mehr erholt.

Eine Woche, nachdem ich meinen Arm wieder bewegen konnte, erreichte Wolf Tahlianna. Er trug weder seinen Sattel noch das ursprüngliche Zaumzeug, wirkte aber gesund. Seine Exzellenz beschlagnahmte das einfache, aus Strick gefertigte Zaumzeug, mit dem er an der Stadtgrenze aufgetaucht war – ich hätte nicht in den Schuhen dessen stecken mögen, der ein Tahlionroß entführt hatte –, und ich übernahm Wolfs Pflege.

Wolfs Rückkehr und die zunehmende Kraft in meiner Schulter sorgten für eine weitere Änderung in meinem Übungsplan. Morgens machte ich immer noch meinen Dauerlauf, und unterwegs führte ich mehrere Übungen aus, um den Arm zu stärken. Nachmittags trainierte ich mit anderen Novizen, um meine Kampffertigkeit zurückzuerlangen. Den abendlichen Dauerlauf gab ich auf und verbrachte den größten Teil der dadurch gewonnenen Zeit mit Dyre und Gilbere bei der Vervollkommnung der Wurfpfeile.

Die beiden hatten sich auf eine endgültige Konstruktion geeinigt. Die Nadel, die Gilbere entworfen hatte, überlebte bis zum Schluß. Ein Bleiring preßte das Holz um den Zapfen des Pfeils fest und erhöhte zugleich das Gewicht der vorderen Pfeilhälfte, was die Neigung verstärkte, selbst bei einem ungeschickten Wurf mit der Spitze voraus einzuschlagen. Als Schaft der Waffe dienten jetzt allerdings dreißig Zentimeter Hartholz mit acht parallelen Rillen von sieben Zentimeter Länge am hinteren Ende. Sie fungierten als neutrale Fiederung und stärkten den Pfeil über längere Flugstrecken.

Nachdem sie mir die endgültigen Wurfpfeile gegeben hatten, verbrachte ich meine Abende damit, das Werfen zu üben. Dyres anfängliche Feststellung, daß es vor allem auf die Drehung ankam, galt noch immer. Ich entdeckte, daß es kaum eine Rolle spielte, wie ich den Pfeil warf, solange die Drehung stark genug war, die ich ihm mit auf den Weg gab, und daß ich in der Regel das erwünschte Ziel trotzdem traf. Ich übte hart mit den

Pfeilen, fünf Monate lang mindestens zwei Stunden jede Nacht, und erreichte mit beiden Händen eine beachtliche Treffsicherheit.

Die neue Waffe weckte eine gewisse Aufmerksamkeit. Dyre konnte endlich wieder gehen, und seine Begeisterung veranlaßte einige Schützen, sich daran zu versuchen. Da ich mehr Übung mit den Wurfpfeilen hatte, war ich ihnen zunächst überlegen, und viele von ihnen ließen sich dadurch entmutigen. Aber die wenigen, die durchhielten, lernten die Wurfpfeile sehr gut zu beherrschen, und unsere abendlichen Übungen endeten in der Regel mit einem Wettbewerb, wer das Ziel des Abends treffen konnte. Überreife Tomaten waren besonders beliebt, weil sie geradezu explodierten, wenn man sie genau in der Mitte traf.

Das Interesse an den Wurfpfeilen führte zu einer offiziellen Vorführung – einen Monat vor der Feier. Der Meister wünschte eine Begutachtung der Waffe, im Hinblick auf ihre mögliche Aufnahme in das Waffenarsenal der Tahlion. Als Schiedsrichter bestimmte er Edler Fletcher, Edler Hansur und Seine Exzellenz. Sie verbrachten die erste Hälfte des Tages damit, Gilbere und Dyre über den Aufbau und die Herstellung der Wurfpfeile auszufragen. Als sie genug über die technischen Einzelheiten erfahren hatten, luden sie mich ein, die Waffe in einer praktischen Gefechtsnachahmung vorzuführen.

Der Schauplatz war ein kleiner Teil des Manövergeländes im Südosten des Sterns. An einem Ende des Gebietes warteten vier Rechtsprecher-Fünfzehner und ich. Die anderen hatten jeder einen Beutel mit überreifen Tomaten, mit denen sie nach mir werfen konnten, und trugen ein anders gefärbtes Armband. Ich war mit einem Dutzend Pfeilen ausgerüstet und konnte sie außer Gefecht setzen, indem ich mit einem Wurfpfeil eine der Attrappen in der Farbe ihres jeweiligen Armbands traf, die über den Kurs verteilt waren. Das einzige Problem dabei war, daß ich nur nach einer Attrappe werfen durfte, solange der entsprechende Fünfzehner in Sicht war, und sie hatten reichlich Barrikaden, hinter denen sie in Deckung gehen konnten.

Edler Hansur winkte die Fünfzehner auf das Gelände und wartete, bis sie sich versteckt hatten, bevor er mir das Zeichen gab, auf die Jagd nach ihnen zu gehen. Ich drehte mich um und lief los, einen Wurfpfeil in jeder Hand. Aus dem rechten Augenwinkel bemerkte ich eine Bewegung und warf mich nach vorne. Eine Tomate explodierte hinter mir, und ich sah etwas blau aufleuchten, bevor der Novize sich wegduckte.

Ich schnitt eine Grimasse und rollte nach rechts. Dieser Fünfzehner, ein dunkelhaariger, schlaksiger Bursche namens Alf, versprach, mir die größten Schwierigkeiten zu machen. Ich stand auf, dann duckte ich mich sofort wieder und rollte nach links zurück. Zwei Fünfzehner, gelb und rot, standen auf und schleuderten ihre Tomaten dorthin, wo ich gerade noch gestanden hatte. Ich warf mit rechts und versenkte einen Wurfpfeil in der roten Puppe, aber Gelb tauchte zu schnell ab.

Ich rannte weiter und blieb vor der Barrikade stehen, hinter der sich der rote Fünfzehner versteckt gehabt hatte. Rechts von mir hörte ich etwas knirschen und drehte mich gerade rechtzeitig um, um Weiß aufstehen und werfen zu sehen. Ich duckte mich zur Seite, und die Tomate knallte auf dem Holz. Weiß ließ sich wieder in Deckung fallen, als das Fruchtfleisch seines Wurfgeschosses mich vollkleckerte.

»Verdammt.« Ich fluchte laut und hob einen Pfeil ans Ohr. Weiß kam wieder hoch, um nachzusehen, ob er mich getroffen hatte. Er erkannte seinen Fehler, aber da war es schon zu spät. Ich schleuderte den Pfeil und traf die weiße Attrappe mitten in die Brust.

Ich nahm den Wurfpfeil von der linken in die rechte Hand, wischte mir den Tomatenbrei aus dem Gesicht und faßte mit der freien Hand die Oberkante der Barrikade. Ich sprang hoch und zog mich über die einen Meter hohe Holzwand, aber kaum hatten meine Füße den Boden berührt, mußte ich mich wieder abstoßen und in einem Salto zurück auf die andere Seite springen.

Eine Tomate flog zwischen meinen Beinen hindurch und platschte auf das Holz. Alf verschwand wieder außer Sicht, bevor ich werfen konnte, aber in dem Fall wären meine Chancen, das Ziel zu treffen, ohnehin gering gewesen. Ich knallte ziemlich hart auf, rollte aber weiter zurück, um ein möglichst kleines Ziel zu bieten.

Links von mir stand Gelb auf und schleuderte in schneller Folge drei Tomaten. Die beiden ersten schlugen vor mir auf, aber die dritte war gut gezielt. Ich sprang senkrecht hoch, als sie unter meinen Füßen zerplatzte. Ich riß die linke Hand zur Seite und schleuderte einen Wurfpfeil auf die nächstgelegene gelbe Puppe. Der Wurfpfeil traf, bevor Gelb wieder sicher hinter der Deckung war.

Jetzt blieben nur noch Alf und ich. Ich rannte von einer Barriere zur anderen und hielt die Augen für die kleinste Bewegung offen. Ich sah nichts. Dann stieg ein winziger Staubfaden hinter einer Barrikade auf, während ich mich nach Osten vorarbeitete, und verriet Alf. Hinter seinem Versteck stand eine blaue Puppe.

Augenblicklich fiel mir ein Plan ein, und ich verlor keine Sekunde, ihn umzusetzen. Ich durfte nur mit einem Wurfpfeil nach der Attrappe werfen, solange ich Alf sehen konnte, und er war viel zu schnell, um in dem kurzen Augenblick, da er in Sicht war, zu zielen und zu werfen. Entschlossen, ihn lange genug im Blick zu behalten, um das Ziel zu treffen, stand ich auf und rannte in gerader Linie auf seinen Standort zu.

Alf regte sich nicht, während ich anstürmte. Ich rannte über das offene Gelände, bereit zu werfen, sobald ich den geringsten Blick auf ihn erhaschte, aber er blieb in Deckung. Es war ein Nervenkrieg, und keiner von uns dachte daran aufzugeben.

Ich lachte und sprang auf seine Barrikade. Ich stieß mich mit beiden Füßen ab und stieg noch höher. Alf lag hinter der Holzwand flach auf dem Rücken und grinste zu mir hoch. Er warf eine Tomate an meinem linken Ohr vorbei. Glucksend drehte ich mich in der Luft und schleuderte den Pfeil, den ich in der rechten Hand hielt. Er schlug im selben Augenblick in den Kopf der blauen Attrappe ein, in dem Alfs zweite Tomate auf meiner Brust zerplatzte. Ich fiel zu Boden und lachte, bis ich Seitenstechen bekam.

Meine Freude erstarb, als Edler Hansurs Schatten auf mein Gesicht fiel. Edler Fletcher und Seine Exzellenz standen links und rechts neben ihm. Ich kam augenblicklich hoch und verbeugte mich tief vor den drei Hochwaltern. Hinter mir hörte ich Alf ebenso reagieren.

Edler Fletcher sprach als erster und richtete sich an Edler Hansur. »Die Waffe deines Novizen scheint ihren Wert zu haben, was mehr ist, als man von seiner Taktik sagen kann.« Der leichte Ton, in dem er seinen Kommentar abgab, beruhigte mich.

Seine Exzellenz zog einen Pfeil aus der weißen Puppe und drehte ihn in den Händen. Er runzelte die Stirn. »Er dringt gut genug ins Fleisch ein, aber er ist zu schwach, um Knochen zu durchschlagen. Man müßte ihn vergiften.« Edler Hansur nickte, und Seine Exzellenz sah zu mir herüber. »Die Xne'kal vergiften ihre Wurfpfeile?«

Ich nickte. Ich wußte, daß Gift in Tahlianna nicht gerne gesehen war, aber ich hatte mich in der Bücherei über Gifte schlau gemacht. »Wenn Ihr gestattet, edle Herren. Ich habe von einem Pflanzengift gelesen, einem anderen, als es die Xne'kal benutzen, das die Harashu in der Großen Wüste jenseits von Sterlos verwenden. In ausreichend verdünnter Form lähmt es, ohne zu töten.« Ich senkte den Blick. »Es heißt Kutarai.«

Edler Hansur neigte den Kopf in meine Richtung. »Wir danken dir, Nolan, und dir, Alf, für diese Vorstellung. Alf, du kannst gehen. Nolan, säubere deine

Kleidung und melde dich in einer Stunde in meiner Kammer.«

Edler Hansur saß bereits hinter seinem Schreibtisch, als ich in seiner Kammer eintraf. Aus irgendeinem Grund fühlte ich mich genötigt, meine Uniform zu tragen: das ärmellose schwarze Lederwams und die schwarze, in den Reitstiefeln steckende Lederhose. Außerdem war ich reichlich unruhig. Edler Hansur rief mich herein und deutete auf den einzelnen Sessel vor seinem Schreibtisch.

»Nolan, ich hatte ein Gespräch mit Ring. Ich möchte wissen, warum du deine Lehrreise mit ihm abgebrochen hast.«

Seine Stimme gab keinerlei Hinweis auf die Gefühle, die Edler Hansur Ring, meinem Handeln oder mir gegenüber hegte, aber trotzdem versteifte ich mich unwillkürlich. Er hatte mein Tagebuch gelesen, aber die Beurteilung meiner Reise aufgeschoben, bis er mit Ring sprechen konnte. Ich zwang meine Angst zurück in ihr Versteck und antwortete mit der Stimme eines Mannes, der bereit war, die volle Verantwortung für sein Handeln zu tragen. »Ich gebe Ring keine Schuld für das, was ich getan habe. Ich habe ihn verlassen, weil ich der Überzeugung war, ohne seine Begleitung mehr lernen zu können als mit ihm.«

Edler Hansurs Miene bot eine Maske der Konzentration und verriet nichts von dem, was dahinter vorging. Er lehnte sich in seinem Sessel zurück und sah an mir vorbei. Er wog jedes meiner Worte ab, und an seinem Schweigen erkannte ich, daß er mehr hören wollte. Ich beugte mich seinem unausgesprochenen Wunsch.

»Ich weiß, daß die Lehrreise für einen Rechtsprecher von besonderer Bedeutung ist, weil wir auf der Reise von der Welt erfahren und die Gelegenheit haben, unsere deduktiven und detektivischen Fähigkeiten zu schulen. Ich weiß, daß wir in Begleitung erfahrener Rechtsprecher losgeschickt werden, damit sie uns die Welt zeigen und uns lehren, wie ein Rechtsprecher in dieser Welt überlebt. Ich verstehe, daß dies Teil unserer Lehrreise ist, und ich schätze die Zeit, die ich in Rings Gesellschaft verbrachte, vor allem das, was er mich gelehrt hat, hoch ein.« Ich schnitt eine Grimasse und dachte kurz nach. »Aber in Rings Gesellschaft war es mir unmöglich, eine Antwort auf Fragen zu finden, die sich mir stellten, Fragen über mich und darüber, wie ich in der Welt überleben wollte. Bevor ich nach Tahlianna kam, kannte ich die Furcht, die Ring benutzt, um die Menschen zu steuern, und es war ein Gefühl, das mir nicht behagte. Gleichzeitig konnte ich mich an Geschichten über einen einsamen Rechtsprecher erinnern, der Banditen von einem abgelegenen Hof verjagte, und das ist die Art Leben, die mir vorschwebt.«

Edler Hansur nickte langsam. »Warum also hast du Ring verlassen?«

Ich dachte nach und atmete durch. »Ring ist völlig überzeugt von seiner Art, seine Arbeit zu tun. Das macht ihn äußerst tatkräftig, und ich würde mir sicher nicht wünschen, ihn auf meiner Fährte zu wissen, aber zugleich entfernt es ihn von der Welt. Er wäre nicht unfähig, jemandem aus einer gefährlichen Lage zu helfen, und als wir in ausgebrannten Ruinen nach Kinderleichen gesucht haben, hat er ebenso hart gearbeitet wie alle anderen, wenn nicht härter, aber …« Ich suchte nach den passenden Worten. »Seine Methode hindert ihn daran, irgend etwas Freundliches für einen anderen zu *empfinden*. In dem halben Jahr, das ich mit Ring geritten bin, habe ich gelernt, wie er arbeitet, und ich merkte, daß ich auch so arbeiten konnte, wenn ich *mußte*. Aber ich wußte auch, daß es mich von innen heraus zerfressen würde, so zu arbeiten. Vielleicht liegt es daran, daß ich in einer Familie großgeworden bin, bevor ich hierher kam, ich weiß es nicht, aber es würde mich umbringen, mich in Schatten und Entsetzen zu hüllen. Ich brauche andere Menschen, und ich brauche ihren Respekt und ihre Freundschaft, nicht ihre Angst und ihren Abscheu.«

Der Ausdruck auf dem Gesicht des Meistes über alle Rechtsprecher lichtete sich, und er sah mich an. »Und was hast du also auf deiner Reise gelernt, Novize?«

Ich lehnte mich zurück und ordnete die Gefühle, die durch mein Inneres tobten, um zu sehen, was ich gelernt hatte. »Ich habe gelernt, daß die Menschen einen Rechtsprecher als jemanden hinnehmen können, den sie willkommen heißen, statt Angst vor ihm haben zu müssen. Für manche ist ein Rechtsprecher eine Autorität, die eingreifen und verhindern kann, daß sich eine Ungerechtigkeit ereignet. Für andere ist ein Rechtsprecher eine Garantie, daß Verbrechen bestraft oder ihr Unglück gerächt wird. Ich stimme mit diesen Sichtweisen überein, und ich habe gelernt, eine andere Art von Rechtsprecher zu verkörpern, die eines Freundes, der bereit ist, anderen zu helfen.« Ich schloß die Augen und rieb sie kurz. »Ich erinnere mich an Gelegenheiten, als ich noch ein Kind war, wenn wir alle mitten in der Nacht hinaus mußten, um einen Waldbrand zu löschen oder so viele Heuschrecken wie möglich zu erschlagen, bevor sie unsere Ernte auffraßen. Ich erinnere mich, wie wir nach vermißten Tieren oder Kindern gesucht haben, und ich erinnere mich, wie mein Vater losgeritten ist, um bei der Jagd nach Viehdieben zu helfen. All das ist Teil des Alltags für die Menschen in den Landstrichen, die wir durchstreifen, aber Rechtsprecher können so losgelöst von der Wirklichkeit sein, daß sie eine Familie um Nahrung und Unterkunft bitten und ihnen ein Stück Pergament als Bezahlung dalassen. Dieses Pergament ist wertlos, bis die Steuereintreiber kommen, und wenn die Nahrungsvorräte zur Neige gehen, kann es die Menschen nicht ernähren. Das ist nicht richtig.« Ich seufzte. »Ich schätze, was ich gelernt habe ist, daß Gerechtigkeit für mich mit Gnade und gesundem Menschenverstand in Verbindung stehen muß. Auf der Jagd nach Mördern kann ein Rechtsprecher das vergessen. Als ich in das Dorf in Juchar ritt und Marko seine beiden Kumpane auf mich hetzte, hätte ich sie töten können, und ihn dazu, und mir wegen dieses Angriffs anschließend seinen Meister vornehmen können. Und ich kann nicht sicher versprechen, daß ich es in der Zukunft nicht auch tun würde, aber zu jenem Zeitpnkt war das nicht wichtig. Die *richtige* Handlungsweise bestand für mich darin, das Problem des Dorfes so einfach wie möglich zu lösen. Davon war ich damals überzeugt, und ich bin es heute noch.«

Edler Hansur kniff die Augen zusammen. »Du kannst dir nicht alle zu Freunden machen. Es wird Menschen geben, die versuchen, dich für ihre Zwecke auszunutzen.«

Ich nickte. »Das weiß ich, edler Herr. Mir ist klar, daß die einzige Lösung für einen wahnsinnigen Mörder sein Tod ist. Das erkenne auch ich an. Ich weiß auch, daß die Vorstellung unerbittlicher Rechtsprecher, die sich auf Verbrecher stürzen, die Menschen von Diebereien und ähnlichen Gesetzesverstößen abschreckt. Ich weiß wohl, daß Rings Bild eines Rechtsprechers seinen Platz und seinen Sinn hat, und ich werde nicht davor zurückschrecken, dieses Bild zu zeigen, wenn es nötig ist. Für die Verbrecher, auf die ich angesetzt werde, werde ich gnadenlos und unaufhaltsam erscheinen. Alle, die versuchen, ihre Interessen auf meine Kosten zu fördern, werden erkennen müssen, daß sie ebenso verwundbar sind wie jeder andere. Ring hat mich Zwang und Furcht einsetzen gelehrt, aber für mich sind dies Werkzeuge, nicht Sinn und Gesamtheit meines Daseins.«

Ein Lächeln trat auf Edler Hansurs Züge. »Nolan, du bist in meiner Erfahrung als Tahlion einzigartig. Du bist meines Wissens der einzige Rechtsprecher, der seit dem Zerfall als Heranwachsender aufgenommen wurde, und du hast mit deiner gewissenhaften Arbeit und

Hingabe viele überrascht. Mehr als einer dachte, du würdest schnell aufgeben, und wann immer dir etwas Bemerkenswertes gelang, wurdest du deswegen kritisiert, weil du nicht seit deiner Geburt hier bist. Du wirst dich gefragt haben, warum ich Ring als den Führer für deine Lehrreise ausgewählt habe. Es war keine Entscheidung, die ich leichthin getroffen habe ...« Edler Hansur sah zur Tür und verstummte.

»Er wählte Ring, weil ich ihn dazu gedrängt habe.«

Ich wandte den Kopf, dann verneigte ich mich augenblicklich tief vor dem Meister. Er erwiderte meinen Gruß mit einem leichten Kopfnicken, dann setzte er sich auf einen Hocker neben der Tür.

»Du hast dein Jahr mit Ring mir zu verdanken, oder vielmehr dein halbes Jahr mit Ring. Ring ist nur einer von einer Legion von Tahlion, die glauben, daß wir als Tahlion am besten wissen, wie die Welt aussehen soll. Diese Tahlion betrachten jede deiner Bewegungen mit entschiedener Abneigung.« Der Meister lachte kurz. »Als deine Gruppe der Sechzehner das Winterlager der Fünfzehner eroberte und hielt, wurde ich von Forderungen überschüttet, dich auszustoßen und alle Spuren dieses Geschehens aus den Tagebüchern und Erinnerungen der Beteiligten zu löschen.«

Mir klappte die Kinnlade herab. »Ich verstehe nicht. Warum?«

Edler Hansur antwortete mir mit leiser Stimme. »Sie betrachteten dich als eine Bedrohung. Du kamst von außen und warst in mancher Hinsicht besser als Tahlion, die ihr ganzes Leben hier trainiert hatten.«

»Schlimmer noch, Nolan«, warf der Meister ein. »Deine Ideen breiten sich aus. Lothar war in den Augen vieler nie respektvoll genug, und im Spannungsfeld seines Hochmutes und deiner unorthodoxen Denkweise haben Marana, Jevin und andere eurer Gruppe sich von dem unbeweglichen Rollenschema gelöst, das viele Tahlion hochhalten und als heilig ansehen.«

Edler Nolan nickte beipflichtend. »Wir waren nicht wie sie der Meinung, daß du ungeeignet für die Aufgaben eines Rechtsprechers bist, und der Meister und ich waren uns sicher, daß du dich auf deiner Reise mehr als würdig erweisen würdest, wenn du nur die Chance bekamst. Wir waren uns nur in der Wahl der Arena uneinig, in der du dich beweisen mußtest.« Edler Hansur beugte den Kopf in Richtung des Meisters, der zur Antwort lächelte.

»Ich habe Edler Hansur Ring vorgeschlagen, weil ich ihn als einen der überzeugtesten Anhänger jener Fraktion kannte, die glaubt, wir sollten die Welt unter unsere Kontrolle zwingen. Ich hatte gehofft, daß du ihn so beeinflussen könntest wie andere in deiner Gruppe, auch wenn ich das nicht erwartet habe. Ich dachte, du würdest mit ihm zusammen zurückkehren, und zwar als ebenso überzeugter Gegner seiner Fraktion, wie deren Anhänger dich fürchten. Doch deine Trennung von ihm hat mich nicht überrascht.« Er runzelte die Stirn. »Sie hat allerdings für Schwierigkeiten gesorgt.« Der Meister lehnte sich vor. »Als Ring meldete, daß du ihn verlassen hattest, bekam ich zu hören, ich sollte jemanden ausschicken, um dich zu töten, und ich hatte genug Freiwillige für diesen Auftrag, um eine Kompanie hinter dir herzuschicken.«

Ich schreckte nach Luft schnappend zurück. »Wie hat man das begründet?«

Der Meister schmunzelte. »Es hieß, du wärest ein Feigling und müßtest als Exempel für alle hingerichtet werden, die noch glauben könnten, sie könnten einfach in ein Fest hineinmarschieren und ein Tahlion werden. Natürlich nahm dieses Gerede noch zu, als du von dem jungen Mann hier abgeliefert wurdest, aber mit seiner Geschichte und Adamiks Entdeckung des Zeichens auf deiner Hand ... Nun, kein Feigling betritt Waldholm und kehrt lebend zurück.«

Gefühle brachen in mir auf, wie Wolken, die vom

Sturmwind am Himmel aufgetürmt werden. Angst packte mich, daß Feinde, deren Namen ich nicht einmal kannte, in Tahlianna lauerten und auf mein Scheitern hofften. Wut auf diese gesichtslosen Gegner zerfetzte meine Angst. Wer waren sie, daß sie es wagten, mein Leben zu fordern? Aber die Wut wurde ihrerseits vom Stolz verschlungen, den ich empfand. Ich hatte hart für alles gearbeitet, was ich geschafft hatte, und wenn sie das als Bedrohung empfanden, entlarvte sie das als erbärmliche Kleingeister. Das machte sie um nichts weniger gefährlich, aber es machte sie verwundbar, und ich wußte, daß ich sie bezwingen konnte.

Edler Hansur und der Meister standen auf. Edler Hansur überraschte mich und reichte mir die Hand. »Willkommen, Nolan ra Sinjaria. Du hast deine letzte Prüfung bestanden. Hole deine Waffen und begib dich zur Scherkammer. Es ist Zeit für dein Ritual.«

Das Schädelritual ist die bedeutendste Prüfung, die es für einen Tahlion-Rechtsprecher gibt. Er wiederholt das Ritual bei jeder Scher, aber beim ersten Mal stockt ihm bei jeder Handlung, bei jedem Schritt der Atem und sein Magen krampft sich zusammen. Dieses erste Mal, mit einer ungezeichneten, warmen rechten Hand, ist das schwierigste Erlebnis, dem er sich in seinem Leben gestellt hat.

Da das Schwert und der Dolch, die ich zum Ritual mitbrachte, noch nie benutzt worden waren, nahm der Dienstleister sie mir vor dem Betreten der Kammer ab. Da sie noch kein Blut gekostet hatten, brauchten sie nicht gereinigt zu werden. Nach dem Ritual würde ich sie nur noch als Süntklieber und Rüegær bezeichnen, und sie würden makellos bleiben, solange ich lebte.

Ich war stolz auf die Waffen, die ich als die Werkzeuge meines Rechtsprecheramtes gewählt hatte. Gilbere hatte mit mir an dem Schwert gearbeitet, und er hatte Herz und Seele in seine Erschaffung gelegt. Die Klinge war lang und schlank, breiter als die eines Rapiers und leichter als ein Breitschwert, aber zweischneidig. Gilbere hatte das Schwert wunderbar ausbalanciert, so daß ich leicht damit fechten konnte, und trotzdem war es schwer genug, um solide Hiebe gegen gepanzerte Gegner auszuteilen. Er hatte ein einfaches Stichblatt angebracht und den Griff genau an meine Hand angepaßt. Ich hatte mir einen Korbgriff gewünscht, aber Gilbere erinnerte mich daran, daß der das Beschwören der Waffe problematisch gemacht hätte, und ich dankte ihm für seine Voraussicht.

Den Dolch hingegen hatte ein anderer für mich ausgewählt. Jevin und ich waren vor dem Aufbruch zur Lehrreise übereingekommen, einander mit Dolchen auszurüsten. Ich hatte den Jevins in Ell gekauft und ihn zur Lieferung an den nächsten Tahlion-Außenposten schicken lassen, ohne den Absender zu verraten. Er war lange vor mir eingetroffen und Jevin ausgehändigt worden, als er von seiner Reise zurückkehrte.

Der Dolch, den er mir verehrte, war ein Meisterstück. Er hatte eine Gesamtlänge von dreiundvierzig Zentimetern, von denen die zweischneidige Klinge dreißig Zentimeter beanspruchte. Der Hirschhorngriff besaß eine Kappe aus Stahl. Der Dolch eignete sich nicht als Wurfwaffe, aber er hatte das richtige Gewicht für Stichattacken und Paraden. Er paßte im Stil zu meinem Schwert und war mir lieb und teuer.

Ich ermahnte den Dienstleister, vorsichtig mit den beiden Waffen zu sein, dann legte ich den rituellen, unverzierten weißen Lendenschurz an und folgte ihm zur Scherkammer. Er streckte die Hand aus und berührte das Portal. Die Türen schwangen auf, und Rauch hüllte mich ein.

Ich betrat zum ersten Mal die Scherkammer und ging geradewegs zu der schwarzen Steintür. Der Puls donnerte in meinen Ohren, und ich fühlte, wie mir der Schweiß aus den Poren trat. Ich starrte auf das goldene

Totenschädelmotiv auf dem nachtschwarzen Stein und bebte. Wenn ich die Worte einmal ausgesprochen hatte, und wenn sich diese Tür öffnete, konnte ich nichts anderes mehr sein als ein Rechtsprecher.

Ich nickte. Ich nahm es hin. Ich freute mich darauf. Ich schwor bei freiem Willen lebenslange Pflichterfüllung. »Ich, Nolan ra Sinjaria, trette vor tich swâ mite magt Herze unt Sin. Wellst tû mich irkennen, wöll ich dir herdan gewislich mîn ganzlich Leben aneischen.«

Der Schattenstein reagierte auf meine Worte. Er hob sich langsam in die Decke, wie Nebel vor der Sonne zurückweicht. Ich hatte das Gefühl, der Schleier zwischen Leben und Tod öffne sich. Licht strahlte mir aus dem Raum hinter dem Fels entgegen, und ich wußte, daß in seinem Innern Nolan ra Sinjaria sterben würde.

Und an seine Stelle würde, so hoffte ich, ein Rechtsprecher treten.

Ich trat steifbeinig ein und kniete vorsichtig vor dem Schädel nieder. Ich konnte ihn nicht ansehen, weil das Licht, das aus seinem Innern brach, mir in den Augen schmerzte, aber ich bemerkte die Griffe meines Schwerts und Dolches, die hinter ihm im Stein steckten. Ich nahm mir einen Augenblick Zeit, meine Atmung zu beruhigen, und das Licht des Schädels wurde weicher.

Ich hob die rechte Faust und zwang sie auf. Die Handfläche war schweißnaß, so naß, daß mir der Schweiß den Arm herablief. Meine Finger zitterten, so sehr ich mich auch bemühte, sie ruhig zu halten. In Todesangst streckte ich die Hand nach dem Schädel aus, und das Licht wurde stärker, je näher meine Hand ihm kam. Es schien fast, als hungere der Schädel nach meinem Fleisch. Der immer stärker werdende Lichtschein drang durch meine Haut, und ich konnte die Knochen erkennen. Das verstärkte meine Angst noch, aber ich weigerte mich, ihr nachzugeben. Ich preßte die Handfläche auf das erhöhte Totenkopfsymbol auf der Stirn des Kristallschädels.

Ich hörte das Zischen, und der beißende Gestank von verbranntem Fleisch drang mir in die Nase, aber ich fühlte keinen Schmerz. Statt dessen fühlte ich etwas durch die Verschmelzung von Haut und Stein in mich eindringen. Es brannte meinen Arm hoch und füllte meinen Körper mit Energie. Es badete mich in seinem Feuer und untersuchte jeden Teil meines Körpers, dann ballte es sich zu einer Kugel zusammen, schoß mein Rückgrat hinauf und explodierte in meinem Gehirn.

Jede Erinnerung, jeder Gedanke, jede Erfahrung, die ich je gekannt hatte, zuckten gleichzeitig durch meinen Geist. Ansichten und Geräusche, Gerüche und Oberflächen hämmerten auf mein Bewußtsein ein, als der mentale Orkan sich weiterdrehte und alles durchforstete, was ich jemals gewußt, geträumt oder gefühlt hatte. Ich klammerte mich an die Bilder meiner Familie, die über die Jahre verblaßt waren, aber mein Griff war zu schwach, und sie verschwanden in dem Mahlstrom, der durch mein Hirn wütete.

Dann brach alle Bewegung ab, und ich hörte mich sagen: »Für mich muß Gerechtigkeit mit Gnade und gesundem Menschenverstand in Verbindung stehen.« Ich wiederholte es unablässig. Die Worte hallten durch meinen Schädel, bis sie nur noch ein unverständliches Brummen waren, aber ich hörte sie immer noch und stellte fest, daß mein Mund sie formte und ich den Satz laut aussprach. Das Brummen verklang, aber ich wiederholte den Satz noch immer.

Die Anwesenheit sank in meinen Hals hinab und durch den Arm zurück in den Schädel. Mein Körper sackte erschöpft zusammen, aber ich konnte die rechte Hand nicht lösen. Ich fühlte keinen Schmerz, doch meine Hand saß fest.

Dann sprach der Schädel. Die gläsernen Kiefer bewegten sich nicht, aber ich hörte die Worte aus dem Schädel dringen. »Gerechtigkeit muß mit Gnade und gesundem Menschenverstand in Verbindung stehen.

Gerechtigkeit ist dein *Geschenk* an die Welt, *nicht* dein Recht oder Privileg. Denke daran und lebe danach. Tust du das, wirst du gute Dienste leisten. Vergißt du es, vergißt du diesen Grundsatz, wirst du zum Verräter an dir selbst, und ich werde dich dafür töten.«

Das Licht des Schädels erstarb, und meine rechte Hand fiel mir in den Schoß. Ich starrte auf sie herab, weil sie sich taub anfühlte. Aus der Innenfläche starrte die einfache schwarze Strichzeichnung eines Totenkopfes zurück.

Ich kniete eine Weile geschockt vor dem Altar, dann lächelte ich. Ich hatte gesiegt. Ich hatte es geschafft. Ich war ein Rechtsprecher.

Ich beschwor meinen Süntklieber und zog den Rüegær aus dem Stein. Die Tür in den Korridor öffnete sich, und ein Rechtsprecher trat hinaus in die Welt.

KAPITEL NEUNZEHN

TAHLION: KRÖNUNG

Ich verstehe noch immer nicht, woher die Priester wußten, daß die Göttin erschienen war, aber eine halbe Stunde, nachdem ihr Glanz verblaßt und der Schädel sich aufgelöst hatte, klopften sie an die Tür. Ich öffnete sie einen Spalt, als ich den Weihrauch roch, und ließ Hand Fial ein. Er nickte mir zu und bedeutete mir mit einem Winken, daß ich gehen konnte.

Ich ließ die Geste unbeantwortet, verließ den Raum aber. Die erste Warnung der Göttin ergab einen Sinn. Ich hatte nie erwartet, meine Mission ohne Widerstand ausführen zu können, und hatte schon früher im Schatten des Todes gelebt. Dieser Teil ihrer Botschaft machte mir weniger Angst, als mir noch zusätzlich einzuschärfen, wie vorsichtig ich mich verhalten mußte. Das verstand ich, und damit konnte ich umgehen.

Die zweite Hälfte ihrer Botschaft jedoch, ›die Toten kannst du nicht besiegen‹, bedeutete ein Rätsel mit Myriaden möglicher Lösungen. Die offensichtlichste, besonders in der Verbindung mit ihrer ersten Warnung, war eine Prophezeiung meines Todes von der Hand des Nekkehts. Aber sie hatte gesagt, sie hätte keine Vorhersagen für mich, und das zerriß die Verbindung zwischen den beiden Teilen ihrer Botschaft. Was sollte ich glauben?

Hinter meinen Augen pochte ein gnadenloser Schmerz, und ich wußte, so müde ich auch war, ich

würde nicht einschlafen können. Ich verließ den Mondturm und ging auf kürzestem Weg zu meiner Suite.
Dort steckte ich den Süntklieber zurück in die Scheide,
riß das Laken vom Bett und machte mich auf den Weg
zur Badehöhle.

Ich zog die Robe aus und ließ mich in den heißesten
Badeteich sinken. Nur eine einzelne Fackel erhellte den
Raum, und sie brannte neben der Tür, so daß ich in
schattigem Frieden lag. Dichter Dampf wallte in grauen
Wolken um mich auf und schnitt mich von allem ab,
nur nicht von den Stimmen in meinem Kopf.

Ich konzentrierte mich auf das Problem, das Nekkeht
vom König fernzuhalten. Selbst wenn es mir nicht gelang, es zu töten, so mußte es eine Möglichkeit geben, es
am Mord an König Tirrell zu hindern. Möglicherweise
half Feuer, weil es den Körper zerstörte, und es würde
auch dienen, es zu zerstückeln. Selbst wenn das Nekkeht sich selbst von so furchtbaren Verletzungen erholen konnte, würde die Heilung es Kraft kosten und mir
erleichtern, es wieder und wieder zu verletzen.

In meinem Geist nahm ein Szenarium Gestalt ein.
Auf dem Maskenball vor Mitternacht würde Herzog Vidor den ersten Schritt zur Erfüllung der göttlichen Vor-
hersage tun und die Prinzessin um ihre Hand bitten. Sie
würde den Antrag annehmen, wahrscheinlich mit dem
Segen ihres Vaters. Alle Gäste, die Edlen des Zerbrochenen Reiches, würden König Tirrell die Verbindung gut-
heißen und befürworten hören. Das war der Stoff, aus
dem Märchen gewoben werden, und er käme bei dieser
hochgestellten Versammlung hervoragend an.

Dann würden die Uhren Mitternacht schlagen, und
die Prinzessin würde, wie es der Brauch war, allen bösen Geistern und Kreaturen befehlen, das Königreich zu
verlassen. Die Adligen würden sich demaskieren und
der Prinzessin Beifall dafür spenden, daß sie die Gesellschaft von den Mächten des Bösen befreit hatte, die sie
verzaubert und in die monströsen Gestalten verwan-

delt hatte, in denen sie den ganzen Abend verbracht hatten.

Aber eine der Kreaturen würde sich nicht in eine freundliche Gestalt zurückverwandeln. Sie würde versuchen, die Prinzessin anzugreifen. Das Nekkeht würde Herzog Vidor oder Graf Patrick beiseite schlagen, wenn sie versuchten, sich ihm entgegenzustellen. Nur der König würde zwischen dem Nekkeht und der Prinzessin stehen. Der König würde die Kreatur zwar durchbohren, aber sie würde ihn trotzdem töten, bevor sie heulend in der Nacht verschwand. Niemand sähe das Nekkeht je wieder.

Der König läge tot in den Armen seiner Tochter. Ihr Verlobter würde versuchen sie zu trösten und ihr während der Beisetzung und ihrer Thronbesteigung zur Seite stehen. Sie heirateten, er würde den Befehl über das Heer erhalten, und seine Meister würden sich daranmachen, an den Fäden ihrer Marionette zu ziehen.

Verzweiflung stieg in meiner Kehle auf wie schwarze Galle. Ich schlug mit der Faust ins Wasser, dann riß ich mich zusammen. Ich würde diesen Gang der Ereignisse nicht zulassen, konnte ihn nicht gestatten. Wenn ich das Nekkeht nicht vernichten konnte, würde ich sicherstellen, daß Morai Jevin genug Erkenntnisse lieferte, um es ihm zu ermöglichen, jeden einzelnen der Adligen zu töten, die Herzog Vidor belästigten. Selbst wenn ich sterben mußte, um es zu ermöglichen, niemand außer ihr selbst würde Königin Zarias Hof kontrollieren. Mein Tod würde ihr die Gelegenheit sichern, den Rest der göttlichen Prophezeiung zu erfüllen.

Meine Wut und Angst verflogen, und plötzlich bemerkte ich, daß mir sehr, sehr heiß war. Ich stand auf und ging zum nächsten Becken mit kaltem Wasser. Ich tauchte vorsichtig einen Zeh hinein und riß ihn augenblicklich wieder aus der eisigen Flüssigkeit. Dann stählte ich mich für den Schock und sprang in den Teich.

Ich traf auf den Boden und schoß sofort wieder hoch.

»Aaaah!« Mein Aufschrei hallte von den Wänden der Höhle wider, und ich wartete unwillkürlich auf eine Antwort, dann wurde mir klar, daß niemand da war, der mich hätte hören können.

Dachte ich.

»Dieses Becken ist besonders kalt, edler Herr.«

Ich drehte mich um. Hauptmann Herman saß in einer der Nischen neben der Tür. Er war vollständig angezogen und hatte sein Schwert umgeschnallt. »Ich finde es höchst erfrischend«, fügte er hinzu. »Es erinnert mich an die Wasser des Tahl im tiefen Winter. Meint ihr nicht auch?«

Ich sah ihn mit unschuldig geweiteten Augen an. »Ich fürchte, mein lieber Hauptmann, daß ich Ihrer Provinz Tahl noch nie einen Besuch abgestattet habe. Außerdem werden Ausländer doch nur während der Feiern zugelassen, und die finden im Frühling statt, wenn ich mich nicht irre?«

»Im Sommer, edler Herr, als ob Ihr das nicht genau wüßtet.« Er lächelte, als teilten wir ein Geheimnis. »Wir sind allein hier, Edler Nolan, Ihr könnt das Possenspiel einstellen. Ich weiß, wer Ihr seid.«

Ich blinzelte und strich mir mit der Hand übers Gesicht. »Tatsächlich?« Ich kreuzte die Handgelenke und hielt sie ihm entgegen, als sollte er mich in Fesseln schlagen. »Ich hätte wissen müssen, daß ich die Tahlion nicht hinters Licht führen kann, Hauptmann Herman, aber, nun ja. Ich hatte gehofft, meine Rolle als der Champion der Prinzessin zu Ende zu spielen, doch wenn Ihr mich abführen müßt, ist das nichts als Eure Pflicht und Schuldigkeit.«

Hauptmann Herman grinste. »Ihr habt eine flinke Zunge, das muß Euch der Neid lassen. Man hat mir befohlen, Eure Ankunft zu erwarten und Euch zur Seite zu stehen, wo ich kann.«

Ich ließ die Hände laut platschend ins Wasser sinken, dann hob ich die Rechte an den Mund, um ein verlegenes Lachen zu überdecken. »Oh, Ihr haltet mich noch immer für einen Tahlion.« Ich seufzte laut und zwang einen erleichterten Ausdruck auf mein Gesicht. »O Hauptmann Herman, Ihr habt mich wirklich erschreckt. Puh, es hätte mir gar nicht gefallen, wenn Ihr gerade jetzt mein Geheimnis aufgedeckt hättet.«

Der Lanzer hob kapitulierend die Hände und stand auf. »Also gut, Edler Nolan, oder wer immer Ihr seid, wenn Ihr unbedingt unerkannt bleiben wollt, respektiere ich Euren Wunsch. Aber …« Er lächelte und beugte den Kopf. »Ich stehe parat Euch zu helfen, wenn Ihr es benötigt.«

»Ich danke Euch, Hauptmann Herman. Es gibt nicht viele Menschen, die von sich sagen können, daß ein Tahlion ihnen seine Hilfe angeboten hat, wann immer Sie die benötigen.« Ich erwiderte sein Nicken und ließ mich zurück ins kalte Wasser sinken, als er endlich die Türe hinter sich schloß. Dann stieg ich heraus, wickelte mich in mein Laken und kämpfte mich die Treppe hoch ins Bett.

Adric weckte mich sanft aus meinem Schlummer, indem er ein wenig mehr Lärm beim Auslegen meiner Kleidung machte als nötig. Ich watete durch Traumlandschaften und öffnete blinzelnd die Augen. Adric lächelte und schüttete mir eine dampfende Tasse Tee ein. Er stellte sie auf den Nachttisch, und das Aroma des Tees verhinderte, daß ich wieder einschlief.

Ich zog die Knie an die Brust, dann ließ ich mich zur Seite kippen. Ich bemerkte eine Bewegung im Eingang des Schlafzimmers und sah hoch in Graf Patricks fröhliche Miene. »Und wie geht es unserem Champion heute morgen?«

Ich murmelte etwas Unverständliches und nippte an meinem Tee. Er wusch den Pelz auf meiner Zunge davon, und ich versuchte noch einmal, ihm zu antworten. »Ich lebe noch, und wenn ich diesen Tee getrunken habe, dürfte es mir sehr viel besser gehen.« Ich fühlte mich schon wacher, und die Ausläufer meines Traums über einen Ball, in dem alle Gäste bei der Demaskierung die Rautentätowierung der Tingisschleicher um das linke Auge offenbarten, verflüchtigten sich rapide.

Patrick nickte und holte die rechte Hand hinter dem Rücken hervor. Er hielt eine dreißig Zentimeter lange Holzkiste. »Du sollst nur wissen, daß ich mich heute morgen durch Menschenmassen gekämpft habe, um das zu besorgen.« Er grinste und hielt mir den Kasten entgegen. »Nur weil sie mich darum gebeten hat, und weil es für dich war.«

Ich stellte die Tasse ab und nahm den Kasten. Er hatte ein gewisses, aber nicht allzu großes Gewicht. Ich sah verwirrt zu ihm auf. »Ich verstehe nicht?«

»Du bist der Champion der Prinzessin. Es ist Tradition, daß der Champion als Symbol der Gnade und Dankbarkeit für seine Leistung ein Geschenk von seiner Patronin erhält.« Er deutete auf die Kiste. »Mach auf.«

Ich gehorchte. Im Innern fand ich, in weißes Leinen gehüllt, einen Dolch mit Scheide. Der Dolch hatte einen Hirschhorngriff, wie mein Rüegær. Die Klinge war schmal und gerade – fünfzehn Zentimeter dicker Stahl, der das Stilett sowohl als Wurfmesser ausbalancierte als auch stark genug war, im Nahkampf einen Ringpanzer zu durchschlagen.

Als ich die Scheide sah, mußte ich lachen. An beiden Enden waren Schnüre befestigt, so daß sich die Waffe leicht an Bein oder Unterarm binden ließ. Ich schob den Dolch zurück und grinste Patrick an: »Wunderbar.«

»Gut. Ich habe den ganzen Morgen gesucht, bis ich etwas gefunden hatte, das zu deinem anderen Dolch paßt. Und die Prinzessin läßt dir ausrichten, daß es äußerst unhöflich wäre, ihr Geschenk bei der Zeremonie heute nachmittag nicht zu tragen, ganz gleich, was die Gesetze über das Tragen eines versteckten Dolches in der Begleitung von Mitgliedern der königlichen Familie sagen.«

Patrick entschuldigte sich, und ich lehnte mich zurück und trank meinen Tee. Als ich die Tasse geleert hatte, schlug ich die Bettdecke zurück und zog mich an. Meine Kleidung ähnelte der für den Empfang, nur die Farben hatten sich verändert, Purpur und Schwarz statt Blau und Silber. Adric half mir, den Dolch an den linken Unterarm zu schnallen, und achtete peinlich genau darauf, daß der Schlitz in der Manschette des Ärmels richtig plaziert war, so daß ich die Waffe leicht ziehen konnte.

Die für diesen Nachmittag angesetzte Zeremonie war in zwei langwierige Hälften aufgeteilt, aber ich erwartete keine Probleme, wie sie das Turnier aufgeworfen hatte. Zuerst mußte ich die Prinzessin zum Rest der königlichen Familie auf eine Tribüne begleiten, von der aus wir die Parade der Botschafter und nationalen Abordnungen in den Tempel Shudaths verfolgen würden. Dort sollte dann der zweite und möglicherweise gefährliche Teil der nachmittäglichen Tätigkeiten erfolgen.

Die Krönung fand wegen der historischen Verbindungen des hamisischen Königshauses zur Kirche Shudaths in deren Tempel statt. Außerdem war es der größte Tempel Seirs. Die Priester Shudaths und der göttlichen Seeschlange Aroshnaravaparta würden die Zeremonie gemeinsam zelebrieren. Priester anderer Tempel würden als Gäste anwesend sein, aber nur die beiden Schutzgötter Seirs würden die Krönung absegnen.

Ich trug den Schwertgurt mit Süntklieber und Rüegær in der Hand. Eine offene Kutsche sollte das Königspaar, die Prinzessin und mich zur Tribüne bringen, und mit umgeschnalltem Schwert in einer Kutsche zu sitzen ist nicht nur reichlich schwierig, sondern auch verteufelt unbequem. Später auf der Tribüne und im Tempel würde ich die Waffen umschnallen. Abgesehen vom König, seinen Wachen und den Lanzern war ich der einzige, der während der Krönungszeremonie im Tempel ein Schwert tragen durfte.

Ich traf die Prinzessin im Thronsaal. Sie lächelte, als sie mich sah, und legte sofort die Hand auf meinen Arm. Ihre Finger vergewisserten sich, daß ich ihr Geschenk umgelegt hatte. »Gefällt es Euch?«

Ich nickte. »Es gefällt mir sehr. Ich bedanke mich. Ihr habt eine hervorragende Wahl getroffen.« Ich sah nach links und rechts und suchte betont unauffällig nach Feinden. »Ich hoffe, ich brauche es nicht einzusetzen.«

Halsted brachte uns hinaus auf den Innenhof des Kastells und zu unserer Kutsche. Der König und seine Gemahlin hatten bereits mit dem Rücken zum Kutscher Platz genommen. Ich half der Prinzessin beim Einsteigen, und sie setzte sich ihrer Mutter gegenüber. Ich schob den Süntklieber aufrecht in eine Halterung rechts von meinem Platz und nickte König Tirrell zu.

Er lächelte wohlwollend und wischte sich mit der rechten Hand die Stirn. »Als wir uns zum erstenmal begegnet sind, Edler Nolan, war mir wohler.«

Ich glückste und nickte mitfühlend. Die Sonne brannte vom Himmel, und es war ungewöhnlich heiß für die Jahreszeit. »Ich verstehe, was Ihr sagen wollt, aber Ihr werdet mir verzeihen, wenn ich nicht den Wunsch verspüre, noch einmal dorthin zurückzukehren.«

Der König schmunzelte und küßte sanft die Hand seiner Frau. »Ich würde mir auch nicht wünschen, irgendwo anders zu sein als hier, aber leichtere Kleidung oder stärkerer Wind wären mir nicht unangenehm.«

Der König trug eine schwere Robe aus gold- und pupurfarbenem Samt und Satin. Eine schwere Goldkette hing um seinen Hals, an der ein großes Goldmedaillon hing, das eine Karte des Königreichs einfaßte. Er trug acht Ringe, je einen für die sieben hamisischen Provinzen und den letzten für Sinjaria. Dieser Ring hatte bis zu dessen Tod dem Vater Herzog Vidors gehört. Seine Krone bestand aus sieben spitz zulaufenden Goldplatten, die jeweils von einem funkelnden Edelstein gekrönt waren. Die größten Kunstschmiede der sieben

Provinzen hatten vor Jahrhunderten ihr Bestes gegeben, um die einzelnen Platten herzustellen. Die Krone war prächtig.

Die Königin und die Prinzessin trugen ebenfalls Kleider in Purpur und Gold. Am Gewand der Königin lief ein einzelner goldener Satinstreifen vom Hals bis zum Rocksaum und betonte ihre schlanke Schönheit. Ich wußte, daß die hamisischen Kronjuwelen eine Königinnenkrone enthielten, die zu der ihres Gatten paßte, aber Königin Elysia hatte sich statt dessen für eine Krone aus getriebenem Gold mit sieben einfachen Türmchen entschieden.

Prinzessin Zarias Kleid war ein Wirbelwind aus purpurnen und goldenen Samt- und Satinstreifen, der an den Schultern schmal ansetzte, sich um ihren Leib wand und zum Saum hin weiter wurde. Das maßgeschneiderte Kleid schmiegte sich an ihren Körper und wogte um ihre Beine. Das Diadem auf ihrer Stirn war ein schmaler Goldreif.

Der Kutscher knallte die Peitsche, und unser Gefährt rollte aus dem Hof auf die zu beiden Seiten von einer Menschenmenge gesäumten Straßen. Die Prinzessin lächelte die Menge begeistert an und winkte den Menschen herzlich zu. Die Menge reagierte entsprechend, jubelte ihr zu und rief ihren Namen. Viele warfen Blumen, andere hoben Kinder in die Höhe, damit sie auch etwas sahen. Die Menschen winkten zurück, und die Menge raste, wo wir vorbeikamen.

Meine Begeisterung und die Freude an der Parade verblaßten, als ich drei Taschendiebe bemerkte, die sich durch die Menge arbeiteten. Mir war klar, daß ich für jeden, der so ungeschickt war, daß ich ihn bemerkte, zehn andere übersah. Ich erblickte verkrüppelte Bettler, die keinen Kratzer hatten, und ›Bauern‹, die Wache standen wie Soldaten, als wir vorbeifuhren. Ich studierte dunkle Fenster und geschlossene Türen und fragte mich, wie viele Intriganten und Verschwörer in den Schatten lauerten und verächtlich über die Zuneigung lachten, die der Prinzessin von ihrem Volk entgegenschlug.

Irgendwo da draußen war das Nekkeht und wartete auf den Abend.

Eine Frau brach durch die Reiterreihe, die unsere Kutsche auf beiden Seiten flankierte, und kam herangelaufen. Meine rechte Hand flog zum Rüegær, und ich legte die linke Hand um die Schulter der Prinzessin, um sie zurückreißen zu können. Das Gesicht der Frau war tränenüberströmt, aber sie lächelte und wirkte ekstatisch vor Freude. Sie hob die Arme, und ich beugte mich mit halb gezogenem Rüegær vor, dann hielt ich inne.

Die weinende Frau reichte der Prinzessin einen Strauß frisch gepflückte Wildblumen. Die Prinzessin gab ihr einen Kuß auf die Wange und hielt die Blumen empor wie ein Triumphator sein Schwert. Die Menge tobte noch lauter als zuvor, und die Frau trieb wie benebelt zurück in die ausgestreckten Arme ihrer Freunde.

Mein Herz sank aus meinem Hals zurück an seinen angestammten Platz, und ich rutschte in die Polster der Kutsche. Ich bemerkte den Blick des Königs und bestätigte sein kurzes, dankendes Nicken. Ich zwang mich zu einem Lächeln und schüttelte den Kopf. Weder die Königin noch die Prinzessin hatten auch nur bemerkt, wie knapp die Frau dem Tod entgangen war.

Ich suchte die Dächer nach Armbrustschützen ab, aber die Parade endete ohne Zwischenfall. Wir stiegen aus der Kutsche, nahmen unsere Plätze auf der Tribüne ein und warteten auf die Ankunft der anderen am Tempel auf der gegenüberliegenden Straßenseite. Graf Patrick, seine Gattin und seine Eltern standen hinter uns, und die restlichen Königskinder waren zu beiden Seiten der überdachten königlichen Loge plaziert.

Wir erwarteten stehend den Vorbeizug der Adligen und ihrer Kompanien. Die Haustruppen mußten zwar während der Krönung vor dem Tempel warten, aber sie machten die Parade zu einem faszinierenden, farbenfrohen Schauspiel. Als erste marschierten die örtlichen Adligen mit ihren Truppen an uns vorbei, und die Zuschauer jubelten jeweils dann besonders laut, wenn sie die Edlen und Soldaten aus ihrer Heimatprovinz zu Gesicht bekamen.

Den Vorbeizug der Nationen führte Sterlos an. Ein Dutzend schwarze Krieger in Tierfellen, bewaffnet mit Speer und Schild, schlossen den sterlosischen Botschafter ein. Ihre geölte, ebenholzschwarze Haut glänzte im Sonnenlicht. Die Krieger waren mit Zähnen und Krallen verschiedener Dschungeltiere geschmückt und strahlten Selbstsicherheit und Dominanz aus. Nur der Botschafter selbst in einem Brustschild aus Gold und Lapislazuli, weißem Kilt und Stab erinnerte auch nur entfernt an die Zauberer, für die Sterlos berühmt und gefürchtet war.

Imperianas Kontingent war nicht minder beeindruckend. Ein imperianischer Prinz führte ein Dutzend Männer in voller vergoldeter Plattenrüstung an. Ihre Kriegsrösser waren in prächtig bunte Seidentücher gehüllt. Keiner der Reiter reichte an Tafanos Maße heran, aber auch so überragten sie die meisten Anwesenden. Alle führten eine hoch in den wolkenlosen blauen Himmel ragende Lanze mit. An den Lanzen der linken Reihe flatterten Wimpel mit dem Wappen Imperianas, während die Reiter auf der rechten Seite Wimpel im hamisischen Blau und Gold mit sich führten.

Den Abschluß nach den Daari-Dämonentänzern machten die Lanzer, wie in einem Versuch, sie von der Straße zu treiben. Ohne Zweifel waren die Lanzer die beeindruckendste Kompanie der ganzen Parade, meine verständliche Voreingenommenheit vorausgesetzt. Hauptmann Herman führte drei Dutzend von ihnen an, alle auf den gleichen schwarzen Hengsten. Die Lanzer trugen schwarze Ledermonturen ähnlich meiner Rechtsprecheruniform, die allesamt auf Hochglanz poliert waren. Pferde und Reiter sahen starr voraus und nahmen keinerlei Notiz von der Menge. Die Reihen blieben penibel ausgerichtet und stoppten vor der Loge, ohne daß Hauptmann Herman oder Leutnant Slade mit einem Wort oder einer Geste das Zeichen dazu gegeben hätten.

Alle Lanzer zogen im selben Augenblick das Schwert und drehten sich, die Waffe zum Salut vor das Gesicht gehoben, zur Prinzessin um. Das Zischen, mit dem der Stahl aus der Scheide glitt, hallte ohrenbetäubend von der Tempelfassade wider, und das von den silbernen Klingen gespiegelte Sonnenlicht blendete mich für einen Augenblick. Die Präzision des Manövers raubte mir den Atem. Ich mußte zugeben, daß Hauptmann Herman seine Leute wirklich erstaunlich gut ausgebildet hatte. Ich hatte Lanzer schon Hunderte Male trainieren sehen, und ich hatte ihre Drills selbst absolviert, aber eine derartige Gleichzeitigkeit der Bewegungen wie bei den Lanzern von Seir hatte ich noch nirgends erlebt.

Ich war nicht der einzige, der vom Können und der Disziplin der Lanzer beeindruckt war. Die Menge verstummte ehrfürchtig. Die Schwerter fielen herab und glitten mit einer so flüssigen Bewegung zurück in die Scheide, daß kaum jemand, der es sah, hinterher hätte sagen können, wie genau die Lanzer ihre Waffen so schnell hatten zurückstecken können. Nicht ein Reiter verfehlte die Scheide, und nicht ein Pferd zitterte oder reagierte in irgendeiner anderen Weise auf das dicht an seinem Hals vorbeizuckende Schwert.

Dann ritten die Lanzer als Einheit weiter, wieder ohne den geringsten hörbaren oder sichtbaren Befehl.

Die Menge hatte allen vorbeikommenden Gruppen höflichen Beifall gespendet, aber der Applaus für die Lanzer war leidenschaftlich. Kinder lachten, kicherten und klatschten mit über den Kopf erhobenen Händen Beifall. Patricks Sohn Philipp versuchte seine Haare so aufzustellen wie die Mähnen der Lanzer, und König Tirrell nickte mir respektvoll zu.

Hamisische Haustruppen sperrten einen mit einem königsblauen, in einem goldenen Rautenmotiv bestickten Läufer ausgelegten Weg von der Tribüne zum Tempeleingang für uns ab. Das Königspaar ging der Prinzessin und mir voraus. Wir betraten den Tempel und gingen den langen Mittelgang zwischen den Bänken hinauf, auf denen die Adligen und Gäste saßen. Der Läufer endete vor dem unter einer riesigen Statue Shudaths stehenden Altar. Links und rechts von ihm warteten die Hohepriesterin Shudaths und der Hoheprister Aroshnaravapartas.

Ich führte die Prinzessin an der Bank vorbei, auf der ihre Eltern Platz genommen hatten, und blieb bei ihr, bis sie am Fuß des Altars niederkniete. Dann trat ich nach rechts beiseite auf ein schwarzes Steinquadrat, das nahtlos in den Tempelfußboden aus grauem Granit eingelassen war. Auf der anderen Seite des Läufers sah ich ein weißes Steinquadrat. Der Anblick ließ mich erschaudern, und ich riß meinen Blick los und studierte statt dessen das Standbild Shudaths.

Das Steinmonument erinnerte in keinster Weise an die Erscheinung der vergangenen Nacht, unterschied sich darin allerdings kaum von anderen Statuen der Göttin, die ich in meiner Jugend und auf meinen Reisen gesehen hatte. Es zeigte eine schwangere Frau unbestimmten, aber jugendlichen Alters. In der Regel hielt sie Früchte der jeweiligen Region in der Hand, und dementsprechend umfaßte ihre Rechte hier drei Weizenhalme. Erstaunlich war allerdings, besonders in einer Stadt, die einen Tempel Aroshnaravapartas besaß, daß sie mit der Linken ein Fischernetz hielt.

In der hamisischen Hauptstadt fungierte eine ältere Frau als Hohepriesterin der Shudath. Sie hatte das dichte weiße Haar zu einem Zopf geflochten, der ihr über die rechte Schulter hing. Sie war sehr schlank, und nur die knochigen Hände, die Haarfarbe und die Linien um ihre blauen Augen verrieten ihr Alter. Sie sah hinaus auf die versammelte Menge und lächelte ihr freundlich und begrüßend zu.

Sie hob die Arme auf Schulterhöhe und breitete sie aus, um den ganzen Tempel einzubeziehen, als sie das Wort ergriff. »Wir sind hier zusammengekommen, um diese Frau, Zaria, als Tochter und Erbin des Thrones von Hamis anzuerkennen.« Ihre Stimme war klar und laut und reichte bis in den hintersten Winkel des Gebäudes, ohne schrill zu wirken oder an Kraft zu verlieren. Sie sprach mit dem Ton einer Mutter zu uns, die eine Familientradition erklärt, und ihre Worte hatten eine spürbar beruhigende Wirkung.

Der Priester des Aroshnaravaparta war ein recht junger Mann. Er war von meiner Größe, aber erheblich schlanker als ich. Ein Hailederband hielt sein langes schwarzes Haar im Nacken zusammen, und an seinem rechten Ohr hing ein dicker goldener Ohrring. Nur der Seemannsbart fehlte, um den Eindruck komplett zu machen. Soweit ich es verstanden hatte, hatte er sein ganzes Leben im Tempel verbracht und galt als Reinkarnation seines Vorgängers, was wohl die Erklärung dafür war, wie ein so junger Mann eine so hohe Stellung hatte erreichen können.

Er sah König Tirrell mit tiefen, mitfühlenden braunen Augen an. Der König erhob sich. »Erkennst du, König Tirrell, diese Frau, Zaria, als deine Tochter an?«

Die Stimme des Königs hallte klar wie Kristall durch den Tempel. »Das tue ich.«

»Bestimmst du sie zu deiner Erbin, die dir auf den Thron folgen soll, um ihn gegen alle Ansprüche zu verteidigen?«

»Das tue ich.«

Der König setzte sich wieder, und der Hohepriester trat an ein Podest, das neben mir stand. Shudaths Hohepriesterin legte die Hände auf Zarias Haupt. Sie blickte auf, betrachtete die Menge und richtete die Augen auf die noch geöffneten Tempeltüren. »Befindet sich jemand hier, der Einspruch gegen ihre Abstammung erhebt?«

Niemand antwortete. Die Hohepriesterin klatschte einmal laut in die Hände, dann legte sie sie sanft zurück auf Prinzessin Zarias Kopf. »Befindet sich jemand hier, der Einspruch gegen ihre Anwartschaft auf den Thron erhebt?«

Wieder beantwortete nur Schweigen ihre Frage. Die Hohepriesterin klatschte ein zweites Mal in die Hände, aber diesmal bemerkte ich ein Zittern, als sie die Hände anschließend wieder auf den Kopf der Prinzessin legte. Die Unsicherheit drang auch in ihre Stimme vor, als sie die rituelle letzte Frage stellte. »Befindet sich jemand hier, der einen älteren Anspruch auf den Thron erhebt?«

Das weiße Steinquadrat zog wie magisch meine Blicke an. Seit tausend Jahren ängstigte diese dritte und letzte Frage das Herrscherhaus von Hamis. Sie gestattete einem ulHamis, den Thron als Wiedergutmachung für Prinz Uriahs Tod für sich zu fordern. Alle ulHamis-Thronanwärter hatten Zeit bis zum dritten Klatschen, um ihre Gegenwart zu offenbaren und auf das weiße Quadrat zu treten.

Wäre ein ulHamis-Krieger erschienen, wäre die Zeremonie unterbrochen worden, bis ich ihn oder er mich getötet und sich damit das Recht erworben hätte, die Krone von Hamis zu tragen. Ich senkte die Hand auf den Griff des Süntklieber, schaute über die Menge und wartete.

Es schien eine Ewigkeit zu verstreichen, bis das Händeklatschen der Hohenpriesterin endlich durch die Stille krachte wie ein Donnerschlag. Ich lächelte. Von nun an konnte nur noch göttlicher Einspruch die Krönung aufhalten und Prinzessin Zaria die Krone vorenthalten. Der Jubel der Menge vor den Toren verklang, als sich die Tempeltüren schlossen.

Der Hohepriester kehrte zu der knienden Zaria zurück und legte seine rechte Hand auf die Linke der

Hohepriesterin. Dann hoben sie beide die freie Hand auf Schulterhöhe. Im Chor fragten sie: »Schwörst du, Zaria, deinem Vater, dem König, zu gehorchen, und allen Ansprüchen auf den Thron vor seinem Tod oder seiner freiwilligen Abdankung zu entsagen?«

Die Prinzessin schluckte, bevor sie antwortete. »Das tue ich.«

»Anerkennst du als deinen Herrn und deine Meisterin die Nation, die Lande und das Volk von Hamis und deine Verpflichtung, zu tun, was ihrem Wohle dient, ohne Rücksicht auf die Wünsche anderer, selbst wenn es Schmerz und Tod für dich und deine Familie bedeutet?«

»Das tue ich.« Bei dieser Antwort klang die Stimme Prinzessin Zarias fester und überzeugter.

Die Hohepriesterin lächelte. Sie drehte sich um und hob eine goldene Krone von einem blauen Satinkissen auf dem Altar. Zusammen mit dem Hohepriester hielt sie die Krone über Zarias Kopf, während die Prinzessin ihr Diadem abnahm und es mir reichte.

Die Hohepriesterin blickte mit Stolz auf die vor ihr kniende Prinzessin. »Diese Krone sei das Symbol deiner Verbindung mit der Nation. Gib sie nur an jemanden weiter, von dessen Befähigung du überzeugt bist, die Nation besser zu regieren, als du es kannst. Im Namen Shudaths und Aroshnaravapartas erklären wir dich zur Thronerbin von Hamis.«

In dem Augenblick, in dem sie ihr die neue Krone aufs Haupt senkten, verdrehte ich das Diadem bis zur Unkenntlichkeit. Ich ließ es zu Boden fallen, und mit seinem scheppernden Aufschlag verkündete es den Tod des Kindes Zaria. König Tirrell stand auf und trat an die Seite seiner Tochter. Er half ihr auf, dann drehten sie sich zu den versammelten Gästen um. »Seht meine Tochter und Erbin, Prinzessin Zaria.«

So seltsam und unwichtig das auch erscheinen mag, ich verbrachte die drei Stunden von unserer triumphalen

Fahrt zurück zum Kastell bis zum Beginn der Maskerade mit angestrengter Überlegung, was ich anziehen sollte. Allen hatte ein Straßenräuberkostüm für mich eingepackt, und es war eine gute Wahl. Es paßte zu dem Hintergrund, den ich eingerichtet hatte und hätte sicherlich Aufsehen erregt, aber es gefiel mir nicht. Ich spielte mit dem Gedanken, es in ein Tingisschleicherkostüm zu ändern. In der Verwirrung bestand die Möglichkeit, daß einer der Verschwörer mir etwas anvertraute, was nicht für meine Ohren bestimmt war. Doch ich mußte mir zugleich eingestehen, daß dieses Kostüm unerwünschte Aufmerksamkeit auf mich ziehen und mich zu einem bevorzugten Angriffsziel machen konnte, wenn das Nekkeht um Mitternacht zuschlug. Ich trug mich sogar eine Weile mit dem Gedanken, als Morai zu erscheinen, aber nur Selia und ich würden je wissen, wie nahe meine Verkleidung dem Original kam.

Den ganzen Nachmittag über drängte sich eine bestimmte Idee in meine Gedanken, und meine Gegenargumente wurden immer schwächer, je näher der Maskenball rückte. Technisch gesehen war das Kostüm ganz fehl am Platze, weil ich keine Gestalt des Bösen darstellen würde, aber es würde in den anderen Gästen sicher ein unbehagliches Gefühl auslösen. Außerdem paßte das Kostüm zu meiner Deckgeschichte, und es war genau die Art von unorthodoxer Wahl, die man von mir erwarten würde. Schließlich gab aber ein anderer Faktor den Ausschlag für mein neues Kostüm: Es würde Hauptmann Herman ungeheuer ärgern.

Ich trug meine Rechtsprecheruniform zum Maskenball.

Ich zog die schwarze Halbmaske über, die Allen mir für das ursprünglich vorgesehene Kostüm eingepackt hatte. Dann holte ich das ärmellose Lederwams und die lederne Reithose aus dem falschen Boden meiner Kleidertruhe. Am linken Unterarm trug ich das Geschenk der Prinzessin. Mit Stiefeln, Süntklieber und Rüegær ähnelte ich weitgehend dem Bild, das ein echter Rechtsprecher vermittelt hätte. Nur meine leere rechte Hand kennzeichnete mich als Betrüger.

Mein Auftritt sorgte für einige Aufregung. Halsted, der über Adric von meinem eigentlich vorgesehenen Kostüm wußte, war sichtlich erschüttert, bis ich grinste und ihm von unter der Maske zuzwinkerte. »Ich sollte doch im Kostüm erscheinen, nicht in Alltagskleidern, oder?«

Er schluckte merklich und lächelte. »Ja, edler Herr, aber ich fürchte, Ihrer Hoheit wird Eure Wahl nicht gefallen.«

Ich zog die Maske wieder an ihren Platz und schüttelte zuversichtlich den Kopf. »Sie hat mich dazu inspiriert, Halsted, als sie mir gestern den Lanzerschild lieh. Mit ihren Bemühungen und denen Hauptmann Hermans haben die beiden mich praktisch zu einem Tahlion gemacht.«

Endlich drang die Absurdität eines Auftritts Edler Nolans, des Darkesh-Banditen und Bastards, als Rechtsprecher zu Halsted durch, und sein Ausdruck löste sich. »Dann werde ich Euch ankündigen, falls Ihr soweit seid.«

Ich trat zur Tür, und Halsted nickte einem Trompeter zu seiner Rechten zu. Der Diener stieß ein Fanfarensignal aus, und alles drehte sich zur Tür. »Der Prinzessin Champion, Edler Nolan ra Yotan ra Hamis!«

Totenstille legte sich über den Saal. Die versammelte Gesellschaft von Ghulen, Kobolden, Tingisschleichern, Jelkoms und Piraten hielt schockiert den Atem an. Sie alle waren es zufrieden gewesen, mit ihren Kostümen Monster und Legenden zu verspotten, und keiner hatte die Waghalsigkeit besessen, sich etwas Ähnliches wie ich zu trauen. Meine Wahl erschien ihnen unfaßbar, und über all die Gesichter, die ich von meinem Standort aus sehen konnte, zuckte jener kurze Augenblick der Selbstprüfung, den ich schon so oft bei völlig Unschuldigen gesehen hatte.

Dann arbeitete sich eine Frau durch die Menge. Die Leute traten zur Seite, um sie vorbeizulassen, und sanken auf ein Knie, als sie erkannten, um wen es sich handelte. Prinzessin Zaria blieb vor mir stehen, und statt der Wut, die ich in ihrem Blick lodern zu sehen befürchtet hatte, schlug mir pure Begeisterung entgegen. Sie warf den Kopf nach hinten und lachte so laut, daß sie die nebulöse Anspannung zerschmetterte, die drohte, den Saal zu ersticken.

»Kommt, mein schelmischer Champion, ich will sehen, wie Euer Tahlion-Training Euch im Tanz zugute kommt.« Sie nahm meine zu ihr ausgestreckte Linke und führte mich durch die glucksende Menge der Adligen.

Langsame, geschmeidige Musik führte mich durch einen einfachen, aber eleganten Tanzschritt. Prinzessin Zaria und ich bewegten uns über das Tanzparkett, als wären wir eine Figur. Ich hielt sie eng im Arm und roch das Parfüm in ihrem Haar, aber wir wechselten kein Wort. Ich fühlte einen inneren Frieden, obwohl ich wußte, daß Intriganten und verräterische Adlige uns umgaben und ein Monster auf die Gelegenheit lauerte, den König zu töten.

Ich spürte die Rückkehr von Gefühlen, die ich bei Maranas Verwandlung verdrängt und bei ihrem Tod vergessen hatte, aber ich stieß sie zurück. Ich fühlte mich von Prinzessin Zaria stark angezogen und bedauerte bereits ihren Verlust an Herzog Vidor. Aber darin lag der erste Schritt auf dem Weg in den Wahnsinn, denn ich konnte nie einen Anspruch auf sie erheben. Ich war ein Tahlion, und das machte selbst den leisesten Traum, sie für mich gewinnen und heiraten zu können, zu einem absurden Hirngespinst.

Edelleute im gesamten Zerbrochenen Reich tolerierten die Einflußnahmen Seiner Exzellenz. Manche von ihnen bemerkten sie gar nicht, andere verstanden und bewunderten seine Geschicklichkeit, aber niemand protestierte, weil er sich auf eine höchst subtile Lenkung beschränkte. Im Gegenzug zu dieser Toleranz hielten sich die Tahlion aus der öffentlichen Politik völlig heraus, und kein Tahlion durfte ein politisches Amt bekleiden. Ein vollwertiger Tahlion auf einem Herrscherthron hätte in den Augen vieler den ersten, möglicherweise entscheidenden Schritt zur Wiederherstellung des Kaiserreichs bedeutet.

Die Prinzessin spürte, daß ich mich innerlich zurückzog, und runzelte die Stirn, als der Tanz endete und wir uns trennten. Sie stellte keine Fragen, aber ich zwang mich zu einem Lächeln, um ihr zu versichern, daß alles in Ordnung war. Sie erwiderte es. Dann kam ein als Pirat verkleideter Adliger und wirbelte sie im nächsten Tanz davon.

Ich arbeitete mich durch die Menge zurück zur Tür. Ich dankte grinsend den Adligen, denen die Ironie meiner Kostümierung inzwischen aufgegangen war, und die mir zu der Wahl gratulierten. So schnell ich konnte, suchte ich Halsted und zog ihn beiseite.

»Halsted, ich habe einen Freund in der Stadt, der heute abend möglicherweise versucht, mich aufzusuchen. Adric kennt ihn. Könntest du Adric am Haupttor warten lassen, mit dem Auftrag, ihn sofort zu mir zu bringen?« Der Diener verzog das Gesicht, aber ich drückte ihm beruhigend den Arm und setzte nach. »Bitte, es ist von höchster Wichtigkeit, daß ich mit ihm sprechen kann, sobald er erscheint.«

Halsted erkannte die Dringlichkeit meiner Bitte an meinem Tonfall und meiner Gestik. Obwohl er nur zögernd zustimmte, wußte ich, daß Morai augenblicklich zu mir gebracht werden würde, wenn er im Kastell auftauchte. Ich bedankte mich und kehrte zum Ball zurück. Ich fand einen freien Fleck in der Nähe eines Tisches mit Weinpokalen und Käselaiben.

Hauptmann Herman erschien in Uniform an meiner Schulter. »Wie ich sehe, habt Ihr Euch entschieden, Euch zu erkennen zu geben.«

Ich war auf ihn vorbereitet. Ich grinste breit, dann sah ich stirnrunzelnd in meine rechte Hand. »Hauptmann Herman, Ihr müßt mir verraten, wie die Rechtsprecher es schaffen, daß dieser Totenschädel auf der Haut bleibt.« Ich schüttelte den Kopf. »Ich habe es mit Tinte versucht und mit Farbe, aber beide waren nach Minuten schon verwischt und nicht mehr zu erkennen. Wie *schaffen* Eure Rechtsprecher das?«

Der Lanzer starrte mich an und kniff die Augen zusammen. »Das ist eine wirkliche Rechtsprecher-Uniform. Woher habt Ihr sie?«

Ich schmunzelte. »Ihr werdet es mir nicht glauben. Ich ging los, mir ein Kostüm zu kaufen, und ein Mann von etwa meiner Größe mit blondem Haar und blauen Augen schlug mir vor, doch als Rechtsprecher zu gehen. Er sagte, er hätte einen Onkel, der Rechtsprecher gewesen war, und zufällig hätte er dessen Uniform greifbar.« Ich schüttelte den Kopf. »Die Geschichte habe ich ihm natürlich nicht abgekauft, aber die Uniform schon, weil sie gut aussah und paßte.«

Hauptmann Herman hatte Mühe, sich im Zaum zu halten. »Hatte er eine Zeichnung auf der Hand?«

Ich stockte und senkte kurz den Blick. »Jetzt, da Ihr es sagt … Das ist wirklich seltsam.« Ich runzelte die Stirn und sah in Hermans braune Augen. »Er hat die ganze Zeit Handschuhe getragen!«

Die Augen des Lanzers wurden glasig. Dann zuckte er zusammen und starrte mich an. »Ihr entschuldigt mich, edler Herr.«

»Natürlich.«

Die wogende Menge verschluckte jede Spur des hastig davonmarschierenden Lanzers. Einen Augenblick lang bedauerte ich, Hauptmann Herman auf die Jagd nach einem nichtexistierenden Rechtsprecher geschickt zu haben, aber es war besser so. Jetzt würden er und seine Männer die Stadt durchkämmen. Wären sie im Kastell gewesen, wenn das Nekkeht zuschlug, hätten sie die Prinzessin nach besten Kräften verteidigt und nichts erreicht – außer den eigenen Tod.

Nein, das Nekkeht war meine Verantwortung, und ich mußte einen Weg finden, es aufzuhalten, ohne unnötig Leben zu gefährden.

Ich stellte den Weinpokal ab und schlenderte in den Garten. Ich blieb an der Granitbalustrade stehen und starrte über das Tal zum Meer. Beide halbvollen Monde warfen ihr silbernes Licht auf die dunklen Wellen. Die hinter mir aus dem Ballsaal dringende Musik begleitete das rhythmische Heben und Fallen.

Gewitterwolken hingen im Nordosten am Horizont und schienen davor zurückzuschrecken, die Feierlichkeiten zu stören. Statt dessen zuckten die Blitze durch die Wolkentürme, so daß sie aus dem Innern rötlichgelb aufleuchteten. Sie schienen gerade außer Reichweite, wie die unter mir in den Straßen der Stadt aufgehängten Papierlaternen, und versprachen einen gründlich durchnäßten Morgen.

Ich fühlte eine leichte Berührung an der Schulter, drehte mich um und erwartete, Morai zu sehen. Statt dessen blickte ich ins Gesicht der Prinzessin. Sie bot mir einen Pokal Wein an, und ich nahm ihn.

Sie hob das Gegenstück. »Ein Trinkspruch auf Euch, Edler Nolan.« Sie lächelte. »Mein Champion. Ich werde den Tag bedauern, an dem Ihr mich verlaßt.«

Wir stießen an, aber da der Trinkspruch mir selbst galt, trank ich nicht. Als ihr Pokal sich wieder senkte, hob ich meinen. »Kein Trinkspruch, edle Prinzessin, ein Versprechen: Ich werde tun, was immer ich tun muß, um Eure Nation zu beschützen.« Ich trank.

Prinzessin Zaria seufzte und starrte hinaus aufs Meer, so wie ich es getan hatte. »Edler Nolan«, sprach sie leise. »Heute abend wird etwas geschehen.«

Ein tiefes Gefühl der Angst und des Verlustes raubte mir die Stimme. Ich hatte mir nicht mehr gestattet, so für eine Frau zu fühlen, seit Marana, die *echte* Marana, sich verändert hatte. Marana hatte mich gebraucht, und ich hätte sie nie derart verraten können. Selbst jetzt noch, da sie tot und verbrannt war, empfand ich etwas für den Menschen, der sie gewesen war. Mir war klar, daß es dumm war, aber ich klammerte mich an diese verblaßten Gefühle für die alte Marana, denn wie auch immer die Umstände waren, meine Meister hätten keine Liebe zwischen der zukünftigen Königin von Hamis und einem Rechtsprecher zugelassen, und Shudaths Prophezeiung hatte sie ausgeschlossen.

»Etwas sehr Besonderes wird mir heute nacht wiederfahren, Edler Nolan.«

Ich lächelte. »Ich weiß.« Ich stellte mir vor, wie Herzog Vidor sie umarmte und küßte, als sie seinen Antrag annahm.

Überraschung und Verwirrung zuckten durch ihre Augen. »Ihr wißt?«

Ich nickte zuversichtlich. »Ich habe die Zeichen gesehen und ihre Bedeutung erkannt.« Vor meinem inneren Auge drückte König Tirrell beide an seine Brust und segnete ihre Verbindung.

Ihre Unterlippe zitterte. »Ich fürchte mich ein wenig vor der Verantwortung, und in den letzten zwei Tagen hat Eure Stärke mir sehr geholfen, auch wenn Euch das vielleicht gar nicht bewußt war.« Sie zuckte die Achseln. »Das einzige, woran ich mich aus der letzten Nacht erinnere, ist, daß ich mich sicher und geborgen fühlte, weil Ihr mich beschützt habt.«

Ich legte ihr sanft die linke Hand auf die Schulter. »Ihr habt wohlgetan, Prinzessin Zaria.«

Sie neigte den Kopf und legte ihn auf meine Hand. Dann richtete sie sich auf und sah in den Wein, der in ihrem Pokal kreiste. »Ich möchte, daß Ihr heute nacht dabei seid, um Mitternacht. Ja?«

Ich schloß die Augen und nickte, denn ich bekam kein Wort heraus. In Gedanken sah ich das Nekkeht sich auf Vidor und die Prinzessin stürzen. Ich stand zwischen ihm und seinen Opfern. Es packte mich und hob mich in einem Ringergriff vom Boden, gegen den sich Rolfs Angriff wie eine Liebkosung ausnahm. Während ich die Seelen aus seinem Körper zog, zerquetschte es meine Eingeweide und brachte mein Herz zum Zerplatzen.

Halsteds ruhige Schritte auf dem Kies des Gartenpfads holten mich in die Gegenwart zurück. Er verneigte sich entschuldigend vor der Prinzessin. »Verzeiht, Eure Hoheit.« Dann wandte er sich an mich und reichte mir eine gefaltete und versiegelte Nachricht. »Der Bote sagte, es sei dringend. Wie Ihr es gewünscht habt, ich habe sie augenblicklich gebracht.«

Ich drehte den Brief um und fluchte. Er kam von Morai.

KAPITEL ZWANZIG

RECHTSPRECHER: DER PREIS

Ein Dienstleister erschien an meiner Tür, um die rituelle Kleidung abzuholen, die ich noch keine Viertelstunde zuvor abgelegt hatte. »Edler Hansur möchte Euch sofort sehen.«

Mein Puls raste. Nach Abschluß des Rituals ist ein Novize ein vollwertiger Tahlion, aber keiner der anderen Rechtsprecher betrachtet ihn als ebenbürtig, bis er erfolgreich von seinem ersten Auftrag zurückkehrt. Ich hatte nicht erwartet, so schnell eine Mission zu erhalten, und bedauerte, daß ich mein Ritual nicht mit Marana oder Jevin feiern konnte, die beide eine Woche zuvor wieder nach Tahlianna zurückgekehrt waren.

Ich schnürte Süntklieber und Rüegær um und hastete zum Zimmer Edler Hansurs. Ich hatte Mühe, ein Grinsen zu unterdrücken, und zwang mich, ruhiger zu werden und nicht wie ein Novize durch die Gänge zu rennen.

Ich blieb im Eingang stehen und verbeugte mich vor Hochwalter Hansur, bevor ich sah, daß er nicht allein war. Jevin saß auf dem Sessel, auf dem ich nur Stunden zuvor gesessen hatte, und auf einem kleineren Sessel, den Rücken einer Regalwand mit dunklen Reihen staubiger, in Leder gebundener Bücher zugekehrt – saß Marana. »Ihr habt nach mir geschickt, Edler Hansur?«

Edler Hansur nickte, erwiderte meine Verbeugung und deutete auf einen freien Platz neben Marana. »Ich werde nicht warten, bis Seine Exzellenz eintrifft, um euch eure Mission zu erklären. Nolan, du kennst die Tradition der ersten Mission eines Rechtsprechers. Gewöhnlich wird er allein ausgesandt. Ich möchte mich bei dir für den Bruch dieser Tradition entschuldigen, aber da du die letzten zwölf Monate allein verbracht hast, gehe ich davon aus, daß du nichts dagegen einzuwenden hast, mit deinen Freunden zusammenzuarbeiten.« Er nickte Jevin und Marana zu.

Ich schüttelte mit einem herzlichen Lächeln den Kopf. »Ich freue mich, sie zu sehen, und werde die Mission gerne zusammen mit ihnen erfüllen.«

»Gut.« Er wirkte ehrlich froh, daß ich nichts gegen eine Begleitung bei meinem ersten Einsatz einzuwenden hatte. »Diese Mission wäre für einen einzelnen sehr schwierig, und da ihr drei zusammen trainiert habt, solltet ihr als Team gut zusammenarbeiten können.« Ich war zu froh, um mich über irgend etwas zu beschweren. Außerdem war ich ein Rechtsprecher und er mein Hochwalter. Ich tat, was er von mir verlangte.

Hinter uns trat Seine Exzellenz durch die Tür und schloß sie hinter sich. Wir standen auf und verbeugten uns. Er erwiderte unsere Begrüßung mit einem knappen, geistesabwesenden Nicken, dann winkte er uns, wieder Platz zu nehmen. Er zwängte sich in einen freien Sessel und räusperte sich. »Vor drei Tagen hat in Temur eine Gruppe Krieger des Weststamms, die mit einer Entscheidung über einen Beuteanspruch unzufrieden ist, eine der Frauen des Emirs von Betil entführt. Es handelt sich um seine Lieblingsfrau, und er ist nicht sonderlich erfreut. Sie ist jung und stammt aus dem Südstamm. Die Entführer haben Temur verlassen und wurden zuletzt in Zandria gesehen.«

Ich bemerkte, daß Maranas Interesse sofort zunahm, als Seine Exzellenz Temur und den Südstamm erwähnte. Ich erinnerte mich, daß ihre Nachforschungen eine Möglichkeit angedeutet hatten, daß sie selbst in diesen

Stamm geboren worden war, und das konnte ihre Chance werden, mehr über ihre Herkunft zu erfahren.

Seine Exzellenz fuhr fort. »Der Emir hat sich auf Drängen des örtlichen Elitenobersten entschieden, uns die Jagd auf die Entführer zu überlassen. Er selbst kann keine Truppen nach Zandria schicken, ohne einen Grenzkrieg auszulösen. Der Oberst hat mit dem Segen und der Unterstützung des Emirs einen Elit geschickt, der um unsere Hilfe in dieser Angelegenheit ersuchte. Wir haben uns entschieden, dieser Bitte nachzukommen.«

Meine Hände wurden feucht vor Erregung. Die Zeit drängte, daher würden wir uns auf Kaiserfalken an die Verfolgung der Entführer machen müssen. Da sie eine Geisel besaßen, würden wir uns ihnen sehr vorsichtig und heimlich nähern müssen, und wir mußten die Sicherheit und Freiheit der entführten Frau über unsere eigene Sicherheit stellen. Aber zu allererst mußten wir sie einmal finden. Ich verzog das Gesicht. Die Grenze zwischen Temur und Zandria war sehr lang und zog sich auf der ganzen Strecke durch bewaldetes Bergland.

Als hätte er meine Gedanken gelesen, zog Seine Exzellenz einen Damenring aus seiner Robe. »Der Emir hat dies mitgeschickt. Es ist einer der Ringe seiner Frau Bethany.« Er reichte ihn Marana. »Unsere Magicker haben ihn mit einem gezielt auf dich abgestimmten Zauber belegt. Solange du ihn trägst, wirst du immer genau wissen, in welcher Richtung sich die Gesuchte befindet. Je näher du ihr kommst, desto genauer werden die Hinweise werden, und es könnte sogar sein, daß du eine Gedankenverbindung zu ihr aufbauen kannst.«

Marana schob den einfachen Goldring mit dem einzelnen Rubin über den rechten Ringfinger. »Er paßt vollkommen!«

Seine Exzellenz zog eine Augenbraue hoch. »Tatsächlich. Welch ein glücklicher Zufall!«

Maranas Miene erschien für einen Augenblick leer,

dann nickte sie. Sie deutete mit der rechten Hand nach Südsüdwest. »Ich fühle einen leichten Zug in diese Richtung.« Sie lächelte. »Es funktioniert. Wir werden sie finden.«

Edler Hansur kniff die Augen zusammen und sah Seine Exzellenz an, dann stand er auf, als dieser stumm blieb. »Sie wurde von sechs Personen aus dem Palast entführt, aber spätere Berichte lassen uns vermuten, daß sie von erheblich mehr Personen, darunter drei Frauen, verstärkt worden sind.« Er trat hinter dem Schreibtisch vor und deutete auf eine Karte, die hinter Jevin an der Wand hing. »Wir nehmen an, daß sie nach Ell unterwegs sind, aber wir sind uns nicht sicher. Ihr werdet Falken bekommen und nach Südwest fliegen, geleitet von Maranas Ring. Sobald ihr Bethany gefunden habt, besteht eure Aufgabe daraus, sie in Sicherheit zu bringen.«

Seine Exzellenz räusperte sich noch einmal. »Der Emir hätte die Entführer gerne in seine Gewalt überstellt, aber er wird es verstehen, falls ihr keine Gefangenen macht. Was aus ihnen wird, ist uns gleichgültig.«

Edler Hansur wünschte uns Glück und entließ uns mit einer kurzen Geste. Alle drei trugen wir ein breites Grinsen auf dem Gesicht, als wir sein Arbeitszimmer verließen. Diese Rettungsmission war wichtig und konnte erstaunliche Auswirkungen haben. Wenn wir unsere Arbeit erfolgreich abschlossen, konnten wir einen Krieg verhindern! Wir waren entschlossen, nicht zu versagen, und unsere Mienen waren in Erwartung unserer siegreichen Rückkehr stolz.

Auf dieser Mission hörte ich Maranas fröhliches Lachen zum letzten Mal.

Sie führte uns von unserem Aufbruch an in südsüdwestliche Richtung, bis wir am ersten Abend in Wara an einem Punkt sehr nahe an der Grenze zu Daar Halt machten. Wir stürzten uns mit den Falken auf eine Herde Gazellen, und ich schlug auf Erlans Vrumec einen

Bock. Marana und Jevin brachen ihre Angriffe ab, denn ein Tier genügte, um uns und die Vögel zu versorgen.

Wir teilten drei Wachen ein, damit nichts und niemand uns in der Nacht überrumpeln konnte, auch wenn das dort, mitten in der Wildnis, kaum zu erwarten war. Ich stand etwas früher auf, als nötig gewesen wäre, um Marana abzulösen, und wir unterhielten uns zwei Stunden, bis ich sie ins Bett schickte.

Unser Gespräch bedeutete mir viel, denn in den vergangenen anderthalb Jahren hatte ich kaum etwas von ihr gesehen. Erst waren wir durch die Reise getrennt worden, dann war ich verletzt zurückgekommen, und wir hatten kaum Zeit füreinander gehabt. Ich hatte es mit der Angst zu tun bekommen, das hätte uns einander entfremdet. Nach dem Verlust meiner Familie und dem Streit mit Lothar wollte ich sie nicht auch noch verlieren.

Aber als wir uns in jener Nacht unterhielten, schien es, als wären wir nie getrennt gewesen. Sie kannte meine Gedanken, Hoffnungen und Ängste wie zuvor und hatte selbst Angst gehabt, meine Gefühle für sie hätten sich während der langen Trennung verändern können. Wir mußten beide lachen und versuchten einander mit einem unaufschiebbaren Eifer zu erklären, wie wir gewachsen waren und uns verändert hatten seit jenem Monat, den wir als Sechzehner miteinander verbracht hatten.

Am nächsten Tag kamen wir hervorragend voran. Ein starker Rückenwind half uns, und wir erreichten Zandria eher als erwartet. Trotzdem hatte der Flug uns erschöpft, und obwohl Marana meldete, daß unser Ziel ganz in der Nähe liege, brach die Nacht herein, bevor wir es erreichen konnten. Wir kamen überein, bei Tagesanbruch aufzustehen und uns sofort an die Durchführung unseres Auftrags zu machen.

Diesmal teilten wir die Wachen in der entgegengesetzten Reihenfolge ein, und Jevin schlug mir vor, ich könnte Marana einen Teich zeigen, den er hinter unserem auf einer Hügelkuppe gelegenen Lager gesehen hatte. Das schelmische Funkeln in seinen dunklen Augen strafte den unschuldigen Ton Lügen, mit dem er diesen Vorschlag machte, aber ich überging sein Grinsen.

Das Wasser floß mit sanftem Gefälle zwischen mehreren Bergen das Tal hinab und füllte einen weiten, dunklen Teich. Der warme Abendwind hatte die Insekten weggeblasen. Marana und ich lagen auf einem weichen Bett aus Farnen und unterhielten uns, wie es schien, für Stunden. Wir lauschten dem Plätschern des Wassers und lachten über alles und nichts. Die Freude schäumte in uns über, füllte uns mit Energie, und einfach alles schien vollkommen.

Langsam und vorsichtig zogen wir einander aus. Wir liebten uns unter dem Sternenhimmel und bestätigten uns erneut, unsere ideale bessere Hälfte gefunden zu haben. Marana bot mir die Liebe und den Halt, die ich gekannt hatte, bevor der Krieg mir die Familie nahm, und ich gab ihr die Liebe und bedingungsloses Vertrauen in die Familie, die sie nie gekannt hatte.

Ich kehrte nur widerwillig zum Lager zurück und löste Jevin ab. Marana bot mir an, mit mir Wache zu halten und versuchte mich zu überzeugen, daß sie durch den Ring nicht würde einschlafen können. Ich küßte sie und hüllte sie in meine Decke. Sie war schnell eingeschlafen und gut ausgeruht, als ich sie zur letzten Wache weckte.

Ich saß auf meiner Decke und küßte sie. »Denk daran, uns vor Sonnenaufgang zu wecken, Marana. Wir wollen früh aufbrechen.«

Sie stand auf und lächelte. »Das werde ich, Geliebter, und jetzt schlafe.«

Ich versank innerhalb kurzer Zeit in einen tiefen Schlaf voll angenehmer Träume.

Jevin stieß mich nur einmal mit der Stiefelspitze an. Ich setzte mich kerzengerade auf, und noch bevor er etwas sagen konnte, wußte ich, was los war. Marana war fort!

Ich schluckte schwer und schüttelte den Kopf, um die Traumreste zu vertreiben. »Wann hast du gemerkt, daß sie weg ist?«

Seine Stirn war tief zerfurcht vor Sorge. »Gerade eben. Es ist eine Stunde nach Sonnenaufgang. Vorher kann sie nicht gegangen sein.«

Ich strampelte die Decke beiseite und zog die Lederhose an. »Warum hat sie uns nicht geweckt?« Ich wollte laut schreien. Meine Familie war ermordet worden, während ich geschlafen hatte, und jetzt hatte ich geschlafen, während meine Marana entführt worden war.

Jevin zog die Lippen zu einem wütenden Knurren zurück. »Der Ring. Es muß der Ring gewesen sein.« Er sah mich an, und seine schwarzen Augen bohrten sich in mein Inneres. »Traue keiner Magick.«

Ich schauderte und blickte weg. »Du hast recht.« Ich stand auf und zog das Hemd über den Kopf. »Nimm deinen Falken hoch, Jevin. Vielleicht kannst du ihren Falken in der Luft entdecken. Wir waren auf Kurs nach Süden zum Hatuflußtal.«

Der Fealarien nickte. »Und was machst du?«

Ich legte den Schwertgurt um. »Ich fliege mit Vrumec Kreise um das Lager, um nach ihr zu suchen. Die Entführer könnten hier vorbeigekommen sein, vielleicht ist Marana ihnen nach und hatte vor, uns noch zu holen.« Ich klammerte mich an Strohhalme, das war Jevin auch klar, aber er nickte. Ich zwang mich zu einem Lachen. »Wenn Vrumec halb so gut ist, wie Erlan behauptet, dürfte ich keine Schwierigkeiten haben, dich einzuholen.«

Jevin saß auf und flog los. Ich folgte ihm, nachdem ich unser Lagerfeuer gelöscht hatte. Ich löste Vrumecs Fußfesseln, saß auf und nahm ihm die Haube ab. Der Vogel kreischte Jevins schnell kleiner werdendem Falken hinterher. Vrumec breitete seine gewaltigen Flügel aus, und Sekunden später hingen wir hoch über der zandrischen Wildnis. Ich zog den Falken in einem weiten Kreis um unser Lager, ohne irgend etwas zu entdecken.

Mich verließ der Mut. Die fruchtbare Landschaft unter mir erschien mir so trostlos wie eine Einöde, weil von Marana keine Spur zu entdecken war. Ich brauchte einen Hinweis darauf, daß sie noch lebte. Wenn ihr Falke sich den Flügel gebrochen hatte oder sie aus dem Sattel gefallen war, wußte ich, daß ich sie finden und wieder gesundpflegen konnte. Sie mußte noch leben. Ich brauchte sie lebend.

In meiner Panik kam mir gar nicht der Gedanke, daß es besser für sie hätte sein können, tot zu sein.

Ich wendete Vrumec nach Süden. Am Horizont sah ich Jevins Vogel als schwarzen Punkt vor der bleichen Wolkenwand, die sich dem grünen Tal näherte. Ich trieb Vrumec an und klopfte ihm auf den Rücken, damit er schneller flog. Er gehorchte, und wir jagten durch die Luft, kamen Jevin allmählich näher. Als der Punkt soweit angewachsen war, daß er als Kaiserfalke zu erkennen war, zog Jevins Falke einen Kreis und sank zu Boden.

Vrumec fühlte meine Sorge und gab sein Bestes, aber mir war es, als hätte sich die Luft um uns herum verdichtet, um uns aufzuhalten. Wir brauchten fünf Minuten, um die Stelle zu erreichen, an der Jevin niedergegangen war. Ich zog einen Kreis in der Luft und sah Jevins Falken deutlich. Hundert Meter weiter bemerkte ich zwischen den Bäumen auf einer Flußbank versteckte Zelte.

Ich setzte Vrumec neben Jevins Falken auf und sah Maranas Vogel mit Haube und Fußfesseln unter den Bäumen. Meine Stimmung hob sich. Wenigstens war sie sicher gelandet. Ich zog Vrumec die Haube über und folgte der Spur, die Jevin für mich gezogen hatte. Ich fand ihn bäuchlings auf einem Hügel über dem Lager der Entführer. Er winkte mich nach unten, und ich legte mich neben ihn. »Sieht schlimm aus«, flüsterte er.

Ich streckte die Hand aus, teilte das lange, grüne Sommergras vor mir vorsichtig und beobachtete das Lager. Ich zählte ein Dutzend Männer und vier Frauen. Sie hatten Marana an einen Pfahl gebunden und Holz um ihre Füße angehäuft. Marana wirkte wach und unverletzt, aber ich konnte mir nicht sicher sein, denn sie wirkte abwechselnd trotzig und verschreckt. Im ersteren Zustand war sie durch und durch Marana, aber die völlig verängstigte Frau, die dort unten an dem Pfahl angebunden war, hatte ich im Leben noch nicht gesehen.

Meine Angst trieb mir jeden Rest von Farbe aus dem Gesicht: »Was meinst du?«

Jevin verzog das Gesicht. »Wir schlagen schnell und hart zu. Du holst Marana und durchtrennst ihre Fesseln. Seit ich sie beobachte, findet dieses Wechselspiel schon statt.«

Ich runzelte die Stirn. »Glaubst du, sie steht unter Drogen?«

Jevin zuckte die Schultern, dann schüttelte er den Kopf. »Eher nicht.« Er drückte das Gras hinunter und studierte Maranas Kampf. »Ich denke eher, es ist der Ring. Wenn sie in Gedankenverbindung mit der Frau des Emirs steht, schlägt deren Panik zu ihr durch.«

Ich nickte. Das klang gut. »Dann müssen wir als erstes Marana befreien und den Ring von ihrem Finger bekommen. Später kann sie uns helfen, die Frau des Emirs zu befreien. Weißt du, wo die Geisel steckt?«

Der Fealarien schüttelte den Kopf. »Nein, nicht mit Sicherheit. Aber Marana starrt auf das blaue Zelt, wenn sie bei sich ist. Ich würde mal vermuten, die Geisel ist da drinnen.«

Ich nickte und erhob mich. Wir schlichen uns den Hang hinab ans Flußufer und achteten peinlich genau darauf, alle toten Äste und alles trockene Laub zu umgehen. Am Fuß des Hangs gab uns das Schilf Deckung, aber der langsam fließende, schlammige Fluß machte jedes weitere Anschleichen unmöglich. Wir konnten nur losrennen und darauf hoffen, daß unser bloßer Anblick unsere Gegner ausreichend überraschte, um uns einen Vorteil zu verschaffen. Ich streckte die Hand aus und drückte Jevins Schulter.

Es ging los.

Ich stürmte mit hohen Schritten, die das Wasser in hohen Fontänen davonschleuderten, durch den seichten Fluß. Ich war auf dem sandigen Inselchen, bevor einer der Entführer reagieren konnte und beschwor meinen Süntklieber. Dann schlug ich die Klinge gnadenlos durch den Körper des ersten Mannes, der mir über den Weg lief.

Mein erstes Opfer stürzte zu Boden, und ein anderer lief auf mich zu. Er versuchte seinen schmalen Krummsäbel zu ziehen, aber bevor er die Waffe ganz aus der Scheide zerren konnte, war ich bereits vorbei und hatte ihm den Süntklieber über den Magen gezogen. Er wirbelte davon, und noch bevor er aufschlagen konnte, erwischte mein Rückhandhieb ihn am Kopf.

Ich erreichte Marana. Sie wand sich und schrie. Ich streckte die Hand nach ihr aus, um sie wissen zu lassen, daß ich gekommen war, um sie zu retten, aber sie schreckte vor mir zurück und fauchte wie eine Katze. Ich blickte in ihre Augen und sah blanken Haß aufzucken. Ich kannte diese Frau nicht.

Ich durchschlug ihre Fesseln mit einem sauberen Hieb des Süntkliebers. Mit der Linken zerrte ich ihr den Ring von der Hand. Augenblicklich klärte sich ihr Blick.

»Nolan, den Göttern sei Dank. Vorsicht!«

Ich duckte und drehte mich beiseite, als sie ihren Süntklieber beschwor und den Hieb abblockte, der mich fast den Kopf gekostet hätte. Maranas Riposte durchbohrte den Hals des Entführers, dann sprang sie auf das blaue Zelt zu. Eine Frau stellte sich ihr nur mit einem Dolch bewaffnet entgegen, aber Marana tötete sie mit einem einzigen Hieb. Ich sah ihre Gnadenlosigkeit, und sie bereitete mir Unbehagen, doch ich ahnte nicht, was sie bedeutete.

Ich hatte auch keine Zeit, mir darüber Gedanken zu machen, denn zwei wütende Krieger stürmten auf mich ein. Ich blockte den senkrechten Hieb des ersten hoch über meinem Kopf ab, dann sprang ich nach rechts, so daß der erste Mann seinem Kumpan im Weg stand. Ich täuschte einen Ausfallschritt in Richtung des ersten Entführers vor, um ihn zurückzuscheuchen, dann wechselte ich den Süntklieber in die Linke und zog ihn durch einen tiefen Hieb. Ich traf den zweiten Mann, als er sich auf mich stürzen wollte, und meine Klinge schnitt ihm in beide Oberschenkel. Er stürzte, und als sein Begleiter zögerte, durchbohrte ich dessen Brust. Den anderen ließ ich sich vor Schmerzen windend am Boden liegen.

Plötzlich war der Kampf vorbei. Jevin stand zwischen fünf kapitulierenden, verwundeten oder toten Kämpfern. Zwei Männer standen mit erhobenen Händen am Rand des Lagers, gerade gesammeltes Feuerholz vor den Füßen, wo sie es fallengelassen hatten. Eine Frau lag in einer Blutlache zwischen mir und dem blauen Zelt, und niemand leistete noch Widerstand.

Ohne Vorwarnung brach ein Schrei aus dem blauen Zelt und schlug durch das Lager. Ich erkannte Maranas Stimme auf der Stelle, aber sie überschlug sich derart, daß es mich mit blankem Entsetzen erfüllte. Ich rannte auf das Zelt zu, sprang über die Frauenleiche und riß den Eingang auf. Geschockt und unfähig meinen Augen Glauben zu schenken, sank ich auf die Knie und ließ mich vom Zelttuch des Eingangs einhüllen.

Der Schrei kam aus zwei Kehlen mit gleichen Körpern.

Eine alte Frau kniete neben mir. »Den Göttern sei

Dank, daß Ihr gekommen seid, Tahlion.« Sie deutete mit zitternder, knochiger Hand auf Marana. »Töte die Dämonin, bevor sie uns alle umbringt.«

Jevin trennte die Zwillinge und brachte Marana zurück in unser Lager. Die Leute, die wir angegriffen hatten, waren Temuri-Stammesangehörige des Emirs, die sich auf eigene Faust an die Fersen der Entführer geheftet hatten und deren Verschwinden noch nicht entdeckt worden war, als der Elit losgeschickt wurde, um uns zu holen. Sie hatten die Entführer entdeckt, die meisten von ihnen ganz in der Nähe gestellt und getötet, und waren auf dem Heimweg gewesen, als wir sie überfielen.

Ich erholte mich langsam von meinem Schock und gab Bethany ihren Ring zurück. Ich half, so gut ich konnte, die Wunden zu verbinden, die ich geschlagen hatte, und die Temuri sahen es als gutes Omen, auch wenn es nicht half, ihren Schmerz zu lindern oder ihre toten Kameraden wieder lebendig zu machen.

Die alte Frau setzte Wasser auf und machte mir Tee. Er war heiß und muß ein starkes Aroma gehabt haben, denn er stieg mir zu Kopf, aber ich könnte ihn nicht wiedererkennen. Der Anblick der beiden entsetzt aufschreienden Maranas verfolgte mich.

Die alte Frau saß mir gegenüber und legte eine von Altersflecken gezeichnete Hand auf mein Bein. »Ich war dabei, als sie geboren wurden.«

Ich nickte. Ich erkannte an ihrer Stimme, daß das, was sie mir erzählte, lebenswichtig war, doch es fiel mir schwer, ihr zu folgen. Ich trank mehr Tee und beobachtete, wie die Blätter am Boden der Bronzetasse tanzten, wenn ich sie bewegte.

»Ich half Bethany zuerst heraus.« Sie lächelte, als sie sich erinnerte. Hinter ihr wälzte sich im abgedunkelten Teil des Zelts die Frau des Emirs in unruhigem Schlaf. »Sie war ein starkes, gesundes Kind, zu fröhlich für einen Dämonenzwilling.« Die alte Frau spuckte aus und verbog die Finger zu einem Abwehrzeichen gegen böse Mächte. »Die Frau, sie kam nach ihr und wurde auf einem Berghang ausgesetzt.« Die alte Frau zerrte an meinem Arm. »Ihr müßt sie töten. Sie ist eine Dämonin. Es ist wider die Natur, daß sie noch lebt. Ihr müßt sie töten!«

Ich stieß die alte Frau weg und starrte sie an, als hätte sie den Verstand verloren. »Du kennst sie nicht, sie ist kein Dämon!« Ich stellte die Tasse ab und stand auf. »Ich kenne sie seit fünf Jahren. Sie ist ein Mensch, so wie du und ich.«

Die alte Frau kniff die Augen zusammen. Sie streckte die Hand aus und nahm meine Tasse. Sie brachte den Rest Tee in Bewegung, dann schüttete sie ihn aus. »Ah!« rief sie triumphierend. Sie deutete auf die braunen Teeblätter auf dem nassen, goldenen Sand. »Tötet sie, Tahlion, tötet sie noch heute.« Sie starrte mit Augen zu mir auf, so dunkel und unergründlich wie der Nachthimmel. »Tut Ihr es nicht, wird sie Euer Tod sein!«

Ich flog zurück zum Lager, und Jevin empfing mich, bevor ich nach Marana sehen konnte. Er wirkte müde. »Sie schläft, Nolan. Endlich.«

Ich nickte grimmig. »Marana muß zurück nach Tahlianna. Sie darf nicht nach Temur. Sie halten sie für eine Dämonin und würden sie umbringen.«

Jevin schüttelte den Kopf. »Sie kann nicht allein reisen. Sie hat gesagt, sie befand sich in Bethanys Kopf.« Der Fealarien sah mich mit Augen voll Schmerz und Tränen an. »Es geht ihr nicht gut.«

Mir lief ein eiskalter Schauer über den Leib. »Ich verstehe, Jevin.« Ich drehte mich um und sah zurück zum Temurilager. »Begleite du die Temuri und führe sie zurück nach Betil.« Ich drehte mich wieder zu ihm um. »Ich bringe Marana zurück nach Tahlianna.«

Ich sah Jevin nach, bis sein Falke am Horizont verschwunden war, dann ging ich ins Lager. Er hatte sein Bestes für sie getan. Marana war in mehrere Decken gehüllt, aber ihr Schlaf war sehr leicht. Ihre sonst gebräunte Haut war totenfahl, und unter jedem Auge hingen tiefe Schatten. Sie wirkte mehr tot als lebendig.

Ich hockte mich neben sie, und ihre Augen zuckten auf. Sie sah zu mir hoch und schluchzte. Ich setzte mich und nahm sie in die Arme. Ich drückte sie an mich und wiegte sie. Ich erzählte ihr die Geschichten, die Großmutter und Vater mir erzählt hatten, als ich noch ein Kind war, und irgendwie gelang es mir, die Angst und den Schmerz aus meiner Stimme zu verbannen. Ihre Tränen mischten sich mit den meinen, aber etwas von ihrem Schmerz verklang, und sie schlief wieder ein.

Ich hob sie hoch und trug sie aus unserem Lager hinab zum Teich. Ich legte sie sanft auf die Stelle, an der wir in der Nacht zuvor gelegen hatten. Das beruhigende Plätschern des in den Teich fließenden Bachs erreichte sie noch im Schlaf. Ihr Atem kam regelmäßiger, und ihr Schlaf wurde friedlicher.

Ich wanderte durch den Wald – ohne mich zu weit von ihr zu entfernen – und fand eine Heilpflanze, an die ich mich aus meiner Kindheit erinnerte. In Sinjaria nannte man sie Vila. Ich entdeckte ein ansehnliches Beet der fahlgrünen Pflanzen und erntete einige von ihnen. Aus den Blättern braute ich einen beruhigenden Tee, den ich Marana einflößte, damit sie fester schlief.

An der Menge Tee gemessen, die sie trank, schätzte ich, daß sie den Nachmittag und Abend durchschlafen würde, möglicherweise bis zum nächsten Morgen. Also baute ich uns ein Dach und sammelte Steine für ein Feuer.

Ich blieb nicht gerne am Fuß des Hügels, solange die Falken auf seiner Kuppe waren, aber wer oder was auch immer ihnen zu nahe kam, hatte sich selbst zuzuschreiben, was aus ihm wurde. Außerdem wußte jedermann, daß nur Tahlion die riesigen Greifvögel hielten, und das sollte Warnung genug selbst für den Wahnsinnigsten sein.

Ich trug Marana unter das Dach und zog sie aus, während die Sonne hinter den Ells versank und den Himmel in Rot und Violett badete. Ich drehte sie in Decken und legte sie bequem hin. Dann zog ich Wams und Hemd aus und legte mich neben sie hin.

Ich hatte nicht vor einzuschlafen, aber die Ereignisse dieses Tages hatten mich gründlicher zerschlagen als ein Dutzend Knechte das Getreide auf der Tenne. Ich fiel schneller in die Dunkelheit als ein betrunkener Seemann unter den Hieben von Straßendieben.

Ein harter Tritt in die Rippen jagte brennende Schmerzen durch meinen Körper und weckte mich innerhalb eines Augenblicks. Fünf Temuri standen um uns herum. Sie gehörten nicht zu denen, die wir angegriffen hatten. Sie trugen blutgetränkte Verbände und wirkten erschöpft, schienen aber überrascht und erfreut, uns zu finden.

Ihr Anführer hatte mich getreten. Er drehte sich zu den anderen um und lachte. »Seht euch das an. Sie dachten, sie könnten wegrennen und uns mit einer falschen Spur von Bethany fortlocken. Und sie haben ein Kind dagelassen, um sie zu bewachen.« Auf seinem Gesicht zog sich eine alte Narbe über die Nase – von einer Wange zur anderen.

Ich ballte vor Wut und Verzweiflung die Fäuste. Langsam wurde mir klar, daß das die Entführer waren, die den Stammesangehörigen des Emirs entkommen waren. »Das ist nicht Bethany. Laßt sie in Ruhe, sie ist krank.«

Der Anführer ging auf ein Knie herunter, packte mich mit einer schmierigen Hand am Hals und zwang mich, ihn anzusehen. Er fuhr sich mit der Zunge über die Lippen und strich mit der anderen Hand über seine unrasierten Wangen. »Junge, dein Leben liegt in meiner Hand. Bring mich nicht dazu, dich umzubringen, bevor ich es will.«

Seine Männer lachten, und der Druck seiner Hand um meinen Hals nahm langsam zu. Das waren die Männer, auf die wir angesetzt worden waren, und ihretwegen hatten wir tapfere, gute Menschen getötet. *Warum?* schrie eine Stimme in meinen Gedanken. *Das ist keine Gerechtigkeit!*

Einer der anderen riß die Decke von Maranas nacktem Körper. Der Anblick senkte einen roten Schleier vor meine Augen. Meine Nüstern blähten sich, und ich schlug aus. Ich rammte dem Anführer die rechte Faust in den Unterleib, rollte auf die Füße und hob die Linke, um seine Begleiter aufzuhalten.

Ich warnte sie. »Sie ist nicht eure Bethany. Laßt sie in Frieden. Ich will euch nicht töten. Es hat schon mehr als genug Tote gegeben.« Meine Brust hob und senkte sich unter mühsamen Atemzügen. Ich sammelte mich und beschwor meinen Süntklieber, aber keiner von ihnen verstand, welche Bedeutung die plötzlich in meiner Hand auftauchende Waffe hatte.

»Ein Zauberschwert. Das gehört mir!« rief einer von ihnen, und sie stürmten auf mich ein.

Marana hatte mir vor langer Zeit erzählt, daß die Temuri berühmt für ihre Künste als Bogenschützen sind. Ich konnte nur für diese vier hoffen, daß sie bessere Bogenschützen als Schwertkämpfer waren. Sie stürzten sich auf mich, als wollten sie sterben. Aber ich wollte sie nicht töten. Ich parierte ihre Hiebe mehrmals hintereinander und wich jedesmal einen Schritt zurück, um ihnen zu zeigen, daß sie keine Chance gegen mich hatten. Doch sie stolperten unbeeindruckt weiter vor, überzeugt davon, mich eingeschüchtert zu haben.

Schließlich schafften sie es, mich in die Enge zu drängen, und laut über ihr Glück jubelnd zwangen sie mich, sie zu erschlagen.

Ich schlug das in einem Ausfallschritt auf mich zu-stoßende Schwert des ersten mit einem laut klingenden Hieb des Süntkliebers nach unten weg und schnitt ihm mit dem Aufwärtshieb den Leib auf. Er sank auf die Knie und versuchte zu schreien, brachte aber nur ein leises Wimmern zustande. Der zweite Temuri griff mich mit einem senkrechten Hieb an, und ich wich zur Seite aus. Er verlor unter dem Schwung seines eigenen Schlags das Gleichgewicht, und ich spaltete ihm den Schädel.

Meine Wut über das sinnlose Gemetzel am Morgen und meine Sorge um Marana betäubten meine Gefühle. Der dritte Mann versuchte mich aufzuspießen, aber ich schlug sein Schwert nieder. Mit teuflischem Grinsen stellte ich den rechten Fuß auf seine Klinge und bohrte den Süntklieber in einer tödlichen Nachahmung seines Angriffs durch seinen Hals. Ich drehte die Klinge in der Wunde, dann riß ich sie frei.

Der vierte Mann hatte genug gesehen, um es mit der Angst zu tun zu bekommen, und versuchte zu fliehen. Er hob die Hände, um mich abzuwehren, und ließ seinen Dolch fallen, aber mich konnte nur noch sein Tod befriedigen. Ich jagte ihn über die Strecke zurück, die er mit seinen Gefährten lachend erobert hatte, und stand triumphierend über ihm, nachdem er stolperte. Er lag vor mir auf dem Rücken und bettelte wie ein Hund um Gnade.

Ich nickte ihm ehrlich zu, und als er Hoffnung schöpfte und ein Lächeln wagte, trennte ich ihm mit ei-nem einzigen sauberen Hieb den Kopf vom Rumpf. Er starrte mich ungläubig an, bis der letzte Rest Leben zu-sammen mit seinem Blut seinen Halsstummel verließ.

Ich heulte wie wahnsinnig auf und stampfte hinüber zu dem narbengesichtigen Entführer, der sich immer noch in Schmerzen neben dem Schrägdach am Boden wälzte. Ich trank den süßlich klebrigen Duft von Blut und genoß den beißenden Gestank seiner Angst. Ich ging mit langsamen Schritten auf ihn zu und entmannte ihn mit einem teuflischen, bellenden Lachen.

Ich ging vor ihm in die Hocke und grinste ihn an wie ein Wasserspeier. »Du hast inzwischen begriffen, nicht wahr, daß ich ein Tahlion bin?« Ich hob die rechte Hand und zeigte ihm kurz die Tätowierung auf meiner Handfläche, als würde ich mit einem Kind spielen. »Schlimmer noch, ich bin ein Rechtsprecher.« Ich warf den blutigen Süntklieber mit der linken Hand beiseite und öffnete noch einmal die Rechte, langsamer diesmal. »Du weißt, was das ist.«

Der Mann nickte und blubberte. Tränen liefen ihm aus den Augen und die Narbe entlang.

Ich verspottete ihn in einem Tonfall, in dem man kleine Kinder schilt. »Und du weißt, daß du sterben wirst.«

Er nickte wieder und machte sich in die Hose.

Ich hüpfte näher heran, streckte die linke Hand aus und packte eine Faust voll fettigen schwarzen Haaren. Ich zog ihn auf die Knie. »Dummer Mann. Wärt ihr weitergezogen, hätte ich euch leben lassen.« Ich sah hinüber zu seinen toten Begleitern. »Ich hätte sie leben lassen, aber ihr wolltet ja nicht, daß ich euch das Leben schenke.« Ich lächelte ihn an. »Jetzt muß ich dich töten.«

Ich grub meine Hand in seine Stirn und atmete langsam ein. Ich zwang seine Seele in mich und fühlte ihn erschauern, als sie sich losriß und sein Leben versiegte. All seine Gedanken und Ängste, Hoffnungen und Wünsche strömten in mein Inneres und zogen an mir vorbei. Ich schaute sie mir an und lachte ihn aus. Ich sah auf ihn herab, als das Lebenslicht in seinen Augen erlosch, und lachte, damit er wußte, daß ich seine Schwäche kannte.

Ich verspottete seine Eitelkeit und machte mich über seine hochgesteckten Ansprüche lustig. Mein Hohn verringerte alles, was er je erreicht hatte, zu völliger Wertlosigkeit. Sein Leben lief nicht vor seinen Augen ab, als er starb, sondern vor meinen, und er sah, daß sein Leben ein einziger Kampf gegen die Bedeutungslosigkeit gewesen war, die ihn im Tod hier in der zandrischen Wildnis verschlang.

Er hatte sich ewigen Ruhm und Denkmäler gewünscht.

Ich gab ihm ein unrühmliches Ende und ein Begräbnis im Magen von Aasfressern.

Er sackte zusammen, als seine Seele den Körper abstreifte. Ich richtete mich zu voller Größe auf. Meine blutigen Hände waren zu Krallen verkrampft. Ich suchte nach einer verbliebenen Spur von Leben, die ich ihm rauben konnte, aber er war tot.

Ich starrte geringschätzig auf ihn hinab. Er war ein Dummkopf gewesen und hatte den höchsten Preis für seine Dummheit bezahlt. Er hatte nicht verdient zu leben.

Dann flüsterte eine leise Stimme in meinen Gedanken: *Doch er hatte auch nicht verdient zu sterben.*

Ich wankte zum Bach und kniete mich ins Wasser, aber gleichgültig, wie lange ich meine Hand wusch, sie schien mir immer noch besudelt.

Am nächsten Morgen wachte Marana auf, sagte aber keinen Ton zu den in der Nähe verstreuten Leichen und bemerkte mich gar nicht, obwohl sie auf dem Weg zum Teich geradezu über mich steigen mußte. Ich stand auf, zog mich aus und folgte ihr ins Wasser. Da erst bemerkte sie meine Gegenwart, riß die Arme vor die Brüste und beschimpfte mich.

Ich erstarrte. Sie sprach fehlerfreies Temuri, und sie erkannte mich nicht.

Plötzlich zitterte Marana und wäre zusammengebrochen, hätte ich sie nicht in einem schnellen Sprung gepackt. Sie zuckte vor mir zurück, so wie im Lager, dann warf sie die Arme um meinen Hals und brach erneut in Weinen aus.

Ich trug sie unter das Schrägdach zurück und versuchte ihr mehr Vilatee einzuflößen, aber sie lehnte ab. »Schlafen hilft mir nicht, Nolan. Die Träume, die ich habe, sind nicht meine.«

Ich las blanke Angst in ihrem Blick und preßte sie an meine Brust. Ich hielt sie fest und wünschte mir, ich hätte etwas von ihrem Schmerz in mich aufnehmen können, aber sie hatte bereits begonnen, mir zu entgleiten. Ich konnte sie nicht mehr erreichen, konnte ihren Schmerz nicht teilen.

Sanft löste sie sich aus meiner Umarmung, aber kaum hatte ich sie freigegeben, da sprang sie auf und beschwor ihren Süntklieber. Sie zog sich die Klinge über das linke Handgelenk, dann richtete sie die blutige Waffe auf mich. »Nolan, wenn du mich liebst, dann laß mich. Du weißt nicht, was es bedeutet, deinen Geist mit jemandem teilen zu müssen. Ich weiß nicht mehr, wer ich bin, aber ich weiß: Wenn man mich hätte sterben lassen, so wie es beabsichtigt war, dann wären die Menschen dort im Lager noch am Leben.«

Ich starrte entsetzt auf ihr Blut, das in einer rotglänzenden Spur von ihrem Handgelenk zum Ellbogen rann und von dort auf den Boden tropfte. Mit jedem Pulsschlag tropfte mehr ihres Lebens auf Steine oder Blätter davon. Ihr Süntklieber hing reglos in der Luft und deutete auf mein Herz.

Ich ballte die Fäuste, konnte aber die Tränen nicht zurückhalten, die parallele Spuren über mein Gesicht zogen. Ich nickte in Richtung ihres Handgelenks und zwang die Worte durch meine zugeschnürte Kehle: »Stoß zu, bring mich um, damit es ein Ende hat. So bringst du mich mit jedem Blutstropfen ein wenig mehr um.«

Sie schüttelte den Kopf, und ihr langes schwarzes Haar floß über ihre Schultern. »Nein, Nolan, mein Leben ist vorbei. Ich habe diese Menschen umgebracht, weil ich noch lebe, obwohl es nicht sein dürfte. Ich bin eine Dämonin.« Sie zog die Nase hoch. »Es stimmt,

Nolan, ich bin eine Dämonin. Ich war in Bethanys Kopf und sah mich, so wie sie es tat.«

Ich stand langsam auf und breitete die Hände aus. »Nein, Marana, du bist keine Dämonin. Du bist ebenso wenig eine Dämonin wie mein Bruder Arik einer war. Nur weil irgendein Trottel glaubt, die Sonne sei violett, ist das noch nicht die Wahrheit.« Ich trat einen Schritt näher, und ihr Süntklieber hing nur noch zwei Zentimeter vor meiner Brust.

Ihr Kinn zitterte. »Nicht, Nolan, versuche es nicht. Ich will dich nicht töten.«

Ich trat noch näher und fühlte ihre Waffe auf meinem Brustbein. »Dann verbinde deinen Arm, denn in der Sekunde, in der du stirbst, sterbe ich auch.«

Schmerz zuckte durch ihr Gesicht. »Nolan, ich habe nichts mehr, für das ich leben könnte.«

Ich lächelte sie sanft und liebevoll an und streckte langsam die rechte Hand nach ihrem Arm aus. »Lebe für mich, Marana, bleib am Leben für mich.«

Sie kämpfte dagegen an, aber der Lebenswille gewann, und sie ließ den Süntklieber sinken. »Hilf mir«, wimmerte sie, dann verlor sie das Bewußtsein.

Wir ließen uns vier Tage Zeit für die Rückkehr nach Tahlianna. Langsam besserte sich Maranas Zustand. Sie wurde noch immer von Alpträumen geplagt, sprach mich aber nie mehr in Temuri an oder versuchte sich umzubringen. Nachts hielt ich sie und drückte sie, bis sie erschöpft einschlief und ich mich sicher genug fühlte, mir auch Ruhe zu gönnen.

Wir erreichten Tahlianna am Vormittag, und ich überredete Marana, zuerst zu landen und die Scher zu durchlaufen. Sie hatte keine Seelen genommen, aber ich dachte, die Reinigung von dieser Mission könnte ihr helfen, endlich die Bindung zu brechen und die Erinnerung an ihre Schwester auszulöschen. Ich hoffte, die Scher könne mir meine Marana zurückgeben.

Ich hielt Vrumec in der Luft, während Marana landete, und kreiste über dem Tal. Ich hatte keine Zeit gehabt, darüber nachzudenken, was ich den Entführern angetan hatte, weil ich nicht gewagt hatte, Marana nach ihrem Selbstmordversuch auch nur eine Sekunde aus den Augen zu lassen. Die Geschehnisse jener Nacht brachen in harten Schlagschatten zurück in mein Bewußtsein. Ich sah ihre Gesichter und erlebte ihr Entsetzen noch einmal.

In meinem Innern flammte Wut auf. Warum hatten sie mich so besessen angegriffen, bis ich gezwungen gewesen war, sie zu töten? Warum hatte ich mich nicht beherrschen können? Warum hatte Marana so leiden müssen, obwohl sie nur ein Gefäß, eine Leitung für die Magick gewesen war, die uns ermöglicht hatte, die Frau des Emirs zu finden. »Warum?« brüllte ich wütend. »Warum Marana?«

Plötzlich fand meine Wut einen Brennpunkt und brannte durch meine Verwirrung, beantwortete meine Fragen. *Seine Exzellenz!*

Er hatte mich benutzt. Er hatte Marana benutzt. Ich erinnerte mich daran, wie Edler Hansur darauf gewartet hatte, daß Seine Exzellenz noch etwas sagte, als er uns den Auftrag gegeben hatte, und an die gespielte Überraschung Seiner Exzellenz, als Marana feststellte, wie gut der Ring ihr paßte. Und ich erinnerte mich daran, wie Marana mir erzählt hatte, daß Seine Exzellenz sich weigerte, ihr irgendwelche Erkenntnisse darüber zu liefern, wer sie war oder wo man sie gefunden hatte.

Er hatte die ganze Zeit gewußt, was geschehen würde! Mein Körper juckte, als wäre ich eine Schachfigur und könnte fühlen, wie seine Hand mich packte und über das Brett schob. Marana war ein Bauernopfer für ihn gewesen, nicht mehr. Er hatte zugelassen, daß sie geschlagen und vom Brett genommen wurde, aber im Gegensatz zu den Wächtern, die im Tuzisttal auf eine neue Partie warteten, konnte Marana nicht weiterspielen. Sie war zerstört, und er hatte es zugelassen.

Ich brachte Vrumec hinunter zu den Mauserkäfigen, bemerkte Erlan aber erst, als er mich am Arm packte. »Nolan, was ist los?«

Ich drehte mich zu ihm um und starrte ihn eine Weile mit zusammengebissenen Zähnen an, bis seine Stimme durch meine Wut drang und ich sein Gesicht erkannte. Ich packte ihn an beiden Schultern. »Erlan, du mußt etwas für mich tun.«

Seine Miene blieb besorgt, aber er nickte heftig. »Was immer du brauchst …«

Ich rieb mir mit der Linken übers Gesicht und sammelte mich. »Ich bin unschert, Erlan, aber noch bin ich nicht im Schatten Tahliannas.« Ich zitterte, dann erholte ich mich wieder. »Erlan, du mußt Seine Exzellenz finden. Sag ihm, ich warte hinter den Mauserkäfigen auf ihn.«

Der Elit runzelte die Stirn, nicht zweifelnd, sondern besorgt. »Was sage ich ihm, wenn er fragt, warum?«

Ich schüttelte nur den Kopf. »Das wird er nicht.«

In den fünf Minuten, bis Seine Exzellenz erschien, wuchs mein Zorn von einem Scheiterhaufen zu einem Waldbrand und fast hätte ich einen Hinterhalt für ihn angelegt. Ich sah ihn den Hang zu den Mauserkäfigen heraufkommen, und meine Rechte zitterte in Erwartung darauf, sich um den Griff meines Süntkliebers zu schließen und ihn zu durchbohren. Aber ich beschwor die Waffe nicht. Dazu war ich zu gut trainiert.

Er trat auf die Wiese und setzte an, etwas zu sagen, aber ich gab ihm keine Gelegenheit. »Wie konntest du, du fette Spinne? Du hast gewußt, wer sie war und was geschehen würde!« Ich stieß einen ausgestreckten Finger in seine Richtung, und die Tränen in meinen Augen verzerrten sein Bild, bis es nichts Menschliches mehr hatte. »Du hast Marana da hinaus geschickt, und es war dir gleich, was aus ihr wurde.«

Er blieb stehen, kreuzte die Arme und legte sie auf seinen prallen Wanst. Ich schrie meine unartikulierte Wut heraus und grub mir die Fäuste in die Augen. »Verdammt sollst du sein! Sieben Menschen sind gestorben, sieben unschuldige Menschen, nur weil du uns nicht davor gewarnt hast, wie die Temuri Marana behandeln würden! Weil du uns nicht gesagt hast, daß sie und Bethany Zwillinge sind, war ich gezwungen, noch fünf Männer abzuschlachten. Weil du nichts gesagt hast«, schluchzte ich und sank auf die Knie, »hat Marana den Verstand verloren.«

Meine Wut hatte sich erschöpft. Ich konnte nur noch weinen. Dann sah ich zu ihm hoch. »Warum?« Ich wollte ihn fragen, was mich davon abhalten könnte, ihn zu töten, aber ich war des Mordens müde. Ich wollte eine Rechtfertigung für Maranas Opfer hören. Ich wollte einen Grund für meine Schmerzen erhalten.

Seine Exzellenz antwortete gleichmütig und ohne eine Spur von Gefühl. »Ja, Nolan, ich wußte von Marana, und ich wußte, daß sie durch die Magick und die Begegnung mit ihrer Zwillingsschwester in Mitleidenschaft gezogen werden konnte. Vor Jahren, noch bevor du zu uns kamst, hat jemand einmal eine Bemerkung über Maranas Ähnlichkeit mit einem Temurimädchen fallen lassen, das dem Emir als Braut versprochen war. Ich ging dem Hinweis nach, und weil ich mit den Gebräuchen der Temuri vertraut bin, konnte ich folgern, wer sie war.« Er sah zu mir herab. »Ja, ich habe sie in Gefahr gebracht, so wie dich und Jevin.« Seine Exzellenz wandte sich um.

»Nein!« Ich schlug die Faust in den Boden, sprang auf und packte ihn an der Schulter. »Jevin und ich haben unser Leben riskiert, aber Ihr habt ihren Verstand aufs Spiel gesetzt! Woher nehmt Ihr das Recht?«

Seine Exzellenz wirbelte mit einer Beweglichkeit herum, die mich völlig überraschte. Er packte meine Arme mit steinhartem Griff und hob mich von den Füßen wie ein Kind. »Ich habe das Recht dazu, Tahlion, weil ich das Schicksal von Dynastien in den Händen halte. Du tötest Männer und Frauen, ich zerstöre ganze Nationen. Ich habe das Recht, weil ich mit einem Fehler in der Übermittlung einer verschlüsselten Nachricht Imperien verwüsten kann!«

Er ließ los, und ich fiel ihm vor die Füße. »Wärt ihr nicht losgeflogen, um Bethany zu retten, hätte der Emir Truppen nach Zandria geschickt. Zandria hätte zurückgeschlagen, und Boucan hätte sie beide verschlungen. Ell hätte sich bedroht gefühlt, und an seiner Grenze wäre ein neuer Krieg ausgebrochen. Andere Nationen hätten sich in den Kampf eingemischt, und die Welt wäre in eine Wiederholung des Zerfalls gerissen worden.« Seine Augen wurden schmal. »Du bist schlau, Nolan. Ich habe deine Zweifel daran gesehen, jemals eine einzelne Frau in ganz Zandria aufspüren zu können. Du wußtest, daß diese Aufgabe nicht nur schwierig war, sondern unmöglich. Ich wußte das auch, aber ich wußte auch, was geschehen würde, wenn es uns nicht gelang. Vor die Wahl zwischen dem Verstand einer einzelnen Rechtsprecherin und einem Krieg gestellt, der Tausende Quadratmeilen verwüstet hätte, blieb mir nur eine Entscheidung. Um einen derartigen Konflikt zu vermeiden, würde ich ohne Zögern dich oder Hundert andere wie dich in den sicheren Tod schicken. Wenn ich eine Entschuldigung bräuchte, um einem Regime die Unterstützung zu entziehen, und auf diese Weise einen Krieg zu verhindern, würde ich sogar den Tod eines Rechtsprechers in seiner Hauptstadt arrangieren.«

Ich wurde von unkontrolliertem Schluchzen geschüttelt. »Für Euch ist das nur ein gewaltiges Spiel, nicht wahr?«

Seine Exzellenz schüttelte langsam den Kopf, und er zeigte zum ersten Mal die Andeutung einer Gefühlsregung. »Nein, Tahlion, das ist kein Spiel. Es gibt

Augenblicke, in denen ich mir wünschte, es wäre eines. Wäre dies ein Spiel gewesen, könnte ich die Figuren wieder an ihre Ausgangsstellung setzen. Marana wäre unverletzt, und du würdest nicht dagegen ankämpfen, was du in deinem Innersten als die Wahrheit erkennst. Die Unschuldigen, von denen du gesprochen hast, würden noch leben. Aber es ist kein Spiel. Verstehe meine Worte nicht falsch. Ich bin bereit, Leben zu opfern, wenn es die Lage verlangt, aber ich trauere um jedes dieser Leben, um jede Verwundung.«

Ich starrte mit tränenüberströmten Augen zu Seiner Exzellenz hoch. Zum ersten und einzigen Mal sah ich den Menschen, der sich hinter der gewichtigen Fassade verbarg. Er war ein Meisterpolitiker, der nahezu vollkommene Pläne formulierte und in Gang setzte, um das Abrutschen der Welt in die Barbarei zu verhindern. Obwohl er vollstes Vertrauen in seine Aktionen hatte und wußte, daß sie richtig und wichtig waren, bedauerte er jeden kleinen Schmerz, den sie verursachten. In diesem Augenblick erkannte ich, daß ich ihn möglicherweise verstehen, aber ihn niemals als einen Freund bezeichnen konnte.

Seine Exzellenz wandte sich ab, und diesmal ließ ich ihn ziehen.

Der schwarze Stein glitt in die Decke der Scherkammer, und ich starrte in der Hoffnung auf den gleißenden Schädel, er könnte mir das Augenlicht ausbrennen, doch es war eine vergebliche Hoffnung. Ich trat vor und ging langsam in die Knie. Ich fühlte mich körperlich gereinigt, aber trotz meiner besten Anstrengungen im Rest des Reinigungsrituals erwartete ich nicht, jemals wieder rein zu sein.

Ich hob die rechte Hand und legte die Innenfläche auf die Stirn des Schädels. Wie zuvor drang etwas in mich ein und glitt meinen Arm hoch, durch den Hals und in mein Gehirn. Es verwob Kampfbilder mit meinen Gefühlen und zwang mich, sie immer wieder zu betrachten.

Eine Stimme erklang in meinem Kopf, als ich mich dabei beobachtete, wie ich die Temuri auf der Sandbank tötete. »Hier hast du keinen Grund zur Reue.« Das Bild Maranas, die sich gefesselt an einem Pfahl zwischen Holz, das für einen Scheiterhaufen angesammelt worden war wand, trat vor meine Augen. »Du hast gekämpft, um deine Freundin und Geliebte zu beschützen. Das deine Gegner nicht die waren, zu deren Ergreifung du ausgesandt wurdest, ist ohne Bedeutung. Du brauchst an deinem Handeln nicht zu zweifeln.«

Die makabre Erinnerung verflüchtigte sich wie Rauch, und der Kampf gegen die vier Entführer nahm ihren Platz ein. Ich hörte die Männer lachen, während sie mich verfolgten, und ich hörte mich sie anbetteln weiterzuziehen, während ich vor ihnen zurückwich. Ich erinnerte mich an den Augenblick des Entsetzens, als ich erkannte, daß ich mich nicht weiter zurückziehen konnte. Ich erinnerte mich sogar an den Tod jedes einzelnen von ihnen.

Auch hier lag kein Tadel in der Stimme. »Du hast sie gewarnt und versucht ihnen ihr Leben zu lassen, aber sie haben dir nur die Wahl zwischen ihrem Tod und deinem eigenen gelassen. In jener Nacht mußte Blut fließen, und du hast die richtige Wahl getroffen.«

Dann erfaßte die Präsenz die Seele des Anführers der Entführer und knallte sie durch meinen Geist wie eine Peitsche. Ich hörte mein Gelächter in seinen Ohren klingeln und fühlte mich innerlich zusammenbrechen. Ich teilte seine Hoffnungslosigkeit und abgrundtiefe Erniedrigung. Ich starb mit ihm und erkannte, was ich getan hatte: Ich hatte seinen Geist gequält und gefoltert, bis ich ihm alles Menschliche genommen hatte.

»Das, Tahlion, darf niemals geschehen.« Weißglühende Nadeln bohrten sich in mein Hirn. »Stiehl seine

Seele, zerstöre seinen Körper, töte ihn, aber zerbrich nie seinen Geist.«

Der Schmerz verklang, und die Stimme verstummte, als die Seele des Anführers meinen Arm hinunterglitt und durch meine Hand in den Schädel, wo sie in einem sich windenden blauen Lichtstreifen verschwand. »Hättest du nicht bereits bereut, was du getan hast, wäre deine Seele der seinen gefolgt. Denk daran, Tahlion: Die Gerechtigkeit ist dein Geschenk an die Welt, nicht ein Recht, das du von ihr einfordern kannst.«

Die Präsenz verließ mich und gab mich so plötzlich frei, daß ich umfiel. Zu schwach, mich aufzurichten, lag ich am Boden. Die Kälte des Steins drang in meinen schweißnassen Rücken, und ich zitterte. Ich lag nur da und atmete stoßweise, während das schimmernde Licht des Schädels erlosch. In völliger Dunkelheit stand ich auf und stolperte zu meinem Süntklieber und Rüegær. Ich zog sie aus dem Altar, und als sich die Tür nach draußen öffnete, wankte ich hinaus in den Gang.

Marana wartete auf mich. Eine Träne kullerte über ihre linke Wange. Sie hielt mir eine Nachricht entgegen. »Er sagte, es sei dringend. Ich habe sie augenblicklich gebracht.«

Ich drehte den Brief um und fluchte. Er kam von Lothar.

KAPITEL EINUNDZWANZIG

Tahlion: Ende

Ich schob den Daumen unter die Lasche, brach das rote Wachssiegel auf und faltete ein Blatt grobes Vellum auf. Die Notiz war kurz:

»Edler Nolan, ich habe jemanden gefunden, den Ihr Euch besser selbst anhört. Ich werde ihn hier festhalten. Kommt zum *Galanten Fuchs,* klopft zweimal an die Tür. Auf die folgende Frage antwortet dann ›Edler Nolan‹.« Die Nachricht war unterschrieben: »Morai.«

Ich faltete das braune Blatt wieder zusammen und steckte es ins Lederwams. Prinzessin Zaria sah zu mir hoch, und ihre Miene spiegelte die Besorgnis auf meinen Zügen wider. Ich schenkte ihr ein aufmunterndes Lächeln und sah mich nach Halsted um, aber er war schon wieder verschwunden.

Sie runzelte mehr aus Sorge als aus Verärgerung die Stirn und nickte in Richtung der unter meinem Wams steckenden Notiz: »Was ist los?«

Ich zog die Maske vom Gesicht und schüttelte den Kopf. »Nichts Gutes. Ein Freund steckt in Schwierigkeiten.« Enttäuschung trat in ihr Gesicht, und ich drückte ihre Schulter. »Erinnert Ihr Euch, was ich auf dem Empfang sagte?«

Sie lächelte dünn und nickte. »Ihr sagtet, nur etwas von äußerster Wichtigkeit könnte Euch von meiner Seite ziehen.«

Ich nickte ernst. »Das war mein Ernst. Das Leben meines Freundes ist in Gefahr. Ich muß ihn retten.« Ich löste mich von ihr und ging zur Tür des Ballsaals, dann drehte ich mich noch einmal um. »Aber ich verspreche Euch, daß nichts mich davon wird abhalten können, um Mitternacht hier zu sein.«

Ich ging hastig durch den Ballsaal und versuchte, meine Besorgnis unter einem leeren Lächeln zu verbergen. Ich nickte und lachte, wenn mir jemand ein Kompliment zu meinem Kostüm machte, hielt mich aber nirgends auf und blieb nicht stehen. Endlich sah ich Patrick, der mit seiner Frau tanzte, und wartete ungeduldig, bis die Musik endete.

Ich sprang auf die beiden zu, einen Augenblick lang dachte der Graf, ich wollte seine Frau für den nächsten Tanz entführen, aber ich schüttelte den Kopf. »Nicht, daß es mir keine Ehre wäre, mein Freund, aber im Augenblick brauche ich deine Hilfe.« Ich reichte ihm die Nachricht und er überflog sie. »Ein Leben ist in Gefahr. Ich brauche Kenntnisse über den *Galanten Fuchs*.«

Patricks Augen wurden schmal. »Diese Nachricht deutet auf keinerlei Gefahr hin.«

Ich nickte ernst. »O doch. Morai ist Analphabet.«

Der Graf brauchte eine Weile, um zu verstehen, was das bedeutete. Dann starrte er mich an. »Wenn er in Gefahr ist, bist du es ebenso.« Er deutete mit einer Kopfbewegung zum Eingang des Ballsaals. »Komm, wir können in ein paar Minuten dort sein.«

Ich schüttelte den Kopf. »Nein, ich muß allein gehen. Sag mir nur, wie ich dorthin komme.«

Er kratzte sich am Kopf, dachte kurz nach, und nachdem er die Kränkung verwunden hatte, daß ich seine Hilfe abgelehnt hatte, nickte er. »Ich erinnere mich, wo er ist, aber er ist seit sechs Monaten geschlossen …« Ich lehnte mich vor und machte eine drängende Bewegung. »Du gehst die Straße zum Tempel hinunter und nimmst die zweite rechts. Die Straße führt hangaufwärts am alten Friedhof vorbei und macht dann eine Biegung Richtung Meer. Nach etwa einer Meile bist du da. Der

Galante Fuchs liegt auf der rechten Seite der Straße.« Er schüttelte bedauernd den Kopf. »Bist du sicher, daß ich dir in dieser Sache nicht helfen kann?«

Ich schüttelte noch einmal den Kopf, langsamer diesmal, und streckte die Hand aus. »Nein, Patrick, ich kann nicht dein Leben auch noch in Gefahr bringen.« Er nahm meine Hand, und wir tauschten einen festen Händedruck aus. »Wenn du mir wirklich helfen willst, paß auf die Prinzessin auf und sei ihr Champion, bis ich wiederkomme.«

Er nickte wortlos, und ich ging. Bevor ich das Kastell verließ, machte ich noch einmal kurz Halt in meinem Zimmer. Aus dem falschen Boden meiner Truhe holte ich einen Beutel mit Xne'kal-Wurfpfeilen aus den Werkstätten Tahliannas, den ich mir an die rechte Hüfte hängte, und bestrich die Spitzen mit einer frischen Dosis Kutarai. Ich schnallte auch Sporen um, obwohl ich nicht vorhatte, zu dieser Verabredung zu reiten. Dann stahl ich mich auf die Straße und grinste bitter, als mir klar wurde, daß niemand im *Galanten Fuchs* mein Kostüm auch nur im mindesten amüsant finden würde.

Der *Galante Fuchs* war ein heruntergekommenes, zweistöckiges Gebäude aus verwittertem Holz. Eine mit Zinn verkleidete Markise in einem Holzrahmen schirmte eine abgenutzte und verzogene Veranda gegen Regen und Mondlicht ab. Zugenagelte Fenster starrten blind auf die Straße, und ich bemerkte keine Bewegung hinter ihnen. Gelbes Licht drang durch vereinzelte Ritzen in den Brettern vor den Fenstern und rahmte die aus mehreren Bohlen gezimmerte Tür ein. Die verzogenen Stufen zur Veranda knirschten, als ich sie hinaufging.

Ich trat zur Tür und fragte mich, ob auch Selia dort drinnen festgehalten wurde.

Ich klopfte zweimal und löste mit dem Handrücken alte Farbreste vom Holz der Tür. Eine grobe Stimme auf der anderen Seite bellte: »Wer da?« Ich murmelte etwas, dann klopfte ich noch zweimal. Die Frage wurde lauter. Mein Murmeln ebenfalls. Ich klopfte ein drittes Mal an und trat einen Schritt zurück.

Ich hörte, wie drinnen der Riegel gegen rostige Halterungen rieb. Als die Tür sich einen Spalt öffnete und ein dünner Lichtkegel in die Nacht fiel, trat ich fest mit dem rechten Absatz gegen das Türblatt. Das Holz traf den Mann dahinter an der Stirn und warf ihn zu Boden. Die Türe flog auf. Ich sprang durch den Eingang, noch bevor er ausgerollt war, und steckte die rechte Hand in den Beutel mit den Wurfpfeilen.

Ich sah hoch und entdeckte zwei Armbrustschützen auf dem Balkon im ersten Stock auf der anderen Seite des Raums. Ich duckte mich sofort hinter einen Stützpfeiler links neben mir und schleuderte einen Pfeil, während sie noch zielten. Ihre Bogensehnen brummten wie verstimmte Mandolinen und schleuderten zwei Bolzen in meine Richtung. Einer sprengte Holzsplitter aus dem Pfosten neben meinem Kopf, der andere schlug durch das obere Paneel der Tür hinter meinem Rücken.

Mein erster Wurfpfeil traf einen der Schützen in die Schulter, und ich schleuderte einen zweiten nach seinem Begleiter. Der erste Mann sank auf die Knie, und sein Gefährte, den ich am Oberschenkel erwischt hatte, folgte ihm eine Sekunde später. Da hatte ich mich allerdings schon umgedreht, um mich um die beiden Männer zu kümmern, die links und rechts neben der offenen Tür warteten. Derjenige, der mir am nächsten stand, ein großer, hagerer Blondschopf, kämpfte noch mit dem Schreck über den Armbrustbolzen, der dicht an seinem Kopf vorbeigezuckt war, der zweite aber hatte bereits das Schwert gezogen und sprang mich an.

Ich ließ mich vom Schwung meiner Bewegung weiter nach rechts reißen, und sein Schwerthieb zuckte links an mir vorbei. Ich riß das linke Knie hoch und rammte es ihm in die Rippen. Er stöhnte und klappte zusammen. Ich schlug ihn mit einem Fausthieb an die Schläfe nieder und zog gleichzeitig mit der Rechten einen Pfeil aus dem Beutel, den ich dem Hageren in einem Unterhandwurf in den Bauch warf. Sein lauter Schmerzensschrei verklang und brach schließlich ganz ab, als das Gift seine Wirkung tat.

Ich drehte mich wieder um, als er hinter mir zu Boden sank, aber niemand leistete noch Widerstand. Der Mann, der die Tür geöffnet hatte, setzte sich auf und rieb sich über den Kopf. Er verschmierte Blut auf seiner Stirn und fluchte.

Ohne unter dem Balkon vorzutreten, ging ich neben ihm auf ein Knie herunter, packte ihn am Kinn und neigte seinen Kopf nach hinten, um mir die Verletzung anzusehen. »Es blutet stark, aber du wirst es überleben.« Ich faßte fester zu und zwang seinen Kopf nach hinten, bis er nicht mehr schlucken konnte. »Die Kopfwunde wirst du überleben. Nicht aber die Wunde, die ich dir beibringe, wenn du mir nicht auf der Stelle sagst, wo Morai ist.«

Er sah hinüber zur wuchtigen, verstaubten Theke. »Morai?« rief ich. Ein aufgeregtes Klopfen wurde hinter der Bar laut.

Ich ließ den Schläger los, und er rieb sich den Hals. »Bleib, wo du bist.« Er nickte, und ich bahnte mir einen Weg durch das Gewirr schmutziger Tische und zerbrochener Stühle hinter die Theke. Morai lag in genug Seil gewickelt am Boden, um Jevin zu fesseln. Ich ging schnell in die Hocke und schnitt ihn mit dem Rüegær los.

Der Dieb wand sich aus den Seilen und riß den Lumpen aus dem Mund, mit dem er geknebelt worden war. Er strich mit der Zunge über die Zähne und spie aus: »Buoa.«

Ich grinste. »Wie hast du das fertiggebracht?«

Er schüttelte den Kopf. »Keine Ahnung. Irgend jemand hat erfahren, daß ich für den Edlen Nolan arbeite, und hat mich entführt, um deine Aufmerksamkeit zu erregen. Die sechs Burschen, die dich …«

»Sechs?!« Das Wort explodierte aus meinem Mund, als ich meinen Gefangenen hastig auf die Beine kommen hörte, und ich sprang auf. Der Kerl rannte zur Tür und flog eine Sekunde später wieder in den Schankraum, niedergeschlagen von einem Fausthieb von außerhalb der Taverne. Über ihm stand auf dem Balkon über der Tür ein dritter Armbrustschütze und feuerte. In einer Bewegung tauchte ich nach links weg und schleuderte einen Wurfpfeil nach ihm.

Sein Bolzen riß eine splitternde Furche über die Thekenoberfläche. Mein Wurfpfeil traf ihn in die Brust, und er sackte über das Balkongeländer. Das morsche Holz krachte und brach auseinander, und er schlug mit einem dumpfen Krachen in einem Regen von Trümmern zwischen den Tischen auf den Boden.

»Bei den Göttern!« Graf Patrick starrte an dem Mann vorbei, den er niedergeschlagen hatte, auf die im ganzen Saal verstreut liegenden Entführer. »Nolan, hast du das angerichtet?«

Ich runzelte wütend die Stirn. »Ja. Was machst du hier?«

Die Prinzessin fegte an ihm vorbei, ihr Krönungskleid unter einem dunkelblauen Mantel verborgen. »Er ist hier, weil ich ihn gebeten habe, mich herzubringen.«

»Nein.« Ich schlug mit der Faust auf die Theke. »Nein, nein, nein! Ihr gehört hier nicht her!«

Meine Antwort verwirrte sie. »Warum nicht?«

Ich öffnete unterwürfig die Hände. »Weil Ihr hier in Gefahr seid.«

Sie musterte mich einen Augenblick lang, dann schüttelte sie den Kopf. »Nein, Ihr könnt nicht dazugehören.« Sie starrte mich ungläubig an. »Erklärt mir hier und jetzt, Edler Nolan, daß Ihr keiner der sinjarischen Verschwörer seid, oder ich lasse Euch von den Gardisten, die mich begleitet haben, erschlagen, wo ihr steht.«

Ich schloß die Augen. Fast hätte ich gelacht. »Morai, bitte erkläre der Prinzessin, wer ich bin.«

»Euer Edler Nolan ist ein Rechtsprecher, Eure Hoheit.«

Ihr Gelächter hallte durch den Raum. »Edler Nolan, ich habe den Eindruck, Euer Kostüm hat ihn getäuscht.«

Ich sah ihr in die Augen. »Er sagt die Wahrheit.«

Das brachte ihr Lachen zu einem jähen Ende, aber sie glaubte mir immer noch nicht. »Ihr mögt ein guter Kämpfer sein, wie diese Männer hier beweisen. Aber Ihr seid kein Tahlion.«

Ich schloß noch einmal die Augen und brachte Atmung und Puls unter Kontrolle. Ich wandte mich nach innen und zwang meinen Geist, die Präsenz zu berühren, die ich aus meiner rechten Handfläche vertrieben hatte. Sie war kalt wie immer, gehorchte meinem Befehl aber willig. Ich zögerte, dann jedoch gab ich sie frei, meine Hand mit tiefschwarzen Linien zu markieren.

Ich hatte sie verloren. In Kürze würde Herzog Vidor um ihre Hand anhalten, und sie würde annehmen. Ich erkannte an, daß meine Liebe keine Chance hatte. Ich hatte gehofft, wir hätten Freunde bleiben können. Aber ich wußte, wegen des Totenkopfs in meiner Hand würde sie sich von mir zu sehr abgestoßen fühlen, um auch nur das möglich zu machen.

Doch es gab keine andere Möglichkeit. Ich ließ die Präsenz frei, und sie füllte meine Hand mit schwarzem Eis.

Ich öffnete die Augen und hielt ihr die offene Hand entgegen. »Ich bin ein Rechtsprecher, gekommen, um das Leben Eures Vaters zu beschützen.«

Zwei Gardisten betraten den Raum und übernahmen die bewußtlosen Gefangenen. Ein Offizier folgte ihnen und sah den Grafen auf dessen Befehle wartend an, aber Patrick drehte sich nur um und schaute zu mir herüber. »Wie weiter, Edler Nolan?«

Ich dachte einen Augenblick nach. Da sie Morais Botschaft an Edler Nolan adressiert hatten, standen die Chancen ausgezeichnet, daß diese Männer nichts von dem Nekkeht wußten. Wenn sie vorgehabt hätten, mich zu töten, wäre ich auf der Straße überfallen worden und Morai nicht mehr am Leben gewesen. Ich war mir fast sicher, daß diese Entführung und der Hinterhalt nichts mit dem Nekkeht zu tun hatten. Wahrscheinlich hatte nur jemand den Plan gehabt, mich in seine Gewalt zu bringen und später zu seinem Vorteil zu benutzen, wenn nach dem Tod des Königs die Machtfraktionen aufeinandertrafen.

Ich verzog das Gesicht. »Bringt sie in den nächsten Kerker und haltet sie von den anderen Gefangenen getrennt. Sucht dieses Haus ab und bringt alle Dokumente, die ihr findet, ungelesen zum Kastell.«

Der Offizier sah Patrick an, und der Graf nickte.

»Und Sergeant«, setzte ich hinzu. »Nehmt alle Eure Leute. Wir eskortieren Ihre Hoheit zurück zum Kastell.«

Morai, der seinen hastig aufgehobenen Schwertgurt umband, Graf Patrick und die Prinzessin folgten mir ohne ein Wort hinaus auf das Kopfsteinpflaster der Straße. Ich wartete, bis wir alle Gardisten hinter uns gelassen hatten und überzeugte mich, daß der Sergeant auch niemanden abgestellt hatte, der uns heimlich folgte, bevor ich mich umdrehte und ansetzte, etwas zu sagen.

Die Prinzessin legte die Hand auf meinen Mund und hielt mich auf. »Warum habt Ihr Euch verheimlicht?« Ihre Blicke sagten mir, daß sie sich verraten fühlte. »Ihr habt einem gemeinen Strauchdieb gesagt, wer Ihr seid.«

Ich überging Morais Reaktion auf die Bezeichnung gemeiner Strauchdieb und schüttelte sanft den Kopf, als sie die Hand sinken ließ. »Bitte glaubt nicht, keiner von Euch, daß ich Euch mißtraut hätte. Ich war angewiesen, mich nur zu erkennen zu geben, wenn es unvermeidlich ist. Nicht einmal Hauptmann Herman weiß, wer ich bin.« Das beruhigte die Prinzessin, und der Graf nickte verstehend. »Was Morai betrifft, nun, er ist *der* Morai aus Selias Lied, und die beiden kannten mich bereits von früheren Begegnungen her.« Ich nickte dem Banditen zu. »Morai hat Erkundigungen für mich eingezogen, damit ich eine Chance habe herauszufinden, wer hinter dem Mordkomplott gegen Euren Vater steckt.« Ich drehte mich zu ihm um. »Ist die Lage noch immer gespannt und auf heute nacht gerichtet?«

Morai nickte, und durch die dunklen Schatten, die eine Hälfte seines Gesichts bedeckten, wirkte seine Miene grimmig. »Die Fraktionen warten. Sobald auch nur eine von ihnen sich regt, werden sie übereinander herfallen.«

Graf Patrick runzelte die Stirn. »Du weißt, daß es ein Mordkomplott gegen König Tirrell gibt, aber nicht, wer dahintersteckt?«

Ich nickte, während wir langsam in Richtung Kastell Seir wanderten. »Nach allem, was Morai herausgefunden hat, haben alle sinjarischen Adligen mit Rimahastigold eigene Söldnerarmeen angeheuert. Die hamisischen Adligen haben ihre Haustruppen als Bauern verkleidet zur Krönung in die Stadt gebracht.« Ich öffnete die Hände, breitete die Arme aus und zuckte die Schultern. »Alle sind überzeugt, daß etwas geschehen wird, und sie stehen bereit, einen Vorteil daraus zu schlagen, aber wir können die Hand nicht finden, die den Dolch führt.« Ich schnitt eine verzweifelte Grimasse. »Irgend jemand wird zuschlagen. Sie sind alle in genug hochverräterische Intrigen verwickelt, um mit des Seilers Tochter Bekanntschaft zu machen.«

Die Prinzessin lachte. »Nach Mitternacht nicht mehr.«

Eine eisige Hand griff nach meinem Magen. Um Mitternacht würde das Attentat erfolgen, aber das konnte die Prinzessin nicht ahnen. »Wie meint Ihr das, Eure Hoheit?«

Sie lächelte erleichtert. »Heute um Mitternacht werden mein Vater und ich eine Amnestie für alle Verschwörer unterzeichnen und das Böse wahrhaftig aus dem Königreich vertreiben. Dazu wollte ich Euch dabeihaben, damit Ihr es bezeugen könnt.« Sie drehte sich zum Grafen um, der völlig entgeistert war. »Es tut mir leid, Patrick, aber mein Vater wollte, daß nur die Zeugen davon wissen, bevor bei der Demaskierung die Erklärung verlesen wird.« Sie drehte sich wieder zu mir um. »Weil Ihr aus Sinjaria stammt und die meisten der verräterischen Adligen auch von dort kommen dürften, wollte ich Euch als meinen Zeugen dabei haben.«

Morai lachte laut auf. »Damit löst sich der Leim auf, der die ganzen Verschwörungen zusammenhält! Ohne die Gefahr, verraten zu werden, können sich alle unbeschadet aus einem höchst riskanten Unternehmen zurückziehen.« Er schlug mir auf den Rücken. »Tja, Tahlion. Das schlägt dem Rebellionsrad die Speichen aus.«

Ich blieb stehen. »Verdammt, Morai, wir haben den Schlüssel bei den Speichen gesucht, aber es ist die Nabe, auf die wir uns hätten konzentrieren müssen. Wer ist die eine Person, die zu allen Fraktionen Verbindung hatte, die in diesen Wahnsinn verwickelt sind?«

Graf Patrick lachte. »Herzog Vidor? Unmöglich. Er ist ein Werkzeug!«

Mir schauderte. »Ein Werkzeug ist kein Werkzeug, wenn es die Arbeit von sich aus macht.«

»Nein!« Die Prinzessin wurde bleich. »Mein Vater hat Herzog Vidor gebeten, sein Zeuge zu sein …«

Ich packte sie bei den Armen. »Wo wolltet Ihr die Papiere unterzeichnen?«

»Im Arbeitszimmer meines Vaters, im Wolfsturm.«

Ich sah hoch. Hinter ihr zeichnete sich die dunkle Silhouette des Turms vor den Klippen ab. Im obersten Stockwerk brannte ein einzelnes gelbes Licht. Der

Wolfsmond hing genau über dem Turm. Wir hatten nicht mehr viel Zeit.

Ich drehte mich zu Morai um. »Du bist die Klippen hochgeklettert, um in das Kastell zu kommen, als ich dich in der ersten Nacht überrascht habe?«

Er nickte und zeigte auf das Bergmassiv. »Hinter dem Friedhof, neben dem alten Grufteingang, gibt es einen schmalen Spalt im Fels, der weit genug hinaufreicht, um ein Sims zu ergreifen. Von dort ist es ein leichter Weg.«

Wir liefen alle vier eine schmale Straße hinauf nach Süden, die sich in Richtung des alten Friedhofs wand. Die Prinzessin zog die Schuhe aus und hob den Saum ihres Kleids, um besser mithalten zu können. Morai lief voraus und kümmerte sich eilig um das Schloß des Friedhofstors. Das Tor öffnete sich quietschend. Wir rannten hindurch und einen Hügel aus Armengräbern hoch.

Ich lief voraus und blieb plötzlich stehen. Die massive Granitplatte, die den Grufteingang versiegelt hatte, war beiseite gerissen worden und lehnte an der Bergwand wie eine in verbogenen Angeln hängende Holztür. Zerfetzte Schlingpflanzen hingen wie dicke Seile herab und wurden von einem Licht im Innern der Gruft nachgezeichnet.

Ich schüttelte den Kopf. Nur das Nekkeht konnte die Gruft auf diese Weise geöffnet haben. Ich hob die linke Hand, um die anderen aufzuhalten. »Geht nicht weiter.«

Morai warf einen Blick auf die Gruft und zog sein Schwert.

Ich schüttelte den Kopf. »Hört mir zu, alle drei.« Ich deutete auf die Gruft. »Dort drinnen ist etwas, das ich aufhalten muß, und ich muß es allein tun. Ich muß das hier dagegen einsetzen.« Ich zeigte ihnen meine rechte Handfläche.

Alle drei nickten, und ich sprach weiter. »Ihr drei

müßt so schnell wie möglich zurück zum Kastell. Holt den König aus dem Turm. Bringt ihn schnell weg, vertraut niemandem und seht euch nicht um.« Ich wandte mich an Morai. »Wenn du mich bis morgen früh nicht wiedersiehst, schick eine Botschaft nach Tahlianna, und vergiß das Wort nicht.«

Morai nickte. »Râchsal.«

Eine Stimme drang aus der Gruft. »Komm, Tahlion. Ich warte auf dich. Schick ruhig deine Freunde los, ihre Aufgaben zu erledigen. Es wird ihnen nichts nutzen.« Die Stimme lachte, und die Prinzessin wirkte sichtlich verängstigt.

Meine Augen wurden schmal. »Und verbrennt jeden Schleicher, dem ihr begegnet.«

Ich trat auf die Gruft zu, aber die Prinzessin packte mich an der Schulter. »Edler Nolan, Tahlion, Ihr könnt dort nicht hinein. Es wird euch umbringen.«

Ich nahm ihre Hand und küßte sie. Ich erinnerte mich daran, was Seine Exzellenz mir Jahre zuvor gesagt hatte. »Besser ich sterbe, um es zu vernichten, als daß die Welt eine Wiederholung des Zerfalls durchleben muß.« Ich zog Prinz Uriahs Ring vom Finger und schloß ihre Hand darum. »Erinnert Euch an mich als Euren Champion.«

Ich löste mich von ihr, und Graf Patrick zog die Prinzessin zurück. Mit bleischweren Füßen ging ich weiter, fühlte aber keine Angst. Ich war bereits tot, Shudath hatte es geradezu ausgesprochen. Vielleicht hatte sie recht, vielleicht würde ich mein Handeln im Tod bedauern, weil meine Großmutter König Tirrells Tod genossen hätte. Auf diese Weise würden die Toten mich besiegen, aber das spielte keine Rolle.

Ich war ein Rechtsprecher. Gerechtigkeit war mein Geschenk an die Welt. Ich hatte keine andere Mission, und es konnte kein erhaberenes Ziel für mich geben. Im Bewußtsein des sicheren Todes beschwor ich meinen Süntklieber und betrat die königliche Gruft von Hamis, um eine Kreatur zu erschlagen, die nicht sterben konnte.

Ich trat vorsichtig in die Vorkammer des Gewölbes und staunte, wie gut erhalten es war. Die Farben der Wandgemälde waren mit den Jahren verblaßt, aber sie hauchten den Bildern immer noch Leben ein. Die komplexen Verzierungen auf dem Torbogen in die Gruftkammern waren noch klar und deutlich, und die Kraft, die der Steinmetz ihnen verliehen hatte, war noch voll erhalten. Es tat meinem Herzen wohl, einen solchen Kunstgenuß zu erleben, bevor ich starb.

Das makellose Innere der großen Gruftkammer spottete dem vernachlässigten Friedhof hinter mir. Hoch in die Wände eingelassene Grabnischen zogen sich rund um den ganzen rechteckigen Raum. Früher waren sie von magischen Lichtern zu Ehren der Toten erleuchtet worden, heute erhellte sie nur das gelbstichige Licht der dicken schwarzen Kerzen, die das Nekkeht in ihnen aufgestellt hatte. Auf der linken Seite, in der hintersten Ecke, sah ich den dunklen Torbogen, der durch die Bergwand zum Wolfsturm führte. Auf dem Boden davor war reichlich Erde angehäuft. Der Gang war offenbar freigeräumt und der Weg zwischen Kastell und Gruftgewölbe offen.

Die mittlere Kammer war breiter als tief und hatte eine Höhe von etwas über vier Metern. Die Kuppeldecke ruhte auf einem Wald von gleichmäßig angeordneten Säulen. Auf der gesamten Bodenfläche erhoben sich in einem geordneten Muster, das zwei Drittel der Kammer abdeckte, steinerne Sarkophage auf hohen Sockeln. Bilder der toten Herrscher zierten ihre Deckel und starrten aus blinden Augen zum Felsen hinauf.

Das Nekkeht saß mitten in der Kammer und meditierte. Sein linkes Auge, von der rautenförmigen Tätowierung umrahmt, öffnete sich. Spärliches schwarzes Haar versuchte, so gut es ging, einen Kopf zu bedecken, der zu groß für den dürren Körper war, auf dem er ruhte. Es war ein kleiner Mann, der mehr nach einer Vogelscheuche als nach einem Menschen aussah.

Es lächelte und breitete die Arme aus, als hieße es mich in seinem Heim willkommen. »Ich bin Gyasi ra Tingis, Tahlion. Ich habe lange in dieser bescheidenen und vergessenen Umgebung auf dich gewartet.«

Ich hielt den Süntklieber vor dem Leib und ging weiter, bis uns nur noch vier Meter trennten. Mein Weg führte mich zwischen den Sarkophagen von Hundert Königen und Königinnen von Hamis hindurch, und ihr Anblick erfüllte mich mit einer seltsamen Gelassenheit. Ich spürte, daß ein Verteidiger der königlichen Linie zwischen diesen Särgen nicht versagen konnte.

Ich blickte auf das Nekkeht hinab. »Ich bin ein Rechtsprecher. Auch ich habe lange auf unsere Begegnung gewartet.«

Langsam und geschmeidig erhob sich der Schleicher aus dem Schneidersitz, ohne die Hände zu Hilfe zu nehmen. »Diese Gruft ist ein erbärmliches Versteck, aber für einen Abend ist sie nicht zu bedrückend. Sie bietet sicherlich mehr Ablenkung, als ich in diesem Unternehmen bisher hatte. Aber ich habe einen Weg gefunden, mich zu beschäftigen, während ich auf dich wartete.« Er schwenkte die rechte Hand mit großer Geste um den Kopf – und die Kerzen, die uns umgaben, brannten heller. »Ich hoffe, die Dekoration stört dich nicht.«

Ich bemerkte, daß mein linker Handrücken juckte, dachte mir aber nichts dabei. »Sie sind mir gleich. Ich bin hier, um dich zu vernichten.«

Das Nekkeht kicherte, drehte eine Pirouette und sprang tiefer in die Gruft. Seine übernatürliche Sprungfähigkeit trug es mit solcher Geschwindigkeit aus meiner Nähe, daß ich nur eine verschwommene Bewegung sah. Es landete auf einem Sarkophag, drehte sich um und hockte auf dem Sargdeckel wie ein Wasserspeier. Es klammerte sich an das Blattwerk wie ein Eichhörnchen an einen Ast und grinste mich an. Doch bevor es mich mit einem kindischen Kommentar reizen konnte, traf der Wurfpfeil, den ich auf es geschleudert hatte, die rechte Schulter.

Es knurrte und riß den Pfeil heraus. »Ha! Du erwartest, mich mit diesem Spielzeug aufhalten zu können?« Es schloß die linke Hand um den Pfeil, und ich hörte ein Krachen. Als es die Hand wieder öffnete, fielen die Splitter heraus, aber seine Rechte machte ein paar schlangengleiche Bewegungen, und sie gingen in Flammen auf, noch bevor sie den Boden erreichten. »O Tahlion, dein Tod wird mir ein Vergnügen sein.«

Es sprang von dem Sarg wie ein Frosch, stieß sich vom Granitboden der Kammer ab und griff mich an. Ich drehte mich halb zur Seite, um dem Aufprall die Wucht zu nehmen, aber trotzdem warf es mich um und nahm mir den Atem. Wir rollten über den Boden, und ich stieß es weg. Es flog davon und prallte gegen einen Sockel, schien den Aufprall aber gar nicht zu bemerken.

Es hechtete auf mich zu, und ich trat im Liegen mit dem rechten Bein aus. Ich traf das Nekkeht unter dem Kinn und schleuderte es über mich hinweg. Es schlug unglücklich auf und rollte verkrampft aus. Es spuckte, und ich hörte Zahnsplitter über den glatten Steinboden kullern. Seine Unterlippe war aufgeplatzt, und mit dem rechten Handrücken verschmierte es das Blut über Mund und Kinn.

Gyasi lachte, dann wandte er sich mental nach innen, um den Schaden zu reparieren und mir seine Macht zu beweisen. Sobald seine Augen in den Höhlen rollten, bis ich die Pupillen nicht mehr sah, sprang ich vor und stieß den Süntklieber durch seine Brust.

Seine Augen zuckten wieder herab, und es drehte sich. Die Bewegung riß den Süntklieber aus meiner Hand. Dann rammte es mir die offene rechte Hand gegen den Brustkorb. Entsetzliche Schmerzen loderten über meinem Herzen auf, und ich hörte das Brustbein brechen, als ich nach hinten weggeschleudert wurde. Außer Kontrolle taumelte ich saltoschlagend über den Granitboden. Ich prallte mit dem Kopf an einen Sockel – und Sterne tanzten vor meinen Augen. Ich war für einen Augenblick wie gelähmt.

Das Nekkeht stieß ein irres Lachen aus. Mit jedem Wort rann ein dünner Blutsfaden aus seinem Mund, als es mich beschimpfte. »Das kann mich nicht aufhalten, Tahlion.« Es riß sich das Hemd auf und betrachtete den aus seiner Brust ragenden Süntklieber. Dann legte es die Hände um die Waffe. »Du kannst mich nicht aufhalten.«

Langsam zog es die Waffe heraus. Zentimeterweise glitt die Klinge aus seiner Brust, und die Wunde schloß sich. Der Blutfluß aus seinem Mund versiegte, und es lächelte mich mit roten Zähnen an. »Ich bin unbesiegbar.« Es warf meinen Süntklieber beiseite und kam auf mich zu.

Es war offensichtlich, daß das Nekkeht erwartete, ich würde die Waffe beschwören und es noch einmal damit angreifen, aber ich wußte bereits, daß sie keine Wirkung gehabt hätte. Ich rollte mich auf den Bauch, stieß mich vom Boden ab und kämpfte gegen die Schmerzen in meinem Brustkorb an. Ich glitt vor und täuschte mit der Linken einen Schlag gegen seine Augen an. Unbesiegbar oder nicht, Gyasi hatte ein Leben lang reflexartig seine Augen beschützt und riß unwillkürlich die Arme hoch, um sein Augenlicht zu retten. Mein Knie zuckte hoch und traf seinen Unterleib.

Seine Hände flogen herab, aber statt seinen Körper zu fassen, fing es mein linkes Bein ab und schloß die rechte Hand um meine Kniescheibe. Es hielt mich fest, dann zermalmte es den Knochen, wie es das schon mit dem Pfeil getan hatte.

Silbergrelle Qualen nahmen mir die Sicht und brachen geysirartig durch meine Schädeldecke. Schmerz schlug durch meinen Körper und zog rotglühende Krallen durch jeden Nerv, durch jede Faser meines Daseins. Ich fühlte, wie ich stürzte, und fühlte das knirschende Knacken, als mein linkes Bein aufschlug, aber diese neuen Schmerzen waren nicht mehr als ein Schatten dessen, was meinen Körper verbog und verwüstete.

Sein Lachen verschluckte das Echo meines Aufschreis. Das Nekkeht trat näher und blieb über mir stehen. »Bist du verletzt, Tahlion? Wie ist denn so etwas möglich?« Es trat über mich, stand breitbeinig über mir. »Mir hast du das Schwert durch den Leib gerammt, und ich bin unverletzt.«

Es ging in die Hocke und packte meine linke Hand. Es faßte den kleinen Finger mit Daumen und Zeigefinger. Das Kerzenlicht ließ seine Augen im Schatten verschwinden und verwandelte seinen Kopf in einen Totenschädel. »Das wird mir Spaß machen, Tahlion.« Es grinste, drückte zu und pulverisierte den Fingerknochen.

Ich stieß die rechte Hand auf seine Stirn und bohrte die Finger in seine Kopfhaut. Ich hoffte, es könnte nur für einen Augenblick glauben, ich wollte ihm die Haut aufreißen, um es zu verletzen. Ich brauchte nur eine Sekunde, um mit dem Aussaugen seiner Seele zu beginnen, dann würde sich dieses Duell in einen Kampf der Willenskräfte verwandeln, und seine zusätzlichen Seelen würden ihm nichts mehr nutzen.

Ich atmete ein … und nichts geschah.

Das Nekkeht brach in gröhlendes Gelächter aus! Es senkte sein Gesicht dicht über meines und benetzte mich mit Spucke. »Das hat schon einmal einer bei mir versucht, Tahlion, aber ich habe einen Gegenzauber entwickelt. Hier wird deine Magick dir nichts nutzen.« Es schaute hoch, und ich sah winzige Kerzenflammen in seinen schwarzen Augen flackern. »Meine Kerzen brennen noch eine Stunde, aber bis dahin bist du tot.« Es sah zu mir herab. »Aber du wirst noch lange nicht ganz tot sein.«

Ich versuchte, meinen Süntklieber zu beschwören, doch ich fühlte nichts. Er lag nur drei, vier Meter hinter dem Nekkeht, aber er hätte ebensogut in Tahlianna sein können. Flach auf dem Rücken liegend konnte ich meinen Rüegær nicht erreichen, und es hielt meine linke Hand fest, was es mir unmöglich machte, nach dem Dolch an meinem Unterarm zu greifen.

Es nickte mir langsam zu und suchte sich den linken Mittelfinger aus, wie ein anderer einen Schlüssel aus einem Bund aussuchen mochte. »Ich kenne alle deine Geheimnisse und habe sie aufgelöst. Du kannst nichts außer sterben, Tahlion.«

Meine Augen wurden zu Schlitzen. Ich starrte in seine mitternachtschwarzen Augen, und mit der Endgültigkeit des auf den Block schlagenden Henkerbeils formte mein Mund ein einziges, sorgfältig artikuliertes Wort. »Licht!«

In allen Nischen explodierten goldorangerote Feuerbälle und schlugen in einer obszönen Liebkosung hinauf zur Decke. Der brillante Lichtschein sog alle Farbe aus dem Gesicht des Nekkeht und zog jede verzerrte Linie unsicheren und verwirrten Entsetzens in nachtschwarzen Schatten nach.

Der Süntklieber sprang in meine Hand, kaum daß ich ihn gerufen hatte, und die Klinge schlug durch seinen Hals. Ich drehte mich und warf den kopflosen Körper von meiner Brust. Ich zog die Beine an den Körper und packte seinen Kopf mit der Linken an einem Ohr. Der Kiefer bewegte sich, aber kein Laut drang aus seinem Mund. Es spielte keine Rolle, denn ich wußte, was es fragen wollte.

»Manche Tahlion haben mehr Geheimnisse als andere, Gyasi.« Ich ließ den Süntklieber fallen, legte ihm die rechte Hand auf die Stirn und atmete ein. Ich fühlte die löschen Seelen in mich eindringen. Dann kam der Widerstand. Ich zog stärker, aber es kämpfte gegen mich an.

»Nein, Gyasi, deine Zeit ist vorbei. Du hast versagt. Es ist vorüber.«

Es knirschte verzweifelt mit den Zähnen, weil es mich nicht beißen konnte. Sein Körper schlug wild um sich, aber es konnte ihn nicht steuern, weil es nicht wußte, wo er lag oder in welche Richtung er schaute. Es konnte gar nichts tun, und Gyasi spürte das. In dem Augenblick, in dem der Zweifel sich in seine Gedanken schlich, hatte ich es.

Seine Seele floß wie ein Sturzbach in mich. Sein Körper zuckte zu meinen Füßen noch ein-, zweimal, dann bewegte er sich nicht mehr. Seine Augen schlossen sich, sein Unterkiefer hing kraftlos herab. Ich hatte das Nekkeht vernichtet.

Langsam und schmerzhaft zog ich mich hoch. Knochensplitter verschoben sich im linken Knie, und fast wäre ich wieder gestürzt, aber ich bekam einen Sarg zu fassen und stützte mich auf. Zitternd lehnte ich an dem Steinsarkophag. Dann warf ich Gyasis Kopf beiseite und brach in ein irrwitziges Kichern aus.

»Da, Heiligste Shudath, ich habe es getan«, lachte ich laut. »Ich habe die Toten besiegt!«

Die aus dem Augenwinkel wahrgenommene Bewegung war keine Warnung. Der Rüegær bohrte sich in meine rechte Seite, und seine scharfe Stahlklinge fand mein Herz. Ich schaute überrascht und schockiert nach unten, denn noch bevor meine linke Hand den Griff der aus dem Dunkeln auf mich geschleuderten Waffe faßte und sie freizog, erkannte ich den Rüegær. Ich sank auf die Knie und preßte in einem nutzlosen Versuch, das aus meiner Seite schießende Blut aufzuhalten, die rechte Hand auf die Wunde. Ich spürte ein schräges Halblächeln auf meinen Zügen, als ich nach vorne sank, denn ich hatte ihre Warnung mißachtet und zahlte jetzt den Preis für meinen Wagemut.

Der Rüegær gehörte Lothar.

KAPITEL ZWEIUNDZWANZIG

Rechtsprecher: Êrenkreiz

Lothar kniete mit geschlossenen Augen in der Schönheit des Spukzirkels. Das kurze grüne Frühlingsgras beugte sich in derselben sanften Brise, die durch Lothars weißblondes Haar und mit den losen Enden seines Stirnbands aus weißer Seide spielte. Das gedämpfte Grollen des Tahl, der zehn Meter unter der hinter ihm steil abfallenden Klippenwand durch die Schlucht schoß, klang wie ferner Donner. Lothar schien ihn gar nicht zu bemerken und ging ganz darin auf, mit einem blutroten Lappen die glänzende Klinge des über seinen Schenkeln liegenden Süntkliebers zu polieren.

Ich schlang Wolfs Zügel am Rand der Lichtung um einen Ast. Ich versuchte, Lothar nicht zu stören, aber mir war klar, daß ihm keine meiner Bewegungen entging. Ich öffnete die Satteltasche und holte Brot und Wein heraus. Im Grunde wußte ich, daß ich mit dem Einkauf mein Geld verschwendet hatte, aber ich mußte zumindest einen Versuch unternehmen. Ich durfte die Hoffnung nicht aufgeben, daß Lothar bereit war, mir zu vergeben, ohne daß einer von uns dafür sterben mußte.

Ich schüttelte langsam den Kopf. Wenn er bereit gewesen wäre, die Sache ohne Blutvergießen beizulegen, hätte er niemals den Spukzirkel als Êrenkreiz gewählt.

Der Spukzirkel lag nur knapp hundert Meter oberhalb des Talgrunds, an der Südseite der Tahlberge, auf einer Klippe, die einen atemberaubenden Blick über das Tal, den Fluß und Tahlianna bot. Niedrige Felsbrocken markierten den Kreis, nur dort nicht, wo er den Klippenrand berührte. Der Durchmesser von gut fünf Metern machte den Zirkel zu einer sehr großen Arena für nur zwei Duellanten.

Ich ging hinüber und kniete mich knapp außerhalb des Spukzirkels hin. Ich verbeugte mich vor Lothar und legte Brot und Wein auf die grauen Steine der Randmarkierung. »Hier bin ich, und ich biete dir Brot und Wein an – in der Hoffnung, daß wir diesen Wahnsinn beilegen können.«

Lothar öffnete langsam die Augen und starrte mich wortlos an, aber sein Körper verriet seine Gedanken. Seine Hand strich liebevoll über den Süntklieber, und seine Nüstern blähten sich kaum merklich, als sein Atem schneller wurde. Schließlich gewann seine aufgestaute Wut die Oberhand über seine Erziehung. »Ich sehe, du wagst dich endlich her, nachdem ich den halben Tag auf dich warten mußte.«

Ich schüttelte den Kopf. »Selbst in deiner Verbitterung weißt du, daß ich kein Feigling bin.«

Ein teuflisches Knurren drang aus seiner Kehle. Er fletschte höhnisch die Zähne, als wolle er mich damit einschüchtern. »Wenn du kein Feigling bist, warum belästigst du mich dann mit einem Opfer, das ich an Stelle deines Lebens nehmen soll?« Er krümmte den Rücken und vertrieb die letzte Spur gelassener Größe, die ihn umgeben hatte.

Ich knirschte mit den Zähnen und zwang mich, ruhig zu bleiben. Mit gelassener Stimme antwortete ich ihm. »Ich habe diese Gaben mitgebracht, weil ich nicht gegen dich kämpfen will. Du hast auf mich warten müssen, weil Marana in schlechtem Zustand von unserer Mission zurückgekehrt ist.« Ich hoffte auf eine Reaktion bei der Erwähnung von Maranas Namen, und ich bekam sie, aber nicht die, auf die ich gehofft hatte.

Lothars Augen wurden schmal, als hätte er in einen sauren Apfel gebissen. Er hob den Süntklieber und studierte die im Sonnenlicht funkelnde Schneide. Dann drehte er plötzlich den Kopf in meine Richtung, wie eine Katze, die bemerkt, daß sie beobachtet wird, und fixierte mich mit einem strengen Blick. »Du wagst es, mir gegenüber ihren Namen zu erwähnen, nachdem du ihren Geist mit Lügen über mich vergiftet hast? Sie ist nicht der Grund für unseren Streit, Nolan ohne Heimatland, wir kämpfen, weil du sie verführt hast! Bilde dir ja nicht ein, ich würde dich leben lassen, weil dein Tod sie schmerzen könnte.« Er schüttelte bedauernd den Kopf, als stünde er bereits über meinem Leichnam und wäre dabei, die Verschwendung eines so jungen Lebens zu beklagen. »Trete selbst gegen mich an, versuche nicht, sie gegen mich zu benutzen.«

Ich ballte die Fäuste, bis sich die Fingernägel in meine Hände gruben. »Verdammt, Lothar! Es ist mir gleich, ob du mich mit deinen Anschuldigungen entmannst, aber du tust so, als empfände ich nichts für Marana, und das kann ich nicht hinnehmen.« Ich deutete mit ausgestrecktem Zeigefinger nach Tahlianna. »Marana braucht dich, sie braucht Jevin, sie braucht mich. Sie braucht alle Freunde, die sie je gekannt hat. Sie hat versucht, sich umzubringen, Lothar. Marana hat versucht, Selbstmord zu begehen!« Ich gewann die Kontrolle über meine Amok laufenden Gefühle zurück und breitete die Hände aus. »Ich habe Brot und Wein mitgebracht, damit wir zusammen zurückkehren und ihr beistehen können. Du kannst mich noch einmal herausfordern, wenn es ihr besser geht, in einer Woche, einem Monat, einem Jahr. Ich werde deine Herausforderung annehmen, aber ich will ihr nicht gerade jetzt jemanden rauben, der ihr viel bedeutet.«

Lothar hörte meine Worte, aber ihre Botschaft verstand er nicht. Er warf den Kopf zurück und lachte. »Keine Sorge, Nolan, du wirst mich nicht umbringen.«

Er stand auf und kam langsam näher. Er beugte sich herab und hob den Weinkrug auf, dann spießte er mit dem Süntklieber den Laib Brot auf. Er drehte sich mit militärischer Entschiedenheit um und marschierte zurück und über die Stelle hinaus, an der er gesessen hatte. Am Rand der Klippe hielt er an.

»Nein, Lothar, bitte nicht.« Ich streckte die Hand aus und bettelte ihn an, das Friedensangebot nicht zu verwerfen. »Marana braucht dich.«

Er warf den Wein und das Brot verächtlich in die Schlucht. »Und sie wird mich bekommen, Nolan, wenn du tot bist.«

Ich nickte und stand langsam auf. Ich griff in den Beutel an meinem Gurt und zog eine schmale schwarze Seidenschärpe heraus. Ein weißer Totenschädel in einem roten Vollkreis markierte die Mitte des einen Meter langen Bands. Ich strich die Seide glatt, drehte sie um, so daß der Vollkreis auf dem Boden auflag, dann nahm ich das Band und hob es an die Stirn. Ich vergewisserte mich mit einer kurzen Berührung des aufgemalten Totenkopfes, daß er genau in der Mitte meiner Stirn lag, dann band ich das Tuch über dem rechten Ohr fest.

Lothar beobachtete mich und lachte leise. Er hatte sein Stirnband – von weißer Farbe, weil er den Êrenkreiz verlangt hatte –, über dem linken Ohr verknotet. Das zeigte an, daß er bis zu meinem Tod kämpfen würde, während ich ihm mit der Plazierung meines Knotens ein unblutiges Ende des Kampfes anbot. »Mach dich nicht zum Narren, Nolan, du wirst mich nie aus dem Kreis treiben.«

»Lothar, bitte. Dieser Kreis hat über die Jahrhunderte schon zu viel Tahlionblut getrunken. Es sind genug Geister an diesen Fleck Erde gebunden. Müssen wir einander das antun?«

Der janische Adlige trat steifbeinig in die Mitte des Kreises. Er zog den Rüegær und kreuzte die Arme über der Brust. »Ich, Lothar ra Jania, fordere dich zur Begleichung einer Blutschuld. Du warst mir wie ein Bruder, und doch hast du mich verraten. Im Êrenkreiz wird sich der Zwist entscheiden.«

Ich löste den Schwertgurt, zog den Rüegær, beschwor meinen Süntklieber und kreuzte ebenfalls die Arme. »Ich, Nolan ra Sinjaria, weise deine Anschuldigung zurück, ohne auf dein Blut oder Leben Anspruch zu erheben. Ich habe dich nicht verraten. Im Êrenkreiz wird sich der Zwist entscheiden.«

Ich trat einen schicksalhaften Schritt vor, in den Êrenkreiz. Wenn ich Lothar aus dem Kreis treiben konnte, war der Kampf vorbei. Wenn einer von uns den anderen entwaffnete und seinen Süntklieber von einem Punkt außerhalb des Kreises beschwor, ebenso. Und wenn einer von uns den anderen tötete, auch dann war der Kampf vorbei.

Lothar wartete hochaufgerichtet in der Mitte des Kreises. Er nahm eine lockere Abwehrhaltung ein, den Süntklieber in der Rechten, den Rüegær locker in der Linken. Im Gegensatz zu meinem, war sein Rüegær ausbalanciert und eignete sich als Wurfwaffe. Aber er würde ihn nicht werfen. Ich hätte den Wurf parieren und mir damit einen Kampfvorteil verschaffen können.

Plötzlich wurde mir klar, daß ich nach der Rückreise aus Zaria und dem Scherritual nicht die Kraft für einen langen Kampf hatte. Ich war zu müde, und der Gedanke an Maranas Zustand drohte mich abzulenken. Ich mußte den Kampf schnell zu einem Ende bringen, aber ein Blick auf den großen, kräftigen, unerbittlichen Janen machte mir deutlich, daß mir das nicht leichtfallen würde. Und es würde sicher riskant werden.

Ich stürmte mit langen Schritten auf ihn ein. Ich kam geradewegs auf ihn zu, Süntklieber und Rüegær tief neben dem Körper, mehr wie ein Schläger als ein ausgebildeter Kämpfer. Lothar stützte sich auf den linken Fuß und stieß nach meiner Brust. Ich drehte den Oberkörper nach links weg und riß beide Waffen hoch, um Lothars

Waffe abzufangen. Ich trat mit dem rechten Fuß aus und traf Lothar in der Brust.

Er flog nach hinten und landete in einem stöhnenden Haufen. Sein Süntklieber blieb zwischen meinen Klingen eingeklemmt zurück, und ich tat einen Schritt zur Grenze des Spukzirkels, um ihn hinauszuschleudern, als mein rechtes Bein wegknickte. Schmerzen schossen mein Bein empor, doch ich zwang mich, seinen Süntklieber aus unserer Arena zu werfen, bevor ich nach unten blickte.

Meine linke Wade war rot von Blut. Mein brauner Stiefel klaffte vom Ansatz des Muskels knapp unterhalb des Knies bis zur Ferse auf. Ich spürte bereits, wie klebrig warmes Blut ihn füllte und zwischen meine Zehen drang, aber selbst mit dieser Verwundung konnte ich noch humpeln. Ich war nicht völlig unbeweglich, und das ließ mir eine Chance.

Lothar kam langsam auf die Beine, den blutigen Rüegær in der Hand, und lachte. »Ein Werkzeug ist nur ein Werkzeug, ja, Nolan? Nun, diesmal ist das Werkzeug zerbrochen.« Er sah auf meinen Süntklieber hinab. »Ich werde dich trotz deines Vorteils töten.« Seine Kaumuskeln spielten, konnten aber das selbstsichere Grinsen auf seinen Zügen nicht vertreiben.

Ich stand auf und überprüfte, wieviel Gewicht mein Bein tragen konnte. Es hielt stand, selbst wenn ich mich schwer darauf stützte, aber das beruhigte mich nicht. Die Wunde machte es schwerer für mich, irgendwelche schnellen oder halbwegs flinken Bewegungen zu versuchen, und sie blutete stark, so daß mir nicht viel Zeit blieb, Lothar zu besiegen.

Wieder verzog er das Gesicht, und ich bemerkte, daß er den rechten Arm an den Leib preßte. Ich hatte mit meinem Tritt ein paar Rippen gebrochen, und Lothar wurde von Schmerzen durchzuckt. Er war nicht bleich, und auf seinen Lippen stand kein blutiger Schaum, also war seine Lunge unverletzt, aber die Verwundung behinderte ihn auf ähnliche Weise wie sein Treffer mich, weit mehr, als er bereit war einzugestehen.

Ich schaute auf meinen Süntklieber, dann warf ich ihn aus dem Kreis. »Nein, Lothar. Ich werde niemandem Gelegenheit geben zu behaupten, wir hätten unfair gekämpft.« Etwas zuckte durch seinen Blick, und er erstickte es augenblicklich mit wütendem Haß, aber ich hoffte trotzdem, daß er zumindest einen Augenblick lang erkannt hatte, daß ich nie beabsichtigt hatte, ihm ein Leid zuzufügen.

Lothar duckte sich dicht über den Boden, und ich glich mich seiner Haltung an, so gut es mein verletztes Bein erlaubte. Er näherte sich mir von seiner Linken und versuchte, den Körper zwischen mir und seinen gebrochenen Rippen zu halten. Leider kam er damit für mich von rechts, und ich drehte mich im Kreis, um ihn von meinem geschwächten Bein fernzuhalten. Ich nahm den Rüegær in die Rechte und hielt ihn mit schnellen, peitschenden Hieben auf Distanz.

Seine Verzweiflung brach sich Bahn. Er sprang auf mich zu und rammte mich mit der linken Schulter. Ich fiel nach hinten. Ich fühlte seinen Rüegær in meinen Rücken dringen und schrie. Meine linke Faust krachte herab, mehr aus Schmerz als aus Absicht, und traf seine Rippen.

Lothar krümmte den Rücken vor Schmerzen und rollte nach rechts davon. Seine linke Hand umklammerte noch immer den Rüegær, aber sie war unter meinem Leib eingeklemmt. Ich hämmerte den rechten Ellbogen in seinen linken Unterarm und hörte den Knochen brechen. Dann wälzte ich mich nach links und zwang mich ihm gegenüber in eine kniende Stellung hoch.

Ein Hustenanfall schüttelte mich, und ich schmeckte Blut. Ich nahm den Rüegær in die Linke und tastete vorsichtig über meinen Rücken. Ich fühlte den Griff seines Rüegærs, aber an dem Winkel, in dem er in meinem Körper steckte, erkannte ich, daß er nicht tief eingedrungen war. Er hatte mir eine parallel zur Taille laufende Wunde geschlagen, und als ich mich über den Boden wälzte, hatte ich die Waffe herausgedreht, so daß nur mein Lederwams sie noch hielt.

Ich zog sie frei und warf beide Rüegær aus dem Kreis. Erneut mußte ich husten, und ich hob die linke Hand an den Mund. Als ich sie wieder zurückzog, war sie blutbesprenkelt. Lothars Rüegærstich hatte meine Lunge verletzt. Wenn ich keine Hilfe bekam, war diese Wunde tödlich.

Er schien kaum besser dran zu sein. Er zog die Beine unter den Körper und hebelte sich mit dem rechten Arm in eine kniende Haltung. Er war kreidebleich. Wenn er hustete, benetzte Blut seine Lippen, und sein Gesicht verzerrte sich. Er wankte unsicher und zog den gebrochenen linken Arm über den Leib, um seine rechte Seite zu halten.

Sein Körper bebte und zwang ihm einen feuchten Hustenanfall ab. Er deutete mit zitterndem Finger auf mich. »Ich werde dich töten, Nolan.«

Ich zwang mich auf die Füße und wich zur Mitte des Kreises zurück. »Dann komm. Bringen wir es zu Ende.« Ich öffnete die blutigen Hände und wartete. Ich hatte nur diese eine Chance. Wenn ich unseren Kampf beenden wollte, ohne Lothar umzubringen, mußte ich das Risiko eingehen.

Lothar stürmte auf mich zu und erkannte meine Absicht erst, als ich mich nach hinten fallen ließ, seinen Hemdkragen packte und wegrollte. Ich stieß das linke Bein in seinen Magen und warf ihn über mich, noch während der Aufprall neue Schmerzwogen durch meinen Rücken jagte. Ich ließ sein Hemd los, und er flog davon.

Ich hoffte, Lothar würde hart genug aufschlagen, um das Bewußtsein zu verlieren, aber noch während ich ihn losließ, zog er die rechte Schulter an und trat mit den Beinen nach rechts, um sich in Drehung zu versetzen.

Er schlug mit der rechten Seite auf und schrie vor Schmerzen, fiel aber nicht in Ohnmacht. Doch die Schmerzen nahmen ihm für einen Augenblick die Kontrolle über seinen Körper. Statt wieder auf die Füße zu rollen und erneut anzugreifen, wie er es in zahllosen Trainingskämpfen getan hatte, rollte er weiter, über den Rand der Klippe.

»Lothar!« Ich zwang mich, die wogenden Schmerzen zu vergessen, die mich in die schwarzen Tiefen des Vergessens zerren wollten. Ich rollte mich auf den Bauch und kroch zum offenen Rand des Zirkels. Er durfte nicht tot sein!

Näher am Klippenrand bemerkte ich einen hellen Fleck im Gras. Ich warf mich nach vorne und griff mit der Rechten zu. Ich fühlte Haut!

»Lothar, ich habe dich. Ich habe dich.« Ich zog mich weiter und schaute über den Rand.

Lothar hing an der rechten Hand über dem Abgrund. Mit dem ausgestreckten rechten Bein fand er gerade einen Tritt. Ich fühlte die Spannung in seinem Arm nachlassen, ließ aber nicht locker. Unter ihm donnerte der Tahl an Dutzenden Felsen vorbei durch die Stromschnellen und verschwand fast unter der Gischt. Die Felsen erinnerten mich an Zähne, und das Wasser schoß zwischen ihnen vorbei wie Geifer durch die Fänge eines verhungernden Raubtiers. Es wollte sich Lothar holen, aber ich würde ihm seine Beute verwehren.

Der Jane sah verständnislos zu mir hoch. Er sagte etwas, aber das Grollen des Flusses übertönte seine Worte.

Ich schüttelte den Kopf. »Ich werde dich nicht sterben lassen.« Ich streckte die linke Hand aus und faßte sein Hemd über der Schulter. »Bei Drei.«

Ich muß gezählt haben, denn ich erinnere mich, wie ich mit aller Kraft zog und Lothar hochkommen spürte, aber an diesem Punkt bricht meine Erinnerung ab. Die Anstrengung war zu viel für mich, und ein schwarzes Leichentuch umfing mich mit kühler Stille.

Ich erwachte im Krankenzimmer, in einem Bett, das ich nur zu gut kannte, und fühlte überhaupt keine Schmerzen. Ich öffnete die Augen und sah Marana, Jevin und Adamik. Die beiden Männer lächelten, aber Maranas Gesichtsausdruck blieb unverändert. Nur eine einzelne Träne, die über ihre rechte Wange kullerte, deutete darauf hin, daß sie mich sah.

Ich schaute den Magicker an. »Wie lange bin ich schon hier?«

»Vier Tage.«

Seine Antwort nahm mir den Atem. Wenn sie mich schnell erreicht hatten, hätte es niemals so lange dauern dürfen, zwei Messerstiche zu heilen. Plötzlich wurde mir klar, wie knapp ich dem Tod entkommen sein mußte. »Warum so lange?«

Der Fealarien zog die Stirne kraus, und sein Lächeln verblaßte. »Du hattest eine Menge Blut verloren. Wenn Marana nicht losgezogen wäre, um zu versuchen, euch zu trennen, wäre jede Hilfe zu spät gekommen.« Jevin nickte Marana zu, und ich lächelte sie an.

»Ich verdanke dir mein Leben.« Ich streckte den Arm aus und nahm ihre rechte Hand.

»Ich lebe für dich, Nolan. Ich werde nicht zulassen, daß du mich verläßt.« Sie sagte es mit tonloser Stimme, so als zitierte sie ein Gesetz.

Ich ließ ihre Hand los, schob mich etwas höher und sah mich um. Irgend etwas stimmte ganz und gar nicht. Alle anderen Betten waren leer. Ich kämpfte gegen die Kälte an, die sich in meiner Magengrube ausbreitete, und wandte mich an Jevin. »Wo ist Lothar?«

Die Miene des Fealarien wurde ernst. »Du erinnerst dich nicht?«

Ich schüttelte langsam den Kopf, weil mir angesichts der offensichtlichen Schlußfolgerung aus Jevins Antwort die Stimme versagte.

Edler Hansur erschien lautlos in der Tür hinter Jevin. Er nickte allen drei Tahlion zu, und sie ließen uns allein.

Er atmete langsam durch. »Nolan, Lothar ra Jania ist tot.«

Ich schüttelte heftig den Kopf. »Nein, er kann nicht tot sein. Er war verletzt, ja, schwer verletzt, aber ich habe ihn wieder hochgezogen, weg vom Abgrund. Ich weiß es.« Tränen strömten über mein Gesicht und benetzten salzig meine Lippen.

Edler Hansur starrte mich an, dann legte er mir die Hand auf die Schulter. »Ich bin sicher, du hast versucht ihn zu retten, Nolan, aber er muß das Bewußtsein verloren haben und zurückgefallen sein. Es ist nicht deine Schuld.«

Ich kämpfte mit mir und preßte die Augen fest zu, um die Tränen zu stoppen. Ich riß die Bettdecke weg. Mit dem linken Arm wischte ich mir das Gesicht. Ich zog die Nase hoch, dann räusperte ich mich. »Bitte sagt mir, daß Ihr ihn noch nicht begraben habt. Ich möchte ihn sehen.« Ich schwang die Füße über die Bettkante und setzte mich auf.

Edler Hansur drückte mich sanft zurück ins Bett, und ich war zu schwach, mich zu widersetzen. »Du kannst seinen Leichnam nicht sehen. Er fiel in den Fluß, und wir haben seine Leiche noch nicht wiedergefunden.«

Ich versuchte zu sprechen, aber meine Kehle war so zugeschnürt, daß es leichter gewesen wäre, Lothar von den Toten zu erwecken. Wenn man seine Leiche nach vier Tagen noch nicht gefunden hatte, bestand keine Hoffnung mehr, daß sie je gefunden wurde. Ich hatte Lothar umgebracht. Ich hatte ihn wie einen Bruder geliebt, und er war von meiner Hand gestorben.

Keine Scher konnte mich je davon befreien, daß sein Blut an meinen Händen klebte.

Lothars Tod war zwar kein Verbrechen nach den Gesetzen der Tahlion, weil er im Ērenkreiz gestorben war, aber er verärgerte das janische Königshaus. Jania reagierte sehr aufgebracht auf die Nachricht von seinem

Ableben und forderte, daß ich wegen Mordes vor Gericht gestellt wurde. Andererseits war das nicht mehr oder weniger als man von der Regierung jedes Landes gefordert hätte, in dem ein janischer Bürger umgekommen war. Eine Woche etwa schien es, daß der Zwischenfall schnell in Vergessenheit geriete, wenn Lothar erst in der Familiengruft beigesetzt war.

Als Seine Exzellenz dem Königshaus mitteilte, daß Lothars Leichnam nicht heimkehren würde, wurden die Forderungen nach meiner Aburteilung lauter und vehementer. Der Meister selbst setzte einen Brief auf, in dem er erklärte, daß es sich bei dem Kampf um ein rechtmäßiges Duell gehandelt hatte und dementsprechend eine Gerichtsverhandlung und Verurteilung meiner Person nicht in Frage kam.

Die Reaktion Janias war drastisch. Alle Tahlion wurden des Landes verwiesen, alle Tahlion janischer Abstammung zurückgerufen. Ich wurde in Abwesenheit vor Gericht gestellt und zum Tode verurteilt. Anklage und Urteil benannten nur einen Tahlion, da weder Seine Exzellenz noch der Meister den Janen gegenüber meinen Namen genannt hatten. Dementsprechend wurden alle Tahlion angewiesen, einen Bogen um das Land zu machen. Damit begann das Interdikt.

Obwohl Lothar nicht bei Sinnen gewesen war, als wir gegeneinander kämpften, brauchte ich Monate, meine Schuldgefühle zu verarbeiten. Ich war das Instrument seines Todes gewesen, und er hatte sicherlich vorgehabt, mich zu töten, aber ich mußte darauf hoffen, daß er mir mit seinen letzten Worten, den Worten, die ich über das Tosen des Flusses nicht verstanden hatte, verziehen hatte. Ich hatte es in seinen Augen gelesen, oder zumindest dachte ich, es gelesen zu haben, und ich konnte nur darauf hoffen, daß er in dem Wissen gestorben war, daß ich ihn trotz unserer Unterschiede geliebt hatte. Lothar war von meiner Hand gestorben: Mein mißglückter Rettungsversuch hatte ihn in den Fluß geschleudert und war tödlicher gewesen, als wenn ich ihm eine der gebrochenen Rippen ins Herz gestoßen hätte. Es gab keine Möglichkeit für mich, seinen Tod anders als von mir verschuldet zu verstehen. Ich nahm diese Schuld an.

Doch in jenen Monaten lernte ich, warum der Ort, an dem wir gekämpft hatten, so treffend Spukzirkel genannt wurde. Der Name bezog sich nicht auf die zahllosen Tahlion, die in diesem Steinkreis gestorben waren. Er bezog sich auf die Erinnerungen an den Kampf, die jeden verfolgten, der dort einmal ein Duell überlebt hatte.

Eines Nachts trug ich spät abends, unter dem vollen Wolfsmond, eine Silberschüssel aus Jania hinunter zum Ufer des Tahl. Ich füllte sie mit Wasser und trug sie zu dem Baumhain hinauf, der über dem Tahlion-Friedhof stand. Ich suchte mir sorgfältig den Baum aus, der meiner Ansicht nach am nächsten zum geheimen Eingang der Schatzkammer unter der Stadt lag. Ich murmelte ein Beisetzungsgebet, an das ich mich dunkel aus meiner Kindheit erinnerte, tränkte den Baum mit dem Wasser und schnitzte mit meinem Rüegær Lothars Namen in die Rinde.

Ich kniete schweigend nieder, und nach einer Weile lächelte ich und flüsterte: »Das ist für dich, mein Freund, für den, der du vor unserem Kampf warst, und für den Rechtsprecher, der du hättest sein können.«

Ich stand auf. Dann ging ich zufrieden davon. Ich ließ den Baum als lebendes Denkmal an den Lothar zurück, den ich gekannt hatte. In meiner Vorstellung bewachte er Vaughans Geheimnis. Es war eine ehrenvolle Aufgabe, dieses Geheimnis zu bewachen, eine Aufgabe, die eines Adligen würdig war.

Ich dachte mir, daß Lothar stolz darauf gewesen wäre.

Ich hoffte, daß ich Vergebung erlangen würde.

KAPITEL DREIUNDZWANZIG

Tahlion: Wiederkehr

Der kalte Kuß des Gruftbodens verblaßte in der, meinen ganzen Körper erfassenden Taubheit, zusammen mit der Wärme des aus meiner Brust strömenden Blutes. Die Fesseln aus Schmerz, die mich gehalten hatten, fielen ab. Ich fühlte mich leichter, so wahnwitzig das auch erschien, ich wußte, ich konnte stehen. Ich war nicht tot.

Ich stand auf, schaute nach unten und sah meinen Körper am Boden liegen.

Hinter mir hörte ich ein leises Lachen und drehte mich um. Das steinerne Bild auf dem Grabdeckel eines Königinnensarkophags setzte sich auf und drehte sich, bis es auf der Kante des Grabes saß. Die blinden Augen der Statue verdunkelten sich und wurden zu Fenstern in die Unendlichkeit.

Ich verbeugte mich ehrfürchtig und kniete nieder. »Gelobt sei Dein Name, Heiligste Shudath.«

Die steinernen Augenbrauen hoben sich zu einem V, und die granitene Stirn legte sich in Falten. »Noch vor Sekunden hast du meiner Warnung gespottet, jetzt preist du meinen Namen. Du bist wankelmütig, Tahlion.«

Ich schüttelte den Kopf. »Nein, nicht wankelmütig, dumm.«

Wieder drang ihr Gelächter aus steinerner Kehle, aber meine Aufmerksamkeit wurde von einem Punkt hinter ihr angezogen. Ich sah einen hellen Lichtpunkt größer werden und sich ausweiten, bis er zu einem runden Eingang in ein Reich wurde, das ganz aus Licht zu bestehen schien. Die Türe zog mich an wie eine Kerzenflamme eine Motte, und obwohl ich in jenen strahlenden Gefilden Frieden spürte, fürchtete ich sie.

Ich sah die Göttin an. »Ist es vorüber?«

Die Statue zuckte beiläufig die Schultern. »Deine Mission? Ja, du hast das Nekkeht.«

Wieder zog der Kreis aus Licht meine Aufmerksamkeit auf sich. Ich sah Formen, die sich hinter ihm bewegten, ganz ähnlich den Formen in der düsteren Leere, die ich in Tahlianna erlebt hatte. Ich zählte acht von ihnen, die dicht beieinander blieben und auf mich zu warten schienen. Langsam nahmen sie Gestalt an und wurden fester. Zuerst erkannte ich meine Eltern, dann Großmutter, meine Brüder und Schwestern. Alle meine Toten erwarteten mich jenseits dieses Portals.

Ich ging mit zögernden Schritten auf sie zu. »Meine Familie, alle sind da.«

Die Statue nickte ernst. »Das sind sie. Sie haben auf dich gewartet. Wenn du dich dem Frieden ergeben willst, wirst du mit ihnen vereint werden.«

Ihre Worte hielten mich auf. Ich drehte mich um. »Ihr habt gesagt, meine Mission sei beendet.« Ich spie ihr die Worte entgegen. »Ich habe mir die Ruhe verdient.«

Göttliches Lachen peitschte über mich und brannte wie flüssiges Feuer in seinem Hohn. »Hast du das, Tahlion? Hast du dir irgend etwas verdient? Denk an deine Familie, denk daran, was hier geschah. Wenn du all das überdacht hast, sag mir noch einmal, daß du dir ewige Freuden verdient hast.«

Tatsachen, die ich gewußt, inzwischen aber vergessen hatte, traten in meine Gedanken und gaben dem Schrecken Gestalt, der seit Beginn dieser Mission im Hintergrund auf mich gelauert hatte. Ich war ausgesandt worden, das Nekkeht und jeden außerhalb Tahliannas zu töten, der von seiner Existenz wußte. Ich hatte das Glück gehabt, über das Wissen um den Kopf hinter der Verschwörung zu stolpern, aber ich hatte nicht herausgefunden, woher er von der Möglichkeit wußte, Nekkehte zu erschaffen.

Nur Tahlion wußten von der Existenz der Nekkehte, und der Herzog konnte nur durch einen Verräter in unseren Reihen von ihnen erfahren haben. Den Plan des Herzogs zu durchkreuzen, war wertlos, solange dieser Verräter entkam und weiter Unheil stiften konnte. Aber ich allein wußte, daß es überhaupt einen Verräter gab, und dieses Wissen mußte ich weitergeben.

Plötzlich wurde mir klar, daß die Zerstörung des Nekkehts keineswegs das Ende der Verschwörung bedeutete, falls Tahlion in den Plan des Herzogs verwickelt waren. Attentäter konnten die gesamte königliche Familie ermorden und den Anspruch des Herzogs auf den Thron unterstützen. Jeder Edle, der sich gegen den Herzog stellte, würde von den Tahlion vernichtet werden, wenn er nicht von den Loyalisten besiegt wurde.

Vor meinem inneren Auge sah ich Heerzüge durch Hamis marschieren. Ich sah einen abgelegenen Bauernhof und eine Streife von Renegaten morden und vergewaltigen. Ich hörte das Weinen heimatloser Waisen und erkannte die lauteste Stimme in ihrem Chor als meine eigene.

Meine Familie verschwand hinter der Göttin außer Sicht, und ich sah sie an. »Es wäre schön gewesen, hier zu sterben, passend.«

Sie schüttelte langsam das steinerne Haupt. »Passend für eine Beisetzung, Tahlion, aber kein Ort zum Sterben.« Das Standbild legte sich wieder, und seine Augen wurden grau und blind. »Rette dich.«

Schmerzen bohrten sich in meinen Geist und rissen wie mit Widerhaken besetzte Stachel aus meinem Bewußtsein. Aber ich schrie nicht. So sehr es auch schmerzte, schlimmer als je zuvor, ich war nicht tot, und das war Grund genug, mich zusammenzureißen und zu handeln. Ich *mußte* handeln.

Ich wandte mich nach innen und berührte die löschen Seelen. Wie ich es in Tahlianna getan hatte, als ich das Mausnekkeht geschaffen hatte, lockte ich sie hervor und zwang sie meinen Arm herab. Ich fühlte, wie sie sich in meiner Hand versammelten, erwartungsvoll und eifrig. Dann drückte ich sie, die kalte Taubheit des Todes an meinem Gesicht und meinen Füßen nagend, in meinen Körper.

Sie strömten in meinen Leib und vertrieben trotzig den Tod. Sie verschlangen die Schmerzen und füllten mich mit unbändiger Freude. Sie linderten alles Weh, beruhigten alle Nerven und stärkten alle Muskeln. Der Tod war die Abwesenheit von Leben, und die löschen Seelen füllten meinen Körper bis zum Überlaufen mit purem Leben.

Ich griff nach innen und betrachtete meine Verletzungen. Der Rüegær hatte mein Herz durchbohrt, und die durchlöcherte Kammer pumpte noch immer austretendes Blut in meine Brust. Ich berührte eine der löschen Seelen und steuerte sie zu der Wunde. Sie wirbelte um das sich abmühende Organ und versiegelte das Loch, ohne die geringste Spur zu hinterlassen.

Eine andere Seele spürte meinen Wunsch, ganz zu sein, sank in mein Knie und setzte den Knochen wieder zusammen, als ob es sich um nicht mehr als einen zerbrochenen Teller handelte. Freudig schob sie jeden Knochensplitter zurück in seine ursprüngliche Stellung. Sie hätte sie alle in einen einzigen Knochenbrei verschmelzen und meine Kniescheibe daraus neu formen können, aber *dies* war der richtige Weg, mein Ziel zu erreichen.

Natürliche Heilung gehörte zu den Aufgaben des Lebens.

Die anderen Seelen suchten die Verletzungen an meinen Rippen, der Lunge, den Fingern. Die Wunde in meiner Seite schloß sich schnell und ohne Narbe, und die Lunge, die der Rüegær zerstochen hatte, blähte sich ohne Schmerzen wieder auf. Die Prellung vom Hieb des Nekkehts über meinem Herzen verschwand, die Rippen glitten in ihre gewohnte Stellung zurück, und die Beule an meinem Hinterkopf schrumpfte zu einem Nichts zusammen.

Nach getaner Arbeit warteten die löschen Seelen auf meinen nächsten Befehl. Sollten sie meine Muskeln füllen, damit ich mit einem Tritt Felsen zerschmettern konnte oder meine Haut, so daß mich weder Feuer noch Schwert verletzen konnte? Sie boten mir an, mich von Luft und Nahrung unabhängig zu machen. Sie waren bereit, alles für mich zu tun. Ich brauchte es nur zu sagen.

Ich dachte an das Portal, durch das ich meine Toten gesehen hatte. Ich befahl den Seelen, sich in meiner Handfläche zu sammeln und öffnete sie. »Eines sollt ihr noch für mich tun. Bringt denen, die ich verloren habe, eine Botschaft von mir, und sagt ihnen, daß ich sie noch immer liebe und verehre.«

Ottern gleich wanden sich fünf Lichtfäden aus meiner Hand. Sie hingen wie Dunst in der Luft, bis sie mich alle verlassen hatten, dann tanzten sie, sich drehend und wirbelnd durch den Raum. Ein, zwei Sekunden dauerte ihr Jubel, dann vereinigten sie sich zu einer leuchtenden, lebendig weißen Lichtkugel. Sie implodierte und verschwand geräuschlos und ohne eine Spur.

Das Nekkeht hatte den eingestürzten Tunnel weit genug freigeräumt, um mir zu gestatten, mich hindurchzuzwängen. Ich stolperte durch die Dunkelheit und tastete mich vorsichtig weiter. Das fehlende Licht machte das Vorankommen schwierig, aber ich bedauerte keine Sekunde, daß ich Gyasis Kerzen mit dem uralten Zauberbefehl vernichtet hatte, der die magischen Flammen wieder entzündet hatte, die vor Jahrhunderten zu Ehren der hamisischen Toten gebrannt hatten.

Ich erreichte den Turm nach kurzer Zeit und kletterte die Treppe zu den oberen Etagen hoch. Ich wußte, der Geheimeingang zu den Räumen des Königs lag hinter einem Waschbecken, so wie in meiner Suite, aber das Arbeitszimmer des Königs befand sich dort, wo in meinen Räumen die Bibliothek war. Ich hoffte nur, daß nichts die Tür blockierte, denn ich wollte das oberste Stockwerk unbemerkt betreten. Der Tahlion, der das Messer geworfen hatte, war mir offenbar vorausgeeilt. Mir schwirrte der Kopf bei der Vorstellung, Lothar könnte sich mit Herzog Vidor verbündet haben. Ich mußte davon ausgehen, daß es den anderen nicht gelungen war, den König in Sicherheit zu bringen, und ihn dementsprechend selbst retten. Mein einziger Vorteil war, daß Lothar mich für tot hielt.

Ich hob die Hand zum Türsturz und preßte den Stein in die Wand, der den Eingang öffnete. Er schob sich mit einem Knirschen auf, aber es bestand keine Gefahr, daß irgend jemand im Arbeitszimmer des Königs dies gehört hatte. Dazu brüllte der Herzog viel zu laut.

»Wie ich so etwas tun konnte? Ha! Ihr klingt beleidigt, edler König, daß ich Euch so verraten konnte. Ihr habt meinen Vater und meinen Bruder erschlagen und mich hierher verschleppt und zum Hofmaskottchen degradiert. Mein hehrer Rang als Herzog war wertlos, weil ich Herzog von Sinjaria war, nicht von Hamis. An Eurem Hofe rangierte ich noch unter einem Grafen. Wie lange habt Ihr gedacht, daß ich diese abfällige Behandlung über mich ergehen lasse?«

Ich schlich mich hinter dem Waschbecken vor, schloß den Durchgang aber nicht. Ich sah Morai mit dem Rücken zum Greifenkamin des Königs stehen, doch die Schlafzimmerwand nahm mir die Sicht auf den Rest des Raums. Ich wußte, daß der Bandit mich gesehen hatte, er ließ sich jedoch mit keiner Miene etwas anmerken.

Ich hörte Graf Patrick lachen. Dann schallte ein Schlag durch das Zimmer. Morai zuckte zusammen, und ich hörte die Prinzessin aufschreien, aber niemand sonst reagierte, bis der König sprach.

»Es reicht, Herzog Vidor. Wenn er für seine ›Beleidigung‹ bezahlen soll, schlagt ihn selbst. Überlaßt die Arbeit nicht anderen.« Die Stimme des Königs brach ab, dann sprach er weiter. »Ich verstehe, warum Ihr gehandelt habt, aber ich frage mich, wie die weitergehenden Pläne der Tahlion aussehen und was sie dazu veranlaßt. Sagt mir, Tahlion, wieso seid Ihr in dieses Spiel verwickelt?«

Die Antwort stieß einen Dolch aus Eis tief in mein Herz. »Ich tat es für Sinjaria.«

Ich sprang in die Tür des Schlafzimmers und starrte sie an. »Nein, Marana, nein.«

In ihrem Blick brannte der Wahnsinn. »Nolan! Den Göttern sei Dank, du lebst!« Sie lächelte mich an und wartete auf mein Lob.

Der Herzog runzelte die Stirn. »Ich dachte, Ihr hättet gesagt, er sei tot!«

Marana zuckte die Achseln und ließ den Kopf zur Seite fallen wie ein völlig bezaubertes Kind. »Ich habe mich geirrt.«

Der Herzog knurrte: »Dann tötet ihn jetzt!«

Maranas Linke schlug so schnell zu, daß die Bewegung vor den Augen verschwamm. Sie zog den Dolch des Herzogs aus der Scheide an seiner rechten Hüfte und stieß ihn durch seine Schulter, ohne sich von seiner Seite zu bewegen. Der Rückhandschlag trieb ihn nach hinten, und Marana bewegte sich mit, ließ den Griff aber nicht los, bis die Waffe den Herzog an die Regalwand heftete. Vidor schrie auf und stellte sich auf die Zehenspitzen, um den Schmerz zu lindern.

Der König, der rechts neben ihr an einem Mahagonischreibtisch saß, starrte sie an. Graf Patrick kniete vor dem Schreibtisch und stierte mit offenem Mund hinüber auf den an der Wand zappelnden Herzog. Prinzessin Zaria, die zwischen dem Grafen und Morai stand, verbarg das bleiche Gesicht in den Händen. Der Herzog stöhnte und verzerrte vor Schmerzen das Gesicht.

Marana kicherte. »Ich wußte nicht, daß du der Tahlion warst, auf den das Nekkeht wartete, um ihn zu töten. Ich wollte dich nicht umbringen, Nolan, aber nachdem du das Nekkeht getötet hast, wußte ich, daß du alles verdorben hättest, wenn ich es nicht getan hätte.« Ihre Erklärung erfolgte in einem Singsang, der das Zimmer mit ihrer kindlichen Stimme erfüllte. »Ich hätte nicht getan, was sie wollten, nein.« Sie lächelte mich an. »Ich habe es für dich getan.« Ihre linke Hand streichelte ihren flachen Bauch. »Ich tat es für unser Kind, deinen Erben.«

Ich erschreckte zu sehr, um ihr zu antworten.

Der Herzog kämpfte gegen den Schmerz der Verletzung an. »Wovon sprecht Ihr?«

Marana streckte die Hand aus und riß den Dolch aus seiner Schulter. Er versuchte das Gleichgewicht zu halten, aber sie schleuderte ihn mit einer Ohrfeige zu Boden. »Knie nieder, Bauer.« Sie bedrohte die anderen mit dem blutigen Dolch. »Kniet nieder, alle! Kniet vor eurem König!«

»Nein, Marana, nein!« Ich schluckte, als meine Freunde sich ihrer Drohung beugten und auf die Knie sanken.

Sie ließ den Blick höhnisch über sie schweifen. »Kniet vor Nolan *ulHamis* und begrüßt die Herrschaft des Rechts!« Sie drehte sich zu mir um und lächelte. »Welchen soll ich zuerst für dich töten?«

Ich schüttelte den Kopf. »Keinen von ihnen, Marana. Es ist vorbei.«

Sie lachte. »Nein, Nolan. Es fängt gerade erst an. Jetzt, da du noch lebst, wirst du der neue König von Hamis werden. Unser Kind wird dein Thronerbe sein. Wir werden unsere Truppen nehmen, *Tahlion*-Truppen, und ein neues Kaiserreich errichten! Welch besseres Denkmal könnte es für deine Familie und den Prinzen geben, die dieser Zweig der Familie ermordet und deren Macht er an sich gerissen hat? Wer soll als erster sterben?«

All meine Gefühle versanken in einem Meer aus Mitleid. »Niemand wird sterben, Marana. Es wird kein neues Kaiserreich geben. Ich will kein neues Kaiserreich. Es ist vorbei, bevor es begonnen hat.«

Marana verzog trotzig das Gesicht und ließ den Dolch des Herzogs fallen. »Nein, Nolan. Es muß ein Kaiserreich geben, und du mußt den Thron besteigen. Du hast mir vor Jahren gesagt, ich solle für dich leben, und das habe ich getan. Ich habe dir ein Königreich gebaut. Ich habe es für dich getan.« Ihre Arme legten sich um ihren Leib und versuchten ihre Verwirrung zu fassen.

Ich fuhr mit der Zunge über meine Lippen und schmeckte Tränen. Ich hatte das schreckliche Geheimnis meiner Familie, das Wissen um unsere Abstammung von Prinz Uriah ra Hamis, mit einer Marana geteilt, die so unfaßbar anders gewesen war als die Kreatur, die hier vor mir stand. Ich war erst sechzehn gewesen und entschlossen, meine Familie zu rächen, weil ich noch nicht erkannt hatte, daß ihr Tod Teil der sinnlosen Gewalt war, die jeden Krieg prägt, und nicht auf ausdrücklichen Befehl König Tirrells erfolgt war, um die einzige Bedrohung für sein Haus endgültig zu beenden. Die letzte Bestätigung dafür hatte ich erhalten, als ich bei der Krönung bereitgestanden hatte, Prinzessin Zaria gegen jeden ulHamis zu verteidigen, der kam, ihren Thronanspruch anzufechten. Hätte der König geglaubt, daß alle ulHamis tot waren, welchen Sinn hätte es gehabt, diese Gelegenheit, den Thron wieder zu beanspruchen, als Teil der Zeremonie beizubehalten?

Maranas Gesicht hellte sich hoffnungsvoll auf. »Bist du ärgerlich, daß ich dich nicht wissen ließ, daß ich noch am Leben war? Ich weiß, es hat dir Leid zugefügt, und ich wollte es dir sagen, ebenso wie ich dir erklären wollte, daß ich Lothar getötet habe, aber das hätte alles verdorben.« Ihre Züge erschlafften, und sie preßte die Hände auf den Leib. »Ich wollte, daß alles gut für dich wird, und für unser Kind. Ich wollte, daß du glücklich wirst.«

Ich öffnete die Arme. »Du hast mir eine große Freude gemacht.«

Marana kam in meine Arme, und ich preßte sie an meine Brust. Sie muß gefühlt haben, wie die Spitze des Wurfpfeils in ihr Bein drang, aber sie zeigte keine Regung und drückte mich, bis das Gift ihren Armen die Kraft nahm. Ich hielt sie fest, damit sie nicht zu Boden rutschen konnte, und hob sie in meine Arme.

Ich sah zu den anderen. »Bitte, Hoheiten, tretet in den Ballsaal. Verkündet Eure Amnestie, aber erwähnt den Herzog nicht. Morai, begleite sie.« Ich sah zum Herzog hinab. »Ihr bleibt hier, bis meine Arbeit getan ist.«

Ich trug Marana ins königliche Schlafzimmer und legte sie sanft aufs Bett. Ihre Augen waren geschlossen, und sie schlief. Ich streichelte ihre Wange, dann legte ich ihr liebevoll die rechte Hand auf die Stirn. Ich nahm mich zusammen und rief ihre Seele ab.

Sie wußte, was ich tat, und leistete keinen Widerstand. Statt dessen zeigte sie mir alles, was sie aus Liebe zu mir getan hatte, und mir war, als würde ein Stahlreifen meine Brust einschnüren. Herzog Vidor hatte sie angesprochen und um ihre Unterstützung gebeten. Marana hatte gewußt, daß Vidor sie in einen Hinterhalt des Nekkeht locken wollte, aber ihre Zustimmung, ihm zu helfen, hatte ihr das Leben gerettet und sie in die Lage versetzt, meine Familie wieder auf den Thron zu hieven, den wir vor Jahrhunderten verloren hatten.

Ich fühlte ihre Freude, als sie von dem gewaltigen Reich träumte, das wir gemeinsam errichten würden. Es wäre ein großartiges Unternehmen geworden, das bewiesen hätte, daß auch ihr Leben einen Wert hatte. Wir hätten gemeinsam eine Dynastie aufgebaut, die der Clekans des Gerechten gleichgekommen wäre, und diese Vorstellung hatte sie zu der Überzeugung kommen lassen, sie hätte mein Kind empfangen und es wüchse in ihrem Leib heran, obwohl wir seit über einem halben Jahr nicht mehr beisammen gelegen hatten.

Ich lenkte sie in andere Erinnerungen. Ich beobachtete durch ihre Augen, wie Lothar am Rand des Spukzirkels meinen bewußtlosen Körper auf den Rücken gedreht hatte. Er hatte die rechte Hand an meinen Hals gelegt, um nach dem Puls zu suchen, aber Marana hatte geglaubt, er wolle mich erwürgen. Sie hatte ihren Rüegær geschleudert und ihn mit dem Griff an der Schläfe getroffen. Lothar und Rüegær waren in die Tiefe gestürzt, und Marana hatte seine Waffe als Ersatz für ihre eigene behalten. Dann hatte sie mich auf Wolfs Rücken gehoben und zurück nach Tahlianna gebracht, bevor ich verblutete.

Ich fühlte ihre tiefe Liebe für mich in jeder ihrer Handlungen, aber die Entdeckung ihrer Zwillingsschwester hatte ihren Sinn für Recht und Unrecht so verzerrt, daß sie nicht mehr zwischen beiden unterscheiden konnte. Sie tat, was man ihr auftrug, und erledigte ihre Missionen mit bewundernswürdigem Erfolg, die ganze Zeit aber suchte sie vor allem einen Weg, dem obersten Gesetz ihres neuen Lebens zu gehorchen: meiner Bitte, für mich zu leben. Es bestimmte jede ihrer Handlungen.

Ich zwang sie bis hinter jenen Augenblick zurück. Ich hielt ihren Geist fest, damit wir Gelegenheit hatten, den Monat noch einmal zu erleben, den wir als Sechzehner zusammen verbrachten, und die Nacht, in der wir uns am Ufer des Teiches geliebt hatten. In diesen Erinnerungen fühlte ich die alte Marana zurückkehren, und ich wünschte mir, ich hätte an diesem Punkt aufhören können, aber das war unmöglich.

Meine Tränen fielen auf ihr Gesicht. »Ich habe dich geliebt, Marana. Ruhe in Frieden.« Ich nahm ihren Geist in mich auf, legte ihren Leichnam auf das Bett und stand auf.

Ich ging zurück ins Arbeitszimmer des Königs. Der

Herzog sah zu mir hoch. Er lachte. »Ihr werdet mich töten?«

Ich nickte ernst. »Wenn ich es nicht tue, würdet Ihr wegen Hochverrats vor Gericht gestellt. Trotz der Amnestie des heutigen Abends würdet Ihr der Verurteilung nicht entgehen, und das brächte viele in Sinjaria auf. Es käme zu Aufständen, und viele würden ihr Leben verlieren.«

Er schluckte. »Und wenn Ihr mich tötet?«

Ich lächelte. »Dann werdet Ihr bei der Verteidigung des Königs gegen einen meuchlerischen Tingisschleicher gefallen sein. Nur Euer entschlossenes Handeln wird den König gerettet haben. Man wird sich an Euch als einen Helden erinnern.«

Er nickte. »Ich hätte es vorgezogen, daß man sich an mich als Kaiser erinnert.«

Ich beschwor den Süntklieber. »Seid froh, daß man sich überhaupt an Euch erinnern wird.«

Hauptmann Herman erwartete mich in einem vom zertrampelten Boden in der Mitte des Turnierplatzes grob markierten Êrenkreiz. Mehrere Fackeln loderten in unregelmäßigen Abständen ringsum, wo der gute Hauptmann sie in den Boden gestoßen hatte. Eine leichte Brise spielte mit den Flammen und brachte unsere Schatten zum Tanzen.

Der Lanzerhauptmann sah mich an. »Ich war mir sicher, daß Ihr es seid.«

Ich nickte. »Es kann nicht schwer gewesen sein, mich zu entdecken – mit Marana zur Hand.«

Er lachte abfällig. »Sie war so irre, daß wir ihr nicht gestattet haben, einen Blick auf Euch zu werfen. Ich konnte das Risiko nicht eingehen, daß sie Euch den Plan verrät. Ihr wart ein hervorragender Spieler.« Das Pferd des Hauptmanns schauderte und stampfte. »Wie habt Ihr mich entlarvt?«

Ich ließ Wolf vorwärts schreiten und kurz vor dem Êrenkreiz anhalten. »Es mußte jemand hinter all dem stecken, der über die Nekkehte Bescheid wußte. Man hat mir gesagt, daß kein einziger Tahlion der letzten fünf Jahrgänge vor dem meinen von ihrem Dasein etwas ahnt, und alle Tahlion in dieser Garnison fallen in diese Gruppierung. Damit bliebt nur Ihr übrig.«

Er schürzte die Lippen. »Ihr habt recht. Es war sehr nachlässig von mir anzunehmen, Ihr würdet glauben, Marana sei die Verräterin gewesen. Eine solche Unvorsichtigkeit werde ich nicht noch einmal begehen.«

Ich nickte. »Ihr habt tatsächlich geglaubt, von Hamis aus ein neues Kaiserreich errichten zu können?« Ich schüttelte ungläubig den Kopf.

Der Hauptmann nickte. »Es gibt Prophezeiungen, die das ankündigen, Rechtsprecher. Aber sie sind nicht die einzigen ihrer Art. Nach Eurem Tod werde ich meine Operationsbasis in ein anderes Land verlegen. Auf diesem Kontinent gibt es viele, die sich als mögliche Kaiser betrachten.«

Ich stieg ab und zog ein weißes Stirnband aus Wolfs Satteltasche. Ich legte es um und verknotete es über dem linken Ohr. »Auf Eure Hilfe werden sie verzichten müssen. Ihr habt mich beleidigt, und ich, Nolan ra Sinjaria ulHamis, fordere Euch zur Begleichung einer Blutschuld. Im Êrenkreiz wird sich der Zwist entscheiden.«

Hauptmann Herman schwang sich aus dem Sattel, holte ein schwarzes Stirnband aus der Satteltasche, dann gab er seinem Streitroß einen Schlag auf die Kruppe und scheuchte es aus dem Êrenkreiz. Er legte das Stirnband an und verknotete es ebenfalls über dem linken Ohr. »Ich, Hauptmann Herman ra Imperiana, fordere Euch zur Begleichung einer Blutschuld. Im Êrenkreiz wird sich der Zwist entscheiden.«

Der Lanzer zog sein Schwert und ging in Abwehrstellung. Ich beschwor meinen Süntklieber und tat es ihm gleich. Der Hauptmann behielt meine Waffe im Auge und kam langsam näher. Ich wechselte den Süntkliber in die Linke und zog das Stilett, das ich von der Prinzessin bekommen hatte. Aber er ging nicht auf meine Finte ein.

Ich sprang vor und täuschte einen tiefen Stoß gegen sein rechtes Bein an. Er parierte, und ich zog das Schwert mit einem Ausfallschritt hoch und stieß nach seinem Magen. Er wirbelte das Schwert herum und drehte sich zur Seite, so daß mein Stoß ihn verfehlte. Ein Jubelschrei über diesen Erfolg stieg aus seiner Kehle.

Dann drang der Schmerz in sein Bewußtsein, den das Stilett verursachte, das ich ihm mit der Rechten in den Rücken gebohrt hatte. Er wurde steif und versuchte die Taubheit zu verdrängen, die sich in seinem Körper ausbreitete. Seine Knie gaben nach, und er fiel besiegt nach vorne.

Ich zog den Dolch aus seinem Rücken und ließ ihn dort im Staub liegen. Seine Pläne für ein neues Kaiserreich starben mit ihm.

Halsted führte mich in den Thronsaal, dann schloß er die Seitentür hinter sich und ließ mich mit König Tirrell allein. Der König saß auf seinem Thron und winkte mich mit einer für ihn unüblichen und steifen Förmlichkeit näher, die mir Unbehagen bereitete. Ich ging zu ihm und blieb vor der Thronempore stehen.

Ich verbeugte mich tief und respektvoll. »Euer Hoheit wünschen mich zu sprechen?«

König Tirrell nickte matt. »Ich wollte mit Euch sprechen, bevor Ihr uns verlaßt.« Der König wählte seine Worte sorgfältig und artikulierte sie, als wären sie mit Widerhaken besetzt und nur schwierig auszusprechen. Er näherte sich dem Thema äußerst zögernd, und ich hatte den Eindruck, Furcht in seinen Augen zu sehen.

Ich räusperte mich und gab ihm Zeit, die Aussprache hinauszuzögern. »Wenn Ihr gestattet, Eure Hoheit, würde ich Euch gerne berichten, was ich in den letzten drei Tagen seit dem Tod des Herzogs herausgefunden habe.«

Mit einer erleichterten Geste nahm er Zuflucht hinter meinem Bericht.

»Hauptmann Herman hat allem Anschein nach bei seinem Arrangement mit Herzog Vidor allein gehandelt. Ich habe seinen Leutnant, einen Mann namens Slade, zum amtierenden Hauptmann ernannt, bis Ersatz aus Tahlianna eintrifft. Ihr werdet feststellen, daß er ein guter Mann ist. Er hat seine Leute bereits aus eigenem Entschluß an öffentlichen Punkten eingesetzt, wo sie keinen Zweifel daran zulassen, daß die Tahlion Euch voll unterstützen.« Mein Blick senkte sich auf meine behandschuhten Hände. »Allerdings wären die hier postierten Lanzer auf den Befehl Hauptmann Hermans ebenso willig dem Herzog gefolgt, wie sie jetzt ihre Unterstützung für Euch bezeigen.«

König Tirrell nickte. »Ich habe ausstreuen lassen, daß Herzog Vidor als mein Agent tätig war, um festzustellen, wer gegen mich intrigierte, und diese Geschichte wird in weiten Bereichen geglaubt, erst recht nach seinem Tod bei meiner Verteidigung gegen einen Meuchelmörder.« Er zog einen versiegelten Brief unter seiner Robe hervor und reichte ihn mir. »Das ist für Euren Meister.«

Ich nahm die Botschaft, betrachtete das rote Wachssiegel von Hamis und steckte ihn ein. »So weit ich das beurteilen kann, glaubt außer Eurer Familie, den Lanzern und den Personen, die mich von früher kennen, niemand daran, daß ich ein Tahlion bin.«

Der König lächelte. »Was wird jetzt aus Edler Nolan?«

Ich zuckte die Schultern. »Ich weiß es nicht. Vermutlich wird er nach Yotan zurückkehren, oder möglicherweise auch seine Banditenlaufbahn wieder aufnehmen, bis er im Darkesh getötet wird. Das liegt bei Seiner Exzellenz.«

Die Besorgnis kehrte auf das Gesicht des Königs zurück. Er stand auf, nahm die Krone vom Kopf und legte sie auf den Thron. Er stieg von der Empore und sah mir in die Augen. »Nolan ulHamis, nehmt die Krone. Sie gehört Euch, von Recht und von Blut.« Er deutete mit offener Hand zum Thron, lächelte und fügte leise hinzu: »Es wäre mir eine Ehre, Euch als Berater dienen zu dürfen.«

Ich starrte auf die goldene Krone, die vor mir auf dem Thronsessel lag. Das Kind in mir, der Nolan, der so nach Rache verlangte, drängte mich zuzugreifen, die Macht zu packen und Vergeltung zu üben. Das Ziel, von dem ich so lange geträumt hatte, der Ruhm, von dem Großmutter als unserem Recht erzählt hatte, lag wenige Meter entfernt funkelnd vor mir. All die Stunden und Tage, die ich damit verbracht hatte, Großmutter zuzuhören, wie sie von den Geheimnissen Kastell Seirs erzählte, einschließlich des Geheimgangs in die Gruft und des Zauberworts, das die heiligen Gedenkflammen wieder entzündete, konnten mit ein paar lässigen Schritten ihren Lohn finden. Das größte Übel des Zerfalls wäre wiedergutgemacht.

Ich schüttelte den Kopf und zog ein Dokument aus dem Wams. »Ich habe mir gestern nacht die Freiheit genommen, das hier vorzubereiten.« Ich reichte es dem König, und er entfaltete es. Ich deutete auf das ›X‹ unten neben meiner Unterschrift. »Das ist Morais Zeichen als mein Zeuge. Mit diesem Dokument verzichte ich als letztes lebendes Mitglied der Blutlinie Prinz Uriahs auf alle Ansprüche auf den Thron von Hamis, aber ich behalte mir und meinen Nachfahren das Recht vor, den Thron zu verteidigen, sollte er je in Gefahr geraten.«

König Tirrell las das Pergament nickend, dann faltete er es wieder zusammen und steckte es ein. »Wenn Ihr wollt, ist der Thron trotzdem noch Euer. Ich werde dieses Dokument vernichten.«

Ich schüttelte den Kopf und winkte ihn zurück auf seinen Thron. »Es gab eine Zeit, in der ich den Thron bestiegen und mit der Macht, die er mir gegeben hätte, alles Unrecht wiedergutgemacht hätte, von dem ich glaubte, Ihr hättet es meinem Volk angetan.«

Die Augen des Königs wurden schmal. »Habt Ihr diesen Wunsch jetzt nicht mehr?«

Ich zögerte, dann nickte ich ernst. »Doch, aber im Lauf der Jahre habe ich erkannt, daß ich als Rechtsprecher den Menschen überall helfen kann. Auf diesem Thron, unter dieser Krone, könnte ich nur den Menschen in Hamis und Sinjaria helfen. Ich fürchte, edler König, meine hehren Ansprüche, allen Menschen zu helfen, überlassen Euch den Thron.«

Langsam stieg der König die Stufen zu seinem Thron

hinauf, aber statt die Krone wieder aufzusetzen, legte er sie auf den Sessel neben sich. »Ich werde Euch vermissen, Edler Nolan. Wie Ihr es erbeten habt, habe ich einen Laib Käse für Euren Freund nach Tahlianna gesandt. Ich habe auch eine Begnadigung für Morai ausgestellt, wüßte allerdings gerne, warum er wollte, daß sie erst in Kraft tritt, wenn er die Grenze der Provinz Seir erreicht hat.«

Ich zuckte die Schultern und lachte. »Er hat selbst darum gebeten, ich habe es nur weitergegeben. Aber nach allem, was ich von ihm weiß, hat er uns damit beide aufs Schändlichste ausgenutzt.«

Der König stimmte in mein Lachen ein, dann wurde er wieder ernst. »Und Ihr seid Euch sicher, Morai wird niemandem verraten, daß Ihr ulHamis seid?«

Ich nickte. »Er hat mir sein Wort gegeben, und dem vertraue ich. Außerdem könnte diese Mitteilung ausschließlich sinjarischen Nationalisten dienlich sein, die versucht wären, den Edlen Nolan als Aushängeschild für eine Revolte zu benutzen, und mit denen will Morai nichts zu tun haben. Wir wissen immer noch nicht, welche ihrer Fraktionen ihn entführt hat, aber allein deswegen schon hat er entschieden, daß keiner von ihnen seine Unterstützung verdiene.«

Ein Grinsen breitete sich über die Züge des Königs aus. »Mir ist klar, daß wir das schon einmal durchgespielt haben, als Ihr mich aus dem Dhesiribau gerettet habt. Ich wünschte, Ihr würdet mir gestatten, Euch für das, was Ihr getan habt, zu belohnen.«

»Das tatet Ihr schon. Ihr habt gestern Eure Absicht erwähnt, die Gruft zu erneuern und einen Sarkophag für die sterblichen Überreste Prinz Uriahs in Auftrag zu geben. Das ist meine Belohnung. Es gibt nichts, um das ich darüber hinaus bitten könnte.«

Wieder kam der König von der Empore und streckte die Hand aus. »Ich bedaure Eure Abreise und freue mich darauf, Euch wiederzusehen, wann immer Ihr es einrichten könnt.«

664

Wir verabschiedeten uns mit festem Händedruck. »Ich werde Euch und Euren Hof vermissen. Bitte richtet den anderen meine besten Grüße aus.«

König Tirrell nickte. »Meine Tochter wartet im Garten auf Euch.«

Ich lächelte und ging aus dem Thronsaal durch den Ballsaal hinaus in den Garten. Die Sonne strahlte hell auf die Blütenpracht entlang der Kieswege herab. Ich fand die Prinzessin an der Balustrade, wie sie hinaus aufs Meer schaute.

Ich räusperte mich leise. »Ich reise noch vor Mittag ab.«

Die Prinzessin drehte sich um. Sie trug ein hellblaues Gewand, und eine Blume derselben Farbe hielt hinter ihrem rechten Ohr das nachtschwarze Haar zurück. Sie streckte mir die rechte Hand entgegen und öffnete sie. Der goldene Ring, den ich ihr gegeben hatte, bevor ich in die Gruft gestiegen war, lag auf ihrer Handfläche. »Mein Champion kann nicht ohne seinen Ring ziehen.« Als ich die Hand ausstreckte und ihn nahm, fügte sie hinzu: »Erinnert Euch an mich als Eure Prinzessin.«

Ich seufzte schwer. »Ich bin ein Tahlion, Eure Hoheit, nicht Edler Nolan ra Sinjaria. Ich …«

Sie trat näher und legte mir eine weiche Hand auf den Mund. »Ich weiß, wer Ihr seid, Nolan ulHamis, und ich weiß, was Ihr seid. Ihr seid ein Mann von seltenen Qualitäten, und ich bin stolz auf das, was Ihr für mich getan habt.« Sie senkte die Hand. »Ich möchte nicht, daß Ihr fortreitet und mich vergeßt.«

Ich schüttelte langsam den Kopf und gluckste. »Ihr unterschätzt Euch gewaltig, wenn Ihr das für möglich haltet, Eure Hoheit. Und Ihr tut uns beiden Unrecht, wenn Ihr glaubt, ich könnte Euch vergessen wollen.« Ich zögerte, dachte nach, dann sagte ich: »Aber ich habe keine Ahnung, wohin man mich in Zukunft schicken wird, und ich trage Geister in meinem Innern, die zur Ruhe gebettet werden müssen.«

Die Prinzessin legte die Hand auf meinen linken Unterarm und drückte ihn. »Ihr müßt sie sehr geliebt haben.«

Ich nickte. »Möglicherweise zu sehr. Sie wäre glücklicher gewesen, wäre sie vor Jahren gestorben.«

Die Prinzessin spendete mir mit einem Kopfschütteln Trost. »Sie hat für die Liebe gelebt, die Ihr für sie empfandet. Kann es ein glücklicheres Leben geben?«

Ich hob ihre rechte Hand von meinem Arm, führte sie an meine Lippen und küßte sie. »Vor dem Licht Eurer Weisheit muß die Dunkelheit fliehen. Eure Nation kann sich gesegnet schätzen.«

Sie lächelte. »Eben diese Weisheit, mein Champion, verbietet mir, Euch der Entfernung oder den Wünschen Eures Tahlion-Meisters zu überlassen. Ich werde Euch finden.«

Ich verneigte mich und zog mich respektvoll zurück. Sie wandte sich wieder zum Meer um, und ich drehte mich unterwegs immer wieder zu einem letzten Blick um, bis sie endlich nicht mehr zu sehen war.

Adric hielt im Burghof Wolfs Zügel für mich fest, während ich aufsaß. Ich bedankte mich bei ihm für seine Dienste und verließ Kastell Seir. Wolf drängte es, wieder in offenes Gelände zu kommen, und obwohl der Weg bergauf führte, hastete er durch die Stadt. Aber ich hielt ihn trotzdem am Rand des Tals an und sah zurück auf die Stadt und Kastell Seir.

»Aus dieser Entfernung kannst du sie nicht mehr sehen, Tahlion.« Morai lachte und ritt rechts von mir aus dem Gebüsch. »Sie hat den Garten nach dir verlassen und dich aus dem Wolfsturm beobachtet, bis du aus der Stadt warst.«

Ich kniff die Augen zusammen. »Welchem Umstand verdanke ich dieses Vergnügen?«

Der Bandit zuckte die Schultern. »Ich kann eine Abwechslung gebrauchen. Außerdem sind die Straßen hier gefährlich, und in der Begleitung eines Tahlion fühle ich mich sicherer.«

Ich lachte, drehte Wolf herum und lud Morai ein, mich nach Westen zu begleiten. »Warum hast du nicht gewartet, um mit Selia zu reiten?«

Morai zögerte kurz, dann zuckte er für meinen Geschmack etwas zu leichthin die Achseln. »Sie und Graf Patrick arbeiten an Balladen über den Dhesiribau und den tapferen Tod Herzog Vidors. Ich werde in Jania auf sie warten.« Er grinste mich breit an. »Dort trifft man eine viel bessere Klasse Menschen, weißt du.«

Ich warf ihm ein Lächeln zu. »Dann sollte ich das Land wohl einmal besuchen und sie mir ansehen, was?«

»Ich kündige dich an.« Morai gähnte frech. »Übrigens, was die Begnadigung betrifft.«

Ich klopfte auf meine Brust. »Der König hat sie unterzeichnet, so, wie du es wolltest, mein Freund.«

»Ausgezeichnet.« Der Bandit wirkte abgelenkt. »Wie lange wird es dauern, bis wir die Grenze erreichen?«

Plötzlich erinnerte ich mich an die Einzelheiten der Begnadigung. »Der Provinz Seir?«

Er sah auf die Staubwolke zurück, die sich hinter uns am Horizont abzeichnete. »Ja, auf dem kürzesten Weg.«

Ich kniff die Augen zusammen und sah nach Nordwesten. »Bei unserer jetzigen Geschwindigkeit vier Stunden.«

Morai sah mich schockiert und enttäuscht an. »Was, wir sollen bummeln und die Rückkehr eines Rechtsprechers zur Jagd auf böse, *unbegnadigte* Verbrecher hinauszögern? Auf keinen Fall!« Er trieb sein Pferd zum Galopp.

Ich lachte auf, als ein goldgefaßtes Schmuckstück an der Kette um Morais Hals aus seinem Hemd fiel, und trieb Wolf ebenfalls an. Und trotz des zusätzlichen Gewichts durch den Stern von Sinjaria überquerten wir die Provinzgrenze, bevor Keane uns einholen konnte.

Es besteht eine gewisse Verwirrung bezüglich meiner beiden Fantasyromane **Es war einmal ein Held** und **Der Weg des Richters.** Ich hoffe, dieses Nachwort hilft, das Problem zu beheben. Auf verschiedenen Conventions und in mehreren Artikeln habe ich erwähnt, daß mein erster Fantasyroman zu lang war, um als Erstlingswerk veröffentlicht zu werden, also als Roman eines Autors ohne einen Ruf als Schriftsteller oder einen Hinweis darauf, welche Verkaufszahlen zu erwarten waren. Lange Jahre und einige Romane später erschien dann **Es war einmal ein Held,** und eine Reihe von Lesern sind zu dem Schluß gekommen, das wäre der Roman, auf den ich mich zuvor immer wieder bezogen hatte.

Dem ist nicht so. **Es war einmal ein Held** war mein erster *veröffentlichter* Fantasyroman.

Der Weg des Richters war mein erster Fantasyroman und zugleich mein erster Roman überhaupt. Ich habe ihn 1986 fertiggestellt. Er gefiel den Herausgebern, die ihn gelesen hatten, aber sie waren alle der Ansicht, daß er für einen unbekannten Autor um einiges zu lang für eine Veröffentlichung war. Zu meinem Glück fanden sie den Roman aber gut genug, um mir andere Aufträge zu geben: meine Battletech-Romane. Und über Janna Silverstein erhielt ich von Bantam Books den Auftrag für **Es war einmal ein Held** und die zu Bestsellern gewordenen Bücher der **Star-Wars**-Serie.

Der Text von **Der Weg des Richters** ist zu neunundneunzig Prozent identisch mit dem der ursprünglichen Version aus dem Jahre 1986. Die Veränderungen, die meine Herausgeberin bei Bantam, Anne Lesley

Groell, von mir verlangte, waren weitgehend kosmetischer Natur und gaben dem Buch den letzten Schliff vor der Veröffentlichung. Außerdem gaben sie mir Gelegenheit, zwei Fehler zu entdecken, die sich seit 1986 im Manuskript versteckt hatten. Ich bin nicht sicher, ob ich diese Geschichte heute noch schreiben *könnte*, nachdem ich inzwischen älter und hoffentlich ein wenig weiser geworden bin, aber ich bin stolz darauf, sie geschrieben zu haben. Sie gefällt mir heute noch so gut wie damals, und ich freue mich, daß nun auch andere Leute Gelegenheit bekommen, sie zu lesen.

Robert N. Charrette

Hochkarätige Abenteuer-Fantasy vom Spitzenautor der SHADOWRUN-Romane

Die Schattenkrieg-Trilogie
1. Prinz des Dunkels
06/9090

2. König des Unheils
06/9091

3. Ritter des Zwielichts
06/9092

Die Chronik von Aelwyn
1. Der Turm der Zeit
06/9113

2. Das Schlangenauge
06/9114

3. Der magische Pakt
06/9115

06/9090

HEYNE-TASCHENBÜCHER